千寻文化
Qianxun-Culture
—图书·影视—

锋芒

柴鸡蛋 著

上

廣東旅游出版社
GUANGDONG TRAVEL & TOURISM PRESS
悦读书·悦旅行·悦享人生
中国·广州

图书在版编目（CIP）数据

锋芒．上 / 柴鸡蛋著．— 广州：广东旅游出版社，2021.6

ISBN 978-7-5570-2491-8

Ⅰ．①锋… Ⅱ．①柴… Ⅲ．①长篇小说—中国—当代 Ⅳ．① I247.5

中国版本图书馆 CIP 数据核字 (2021) 第 102071 号

总 策 划：调　调
出版监制：唐　昕　杨芝波
责任编辑：周思思
特约编辑：林水兽
封面设计：白砚川（@ 白砚川）

锋芒．上
Feng Man Shang

广东旅游出版社出版发行
（广东省广州市荔湾区沙面北街 71 号首、二层 邮编：510130 ）
联系电话：020-87347732
长沙鸿发印务实业有限公司
（地址：湖南省长沙市长沙县黄花工业园 3 号）
710 毫米 ×1000 毫米　16 开　19 印张　272 千字
2021 年 6 月第 1 版第 1 次印刷
定价：88.00 元（全二册）

目录

Contents

目录

Contents

第一章 梦游

“你这电脑不会也是充气的吧？”

“对，连我都是充气的。”

早上六点半，天刚蒙蒙亮，北影制片厂门口就挤满了前来等戏的群众演员。几乎是清一色的男人，而且个个都很土。他们有的踮脚探头焦灼四顾，有的神游物外目光呆滞，还有的凑在一起玩《斗地主》打发时间……

唯独一个人。

他淡然自若地坐在一个小马扎上，头发全部向后梳起，扎成一个拉风的兔尾巴小鬏鬏。大冬天只穿了一件碎花领的白衬衫，一条带窟窿眼儿的牛仔裤，看着青春逼人，不修边幅，却做着完全不搭调的事—看相忽悠人。

“大师，我特别敬仰您，听说您老神了，看姻缘看得贼准！我特意从铁岭坐火车过来找您，没想到啊，您竟然这么年轻！”

韩东一副高深莫测的表情，说：“道行深浅不在于年龄，在于悟性。”

“对，对，大师说得对，我这种外行啥也不懂。不过我纳闷了，您怎么在这种乱哄哄的地方给人看相啊？”

韩东幽幽地吐出三个字：“接地气。”

“哈哈哈，那大师您快帮我看看，我的婚姻能不能幸福美满一辈子？”

问这问题的人，肯定是想求一个幸福美满的婚姻，所以，韩东语气诚恳地说：“您与您的爱人一定会携手相伴一生的。”

不料，刚才还毕恭毕敬的中年男人一听这话，脸色陡然一变：“你的意思是我跟那个败家老娘们儿还离不了了？”

韩东：“……”

敏感脆弱的中年男人果然开始摩拳擦掌：“我忍她大半辈子了，为了离婚我用尽了办法，她就是不肯离！本想来这儿求个心安，没想到啊没想到，你这一句话把我后半辈子幸福给断了！”

韩东心中咆哮：你倒是早说啊！

“有事好商量。”韩东挺客气。

中年男人更气愤了：“看相还能商量？”

韩东正要解释，突然瞧见戏头从北影厂门口走出来，要“派活儿”了！韩东那股稳重劲儿立刻不见了，拎起马扎就往那边冲。

中年男人一把拽住他：“你干吗？还想跑？”

“撒手！我得去接戏了。”

“接戏？原来你是演员啊！行啊！拿我练手是吧？”

韩东嘴硬：“谁拿你练手了？我这是兼职！兼职懂吗？”

“我就没听说过看相的兼职当演员！”

“看相的怎么了？看相的就不能追求梦想啊？”

中年男人咬牙切齿：“瞧你那个损色儿，还梦想？我看你就是江湖骗子！今儿大爷我不揍你一顿，这张火车票就算白买了！”

这边已经打起来了，那边的一群人却毫无反应，都忙着向戏头推荐自己。

戏头也是群演出身，但在这群人中间已经算个腕儿了，他对周围人的巴结和自荐毫无回应。傲慢的目光在众人身上扫一圈，像点牲口一样地从里面挑选出符合条件的：“你，你，还有你……其余的散了吧。”

被选上的人如中了头彩般屁颠屁颠地跟着戏头走，没被选中的人只好继续漫长的等待。

李尚刚到这儿，就看到韩东与中年男人扭打在一起，因为不了解情况，不敢贸然上前劝架，就拽过一个人打听。

“那边打架的是谁啊？”

“就是每天在这儿跟我们一起蹲点儿的哥们儿。”

李尚皱眉：“那他挨打了，你们怎么不管啊？”

“管？为什么要管？我连自己都管不过来！再说了，每次戏头挑人，十有八九都会选他。哪怕就一个名额，只要他在这儿，别人就没戏。”

李尚打量了韩东一眼，个儿高，腿长，身材极好，大概被戏头选中，也得益于身材。至于脸，说不上帅也说不上丑，但是非常有辨识度，基本看一眼就能记住。

“你们就是因为这个才不待见他啊？”李尚又问。

“也不是不待见，怎么说呢？这种人不能深交。”

李尚来了兴致：“为什么？他这人什么样啊？”

“他啊？说起来毛病就多了。一是花心好色，流氓不正经，不知道换了多少个女朋友。二是喜欢吹牛，整天自我感觉良好。三是慢性子，磨磨唧唧，你越着急他越给你拖着。四是心眼儿多，特会算计，一般人对付不了他。五是神神道道喜欢忽悠人，但有时候他看人、看事又特别准……”

还没说完，爆料者就起身朝门口冲去，说：“又有戏头出来了，今儿的活儿还真不少！”

那边“苦战”的韩东瞧见一群人涌到门口，急得直朝中年男人爆粗口：“给我撒手！”

一瞬间，中年男人真被韩东锐利无比的眼神唬住了，但很快就缓过来了，把韩东拖拽到了更远的马路上，两个人又是一顿撕扯。

韩东虽然年轻腿脚利索，但两个人的体型差太多，中年男人粗壮的手臂轻而易举就把他抡起来，本来想给他个过肩摔，结果没将他摔到地上，反而摔到了护栏上。韩东的衬衫被撕了一个大口子，扭曲的钢管从牛仔裤的窟窿里穿过去，导致他整个人头朝下地倒挂在了护栏上。

中年男人一阵粗喘，感觉差不多了，直接掉头走人。

“放我下来！”

韩东一边叫嚷一边挣扎，无奈衣服被勾得死死的，不仅没挣脱下来，反而把衬衫下摆弄到了脸上，腰身暴露在寒风里，两条大长腿高调地扬在空中。

一辆豪华私人座驾在马路上缓缓行驶，坐在车上的人是中鼎影视公司王牌监制梁景和一个刚入行不久但背景很硬的女演员陶允允。

梁景做过导演、监制，也担任过制片人，圈内权势自然不用多说。但是这一次，他不得不破例开尊口叮嘱陶允允。

“这部片子计划投资两亿以上，主要角色全由王总钦点。女一号你就别想了，里面有一个比较讨喜的角色，能不能争取下来，就看你今天的表现了。你要知道，王总从不单独见演员，今天我是以聊电影为由才争取到半个小时。”

陶允允牙齿轻咬着艳红的嘴唇：“那……王总有没有什么特殊爱好？”

“特殊爱好什么的，你就死了这条心吧，他是一个特别简单、认真的人，就算真要潜规则，也潜不到你头上。”

陶允允还是不放心：“那他总有讨厌的东西吧？你跟我说说他讨厌什么样性格的人，免得我到时候触到雷区。”

梁景想了想，谨慎地说：“第一，他讨厌花心好色、流氓不正经的人，虽然是针对男性的，但你也要保持端庄得体。第二，他讨厌爱吹牛、自我感觉良好的人，你一定要注意低调谦逊。第三，他讨厌慢性子、磨磨唧唧的人，你最好说话办事利索点儿。第四，他讨厌心眼儿多、特会算计的人，你最好不要表现得太精明。第五，他是无神论者，最讨厌神神道道的人，千万不要发表迷信的言论。”

陶允允脑袋都大了：“天哪，要求太多了吧？”

“这还多？”梁景撇撇嘴，“你知道他对男一号的身型要求吗？身高一百八十厘米，臀围一百零二点九厘米，大腿长五十八点五厘米，小腿长五十一点七厘米，多一寸少一寸都不行。”

陶允允瞪大眼睛：“不是吧？这么刻板？”

“没办法，理科出身，对数据有种变态的执念。而且，电影里男一的动作戏和腿部镜头相当多，又是大制作，画面精细，相当强调视觉效果。”

“那他干脆找模特好了。”陶允允说。

梁景哼笑一声：“你以为我没找过吗？问题是模特里都挑不出一个！这段时间选角选得我啊，满脑子都是数据，基本一眼就能扫出你的三围。”

“真的假的？”陶允允保持怀疑。

梁景自信满满地报出三个数：“九十三、六十二、九十五。”

陶允允捂嘴：“你这是遭受了多大的折磨才能练成人眼扫描仪啊？”

“我怀疑他就是存心跟我过不去，这么逆天的身材去哪儿找？一百八十厘米的身高怎么可能长出一百一十厘米的长腿？怎么能达到一百零三厘米的臀围？就算这两条都达到了，那五十八点五、五十一点七厘米呢？就算放在模具里长，也未必能长那么精准吧？简直就是闹……闹……”

梁景正对着车窗外哀叹，突然脸就白了。

护栏上出现两条倒挂的大长腿，腰身裸露出来完美地凸显了被牛仔裤包裹的性感臀部。身高一百八十厘米、臀围一百零二点九厘米，大腿长五十八点五厘米，小腿长五十一点七厘米……要不是有眼眶拦着，梁景的眼珠子都要蹿出去了。

“快，快从前面拐弯，给我绕到旁边车道上！！”

“我翻，我翻，呃……”

韩东呼哧乱喘地折腾了好半天，终于一个跟头栽到了地上，迅速翻身而起，迈开大步朝北影厂门口跑去。

可惜，戏头已经带着第二拨人走了。

韩东狠狠地朝地上啐了一口，等到一次机会多不容易啊！有的人在这儿熬了几天，都未必能接一个活儿，而且剧组都在七八点钟开工，这会儿基本上已经招完了。

韩东正要走人，突然瞧见不远处一个小伙子朝他笑。

“新来的吧？”韩东问。

李尚点头：“是啊，刚才听一个人聊起你，就想认识认识。”

“怎么聊我的？”

“他说你人品不好。”

韩东挑了挑眉：“那你还要跟我认识？”

“因为我人品也不好。”李尚一脸坏笑。

韩东抽出一支烟，暗示李尚帮自己点上，一边抽一边问：“想在这儿混？”

李尚点点头。

“那你就跟对人了。”韩东揽着李尚上了马路，很快就从旁边的路口拐了。

等梁景的车开过来的时候，韩东早就没影儿了。梁景还不死心地让司机在周围转了转，都没看到韩东的影子，急得差点儿一口老血喷出来。

“人呢？人哪儿去了？”

陶允允在一旁试探性地问：“什么人？”

“刚才，就在这儿，在这个护栏上，一个人头朝下挂在上面。那个屁股，那两条大腿都是王总想要的！我还高兴呢，怎么就……”梁景唏嘘不已。

陶允允尴尬地问：“是不是因为你最近为了选角的事操劳过度，出现幻觉了？”

梁景突然看到了什么，疾走几步来到护栏旁，猛地揪下来一块撕裂的牛仔布，上面还缠着乱七八糟的线头。

“绝对没有错！”梁景扭头朝司机说，“你把允允送到公司，我有事先走了。”

陶允允惊呼：“不要！没有你在我会紧张的！”

梁景已经飞跨过护栏奔到几十米开外了。

因为提前到了十多分钟，金主未回，陶允允被请进他的办公室静候。

刚一进去，陶允允就被琳琅满目的表盘震惊到了。大到三米多高的摆钟，小到纽扣般大小的精致怀表；早到清朝的“大八件”，晚到最近的潮流新款……再往里走，长五米高两米的表架上都是价值不菲的腕表。

陶允允扫到一个网眼镂空手表，没有指针只有网眼，蜂窝煤都比这看得明白。

再一回头，电脑屏保都是三个圈的诡异表盘。

这还不算什么，陶允允突然发现，这个房间里到处都是数字，明着的，暗着的，就连水晶灯的吊坠上都有数字，站到正中间抬头看，又是活生生的大表盘啊！她感觉自己进了一个游戏间，正在玩“数数这里有多少个表盘”。

除此之外，还有印着摩斯密码的开关、罗马数字形状的水杯……

陶允允暗暗咋舌，这个男人对数字痴狂到了何等变态的地步啊？！

现在想想男一号的选角要求，突然就可以理解了。

钟表的嘀嗒声在耳旁错落交织，就像密集的鼓点，逼得心跳一下子调快了节奏。

陶允允大脑高速运转，不停地默念着梁景叮嘱她的那几条。要端庄，这个没问题，现在她大气都不敢出。说话办事儿要利索，这么多表针催着，哪敢磨唧一秒钟啊？至于迷信言论，她自己都不信这一套，完全不在担心范围内。

谦逊低调，不能太过精明，这两条才是难点所在。

正想着，门突然开了，一个气度不凡的年轻男人走了进来。

“你好，我是王中鼎。”

两个人握手的那一刻，陶允允眼前绕出无数光圈。

王中鼎很少在公众前露面，所以陶允允对他的相貌一无所知。在她的固有印象里，一个数字控的领导应该戴着厚厚的眼镜，表情僵硬刻板，官派十足。

然而眼前的王中鼎一身钛灰色西服套装，线条硬挺利落，气韵纯正阳刚。更让陶允允意料不到的是，王中鼎虽然没有笑，但他的目光很随和。

“请坐吧！”王中鼎说。

陶允允紧张感减缓了不少，坐下之后，杏核美眸对着王中鼎忽闪个不停。目光灵动却不放荡，表情乖顺又不失端庄，演技确实不错。

不过，王中鼎只关心一件事：“你怎么不说话？”

“等您先说。”

“不是你要过来聊电影的吗？”

“哦哦，我才想起来。”陶允允露出娇憨的笑容，“一紧张就给忘了。

王中鼎淡淡一笑，似乎陶允允这股子简单纯粹劲儿让他很受用。

“王总，您这里的钟表真不少啊！”

“这只是一小部分，大多数都在家里。”

陶允允瞪圆眼睛：“啊？我以为只有摆出来的这些。”

“不光摆出来的，还有一些融到装修里了，比如你身后的背景墙。”

陶允允早就猜出背景墙上的四栏液晶屏是异形表盘了，却摆出一副难以置信的表情：“这是表吗？我完全看不懂啊！”

王中鼎指了一个简单的，说：“那你看得出这一排盆栽摆出的是方程式吗？”

陶允允重演了一遍刚发现时的惊讶：“不是吧？”

王中鼎又是一笑。

随着王中鼎脸上的笑容增多，陶允允那谦逊低调、简单淳朴的戏越演越精彩。王中鼎点哪哪是惊喜，说什么什么是高大上，而且方寸拿捏得非常好，谨记梁景叮嘱他的“干脆利索”四个字，见好就收，时间没到就爽快地告别了。

梁景寻人无果再次折返，刚到公司就看到陶允允从大厅门口走出来。

“怎么样？”梁景问。

陶允允笑容满面地摆了一个 OK 的手势：“聊得非常开心。”

不知道为什么，梁景突然有种不祥的预感，他快步朝王中鼎的办公室赶去，结果刚到门口就被王中鼎的助理冯俊拦住了。

“你不用进去了，王总让我转告你，他是不喜欢精明人，但不意味着他一定喜欢傻子。”

梁景：“……”

韩东带李尚去他的临时住所，两个人一边走一边聊。

“你都演过什么啊？”李尚问。

韩东说：“我演过的？那就多了，翻拍的《西游记》，我就在里面演了个重要角色。”

李尚一下来了兴致，问：“什么重要角色？”

韩东眉毛一挑：“你猜猜。”

李尚看过那部电视剧，但是因为里面都是牛头马面，没几张正常的人脸，所以猜起来挺有难度的，不由得嘟哝道：“重要的角色……肯定不是孙悟空……”

“虽然不是孙悟空，但和孙悟空有密切关系！”

李尚一惊：“不会是六耳猕猴吧？”

“我所谓的关系不是指像，是指有对手戏！”

“还有对手戏？”李尚朝韩东投去艳羡的目光，“演孙悟空的可是一线演员，你竟然能和大腕对戏？你不会演的是东海龙宫三太子吧？”

韩东摇头：“再猜。”

“牛魔王？太白金星？太上老君？托塔天王？二郎神？妖怪？”最后连铁扇公主都差点儿脱口而出，可韩东还是摇头。

“你说的那些角色都是提前审批的，我是群演，临时招的，能演那些角色吗？”

李尚想想也是，问：“那你演的是什么啊？”

“我乃花果山美猴王身处险境时请出来的重量级救兵，没有我，他就玩完了！”

“你……你演的不会是金箍棒吧？”李尚瞠目结舌。

韩东一拳头扫过去：“你才演金箍棒呢！”

李尚笑得咳嗽：“那……那你演的谁啊？”

韩东不卑不亢、掷地有声地说：“我演的是大圣爷吹猴毛时，第一只蹦出来的猴子！”

李尚差点儿没呛死：“这也能叫对手戏？”

“怎么不叫对手戏？我可是有台词的。”

“什么台词？”

韩东立现猴音：“大王！”

李尚擦了擦额头上的冷汗：“好‘重要’的戏份。不过我觉得你不合适演猴子，你应该演你家大王的那张嘴。”

“什么意思？”韩东斜睨着他。

李尚坏笑：“能吹呗！”

“谁跟你吹了？”韩东不紧不慢地点了一支烟，“你要找准定位，咱是群演，有句台词已经很不简单了，多少人演了十几部戏连个镜头都没有！

等回到我住的地方，给你看看我参演过的镜头，多得你都看不过来！”

李尚刚要开口，就听到韩东一声口哨：“嘿，美女，看个相呗，不收你钱，给个电话号码就成。”

美女瞪了韩东一眼：“变态。”

韩东依旧肆无忌惮地盯着人家看，直到美女快步走开，他才把脸扭向李尚，叼着半截烟头歪嘴坏笑，语气中透着浓浓的回味：“还挺正，穿成那样……”

李尚不得不承认，刚才爆料韩东的人真是一针见血啊！

走到一栋公寓前，韩东说：“到了。”

“哎哟，这地方还不错嘛。”李尚挺意外，“地段挺好，楼盘也挺新。”

韩东呵呵一笑：“我这人就这毛病，没钱吧还穷讲究，从不舍得亏待自己。”

李尚走上去才发现，一百平方米的房被拆分成十个隔间，其中还不包括公共卫生间和厨房。韩东就住在其中一间，说白了就是群租房，比地下室稍微好点儿而已。

“进来吧。”韩东给李尚开门。

李尚汗颜了，整个房间已经不能简单地用“乱”来形容，几乎所有的东西都堆在地上，橡胶皮子、报刊、瓶瓶罐罐、衣服零食……哪有下脚的地方啊？

“早上走得急，没来得及收拾。”韩东说，“找个地方坐吧。”

李尚环视四周，一把椅子都没有，坐哪儿啊？

韩东从破烂堆里捡起一块橡胶皮子，啪啪啪踩了几下，一个充气凳子就出来了。

李尚又问：“你晚上睡哪儿啊？打地铺？”

“这不是有床吗？”

韩东又啪啪啪踩了一阵，一个充气床垫就出来了，再来几下，充气枕头也出来了。

李尚咽了口吐沫：“你这电脑不会也是充气的吧？”

韩东抛了个冷眼：“对，连我都是充气的。”

李尚随手打开电脑，因为开机速度慢，他又趁这工夫打量了一下四周。真是一件像样的家具都没有，除了充气就是折叠的，除了塑料就是橡胶。十多分钟过去，再一瞧电脑显示屏，还没开机呢。

我的天……李尚唏嘘不已，就这生活还敢称讲究？这要是对自己稍稍狠一点，还不得住进粪坑啊？

“我这房子吧，除了隔音不好，其余都不错。”韩东倒挺知足。

李尚问：“隔音有多不好？”

刚问完，隔着三面墙的房间发出幽幽的一声：“我们十个屋共用一个闹钟。”

李尚：“……”

韩东拖动鼠标，说：“给你看看我拍过的电影吧，先看这个，我的镜头在十一分钟多一点。”说着拖拽到了十分钟。

李尚特别期待地等着，结果到了十二分钟，韩东问他：“看见了没啊？”

“啊？”李尚眨眨眼，“刚才出现了吗？我没注意啊！”

“那么清晰的动作镜头你都没看见？拖回去，拖回去，注意力再集中点儿。”

李尚这次连眼睛都没敢眨，结果还是没捕捉到。

“要不这样吧，到了你的镜头，你帮我点暂停。”李尚说。

到了十一分钟多一点，韩东猛地戳了一下鼠标，结果点早了。

继续播放，再次点击。

“什么鬼，过去了。”

他拖回去重点：“又早了。”

“又晚了。”

“……”

韩东撸起袖子，摩拳擦掌：“我就不信我逮不着你！”

这次快狠准……电脑死机了。

“没事，咱重启。”韩东说。

李尚有些心酸，他终于明白韩东那句“看都看不过来”是什么意思了，照这捕捉难度和电脑配置，两个镜头就够折腾一宿的。

参观完韩东的住处，两个人又一起吃了一顿饭。

“你是哪儿的人啊？”李尚问。

韩东说：“内蒙古的，你呢？”

“我安徽的，来北京念大学，去年刚毕业。虽然学的是理科，但我一直特喜欢表演，老想来试试。对了，我听说宝强哥就是在北影厂门口被发掘的？”

“别做梦了，那是几辈子修来的福气？再说了，宝强哥也不是光靠蹲点儿啊，人家是少林寺弟子出身，干的是武行，你来得了吗？”

李尚反问：“那你为什么漂了这么多年？”

“因为我早晚会火。”韩东特别理所当然的口吻。

“你怎么知道你会火？”

韩东吹牛道：“我自己算出来的。”

李尚玩笑着问：“那你能算出来你什么时候火吗？”

“快了。”韩东吃完一抹嘴，仰靠在椅子上目光傲然，“应该就是今年。”

李尚不信，但也不驳韩东的面子，为了图个吉利，他也问：“那你看看我能不能火？”

韩东仔细打量了李尚一阵，眼神突然发生了诡异的波动，语气半分玩笑半分真：“行啊，小子，有点儿明星相啊！”

“哟，您是怎么看出来的？”李尚饶有兴致地问。

韩东用筷子敲着碗说：“因为你的身材跟我很像。”

李尚哈哈大笑，双手抱拳：“托您的福，托您的福。”

因为暂时没找到合适的住处，韩东就让李尚先住在自己这儿。出乎李尚的预料，精于算计的韩东竟然没要他的房租，还放出仗义豪言：“哥们儿不缺这个钱。”

晚上收拾房间的时候，李尚捅了捅韩东：“嘿，我说，你这房间这么多充气的东西，那玩意儿应该少不了吧？”

“你说充气娃娃啊？”

韩东毫不顾忌的一声反问，让九个屋的男人同时抬起了头。

“你在开玩笑吗？”韩东弹了一下李尚的脑门，“哥桃花运旺得很，要它干吗用？”

九个屋的男人又同时塌下了肩膀。

因为换了个新环境，隔音又不好，李尚有些失眠。韩东是个没心没肺的主儿，一沾枕头就睡着。李尚熬到凌晨一点多，刚有点儿困意，韩东就在一旁幽幽地发话了。

“斜对门那哥们儿，你动静能不能小点儿？”

斜对门的哥们儿回了句：“干你屁事！”

李尚猛地来了精神：“你们都没睡啊？”

呼吸声此起彼伏，无人应答。

李尚偏头一看，韩东眼皮合着，呼吸均匀，完全没有任何醒来的迹象！心里一惊，不会是说梦话吧？那斜对门的哥们儿……也是说梦话？这都能聊到一块，那以后这地方还怎么住啊？

带着满心的忧虑，李尚总算睡着了，不知道过了多久，他又被说话声吵醒。

“新来一哥们儿，介绍给你们认识认识。”

又说梦话？李尚睁开眼，发现韩东没在床上，抬头看到他站在窗口。应该是给谁打电话吧……李尚没在意，翻个身继续睡，结果胳膊被什么东西硌到，一摸竟然是韩东的手机。

李尚脑中一道霹雷扫过，这里是五楼，既然没打电话，那他站在窗口和谁说话？李尚想起爆料者说韩东喜欢神神道道，心猛地揪起。再定睛往那边一看，两个眼球瞬间翻白。

韩东面前，凭空出现五个女人，身体僵硬，皮肤在黑暗中显得尤为苍白。

“来，跟李哥打个招呼！”韩东跟其中一个说。

李尚当时魂儿都吓没了，滚下床踉跄着往门口跑，却被韩东一个箭步冲过来拽住了。

“你跑什么？”韩东合着眼睛问。

是的，他的眼睛自始至终都是闭着的，闭着眼在房间自由穿梭，闭着眼睛判断出李尚的方位，并准确无误地拦下了李尚。

李尚彻底被吓傻了，毫无反抗力，直接被韩东拽到五个“女人”面前。

“听我的口令，稍息！立正！向李哥看齐！”韩东发完口令后拽着李尚逐一为他介绍，“这是苍老师，这是璐璐，这是芝芝，这是娇娇，这是兽兽。”

李尚看清楚之后，浑身的冷汗唰地落了下来，眼泪差点儿没跟着一起下来。

立在他面前的五个“女人”竟是充气娃娃！李尚心里的火噌地上来了，大晚上不睡觉，装神弄鬼吓唬人！

李尚刚要开口骂人，就被突然闯入的某位捂着嘴拽到了门口。

“别出声！”来者小声提醒，“梦游的人不能随便叫醒。”

李尚一惊，梦游？韩东不仅说梦话，还梦游？我这碰上的是什么人啊？

“他这人心里不能装着事，一旦有心事，晚上就会梦游演绎出来。”

李尚想想还真是这么回事，白天韩东瞒着自己有充气娃娃，结果到了晚上就迫不及待地把这些“私藏货”请出来了。

“哎，你是谁啊？”李尚这才想起来问。

男人开口道：“我是住在斜对门那哥们儿。”

斜对门的哥们儿……不就是跟韩东说梦话聊天的那位吗……李尚再次露出惊恐的表情：“你你你……你不会也在梦游吧？”

“你瞎啊？”男人悠悠地道，“我不是睁着眼吗？”

李尚松了一口气，又转过头看了韩东一眼，突然有些怜悯他：“这样的人多悲哀啊，自己就把自己出卖了。”

男人冷哼一声：“你还是担心担心自己吧，万一哪天你惹了他，他白天不跟你计较，说不定晚上就一刀把你捅了。”

刚说完，韩东突然一巴掌将“苍老师”抽倒在地，道：“让你不给房租！”

李尚：“……”

第二章 改造

“你真是个人渣！”

“我女朋友在这儿，给我留点儿面子成不成？”

中午十二点，冯俊手持一份文件，面色凝重地从电梯里走出来。在距离王中鼎办公室还有二十米远的距离收住脚步，眼中的温度跌至冰点。

一名新来的女清洁工正在门口拖地，听说王中鼎对卫生要求高，她特意提前动工，一块地来来回回拖了数遍，丝毫不敢含糊。

感觉到冯俊的注视，女工笑容殷勤地打招呼："冯经理。"

冯俊说："你明天不用来了。"

"为什么？"女工愣住。

"现在是午休时间，难道没人提醒过你，王总睡觉的时候是不能听到任何动静的？"

女工急着辩解："我只提前了十分钟。"

"王总的休息时间是按秒计算的。"

"可我没有进去打扰他啊，我一直在外面拖，而且动作很轻的。"

冯俊冷冷回道："办公室门口向左十七米，向右十四米，都在王总的听觉覆盖区。在这个区域内，你走了多少步，他就数了多少步。"

女工恼羞成怒："哪有那么金贵啊？有钱了不起啊？走就走！别说一个月一万，就是给老娘十万，老娘也不伺候了！"

冯俊面无表情地伸手："您请。"

女工咽不下这口气，走之前对着办公室门口撒泼："我就嚷嚷怎么了？我祝你找到一个睡觉磨牙打呼噜，说梦话外加梦游的媳妇儿……"

冯俊拿起手机，字正腔圆地对人事部经理说："十八层C区的清洁工是谁招进来的？让他跟清洁工一起麻利地给我滚蛋！"

挂了电话，冯俊看了一下表，距离休息时间结束还有两分钟，他不动声色地候在原地，两分钟后才抬脚朝门口走去。

王中鼎坐在办公椅上，精神状态看起来确实有些不好。

“没睡好吧？”冯俊问。

王中鼎倒显得无所谓：“还可以，也不是很困。”

“怎么会不困呢？昨天坐了一宿飞机，要不你再去睡会儿？”

“不用了。”王中鼎直接问，“找我什么事？”

冯俊把文件递过去，说：“你看看吧。”

醒目的标题映入眼帘——

新星搭上中鼎影视公司老总，有望出演年度大片女一号

照片虽然是偷拍的，但隔着一道玻璃，仍可以清晰地看到陶允允和王中鼎“交谈甚欢”的场景。

《京尚娱乐》杂志的主编接到这份稿件，赶紧给冯俊打电话询问具体情况，得知不是公司“本意”就迅速把稿子毙掉了。

“说她傻，她还来劲了。”冯俊哼笑一声，“竟然敢拿你炒新闻。”

王中鼎端详了很久才开口：“你看着处理吧。”

梁景在外面听到消息，火速赶回公司。

“王总，我真不知道她能干出这种事！我跟她并不是很熟，我叔叔的一个朋友非要把她介绍给我，长辈的面子不好驳，我……”

王中鼎扬手打断：“你这段时间太累了，好好休息几天吧，电影的事暂时不用你操心了。”

梁景一听这话心都凉了，王中鼎的一句“好好休息”，就意味着自己将丧失这部电影的监制权。

“王总！”梁景双拳紧握，目光迫切，“请您再给我一次机会。”

“我凭什么给你机会？”

梁景深吸一口气：“两个礼拜之内，我把男一号带到您面前。”

王中鼎定定地看着梁景，说："十天。"

梁景咬牙点头："好。"

转身出门的那一刻，梁景脑门的青筋瞬间暴起：我一定要找到那个人！就算找不到，接骨头、削肉也得"造"出这么个人来！

一连三天，李尚跟着韩东在北影厂门口都没接到一个活儿。

每天早上五点多，他们就爬起来，因为怕影响形象，所以他们也不敢穿得太多，那会儿气温只有三四度，他们冻得像孙子一样。身体的折磨还是次要的，最主要是心理的煎熬。一切都需要"等"，永远不知道机会在何时降临，永远看不到头。

即便被选上了，也不过是六十块钱和一顿午饭。当然了，没有一个人是奔着温饱而来的，李尚在每个人的脸上都看到三个字——白日梦。

韩东这个梦一做就做了五年。

"看来今天没戏了。"韩东拍了拍李尚的肩膀，"走吧。"

两个人正要拐弯，突然一辆豪车从对面驶来，直奔北影厂门口。

"宾利。"李尚眼睛都直了。

韩东把他的脑袋转过来，用轻狂的口吻说："有什么可看的？等哥火了送你一辆！"

"哈哈哈……我等着……"李尚搂着韩东的肩膀大步离开。

感觉到车速瞬降，梁景才懒洋洋地抬起眼皮，问司机："到了？"

司机"嗯"了一声，将车开了进去。

"梁监制，您要群演直接打个电话就成了，还亲自过来一趟。"

在公司正式开发布会前，梁景当然不能透露关于这个电影的任何信息，只是简单地和这边的负责人说："这次的群演比较特殊，外貌、年龄都没有要求，唯一的条件就是腿长。从今天开始，二十四小时盯守，见到腿长的就招进来。"

"行嘞！我这就找人去办！"

梁景出去之后，助理小文忍不住问："您确定那个人是群演吗？"

“既然在这儿出现，就有这种可能性，我也只能先碰碰运气了。”

下午，李尚照例帮韩东收拾房间，以减轻“没交房租”的罪孽。

韩东出去一个多小时，回来的时候身边多了个人。

“我女朋友，南祯。”韩东给李尚介绍。

李尚瞬间一愣，这女孩太漂亮了，妆容清丽、笑容甜美，尤其站在又渣又痞的韩东旁边，简直有种暴殄天物的感觉。

“你先歇会儿，我去给你买好吃的。”韩东朝南祯说。

李尚急忙起身：“我去买吧，你们俩聊。”

“不用。”韩东霸道又温柔的目光投向南祯，“你不知道她爱吃什么。”

南祯露出沉溺爱河的经典笑容。

韩东披上衣服，出门前还不忘在南祯脸颊上捏一把：“乖乖等我回来。”宠溺的笑容配上一个潇洒的转身，甩下一路的狂霸酷帅跩。

李尚比较健谈，南祯也不内向，两个人很快就聊了起来。李尚得知南祯是北京本地人，而且还是在读研究生，心里的疑惑更深了。

“应该有不少人追你吧？”言外之意，你怎么就瞧上韩东了？

南祯笑笑：“有是有，但他们也只是做做表面功夫，韩东就不一样了。我们才认识，他就清楚地知道我喜欢什么，讨厌什么，连我经历过的一些事他都有了解，当时我就觉得这个男人特别有心。”

李尚扶额，原来会忽悠的男人在谈恋爱方面有如此得天独厚的优势。

为了不当电灯泡，韩东回来没一会儿，李尚就迅速闪人了。一直在外面闲逛到晚上，回来刚出电梯，就听到异常的“动静”。

“紧一点儿，再紧一点儿。”韩东的声音。

南祯明显吃了一下劲儿：“这样可以了吗？”

李尚低头看手表，刚八点多，够高调的啊！踮着脚走过去，轻轻将门推开一条缝，眼珠子贼溜溜地转着转着，突然在某个地方定住。

李尚一把将门推开，眼前是南祯为韩东编小辫的场景，而且编的还是蝎子辫，密密麻麻爬在韩东的脑袋上，更凸显了一种邪恶变态的气场。

南祯笑着问候李尚："你回来了？"

李尚有些尴尬，闷头应一声："我只是拿点儿东西，这就走。"

"这么晚了你去哪儿啊？"韩东问。

"斜对门。"

斜对门的哥们儿叫叶成林，是和韩东一起搬到这儿的，他们已经做了三年的邻居。平时叶成林经常来韩东这儿串门，一来二去就和李尚熟了。

"看来他女朋友是不打算走了，今晚也只能跟你挤一宿了。"李尚说。

"东子不会留她在这儿过夜的。"

"你怎么知道？"李尚纳闷。

叶成林哼笑一声："不信你瞧着。"

两个小时后，李尚从叶成林房间出来，南祯果然已经走了，徒留韩东一个人顶着炫酷拉风的发型在房间里寂寞游荡。

"你怎么不留她在这儿住？"

"我得早起啊！"韩东双目放光，道，"小道消息，明天有大剧组过来招人！"

李尚鄙视他："你戏瘾是有多大啊？连女朋友都顾不上了。"

"不是戏瘾的事。"韩东叹了一口气，"我不能老让人家小姑娘和我一起睡充气床啊？要是以前的那些女的，睡了也就睡了，可南祯和她们不一样。我想为了南祯好好拼一把，好好踏实下来干点儿正事。"

李尚第一次看到韩东隐藏在不羁面孔下的无奈，看到他眉宇间印刻着铁骨铮铮的"责任"二字。他不禁动容，拍着韩东的肩膀说："这姑娘确实不错，好好努力吧！"

第二天早上五点半，北影厂门口已经人满为患。

"看来今天真有大戏啊，这么多人……"李尚感叹。

韩东没说话，眼睛带钩一样地在旁边美女身上划拉着。

李尚戳了他一下："自觉点儿！你忘了你是为谁而来了？"

“我就是用眼神臊臊她，让她穿这么少，不知廉耻！”

李尚：“……”

北影厂的大门突然打开，一群人涌了过去，李尚也冲了过去，韩东不紧不慢地跟在后面。

“都给我散开！往前挤的一律滚蛋！排好队，前后一臂间隔站好了！”

韩东在这儿混了五年，大大小小的戏头都认识，这个陌生的面孔显然不同以往的架势，应该是剧组内部专派过来的人，看来要挑“大角”了。

戏头一排一排筛选，筛了五六排都没一个中意的。终于，他的目光在李尚身上定住，后撤三步仔细打量。眼神一走偏，瞄到了后面的韩东，然后就再也没移回来。

“就你了。”

又是他？周围人发出一片唏嘘声，对韩东的好运表现出极度的不平衡。

李尚也没多遗憾，毕竟他刚来，心里没有过高的奢求。

不料，韩东突然将李尚的肩膀揽过来，朝戏头引荐道：“这是我好哥们儿，表演系毕业的，条件比我好多了，要不您选他吧？”

戏头又看了一眼李尚，比韩东身材条件差不了多少，相比之下模样更周正讨喜。听韩东这么一说，戏头心里有些迟疑。

“你确定让给他？我可提醒你，这机会是很难得的。”

李尚刚要说话，韩东就抢先开口：“就选他！您听我的没错！”

戏头没再说什么，摆摆手让众人解散，领着李尚往里走。走到门口的时候，李尚还回头看了韩东一眼，心里有种难以言说的滋味。

大门关上没一会儿，韩东就闪到刚才被他眼睛“骚扰”过的美女身边，用流里流气的口吻打招呼：“美女，又见面了。”

“我认识你吗？”美女瞪了韩东一眼。

韩东悠悠一笑：“你忘了？我就是那个看相不收钱、专要电话号码的变态。”

美女想起那天韩东在路上调戏她的场景，暗骂一声无聊，转身就要走。

“离开他吧。”韩东突然语重心长地说，“一个在你来大姨妈的时候不愿意去接你，却愿意去商场为你闺密挑选唇膏的男人，是不值得你冒着大雨到他家楼下求他回心转意的。”

高跟鞋踩地的声音猛地顿住，美女转过身一脸吃惊：“你……你怎么知道的……”

进了北影厂，刚才还威风凛凛、拿腔作势的戏头，这会儿被梁景的助理小文骂得丧眉搭眼，吭都不敢吭一声。

“你是不是没长脑子啊？我们让你把符合条件的都招进来，而不是选最好的一个！再说了，挑人也是我们挑啊，轮得着你吗？”

李尚听到不止选一个，当即露出兴奋的目光：“我有一个哥们儿，他的条件特别好，我这就给你们叫去！”

风一般的李尚狂奔到门口，在人群中搜寻了半天，都没见到韩东的影子。想给他打电话，结果韩东的手机欠费停机了，李尚只好遗憾地折返。

一直到晚上，李尚才回到韩东的住处，刚走出电梯，就被眼前的一幕刺激到了。

韩东正和一个美女在门口卿卿我我，这个美女俨然不是清丽可人的南祯，而是换成了大胸的御姐。

李尚猛地将韩东拽到一旁，怒斥道：“你昨晚说的话都当屁放了啊？”

韩东意味深长地说了一句：“异地恋是不会有结果的。”

异地恋？李尚蒙了：“南祯难道不是住在……”

“南四环。”韩东接口。

李尚：“……”

韩东又暗示李尚看看身后的美女：“她家离咱这儿就两站地。”

李尚咬牙切齿：“你真是个人渣！”

“你小点儿声！”韩东提醒，“我女朋友在这儿，给我留点儿面子成不成？”

“你这也叫女朋友？”李尚揪着韩东的蝎子辫嘲讽道，“小辫还没拆呢，人就换了。”

韩东打掉李尚的手，转移话题：“今天这戏怎么样啊？”

说起这个，李尚脸上才有了一丝笑模样。

“你算得还挺准，我确实有点儿明星运啊！”

韩东刚要细问，身后的美女就不耐烦地嘟起嘴：“你好了没啊？”

“我先陪她，一会儿再跟你聊。”

把美女送回家之后，韩东就迫不及待地打听起李尚今日的“战况”。

“我跟你说，今天来挑人的剧组是中鼎影视公司的，据说要拍摄一部年度大片，很多角色都使用新人。我今天就是去参加海选了，一百多号人，就我一个人进入复选了，听说复选是总监制亲自挑人。哎，哪天你陪我一起去呗！”

韩东哼笑一声：“万一把我选上怎么办？你没听那些明星谈出道的经历吗？全是陪朋友去试镜，结果自己被选上的狗血桥段。”

“选上你也没关系啊！”李尚大剌剌地说，“咱俩谁选上都一样！我被选上我提携你，你被选上你提携我。”

韩东但笑不语。

李尚又说：“不愧是业界龙头老大，出手就是豪气！我刚入围，他们就报销了复选当天的出行费和餐饮费，什么都没干竟然白领了五百块钱。”

韩东斜睨着李尚哼哼道：“我在这儿蹲十天也没这个价啊！”

李尚立刻赔笑：“这机会都是你给的，钱我一分不要，全归你！”

“你什么意思？我是那种人吗？”韩东黑着脸抻走了那几张钞票，“这次我是给你面子，下不为例啊！”

李尚去公共浴室洗澡的时候，韩东和叶成林坐在一起聊天。

“李尚这人到底怎么样啊？”叶成林问。

韩东冷笑一声：“一看就是个白眼狼。”

“那你还这么帮他？”

韩东晃了晃手里的钞票：“使唤一个白眼狼，我心里没愧。”

“你小子真行！”叶成林恨恨的口吻，“让别人替你赚钱，你自己去泡妞。”

韩东搂着叶成林坏坏地笑："别说得这么直接嘛……"

晚上睡觉的时候，韩东随口问李尚："你今天都没接活儿，怎么这么晚才回来？"

"别提了！"说起这事李尚就满肚子牢骚，"我今天被人量了一下午，扒光了衣服从脚趾量到脑门。我听说这次选人的条件特别苛刻，每个部位都要确切数据，就连大腿小腿都要分开算，精确到小数点后面一位！"

韩东幽幽地回了一句："哪个傻子定的条件？这么较真……"

国内知名杂志《京尚娱乐》的总编室内，一位资深修图师垂头听训。

"我跟你强调多少遍？这张照片不能修，你听不懂我的话吗？"

修图师一脸委屈："可是……不修图怎么拿来做杂志封面背景啊？"

"你可以美化，可以加特效，问题是，你不能在他脸上动手脚啊！你知道让王中鼎露一次脸多难得吗？人家特意提出不能修图，你非要往枪口上撞！"

"我只是微调了一点点，特别不明显，非专业人士根本看不出来。"

主编气急败坏地嚷嚷："人家不懂 PS，还不知道自己脸长什么样吗？别人也就算了，王中鼎是什么人啊？你给他调高一微米的发际线，拔掉半根眉毛，他立马就能瞧出来！赶紧把这张图处理掉，就用原片！"

韩东吃过午饭路过报刊亭，突然被一本杂志吸引住了目光。

"好有型的哥们儿！"

绛紫色衬衫搭配深灰色西装，无论是色调沉着度，领带领尖整洁度，还是领襟翻折后的立体度，都拿捏得恰到好处，可谓有板有眼、有棱有角。连韩东这种糙人都能看出此人不凡的品位和讲究。

韩东赏析完王中鼎的着装，又把目光转向了他的脸。

过了一会儿，报刊亭老板发话了。

"我说小伙子，你都盯十分钟了，到底是买还是不买啊？"

韩东一抬头，报刊亭老板吓了一跳，那张脸惨绿惨绿的啊……

“买。”韩东说。

回到住处，韩东将房门紧闭，看着杂志封面上王中鼎的那张脸，浑身上下的毛都奓起来了！这张脸，曾在他的梦里出现过，而且，此人不是善茬儿！

这时，旁边一直在缓冲的视频终于正常播放了。

“向来行事低调的中鼎影视集团当家人王中鼎为宣传年度大片首次公开亮相，发布会引来了上百家媒体争相报道……”

韩东缓缓地将头转向电脑屏幕，一瞬间呆若木鸡。

李尚打开房门，看到倚坐在墙角的韩东，瞬间吓了一跳。

“你干吗呢？”

韩东目光颓废：“我决定退出演艺圈了。”

李尚纳闷道：“你又发什么神经呢？”

“我没有发神经。”韩东闷了一口酒，仿佛参透人世间万物的淡薄口吻说，“娱乐圈的水太深了，为了出人头地可以放弃一切，无节操、无下限、无尊严。我厌恶了那种奢华糜烂、荒淫无度的生活，我想安稳下来。”

李尚挺实在地回了一句：“您进过娱乐圈吗？说得跟真有那么一回事似的！”

韩东吃瘪，阴恻恻的目光投向李尚：“我为了爱情不行吗？”

“又为了爱情？”

韩东醉意浓浓又深情款款地说：“南祯和之前那些女友不一样，我想为了她放弃奔波的生活，好好找一份工作，不求大富大贵，只求两个人相濡……”

“你等会儿！”李尚打断他，“你不是和南祯分了吗？”

韩东如梦初醒：“哦，对，我给忘了，那就换后来那个……后来……后来那个叫什么来着？别打岔……林澜？不对！宋唯？也不对！木都儿？是不是叫木都儿？”

李尚一脸黑线：“你问谁呢？”

“就是木都儿！木都儿和之前那些女友不一样，我想……”

“行了行了！”李尚不耐烦地摆摆手，“咱说点儿正经的，我今天逛街买了几件新衣服，打算等复选那天穿，你帮我看看怎么样？”

韩东没看李尚的新衣服，倒把目光投向被栏杆撕毁的那条裤子，越看越像不祥之物，于是他把这条裤子恭恭敬敬地送到李尚手里。

“哥虽然没法在复选那天亲临现场为你摇旗呐喊，但是会有这条裤子代替哥来陪伴你。复选那天你穿上它，一定会脱颖而出的。”

李尚一脸嫌恶的表情，“你这……多少天没洗了？还撕了一个大口子。”

“妙就妙在这个大口子上！”韩东神秘兮兮的口吻说，“我告诉你，这个口子，就是你通向娱乐圈的那扇门！”

李尚懒得听他瞎扯，把裤子揉巴揉巴放一旁：“我收下行了吧？”

复选那天，李尚起了个大早，换上新衣整装待发。转身拿包的时候，看到韩东举着自己的那条破裤子，眼巴巴地央求着：“换这条。”

李尚不忍打消韩东的积极性，就把裤子塞进了包里。

“到了复选场地我再换。”

李尚一走，韩东也睡不着了，顶着乱糟糟的卷发，像一只大号贵宾犬一样，“爬”进了叶成林的房间，闷头扎在床上，目光恹恹。

叶成林拍着他的后脑勺问：“你怎么不跟他一起去？”

“我要彻底隔离这个圈子。”

叶成林完全没当真，还笑着调侃道：“你不是前两天还预感自己要火了，怎么在这种紧要关头宣布退出了？”

韩东当然没脸说出真正原因，只是无奈地回一句：“腻了。”

“你还有腻的时候？”

叶成林自打认识韩东那天起，韩东就雷打不动驻守在北影厂门口，三年如一日。在叶成林看来，韩东对演艺圈有着永远耗不尽的热血激情，属于不撞南墙不回头的主儿。

“你帮我想想，我能干点儿什么？”韩东满脸愁色。

叶成林问：“你手头有多少存款？”

韩东掏出一把零钱散在床上："八十七块零三毛，公交卡里还有十二块七，加起来正好一百。"

"那你学历……哦，对，初中毕业……"

韩东特别强调一下："唐诗三百首随便考。"

"谁在乎你那个？"叶成林又想了想，问，"对了，你不是一直给人看相吗？"

"那都是忽悠人的，这碗饭越来越不好吃了。"

叶成林无奈地表示："你也只能当民工了。"

"你是说建筑工地的小工？就爷这身材、这大长腿，干体力活也太屈才了吧？"

"不然呢？现在去哪儿应聘不要学历啊？很多施工单位都招本科学历的，你想当民工还不一定当得上呢。"

韩东把头埋进床单里，深深地叹了口气。

"××站到了，请您刷卡下车。"

李尚刚把脚迈出去，司机就把车门关上了，李尚的包被夹住，急忙朝司机大呼："嘿，师傅，我包夹里面了，帮我开……"

话还没说完，司机就把车启动了，李尚踉踉跄跄地跟着跑。后来公交车突然刹住，李尚还没站稳车门就开了，连人带包地朝后跌去。

不偏不倚，摔进一个泥洼里，更邪门的是，上衣没事，就裤子脏了一大片。

是不是韩东那小子咒我啊？

李尚暗暗咬牙，韩东给他的裤子虽然有洞，好歹能当成个性，这一裤子泥是真没救了。

无奈之下，他只能换上韩东的裤子。

复选场地在影视城的排演厅，李尚来得早，偌大的排演厅只有稀稀落落几个人，大部分都是工作人员。

"嘿，搭把手，把这张桌子搬过去。"一个人朝李尚说。

李尚暗想闲着也是闲着，就帮那些杂务布置起场地来。

半个小时过后，人陆陆续续地来了，除了被选中的群演，还有艺校生、模特、关系户，各个身着名牌英气逼人，甚至有“拖家带口”的，保镖、助理、化妆师环拥左右。

看完这些人，李尚再打量自己，尤其是那条破裤子，简直丑爆了。

排队领号牌的时候，李尚前面的帅哥把阿玛尼西装外套脱下来，回过头塞到李尚手里，说：“麻烦你帮我存一下。”

“我吗？”李尚讶然。

帅哥挑挑眉：“难道这还有别人吗？”

李尚晃了晃手里的通知单：“我也在排队。”

“真不好意思，哥们儿，刚才看你搬桌子，还以为你是打杂的呢……”

李尚唇线死死一抿，权当没听见。

排了二十多分钟，总算轮到了李尚，他赶紧把通知单和身份证件递了上去。

登记员伸手：“其他的呢？”

“其他的？”李尚蒙了。

“不是群发短信通知你们自带一张全身照、一张半身照、一张腿部特写吗？”

“我不知道啊……”李尚赶忙把手机掏出来，这一看不要紧，他发现自己把陌生号码信息设置为自动拦截了。

登记员直接扬手：“下一位。”

李尚赖着不走：“老师，您看您能不能通融一下……”

“以后你还有机会，而且我看你这次准备得也太不充分。”言外之意，你即便资料齐全也不可能被选上。

李尚被后面的人硬生生推了出去，他还是不死心，打算赶紧出去拍两张，说不定还来得及。

梁景刚下车，就看到一个人风风火火地冲出来。他没瞧见别的，光瞧见李尚膝盖处露出的那一块肉，血压顿时就蹿上来了。

“快！把他给我拦住！”

李尚急赤白脸地嚷嚷：“让开，我这有急事！”

梁景这些天的心思全在找人上，“二维码扫描仪”已经很久没用了，识别力自然有所下降。加上李尚和韩东身材非常相似，李尚又穿着让梁景惦念数日的“铁证”，梁景一激动就迫不及待地拍板认定了。

“你有什么急事？”小文问李尚。

“参加复选需要照片，我得赶紧拍去，再晚就赶不上了！”

梁景躬下身，将攥了好久的一块碎布放到李尚裤子的窟窿上一比画，瞬间露出逃过一劫的畅快笑容。

“还照什么相片？就是你了。”

李尚一脸茫然：“什么就是我了？”

小文拍拍李尚的肩膀：“替我们老板谢谢你父母。”

“谢我父母？”李尚更糊涂了。

小文点头：“太会生了。”

李尚还没弄清楚状况，就被人押上了车。

晚上十点多，韩东从外面“野”回来，看到李尚又在收拾房间，而且收拾得异于往常的干净，将所有的个人物品都集中到了一个箱子里。

“你这是要搬家啊？”韩东问。

李尚喜悦溢于言表：“还真让你说着了。”

韩东看李尚那一脸高兴劲儿，试探性地问：“你的意思是……你被选上了呗？”

“哈哈哈……哥们儿，太感谢你这条裤子了！”李尚激动地攥着韩东的手，把今天遇到的各种“惊喜”吧啦吧啦一通说。

韩东听着都挺玄乎：“不会是骗子吧？”

“我有什么值得骗的？又没钱又没色。”

韩东想想也对。

李尚忍不住嘚瑟：“你知道北影中戏有多少毕业生没戏演吗？十五万！我一个没背景、没经验的理科男竟然让大导演给相中了！”

韩东心里酸溜溜的：“是啊，我蹲了五年都没蹲出个样儿来，你打了五天酱油就出人头地了。”

“还不是靠大师您的‘点拨’！”李尚一脸谄笑，“回去我得把那条裤子供起来！”

韩东哼哼道：“用不着这么快搬吧？怎么的？嫌我这种地方掉价了？”

“想哪儿去了？是我基础太差，需要三个月的全封闭魔鬼培训，只能住在公司的宿舍。”

“那你也不用大晚上折腾啊！明天再搬不行吗？”

李尚无奈中又透着兴奋：“我今天晚上就得住在公司，因为明天一早就要见重要领导。你知道王中鼎吗？就《京尚娱乐》上期的封面人物——中鼎影视集团老总！我明天竟然要见他，这简直跟做梦一样！”

听到这话，韩东心里一点儿都不酸了，不仅不酸，还像吃了蜜一样甜。他慢悠悠地朝李尚蹭过去，小声提醒：“那个王中鼎不是什么好东西，你最好防着点儿。”

“不是吧？我今天特意上网查了，王总在圈内的口碑特别好！”

韩东嘁了一声：“网上的评论能信吗？那都是雇水军刷出来的。”

“那你是从哪儿知道的？”

韩东想了半天才挤出一句：“他面相不善！”

李尚想起一件事：“你帮我想个能保我星运畅通的艺名吧。”

韩东脱口而出：“李天帮。”

“这么快？”

韩东哼笑一声：“从你第一天来我就想好了，等咱俩成为巨星，一个李天帮、一个韩天王，多霸气！”

李尚刚要说话，手机就响了。

“公司来接我的车已经到楼下了，我得赶紧走了，以后常联系！”

韩东站在窗口对着下面吼一声：“等你有钱了，别忘了兄弟！”

“忘不了你！”李尚说完就迫不及待地钻进车里。

韩东龇牙，看你那个德行就像翻脸不认人的！

见王中鼎之前，梁景把曾经叮嘱过陶允允的“五禁”一字不漏地转述给了李尚。

李尚呆住：“您怎么认识韩东的？”

“韩东？”梁景对李尚的逻辑思维理解无能。

李尚点点头：“对啊，您说的这个人不就是韩东吗？”

“什么韩东韩西的？”梁景对李尚的打岔感到不满，“我跟你说的是王总讨厌的性格类型，不是具体指代某个人！”

“可他确实跟韩……”

梁景强硬地打断：“你是不是没睡醒啊？”

李尚心中碎碎念：压根儿就没睡……

梁景给王中鼎打电话：“王总，您现在有空吗？”

“我今天一天都在外面。”

“这样啊……”梁景挺无奈，“还想第一时间给你个惊喜呢。”

“不用急，还有三天时间，期限一到，就算你不送上门，我也会伸手要的。”

梁景挂掉电话后朝李尚说：“回去歇着吧。”

“不……不见了？”

“改日。”

韩东第一天当小工，虽然活儿不多但是很杂，四处跑腿儿，半天下来就累得不行。好不容易熬到了午饭时间，韩东一屁股坐在地上，端起餐盒就开始狼吞虎咽。

坐在韩东旁边的民工兄弟笑着问：“以前没干过体力活吧？”

韩东点点头：“以前是演员。”

“啊？那你这落差可够大的。”

“就一个群演，没什么落差。”

“也对，反正都是服务于影视行业，没啥区别！”

韩东沾满油渍的嘴角咧了咧：“你太能扯了，咱这跟影视行业有一毛钱关系啊？”

“怎么没关系？咱这工程规划就是影视基地啊！”

韩东手中的筷子骤然停住：“咱这建的是影视基地？”

“那大牌子上不是写着吗？”民工兄弟指了指。

韩东转过头，“中鼎影视集团”几个大字赫然出现在施工方一栏。

哎哟，我的天！找个建筑工地都是他们公司投资兴建的！

韩东脊背冒凉气，有种想闪人的冲动。可这里的工资按日结算，如果现在走了，等于上午的活儿白干了。想到即将到手的一百块钱，韩东又犹豫了。

王中鼎应该不会来这种地方吧？即便要来，也不一定是今天吧？韩东眼中精光一闪，对了，李尚说他今天要见王中鼎，哈哈哈……那我就不用担心了！

“王总，咱去那边看看，小心脚下的废料……”

韩东刚把饭盒扔进垃圾桶，就扫到不远处走过来的领导视察团，当看到那张不经 PS 就敢上杂志的男人脸时，两个小腿肚儿开始疯狂颤抖。

这是要把我赶尽杀绝啊！

韩东无限抓狂，跑是没法跑了，万一跑得太招摇，被王中鼎抓过去怎么办？目前唯一的办法只有躲。躲哪儿？眼前只有垃圾桶，跳进去肯定放出一批苍蝇去打小报告。正着急的时候，突然扫到三米之外有一口井。

以我这两条大长腿，卡住井壁应该没问题吧？只要撑到他走远就可以了。韩东正想着，王中鼎的目光突然投向这里。

不好！韩东毅然决然地跳了下去。

结果，这一下去，就到底了……

当天晚上，叶成林就赶到了医院。

韩东正躺在病床上，哆哆嗦嗦地举着一本杂志自言自语，紧接着又抖着手拿起小镜子，对着自己的脸左照右照：“啧啧，那个阴魂不散的，该不会是瞧上了大爷我这张无与伦比的脸了吧。”

“干吗呢？”叶成林愣住。

韩东赶紧把杂志收起来，拽住叶成林的手哭诉道：“今天哥们儿可倒大霉了！”

“到底怎么回事啊？”叶成林急着问。

韩东简要概括：“掉进三十多米深的井里，多亏警察好心相救！”

“好端端的怎么会掉井里？你没长眼啊？那么大的井口都看不见！”

韩东心中咆哮：这年头不怕眼神不好，就怕眼神好啊！我要是没看见还不至于掉下去呢！

“行了行了，赶紧躺好了吧。”叶成林给韩东掖了掖被子。

韩东无端端冒出一句：“你说我是不是遭报应了？”

“报应？你干什么缺德事了？”

往事不堪回首，韩东道：“哎……我在九年前害了一个大好青年！”

“怎么害的？”叶成林好奇。

“我当时刚学会上网聊天，也不知道哪根筋搭错了，居然加了一个男性好友，还跟他坦诚相见了。”

叶成林眼睛都瞪圆了：“你跟男的裸……”

“你先别激动！”韩东按住叶成林，“我是夹着腿假扮女人跟他聊的，你也知道我这两条腿又白又长，他也没怀疑。然后我就抽着烟，乐呵呵地瞧着他自慰，再发过去一行字……”

“什么字？”

“我说哥，你别眨眼，妹子给你变个魔术。”

叶成林的嘴角抽了抽：“你不会……把两条腿打开了吧？”

韩东双手捂脸：“你太了解我了。”

叶成林哭笑不得：“然后呢？那哥们儿没跟你拼命？”

“我把他拉黑了，他找不到我，一直到现在，我都不知道那哥们儿的下落。”

“你这也太缺德了！万一给他留下心理阴影，以后看见女的不举了怎么办？”

“所以说啊……”韩东泣泪忏悔，“我落到今天这个下场也是活该。”

叶成林还是没明白：“你说的这件事和你掉井里有什么关系？”

“该怎么跟你说呢？”韩东纠结，总不能说是因为我当年对一个男人干了一件缺德事，导致我现在也落到一个男人手里吧？

叶成林叹了一口气：“算了，我看你是让井水泡傻了，多冷的天儿啊！也就人家警察心眼好，肯救你，换成我看都不往下看一眼。”

说起这事韩东又是一番感慨：“我现在没别的想法，就想好好报答我的救命恩人！既然过去的错事没法挽救，被我害的兄弟不知身在何方，我也只能抓住眼前的机会，从恩公的身上减轻我的罪孽了。”

住着高档公寓，穿着纯天然面料的浴袍，坐在进口的真皮沙发上，搜索着梁景曾监制过的知名大片，李尚仍有种不真实感。

大学同学打过电话来问：“找到正式工作没？”

李尚笑着回：“演员算吗？”

“去你的，你一个学机械工程的要能当明星，老子吃一桶大粪！”

李尚哈哈大笑，刚要说话，门铃就响了。

“来人了，不跟你说了。”

李尚打开门，看到来的人是梁景，心里不由自主地紧张起来。

“睡不着，过来给你检查检查身体。”梁景径直地走了进去。

李尚诧异：“检查身体？”

小文随后赶到，将测高仪、直角规和弯角规提了进来。

“距离我们上次见面已经有十来天了，在这段时间内，你稍不注意饮食，可能就会引起数据变化。如果有轻微的偏差，我们还可以趁这两天弥补一下。”

李尚一头雾水：“我们……什么时候见过？”

梁景没有解释，只是朝小文扬扬下巴示意他动手。

李尚又一次被扒光了。

小文一丝不苟地测量着李尚各个部位的数据，除了梁景曾经谈到的身高、臀围、腿长之外，还涉及大腿围、小腿围以及腿部曲线等考察项目。整个过程耗费了半个钟头，直到小文确认无误了，才递给梁景。

梁景自上而下扫视着表格中的数据，脸上的表情层层递变。

李尚在旁边偷扫了他一眼，心里升起不祥的预感。

梁景沉着脸喃喃自语：“我当时明明看得很精准，就算是动态尺寸也不该有这么大误差……”说罢站起身走向李尚，“我亲自给你量。”

第二次测量结果依旧如此。

如果光凭眼睛看，韩东和李尚的身材差不多。可一旦脱了衣服测量，各项差异就会充分凸显。像臀围、腿围什么的都好说，可以采取一些手段。可李尚的腿长差了十八毫米，身高也不足，这是不可能在两天内弥补的。

“这条裤子是你本人的吗？”梁景突然抬头问。

李尚舌头发僵：“怎……怎么了？”

小文在旁边插口道：“我们总监就是在街上相中你的，等开车过去的时候你已经走了，就剩下裤子上的一块布挂在护栏上。我们就是为了找你，才去北影厂门口招人的，不然你以为我们这么个大公司还缺演……”

“行了！”梁景打断小文，直接问李尚，“这裤子到底是不是你的？”

李尚很清楚裤子是不是自己的，但他已经不清楚嘴还是不是自己的。他现在的处境就好像用一万块赢了三百万，最后又输得只剩下一万，虽然没赚没赔，但心态已经和走运之前完完全全不同了。于是，李尚撒谎道：“哦……您说那天哪，我是跟人打架才会倒挂在护栏上，还把裤子刮坏了。”

李尚的话，印证了那天梁景只是看走了眼，也彻底粉碎了梁景的念想。

“王中鼎，看来老天都不想你用我了。”梁景冷笑。

小文开口劝道：“总监，您别急，我们还有两天时间可以去找。”

“找？上哪儿找去？”梁景突然怒吼出声，“这个世界上，怎么会存在一个按照别人要求去长的活人？我找了三个月，就这么一个靠谱的，结果呢？将近两厘米的误差！你能给我接上啊！”

从上海出差回来的飞机上，冯俊和王中鼎聊起梁景的事。

“你说，梁景找来的那个人会符合条件吗？”

王中鼎头都没抬，直接说：“不可能。”

“你怎么那么肯定？我看梁景很有自信啊！”

王中鼎用比他更自信的口吻说：“我给出的数据根本就是违背人体工程学的，没有人会达到那样一种标准。”

冯俊明知故问：“那你还硬让梁景找？”

“没办法，这人功利心太重，公司十几个工作室，那么多制片人，他偏偏要独揽大权。我想要制衡他，就必须分拆他手中的资源和项目。”

冯俊纳闷：“你为什么不直接撤掉他对这部电影的监制权？”

王中鼎特别认真地回答道：“你们不是总说我为人太直白，办事手段过于简单粗暴吗？所以我这次委婉了点儿。”

冯俊一脸黑线，现在公司上上下下都等着看梁景的笑话，你确定你真的委婉了吗？

“万一，真有那么一位神人，偏偏长出所谓的‘违背人体工程学’的逆天身材来拆你的台怎么办？”冯俊戏谑地看着王中鼎。

王中鼎脸上的神情纹丝未动：“那我真想见识见识，如果有人敢这么长，我一定不遗余力地捧红他！”

“哈哈哈哈……”

从飞机上下来没一会儿，王中鼎又接到一个紧急电话，再次折返候机大厅。

“家事，我一个人去就可以了，你帮我盯着点儿公司。”

冯俊点头：“那梁景那……”

“可以让他折腾得久一点儿，以便一巴掌拍死。”

梁景正在办公室一筹莫展，突然接到王中鼎要出差两个礼拜的电话，冷掉的血液再次沸腾。两天时间确实无力回天，但是两个星期就另说了。娱乐圈盛行整容，身体整形也是其中一项。只是以王中鼎的要求，能达到整形资格的都是罕见，好比身高已经有一米八，结果腿不够长，即便接了骨，腿达到要求身高也超限了。况且还有大小腿的比例问题，现有的医疗水平限制，都让梁景忐忑不安。

厚厚的一沓资料转眼间翻到底，就在梁景几乎崩溃的时候，李尚的数据表救了他。

“总监你快看，他的身高和腿长都是相差十八毫米！”小文惊赞不已，“太神奇了吧？简直是咱的贵人啊！”

李尚都已经做好收拾包袱走人的心理准备了，结果梁景又在他面前摔了一份合同。

“三百万的签约金，签字后一次性到账！”

但前提是，李尚必须要接受一系列的人体整形手术，包括吸脂、脂肪填充、骨延长术，前两项还好，最后一项风险很大。小文很诚恳地告知了李尚手术的弊端，包括尚未有成熟的医疗技术，还有那不可预知的后遗症。

三百万，对于新人而言简直是天价数字，这在以前李尚是想都不敢想的。况且有了合同和签约金，就算李尚拿不到这个角色，梁景也会用别的途径让他为自己赚钱。以梁景手中的资源和权势，李尚想红指日可待。

梁景又甩给他一份合同，上面明确写着，一旦手术失败，所有后续治疗费用全部由梁景承担，并且另外赔付一百万的精神抚慰金。

“我可以给你时间考虑，但是你要明白，你考虑的时间越长，你身体所受的风险和你恢复的强度就会越大。”

李尚去医院看韩东的时候，他正在发愁医疗费的事。

“医院太黑了！住了几天要我一万五！我手头没钱，全是叶成林帮我垫的。可他还有半个多月就结婚了，止是用钱的时候，我不好意思拖着。我想先跟女朋友借点，结果她的电话一直打不通！唉，你说，我怎么就找不到一个真心爱我的人呢？”

“你自己还不知道为什么？”李尚呵呵地笑。

韩东抱头一副痛苦状。

李尚问：“你父母呢？他们不知道你住院了吗？你可以先找他们借啊。”

“又不是亲的，我哪开得了口啊？”

李尚一惊：“不是亲的？”

韩东叹了一口气：“既然说漏嘴，那我就告诉你吧，这事我从没跟任何人提过，真是把你当亲兄弟才告诉你的。”其实韩东不知道跟多少人说过了，恨不得和一个扫大街的聊天都能把自己家的老底儿兜出来。

“我生下来有一只手六根手指头，我们那儿有个说法，六指的孩子克父母，所以我爸妈就把我过继给了我伯父。后来我伯父家里也有了自己的孩子，又听说邻村的一家有三个闺女，想要个儿子送终，又把我过继到了他们家，也就是我现在的养父母家。”

李尚难以置信：“真的假的？”

韩东把左手伸出来：“不信你看，这个地方就是截指后留下的疤。”

李尚又问：“那后来呢？你亲生父母呢？”

“死了。”韩东说得不痛不痒。

“死了？”

韩东一副阴暗嘴脸：“以为扔了我就没事了吗？照样克死他们！”

李尚：“……”

韩东言归正传：“对了，你在那边混得怎么样？”

“快签约了。”李尚说。

“行啊！哥们儿，你这都快发达了，还不就势……”韩东使了个勒索的眼神。

“你不说我也正要提，等我签约金到账，我立刻给你打过三万来。一万五还叶成林，剩下的一万五你自己留着花。”

韩东一副喜出望外状：“太够意思了！”

三天之后，叶成林赶到医院，看到韩东正两腿打晃地收拾东西，急忙过去问：“你干吗要提前出院？缺钱你开口啊，我先给你垫上！”

韩东把脸转向叶成林，表情足可以申请吉尼斯最愁苦纪录。

“我没脸在这儿待着了！”

叶成林着急：“你又哪根筋出毛病了？”

“昨天晚上我去恩公那儿道谢，结果你猜怎么着？那个恩公就是我九年前坑害的大好青年！我还想靠报恩来赎罪呢，结果罪加一等了！”

“然后呢？人家没跟你拼命？”

“怎么没拼命啊？！要不是我使出撒手锏镇住场，早就被碾成渣了！”

叶成林不知道该说什么了：“你这造的都什么孽啊？”

韩东捶胸顿足：“我的报应啊！”

韩东仿佛已经看到月老端着辣椒水，红娘揣着小皮鞭，狞笑着朝他走来，看来这一劫是注定躲不过去了！

李尚还是接受了肢体延长术，医生将他的肢骨截断，接骨两端各穿两组钢针，用重达十斤的骨外固定器连接。通过这种方式来刺激骨头与肌肉、神经、血管内的组织细胞分裂增殖，以达到快速增长的目的。

手术已经结束两天，疼痛不但没有缓解反而有愈演愈烈的趋势。好几次李尚都想呼叫医生帮自己复位，可一想到代价就咬牙忍下了。

然而，这仅仅是噩梦的开端。

第三天，医生开始旋转固定器上面的螺丝，强行拉伸一毫米。实施过程中，李尚几乎疼到昏厥，病房像个屠宰现场，号叫声令人发指。

最难熬的还是晚上，病床就像一个刑架，李尚被铐在上面，不敢打电话，怕自己一开口就是呼救。那种孤独、无助、煎熬，是他后来每每想起都毛骨悚然的。

除去准备的两天和恢复的两天，李尚忍受了十天的非人折磨！

这十天，他足足瘦了十三斤！

以至于原本不达标的腿围也免去了抽脂环节，只是臀部做了脂肪填充，这个人造的“准男一号”就这么大功告成了。

钢针取出的那一瞬间，李尚最大的感触就是：没有人的钱是大风刮来的！无论是以怎样的方式获得，它所承载的都是与之对等的付出量。

隔日，梁景就开车过来接人了。

按照正常的医疗程序，恢复期至少三个月，李尚现在根本不能下地。但是没办法，这次是王中鼎开口要见，就是满地的钉子李尚也得淌着血踩过去。

李尚原以为痛苦已经熬过去了，哪想双脚触地的一刹那，他才知道什么叫地狱。那种钻心蚀骨的疼痛几乎让他窒息，别说迈步了，晃动一下都会头晕目眩。

“要不我们把他搀上车吧？”旁边的保镖请示。

梁景断然拒绝：“不行，必须让他走过去。现在走不了，到了王总那儿更走不了。”

李尚已经没有退路了，那么残忍的酷刑都挺过来了，现在如果放弃，就不是可惜，而是可怕了。况且他只需走这几步路，回来还可以继续调养恢复。

这么一想，李尚便屏蔽了自己的感官系统，悲壮地走完了这段路。

“王总，人给你带来了。”梁景说。

李尚艰难地操纵着自己的面部肌肉：“王总好，我叫李尚。”

王中鼎微笑着点了点头，而后在李尚的身上打量了一眼，不用任何仪器就能看出他的身材是符合要求的。

“你真的很厉害。”王中鼎朝梁景说。

梁景笑了笑：“与我无关，是他会长。”

不料，王中鼎话锋一转：“数据对了，但感觉不对。”

梁景的脸瞬间僵冷下来：“什么意思？”

“剧本做了一些改动和调整，男主角作为卧底，之前的设定只是易‘容’，现在要完完全全的易‘性’。我需要一副女装扮相，不仅惊艳而且可以游刃有余，穿梭于男女之间滴水不漏的好身材。”

梁景“掀桌子走人”的欲念已经冲到了脑瓜顶，以他手中的人脉资源，跳到任何一家公司都可以混得风生水起，他完全可以不受这份屈辱。然而，就像李尚所遭受到的那样，当一个人付出太大代价，就丧失了豪赌的勇气。

“不过……”王中鼎注视着李尚额头凝结的那颗迟迟不愿滚下的豆大汗珠，首开金口，“这个人，可以好好培养！”

梁景还是丧失了这部电影的总监制权。

李尚也从单人套房换到集体宿舍，虽然待遇下降了，但心情比之前好了许多。有了一起培训的室友，生活就没那么茫然和枯燥了。

“经咱们相互协商，你的艺名就定为李天帮。你出身艺术世家，祖父生前任美国中华艺术协会理事长。十岁随父母移民到美国，毕业于耶鲁戏剧学院。而你是在来华参加一次艺术展的时候，被梁监制相中并签到公司的……”

与李尚相同，其余几个人也被各种包装。为了避免日后艺人间互相拆台，他们的真实背景只能私下交流。像李尚的这种身体整形经历，就更要禁言了。

“从今天开始，你们要更换所有通信设备，改用公司为你们定制的号码，阻断和任何朋友的联系。这么做，是为了避免首次出镜后带来的各种骚扰。当然，一旦你们进入新角色，有能力对自己的交际圈进行洗牌，我就会放你们自由。”

韩东出院一个多礼拜了，给李尚打过无数次电话都没人接。眼看着叶成林的婚事进入倒计时，账户里还是那可怜巴巴的几百块钱。

“就知道这小子靠不住！”

韩东一边骂着一边又不死心，平时称兄道弟的哥们儿，一到借钱的时候个个没钱。唯独李尚应了下来，不找他还能找谁？

刚要出门，韩东突然意识到一个严重的问题，李尚签约的是中鼎影视公司。假如他现在去找李尚，会不会碰上王中鼎？

韩东掐指一算，凶兆！

不行，我得捯饬捯饬……

韩东换上已沦为擦脚布的旧制服，下面搭配一条裤裆耷拉到膝盖的九分裤，露出里面闪亮亮的棉裤脚。嘴角蹭上地沟油，头发撒上煤渣子，脸颊点上七颗痣，痣上再插几根毛……嫌不够脏，再在地上滚两圈；嫌不够味儿，再喷点伪劣的灭蝇剂。

这个妖孽就这么出门了！

结果可想而知，韩东连公司的大门都进不去。

最后晃悠到冷峻严肃的警卫都垮着脸央求他：“大哥！你能不能离我远一点儿？中午那点儿饭都翻到嗓子眼了。”

“……”

一辆载着经纪人和培训生的专车缓缓朝门口驶来，正在吃东西的助理突然发出不雅的干呕声，随即尴尬地指指车窗外：“我的苍天哪，这人太恶心了……”

李尚扫向车窗外，突然觉得这人有点儿面熟。

与此同时，韩东也看见了他，急忙过去拦车。

“嘿，停一下！”

李尚的室友把车窗摇开，结果被熏得再次关上，只能在里面问：“你是谁啊？”

韩东大声喊：“李尚！我韩东啊！赶紧出来！”

经纪人冷声质问：“李天帮，你认识这个人吗？”

要是换成平时，李尚可能还会给韩东使个眼色，但是现在这副扮相……李尚真是看都不敢多看一眼。

“不认识。”

看到车开了起来，韩东忍不住破口大骂：“李尚，你这个孙子！”

刚骂完，身后的一辆名车就响起刺耳的喇叭声。

韩东一回头，正对上冯俊那张不可一世的冷脸。

司机又焦躁地按了几下喇叭。

韩东本来就不爽，再瞧见这些自以为高大上的衣冠禽兽对他这种小老百姓赤裸裸的歧视和驱赶，心里的火苗子更冲了。

“按什么按？大爷我长耳朵了！”

坐在后面的王中鼎把车窗摇下来：“发生什么事了？”

韩东一看到王中鼎，就像膨胀的气球突然被放气时那种四处飞着变瘪的熊样儿。

“一个要饭的挡在路上。”司机面无表情地陈述。

韩东本来已经做好撤人的准备，听到这话，又冲到司机的车门前挑衅：“你说谁是要饭的？有本事给我滚出来！”

王中鼎未发话前，司机不敢轻举妄动。

韩东本想横两句就走，结果发现王中鼎在盯着他看，心里突然就虚了。

这种心虚不是因为自己的丑陋，而是因为他怕自己不够丑陋。为了保险，他直接把矛头指向王中鼎："你看什么看？找抽吧？"

此话一出，后面的保镖都起身了，结果又被王中鼎勒令坐回。

"咱们走吧，小心点儿开，别碰着他。"

王中鼎淡然的口吻和贴心的叮嘱让韩东痣上的几根毛都竖起来了，心里一阵阵后怕：我都这副德行了，总不会还能被他瞧上吧？

而不远处停下的车里，平和的声音陡然跌至冰点。

"以后这种不像人的熊玩意儿，别再让我看到。"

冯俊点头："是，王总，我会叮嘱行政后勤部门大力整顿门口环境的。"

韩东刚回到住处就收到一条短信，有人往他的卡里打了三万块钱，附言：曾经答应过你的，不用还了。

大爷我不稀罕！

于是，韩东又把那些钱按原账户返回了。

叶成林推开房门，就看到韩东愣怔怔地坐在地上，衣服也没换，"妆"也没卸，与周围的垃圾完美地融合在一起。

"你吓死我了！"

韩东拍拍旁边的空地："来，坐这儿。"

"我还是站着吧。"叶成林一脸嫌恶，"怎么弄这么脏？"

韩东悠悠地说："李尚走了，没人给我收拾。"

"对了，你不是说今天去找他吗？"

"找了，他没睬我。"

叶成林不得不说句实在话："你们才认识几天，人家凭什么对你掏心掏肺？再说了，你不是早就看出他是白眼狼了吗？"

"不说他了。"韩东抬头注视着叶成林，"你要回老家结婚吗？"

"废话，在这儿连房都没有，怎么结啊？"

韩东想到叶成林的老家在贵州，心里很不舍："那你以后还来北京吗？"

"来啊！就为了看你也得来啊！"叶成林笑。

韩东心里舒坦多了："那你怎么还不搬？再有几天该回老家了，到时候来得及吗？”

“一堆破烂带也带不走，随便收拾收拾就行了。我临走前要在这儿办场酒席，请请北京的这帮哥们弟兄，办完酒席再搬也不迟。”

“行，到时候我帮你一起收拾。”

第三章 对头

“我的妈呀，哪个二百五在屋里摆了这么多表啊？”

“……”

为了尽快还上钱，韩东又干起了老本行。

他找了一处管理相对宽松的地段，坐在效忠多年的小马扎上，身后竖起一块牌子，工工整整的一排大字——面相、姻缘、测字。

看相这东西虽是封建迷信，没有科学根据，但那些平凡普通的小老百姓多少都信点，正因如此，韩东也才能混口饭吃。

但他也不是纯忽悠人，他擅长察言观色，根据对方穿着打扮、说话口气，能大致判断对方是个什么性格的人，想求一个怎样的答案，把客户哄高兴了，自然也能赚到钱。

当然了，也不是时时都运气好，也有存心找碴的，下午就来了这么几位。

“大师，你算算我昨天拉了几次屎？”

“我来我来，大师，你算算我会不会给你钱？”

看到韩东无言以对，几个人哄笑着散开，一边走一边自鸣得意地大声嚷嚷，生怕别人听不见似的。

“算命？大爷我的命运掌握在自己的手里！”

“他要真会算命，早就不是这个德行了！”

“哈哈哈……”

韩东淡然自若地抽着烟，眼皮都不眨一下。

李尚培训没几天，就感觉到强大的压力。

和他共住一套房的有五个人，全是科班出身。尤其和他同住一间房的室友，当年以第一名考进北影表演系，就因为没关系没背景，毕业多年还是跑龙套。他一说起自己的血泪史，李尚就不由自主地想起蹲守五年的韩东，有时候半夜醒来发现他还在看剧本，李尚有种深深的负罪感。

累了一天，经纪人带他们几个到夜店放松。

也许是压抑了太久，这几个人玩得很开，经纪人一走就更肆无忌惮了。李尚看到其中一个人鬼鬼祟祟的，当即斥问：“你在干吗？”

“新玩意儿，你要试试吗？”

李尚闪到一边。

越到后半夜这里越热闹，李尚头一次看钢管舞，压抑数日的心突然躁动了起来。其余几个人也是一样，都嚷嚷着要去快活。

李尚有顾虑：“让经纪人知道了不太好吧？”

“你以为你装好人，她就把你当好东西了？人家心里比你还门清呢！”

“说不定经纪人现在就和哪个明星纠缠不清呢，哈哈哈……”

最后李尚也没参与，不是不想，是腿伤不允许。后来有个姑娘主动过来挑逗，不知道是不是手术练就的非人毅力，李尚硬是把那姑娘撵走了。

六个人一夜未归。

第二天上头就发话了——除了李天帮，全部滚蛋！

这些培训生的合同试用期有三个月，“滚蛋”就意味着不合格提前走人。

消息来得太突然，连李尚这个唯一幸存的人都是一身冷汗。

有个人临走前才透露：“我爸妈为了让我签约，都把家底儿掏空了。”

至于室友，李尚根本不忍看他的脸。

相比李尚的唏嘘感叹，待他们如亲姐姐的经纪人只是冷冷一笑。

“在王总眼中，好色是大忌。过不了这道坎，一切免谈。”

李尚此时此刻才意识到，原来昨晚的“请客”只是一个套儿。

“可他们很努力啊！只是压抑太久了，又喝了点儿酒，不要因为一次犯错就……”

经纪人比画出一根手指，打断了李尚的求情。

“一条，只要一条丑闻，就可以毁了一位巨星。”

晚上收工，韩东往公交车站走，经过一家按摩店，有个浓妆艳抹的女孩朝他抛媚眼：“大哥，进来做个按……”

话还没说完，韩东就钻进去了。

老板娘给韩东安排了一间小屋，另一个女孩给他敲背，甜甜的嗓音暗示道：“大哥，我们这儿首次按摩是免费的。”

女孩的手柔若无骨，任何一个爷们儿都受不了，尤其在这种粉色调的小甜窝里。

于是，韩东按捺不住地开口问：“那你们这儿‘增值服务’多少钱？”

“看您想要什么了，普普通通的就一百。”

韩东又问：“那外面那位呢？”

“您说站在门口揽客的珊珊啊？她就贵了，最低也要三百。”

“那么贵啊？她也太赚了！”

“人家是招牌啊！”

韩东没让这个女孩继续按，而是走到门口和所谓的招牌搭讪。

“美女，我的手机没电了，能借你的用一下吗？”

珊珊干这行的，能不明白韩东的心思吗？想都没想就递过去了。

韩东走了之后，里面的女孩出来和珊珊说：“那个男的是第一位在咱店里免费按摩没续钱的人！你说，他是不是真的想追你啊？”

珊珊扭腰笑骂：“去你的！”

刚下公交车，韩东就给偷偷记下的手机号打了电话，“喂？是珊珊的妈妈吗？阿姨您好，我是珊珊朋友，不好意思打扰您了……”

五分钟后，手机那头传来珊珊妈妈的啜泣声：“小伙子太谢谢你了，要不是你告诉我，我到现在还被蒙在鼓里……唉……”

“阿姨您客气了，这是我应该做的。”

挂了电话，韩东才发现自己正好走到北影厂门口，现在已经八点多了，仍旧有不少人候在这儿等着拍夜戏。扫到几个熟悉的老面孔，韩东不由得加快了脚步。

“哟，这不是韩大仙吗？最近怎么一直没露面啊？”

“是不是跟着李尚屁股后面沾光去了？”

“唉……你这张嘴白能耐了，千算万算这么多年，没把自己算火，愣让人家刚来的捡了个大便宜，我都替你冤得慌！”

韩东假装没听见，直接拎着马扎奔向商场。

第二天一早，黑色高领打底衫，粉色紧身铅笔裤，脸上厚厚一层粉，涂着娇艳小红唇，再戴上大黑超，挎着小皮包，一位高挑性感的“大美女”上街了。

还是昨天的北影厂门口，还是调侃韩东的那群人，眼睛都看直了。

“我的天哪，快看那女的，看她的腿！”

“哎哟我的天！这身材简直了……”

韩东心中冷笑：这群傻子。

公交车到站，韩东又来了昨天光顾的按摩店，在老板娘惊愕的目光中缓步走到前台，霸气地将“简历”往上面一拍。

“应聘！”

“好，好……”老板娘猛点头，“昨天走了一个，正缺人呢，你要应聘什么？”

韩东指指空荡荡的门口：“就那个位置。”

老板娘答应后，两个人商量报酬的问题。

韩东说：“我只负责招揽客人。”

老板娘的脸立刻拉了下来：“那只能按天算钱，一天一百，你自己瞧着办吧。”

韩东想了想，说：“这样吧，我招进来一个客人提成十块，一百个以上提成二十。”

一百个以上？老板娘觉得韩东简直是痴人说梦，虽然她很看好韩东，但小店的规模和档次摆在那儿。生意好的时候也就二十几客流量，像现在的淡季，去哪儿招这么多人？

“你可得考虑好了，有可能一天都招不了十个人。”

韩东明确告之：“我招几个人就拿几个人的钱。”

“好，那就按你说的算。”

于是，韩东搬了一把椅子放到门口，跷着二郎腿坐在上面，眼睛都不往街上看，光低头摆弄着手机玩。

“你这样怎么揽活儿啊？”老板娘急了，“你得走到街上去，主动点儿。”

“用不着。”韩东头都不抬，“十分钟之内要是没人来，我倒贴您十块。”

果然，不到五分钟，一个秃顶的中年大叔走过来，笑眯眯地朝韩东问：“小姐，你们这儿有按摩吗？”

韩东用手指指里面，老板娘立刻热情迎客：“来，来，您请进。”

有些男人就是这么奇葩，没有丝毫女人相，长得也不怎么好看，可异装之后惊艳无比。再加上韩东那两条帝王级美腿，随便晃两下，男的谁也跑不了。

持续多日的惨淡局面被打破，生意火爆得一发不可收拾。

店里只有七八个按摩工，没一会儿就应付不过来了。夸张一点儿形容，那排队阵势堪比五一旅游景点的公共厕所。

除了经常光顾这里的“经济适用男”，貌似还有平时不屑于在这种小野店消费的“大客户”，进门直说：“我就要门口那位按。”

平时要是来这种稀客，老板娘肯定上赶着巴结，今天竟也端起架子，明明白白一句话：“她只揽客，不按摩。”

“我出两千！”

你出两万老娘也不稀罕！她进去了，外头没人揽客，我得损失多少客人啊？

三天下来，韩东数钱数到手软。加上之前赚的钱，凑凑已经有小一万了。按照这个趋势，他只要再装个两天就可以收手了。

想到这儿，韩东长舒了一口气。闭着眼睛听了一阵，斜对门的呼吸声已经均匀和缓了，于是他也踏踏实实地睡了过去。

梁景近日诸多不顺，先是在王中鼎那儿吃了闭门羹，后是监制的影片首映反响平平，事业进入低谷期。加上他在公司的人际关系很紧张，势头一弱就会有人骑上来。

车上，影片的总编剧一个劲地跟梁景解释："我哪敢出那个馊主意啊？这可不是随随便便加段戏的事，剧本的三分之二都要推翻重写，多大的工程量啊！"

梁景一脸忧虑地抽着烟："我知道跟你无关，我就是想让你和王总谈谈，这样修改有什么不妥。王总向来尊重你们搞文学的，你说的话要比我有分量多了。"

"问题是……"总编剧犹豫半天才开口，"我觉得王总提的意见很好啊！这么改动矛盾、冲突更强、可看性更高、卖点更足。要不……梁总监你再试着找一找？"

梁景强忍着没有发火，找什么找？老子现在连找的资格都没有了！

他不甘心，真的不甘心。

王中鼎越是刁难他，他反压制的抗争意识就越强烈。

走着走着突然堵车了，小文摇开车窗查看外面的情况，貌似是前面一家店停车过多造成道路狭窄，现在交警正一点点疏散。

"什么店这么火啊？"小文一边缓缓地向前行进一边好奇地朝外看，终于追溯到了堵车的源头……

"吱——"

突然而来的一脚刹车，让毫无防备的梁景和总编剧猛地朝前扑撞。

"你干吗呢？"梁景厉声怒喝。

小文挺尴尬："差点……差点追尾。"

"我是说你不好好开车看什么呢？"

小文忙指指车窗外："那个女人的腿超级长！"

提起大长腿梁景就来气，阴着脸回斥一句："你这段时间看长腿还没看够吗？"

"真的特别长，比李尚的还长。"

小文这么一说，梁景才赏脸瞄一眼，结果这一瞄就定住了，有种似曾相识的感觉……

"不是新加了易性的桥段吗？你可以考虑考虑她啊！"小文兴冲冲地

提醒。

梁景斜了他一眼：“你脑抽了吧？咱影片是男扮女，又不是女扮男！”

“哦，我给忘了。”

梁景把目光收回来，催促小文：“好好开你的车吧！”

小文不禁感叹：“唉……太可惜了！”

韩东游戏玩得正投入，突然有一只手伸到他的脖子上，扯拽他用来掩盖喉结的丝巾。

“小姐，你的脖子这么漂亮，遮着多可惜。”

韩东一把攥住男人的手腕，硬邦邦的俩字：“我冷。”

“手劲还不小。”男人又把玩起韩东戴着手套的手指，“我就喜欢高个儿女人的手，又细又长，就像你的腿一样。”

说着，男人又躬下身，借着看韩东打游戏的幌子对垂涎多日的美腿发起“进攻”。

韩东心里那叫一个烦：比大爷我还流氓！

“小姐，我为了你都一连来三天了，你也应该给点儿表示吧？”

韩东撩起眼皮看着他：“你要什么表示？”

“哪怕进屋陪我一个人喝喝茶，聊聊天，我也就知足了。”

韩东直接报价：“五千！”

哪想今天碰上个煤老板，想都没想就应了！当然了，身为流氓的韩东心里明镜似的，煤老板的目的不可能只是喝茶聊天。只不过为了五千块钱，为了叶成林结婚能拿出一份像样的礼金，韩东只能铤而走险。

果然，关上门之后，煤老板的真面目就露出来了。

一开始只是和韩东聊天，偶尔吃点儿豆腐，都在韩东的忍受范围内。后来光动嘴满足不了，又趴到床上让韩东给他按摩。

“你们这是按摩店，给我揉揉肩、敲敲背总行吧？”煤老板甩过去两千块钱，“这是额外的小费。”

韩东为了两千块钱只能硬着头皮伺候他，后来煤老板又不满足了，臭脚一个劲地在韩东腿上蹭，差点儿就顺着腿根蹭到危险地带了。

“小姐，还有没有别的服务？”

韩东看在煤老板晃钱包的分上回问：“你想要什么样的服务？”

煤老板露出恶心人的陶醉表情：“刺激的、惊喜的，可以让我终生难忘的。”

“你先把答应的五千块钱给我，免得服务之后不买账。”

煤老板笑着在韩东脸颊上拧了一下：“小丫头，心眼还不少！”说着就把钱塞给了韩东，一副迫不及待的表情。

“看好了啊！”韩东扯下丝巾，脱掉上衣……

整个房间的空气都冻上了。

煤老板的嘴唇如自带发电机般高频抽动。

最后，韩东把硅胶假胸甩到煤老板的脸上，用混不吝的口吻戏谑道：“够刺激了吗？够惊喜了吗？够让你终生难忘了吗？”

“……”

梁景不知道想到什么，突然喊一声：“停车！”

小文赶忙把车停靠在路边。

“虽然她不是男人，但她可以和李尚共饰一角啊！易性后的戏份让她来演，就可以弥补李尚的不足了，我刚才怎么没想到呢？”梁景激动不已地说，“快，开回去！”

汽车一路疾驰，又开回了按摩店。

梁景急匆匆地下车，到了门口没发现韩东，倒发现老板娘和一个男人在争吵。

“那小子揣着钱跑了，七千块的损失你得赔我！”

“我凭什么赔你？钱又不是我拿走的！”

“这钱是在你们店消费的，你不赔我，我就告你们欺诈！”

“你去告啊！无凭无据谁能证明他是男的？谁能证明他拿走了你七千块钱？”

“你……”

梁景暂时打断：“劳驾问一下，刚才门口的那位姑娘呢？”

老板娘没说话，男人气汹汹地开口：“大哥，那根本不是姑娘，那是个爷们儿！他是男扮女装的！咱们都被骗了！”

爷们儿？！那岂不是……梁景感觉自己的心脏都要爆裂了！这个真相对于别人也许是悲剧，对于梁景绝对是意外惊喜啊！

“他在哪儿？他现在在哪儿？”梁景急着问。

男人指指东边：“我看到他往那个方向跑了。”

梁景二话不说，上车直追。

结果和上次一样悲催，梁景又没追上韩东。

韩东出了店就一路狂飙到商场，随便挑了两件处理的男装换上。然后打了一辆车，到了家门口就大模大样地走进去了。

晚上，韩东数了数钱，两万多一点。他打算一万五还叶成林，剩下的五千当红包，自己只留不到一千块钱。

终于把钱的问题解决了，韩东松了一口气，赶紧把煤老板见过的墨镜、小皮包以及一切女士用品都烧了。

韩东想禁足几天避避风头，可明天要参加叶成林的酒宴，务必要出门，他心里一阵烦躁。

想着叶成林就要走了，韩东敲响叶成林的房门，脑袋慢悠悠地探进去，闭着眼睛故作梦游状的口吻说：“今天我要跟你睡。”

坏的最高境界就是他明明在耍心眼，你还觉得他天然呆。

尽管知道晚上要让韩东各种抢被子，叶成林还是认命地掀开了被窝。

第二天一早天还没亮，叶成林就动身开始收拾。环顾四周不知道该从哪儿下手，最后把目光落在韩东身上，一巴掌朝屁股扫了过去。

“起来！”

韩东一副赖样儿：“干吗啊？”

叶成林说：“跟我一起把这张床撤出去！”

“你就不能先搬别的东西？这么大个床抬出去放在过道上，进进出出多麻烦啊？！”

“别的没什么可搬的，这些柜子、椅子、暖壶一类的，你看着好的就拿走，没用的就留在这儿等着房东收拾。”

韩东难以理解：“这屋里任何一样东西都比这张床好搬吧？你干吗跟它过不去？难不成你还想扛到火车上？”

“你甭管我干什么用，搬出去就是了。”

忙完之后，叶成林拍拍手上的土，定定地看着韩东。

“你还打算在这儿住多久？”

韩东没想过这个问题：“能住多久是多久呗。”

叶成林语气突然温柔下来：“早点儿成家吧，别老这么混着了。”

“你以为我不想啊？”韩东昨天晚上做梦都是给新娘掀盖头，结果掀开竟然是王中鼎的黑白照片。

叶成林笑了笑，没再说什么。

晚上，哥们弟兄聚在一起给叶成林送行。

因为贵州太远，这些人未必能在大婚当日赶过去，就在这把红包和祝福语提前送上，当作叶成林在北京举办的一场婚宴。

叶成林的女朋友也专程从老家赶来敬酒，韩东还是第一次见她，长相虽不出众但面相极好，一看就是个好媳妇儿。

“这就是我常跟你提起的东子！”叶成林说。

他女朋友笑着给韩东倒了一杯酒：“叶成林总跟我说：他要没你这个兄弟，都不知道在北京的日子怎么熬。”

韩东示意性地抿了一口:“嫂子对不住了,今天胃不太舒服,没法喝酒。”

旁边的人起哄：“韩东你小子也太不够意思了吧，人家嫂子都喝了一大口，你一大老爷们儿还磨磨唧唧的！甭扯那没用的，今天不喝满三杯谁都别想走！”

起哄声越来越大，韩东有些动摇了，反正就一杯，豁出去了！刚把酒杯放到嘴边，就被叶成林抢了过去。

“我替他喝。”叶成林仰脖一口闷。

不知道为什么，当白酒灌入叶成林的喉咙，辛辣感却在韩东的口中挥之不去。

敬完三桌的客人，叶成林彻底醉了，女朋友已经坐回原位吃饭，他还在各个饭桌上逗留耍贫。最后晃悠着晃悠着来到韩东这桌，一屁股坐下去就不肯走了。

“小东子……你来……哥有话跟你说……”

韩东搂住叶成林的肩膀：“说吧，我听着呢。”

“其实……你这半个月一直在我床上睡的……”

韩东愣住：“什么意思？”

“你……你只知道昨晚装梦游的时候去我那儿蹭过床，却不知道前几天你真梦游的时候，也一直来我这儿蹭床。”

韩东眼神木讷，想说什么没说出来。

叶成林醉意满满的笑容里透着别样的情绪：“你知道我为什么所有东西都没带，唯独把那张床搬走了吗？因为我怕你以后梦游还去蹭床。”

听到这话，韩东的心像被什么东西硬生生地豁开了。

他突然发现自己没那么潇洒和从容，他那天失魂落魄地坐在地上不是因为李尚，他一个大老爷们儿让人当街羞辱，站台揽客也并非就为了还上那点儿钱……

“东子，哥什么都没有，就给你留了一条绳子……”叶成林说到后面都哽咽了，“以后你睡觉的时候把自己捆上吧，我怕我一走，再梦游就没人管你了。”

韩东强忍着眼泪调侃：“你就不怕我拿它上吊？”

“听话……”叶成林还沉浸在悲痛中，“把自己捆上，不然哥心里老不踏实。”

韩东扬手召唤嫂子：“叶哥喝多了，你扶他到那边吃口饭！”

叶成林还搂着韩东不撒手，后来两个哥们儿架着他才强行挪到原桌。

然后，韩东就开始一杯一杯地给自己灌酒，什么都顾不上了！难受，太难受了！就想喝酒，除了喝酒想不出别的方法让自己强撑过去。

酒席结束的时候，包厢内醉倒一片，勉强保留几分神志的人架着那些东倒西歪的哥们儿往外拖。叶成林更是醉得什么都不知道了，因为明天一早要赶火车，他女朋友只好请两个服务员把他抬上出租车，先送去了宾馆。

韩东撤得更早，几乎没人知道他是什么时候走的。

寒冬腊月的北京街头，韩东攥着一根绳子嘶吼痛哭。酒精上脑，情绪越来越收不住，他开始在街上狂奔起来，配之以豪迈的撕扯衣服举动。从外套到毛衣再到T恤，从裤子到绒裤再到秋裤……

不愧是群演，发泄个情绪都能起范儿。

这要是再配上一段悲伤的背景音乐，放到任何一部偶像剧的“分手桥段”里，都能感动一大批脑残粉。

此时此刻，中鼎公司创办的“影视之夜”主题盛会在五星级酒店的豪华大厅举行。

除了中鼎旗下的全明星豪华阵容，还有来自影坛的数百位重量级嘉宾和各界名流。媒体记者将酒店门口围堵得水泄不通，闪光灯此起彼伏。通往中央大厅红毯上的限量跑车悉数亮相，明星和超模同场走秀，争奇斗艳。

李尚携手几位新人一起亮相红毯，虽然知名度低，但不乏记者争相拍摄。当无数镜头对准他的那一刻，李尚终于明白为什么那么多人想当明星。

在这样大牌云集的场地，座位布置都是很讲究的。

前五排是媒体人士，六排到八排是中鼎高层和影视巨头，九排往后就是旗下的签约明星，排位越靠后腕儿越小。李尚往后走的时候，光是看着座位上贴着的一排排巨星海报就有眼晕的感觉。

终于，李尚找到了自己的位置。

“哎？咱竟然不是最后一排？”

难道还有比我们资历浅的？李尚好奇地回头扫了一眼，发现一位特别眼熟的演员，貌似三年前还挺火的，后来就销声匿迹了。

坐在李尚旁边的潘松小声告诉他：“这都是‘冷宫’的人。”

李尚听说过这个特殊的“部门”，几乎都是惹了高层被公司冷藏的，合同不到期没法跳槽，只能眼睁睁地看着人气耗尽。他们大多数不愿意参加这种活动，所以最后一排很多座位都是空的。

李尚斜后方的座位上就只有光秃秃的三个大字——陶允允。

陶允允的经纪约本来不是中鼎的，自那次借用王中鼎炒作之后，她的经纪约就被冯俊高价买了过来，而且一签就是五年。最好的青春年华，冉冉升起的一颗新星，就这么葬送在一篇没发的新闻稿里。

随着盛会开幕仪式的临近，走上红毯的明星越来越大牌，在一姐、国际影后相继亮相后，在场人士特别好奇王中鼎会牵着哪位女伴压轴亮相。

终于，一辆私人定制的超级豪车缓缓驶入会场。

两侧车门打开，王中鼎和神秘女嘉宾一从车上下来，就秒杀了无数闪光灯。

王中鼎身着标准三件套西装，灰色四粒扣马甲、雪白衬衫、深蓝素面领带，肩、领、袖已经达到一种令人窒息的服帖度。女伴一袭高级定制中国风红裙，配搭尊贵纯正的传世珠宝，每一步姿态都能读出她的养尊处优。

参加过这么多次盛会，走过这么多次红毯，换过这么多位女伴，这是第一个，在王中鼎身边走出了一股正室范儿。

李尚连这个女人是谁都不知道，在场的很多人也都不熟悉她，只知道叫万里晴，名门之后，和王中鼎交往甚密。

至于他们俩的关系，至今仍是个谜。

步入会场前，王中鼎照例也要接受一段简短的采访。

“王总，听说公司即将筹拍一部年度大片，总策划是您，对吗？”

王中鼎很坦诚地点头：“对，是我。”

“我们发现，凡是您经手的电影，在选角上更倾向于老戏骨和新人，请问这部电影是不是还会维持这一特色？”

“会，这部电影清一色地选用新人。”

一听这话，记者们瞬间亢奋了。

“王总，请问现在男女主角有初步人选了吗？”

“王总，能透露一下这部电影的题材吗？”

“王总，您对这部电影的票房有什么期待？”

“……”

冯俊赶过来，对在场的记者挥手致敬：“各位记者朋友们，感谢大家对中鼎影视集团的支持。现在盛会马上就要开始了，王总必须入席了，也请各位媒体朋友到会场里面就座，感谢大家的配合……”

开幕仪式启动过后就是颁奖典礼，每个获奖者都要登台表演，很多都是不常露面的幕后人员，表演起来很容易出乐子。

气氛正热烈的时候，王中鼎的手机就响了。

万里晴转过头，看到挂断电话的王中鼎一脸愁云，与周围的笑脸形成鲜明的对比。

“西西又出状况了？”万里晴问。

王中鼎点头：“高烧一直不退。”

“我就知道，你的情绪一变动准是因为他。”万里晴无奈地劝慰，“也许只是水土不服，你想想，他身体本来就不好，你还把他从海南千里迢迢地接到这儿。”

王中鼎没说话，脸色沉沉的。

万里晴有种不祥的预感：“你不会想中途离场吧？这可是你们集团内部盛会，最后一个压轴的奖项还要你颁发呢。”

结果王中鼎不仅要走，还要一个人单独行事，把万里晴留在这儿。

“什么？我好不容易陪你出席一次活动，你竟然要把我单独甩下？要知道，整个大厅我就认识你一个人。”

王中鼎说：“一会儿你替我颁这个奖，他们就全都认识你了。”

“喂，你……”

万里晴的话还没说完，王中鼎就迅速起身离开了。

韩东仅穿着一条裤衩跑了两条街，到了一家五星级酒店门口，再也跑不动了。停下来的时候眼角都挂上冰碴了，身上的汗遇上寒风绝不是一般的冷！

韩东的酒还没醒，踉跄地走向停车场，对着几十辆空车挥手拦截。

酒店内正是中鼎影视公司的电影盛会，酒店外林立的名车自然也是众位明星大腕的私家车。因为参加盛会的明星有几百位，停车位只有八十个，所以除了场内的座次安排外，场外的专属车位也成了彰显身份的工具。

韩东自作多情地挥完手之后，来到摆放位置最显赫的一辆车前，敲敲车玻璃对着里面的空座位说：“师傅，您第一个停车，我就打您的了。”

毫无回应。

韩东双臂环胸一个劲地哆嗦，两条赤裸的大长腿都快抖出花来了。

“师傅，您倒是麻利点儿啊！我这……都快冻死了！”

车门依旧关得死死的。

韩东急了，用绳子啪啪抽车灯，鞋底子噔噔噔踹车门，唾沫星子直接往玻璃上喷：“停车不开车门叫什么事？嫌道儿近不肯拉是吧？信不信大爷我投诉你……”

要是换作平时，有人敢在停车场这么闹，早就有七八个保安围上去了。可今天就赶巧了，酒店C出口正好有几个闹事的，保安都去那边维持秩序了，压根儿没人管韩东。

王中鼎到了酒店门口就用遥控器把车打开了，刚要朝自己的车走去，就听到冯俊在后面喊了一声：“王总！”

韩东一拧车门，哎？车开了！

他迅速打开车门钻了进去，正好看到最后一排座有条毯子，二话不说直接躺上去把自己裹上，裹得严严实实的，真暖和啊……

王中鼎回头看向冯俊：“怎么了？”

“司机临时请假，我送您回去吧。”

“不用了。”王中鼎一扬手，“我自己开车，你帮我把万里晴送回去就成了。”

等王中鼎上车的时候，韩东已经睡着了。

王中鼎心急回家就没往后看，韩东又是平躺，在后视镜里根本看不到。

于是，车就这么上路了……

行驶不到五公里，前面就堵车了。

王中鼎把车内播放器打开，选了一首轻音乐，让急躁的心情缓释下来。

车里的暖气开得很大，韩东起初把自己包裹得像个蚕蛹一样，一动也不动，现在暖和过来，便开始无意识地扯拽身上的毯子。

尽管音乐声很大，王中鼎还是感觉到异常的动静，可当他仔细听的时候，响动又停止了。

也许只是车内的某样东西滚了一下，或者轧到了什么东西……这么一想，王中鼎便没在意，继续集中精神开车。

轻音乐换了一首，相比上首节奏更明快，更容易刺激大脑皮层。尤其对于韩东这种一睡觉就各种活跃的奇葩，简直就是调动神经的兴奋剂。

很快，韩东便跟着节奏哼哼起来了。

王中鼎再次听到异常动静，便直接把音乐关了，结果他这一关，韩东也不哼哼了。等王中鼎再把音乐打开，怪音又出现了，换到下一曲还是那样。

怎么会有杂音？难道播放器出问题了？

正想着，某人突然跟着音乐唱起来了。

王中鼎的脸当时就绿了，因为他听到了歌词……可他放的明明是首轻音乐！

哪个公司生产的播放器能发出这么逆天的杂音？愣把凤凰传奇一首歌的歌词串到了理查德·克莱德曼的钢琴曲里，竟然还合上拍了！

王中鼎猛地一脚刹车。

还没把车内灯打开，一条白灿灿的胳膊就从后面伸了过来。

“师傅，去河湾小区……”

王中鼎僵着脖子侧过头，看到韩东白花花的胳膊后，再用余光扫了一眼后视镜，一张人脸骤然出现在他的视线里，还有那双未睁开的眼睛。

如果王中鼎不是唯物主义信奉者，这一刻早就吓得魂都没了。

怎么会无端端冒出个人来？

韩东说完，就继续恢复原状睡觉了。

王中鼎打开车内灯，看到一个人四仰八叉地躺在后车座上，身上还只穿了一条小裤衩。一般以这种形象出现的人，不是傻子就是喝多了，想到自己的车曾停放在酒店门口，王中鼎猜测后一种的可能性更大。

如果直接扔在路上不管，就算不冻死也会冻残废。

于是，王中鼎挪到后车座，想把韩东叫醒问问情况。结果手刚扬起来，就和落在韩东腿上的眼睛一起定住了。

近距离、高清晰、多角度……毫无差池！

不手术、无调整、零伤痕……浑然天成！

王中鼎已经很久没被什么东西镇住了，根本无法想象，一个为了打压下属而杜撰出来的人体数据难题，竟然会在这个人身上破解了！

韩东像是存心要显摆自己的好身材一样，平躺的姿势不舒服，他又翻了个身，一条大长腿因为伸不开而直接扬到靠背上，凸显出两条腿大角度叉开时的惊艳曲线。

王中鼎此时此刻的激动心情，丝毫不亚于看到一块失传已久的古董表。

因为韩东念叨的地址王中鼎去过，距离自己家又没有多远，所以王中鼎打算先把韩东送回家，就势查探韩东的个人资料，方便以后联系。

车停下之后，王中鼎试图叫醒韩东，但没成功，无奈之下，王中鼎只好用毯子把韩东裹好，直接从车里扛了下来。

电梯上行的过程中，王中鼎的手机响了。

韩东被这突如其来的声音震得一激灵，猛地在王中鼎身上一个打挺，半梦半醒间，抄起绳子就朝王中鼎的脖子上招呼过去。

王中鼎刚接通电话，脖子就被韩东用绳子绕了三圈。但韩东没有其他动作，王中鼎只当韩东是喝醉酒发神经，就没在意继续讲电话。

“万小姐已经被我送到家了，你就放心吧。”

“我……”

结果王中鼎一开口，不知道怎么就刺激了这位爷，韩东开始狂勒王中鼎的脖子，一点儿都不含糊，勒得王中鼎脑门青筋暴起，脸都憋紫了。

“是不是你媳妇儿催你去火车站？啊？是不是该去检票了？想走？门儿都没有！”韩东一边勒一边嚷嚷，怎么劝都没用。

“你怎么了？喂？王总？怎么不说……”

手机挂断，多少年没跟人正面翻过脸的王中鼎，今天愣让韩东逼得怒吼：“你给我老实儿待着！”

这一声厉吼逼醒了韩东，人虽然醒了，但还是醉着的，韩东迷迷糊糊地看了王中鼎一眼，恨恨地嘟哝道：“又梦见你了！死对头！”

电梯提示音响起，王中鼎忍着脾气把韩东送回房间。

结果，刚把韩东放到床上，这货就勾住王中鼎的脖子攀附在他身上，嘴凑到王中鼎耳边，贼兮兮地笑：“其实你送我绳子不是为了让我绑自己吧？是为了让我把你拴住吧？是吧？是吧？哈哈哈……”

这话要是叶成林听了，肯定会痛哭流涕，可换成王中鼎听了，这都哪跟哪啊？

韩东又重重地拍了一下王中鼎的后脑勺：“是不是说到你心坎里了？啊？是不是？哈哈哈……”

王中鼎：“……”

就在韩东闹腾的时候，王中鼎无意间扫到对面墙上挂着的韩东照片。一般人用相框装饰的照片不是艺术照也会是纪念照，谁会把证件照放大N倍挂在墙上？幸亏是彩色的，这要是黑白的，简直和遗照没什么区别了。

看来，这货不仅仅是要酒疯，在精神上还是有问题的。

就在王中鼎犹疑的时候，韩东为他的推断提供了一个“铁证”。

韩东突然开始号啕大哭，一边哭一边拽出绳子。王中鼎眼睁睁地看着韩东把绳子一圈一圈绕在了自己身上。是的，韩东一边哭得伤心欲绝，好像受了天大的委屈，一边自虐般地用绳子绑住了自己。

越绑越哭，越哭绑得越狠。

如果不是亲眼所见，王中鼎难以想象这种事是一个人完成的。

原本王中鼎还打算在房间里找找韩东的证件，以便进一步了解，现在看来要好好斟酌了。况且家里还有急事，王中鼎实在没时间陪韩东耗，只想尽快撤离这个地方。

结果，就在王中鼎转过身的一瞬间，硬生生地被逼退了一大步。

他竟然看到了自己的“遗照”。

之前，韩东也不知道从哪里看到对付死对头的方法，死马当活马医，大晚上买了些道具，又跑到照相馆，将他和王中鼎两个人的照片合成一张，王中鼎为黑白照，他的为彩色照，寓意阴阳相隔。回家之后用剪刀将两个人的照片剪开，寓意一刀两断。然后将两张照片分别用相框罩上，一个悬挂在南面墙上，一个悬挂在北面墙上，寓意老死不相往来。最后用笔墨在黄纸上书写两个人的生辰八字，再次用剪刀剪开，一个贴在王中鼎的照片上，一个贴在韩东的照片上。

摆好“阵”之后，韩东站在房间中央默念：“乾坤一线，阴阳两牵，当今已断，万事无端。”然后又把身体转向王中鼎的黑白照鞠了一躬，“王小人，一路走好！”

王中鼎还没从震惊中恢复过来，韩东就已经从床上爬起来了。

他抖落掉身上的绳子，眼睛半睁半闭，神情突然变得十分肃穆。这种肃穆不是刻意伪装出来吓唬人的，而是从骨子里就散发出一股神神道道的气韵。

那对付死对头的法子里明确写了要戒酒，否则法子无效。此刻，纵然伤心到了如此境地，韩东仍旧不忘自己喝酒犯了戒，一定要重新“摆阵作法”才行。而且那上面还写了，此术须隐蔽，若有他人在场便不攻自破。

不过，在喝醉酒的韩东眼里，王中鼎根本不是人。

他没有让王中鼎出去，而是把脸转向王中鼎，一副不怒自威、胸有成竹的口吻重重道上一句：“你终于现原形了！”

王中鼎的脸僵得像一块铁板。

韩东从柜子里摸索出一些奇奇怪怪的道具，再次站到房间中央默念那段词：“乾坤一线，阴阳两牵，当今已断，万事无端……”

最后，韩东当着王中鼎本人的面，对着“遗照”深深地鞠了一躬，毕恭毕敬地说道：“一路走好！”

王中鼎此时此刻的脸，特别像墙上的那张黑白照片……

假如韩东身着长袍，手持拂尘来作法，还没那么难以接受。问题是，韩东只穿着一条小裤衩，持着绝顶诱人的好身材，却干着八竿子打不着的事！就好像国际超模穿着比基尼给果树打农药，可谓惊悚又惊奇。

第二天下午，二雷走进王中鼎的办公室。

“王总，这个人的大体资料已经查出来了。”

二雷也是王中鼎的得力副手，相比冯俊他更低调，很少插手公司的内部事务。凡是一些不宜声张的私事和杂事，王中鼎更喜欢交给他处理。

“这个人叫韩东，他……”

“你等下。”王中鼎突然打断，“他叫什么？”

二雷一字一句地说道：“韩东！”

“东西的东还是冬天的冬？”

“东西的东。”

王中鼎莫名不快，叫什么不好？偏偏叫这个名！

“今年二十七岁，一个普普通通的北漂，当了五年群演，至今居无定所。”说到后面二雷暗扫了王中鼎一眼，知道会招致他的厌烦，但又不得不说，“自称帝都第一仙儿，擅长测运势、仕途，尤其是姻缘……其实就是个混饭吃的骗子。”

“行了行了。”王中鼎果然黑脸，“挑重要的说！”

二雷只好跳过这一段：“他自幼被父母抛弃，寄养在伯父家，后来因为邻村一个家庭三女无儿，便把他过继到了如今的养父母家。”

“他为什么会被父母抛弃？”王中鼎问。

“据说是因为他生下来有六个手指头，那个地方比较迷信，就……”

王中鼎脸色又是一变：“他也是因为六个手指头被抛弃的？”

也是？二雷禁不住一愣，还有谁是因为六个手指头被抛弃的？难不成是……不对啊！老爷子一直健在啊！

王中鼎眼中的疑惑转瞬即逝，很快回归正题。

“那他的养父母、亲戚、朋友和我有过渊源吗？”

二雷很肯定地说:“据我所知,他的养父母和亲戚都在内蒙古偏远山区,朋友和您不在一个交际圈,完全是零接触。”

既然是八竿子打不着的路人,怎么会把我当成假想敌?王中鼎百思不得其解。

“目前我能查到的只有这些,想要更深入透彻地了解,大概也只有问他本人了。”

二雷刚说完,冯俊就急匆匆地推门而入,看到王中鼎脖子上的勒痕,整个人都不淡定了。

“他现在人在哪儿?”

二雷指了指王中鼎办公室的里屋。

因为对韩东的事情耿耿于怀,昨天晚上王中鼎处理完家事后,又派人折返韩东的住处,将他秘密押回公司,以便进一步调查审问。但因为事出突然,又不想声张,权衡之下只能关在自己办公室。

“竟然还在睡觉?”冯俊怒火中烧,“我现在就把他薅起来!”

韩东昨晚真没少喝,又裸奔又作法的,体力消耗太大,一直到现在都没醒。

冯俊推开门,三步并作两步地冲到床边,一把掀开了被子。

韩东只穿了一条小裤衩,身体在白色的床单上肆意舒展。

如果现在冯俊手里有一台相机,随意咔嚓两声,无须PS,无须找角度,谁要能拿得出比这更诱人的男色床照,冯俊当场自戳双眼。

尽管二雷提前打过招呼,说王总找到了传说中的违背“人体工程学”的逆天身材,但冯俊根本没当回事,因为在这之前已经有了符合条件的李尚,冯俊也没觉得多惊艳。

但这一次,冯俊真的被惊艳到了。

不一样,太不一样了。

韩东和李尚的区别根本不是那十八毫米,而是浑然天成的线条和质感。

光是这两条腿,就可以让娱乐圈里那些靠腿上位、拿腿当卖点的各路大长腿男神们自惭形秽!

冯俊僵愣了几秒钟，又将拽起的被角抖落回去。

好吧……那我原谅你了……

回到外面的时候，冯俊完完全全换了一副面孔。

“如果你真有心要捧，我可以让我姐一手带他。”

冯俊的堂姐叫冯牧之，圈内的金牌经纪人，很多巨星都是她一手调教出来的，人称经纪圈的“吸血鬼”，不光擅长经济压榨，而且惯用铁手腕，管教方式狠辣。之前就职于中鼎，现如今已经创办了自己的经纪公司，一直和中鼎有密切合作。尽管出了名的刻薄，但因为其强大的人脉资源和高超的公关能力，依旧有源源不断的艺人投奔她。

“人还不了解，现在谈这个有点儿早。”王中鼎说。

冯俊倒是挺热忱：“一个当了五年群演的人，不可能不想当明星的。”

“我不是担心他拒绝，而是质疑他的品性。试想一下，如果昨天的事情目睹者不是我，而是媒体，会造成多严重的后果？”

其实在冯俊看来，封建迷信和传统文化只有一线之差，应该上升不到品性的层面，不过这“黑白照片”确实有点儿过了。

“也许他是因为这么多年籍籍无名，而你恰好又是娱乐巨头，所以才会采取这种极端方式。”冯俊又问，“除此之外，他还有其他毛病吗？”

王中鼎说：“暂时还没看出来。”

“那就交到我姐手里，不出一个月，彻底粉碎他脑中的封建残余！”

冯俊走后，王中鼎陷入从未有过的纠结困境。

可以这么说，王中鼎阅人无数，从未有一个人，单凭一面之缘就让他讨厌到骨子里；也没有一个人，仅靠一副皮囊就让他惊艳到心坎上。

假如用一样东西来形容韩东，那就是茅坑里的金钻石。想捞起来就得沾一手屎，臭不臭另说，有没有毒还是一回事呢！

半个小时后，韩东终于醒了。

好累啊，就像干了一宿农活儿……韩东费力地撬开眼皮，因为房间的钟表太醒目，他第一眼就看到了时间。

猛地惊坐起！

怎么都这个点儿了？他还打算早起送叶成林上火车呢！

手机……手机哪儿去了？韩东乱摸一通，结果发现这不是自己的床。再抬眼一瞧，墙壁也不是那个墙壁，屋顶也不是那个屋顶……

怎么回事？

韩东布满血丝的眼珠子惊恐地环顾四周，看到房间装饰相当讲究，一点儿都不像普通人家居住的卧室。而且床单、被子都是新的，拖鞋、水杯也是一次性的。

还好，只是酒店而已……

韩东一边庆幸自己没有到处乱跑，一边懊恼地自抽了一巴掌。

“真把自己当个腕儿了！梦游都订个豪华套房！”

虽然没出事，但与叶成林的最后一别也泡汤了。韩东顾自失落了一阵，刚要下床，突然发现身上的小裤衩换了新的。

“我……谁给我换的？还 CK 的呢！”

韩东的小裤衩单枪匹马地和雾霾搏斗了几条街，最终光荣地下岗了，而他那吃尽了风沙的钢铁身躯，也在此刻散发着乳霜的淡淡幽香。

没办法，那么脏谁敢往被窝里放啊？

韩东咧嘴一笑，好酒店服务就是周到，多花点儿钱也值了！

披上浴袍，韩东大摇大摆地走了出去。

王中鼎听到脚步声，刚要过去看看，就听到韩东嘹亮的一声惊呼：“我的妈呀，哪个二百五在屋里摆了这么多表啊？”

“……”

韩东刚说完就感觉脊背冷飕飕的，缓缓地扭过头，被骤然出现的冷脸吓得一激灵，怎么还有个人啊？再仔细一瞧，韩东的眼泪差点儿掉下来。

“你怎么会在这儿？”韩东扫到公司的标识马上换一种问法，“我怎么会在你这儿？”

王中鼎也问了：“那我的照片又怎么会在你那儿？”

韩东哪还顾得上黑白照片？满脑子都是崭新的内裤和涂遍全身的乳霜。人家被叫二百五都没怎么着，韩东倒先扑了过去，一把薅住王中鼎的衣领，目放冷箭，口气狂妄。

“我哪儿好啊？你说出来，我改还不行吗？”

王中鼎僵愣了片刻，突然一只手反握住韩东的手腕，另一只手狠狠钳住韩东的腰身，不容分说地将他带入怀中。

在连吼了两声“撒手”均没用，挣扎数回合都无济于事后，韩东就剩下嘴能耐了：“王中鼎，我可告诉我，你要敢对我做出那种非……砰！”

话还没说完，就被王中鼎抛出门外。

“找你姐的事再论，当务之急，好好给他看看病！”

说完，王中鼎铁青着脸挂了电话。

还挺傲娇……韩东骂骂咧咧地从地上爬起来。楼道和办公室里的温度差得很远，韩东只穿了一件睡袍，冷得直打哆嗦，迫不得已再次按门铃。

王中鼎在门口的对讲屏上看到韩东的脸，冷冷问道：“干什么？”

“外面那么冷，我这么出去不得冻死啊？”

王中鼎态度漠然：“你不是擅长裸奔吗？”

“你怎么说话呢？”韩东混不吝的表情清晰地呈现在对讲屏上，“你心里想怎么耍流氓怎么耍，但是不要当着我的面说出来，OK？”

王中鼎话都不想说了，直接走回去忙自己的事。

韩东开始还频频按门铃，没完没了地嚷嚷，后来彻底噤声了。二十分钟过去，就在王中鼎以为人已经走了的时候，门外突然冒出阴森森的一声。

“王总，如果我没猜错的话，你家里应该藏着一个孩子吧？”

王中鼎心头一凛，这件事除了万里晴，他没和任何人提过，包括冯俊和二雷。

门打开后，王中鼎问韩东：“你想怎么样？”

“不怎么样，进去换身衣服就走。”

王中鼎还是让韩东进去了。

结果韩东话说得挺痛快，事办得那叫一个磨唧。十分钟过去，王中鼎再到卧室门口看，韩东的身上还穿着那件睡袍。

“这衣服料子挺好，就是款型有点儿老气。”

“这裤子色太浅了，一看就不禁脏。”

“这双鞋不太好搭吧？”

“……”

五秒钟过后，韩东被两个壮汉强行拖拽到墙角，一个负责扒，一个负责套。三分钟过后，韩东穿戴整齐地被“请”出了办公室。

不过，爆料之后想轻易走人？门儿都没有！

韩东直接被两个保镖请到了小黑屋。

审讯的人是监察部门的经理关权升，掌握着很多艺人的一手资料，在他那双犀利的目光审视下，没有一个人敢不说实话。

“说吧，什么来头？”关权升冷声质问。

韩东反问：“你所谓的来头是指什么？”

关权升言简意赅：“谁在背后指使你的？”

“指使我的人多了，你具体指的是哪件事？”

随着韩东废话的增多，房间内的大气压越来越低，站在关权升身后的两个男人面孔越来越严肃，颇有种要抄家伙上前的架势。

关权升面无表情地提示道：“关于王总的一切事情。”

想起“王中鼎藏孩子”这件事，韩东还挺来气的。

当时他站在办公室门外，墙上的电子显示屏正好跳出王中鼎的正脸照。自打韩东梦到过他后，就一直不想再看这张脸。

“问你话呢！”关权升猛击审判桌。

韩东说：“我算出来的。”

“你算出来的？”关权升冷笑一声，“那你给我算一个。”

韩东只是随便扫了关权升一眼，便凑到他耳边小声说：“关经理，你在外面养了一位……”

关权升的脸瞬间扭曲，眼神中流露出掩饰不住的震惊。

“我说的没错吧？”韩东笑得蔫坏蔫坏的。

“胡扯！”关权升语气冷硬，“你是哪个邪教的？”

“我白莲教的！容嬷嬷是不是签的这个公司？来来来，让她来扎我，哈哈哈……”

关权升猛地站起身，气急败坏地朝两个保镖挥挥手。

“去去去，直接叫医生。”

精神科医生、心理科医生给韩东做了一个长达五小时的精细检查，最终结果反馈到了王中鼎那里。

“在与关经理交谈过程中，态度诚恳，所言句句属实。后经检查，无任何精神疾病，也没有明显的心理障碍。”

结论，是个正常爷们儿！

“不过，他明确表示不想和我们签约，也不想在演艺圈发展。”二雷说。

这一点，倒是出乎王中鼎意料之外。

“他有没有说原因？”

二雷摇摇头：“他没说。”

晚上，王中鼎再度开车去了韩东的住处。

上次走得匆忙，连房门都没来得及锁，不过也没什么可偷的。隔了两宿，那价格低廉的充气床垫已经瘪得不成样。床垫四周散落着衣服、日用品、吃了一半的零食……在这堆破烂里面，一个收纳箱格外显眼。

王中鼎打开之后，发现里面的东西摆放得相当整齐，几乎是清一色的娱乐杂志，按照发行日期摆放，从最初一期到最后一期，本本不落。再往下翻，还看到了表演类的专业书籍，每一页竟然都有标注。

最后，王中鼎从里面拿出了一本泛黄老旧的《唐诗三百首》，书封上写着“初恋女友送”。

从书的老旧程度可以看出它的年代久远，从内容的幼稚程度可以看出爱情的起步之早，果然有些色坯子就是天生的。

很快，王中鼎又发现了一本被遗弃在外的杂志。

这本杂志就是以他为封面的，封面上的脸被涂得乱七八糟，但并不是那种恶作剧似的涂鸦，而是各种诡异的符号标记。

与此同时，王中鼎又在不远处捡起了一张韩东的照片，也被涂成了这副德行。

王中鼎把这张封面撕下来，连同韩东的照片一起放入包中。

之后，他又打开了韩东的电脑。

韩东的电脑就像房间的缩影，里面各种乱七八糟的软件和图标，但打开命名为“表演”的那个文件夹，里面的分类又是如此整齐、精细。

其中一个子文件夹里面有几百个视频，都是他这五年来参演过的电影、电视剧，很多都是中鼎影视公司出品的，但王中鼎从不知道里面有一个韩东。

这些视频都用统一的方式命名，如 12′15″—12′17″，47′33″—47′34″，上面显示的时间长度就是韩东的出场时间。

对于王中鼎这样的数字控，只是扫一眼，就可以合算出韩东的总出镜时间。

五年，他的总出镜时间还不足主角在一部电影的出场时间。

而这其中还包括韩东自顾延长的一两秒，如果照实算，真的可以忽略不计。

难以想象，这样一个神经兮兮的二货，怎么会对某样东西如此执着？更难以理解的是，既然这样痴恋于表演，他又为何拒绝了大好的发展机会？

王中鼎又打开另一个子文件夹，里面都是韩东当群演的剧照，还有少量和明星的合影。鼠标滑动到最下面，一张意想不到的照片跃入王中鼎的视线。

韩东和李尚的合影！

两个人在北影厂门口勾肩搭背，那天恰逢梁景派人来这挑主角。

照片上的李尚笑得很二，和王中鼎第一次见他时判若两人。

王中鼎把这张照片也拷进了自己的硬盘。

临走前，王中鼎还发现了搭在门把手上的绳子，也就是那天韩东哭着喊着要捆自己的道具。那就是一根普普通通的麻绳，几股麻线编绕而成。经韩东这么一折腾，中间位置的麻线有点儿散了，貌似有东西从里面冒出头来。

王中鼎用手指将麻线拆解开，抽出一张字条。

“我最爱的东子。”

很明显，这是一个男人的笔迹。

王中鼎突然想起那天晚上韩东哭着捆自己的情景……

假如没人发现，七天？十天？最长不过一个月，这张纸也就烂在里面了。很幸运，有人发现了这个秘密，但很不幸的是，发现的人不是韩东。

王中鼎把字条抽出来之后就没再放回，而是装进了自己的口袋。

然后，将这道门紧紧地锁上了。

“我说，你们审也审过了，查也查过了，既然没什么问题，为什么不让我走？”韩东在一间五星级的“牢房”门口对着二雷嚷嚷。

“在给出合理解释前，王总是不可能让你走的！”

“我不都说了吗？我是看相看出来的！”

二雷毫无反应。

韩东冷厉的视线在二雷脸上划拉着，再度亮出大师底牌。

“杨春雷，三十一岁，曾是武警总队第二支队第二分队二排二班班长，故名二雷。我把你的个人喜好总结成一首诗：不吃海鲜不吃辣，偏爱烧烤爱油炸，袜子喜欢拆着穿，此生最爱花裤衩……”

二雷脸上的肌肉抽搐片刻，很快恢复正常。

“这回你信了吧？”

“我信没用，要王总相信才行。”

韩东龇牙狞目：“他就算相信了也不会承认的！”

更何况，他也不会相信啊！

韩东现在悔得肠子都青了，你说你没事跟他显摆那点儿歪门邪道干什么？不知道他是唯物主义者吗？现在好了，把人家孩子的秘密捅出来了，你解释吧！你不承认自己图谋不轨别想走人，你承认了就更别想走人了。

“你们凭什么在没有确凿证据的情况下软禁我？这是违法的懂不懂？赶紧放开我！”

二雷严肃了这么久，总算说了句幽默的话：“如果你真是大师，我们是关不住你的，你的元魂可以飞到任何一个地方。”

韩东被堵得一句话说不出来，行！你真行！

二雷又说：“我们没有限制你的全部自由，只要不出公司，你想去哪儿就去哪儿。即便你想跟组出去学习两天，我们都是可以考虑的。”

“可是我想回家啊！”韩东再一次苦苦哀求，“哥们儿，你让我回一趟家吧，我就拿根绳子而已。你要是不放心可以跟我一起去，你把我铐上都行！”

二雷说：“我们这儿绳子有的是。”

“咱俩的绳子能一样吗？”韩东愤然过后又是一脸悲戚，“还有我那五个媳妇儿，走了这么多天，肯定让别人惦记上了。”

这两天韩东总是提起“五姐妹”，一开始二雷不知道是什么，后来听他念叨多了，也就明白是几个充气娃娃了。

“等你日后成了大明星，想买多少买多少。”

韩东回呛他：“糟糠之妻不可弃你懂吗？在你穷困潦倒的时候肯陪着你的女人，那才叫真爱呢！”

二雷腹诽：你这糟糠之妻也忒多了点儿吧？

韩东恨恨地喘了几口粗气，又说：“把手机借我用用总可以吧？我哥们儿这两天结婚，我总得给他道个喜啊！”

至于这个要求，二雷考虑之后还是答应了。

结果，韩东好不容易拿到手机，打了几遍都无法接通。他突然想起来，叶成林走之前貌似说过，到了那边就换号，到时候会把新号发到他手机上。

韩东瞬间一脸痛苦状，抱头在床上打滚，“让我回家吧，让我回家吧，让我回家吧，让我回家吧……”

二雷在旁边忍了许久，终于开口。

“其实王总把你关在这儿，并不是为了查你。”

“我知道！”韩东已经听腻了，“他想签我！想捧我！不就是这个原因吗？”

别再给我洗脑了，大爷我好不容易才抛下明星梦！

想到这些年的艰辛龙套路，韩东自己都替自己心酸，其实他并非有多过人的毅力，而是一早就算出自己有星运，才会如此执着地坚守于此。可万万想不到的是，他盼了五年的那张馅饼，没砸到他手上，而是砸进了茅坑里！

你说你吃还是不吃？

二雷再度开口："你知道王总为什么想签你吗？"

"废话，还能为什么？瞧上我了呗！"

"那你知道他为什么瞧上你吗？"

说到这个，韩东总算停下折腾的动作，他确实很想知道自己在王中鼎眼中的过人之处，以便摧毁之！

二雷拿来一张高层内部传阅的资料，上面显示的是中鼎影视集团年度大片的筹备计划以及选角条件。

韩东是个精明人，眼睛直接就奔着选角条件去了，他以前听李尚提到过这个苛刻条件，但只是小道消息。现在看到确切数据，心里就一个想法：王中鼎太变态了！谁能长得这么精确？这不是闹着玩吗？

"你就完全符合。"二雷说。

韩东："不可能，肯定是事先量好才定的条件。"

二雷笑了："你仔细看看印发日期，我们为了这个角色已经东奔西走数个月，要是早就见到你，还用得着浪费那个人力财力吗？"

韩东当时脑中就一个想法——天要亡我啊！

别说王中鼎了，就是韩东自己幻想出一个风骚性感、波大臀圆的大美妞，然后这个大美妞突然就从墙里钻出来，他也死活不撒手啊！

月老，你果然又调皮了！

第四章 如愿

“好好的冰箱为什么要换？”

“王总怕你吃不饱，特意让我们换个大冰箱。”

每隔三天，二雷就要到王中鼎那汇报一次韩东的情况。

“他这几天除了吃就是睡。”

王中鼎诧异：“没干别的？”

“没有，整天在床上躺着，一个人吃三个人的饭量。”

和二雷一个节奏，韩东每隔三天上一次秤。

“怎么一两肉都没长？”

韩东崩溃了，整整暴饮暴食六天了，就差直接喝油了，可就是一点儿肉都不长。

意识到自己是那种怎么吃都吃不胖的体质，韩东决定改变策略。

减肥！

待我瘦成杆儿，瘦成棍儿，瘦得干枯脱相皮包骨，我看你还缠着我吗！

减过肥的人都有体会，饿着绝对比吃撑煎熬多了。吃撑不过是难受那么一阵，饿着可是难受一整天。

白天还好，一到晚上，韩东饿得在床上翻来覆去睡不着。眼睛一个劲地盯着冰箱看，里面各种美食喊着口号朝韩东阔步走来，鸡腿！大鸡腿！汉堡！汉堡包……韩东龇牙咧嘴，翻蹄亮掌总算忍着睡过去了。

结果，半夜三更，韩东又从床上爬起来了。

就像灰太狼见到喜羊羊一样，合着眼就朝冰箱扑过去了。吃吧！反正是做梦，撒开欢了吃！要是有人拍下来做广告，第二天绝对生意爆棚。

第二天早上，韩东醒过来，感觉胃也没有想象中那么难受。

颇有成就感地坐起身，一看地上，呆了。

到处散落着食品包装袋，脚丫子旁边还有一块没啃完的猪蹄。于是，韩东痛下决心，清空了整个冰箱。

凌晨两点半，王中鼎再度熬夜，整栋大楼只有他办公室的灯是亮着的。

突然，楼道里传来一阵脚步声。

虽然大楼内有值班的保安，但保安一般不会过来打扰王中鼎，即便真的来这边检查，也会走走停停，不可能是这样均匀规律的节奏。

终于，脚步声在门口戛然而止。

没有门铃响，没有敲门声，直接就是吱的一声，门被推开了。

接着，韩东那两条高辨识度的大长腿就伸了进来。

王中鼎冷厉的视线斜向门口，看到韩东的眼睛是合着的，心里虽不爽却没有作声。

韩东并没有朝王中鼎走过来，也没有整幺蛾子，而是直奔冰箱而去。

然后，当着王中鼎的面，从里面“偷”出一盒肉罐头。

也许是饿极了，韩东拿到罐头后就迅速扯拉环，结果劲没使对，一把将拉环拽掉了，罐头却没打开。

接着，韩东就急切地在罐头盖上一顿折腾，用拳头砸，用手抠，用指甲盖撬……那副饥饿的表情让非洲难民见了都会流下同情的泪水。

冰箱里只有一盒肉罐头，其余都是饮料。

就在韩东在房间里转磨磨打算找个工具强行砸开的时候，罐头突然被人拿了过去。

不到三秒钟，罐头盖就被掀开了。

王中鼎不知从哪找来一把勺子，面无表情地插到罐头里，一起递给了韩东。

韩东端着罐头乖乖地走了。

第二天，二雷又去王中鼎那里汇报情况。

“他这两天一直没闲着，不是去排练厅就是去健身房，经常运动十几个小时。”

王中鼎对韩东的突然转变表示意外："不在床上躺着了？"

"别说躺着了，坐都很少坐，看本杂志还得在房间里溜达。"

王中鼎又问："那吃饭呢？还像以前那么能吃？"

"我估计是，反正我每天早上都会把冰箱塞满，等我回来的时候就什么都不剩了。以前整天躺着还吃那么多，现在有了运动量，冰箱一到晚上就空了。"

"这样吧，你让大师傅给他加几个荤菜，然后再换个大冰箱，多放点儿零食。"

二雷点点头，刚要走又被王中鼎叫住了。

"我冰箱里的肉罐头，你也给他预备点儿。"

"好，我这就去。"

韩东满心期待地上秤，结果还是一斤未变。

我的天！这秤是不是坏的？正烦着，突然几个人抬着一个超大号的酒店专用冰箱走了进来。

"干吗？"韩东不解，"好好的冰箱为什么要换？"

二雷说："王总怕你吃不饱，特意让我们换个大冰箱。"

太讨厌了！韩东心中暗暗咒骂，大爷我越想减肥，你越跟我对着干！

不过当着二雷的面，韩东不敢表现出来，怕让人看穿心思，遭到强行灌食就惨了。

二雷走后，韩东打开冰箱，刚要把东西一股脑倒腾出来，突然意识到这样不行。这么大个冰箱，我要是一下就清空了，他们肯定会怀疑我的。

于是，韩东隔一会儿处理一批，隔一会儿处理一批。

因为舍不得扔，这些零食只能暂时存放在床底下。

王中鼎一早来到公司，开办公室门的时候，竟然发现密码锁被人撬了。

这样的大公司，总经理办公室的防盗系统肯定是高精尖的，能将这种密码锁破解的绝非一般人。既然能躲过层层守卫，势必蓄谋已久。所以，王中鼎首先想到的就是商业机密被窃取，其次可能就是那些价值不菲的限量款手表……

结果，经过重重检查后，发现啥都没丢，就丢了两盒罐头。

王中鼎当时的表情，就像吃了一袋假冒伪劣耗子药。

为了查明真相，王中鼎把韩东房间的门也上了一道密码锁，密码由他亲自设定，并叮嘱二雷在韩东睡着之后将门锁上。

结果，第三天早上，两道密码锁被撬，丢了四盒罐头。

韩东再次上秤，惊喜地发现自己瘦了半斤。

赶紧去抽屉里找软尺，迫不及待地量自己的各项数据，结果发现没什么变化。

一般而言，减肥前三天排的都是水分和废弃物，过两天才会显形……韩东自我安慰道，加油！坚持就是胜利！

口号刚喊完，二雷就提着两大袋食物走进来，打开冰箱门就往里面塞。

韩东愣住："哎？你早上不是放过了吗？"

"王总说了，只要冰箱有地方就要往里面续，续满了为止。"

"……"

于是，韩东这一天都没闲着。

二雷负责往冰箱里面续，韩东就负责往床下面塞，这场拉锯战一直进行到深夜。直到韩东假装睡着，二雷又保证冰箱是满的，才掩上门悄然离去。

韩东快速爬起来，将冰箱里的东西一股脑全倒腾出来。

结果，当他准备往床底下塞的时候，突然发现没地方了，看来得抓紧时间把这批零食处理了。

至于怎么处理……目前来看唯一的办法就是找个恰当的时机寄出去。既然自己行动不便，就让快递员上门取件好了。可到时候怎么联系快递员，又怎么让快递员神不知鬼不觉地将这么多东西运走，又是一件伤脑筋的事。

唉……减个肥都这么累！韩东甚至怀疑自己瘦的那半斤是不是脑子？

第二天，王中鼎办公室的门还是没逃过被撬的命运，这回丢了八盒罐头。

之后，王中鼎亲自到韩东房间视察，发现冰箱里明明还有吃的。

韩东昨晚藏起来的零食，今早又原封不动地放回了冰箱。

布局之精密让人叹为观止！

这次韩东一上秤，差点儿没拍巴掌！

又是半斤！

这么算来，足足有一斤了！

韩东兴奋之余，不忘先将之前藏在床底下的食物整理好，以便快递员速战速决。就在他即将完活的时候，突然发现箱子旁边散落着十四个没有拉环的罐头。

韩东拿起来看了一眼，缺失的易拉环不是包装问题，而明显是人为扯断的。

“哪个孙子这么手欠？”韩东忍不住骂。

因为罐头没有拉环难以打开，也就不在韩东担心的范围内了，于是他将这些罐头随随便便找个抽屉塞进去了。

两分钟后，韩东拍拍手起身。

大功告成！

只要趁没人盯着的时候去大厅的座机打个电话就 OK 了！

结果，韩东等了一天都没等到机会。平时门口的两个保镖还会时不时下去转转，今天往那儿一站纹丝不动，上厕所都是轮流去。

晚上，王中鼎又留在公司过夜了。

前半夜一直消停着，王中鼎忙完一部分工作，趁着休息的间隙去韩东的房间搞了一次突袭检查。

结果，早上还满着的冰箱现在空了。

这不科学啊！

既然前一天晚上是空的，早上又没人送，冰箱是怎么满的？

王中鼎质疑的目光投向熟睡的韩东，细心地发现床头左侧的地面有一点七毫米的划痕，四个床脚也分别有一到三毫米不等的偏移。

于是，王中鼎缓缓地朝韩东的大床走去，一步两步三步…他终于走到床边，定定地注视了韩东片刻，然后俯下身将床单掀开。

脸瞬间就绿了……

你说你偷食就算了，你还藏食！你说你藏食就算了，你还分类！

真把自己当耗子了？

王中鼎本想将韩东薅起来教训一顿，但又觉得为了这点儿事动怒实在不值。况且办公室任何一块表都能买几车零食，韩东却只拿走几盒罐头，也许他就是贪吃，或者是苦日子过惯了，对经济保障缺乏信心……

不过宽容归宽容，王中鼎还得熬夜干正事，绝不能再让韩东打扰自己。于是他从自己的办公室拿来几盒罐头，放进了韩东的冰箱。

本以为这下可以清静了，结果到了后半夜脚步声又响起了。

王中鼎皱眉，不是放了吃的吗？怎么又来了？

这一次，韩东还是直接推门而入，但没去开冰箱，而是朝着王中鼎走来。到了他面前，急切地将手中的食品袋打开。

王中鼎差点儿气绝身亡。

袋子里装的，是二十几个没有拉环的肉罐头，包括韩东之前偷走的十四个，还有今天晚上送过去的那几个，无一幸免，拉环全被扯掉了。

王中鼎终于明白为什么偷的肉罐头数量会递增……因为这货自始至终就没成功打开过一盒，还自以为是罐头盒的问题，以为多拿点儿就可以避免了！

要不是韩东现在闭着眼，表情呆愣愣的，王中鼎真想把他手指头剁了！

你怎么就这么手欠呢？

意识到不把罐头打开，韩东肯定赖在这儿不走，王中鼎只能硬着头皮帮忙。

韩东闻到香味儿就要下手抓。

王中鼎一把攥住韩东的手腕："等一下，我去拿勺。"

结果，王中鼎刚把手松开，韩东这个饿货又把狗爪子往盒里伸。

"你等会儿不行吗？"王中鼎怒斥一声。

韩东哪等得了？只要王中鼎撒手，他就急着下手。

上次是因为手边恰好有一把勺子，直接递给他就完事了，这次要去里面的厨房拿。为了避免看到恶心的一幕，王中鼎直接把罐头抢过来自己端着走，结果韩东就像大狗似的跟在后面，左蹿一下，右蹿一下，爪子扒着王中鼎的胳膊来回晃，差点儿把罐头弄洒。

王中鼎拿他没辙，只能一只手端着罐头，一只手牵着他往里走。

厨房的门有点儿窄，两个男人并排走进去很困难，王中鼎便让韩东在门口等着，无奈韩东死活不撒手。王中鼎只能自己先进去，然后回头瞧一眼，保证韩东不会撞到门框，才唤一声："进来吧。"

韩东乖乖地走了进来。

王中鼎又把韩东领出厨房的小门，才把勺子插进罐头一同递给他。

韩东一边吃着罐头，一边慢吞吞地往门口走。

总算打发走了……王中鼎松了一口气，抬脚朝办公桌走去。

结果，王中鼎在办公桌停下，韩东也在办公桌停下了。

王中鼎看向韩东手里的罐头，竟然已经吃光了。

接着，气人的一幕出现了。

韩东又从袋里摸出一盒罐头，递到王中鼎的面前。

王中鼎愣了片刻，强忍着揍人的冲动，再次接了过来。

这回总该走了吧？

哪想韩东又是三口两口解决掉，再拿出一盒递给他。

王中鼎瞬间黑脸了，我是留在这儿工作的，不是给你开罐头的！

但是对一个梦游的人而言，你能拿他怎么样？梦游杀人都可以判无罪，吃个罐头还有什么可埋怨的？

王中鼎一次性开了十盒，吃！我让你吃个够！

这么一来，韩东更不走了，直接坐在王中鼎旁边吃。

王中鼎就当旁边蹲一条狗，自己埋头干自己的事。

可"这条狗"不甘寂寞，吃点儿东西还哼哼唧唧，有时候使劲吧唧嘴，有时候吸溜出特别大的声音，就算歇着还得用勺子敲敲牙。

王中鼎怀疑韩东是成心的，可每次看过去，韩东都是双眼紧闭，毫无伪装痕迹。王中鼎特意查过这方面资料，梦游的人基本都是睁着眼或者半闭半睁，这货为什么完全闭着眼还能行动自如呢？

如果跟他说话，他能接上来吗？

王中鼎试着开口："有那么好吃吗？"

"要是再来一张烙饼，就更香了！"韩东乐呵呵地说。

烙饼……我看把你烙了合适！王中鼎沉着脸没再回话。

过了一会儿，韩东把搅和得烂糟糟的肉罐头伸到王中鼎眼前，成功地恶心到他之后又迅速拿了回来。没一会儿又伸过去，然后再迅速撤回，反复几个来回后，从罐头里面挖出一勺烂肉晃了晃，像是存心馋王中鼎一样。

"想吃吗？"

毫无回应。

韩东露出狂霸跩的痞笑："叫哥！叫哥我就让你尝一口。"

王中鼎根本就懒得搭理他。

韩东自觉没趣，又开始埋头吃罐头。

过了一会儿，王中鼎起身去接水，突然发现韩东鼻尖上蹭了一块酱。作为强迫症患者，王中鼎刚要开口让韩东擦，韩东就把舌头伸出来了。

很少有人的舌头可以舔到鼻尖，韩东不仅能舔到，而且还绰绰有余。

"怎么样？我的舌头很长吧？"韩东故意问。

王中鼎冷眼以对。

结果，韩东又把舌头伸出来，慢悠悠地在嘴角四周舔舐。左一圈、右一圈、顺时针、逆时针……还搭配着节奏感鲜明的吟诵："想怎么舔就怎么舔。"

王中鼎不做任何评论，就那么瞧着他，脸上的表情难以形容。

韩东自我陶醉般地挑挑眉，发出邪恶又变态的笑声："哈哈哈……厉害吧？"

说实在的，假如韩东睁着眼，王中鼎可能还会被他的无耻行径刺激到，但现在韩东闭着眼，他想演绎出的那种邪魅狂狷，一不小心就成了猥琐的瞎子。

王中鼎不知怎么的就笑了，连他自己都莫名其妙。

后来王中鼎又想：既然可以用这种方式和他对话，何不就势问问偷食的原因？没准能在这时候套出实话来。

于是再度试着开口："你为什么半夜吃东西？"

"白天吃会长肉。"韩东说。

王中鼎不解："晚上吃不是更容易长肉？"

"你真逗，又不是真吃，怎么会长肉？"韩东又往嘴里塞了一大口。

王中鼎这回听出来了，韩东是在减肥，所以才会把东西藏起来，逼着自己节食。于是他又问："你好端端的，减肥干什么？"

韩东头也不抬地说："我必须要瘦得不像样，才能让姓王的那个孙子死心！"

"姓王的那个孙子"什么都没说，直接起身去了厨房，回来的时候手里多了样东西，一把砸到韩东的面前。

"这是什么？"

"烙饼！"

韩东吃到撑，才心满意足地擦擦嘴，从椅子上站起身。

王中鼎本来打算等韩东吃完东西，好好问问他不想签约的原因，结果去一趟卫生间的工夫，回来人就没影了，只剩下一桌的空罐头盒。

王中鼎记得资料上面提到过，梦游是一种象征性的愿望补偿，当梦游者得到满足，就会返回到自己的床上，而这个过程持续时间不超过一个小时。按照这个标准计算的话，韩东应该不会再四处乱晃了。

既然这样，那就有机会再问吧……王中鼎想。

把桌上的垃圾收拾完，又工作了一会儿，王中鼎才回卧室休息。

因为阳台上有装饰灯，每天晚上都亮着，足够让卧室保持基本的可视度。所以王中鼎习惯性地不开灯，直接脱掉衣服上床。

结果，刚一躺上去，王中鼎就敏锐地察觉到床的凹陷度不对。

正欲翻身，突然一个滚烫的肉体缠抱上来。

人家韩东就是有原则，知道什么错误可以犯，什么错误不能犯。比如上错床这种错误偶尔可以犯，但睡觉不脱衣服这种错误要坚决避免！

姑且不说赤裸裸的身体接触让王中鼎有多厌恶，就说韩东这满嘴的肉味儿，就够让王中鼎忍无可忍的了。可韩东偏偏腻歪个没完，人家冬天都爱抱着个火炉睡觉，他倒好，专门喜欢那种冷冰冰的“特殊体质”，而且一边蹭一边喃喃道：“今儿这气充得足！”

“……”

凌晨三点半，王中鼎还要再度起身，将一个主动爬上床的浑蛋打包送走！不为别的，就为了自己那点儿可怜的睡眠时间。倘若真把韩东踹醒，姑且不说他会再度上演翻脸不认人的自恋戏码，反正王中鼎剩下的两三个小时肯定搭进去了。

“打包”过程中，王中鼎看着韩东的两条大长腿，他在心中咬牙：老天爷！你把这样一副惊艳的身材给了这么个玩意儿，你于心何忍！

第二天一早，韩东起床后照例去称体重。

结果，前三天瘦下来的一斤，不多不少全都长回来了。

怎么回事？韩东当时就傻眼了。

难道是这两天排便不畅造成的？还是体力消耗过大导致浮肿？韩东一边刷牙还在一边查找原因。

突然，牙刷上出现一条惊悚的肉丝！

韩东急忙奔回卧室，拉开抽屉一看，那十几个罐头果然不见了。他懊恼得直薅头发，早知道就该把这些一并处理了，都怪自己太大意了！

韩东没精打采地去倒垃圾，结果发现门口的两个保镖都不在。

一起迟到的可能性不大，应该是临时有别的任务……韩东暗想，二雷一般都是十点来送吃的，现在刚八点半，时间很充裕。

于是，韩东匆匆跑到大厅打电话联系快递员。

一般而言，快递员在收件前都会打开箱子检查的。

但韩东为了节省时间，提前把箱子密封好了，于是央求人家：“我这里面都是吃的，没啥违禁物品，哥们儿就别费事了。”

快递员勉为其难地答应了：“那你把每样物品都注明。”

“没问题。”

韩东看着快递员安全离开，心里总算松了一口气！

然后又去卫生间梳小辫。

韩东的头发属于严重的自来卷，又染成了黄色，再加上眼窝略深，骨骼形态有着西方人的颀长挺拔，乍一看特别像欧美帅哥。他刚拿起梳子，就有个陌生的面孔找上门。

“冯经理叫你过去一趟。”

韩东听说圈内很多女明星转行当老板，急忙打听：“男的女的？”

“男的。”

算了，那就不梳了，韩东顶着一副爱因斯坦的造型就出门了。

进了冯俊办公室，看到堆在墙边的几个箱子，韩东不由得一愣。

果然留了一手……

冯俊把手里压着的前两张快递单甩给韩东，第一单的物品详情上写着“啤酒饮料矿泉水”，第二单上写着“花生瓜子八宝粥”。

“你是要寄给铁道部吗？”冯俊问。

“噗——”韩东自己都刚意识到，“你别逗我，我笑点特别低。”

冯俊淡淡回道：“我没看出你笑点有多低，但我看出你臊点有多高了。”

韩东来公司找李尚的那次见过冯俊，当时就不待见这个人，现在即便被抓包了，也毫无心虚和惭愧，还气定神闲地坐在冯俊对面，一副吊儿郎当的无赖表情。

冯俊扬扬下巴：“解释一下吧。”

“这有什么可解释的？我吃不完又不想浪费，就寄给朋友了。”

“吃不完干吗还要？”

韩东摊手：“我没要啊！是他们一直往冰箱里面放，不信你问二雷。”

“你不要把王总对你的欣赏当成放肆的资本，这么和你说吧，就算有人牵进来一条狗，我们公司也照样能捧红它！我干了这么多年，还真没发现这里没谁不行的！尤其你还有一个备胎，你走了，他立刻就会顶替上来。”

冯俊的一席话非但没引来韩东的危机感，反而让他更加振振有词。

“既然都有备胎了，干吗还不让我走？”

冯俊直接亮出李尚的海报：“备胎，当然不如原装的。”

韩东先是愣了片刻，然后乐呵呵地说：“这可是我哥们儿，如果备胎是他，那我更乐意腾地方了。所以，你这激将法用错人了。”

“用没用错人，你自己心里明白。”冯俊手指轻敲着桌面，“李尚抢占先机，已经成为公司今年力捧的新人。你不腾这个位置，占的只是他的一小块地盘。你要是腾了这个位置，他肯定占了你的全部领地。”

韩东面不改色心不跳，让他占了吧，最好把王中鼎这块地也占了！

冯俊不再绕弯子，直接放话：“我给你三天自由，你好好考虑考虑，如果三天之后你继续坚持走，我们一定不会再留你！”

“用不着三天后。”韩东态度很明确，“现在我就能给你答复。”

“用不用是你的事，我只负责给。”

韩东进来的时候什么样，出去的时候还是什么样。依旧那一身穷皮，那一个朝天的兔尾巴小鬏鬏，那一副流里流气的浪荡风姿……

可对面车里的那位，就和来之前截然不同了。

说来也巧，韩东在这儿待了十几天都没碰见过李尚一次，结果今天要走了，竟然在门口遇到他了。

韩东正好站在上次来的位置，李尚依旧坐在车里，就像借钱的情景再现……只不过这一次，李尚态度完全变了。

“嘿，你小子怎么过来了？”

李尚主动下车打招呼，好像没有任何明星架子，对人热情依旧。

韩东笑得挺随意：“没事，随便逛逛。”

“北京这么大，你一逛就逛到这儿了？”

李尚看似不经意的调侃，却被韩东犀利地解读出紧张的意味，一种生怕“真品”暴露在王中鼎面前的诚惶诚恐。

“顺势来看看你。”韩东轻描淡写地说。

李尚掏出一根烟递给韩东，亲自为他点上，也顺便给自己点了一根。

烟雾在同等身高、同一比例、同样胖瘦的两个男人脸旁缭绕，和谐得有些讽刺。

“对了，钱收到了吗？”李尚问。

“没用，又给你打回去了。”

“啊？”李尚好像才知道，“我一直没注意。”

韩东玩味地笑笑：“是啊，您现在有钱了，卡里多几万少几万都不当回事了！”

李尚刚下车，韩东就看出他这一身的行头起码六位数。虽然依旧掩盖不了那股子土腥味儿，但在韩东这种凡夫俗子眼中，李尚算是彻底翻身了。

李尚挺不好意思：“瞧你这话说的！我的账户一直由经纪人帮忙打理，自己留点儿够花就成，对钱根本没啥概念。”

“啧啧……还显摆个没完没了了！”韩东一副鄙视的表情。

李尚玩笑着朝韩东甩了一拳，死不承认：“谁显摆了？我显摆什么了？”

“得得得！”韩东急忙打住，“我显摆了，我拿那三万块钱去你卡里显摆了成吗？”

李尚这才想起来问：“你为什么没用？”

韩东冷哼一声：“你看见我都假装不认识，我还觍着脸用你的钱干吗？”

“不是那么回事，你听我解释，我一开始确实没认出来。直到你骂了我一声，我才听出是你。可那会儿车已经开了，又有那么多人在车上，我就没好意思让司机再停！”

韩东频频点头应付，其实根本没进耳朵。

转眼一根烟就快抽完了，韩东依旧没提自己来这儿的目的。李尚看他这含糊其辞、故意回避的样子，心里难免会往那方面想。

“你是不是又缺钱了？”

韩东一愣：“没啊。”

“下回别来这儿找我了，我一天到晚都在外面跑，很少在公司待着。这是我的新手机号码，一般都是助理接听，你缺钱直接打电话就行了。”

“真不用。”韩东说，“我钱够花。”

"干吗这么见外？没有你，我到现在还喝西北风呢！没钱随时开口，多了不敢说，十万八万还是没问题的。"

俩人正聊着，一个外国人走了过来，朝李尚说了句什么。

韩东还记得刚认识李尚的时候，李尚的英语水平和他一样，基本都在"来是come去是go，点头yes摇头no"的水平线上。没想到，不到两个月时间，李尚就可以毫无障碍地和老外全英文交流了。

光是凭这么一点，韩东就没理由瞧不起他。

老外转身走了，韩东顺着他的背景往车上扫了一眼，随后朝李尚说："行啊，混得不错嘛，刚来公司这么几天就给你配房车了。"

"我哪有那个待遇？这是我们公司一姐的车，刚才那个老外就是她的助理。"

"方芸？"

"哟，眼神够好使的！"

韩东哼笑一声："我十多年的女神，能认不出来吗？"

现在的经纪公司培养新人不外乎两种途径，一种是剧组驻地大面积撒网，另一种就是成熟艺人带新艺人。李尚刚一来就让大牌明星给铺路，可见其受重视程度。

"我马上要接戏了，到时候有机会的话，我一定向导演推荐你！不过我也是新人，说话也没什么分量。重要角色可能够呛，但至少能保证有名字，有几个正面的镜头。"

韩东笑着摆摆手："我就不凑热闹了。"

"我都说过要帮你了，你以为哥们儿是闹着玩的？"

"行了，你赶紧回车上吧，别让人家大腕儿等你一个新人！"

李尚点点头，特意叮嘱道："公司最近整顿门口环境，前几天有个粉丝在这蹲点儿就被保安打了。以后找我提前电话联系，咱约个吃饭的地方，哥们儿好好请请你！"

"嗯，我知道了。"韩东挥挥手。

上车之后，李尚表情恢复冷淡。

方芸忍不住开口问：“刚才那个是谁啊？”

“一个粉丝。”李尚说。

“粉丝还能聊这么久？”

“他话痨。”

韩东不愧和李尚睡过一张床，李尚刚上车，他的嘴角就撇到了腮帮子，心中暗骂：挺好的一个爷们儿，愣把自己祸害成这副作样儿！

抬脚正要走，身后又有车疯狂鸣笛。

上次韩东在这儿憋了一肚子气，就有人火上浇油，结果这次又来了个不长眼的。

但是，韩东一句话都没说出来。

今天彻底见识到，什么叫帅得给跪了……

车里的男人，白衬衫、黑西装、军装大衣，明朗傲岸、贵气冲天。

别人的帅都是看出来的，这位爷的帅是呼啸而至朝你扑过来的，不给你任何做作的时间，一眼炫到你露怯。然后他再扬长而去，甩下一路的穷矮搓。

韩东愣愣地，这位怎么看着有点儿面熟呢？

冯俊站在窗前，看着一道身影如光柱般闪进大楼，便和王中鼎调侃道：“每次夏弘威来咱们公司，都会打击一众男星的自尊心。”

“不光来咱这儿，到哪儿都一样。”王中鼎客观陈述。

冯俊感慨：“他家基因太强大，我等草民难以望其项背。”

正说着，那位帅到爆表的大少爷就风尘仆仆地进门了。他摘掉墨镜，一句话不说，直接端着王中鼎的杯子接水喝，然后指了指冯俊：“我跟你们老板有话说，你先出去。”

冯俊出去之后，王中鼎朝夏弘威开了个玩笑：“什么大事劳您亲自往这儿跑一趟？”

夏弘威坐到王中鼎身边，手臂自然而然地揽到王中鼎肩膀上。

“我问一下，你们现在筹拍的这部电影准备投多少钱？”

“目前预算是两个亿。”

电影毕竟是一项高风险投资，在内地两亿基本已经到顶了，那些动辄三五亿的基本都是炒作，就运营规则来看，票房收入要达到投资三倍才不至于亏本。

夏弘威想都没想就说：“我出资一亿，你把男主角给他。”

“资金已经到位了。”王中鼎直截了当地拒绝。

夏弘威眼神转阴，沉默半晌后再出豪言：“这一亿我白投，就买你一个男主角。”

“你的痴情程度让我叹为观止，不过这个角色不适合他。你可以拿一亿为他量身定制一部电影，我一定帮你找最好的导演，最豪华的明星阵容。”

夏弘威放在王中鼎肩上的手指蓦地收紧，压力直逼皮肉深处。

“我就看上这个本子了。”

王中鼎笑了笑：“那就没办法了。”

夏弘威态度强硬：“这个角色我要定了！你给也得给，不给也得给！”

王中鼎的脸色由淡然转向冷峻，在他将手伸向肩膀，反攥住夏弘威手腕的一瞬间，腾空的火药味儿开始在房间凶猛蔓延。

“夏客！”突然，一声疾呼打破了房间内的僵局，万里晴站在门口一脸不快，“你们两个怎么又掐上了？”

她口中的“夏客”就是屋里的夏弘威，夏弘威在小学二年级以前叫“夏客”，因为给老师点名造成一定困扰，遂改名夏弘威。

所以，能喊出这个名字，势必是在一个幼儿园长大的。

同样在这个幼儿园长大的，还有多年来致力于阻止同桌乱投资却屡屡失败的算术小达人——王中鼎。

韩东回到家，第一件事就是找手机。

他自恋地以为开机后会有铺天盖地的未接电话，结果，十多天来只有三个陌生号码联系过他，而且都是响一秒就停。即便知道可能是诈骗电话或者打错了，韩东还是一遍又一遍地尝试着回拨。

整整一天，韩东都在利用各种方式联系叶成林。

他在网上的留言迟迟没有得到回复，叶成林最后的登录时间是在离京前一晚，之后就再也没有任何动态。韩东又去找叶成林其他哥们儿盘问，结果他们都表示没有叶成林的新号码。有的人在叶成林结婚那天还和他通了电话，之后就再也联系不上了。

韩东有那么一瞬间曾想过去贵州找叶成林，但后来又打消了。

一个人联系你可能有千万种理由，但他不联系你只有一个理由——他不想联系了。

晚上，韩东失眠了。

手里把玩着叶成林留下的那根绳子，正着搓一圈，反着搓一圈，搓着搓着就把中间的位置搓散了，一块微不可见的纸屑飘落下来。

韩东注视着别处，心忽然像被什么东西扎了一下。

目光转到绳子上，没发现任何异样。

第二天早上，韩东又打扮得人模狗样，提着一把小马扎上了街。见到熟人臭贫两句，见到美女吹声口哨，走到北影厂门口，习惯性地顿一下，然后再继续往前走……

在这一片，有个瞎子也常年在这里摸骨骗钱。因为同行竞争，他和韩东两个人一直相看两生厌。但是今天，韩东却破天荒地跑到人家地盘求“指点”了。

“您这帝都第一仙儿还用得着我来算吗？”瞎子故意摆出一副受宠若惊的姿态。

韩东垮着脸：“我实在是没辙了，再这么憋下去，我心都臭了。反正你是瞎子，也不知道我长什么样，我再丢人你也看不见。”

瞎子：“……”

然后，韩东就忍着心中屈辱，把近日来的种种遭遇以及自己与命运不屈不挠的抗争过程一并讲给了瞎子听，讲述得声泪俱下，好不悲壮。

瞎子听完之后，只是纳闷一件事：“你怎么知道他看上你了？”

“这不明摆着吗？我十梦九准，梦里我跟他……哎，孽缘啊！”韩东觉得瞎子的问题简直可笑，“而且我不可能瞧上他！所以，肯定就是他看上我了。”

瞎子又问了：“你为什么不可能瞧上他？”

韩东嗤笑冷笑加不屑一顾地笑。

“我跟你说，你问的这个问题都是对我的一种侮辱！你可能不知道我的另一个称号——京城第一硬汉！我平时根本不屑于挂在嘴边，因为你是瞎子，看不见我的一身腱子肉，我才不得不拿这个说事。”

“他们说你站过台。”瞎子突然提起。

韩东的脸三百六十度大扭曲，嘴角抽了好长一段时间：“你……你听谁说的？”他的兔尾巴小鬏鬏立刻竖了起来，大言不惭地数落人家，“怪不得你瞎了，就是因为你一天到晚给人瞎说瞎算。”

“我天生就瞎。”

“行了行了，别说这些没用的了，我还等你给我指点迷津呢！”

瞎子说：“这有什么可指点的？既然你瞧不上他，这事不就结了吗？”

“结……结了？”韩东没明白。

瞎子当即露出鄙视的表情，说：“就你这脑子，还一天到晚跟人家瞎忙活呢？”

韩东没好气：“你不知道当局者迷吗？来来来，再说明白点儿。”

“我问你，你是不是百分之百肯定自己不会瞧上他？”瞎子问。

韩东一副傲视群雄的口吻：“绝对肯定！”

“既然你坚信自己不会瞧上他，那你还怕什么孽缘？孽缘孽缘，两个人才是孽缘，一个人哪里来的孽缘？”

韩东眨眨眼，貌似有点儿道理。

“你管人家干吗？管好自己就行了。月老牵红线都要两个人都攥着才能牵到一起呢，更何况，你就一个梦，能说明啥？”

韩东恍然大悟：“对啊，我肯定不会瞧上他，那我还操什么心啊？”

“没见过你这么傻的，明明可以双喜临门，非要搞个两败俱伤。”

韩东又不懂了："什么叫双喜临门？"

"我问你，对你而言，是事业重要还是爱情重要？"

韩东想了想，说："这得分人，假如爱人是范冰冰那样的，那就爱情重要。要是凤姐那样的，就事业重要。"

瞎子："……"

"你问我这个干吗？"韩东还是没理解瞎子的用意。

瞎子说："我把你的人生设为一道算术题，现在已知条件有两个，一个是你和他相配，一个是你有了当明星的机会。可能出现的结果有四种，第一种是你当上明星，而且和他没有瓜葛；第二种是你没当上明星，也没有和他有联系；第三种是你当上明星，但是未来都得和他如影随形；第四种是没当上明星，但是仍然没能逃出他的手心……"

"那么请问：这四种可能里面，最理想的结果是哪个？"

韩东想了半天才开口："你再说一遍。"

瞎子重复之后，韩东果断选择第一种："当然是我既当上明星，又和他没有丝毫关系呗！"

"既然你知道这种最好，为什么实际选的却是第二种呢？"

韩东让瞎子给绕晕了。对啊，我为什么要选择第二种？

"那我再问你，最惨的结果是哪一种？"

"第四种，他阴魂不散地缠着我，我还没当上明星。"

"对啊，你想想，如果你握住手中的机会，实现当明星的梦想，那你就有可能得到第一种结果，就是得不到，再惨也是第三种。但是如果你不珍惜这个机会，最好也只是第二种结果，最惨可就是第四种了。"

韩东终于明白过来了。

"你的意思是……这两样我起码得攥住一样，对吧？"

瞎子点头："对啊！何必为了一段梦中的孽缘去放弃十拿九稳的事业呢？你不能为了不上战场就卸自己两条腿啊！"

韩东沉默了足足五分钟后，攥住瞎子的手狠狠道谢。

"大哥，你真是一语惊醒梦中人啊！"

瞎子嗤笑："这回心里痛快了？"

"痛快了，全想明白了。"韩东说。

瞎子突然叹了口气："可有件事也憋在我心里好多年了，我也想说出来痛快痛快。"

"大哥，你尽管开口，多丢人的事小弟都不笑你。"

瞎子顿了一下，说："其实，我不是瞎子。"

韩东："……"

"我能看到你长什么样，而且记住了你的模样。"

韩东："……"

几秒钟后，瞎子大笑，"哈哈哈……逗你的。"

韩东笑骂："去你大爷的，死瞎子！"

这么一顿闹腾后，韩东心情愉悦多了，回去就开始规划宏伟的国际巨星蓝图。

可想着想着，各种烦恼又来了。

首先就是与冯俊的"三日约定"，虽然冯俊给了韩东自由，想回去就能回去。可一想到冯俊那种笃定自己会妥协的狂妄态度，韩东就觉得拉不下脸来。

况且自己之前把话说得那么果断干脆，如果再觍着脸回去，就好像之前是故意端着，故意装清高似的。

怎么才能既回去又不显得那么㞞呢？

韩东一发愁，晚上就梦游，在"五姐妹"身上翻来覆去表深情："他们那儿管得可严了，不知道还能不能把你们带过去。说实话，你们也是牵绊我的重要原因啊！"

第二天早上，韩东起床就崩溃了。

他的"五姐妹"一夜之间全爆炸了！

韩东把"五姐妹"全烧了，顺便把她们的胸罩、内裤也一起烧了。

正要清理"骨灰"，突然听到斜对门传来开锁的声音。

韩东火速跑到门口，看到的却是房东和一个陌生女孩。这女孩不仅长得漂亮，而且是迄今为止唯一一个单独看房的美女。

要是换作以前，韩东邪恶的獠牙肯定会从嘴角龇出来。

但是今天，他竟没有任何兴奋可言，仅仅在人家透视裙上扫了一眼，就关上了房门。

好像真的一切都结束了。

这个地方再也没有任何念想和待下去的必要了。

整整一天，韩东都在琢磨怎么回去这件事。

打电话让冯俊派人来接？风光是风光，可依照冯俊的脾气，万一甩一句“自己打车来”，岂不是更没面子？给二雷打电话？二雷一定会上报王中鼎，万一王中鼎亲自开车来接，面子是给足了，可韩东会有种自己把自己卖了的感觉。

眼看就到了晚上，也到了“三天”的最后期限。

韩东一直守着电话，期盼那边能给个台阶下，结果一直没动静。

看来只能自己上门了。

此时此刻，韩东就像个倒贴的媳妇儿，拼命想找一顶能遮住全身的红盖头，而这顶红盖头，想来想去也只能是“梦游”了。

但韩东不能保证晚上真的会梦游，也不能保证梦游会去找王中鼎。

所以，他只能装梦游。

晚上十点多，万里晴待在王中鼎的办公室陪他一起加班。

“你这次是铁了心不答应夏客了？无论他用任何方法逼迫你？”万里晴问。

王中鼎说：“没法答应，我之前投了他家那位‘影帝’三部大片，最后赔得渣都不剩。无论用多豪华的技术包装，多专业的运营团队，都抗衡不过那个票房毒药。”

万里晴一边给王中鼎整理领口一边笑着说：“我看过其中两部，说句实话，他的角色本身就不讨喜。”

“他完全是零演技，任何导演都拿他无能为力，最后只能演面瘫，也就是他自己。”

万里晴难以理解：“夏客到底怎么想的？就算有钱也不能这么糟践吧？那位‘影帝’完全没有观众基础，直接就走高大上路线，怎么可能捧得红？”

“他也没想捧红。”王中鼎说。

“什么意思？”

“如果他真想捧红，早就大张旗鼓地宣传炒作了。以他手中的权力，天天霸占头条都没问题，但是你见过那位的一条娱乐新闻吗？说白了，他投钱拍电影根本不是给观众看的，而是给他一个人看的。”

万里晴轻叹了一口气：“夏客从小就那么怪。”

“不早了，我送你回去吧。”王中鼎说。

“好。”

韩东让司机在距离公司大门还有几百米的地方停车了，因为前面遍布着摄像头，韩东必须要将自己梦游的状态完美逼真地呈现出来。

这对于韩东而言根本不算难事。

但有一点，是韩东怎么都无法克服的。

那就是在韩东真梦游的时候，闭着眼是能看见东西并且避开一切障碍物的，但是装梦游的时候，闭着眼是什么都看不见的。

所以，为了安全，韩东将眼皮撬开一条小缝，眯着眼睛走完这条马路。直到公司大门口，韩东观察了一下里面的环境，偷偷记下了哪里有树，哪里有台阶以及安全的行走路线……然后才运了口气将眼睛闭上。

车开到大门口，万里晴突然问：“那你原本计划的男一号是谁啊？”

王中鼎将车转弯，刚要回答，就听“砰”的一声。

王中鼎紧急刹车，万里晴的脸瞬间变色。

貌似撞到什么东西了……

王中鼎从车上下来，万里晴跟着他一起走到车头的位置，看到有个人蜷缩在地上，一只手捂着脸，另一只手捂着屁股。

韩东心里哎哟两声，哪个孙子这么缺德？小爷我刚把眼闭上你就撞上来了！我没长眼，你也没长眼吗？

王中鼎刚才确实分神了，他完全没料到这个地方会站个人。

门卫目睹这一场事故，忙出来解释：“王总，我本来想拦住他的，但冯经理之前打过招呼，说这个人是可以放行的，我就……”

王总……韩东这才将脸扭过去，恰好对上王中鼎疑惑的眸子。

两个人的表情出奇的一致，怎么会是他？

气氛僵持了几秒后，王中鼎已经隐约猜到了什么，可韩东眼中的疑惑丝毫不减，甚至层层递进，将疑惑化为彻底的茫然，过渡得相当流畅。

“我怎么会在这儿？”韩东目无焦距，喃喃自语，“我不是在床上睡觉吗？”

门卫不敢贸然上前去扶，便问一句：“你没事吧？”

能没事吗？韩东心中唾骂：你被撞飞之后，屁股先着地试试！

“我……我怎么了？”韩东的目光仿佛还在游离中。

万里晴有一定的医护经验，便先走到韩东身边查探伤情。

“你现在感觉怎么样？能站起来吗？”

韩东刚才光顾着看王中鼎，都没注意万里晴，这会儿一看到，小心肝立刻颤三颤。别说撞了一大屁蹲儿，就是直接从腿上轧过去，看到这张脸也能站起来啊！

“没事，只是摔了下而已。”

韩东立刻爷们儿地站起来，整理衣服的动作都变得帅气有型。

王中鼎走上前来朝韩东说：“我送你到医院检查一下。”

“不用了。”韩东不忘继续演，“这事不怪你，是我自己睡得迷迷瞪瞪的，不知道怎么就跑到这儿了，我再回去接着睡就行了。”

王中鼎完全不理会韩东的说辞，继续朝万里晴说：“我得送他去医院，只能找个人把你送回家了。”

“我陪你一起吧。”万里晴说。

“都这么晚了，检查完估计要到半夜了，你还是早些回去休息吧。”

“不行。”万里晴很坚持，“我一定要陪着你看到检查结果才安心。”

人家俩人说这话的时候都很平淡，韩东倒在旁边偷着澎湃。哟！听这口吻貌似有一腿啊！哈哈哈……太好了，赶紧落实吧！

因为韩东摔的是屁股，所以做完全身检查后医生要重点检查这个部位。

“麻烦进来一位。”

外面只有两个人，万里晴是不可能进去帮忙的，所以这个任务只能交给王中鼎了。

王中鼎进来之后，医生连个招呼都没打，直接把韩东的裤子褪下来，卡在大腿根儿的位置，并和王中鼎说：“护士没在，你帮忙拽着裤腰，别窜回去。”

不料，王中鼎还没伸手，韩东就像触电一样猛地将手伸到后面。

“不用，不用，我自己来就行。”

医生说：“怎么能自己来呢？你需要放松。”

说完又示意王中鼎过来帮忙。

王中鼎刚走两步，韩东就死死拽着裤腰翻过身，朝医生说：“那个……不这样吧，我直接把裤子脱了，就省得再费事了。”

“那样更好。”医生说，“我还怕你不乐意呢。”

韩东终于松了一口气。

王中鼎刚要往外走，医生又把他叫住了。

“你别走啊！你走了，谁帮他拿着裤子啊？这可没地方放！”

韩东：“……”

用作茧自缚来形容韩东再合适不过了，明明露个屁股就能解决的事，他非要折腾到下半身全部走光，还怀疑医生和王中鼎是串通好的。

韩东在床上趴好之后，医生忍不住惊赞一声。

“哟！你这腿真长。我检查过那么多人，从没见过你这么长的腿。”

韩东说：“没那么夸张吧？我也就一百多厘米，还有那么多一九六以上的呢。”

“这你就不懂了，论腿长，不能看身高，要看比例。有些明星动辄腿长一一零往上，其实那是裤长，真正腿长要看会阴高。一般人会阴高占身高一半就已经称得上大长腿了，你这臀沟高都已经过半了。”

韩东完全听不懂，只能尴尬地笑笑以求医生尽快闭嘴。毕竟旁边有一双眼睛盯着，那位可是对这个话题特别感兴趣。

“而且你骨骼正直、双腿间隙不足一厘米，外形圆润、无脂肪聚集、皮肤光滑有弹性，简直就是难得一见的极品美腿啊！”

“谢谢你的夸奖，真谢谢了。”

你能给我快点儿吗？！

结果，这位医生比韩东还慢性子，夸完他之后又把目光转向王中鼎。

“都说看女人的最高境界是穿着衣服就能猜出罩杯，其实眼光够毒的话，男人穿着衣服也能窥出腰肌力。”

知道的以为在看病，不知道的还以为在说媒呢！您瞧站着这位，身强腰健功夫好；您再瞧趴着这位，个高腿长美臀翘……

欣赏够了之后，医生才开始给韩东检查。

“放松，再放松。”医生反复提醒。

可韩东哪放松得了啊？满脑子都是：他是不是又在偷瞟我？医生这么煽情地按揉我的屁股，他是不是已经想歪了？

一个整日流连花丛、阅女无数的臭流氓，此刻愣像个纯情小处男一样，臊得头都抬不起来。

“只是软组织压伤，涂点儿药就行了。”

终于结束了……韩东松了一口气。

医生朝王中鼎说：“我去开药，你把衣服递给他穿上吧。”

韩东没有坐起来穿，而是采取趴着的姿势，谨慎地藏着自己的宝贝。

等了好久都没听见下床的动静，王中鼎把目光投过去，发现韩东怪异的穿衣姿势，忍不住开口问：“你是不是有伤不方便坐着？”

“少来！”韩东毫无征兆的一声厉喝，“离我远点儿！”

王中鼎脸色变了变，隐忍着没有开口。

韩东见王中鼎把头转向别处，赶紧坐起身迅速穿，结果内裤刚拉到大腿根儿，王中鼎的脑袋又转了回来，韩东的被迫害妄想症瞬间发作了。

“看什么？！”

骂完之后，韩东才发现王中鼎的目光是对着腕表的，然后才缓缓地转向自己……

韩东赶紧移开目光假装骂的不是王中鼎，可王中鼎不能假装被骂的不是自己。

他沉默了这么久，终于冷冷问道：“我为什么要看你？”

韩东特别㞞地回了句：“你自己心里明白。”

“我不明白。”王中鼎再度发出强有力的质问，“你有的我都有，而且我比你的优良，我为什么要看你？”

韩东：“……”

王中鼎去领其余项的检查结果，韩东一瘸一拐地从检查室走出来，看到万里晴就坐在不远处，便抬脚朝她走去。

“现在感觉怎么样？好些了吗？”万里晴主动问。

韩东点点头，随后就没再说话，倚在墙边一脸酷相，眼睛不时瞄向万里晴的脸。除了满足自己的色心外，更想窥探出她和王中鼎的真正关系。

万里晴发现韩东刻意的注视，忙问：“怎么了？”

“你是王中鼎的女朋友？”

“你是听谁说的？”万里晴反问。

韩东煞有其事地说：“王中鼎和我说的。”

“怎么可能？”万里晴哑然失笑，“他会和你说这些？”

其实一开始，韩东就看出万里晴对王中鼎有意思，他说：“他没明说，但已经在心里默认了。”

万里晴毕竟出身富贵名门，不是一两个甜头就轻易俘获的邻家女孩。所以韩东的话说得再合她心意，她也不会轻易受影响，毕竟撮合她和王中鼎的人不在少数。

“那他是怎么说的？”万里晴玩笑着问。

韩东也不说王中鼎如何洁身自好，只与你一个女人亲近，也不说他在感情上如何依赖你，常把你挂在嘴边之类的烂俗理由，直接就上最有信服力的。

“他说他之所以不接受你，是因为孩子。”

这么一句话，就把万里晴铁铸的心理防线攻破了，因为韩东是除了万里晴之外唯一知道王中鼎有孩子的人，如此一来就印证了韩东与王中鼎关系不俗。

“他还说了什么？”万里晴果然再问。

韩东这才搬出那些烂俗的理由，可此刻听在万里晴耳朵里就别有一番滋味了。尤其韩东还是演技派，白的都能让他扯成黑的。最后再来几句升华，把自己的力挺态度表达得感人肺腑，好像不在一起就对不起他似的。

“万姐，我是个粗人，不会那些华丽的辞藻，但我敢拍着胸脯说：我活了这么多年，从没见哪个爷们儿像我王哥这么死心塌地的！”

万里晴不喜欢在外人面前表露心迹，尤其看王中鼎就快回来了，她需要及时平复心情来面对现实。

可韩东依旧不依不饶地说：“有时候我看王哥一熬夜就是半夜三四点，身边连个端茶倒水心疼人的都没有，我心里那种滋味……”说着说着竟然哽咽了，头仰着将眼泪倒灌回去，再开口仍无法继续，“真的……我……”

“好了，好了……”万里晴忙拍着韩东的后背安抚他，“我明白你的心意，但这种事急不来，我们就顺其自然好了。”

韩东的眼泪唰地就下来了。别顺其自然啊！顺其自然就没你的事了！

“你们岁数都不小了，以王哥的这种熬夜法，我真的担心他没有几年……”刚说完就看到王中鼎来了，韩东马上收尾点题，“嫂子，请允许我冒犯地称呼你为嫂子，你能提前应我一声吗？能吗，能吗？”

万里晴表面上点头应允，其实心里有句话一直憋着，那就是：哥们儿，说真的……干你什么事啊？

王中鼎走过来，看到韩东眼眶泛红，忍不住问：“怎么了？”

韩东潇洒甩头：“没事，替你们高兴。”

王中鼎刚缓和的面孔再度僵硬。您大晚上钻到我们车轱辘底下，让我们花费时间陪你做检查，你还替我们高兴？

万里晴看出王中鼎心里所想，马上接口道：“他不是那个意思，他……”突然又不知该如何开口。

“算了，我送你回去吧。”

车行进在路上，万里晴朝王中鼎问：“刚才那个人，你跟他很熟吗？”

“认识不到一个月，见面不到五次。”

万里晴的脸一阵青一阵白，半天都没说出话来。

王中鼎见万里晴有些不对劲，问：“怎么了？”

“哦，没事。”万里晴黯然的目光转向车窗外。

王中鼎又派了一辆车来接韩东，韩东上车之后就装睡，司机唤了好几声都没有唤醒，无奈之下只好给王中鼎打电话。

“王总，我把他送到哪儿啊？”

“暂时先送回公司。”

韩东总算如愿以偿了。

第五章 驯化

“跟我客气啥？我又不嫌你脏，来来来，吃一口。”

“你离我远点儿！”

第二天一早，王中鼎就调来了门口的监控视频。

视频清晰地记录了昨晚韩东“撞车”的始末，韩东从一入镜头开始就是完全的梦游状态，紧接着他走到门口的左侧拐弯处，王中鼎的车正好出门，相撞的一瞬间韩东也是毫无准备的，看不出丝毫破绽。

门铃响了，王中鼎将视频关闭。

冯俊进来就问：“什么时候把韩东送到我姐那儿？”

王中鼎和冯俊已经达成协议，韩东一旦点头就让他签约冯牧之的经纪公司。虽然中鼎影视公司的艺人经纪业务是首屈一指的，但出于公司形象上的考虑，“问题艺人”都会先丢给合作的经纪公司来做，驯化成熟才会签回来。

仅仅一夜的工夫，王中鼎却又改变主意了。

“把他留在公司吧。”

冯俊颇感意外：“你真的考虑好了吗？他可不是什么善茬儿。”

“你这是质疑我的眼光，还是质疑经纪人的能力？”王中鼎问。

冯俊不好意思地笑了笑：“没有，咱们公司这么多优秀的经纪人，怎么可能摆平不了一个小艺人？我只是担心在短期内，他的叛逆行为可能会对你个人造成不必要的困扰。”

王中鼎哼笑一声：“你太高看他了。”

“既然这样，那我就下去安排了。”

冯俊给韩东安排的经纪人姓焦，在公司人缘极好，大家都叫她焦姐。焦姐目前带了三个新艺人，统一在公司安排的公寓入住，而且同住一套房。

“这是你的房间。”焦姐把韩东领到门口。

韩东往里面扫了一眼，条件还不错，虽然比不上之前的“五星级监狱”，但起码配套齐全，比他之前的“充气狗窝”好多了。

“你今晚先凑合一宿，明天就会有人帮你换新的家具。”焦姐说。

韩东摆摆手：“不用换了，这不挺好吗？”

“这是上头的指示。”

焦姐一说“上头”，韩东自然而然联想到王中鼎，当即在心中“嘁”了一声，又给我搞特殊待遇，不对我好你能死吗？！

经纪人走后，韩东去旁边两个房间串门，结果一扇房门从里面锁着，一扇房门从外面锁着，全都不见人影。

韩东只好回到自己的房间，拿出王中鼎的照片端详起来。

虽然韩东已经笃定自己不会瞧上王中鼎，但这并不意味着他要坐以待毙，毕竟两个人朝夕相处，一切突发状况都可能出现。

他现在要做的就是防患于未然，所以，他打算制订一个周密严谨的计划。

韩东忙到后半夜，突然听到门锁开动的声响。

他放下笔走出房间，看到有个人正小心翼翼地掩门。

“嘿！”韩东毫无征兆地打了一声招呼。

掩门的人被吓了一跳，赶忙打开玄关灯，在看清韩东的脸后，才平缓了一口气：“你是新来的吧？”

韩东点头，并仔细端详了一下对方，看着是一个不工于心计、有点儿直肠子的人。

“我叫张星湖，你呢？”

“韩东。”

张星湖一边喝水一边问韩东：“你怎么这么晚还没睡？”

“睡不着。”韩东也问，“你怎么这么晚才回来？”

“今天有一场夜戏。”

“你已经进组了？”

“没有，我只是去观摩观摩，学学经验。”

韩东看张星湖毫无困意，便坐下来和他一起聊天。

“咱公司有多少个经纪人？”

张星湖仔细想了想：“大概二十几个吧，我也没注意。”

韩东算了一下，平均一个经纪人要带七八个艺人，这么看来焦姐还算少的。

“有没有经纪人只带一个的？”韩东又问。

张星湖点头：“有啊，李大公子的经纪人就只带了他一个。”

“李大公子？”

“就是李天帮。”

韩东脸色变了变，没说话。

谈起李尚，张星湖颇为感慨：“我和他几乎是同一时间来公司的，但是待遇各种不公平啊！他培训期还没过就签约了，我到现在还没定下来。新人几乎没有签约金，只给一些生活费，可他一签约就预付百万。我听说他是梁监制亲自挖来的，等于直接签给了公司二把手，经纪人只是挂名保姆。唉……没办法，谁让他家世雄厚，后台硬呢！”

“家世雄厚？”这个韩东还真不知道。

张星湖点头：“据说出身艺术世家，咱公司的董事长你知道吗？就是王中鼎的小叔，王海志，据说他房间挂的当代名画有一半出自李尚他外公之手。”

艺术世家？头仨月还抢我煎饼果子呢！太不要脸了！

“总之，公司给他定位的路线就是各种高大上，宣称现代戏只接名流精英富二代，民国戏只接军阀豪门贵公子，古装戏只接王公贵族大少爷。”

韩东刚要开口泄愤，张星湖就示意他小点儿声。

“有人睡觉呢。”

韩东诧异的目光扫向紧锁的房门：“那屋有人啊？我一直没听见动静。”

“他睡得比较早，一般晚上九点多就睡了。”

这年头还有九点多就睡觉的人？而且还是混娱乐圈的？韩东听着就新鲜，于是问：“多大岁数了？”

张星湖扑哧一乐："才二十二好吧。"

这么年轻？不会有什么病吧？韩东瞎琢磨。

"我得睡觉了，明天一早还有形体训练呢。"张星湖揉着眼睛朝房间走去。

韩东鬼鬼祟祟地走到紧锁的房门前，想透过门缝偷瞄两眼，结果里面还有一道帘子，除了黑乎乎的一片什么都看不见。

第二天一早，韩东还没起床，就有工作人员过来换家具了。

"真的不用换了，这些家具都挺好的。"韩东假客气。

提着箱子的师傅说："这个不是我们能决定的，再新的家具，老板让换也得换。"

"你们老板就是钱多烧得慌。"

结果，这种神烦的优越感很快就不复存在了。

韩东光看到旧家具往外搬，却没瞧见新家具往里抬，脑袋探到楼道里，电梯也只是下去的没有上来的。

只见师傅把手里提的箱子打开……

韩东瞬间呆愣住。

因为他看到了如此"亲切"的东西：充气床垫、充气枕头、充气沙发……

"别别别！"韩东急了，"干吗给我换成充气的？"

"这是公司统一安排的。"

韩东跑到旁边的房间，各种家具一应俱全，再跑回来质问师傅："哪统一了？张星湖那屋的家具明明是实木的。"

师傅说："老板的意思是统一换成你们之前的装修风格，这样可以让你们找到家的感觉，尽快适应这里的环境。"

韩东瞬间崩溃，抡拳砸墙："老子不要家的感觉，就要那些家具……"

"抱歉，我们只是按照老板吩咐办事，没法替您做主。"

因为家具事件，韩东心情不好，培训第一天就和经纪人闹翻了。

"为什么不能叫韩天王？这个名字怎么了？"

焦姐直接送了一个字："俗！"

“为什么档案也要改？我是六指怎么了？我初中没毕业怎么了？我当了五年群演怎么了？我坚持自我真性情！我出身草根接地气！”

焦姐冷冷地看着他，说：“你以为现在这个社会走苦情路线还有人买账吗？”

“谁走苦情路线了？这本来就是我的真实经历啊！”

“就因为过于真实、无爆点，我才让你改的。”焦姐直接把李尚的档案摔在韩东面前，“瞧见没？这才是符合新生代偶像观的！”

韩东看都没看就直接扔到一边：“我为什么要像他一样装模作样？我为什么要和他走一样的路线？我为什么要吃他的剩货？”

“就因为人家已经把这个金饭碗端起来了，你能做的只有抢。”

韩东和焦姐争执了好久，最后以一种难以形容的态度应下来了。

“不就让我照着他这个套路编吗？行，没问题。”

焦姐继续询问：“有什么才艺特长？”

韩东想了想：“特长……身体自带的算吗？”

“当然，天赋异禀更吸引人。”

“那就多了，舌灿莲花、牙缝喷水、见人识毛……”

焦姐听到这些陌生词语，顿时来了几分兴致。

“什么叫舌灿莲花？”

韩东马上张嘴演示，先将舌头卷成一个弯儿，接着两个弯儿，再接着三个弯儿……最后竟然卷成了花的形状。

焦姐瞠目结舌。

“我还可以把舌头翻一个儿，就像这样，还能把舌头折叠起来，还能……”

“够啦！”焦姐不忍直视，“下一个！”

韩东又演示牙缝喷水，这个就很好理解了，就是含一口水从牙缝喷出去。按照常理这是不可能的事，可对于韩东这种怪胎就另说了。

看着十几束水流从韩东口中喷洒而出，焦姐石化了。

“至于见人识毛嘛……”韩东露出不怀好意的笑。

焦姐的脸都绿了，僵愣片刻后起身朝外走。

“我让王总另请高明。”

韩东急忙去拦：“焦姐您别生气，我就是开个玩笑，缓解一下紧张的心情。”

焦姐心中怒呛：你是不紧张了，可老娘紧张啊！谁敢把你这种眼睛能扒裤衩的奇人异士留在身边啊？谁驾驭得了啊？

“焦姐，我都把档案表填得差不多了……”韩东撇开一身的邪乎劲儿，变身小白对焦姐软磨硬泡。

焦姐拿起档案表扫了一眼，脑浆子差点儿爆出来。

“行，你行……”

焦姐揣着那张档案表夺门而出，这回再说什么都没用了。

韩东气急败坏地嚷嚷：“你走可以，但是你不能和王总说是我的问题。”

焦姐彻底毛了，等着吧，我不把你名声搞臭，我这么多年就白混了！

韩东惶恐的表情下藏着不易察觉的窃喜。

焦姐到了王中鼎办公室，一句话不说，直接把档案表往桌子上一放。

“王总，您自己看看吧。”

王中鼎拿起来一看，档案表是韩东自己手写的，姓名、年龄、家庭住址等前面几项都没问题，到“艺名”这一栏，王中鼎的目光顿住了：“尼古拉斯·如来？”

下面的宣传语也是相当亮眼，王中鼎念道：“神州大地盖世无双第一仙儿，浩瀚宇宙无人能及神算子，精通阴阳两界语言，是看相界少见的集偶像与实力为一身的大师。”再看后面的才艺特长一项，简直称得上逆天了，“可以舔到自己的胸。”

王中鼎的手猛击办公桌，扬起一片瘆人的烟灰。

“把他给我叫过来！”

十五分钟过去，韩东还没赶到。

二雷再度打电话催，那边传过来的答复是：便秘、大号中……

王中鼎的脸色又阴了一层。

韩东给了焦姐充足的告状时间，掐算着差不多了才朝王中鼎的办公室走去。双脚在门口落地的一刹那，焦姐的话音刚落，王中鼎的耐心也在此时耗尽。

“王总，你找我？”

王中鼎冷厉的目光扫过去，迎上的却是韩东不正经的笑容。

“进来。”王中鼎命令。

韩东丝毫没意识到危险的降临，依旧一副吊儿郎当的派头，双手插兜，走路左右摇摆，兔尾巴小鬏鬏跟着乱颤，与房间内严谨规整的线条形成鲜明的冲突。

假如晃悠的不是这两条腿，假如有一微米的差池，王中鼎都会毫不犹豫地扇飞！

“你跟我说说，这是什么意思？”王中鼎的手指狠狠敲击档案表。

韩东把头探过去瞧了瞧，一副不明所以的表情。

“怎么了？”

“怎么了？”焦姐愤愤不平地插口，“你看你写的都是什么？”

韩东振振有词：“你说韩天王俗气，我改成尼古拉斯·如来。你说我的简历没爆点，我也按照你的要求改了。还有这些才艺，我不是都给你展示了吗？你倒是说说，我这里面哪一条不是如实填写的？”

焦姐让韩东逼得哑口无言，最后点点头，无奈地说：“好，我说不过你，如果你除了这些奇技淫巧之外，能有一样拿得出手的本事，我立马收回之前的话！”

结果，这句话非但没镇住韩东，反而给他“吹牛”提供了契机。

“但凡和艺术挂钩的，几乎没有我韩东不会的。这样吧，既然手头没有现成的乐器，那我就来一段自己作词作曲的清唱。”

焦姐的脸色变了变，其实她心里很没底，但话已经说到了这份上，她也只能硬撑着了。

王中鼎也是一言不发地等着韩东献艺。

韩东先找了下调，然后哼唱起来。不得不说，他的音色真不错，开始听着还像那么回事，后面越听越不对劲。韩东把二十六个国家的粗鄙之语揉进了一首歌里，配之以淫靡的曲风，轻佻的眼神，怎是一个流氓了得！

二雷已经感觉到不妙，企图开口阻拦，却被韩东挥手拒绝。

焦姐难以忍受，赤红着眼睛夺门而出，办公室里就剩下三个爷们儿。

王中鼎的脸已经看不出任何表情了，说话的语气也丧失了温度：“看来，我真是低估你了。”

韩东环顾四周，确定焦姐走了，便探到王中鼎耳边神神道道地说：“我告诉你，那个女的面相不好，一看就活不长，你最好让她好好保养，别再从事繁重……啊……”

韩东话还没说完，屁股上就挨了结结实实的一脚。

二雷都惊了一跳。

他跟了王中鼎这么多年，头一次见王中鼎动手打人。像王中鼎这种身份的人，通常都会采取冷暴力，即便真要惩治某人，也犯不上自己动手。

可这一次，他真的忍无可忍了！

假如二雷不在旁边，他已经把韩东踹倒在地一顿狠踩了。

怎么能这么招人讨厌呢？

韩东用手捂着屁股还不忘说：“你开车撞我就算了，还要补一脚是吧？那之前开的药肯定不够用了，我还得再买一份。消炎药、止痛药、膏药合计四十三块八，加上塑料袋正好四十四块。不信你去看药单，别说我讹你，这四十四块钱你必须给我报了！”

王中鼎又补了一脚。

韩东咬着牙再喊一声：“八十八！”

二雷都让韩东气疯了，急赤白脸地朝他嚷嚷：“你还算什么算啊？赶紧走吧！”

韩东还是不走。

“那好！”王中鼎眉宇间杀气腾腾，“我今天就凑个一万块钱的！”

听到这话，韩东不得不跑了。

王中鼎气得头顶冒烟，韩东却跑得眉飞色舞。

“我得意地笑，又得意地笑，笑看红尘人不老；我得意地笑，又得意地笑，求得一声乐逍遥；我得意地笑，又得意地笑……”

他笑着窜进电梯，笑着晃出大楼，笑着奔向门口，笑着看到一个超级无敌大帅哥，然后，再也笑不出来了……

夏弘威那如强光照眼的俊颜再度出现在韩东眼中，而且这一次，韩东实打实地看清楚了。

“哇，这是谁啊？长得好像漫画里走出来的人啊！”

随着旁边一位花痴女的惊呼，韩东双腿瘫软地靠在大厅的立柱上。

这世界也太搞笑了……

原来那个让他看着面熟的男人，就是当初网聊时被他恶作剧吓到的人的堂哥。

韩东在心里呐喊：万一让他知道那件事，我以后还怎么在这个圈子混？

就在韩东捶胸顿足、悔不当初的时候，他又扫到一个熟悉的身影。

虽然换了一辆座驾，但是车上的人没换，还是李尚和方芸。两个人并排坐在一起，方芸浓妆艳抹、星光四射，李尚一脸疲惫。

李尚隐约看到了韩东，可再次回头的时候又没了踪影，他心里嘀咕：应该看错了吧？这是在公司里面，他怎么可能进来？

韩东哼笑一声，没事人一样地朝公寓走去。

“可靠消息，伊璐要签回咱们公司了。”方芸突然开口说。

李尚恍若未闻，目光一直在车窗外游走。

方芸瞬间变脸：“我跟你说话呢，你听到没？”

李尚赶忙把目光转回来，点头应和：“听到了，你说伊璐要签回咱们公司。”

“是啊，那个女人脸皮真够厚的，当初金峰娱乐来撬人，她撅着屁股就奔着钱跑了！结果怎么样？在那儿混了三年，一部像样的作品也没有，还搞得绯闻缠身。”

助理也说：“金峰娱乐连着几部大制作都赔了，势头越来越弱。伊璐当初就是沉不住气，要是不跳槽，现在稳稳的一姐。”

方芸翻了个白眼：“真不知道王总怎么想的，竟然还会接受她。”

“听说还要举办一场盛大的签约仪式。”助理添油加醋。

方芸脸色更差了，发泄似的苛责李尚：“你也不安慰安慰我。”

李尚一副驾轻就熟的口吻劝道：“你的演技、名气、口碑、外貌哪样不甩她几条街？你跟她较劲都是给她抬高人气。”

听到这话，方芸的脸上才出现一丝笑模样，可再看李尚，还是那副心事重重的样子。

“你今天怎么了？状态这么差。”

李尚勉强笑了笑：“可能是最近压力比较大，总是出现幻觉。”

方芸拉过李尚的手柔声地安慰道：“新人上位太快，患得患失是在所难免的。”

“对了，咱公司最近有没有签新人？”李尚突然问。

方芸把目光投向助理，助理表示不太清楚，说：“最近都没怎么回公司，应该有签吧，我已经很久不关注这个了。”

方芸一副过来人的口吻：“你就放心吧，电影马上就到试戏阶段了，既然现在还没传出口风，就证明你这男一号是板上钉钉了。只要这个角色到手，在电影上映前，公司一定会不遗余力地捧你。”

李尚点点头，没再说话。

夏弘威是在楼顶的露天咖啡厅找到王中鼎的，他的眉宇间还有未散的戾气。

“你今天很闲啊。”夏弘威说。

“不闲，只是没心情做事。”

夏弘威一边调咖啡一边问：“谁把您惹了？”

王中鼎没有直面回答，只是问夏弘威：“假如一个演员，他内心很渴望成名，却又频频做出令我厌恶的事情，这是怎样一种心态？”

“很简单，为了引起你的注意。”夏弘威说。

王中鼎还是觉得难以理解：“我已经对他足够关注了，假如他什么都不做，可能受到的优待会更多，他本人也深知这一点，却依旧不惜一切代价惹我生气。”

听王中鼎这么一说，夏弘威才认真揣测起来。

“或许，他想要的关注不是事业上的，而是个人感情上的。”

王中鼎微敛双目：“怎么说？”

“他对你有情感诉求，这种诉求与你是什么身份无关，只是单纯地针对你这个人。”

对于这个说法，王中鼎倒是颇为赞同：“他确实一直把我当假想敌。”

“当成假想敌并不一定是讨厌你，也有可能是喜欢你。”夏弘威表情玩味。

王中鼎却很清醒：“他做得很绝，完全不留一丝喜欢的余地。”

“男的女的？”

“男的。”

夏弘威大笑：“哈哈哈……我真的很想认识认识，看看是哪个不要命的敢惹你。”

这两天公司取消了韩东的培训，韩东每天闲在公寓养伤，鼓捣一些没用的东西。经纪人那边没了音信，换作别人早就急得抓狂了，可韩东依然优哉游哉，乐在其中。

看来这回被我气得不轻啊！深恶痛绝了吧？硌硬死你！

反正我早晚会火，不急于一时的优待，厚积薄发才是长远之道，慢慢来呗。

韩东翻着英语小册子用蹩脚的英语对自己卖萌：“I am slow-tempered cool east east！（我是慢性子的酷东东。）”

张星湖回来的时候，韩东正在给自己的屁股上药。

“你的屁股还没好啊？”张星湖问。

韩东哈哈大笑：“早着呢。”

“那你还这么高兴？”张星湖难以理解。

韩东朝他招手：“过来。”

“干吗？”

“你帮我看看，我这屁股伤得重不重？”

张星湖走过去看了一眼：“貌似肿得挺厉害。”

韩东对这个答案颇为满意，又兴冲冲地问：“以你对肿胀程度的观察，踹我的那个人当时是什么心态？”

张星湖想了想说：“应该挺愤怒的吧，不然也不会下这么狠的脚。”

"是不是恨不得把我一脚踹死？"

"估计是。"

"哈哈哈……"韩东笑得那叫一个嘚瑟，好像捡了多大便宜一样。

张星湖看着直犯怵："你不会是受虐狂吧？"

韩东刚要否认，就听到两声敲门声，本以为是隔壁那小子终于肯现身了，结果发现门口站着的人竟然是冯俊，手里还提着几个礼品盒。

韩东瞬间愣住，什么情况？

张星湖也吃了一惊，这不是冯俊吗？王中鼎私人助理兼艺人经纪公司经理，经常代表王中鼎对媒体发声，绝对算得上一号人物。

"冯经理。"张星湖赶紧打了声招呼，然后小声朝韩东说，"我先出去了。"

韩东应了一声。

房间里就剩下韩东和冯俊两个人，冯俊连坐都没有坐，直接表明来意："王总让我告诉你，有私愤尽管找他发泄，不要以践踏演艺事业为代价。"

韩东哑口无言。

冯俊没有过多解释，撂下东西就走了。

韩东呆愣愣地看着地上的礼品盒，半天都没反应过来。这……这是怎么个意思？心里过意不去了？派人来探望我？

可要过意不去，也应该韩东过意不去啊！

韩东难以相信，王中鼎这么苛刻的一个人，这么难伺候的一个人，竟然会不计前嫌，还说出那样一番深明大义的话。

怎么突然觉得他挺爷们儿的呢？

韩东赶紧扇了自己一巴掌，好让自己清醒过来。

冯俊刚走了没一会儿，张星湖就兴冲冲地跑回韩东的房间。

"刚才那位是冯经理？"

韩东诧异："你不是都打过招呼了吗？"

"我只是想问……你和他很熟吗？"

"还行吧。"

韩东随便敷衍了一句，又开始摆弄那段废灯管。

张星湖纳闷地问：“你拿这个干吗用？”

“我想做一支爱尔兰短笛。”

张星湖嗤笑一声：“干吗不直接买？又不要多少钱。”

韩东停下手里的动作，一副清高孤傲的表情对着张星湖：“这叫艺术，懂吗？”

张星湖嗤之以鼻，整天鼓捣一些破烂儿，还艺术？我看你就是闲得！

“去去去，不懂别在这儿捣乱。”

张星湖还要出门，就回房间换衣服了。

韩东偶然间在网上看到资料图，钻研了好几天，今天终于开工了。先用尺子测算距离，再小心翼翼地钻孔……一直忙活到半夜，一支莹白色的短笛终于做出来了。

看着像模像样的，不知道吹起来怎么样。

韩东想试试，但一想到旁边有人睡觉，又有点儿顾忌。

说来也怪，韩东来这儿也有三四天了，从没见旁边的哥们儿出来过。这两天韩东闲在屋里养伤，偶尔会听到隔壁传来轻微的动静，却从没见房门打开过。

不知道是不是故意的，韩东三更半夜拿起笛子来试音，选了一首很煽情的曲子——《泰坦尼克号》的主题曲《My heart will go on》。

韩东试着吹了起来，音色蛮清脆的，就是高音有点儿不准，小小地修理一番后，感觉好多了。临近尾声，韩东听到旁边房间有了动静，但很快又没了。

于是，韩东从《My heart will go on》吹到《好汉歌》……一曲接着一曲，直到吹到最拿手的《新年好》，隔壁终于传来噌噌的脚步声。

很快，门就响了。

“你吵到我睡觉了。”

韩东放下短笛，抬头看向门口的那位。此人模样生得一般，眉宇间戾气很重，看着是个难红的料。不过这也难免，娱乐圈里的大众脸，性格孤僻又不善交际，能红起来才怪！

“哥们儿，你总算现身了。”韩东感慨一句。

俞铭还是那句："你吵到我睡觉了。"

"我知道。"

"知道你还吹？"

韩东一副混不吝的口吻："我就想让你出来透透气。"

"无聊。"俞铭冷着脸往回走。

韩东又叫："嘿，这么快就回去啊？"

俞铭不搭理他。

"你要是回屋，我就继续吹。"

俞铭停住脚步，冷声质问韩东："你到底想怎么样？"

"就想让你在外面待着。"

"为什么？"

"我怕你憋着。"

俞铭漠然地吐出仨字："你有病。"

韩东确实有病，别人越不待见他，他就越跟人家套近乎。

"你不觉得笛声很悠扬吗？不觉得有它陪伴睡得更香吗？"

俞铭总算回应了一句："我是学舞蹈的。"

"学舞蹈的怎么了？"

"我只要一听到音乐，就会情不自禁想跳舞。"

"噗——"韩东捶床狂乐，"我刚才吹的时候，你不会一直在房间跳个不停吧？哈哈哈……"

韩东已经笑成了这样，俞铭还是面无表情。

"随你。"俞铭自顾自回了房间。

韩东腹诽：这货怎么比我还变态？

第二天一早，韩东从床上坐起来，盯着地上的那几盒高档礼品，足足看了半个多钟头。他脑中反反复复回想王中鼎让冯俊捎过来的那句话：有私愤尽管找他发泄，不要以践踏演艺事业为代价。

确实，韩东也觉得自己不能再这样任性下去了。

他决定抛开个人恩怨，听王中鼎一声劝，是爷们儿就该有胆识、有远见、勇于取舍。既然是感情层面的问题，那就从生活的方方面面入手，泄私愤就泄私愤，你以为小爷我不敢吗？

经打听，王中鼎不爱吃异味食物，尤其是香椿。

在这点上，韩东正好和王中鼎相反，他特别爱吃香椿。记得刚来北京的时候，他租的是远郊的平房，隔壁大院恰好种了一棵香椿树。因为每年的第一茬香椿都会被人偷，所以韩东往树上洒了很多面粉充当农药，自那之后就只有他一个人偷了。

通过观察，韩东发现，王中鼎中午很少回家，偶尔会出去应酬，大多时候都在公司的餐厅解决。从办公室到餐厅有一部直达电梯，王中鼎通常都会自己下去买饭，除非忙得站不住脚了，才会让人送上来。

今天中午，王中鼎照例下去买饭。结果刚上电梯，就听到后面传来疾呼声。

“等一下！”

一个身影匆忙挤入，连带着一股浓郁的味道也涌了进来，在电梯门关上的一瞬间，牢牢地锁在了这狭小封闭的空间内。

韩东端着一份香椿拌豆腐站在王中鼎旁边，相较于以往的敌对态度，这次韩东破天荒地开口打招呼，喷出一嘴的香椿味儿。

“王总，真巧啊！”

王中鼎闻到那股刺鼻的味道，眉头微微皱了皱，默不作声地往旁边挪了一步，语气冷淡地说：“我记得餐厅从不卖香椿的。”

“我不是在餐厅买的，我是从外面买来自己拌的。”韩东说着又拌了拌，让香味儿散得更彻底，而且拌的时候还往王中鼎身边凑了凑。

王中鼎被香椿味儿熏得脸色有些差：“既然你是从外面买的，怎么会跑到这儿来？一进门不是就有电梯吗？”

因为我要熏你啊……韩东肚子里藏着个小贱人来回蹦达。

“那部电梯人太多了，总是要排队，这部电梯多清静。”

韩东刚说完，身体就跟着电梯一阵剧烈地摇晃，差点儿把餐盒里的香椿倒在王中鼎衣服上，所幸王中鼎躲得快逃过一劫。

可电梯却在这个时候停了，四周陷入一片黑暗。

“怎么回事？”韩东疯狂按报警器，把遭遇突发情况的惊慌失措演绎得入木三分，连说话声都带着颤音，“会不会突然坠……坠降啊？”

王中鼎反倒很淡然地安抚他：“没事，应该是停电了。”

韩东静候了片刻，感觉电梯没有异变，便放下心来继续吃他的香椿拌豆腐。

当眼睛看不见东西的时候，嗅觉就会变得异常灵敏，如果王中鼎平时还能靠别的东西转移注意力的话，现在真是没处躲没处藏了，只能屏住呼吸干忍着。

韩东故意提醒：“嘿，你等着也是等，干吗不把午饭吃了？一会儿该凉了。”

王中鼎一开口就意味着要闻到那股厌恶的味道，所以干脆沉默。

韩东凑了过来：“要不你尝尝我这个？”

王中鼎一把将他推开。

“跟我客气啥？我又不嫌你脏，来来来，吃一口。”韩东还往前凑。

王中鼎忍无可忍：“你离我远点儿！”

结果这一开口，没把韩东吓唬得怎么样，倒让长时间阻隔在外的浑浊空气一次性涌入王中鼎的鼻息，当时那个滋味，怎是一个“销魂”了得！

于是电梯开了之后，王中鼎的饭菜一口没吃，全扔垃圾桶了。

下午，电梯维修工查出故障原因：电梯门地坎卡住异物，引起门锁保护回路故障，致使电梯停止运行。

“怎么会卡住异物？”王中鼎问。

“这个原因就多了，随手丢个螺丝、塑料零件之类的，都可能导致电梯门卡住。”

王中鼎脸色变了变，没再多问。

第二天，还是那个时间，还是那部电梯，韩东又来了，这次端的是香椿炒鸡蛋。

“王总，真巧啊，又碰上你了。”

更巧的是，电梯升到半截又卡住了。

不过这次应急灯可以打开，韩东把他精心设计的吃相淋漓尽致地展现出来。那急到狰狞的咀嚼动作，那香到扭曲的吞咽表情，还有那粘在嘴边华丽丽的蛋黄和油渍……

结果可想而知，王中鼎这顿饭又省了。

下午，电梯维修工又来查故障，和昨天的原因一模一样：电梯门地坎卡住异物，引起门锁保护回路故障，致使电梯停止运行。

第三天，熟悉的情景再度上演。

王中鼎就是脑子再不灵光，也知道韩东是成心的了。

只不过这一次，他一改往常的直性子，没有把韩东叫过来一顿审讯，也没有采取任何回避措施，而是继续下去买饭，继续乘坐那部电梯，继续看着韩东吃炸香椿鱼儿、香椿酥饺、香椿拌咸鸭蛋、香椿麦饭……

而且，他貌似对这个味道越来越麻木了。

反倒是韩东，一连吃了几天香椿，打的喷嚏、拉的便便都是香椿味儿，就算再怎么喜欢吃，吃到这份上也腻了。

凌晨一点多，王中鼎加完班没有直接回家，而是去了后面的公寓。

而且，他还拎了一根香椿枝，上面都是绿油油的香椿叶，散发着独特的香气。

整座公寓大楼仅有几个房间还亮着灯，韩东所住的那套房就是其中一个，而且门也没有关，王中鼎直接走了进去。

韩东早就睡着了，连呼噜都响起来了。

电脑还亮着，停留在博客界面，一段话引起王中鼎的注意。

“娱乐圈不过是常人圈子的加强版。常人喜，艺人则是狂喜；常人悲，艺人则是大悲；常人送礼搏上位，艺人则是送自己搏上位。就好像《吸血鬼日记》里吸血鬼和人的关系，一切都被放大了。”

编辑日期在一个多星期前，也就是韩东无意间撞见李尚的那一天。

王中鼎愣怔了片刻，很快又被电脑旁的短笛吸引住。

虽然卖相不太好，但带给王中鼎的震撼却不小。

做短笛之前，需要清除灯管内的荧光粉，稍微操作不当就会导致灯管碎裂。韩东是用灌沙子的方法，来来回回数次，才把内壁清理干净。

除此之外，灯管的长度以及薄厚都要经过严密的计算，有时候十根灯管也未必能做成一支笛子。而且还要钻孔、打磨、试音。尤其是校音的时候，需要一个孔一个孔地调适，它们之间的距离远近直接决定音准音色，哪怕是微乎其微的误差都会造成极大的影响。

然而王中鼎却没在房间内发现一根废弃的灯管，垃圾桶里只有下脚料，操作者缜密的思维和强悍的控制力令人叹服。

对于一个“数字控”来说，任何精准的东西都透着别样的魅力。

就像韩东的腿。

王中鼎不知出于怎样的心态，竟把手里的香椿枝探到了韩东的鼻子旁。

韩东闻到香椿味儿，瞬间露出腻烦的表情，赶紧翻了一个身，躲开那股味道，甚至不惜用华丽丽的美臀对着王中鼎。

果然……

王中鼎嘴角浮现一丝浅笑，存心欺负人一样，又把香椿枝探到另一侧。

韩东就像一只被惹恼了的大狗，口中发出沉闷的哼唧声，烦躁地扎进被窝里，把脑袋蒙得严严实实。

结果可想而知，那根香椿枝又钻进了被子里。

韩东就这样东躲西藏，从仰着变成侧着，又从侧着变成蜷着……无论怎么换姿势、换角度、换方向，那该死的香椿味就是如影随形。

最后钻到无处可钻了，便一头扎进王中鼎的怀里……

这下，安全了。

王中鼎想推开韩东，可哪推得开啊？

韩东认准“这个窝”没有香椿味，两只手宛如老虎钳子，抠进王中鼎腰身半寸深。如果用蛮力的话，吵醒韩东不说，其余两个人也会受牵连。

王中鼎大手攥住韩东的“兔尾巴”，想把他的脑袋拽离自己的胸口，结果头皮都薅起来了，韩东的脸还是埋在王中鼎怀里一动不动。

香，真是香。

王中鼎的衬衣有着沁人的幽香。

无奈之下，王中鼎只好把香椿枝倒着插进领口，让叶子的香气从布料透出去。

果然，韩东的脑袋不再死贴着他的衬衣，开始慢慢下挪……最后在王中鼎两腿中间软着陆。

王中鼎浑身上下的肌肉都在那一瞬间绷起来了。

僵愣了片刻，王中鼎又放下香椿枝，把韩东的脑袋慢悠悠地提了起来，认命一样地扣回自己的怀里。算了，还是在这儿待着吧。

大概过去二十多分钟，韩东的肌肉才慢慢松弛下来，重新躺回了床上。

尽管不待见这货，王中鼎还是给他盖上了被子。

往外走的时候，王中鼎发现还有一个房间的灯也亮着。一个男孩在里面来回踱步，嘴里念念叨叨，脸上的表情丰富生动，像是在跟自己对戏。

王中鼎没有打扰他，掩上门就出去了。

第二天早上，韩东醒过来就朝张星湖抱怨："昨晚做了一个梦，梦见香椿树长腿了，对着我一顿追啊，整整跑了半宿。"

张星湖笑道："我看你就是最近吃香椿吃的，别说你了，我整天闻那个味儿都恶心了。"

"恶心也得接着吃啊！"韩东一脸无奈。

张星湖不懂："恶心还吃？你拿香椿治病啊？"

"不是治病，是治人。"韩东说。

张星湖刚要细问，手机就响了，接过电话后，脸上露出难以抑制的兴奋。

"你知道吗？有个导演要找我试镜。太意外了！我从没给他投过简历，觉得这样的名导根本不可能理我这种小透明。"

韩东替他高兴："肯定是有人推荐，好好努力啊。"

张星湖兴冲冲地换衣服出门了。

韩东一看快到午饭点儿了，也赶紧换衣服出门。

半个小时后，韩东又和王中鼎一起上了电梯。

香椿还是那个香椿，可韩东已经吃不下去了。幸好电梯卡住，灯也灭了，韩东只要装模作样地熏熏就可以了。

结果，王中鼎不知从哪儿掏出个备用灯，把整个电梯照得亮如白昼。

韩东的脸冒着绿油油的光。

还能怎么办？继续吃吧！

王中鼎突然开口问："屁股好了吗？"

韩东让香椿味腻得够呛，赶紧趁说话的机会缓一缓。

"好是好了，但是你那天说错了一句话。"

王中鼎已经没印象了："什么话？"

"当时你说要凑个一万块钱的，但我后来一想，四十四块钱一脚，一万除以四十四等于二百二十七点二七二七二七……根本除不开，还数字控呢，这点账都算不清。"

王中鼎冷哼一声："余下的零点二七，大不了搭你几个大嘴巴。"

"噗——"

韩东瞬间收不住了，这玩意儿还能搭着来啊？亏你能想得出来！哈哈哈……韩东笑得五官以特别的方式皱在一起，看上去有一种莫名的喜感。

王中鼎硬是被韩东逼得甩出一丝笑。

这还是韩东第一次看见王中鼎笑，虽然转瞬即逝，但有种强烈的视觉冲击感。其实王中鼎面相极好，这种男人骨子里是很温柔的。

韩东怔怔地看了王中鼎好一阵，才猛地回过神来。

冯俊刚一进办公室就皱起眉头，说："我怎么闻到你这屋有股香椿味儿啊？"

王中鼎不痛不痒地说："鼻子还挺灵。"

"这么浓的味儿你都没闻出来？"冯俊很意外，"我记得你以前对香椿味特敏感，碗里飞进一个香椿芽都会把饭倒了。"

结果，王中鼎不仅没倒，还把沾满香椿味的饭菜吃得一干二净。

难道是我鼻子出问题了？冯俊没再继续纠结，直接说正事。

"韩东的经纪人问题，你打算怎么处理？"

王中鼎想了想："换成季涛吧。"

"我也是这么想的，季涛和你脾气差不多，眼睛里揉不得沙子，由他带的话应该能把韩东身上的臭毛病扳一扳。"

冯俊刚说完，就有人敲门了。

"王总，万小姐听说您下午要出差，特意让我们送过来一些糕点，请您带在路上吃。”

王中鼎点头：“谢谢，放那儿吧。”

冯俊打趣道：“还真是体贴。”

下午，王中鼎刚一上车就朝冯俊问：“糕点带了吗？”

“带过来了，现在要吃吗？”

其实王中鼎没什么食欲，但是在他的生活理念中，甜点不能隔日食用且只能当下午茶，而下午茶又必须在四点前结束。

已经三点五十五了，对于生物钟极其严格的王中鼎而言，他就只有五分钟的时间。超过这五分钟，再珍贵的心意也成了垃圾。

没办法，数字强迫症就是这么要命。

“啧啧……中午吃不下饭，只能拿点心充充饥喽！”韩东顶着五六级大风，站在一个隐蔽的角落说着风凉话，“瞧瞧给饿得哟，狼吞虎咽的，吃那么急也不怕噎着！这是又要出差了呗？一天到晚在外面跑，连顿饱饭都吃不上，真悲哀……”

说着说着，韩东突然觉得：我咋这么缺德呢？

意识到这种危险的想法，韩东急忙给自己洗脑：对敌人的仁慈就是对自己的残忍，幸福不是妥协出来的，而是狠出来的！

于是，韩东竖了竖衣领，迈着冷酷的步伐回了公寓。

第二天晚上王中鼎才回来，这次出差有个意外惊喜——竞拍到世界上独一无二的超大型单按钮计时腕表。他连衣服都来不及脱就迫不及待地拿出宝贝，一个细节一个细节地仔细端详，着魔般地欣赏到了半夜。

隔日中午，当韩东端着餐盒走进办公大楼的时候，发现不远处的电梯口立着一道冷峻的身影。咦？那不是王中鼎吗？他怎么跑这儿等电梯来了？唉……肯定是被我的香椿味熏怕了！想到堂堂一个总裁，竟然被香椿逼到要和员工一起挤电梯的地步，韩东有点心酸。

今天集团内部有活动，大部分员工都去参会了，大厅异于往常的清静，上电梯的又只有韩东和王中鼎两个人。

站定之后，韩东迫不及待地打开餐盒。

既然这台电梯不会出问题，那么留给韩东只有十几秒的时间。如何在短暂的时间内达到同样的恶心效果，这是很考验一个人演技的，而衡量演技的重要标准之一就是眼神。

韩东的注意力始终聚焦在香椿上，这种聚焦不是刻意地盯，而是自然而然地打转。最明显的一点表现就是：当王中鼎伸手按键的时候，韩东虽然瞟了他一眼，但目光是散的，只有转回餐盒内才会聚焦，足见其功力已臻化境。

同样，演戏也是需要头脑的。

就像韩东使筷子，明明夹的是香椿炒鸡蛋，用的却是夹玻璃球的脑子！知道观众是个数字控，所以选了个无比精确的角度和力度，当摩擦力达到最大值时，夹东西的速度是最快的，表现出的状态也是最如饥似渴的。

最后，好的才艺可以让角色本身大放异彩。

韩东秀了一套自创的“流水线作业”式吃法：嘴巴、牙齿、舌头、喉咙协同作业，不间断运转。也就是当他张嘴的一刹那，既有牙齿咀嚼着的鸡蛋黄，又有舌头翻卷着的香椿叶，还有运送到喉咙的杂碎物……绿黄交替，怎是一个“小清新”了得！

如果王中鼎不是提前用香椿枝试过，此刻根本看不出韩东是演的。

韩东演得挺爽，吃得是真痛苦，当演员真不易啊！尤其是当反面角色，恶心完别人还顺带恶心自己一把，图个什么啊？

叮的 声，胜利的号角终于吹响了。

就在韩东准备往外走的时候，噩耗再度传来，电梯门打不开了！

奇怪，我没在这台电梯上动过手脚，它怎么也打不开了？

而且早不坏晚不坏，偏偏在王中鼎办公室的那一层坏！这就好比沙漠里的最后一口水灌进了鼻子眼儿，太坑人了！

与此同时，王中鼎的目光再度投向韩东。

韩东突然意识到什么，视线转向碗里的香椿，就像看到了希特勒的屠刀。

就在他还没下定决心动筷的时候，王中鼎竟然破天荒地在充斥着香椿味的电梯里将自己的饭盒打开，露出焦黄脆皮的现烙大饼和满满一盒的酱肉罐头。然后像韩东梦游时那样，把肉块和酱汁卷入饼里，旁若无人地吃了起来。

韩东眼巴巴地在旁边瞅着，口水都能浇两亩地了。

所以说你演技再厉害，眼神再集中，筷子再灵活，流水线玩得再炫都没用，人家一块烙饼、两块肉就把你办了！

挺硬气的一个爷们儿居然这么快认屄了。

韩东一边咽着口水一边用那双被馋虫虐得惨不忍睹的眼睛直勾勾地望着王中鼎。

后来电梯门开了，韩东还在王中鼎身后穷追不舍，明明是奔着恶心王中鼎去的，却被王中鼎一把拽进办公室。

“吃吧，都是我让厨房现做的，没有香椿味儿。”王中鼎说。

韩东望着办公桌上的大饼和肉罐头，突然觉得这一幕很熟悉很亲切，而且这种该死的感觉竟然怎么除都除不掉。

“你咋不吃？”韩东问王中鼎。

王中鼎头也不抬地说：“我饱了。”

韩东迫不及待地用烙饼卷上肉块，狠狠撕咬吞咽着，依旧一副混不吝的踯样儿：“嘿，我说……吃你的烙饼是给你面子，但不代表我明天不会继续吃香椿！”

“随你。”王中鼎语气淡淡的。

韩东见王中鼎连句反驳的话都没说，心里挺不是味儿地哼一声：瞧你那副可怜样儿，真让人受不了……

隔日，王中鼎再度出差，这次是受邀参加领袖峰会，还有一系列相关的社交活动，前前后后算起来至少要一个星期的时间。

而韩东这个祸害，则被冯俊委派给了新的经纪人——季涛。

“我希望王总回来之后，可以看到一个完全符合本公司审美要求的艺人。时间短、任务艰巨，你这几天要多费心了。”冯俊拍着季涛的肩膀说。

季涛点点头：“我明白。”

“尤其是他脑子里那些歪门邪道、迷信思想，一定要彻底铲除！这是王总最不能忍的，如果改不了，其余一切都免谈！”

季涛眼神坚定：“只要在我手里一天，就绝无他装神弄鬼的可能性。”

“你这么说我就放心了。”

见到季涛，韩东就像看到了王中鼎的“汉化版”。所谓“汉化版”，就是除了没有王中鼎洋气之外，性格秉性和王中鼎如出一辙。

培训第一天，季涛请来一位教授，从事“揭露迷信、弘扬科学”宣传工作很多年，经常到处做演讲，以现身说法的形式让很多持有愚昧思想的人豁然开悟。

“我问你，小伙子，你怎么看待迷信？”

韩东想都不想就说：“我们要摒弃迷信思想。”

教授有点儿不懂了，这人不是没什么问题吗？询问的目光投向季涛，季涛扬扬下巴示意他继续。

教授又把目光转回韩东脸上：“既然你不迷信，为什么还热衷于算命？”

“这二者矛盾吗？您怎么就知道算命是迷信？”

教授说：“算命没有科学依据，不是迷信是什么？”

“谁说算命没有依据？算命是专业人士根据生辰八字对一个人的人生运势进行分析，推断其吉凶祸福的预测方法。听好了，是专业人士，不是江湖骗子。是分析和预测，不是妄下定论。‘算命是迷信’的说法本身就是一种迷信，别在这儿妖言惑众了行吗？”

季涛脸色变了变，但出于对教授的尊重，他没有开口打断。

“我迷信？我妖言惑众？”教授差点儿背过气去。

韩东一副理所当然的表情：“对，就是你！什么叫迷信？迷信是指人们对事物盲目的信任和崇拜。迷信是怎么产生的？是因为相对于巨大的未知空间，人们的认知能力是有限的，在遇到无法解决的问题时，才会产生无依据的猜测和推断。那么我问你，你知道什么是财、官、印，吉神凶煞吗？你了解八字命理学吗？你读过《人体生物节律学》《周易尚氏学》《地理辩证》吗？你要是什么都不懂，就认定算命是迷信，这难道不是一种迷信吗？我说你妖言惑众有错吗？”

教授让韩东震得一句话都说不出来。

季涛把教授叫到外面，一边安抚他的情绪一边说：“这人嘴刁，歪理一套一套，你是说不过他的，直接把事实真相摆出来！”

几分钟后，两个临时演员走进教室。一个身着道袍、头戴乌纱帽，走路摇头摆脑，口中念念有词：“科学算命，祛病除邪；预测祸福，逢凶化吉……”另一个弯腰驼背，步履蹒跚，饰演一位疾病缠身的老太太。

韩东叼着个小烟卷，乐呵呵地瞧着他们。

老太太：大仙儿啊，您能算命问卦，消灾避祸？

大仙儿：心诚则灵！一算就明！算得准，给个香火；算不准，分文不取。

老太太：我最近经常胸口憋闷，恶心头晕。

大仙儿：（表情凝重）你被蛇精缠身了，若不驱除，性命难保啊！

老太太：（惊恐状）大仙儿，快救救我！

大仙儿：（闭目而念）赤练蛇精真可恶，兴妖作怪祸事多！待我来把蛇精降，现出原形哪里躲？（从兜里抽出一张白纸）看好了，这上面什么也没有。

“等会儿！”韩东突然打断，径直走到两人面前，拿过大仙儿手里的那张白纸，“行了，我帮你吧！”一口水喷上去，告诉大仙儿，“蛇出来了，下回多用点儿无色粉酞，你瞧瞧蛇尾巴这块都断了。”

大仙儿和老太太面面相觑，这戏还要不要往下演了？

韩东无奈地吐槽：“几百年前的老段子了，还有脸往上搬？你们编剧谁啊？把他给我叫过来！想说教也编点儿孩子爱看的啊！”

说完，韩东就从旁边的盆栽里揪了一朵红花，又拿过一个玻璃瓶，取下瓶盖，将瓶子罩在红花上，过了一段时间，红花变成白色了。

“这……”大仙儿给跪了，“咋办到的？”

一旁的教授面露不屑之色：“瓶子里有化学物品，当然会褪色了。神神道道半天，不是照样用的科学原理吗？”

韩东走到他面前，笑着问：“教授，您是不是让鱼刺卡嗓子了？”

教授脸色变了变：“你怎么知道？”

“您是不是用了很多方法，都没能把鱼刺弄下去？”

教授承认："我打算让医生用镊子帮我取出来。"

韩东没再继续问，而是从教授的包里取出水瓶，端过去让教授喝一口："看看能不能用水咽下去？"

"我喝了好几瓶水都不管用。"

韩东说："我只是让你试一试。"

教授又试了一口，结果还是一样，根本咽不下去。

韩东把那瓶水拿了过来，倒在一个干净的水杯里，上面十字交错两根筷子。左手三指品状立着执杯，右手剑指水杯，嘴里念叨了几句。

然后递给教授："这回您再喝。"

这能管用？教授冷着脸接过水杯。

结果刚喝一口，眼神就变了。

"怎么样？"韩东问。

尽管教授不想承认，可答案就写在脸上，不服不行啊！

"你动了什么手脚？"教授一脸狐疑。

韩东摊手："这水是你刚才喝过的，杯子也是现取来的，我能动什么手脚？"

"这……"教授哑口无言。

季涛还是无法接受，甚至怀疑韩东和教授提前打过招呼了。

为了拆穿韩东的伎俩，季涛亲自找来水杯和筷子，还有经检验无任何添加剂的清水。不麻烦任何人，自己硬生生地吞下一根鱼刺，而且扎得很深，用了很多方法都无济于事，围观的几个人都劝季涛去医院。

季涛把目光转向韩东，威慑力十足，眼睛里仿佛在说：取啊，有本事你现在就给我取出来！

韩东特意让众人检查了一下他的手，确定没有藏着任何腐蚀性的东西，然后气定神闲地将水杯和筷子拿过来，又把刚才的程序走了一遍。

"请喝！"韩东亲自端到季涛嘴边。

季涛面无表情地接过杯子，喝下一大口水。

"怎么样？"众人皆问。

季涛瞬间惊愣住，眼神都有些扭曲了。

众人一片哗然。

有个人突然提起："我一个朋友前年去旅游，在一个少数民族的景点看到过类似表演，叫什么'化骨术'。说是能吞玻璃碴子、订书钉，我当时还以为是骗人玩的！"

"就是骗人玩的。"韩东一脸黑线，"玻璃碴子……扎死算了。"

话音刚落，肃静的教室内瞬间人声鼎沸。

"大师，我什么时候能发财啊？"

"大师，不瞒你说，我老觉得有小鬼缠着我。"

"大师大师，有个算命的说我今年有灾，你再帮我看看。"

"……"

教授忍无可忍，把韩东从围拥的众人中强行拉出来，拽到外面一个隐蔽的角落，眉眼瞬间染上一层笑意："我一看你小子就是个文化人。"

韩东哈哈大笑："行，有空咱交流交流。"

两天之后，还是那一间教室，韩东西装革履、帅气凌人地走上讲台。

"今天我们来讲鬼压床，大多数人都不是真正的鬼压床，另外'吸阳气'更是无稽之谈……"

晚上，冯俊站在阳台上，一边吹着海风一边和季涛通电话。

"嗯，嗯，他肯听你的就好。"

王中鼎恰好过来看绿植，听到冯俊讲电话，随口问道："谁打来的？"

"季涛，向我汇报韩东的情况。"

听到"韩东"两个字，王中鼎冷哼一声，有种微妙的情绪在里面。

冯俊没等王中鼎问就主动开口说："韩东不仅没有闹事，而且还很配合季涛的工作，两个人相处很愉快，你是不是觉得很意外？"

王中鼎确实没料到，他以为韩东不闹得人仰马翻就很不错了。

"还有更让你想不到的。"冯俊神秘一笑，紧接着开口说道，"季涛居然夸韩东天赋高，说他是个不可多得的人才。"

王中鼎难以接受，一个和他性情相近的男人，怎么会给韩东如此好的评价？

"你确定是季涛本人吗？"

冯俊把手机递给王中鼎："不然你亲自打给他？"

"算了。"王中鼎挥挥手。

冯俊暗瞟了王中鼎一眼，慢悠悠地说："其实我觉得吧，韩东以前之所以那么叛逆，就是为了引起你的注意。"

已经听到第二个人这么说，王中鼎不得不对这个问题加以重视。

"你为什么这么想？"王中鼎问。

"这很明显啊，你在的时候韩东各种不服管教，等你一走他立刻乖了。而且季涛和你脾气那么像，如果韩东真的水土不服，怎么换了季涛就能和平相处呢？"

王中鼎沉默了好久才开口："算了，随他怎么想，只要有人能管住他就好。"说完就转身进了房间。

冯俊在王中鼎身后撇了撇嘴。

季涛这边挂了电话，韩东也迫不及待地问："是打给王中鼎吗？"

"不是，冯经理，冯俊。"

"哦……"韩东拍拍身边的空位，"来，坐下说。"

季涛什么也没说，直接在韩东身边坐下。

韩东说："我都好久没和人敞开了聊了。"

季涛说："假如不是你说出了埋藏在我心里二十多年的秘密，我想我至今也不会对一个人完全敞开心扉。"

"你活得太压抑了！学学哥们儿吧……"韩东自拍胸脯，"哥们儿活得多潇洒，多带劲儿，爱谁谁，咱就为自己活着！"

季涛不得不承认："有些地方我是该跟你好好学学了。"

"不过吧……"韩东话锋一转，"我还挺喜欢你这种性格的，你有的正是我缺的。那句话怎么说来着？异性相吸？不对，咱俩是同性……物极必反？好像也不对……"

季涛说："算是互补效应吧。"

"对对，就是互补。你看我风流你古板，我聪慧你傻实在，我淡定你急躁，我自信你自卑，我有追求你无信仰，对吧？"

季涛越琢磨越不对劲，怎么话到了韩东嘴里就变味了呢？这是"你有的正是我缺的”吗？明明是“你缺的正是我有的”嘛。

“所以说呢，从你身上我可以获得额外的精神满足。”韩东又说。

季涛突然有些不解：“那你为什么不喜欢王总呢？他们都说我和王总性格很像。”

韩东一脸黑线，我不喜欢他，跟性格无关，是面相好吗！

三天之后，冯俊和王中鼎一起打道回府。

刚一进办公大楼，王中鼎就嗅到了一股异常的气息。虽然地板擦得一尘不染，但是他那双数字眼却扫出了密密麻麻的划痕，像是多日来被无数双鞋底踩踏过。大厅内活动的身影寥寥无几，却四处滞留着浓浓的人肉味儿。

“这几天公司有活动吗？”王中鼎问冯俊。

冯俊想了想，说：“小规模的活动有几个。”

王中鼎面露疑惑：“我怎么觉得我不在的这段时间，办公楼来过很多人似的？”

“不是吧？他们那些活动都是在外面举行的。”

话音刚落，就听到前面走着的两位新签的女艺人聊了起来。

“你有没有听说？咱们公司最近来了个大仙儿，看人可准了。”

一听到“大仙儿”三个字，王中鼎脸色立刻就变了，冯俊也隐隐有些不祥的预感。但他还是给了王中鼎一个安抚性的眼神，既然季涛都信誓旦旦地保证韩东已经改邪归正，那她们所谓的“大仙儿”肯定另有其人。

女艺人似乎并未意识到大 Boss 就在后面，还在兴致勃勃地聊着。

“这几天咱们公司好多人找他看，那些在外跑通告的大咖都专程赶回来。听说有个剧组连戏都不拍了，集体包车回公司，就为了让他看一看。”

王中鼎脸色更阴了，果然有人坏了这儿的空气。

前面的谈话还在继续，一直沉默的女艺人开口了。

“别跟我提他！一想起他我就来气！”

“啊？你认识他啊？”

“哼……上次我去找他，他还跟我吹，说他那双手特别神，想让哪儿凸就让哪儿凸，想让哪儿翘就让哪儿翘。我就让他帮我美体塑形，结果他磨磨唧唧半个多小时，不仅一点儿效果都没有，还占了我好多便宜。”

算命、吹牛、好色、慢吞吞……试问除了韩东，谁还能占得这么全?

王中鼎脸色明显又差了很多,但冯俊还是朝他投去“少安毋躁”的目光，只要差一条不符合，就存在“不是韩东”的可能性，即便是韩东也证明他有所进步。

很快，前面的女艺人又发话了。

“他跟你要钱了吗？”

“最可气的就是这个！我以为他占了我那么多便宜，就不好意思再要钱了。结果你猜怎么着？他不仅跟我要钱，还说按时间收费！”

“我的天，这人也太能算计了吧？”

好吧，这回终于占全了……王中鼎审视着冯俊：你还有什么可说的?

冯俊回敬的目光中依旧残留着一线希望，季涛是什么人？一个和你有着同样严谨作风的人，能无凭无据就随便开口下保证吗?

此时正走到拐弯处，突然一个熟悉的声音传来，王中鼎猛地收住脚，没有跟着前面两个女艺人一同拐过去。

“嘿，美女，又见面了！”

“干吗？”

“最近怎么没找我按摩啊？老这么拖着会没效果的。”

“谁让你按摩过？流氓！”

随后，一阵哒哒哒的高跟鞋踩地声渐行渐远。

熟悉的男声再度响起，光是听语气就能想象到那张邪恶的面孔。

“还跟我装起来了。”

又一个男声响起：“我看那女的挺纯啊！”

“纯？那是你没见她另外一面。本来十分钟的事，她一会儿说这儿痒，一会儿说那儿痒，一个劲地在床上扭，害得我根本不敢下手。结果她还嫌我慢，死活赖着不肯走，后面那么多人排队，耽误我多少生意啊……”

听到这儿，冯俊终于认栽，果然又一个经纪人阵亡，而且还不知道自己是怎么死的。

外面的交谈还在继续。

“行了行了，你别说她了，赶紧给我看看。”

“你啊？一看就是肾虚。”

“我肾虚？”

“对，你就跟王中鼎一样，他就肾虚。”

“王总肾虚？真的假的？”

“他那人一看就不行。”

话音刚落，拐角处就冒出一道冷峻的身影，更确切地说是两道，但后面那道被前面那道的恐怖气场逼得毫无存在感了。

韩东当时就傻眼了，和他一起傻眼的还有旁边的炮灰保安。

冯俊原以为不会有人比他更冲动了，他好歹也算个有头有脸的人物，从未在公共场合说过一句脏话，此时此刻都想当众动粗！管他什么形象不形象？就是要跟这个祸害干到底！结果这一脚还没迈出去，就感觉阴风扫面，一道比他还凌厉的身形呼啸而过，硬生生地将他逼退两步。

定睛一看，居然有人更不顾形象地冲在了前面……

不给任何人反应的时间，王中鼎就将韩东拽进了电梯。

王中鼎想不通，为什么一贯冷静如常的自己每每碰上这货都像吞了几斤炸药？是因为他满身糟点，而且条条踩到雷区吗？还是因为他那屁股蛋子长得太合自己心意，只有踹上几脚才能平息心头怒火？

韩东也想不通，为什么一个留洋归来的知识分子会把中国的武术精髓传承得这么好？

也许在别人看来这是“屋漏偏逢连夜雨”，可在韩东眼里却是“无心插柳柳成荫”。没有经过任何策划，就自然而然地得罪了王中鼎，捡了多大的便宜！可后来被踹狠了，这种“痛并幸福着”的感觉被“痛远远大于幸福”的感觉所取代，韩东终于奓毛了。

“别踹了！调侃你两句至于吗？嘿！你还没完没了了是吧？你再踹我一下试试！还踹？还踹？你等着，我找人去……”

韩东话说得那叫一个横，眼神那叫一个狠，可惜没人家劲大，什么用都没有！

好汉不吃眼前亏，何况韩东也不是好汉，就是个尿爷们儿，疼几下就受不了了，见硬碰硬行不通，又开始用软的博同情。

王中鼎刚听到韩东呜咽，动作就停了下来，连他自己都不知道怎么收手这么快。

韩东目的得逞，又开始在心里臭嘚瑟：让你停你就停，立场这么不坚定，看来对我还是有非分之想啊……

出了电梯，王中鼎把韩东拖进小黑屋，让他罚站反省。

这个罚站不是普通意义上的罚站，而是要站在一台仪器上，不到时间不能下来。姿势不对或者轻微晃动，仪器都会发出警报声，计时器清零重来。

很快，季涛也被王中鼎叫到办公室。

"娱乐圈的舞台那么大，个性化的艺人才能满足观众多样的需求。如果我们把所有艺人都打造成一个模子，那就不是造星公司而是造纸厂了。"季涛说。

"我没让你泯灭他的个性，我是让你去其糟粕，取其精华。你呢？不仅没有把精华提取出来，还把糟粕吸收了！"

"在我眼中那不是糟粕。"

"迷信不是糟粕，难道还是闪光点吗？"

"他不迷信。"季涛平静地陈述，"他是真大仙儿。"

"……"

王中鼎不知道沉默了多久，再开口的时候神色异常凝重："那我只能忍痛割爱了。"

季涛一脸的固执："如果你要让韩东走，我会和他一起走。"

王中鼎怒喝一声："我是让你走！"

季涛吃了一惊，很快也说了句让王中鼎吃惊的话："我走也行，但我必须要把韩东带走。"

办公室有种要变天的节奏，幸好冯俊及时赶到，挽救了这场暴风雨。

"你先出去。"冯俊朝季涛说。

季涛出去之后，冯俊独自面对着王中鼎，也显得有些底气不足："看来……我们真得把韩东送到我姐那儿了。"

王中鼎手指门口："你也跟他一块出去！"

办公室就剩下王中鼎一个人，烟灰缸里满满的烟头。

起初小黑屋的警报器一直在响，不知过了多长时间，警报器再也不响了，长达两个多小时的沉寂，终于引起王中鼎的怀疑。

这个仪器有很多人站过，其中包括二雷，但二雷只是尝试性的。他检测出自己维持同一站姿的极限值是一小时三十分钟，就把这定为初始标准。一旦有人可以超过这个标准，仪器就会自动更替为最新的记录。但是长期以来，这个标准一直没变过。

不过，就在今天，一个全新的"罚站王"诞生了。

王中鼎走进小黑屋的时候，韩东还竖立在仪器上，身形笔直如枪，活脱脱一尊雕塑。

韩东对王中鼎的到来浑然不觉，仿佛已经修炼到万事皆空的境界。

王中鼎踱步到韩东面前，朝他的脸上看去。

眼睛已经合上了……

晚上，季涛又来了韩东的宿舍。

"我看王总那意思，是想把你送到冯牧之的经纪公司。"

韩东微微皱眉："冯牧之？"

"就是冯俊的堂姐，圈里最有名的经纪人，现在咱们公司很多经纪人都是她当年栽培出来的，我也是其中之一。她和王总多年的交情，但凡王总投资的电影，都会给她的艺人一定的出演机会，所以签给她也是个不错的选择。"

听起来确实不错，既可以免去和王中鼎朝夕相处的苦恼，又可以继续走这条路，感觉就像瞎子说的第一种结果：趋近完美……可韩东怎么都兴奋不起来。

"怎么了？"季涛问。

韩东一把勾住季涛的肩膀，嘴角咧了咧："我这不是舍不得你嘛。"

"少来了，一看就跟我无关。"

确实和季涛没有多大关系，但具体和什么有关，韩东也说不上来，环顾四周，貌似也没什么值得他留恋的……

季涛无意间说起冯牧之的个人经历：“其实她一开始是明星身份出道，后来才转行做了经纪人，也是美人坯子一个。”

听到“美人”二字，韩东的眼睛总算亮了：“你有她的照片吗？”

“我手头没有，不过能在网上搜到。”

韩东迫不及待：“快快快。”

季涛查找片刻，选了一张近期的活动照指给韩东看：“就是她。”

韩东瞬间被治愈，不错，真不错。

“那我啥时候去她公司报到？”兴冲冲地问。

季涛面色一冷：“至于这么快见异思迁吗？”

韩东笑得一脸虚情假意：“我这不是怕拖累你吗？冯俊费了那么多口舌，才说服姓王的让你留下来。”

季涛想了想，说：“最晚后天，王总就会找你谈话的。”

韩东摩拳擦掌，一脸的期待。

第二天早上，韩东醒来就开始纠结。

明天就要走了，今天还要不要再恶心王中鼎一把？

其实韩东心里挺不忍心的，因为自打他进公司，王中鼎就没顺心过，临走还要闹一出，实在有点儿不近人情。可这是最后一次机会了，浪费掉岂不可惜？万一王中鼎对自己还留有一丝念想，临时改变主意怎么办？

反复权衡过后，韩东还是决定把恶人当到底，坚决不能让梦中的孽缘发生！

中午，韩东又裹着一身的臭气上了电梯。这次他玩了把大的，香椿臭豆腐拌榴梿，整个人化身为屎壳郎，在宛如厕所的电梯内艰苦奋斗……

结果吃完才发现，王中鼎什么都没提，两手空空。

电梯没有停，直接升到办公室那一层，韩东眼睁睁地看着王中鼎走了出去。

然后电梯下降，韩东又回到了餐厅那一层。

“你说王总啊？他来这儿转了一圈，没发现想吃的，就直接走了。”

服务员说。

韩东心里莫名不是味儿，自己骂给自己听：这小子太阴了！没胃口还不早说，害我白吃了那么多臭东西！

下午，韩东继续当他的大侦探，游荡在公司各个隐蔽的角落，观察王中鼎有没有吃东西。不知道是想证明中午的心血没白费，还是别的什么……

晚上，韩东陪着季涛吃了一顿饭，回来的时候已经将近十点，路过办公大楼，王中鼎办公室的灯还亮着，看来又要熬夜啊……

“怎么不走了？”季涛问韩东。

韩东瞬间变脸，兴奋地吹了一声口哨：“明天就要见大美女喽！”

“行了，快走吧，回去还得收拾东西呢。”

凌晨一点多，王中鼎注视着冯牧之传真过来的合作协议，缓缓地转着钢笔。

突然，楼道里又传来一阵熟悉的沙沙声。

王中鼎条件反射地看向冰箱，后来想想不对，韩东已经不住在这栋楼了，就算是梦游偷食，也不该绕这么远的路啊！

结果，门还是响了。

紧接着一条胳膊伸进来，偷偷撂了个东西，连个面都没露，就贼兮兮地闪人了。

王中鼎走过去，看到地上躺着一个餐盒……

第二天一早，韩东醒来后伸了个大大的懒腰，今天天气貌似不错，阳光明媚、万里无云的，正合我的心情啊！

收拾好东西，韩东再一次跳扑到床上，拳头兴奋地在上面砸着，心里呐喊道：终于要摆脱你们这些充气物了！

他翻身下床，拿出剪刀猛地朝充气沙发上戳去。反正你们王总那么有钱，我走了也没人会用了，那就多扎几个，也给咱这趟出行添添喜气！

“嘭嘭嘭嘭……”

没一会儿，俞铭就找上门了：“你能不能消停点儿？”

韩东非但没有惭愧之意，还把俞铭拽了进来，兴冲冲地说：“你不是学舞蹈的吗？哥们儿今天就要走了，你还不扭一段送送行？”

俞铭不搭理他，径直往门外走。

韩东又堵在门口，死皮赖脸求人家：“你就当给我个面子，随便跳一个，今天不跳，以后再跳我也看不见了。”

俞铭完全不把韩东的面子放在眼里。

韩东还是不依不饶：“你要是跳得好，等我火了一定好好提携你，不然你一个学舞蹈的哪能熬出头？你要实在不好意思，随便摆个姿势意思意思也成，要不就起个范儿？起个范儿让我瞧瞧。别磨唧了，是不是爷们儿？是爷们儿就……”

俞铭真是烦怕了，随便劈了个一字马，两脚稳妥妥的一百八十度，问韩东：“行了吧？”

“你这柔韧性也太棒了！可以解锁很多体位。”

俞铭脸一沉，扭头就朝外走。

“别别别……跟你闹着玩的。”韩东又拽住俞铭，兴冲冲地讨教，“你是怎么练的？教教我呗！我也想一脚就踢到别人脑门儿。”

“那你还是别练了。”俞铭说。

韩东不解：“为什么？现在学来不及了？还是我身体素质不行？”

俞铭扫了一眼韩东的大长腿，说：“你是想练成之后去踢姚明的脑门儿吗？”

“……”

折腾完之后，韩东正准备吃早饭，突然发现昨天买回来的蛋糕不见了。韩东纳闷道：奇怪，我明明记得放在电脑桌上了，怎么没了呢？难不成是我晚上闻见味儿，梦游起来偷吃了？可问题是餐盒也不见了啊？我不能连餐盒都吃了吧？

韩东又一顿翻找，找着找着就找到俞铭的房间，结果发现了同样的餐盒。当即哼哼道：“行啊，我就偷了你一包瓜子仁儿，你竟然饶回去两块大蛋糕，够黑的啊！”

俞铭根本听不懂韩东在说什么，丢瓜子仁儿的事他到现在才知道，至于餐盒，那是公司统一配发的啊！

"没事，咱都是从农村出来的，我理解你。我这个人就是直，有啥说啥，你也别往心里去。反正都是哥们儿，谁吃谁的不一样？你拿我两块蛋糕，我拿你一袋香肠的都不叫事儿，对吧？"顺手抄走一袋香肠，瞬间转归一脸慈爱，"哥们儿，我一看你就是富贵命，将来肯定走大运，你就等着享福吧！"

俞铭自始至终都是冷眼以待，有病吧？

没一会儿，门口亮起激荡的歌喉："我想要怒放的生命，就像飞翔在辽阔天空，就像穿行在无边的旷野，拥有挣脱一切的力量……"

韩东一路高歌到办公楼，首次面带笑容地走进王中鼎的办公室。

"王总，您找我？"

王中鼎点头："坐那儿吧。"

"不用了，我站着就行。"韩东依旧笑眯眯。

王中鼎开门见山地说："关于你的去留问题，我已经考虑好了。"

尽管心里已经有数，韩东还是难免会忐忑，就像宣布"影帝"花落谁家的前一刻，身为热门人选等待结果时的那种激动心情。

"不用紧张，你不用走了。"王中鼎说。

韩东的嘴角都已经准备好了，却在扬起的一瞬间抽搐了。

"你说啥？"

"从今往后，我亲自带你。"

"……"

听到"吱"的一声，俞铭下意识地看向门口，结果两个小时前大张旗鼓出门的韩东又丧眉搭眼地回来了。不知想到了什么，俞铭竟然破天荒地咧了咧嘴角，结果不偏不倚地让韩东那双贼眼给瞄到了。

平时让你笑你不笑，幸灾乐祸还挺有一套！

韩东腿也不颠了，头也不晃了，人也嘚瑟不起来了……完全化为一尊瘟神立在俞铭房间门口，强撑着那一丁点儿可怜的霸气。

"笑什么？我告诉你，你刚才那叉白劈了，爷不走了！"

俞铭回敬了韩东一个冷淡的侧脸：你爱走不走。

世界上最不幸的事情莫过于“置之死地而没生”，韩东看着瘪了的床垫、沙发、凳子，简直想抽自己几个大嘴巴！

无奈之下，韩东只好捡起一个勉强能用的，吹鼓之后坐了上去。

韩东想不通：王中鼎怎么说变就变了？我的魅力是有多么令人发指！

眼前仿佛出现这样一个画面——王总裁一拳打在墙上，殷红的血和雪白的墙形成鲜明的对比，然后转过身对着韩东低吼一声：你这个磨人的小妖精，我该拿你怎么办？

正脑补着，汉化版的“王中鼎”就找上门了。

“即便王总做了你的经纪人，也是暗中运营，不会对外公布。在别人眼里你还是自由身，和公司只是合作关系。”

韩东怨声连连：“在别人眼中是自由身有什么用啊？实际上不还是归他管吗？”

“就因为你们利益直接挂钩，他才会不遗余力地捧你，这种优势别人想求都求不来。公司旗下签名明星好几百人，能享受到这种待遇的就只有两个。”

竟然还有一个？韩东马上打听：“那个是谁？”

“说了你也不认识。”

“这个公司的艺人没有我不知道的，你说吧，到底是谁？”

季涛有意敷衍：“我也不太清楚，这属于内部机密。”

韩东没再继续问，只是对王中鼎亲自带他的事耿耿于怀。

“待遇再好我也不想让他管着，只要我留在这个公司，谁当我的经纪人不一样啊？你去和王中鼎申请一下，继续当我的经纪人。”

“我已经和他申请过了。”季涛说。

韩东忙问：“那他怎么说的？”

“他说给我两种选择，要么当你的经纪人，要么升任执行总监。”

韩东瞬间噎住，半天才开口：“涛啊，你应该不是那种人吧？”

“换作以前我肯定不是，但这段时间我在你身上学了不少东西，尤其你总对我说的那句话：咱得为自己活着！”

韩东：“……”

两个人陷入一阵沉默。

韩东开始心里不平衡，后来转念一想，季涛当了经纪公司的执行总监，也就意味着进入了管理层，有这么个握着实权的人在身边，也未必是件坏事。

于是他又朝季涛凑了过去：“既然你已经是领导了，能不能给我换一批家具？就算不是新的也成，之前搬走的那套旧的再搬回来，我也没意见。”

季涛略显为难：“我主要是管理经纪人的。”

“对啊，经纪人都归你管了，这点儿小事还办不了吗？”

“问题是，你的经纪人是王总啊。”

韩东：“……”

季涛又说：“何况我只是执行总监，我上面还有总监，总监上面还有经理，最终审批权在经理那儿，也就是冯俊。冯俊审批完了，还是要去找王总签字。”

说来说去，韩东总算听明白了，王中鼎这是在他和季涛之间挖了一道鸿沟啊！

“我可以签给你，但有两个条件。”韩东朝王中鼎说。

王中鼎示意他尽管开口。

“第一，给我换一套家具；第二，给我配一个美女助理。”说到美女两个字，韩东特意加重了口吻，像是存心说给王中鼎听的。

结果王中鼎的回复却是：“第二个可以考虑，第一个免谈。”

韩东万万没有想到，连第二个都可以考虑，第一个竟然被拒绝了！

“为什么不能换家具？公司的资金有那么紧张吗？”

“这与资金没关系，而是与你的个人习惯有关。”

韩东浑身上下的毛都奓起来了：“我用充气的不是习惯，是因为我没钱！现在你们公司又不缺钱，干吗不能给我换一套？”

王中鼎审视着韩东，问：“为什么非要换？”

韩东底气不足：“……坏了。”

“怎么坏的？”

韩东把眼神甩向别处，用吊儿郎当的口吻说：“还能是怎么坏的？充气的本来就不结实，随便划一下就破。”

“这属于公司财产，损坏是要赔偿的。”

家具不给我换就算了，还让我赔钱！韩东当时就黑脸了，是你硬要爷签给你，不是爷上赶着要你带，甩脸子也应该是我来甩啊！

“那我不签了行不行？我走人行不行？”

王中鼎答应得很痛快：“只要你把赔偿金交齐，随时可以走。”

韩东当即拍桌：“多少？给个数吧。”

王中鼎从抽屉里抽出一张发票联递给韩东，韩东一瞧就傻眼了，光是一张床就两万多，这不是抢钱吗？

“你的床垫不是普通的充气床垫，而是根据你的身高体重、体型体质专门定制的，完全吻合你的身体曲线，可以对各个部位起到一定保护作用。”

韩东简直想爆粗口，你是傻吗？有那个钱都能买一套实木家具了！

“这么贵！你肯定让人蒙了！我告诉你，小武基批发市场，二百以内就能拿下来。”

“我没你那个本事。”王中鼎用手指戳了戳发票联继续说，“总计七万一千二百二十五，使用期限不到一个月，减去折旧费是五万六千九百八十，你是刷卡还是付现？”

韩东瞄了瞄衣兜，拢共不到五十块钱，连一口气都买不到。

王中鼎又说：“如果实在没有，你可以以物抵债。”

“什么物？”

“你的屁股。”

终于把你小子的心声给逼出来了！韩东只觉得一口老血蹿到了嗓子眼儿，发狠地在自己屁股上拍了一下：“姓王的，我告诉你，爷这儿，你想都别想！我就是欠你几个亿，也不会让你碰我一根手指的！”

“那你当初怎么跟我算那么清楚？”

韩东当即一愣，当初？什么当初？

王中鼎提醒道：“当初是你自己开的价码，四十四块钱一脚，五万六千九百八十就是一千二百九十五脚，至于什么时候踹完，就要看我的时间了。”

韩东的脸瞬间变成酱紫色，呆愣半天才干巴巴地笑出声：“那个……没什么事我就先走了，你忙吧……”

“站住！”王中鼎突然叫住韩东。

韩东整个后背的肌肉都在那一瞬间绷死，该不会……瞧出啥来了吧？

“你不是说要助理吗？”王中鼎问。

原来是这事……韩东大松了一口气，转过身又一副没事人的样子。

“有什么特殊的要求？”王中鼎又问。

韩东隐晦地表示：“就一个简单的要求——个人形象必须过关。起码能配得上我，两个人走在一起要协调。”

“行，我明白了。”

韩东点了点头，飞一般地闪出了办公室。

王中鼎哼笑一声：“浑玩意儿。”

第二天，王中鼎钦点的助理就上门自荐了。

“你好，我叫沈初花，是王总让我来找你的。”

韩东当时就愣住了，这外貌……怎么形容呢？就是有一种让人“肃然起敬”的感觉，让韩东宁可卖屁股也不愿意侮辱她。至于身材嘛……韩东不得不承认，王中鼎选人真的有一套。这女人的下半身长恰好等于韩东的上半身长，他是“抱腿坐地，双膝过肩”，这女人是“屈身鞠躬，脑袋撞地”，太协调了！

“你不会嫌弃我吧？”沈初花试探性地问。

韩东一身正气：“你看我像那种人吗？什么都不用说，就你了！”

沈初花激动：“你是第一个看到我就点头的人，说实话我对自己的外貌特别不自信，大明星根本不会理我，小明星也挑三拣四，我永远是被剩下的那个。是你又让我重新找回了自信，我真的特别感动，谢谢你能肯定我，谢谢……”

“说完了吗？”韩东问。

沈初花不好意思地点头：“说完了。”

“你被辞了。”

“啊？”

“我只能帮你到这儿了。”

“……”

韩东还是秘密签给了王中鼎。

但这并不妨碍他的计划进行，如果说以前和王中鼎作对是纯属找茬儿的话，那么现在就是赤裸裸的报复。

这只铁公鸡，连一套家具都舍不得给我换！小爷我还不指望你了，自己动手，丰衣足食！

韩东平时就喜欢捡一些破烂带回宿舍，今天更是扛一根树干回来了。张星湖恰好要出门，看到韩东的阵势瞬间吓尿了。

“我天，你……这是怎么抬上电梯的？”

韩东特爷们儿地回一句：“没坐电梯，爬楼梯上来的。”

张星湖唏嘘不已：“你可真有瘾，这得做多粗的乐器啊？这给大象吹的吧？”

“你才拿这个做乐器呢！咱是拿来做床的。”

自己锯木头钉床，这得多大的工程量？

张星湖越来越佩服韩东的闲心了。

“你干吗不买一张？”

“没钱。”

“你早说啊！我借你。”张星湖一脸慷慨。

不料韩东大手一挥，冷声回绝：“记住了，爷是不会搭一分钱的！”

片场，李尚又被导演当众数落。

“你的表情太不到位了，我跟你说过多少遍了？演戏就是演‘细’，细节处理不好怎么演出真实感？你给我的感觉总是马马虎虎，永远差那么一点儿表现不出来……”

经纪人上前一步：“导演，让他休息一下吧，我看您也累了。”

导演不耐烦地摆摆手：“算了算了，今天先到这吧。”

李尚的助理正在不远处煲电话粥，被经纪人看到一嗓子吼断：“聊什么聊？赶紧送条毛巾过去，一点儿眼力见儿都没有。”

李尚倒是好脾气，还跟助理调侃：“聊什么呢？笑那么欢。”

“聊咱公司的大仙儿，听说可神了，好多人找他算。”

听到“大仙儿”三个字，李尚心里咯噔一下，没敢直接问是谁，只是试探性地问：“王总不是特别讨厌封建迷信吗？”

“所以说这个人很神啊！连王总都轰不走他，哈哈哈……”

回到酒店后不久，经纪人就去了李尚的房间。

“我查过了，叫韩东。”

听到这个名字，李尚不知怎么的就笑了，特别难以形容的复杂心情。

该来的还是来了……

“不过我看了下新签约的艺人名单，里面并没有他。他已经在公司待了大半个月，换了两个经纪人，最后都不了了之。以这段时间公司对你的热捧力度来看，王总根本没拿他当回事，他的去留很可能都是问题。”经纪人分析。

李尚却很清醒，他想起梁景提过的“禁五条”，忍不住感慨道：“以王总的性格，能让韩东待这么久已经是奇迹了。”

“但你也要反过来想，条条中招的糟点也是限制他发展的致命因素。王总是什么样的人？他的眼睛里揉得进一粒沙子吗？想想你曾经的那些室友，哪个不是资质出众？而且你别忘了，他有的你都有，他没有的你也有。”

李尚沉默不语。

经纪人拍着李尚的肩膀说：“别想了，你们俩根本不是一个等级的，你的顾虑除了自贬身价之外，对你没有任何好处。”

第六章 好感

“把你的小辫剪了，换成短发。”

“不行，这是我的命根子，绝对不能动。”

中鼎总部大厦东边的一块地已经建成“私家庄园”，夏弘威闲来无事就会来这儿喂鱼，九尺身躯威立小桥之上，池塘、木亭、天鹅相伴……看着好不养眼。

“那棵从美国挪种到这儿的红豆杉活了没？”夏弘威随口问。

谈起这个王中鼎颇有成就感：“刚挪过来的时候差点儿死了，国内的专家基本都被我请了个遍，折腾了两个多月，总算挺过来了。”

“你可真有那份心，换我早撇一边不管了。”

“是啊，你的心思都花在赔钱上了。”

夏弘威斜了王中鼎一眼：“信不信我给你砍了？”

“你敢折一根树杈，我就卸你一条胳膊。”

夏弘威瞬间将手中剩下的鱼饵全部抛洒入水中，冷哼道：“那我还真得去折两根。”

两个人说笑间就朝那片林区走去，除了红豆杉之外，这里还有其他一些树种。但这些树种都是雇人定期来打理的，只有那棵红豆杉是王中鼎亲自养护。

“那棵树有三百多岁了吧？”夏弘威又问。

王中鼎说：“已经快六百岁了。”

“这么老了？真看不出来。”

“野生红豆杉生长缓慢，十年也长不了手指粗。”

“照你这么说，那棵树也值不少钱呢？”

“买的时候花了三十七万美元，现在就是给我三百七十万我也不卖。”

说着说着便走到一圈精心围护的栅栏前，打开小铁门，两个人齐刷刷地愣住，一根光秃秃的树干赫然出现在视野中……

因为红豆杉是一级濒危保护植物，国家明令禁止移植或者采伐，所以丢了红豆杉的事情没法报警，只能依靠公司内部的人力进行调查。

“三号那天晚上，监控器完全处于失效状态，直到第二天早上才恢复正常，我们猜测小偷就是在这段时间作案的。”二雷说。

王中鼎问：“你们采集监控器上的指纹了吗？”

“监控室内的操作器、监控探头、铁门上均未发现任何指纹，不仅没有指纹，连可疑的脚印都没有发现。我觉得作案人员应该是觊觎已久，并且经过严密策划的。”

冯俊忍不住插口道：“既然他把树干偷走，肯定是要运出去的。那门口呢？门口的情况你调查了吗？”

“同一时段门口的监控设备是正常的，当时正处深夜，进出车辆非常少。我们对出现的几辆车逐一排查，没有发现装运过树干的痕迹。”

冯俊疑惑不解：“难道除了门口还有其他通道？咱们公司每道墙上都遍布警报器，别说扛着一根树干，就是赤手空拳也很难跃出去。”

“我怀疑，这根树干到现在还没运出去。”二雷一语中的。

可惜瞬间就被冯俊给否了：“既然策划得如此周密，肯定会考虑到运送的问题。我倒不怀疑树干还留在公司，我怀疑内部有人接应。”

一听说有“内贼”，三个人的脑子里不约而同地闪过一道身影。没办法，谁让某人喜欢夜间行动，且有过偷罐头的不良记录呢？

于是二雷又真相了：“会不会是韩东？”

不料，冯俊又把他给否了：“一个连零食都要打包寄出去的人，偷到这么一根天价树干，早就揣着钱跑了，还会老老实实待在这儿？”

“应该不是他……”王中鼎也在旁边附和，“他没理由偷树干，如果他真是缺钱或者恶作剧，完全可以偷表。”

办公室内陷入一阵沉寂，气氛显得有些压抑。

王中鼎先开口：“算了，你们各忙各的去吧，这事日后再议。”

冯俊和二雷刚一出去，王中鼎就拨通了韩东的电话。

“到我办公室来一趟。”

每次去见王中鼎，韩东都会在路上做很多准备工作，想想什么表情惹人反感，什么动作招人硌硬，什么话讨人嫌……所以，王中鼎每次看到的韩东都是一副没正形的浪荡样儿，不打招呼，也不瞅他一眼，进门直奔沙发，坐得那叫一个理所当然。

“过两天有个签约仪式，你也要参加，自己准备一套像样的衣……”

王中鼎话还没说完，就被韩东硬生生地打断。

“没有！”

“没有不会买吗？”

“没钱！”

“公司发给你的那些生活费呢？”

还有脸提生活费……韩东腹诽：那点儿钱还不够我买钉子的！原以为自制木床能省钱，结果光工具和零件就花了好几百，早知道就不砍那棵破树了。

王中鼎知道韩东认钱，就没跟他一般见识，直接说：“这次的服装由公司提供，下次再参加活动就要自己准备了。”

韩东眼皮向上翻着，爱答不理地“嗯”了一声。

“还有，关于艺名就定你的本名了。”王中鼎说。

韩东难以接受如此平庸的名字：“为啥不能叫韩天王？”

“响亮不等于哗众取宠。”

“那为什么不能叫尼古拉斯·如来？中西文化的结合，多个性啊！”

“你怎么不叫‘尼古拉斯·我勒个去’呢？既有中西文化的结合，也有低俗和优雅的碰撞，更个性。”王中鼎说。

韩东那奇低的笑点又开始作祟，在沙发上打滚蠢笑：“尼古拉斯·我勒个去……尼古拉斯·我勒个去……哈哈哈……尼古拉斯·我勒个去……哈哈哈……”

王中鼎一开始还沉着脸呵斥两声，后来被韩东的“鸭子叫”彻底打败了，用似笑非笑的口吻勒令道：“行了，别没完没了的。”

韩东好不容易才停了下来。

王中鼎回归正题："一直想问你，你对自己的发展定位有什么建议？对自己的风格类型有初步的构想吗？"

"我想成为什么风格就可以成为什么风格吗？"韩东问。

"不一定，要看你的可塑性了。"

"我的可塑性绝对没有问题，就看你们肯不肯下血本为我包装了。"

"先不要谈这些，就说你的初步想法。"

韩东想了想，说："我给自己的定位就是高冷型的。"

"高冷？"

"不是李尚那种做作式的矜贵，而是从骨子里散发出来的高傲冷漠。平时惜字如金，但只要我一开口，下面就会晕倒一大片那种。"韩东大言不惭地说。

对于一个在现实生活中都找不准定位的人，问他这种高深的问题简直就是找虐，王中鼎继续下一个话题："接戏方面有什么偏好或者禁忌吗？"

"没有禁忌，我不像某些人，吻戏不接，床戏找替身之类的。哪那么多臭毛病啊？你是干吗的？演员知道不？既然干了这行，就得有为艺术献身的精神！只要他们不爱拍的，都交给我来拍！吻戏、床戏什么的，多多益善，没有我也不说啥。"

一番慷慨陈词过后，韩东还有点儿小后悔：我刚才是不是表现得过于真性情了？是不是应该装一下才会招他硌硬啊？

王中鼎用一记冷眼回复韩东：你想多了。

"还有吗？"王中鼎问。

韩东干笑两声："没了，暂时就这么多。"

"把你头发理了。"王中鼎突然说。

"啊？"

"把你的小辫剪了，换成短发。"

这可要了韩东的命，当即反驳道："不行，这是我的命根子，绝对不能动。"

王中鼎起身朝韩东走了过去："怎么就不能动了？"

"我天生自来卷，留短发不好看。"韩东急忙后退。

王中鼎依旧朝他逼近："自来卷对于造型师来说根本不是问题，很容易处理。但是你这个小辫太碍眼，必须得剪了。"

"你要敢给我剪了，我当场自杀！"韩东诈唬一声。

这么一来，王中鼎就更想见识见识这头稀罕的卷毛了。结果距离韩东还有八丈远，就听到韩东惨叫出声，还从衣兜里掏出一个钻头。

"我没开玩笑，你要敢过来，我就拿这个给你打眼儿！"

王中鼎一脸黑线："你怎么装着这种东西？"

韩东自己也愣了一下，我咋把做床的零件给揣过来了？

很快，王中鼎又发现了异样，韩东的三个手指都贴着创可贴。

"你这手是怎么弄的？"

韩东整天和锤子、钻孔器、刨花刀打交道，手指难免受伤，但他没有说出实情，只是敷衍道："还能怎么弄的？刀子割的呗。"

王中鼎刚要走上前去查个究竟，门铃就响了。

"王总，找您签字。"

韩东急忙趁这个工夫溜到门口，头也不回地逃窜了。

回到宿舍，韩东看到电脑桌上放着一双木工专用的防割手套。他扭头朝外看了一眼，张星湖自从接戏就很少回来了，大多时候只有俞铭一个人。

韩东瞬间勾起嘴角，嘚瑟，臭美，好像全天下的人都觉得他可人疼似的。

"嘿，你给我买的啊？"他明知故问。

俞铭还是那副冷淡淡的模样，不承认也不否认。

韩东却是个人来疯，特别禁不起煽动，给点儿甜头就找不着北了，凑到俞铭身边一个劲地黏糊人："行啊，小铭铭，有点儿良心啊，看来哥们儿平时没白疼你。"

俞铭忍无可忍："你能不能离我远点儿？"

"哈哈哈……"

晚上，王中鼎加班，二雷在旁边悄无声息地处理杂务。

"化妆间还有人吗？"王中鼎突然问起。

"下面一层貌似有，杨莉的封面在赶进度，她明天要去台北。"

“看看她们进展得怎么样了，如果人员够用，就请上来一位造型师。”

二雷点点头，刚要往外走，又被王中鼎叫住了：“还有，想方设法把韩东弄到这儿来。”

二雷看了看表：“现在已经两点多了，他估计睡了吧？”

“就是要等他睡的时候行动，白天他不会配合的。”

“不会把他吵醒吗？”二雷有些担心。

王中鼎却很笃定地说：“他这个点已经睡死了，即便有反应也是梦游。”

二雷瞬间觉得自己去抬的不是一个未来巨星，而是一个巨婴。

大概二十多分钟后，韩东和造型师全部就位，就差王中鼎一声令下。

王中鼎看着韩东那一脚都踹不醒的呆样儿，竟有点儿不忍心，但再看到韩东那碍眼的兔尾巴小鬏鬏，又狠下心来说：“动手吧。”

“好的。”造型师让助理先给韩东洗头。

王中鼎看到韩东整个洗头过程都没有丝毫反抗意识，也就放下心来，离开化妆间朝自己的办公室走去。

结果椅子还没坐热，门铃就响了。

“王总，他……他不让我们剪。”造型师助理一脸为难的表情。

王中鼎诧异：“他醒了？”

“没有。”

“既然没醒，那就随他挣扎，找两个人按着就行了。”

“不是挣扎……”助理欲言又止。

王中鼎脸色沉了下来：“那是因为什么？”

助理小心翼翼地说：“他……他哭了。”

“哭了？”王中鼎俨然没有料到。

助理点点头：“哭得特别惨，我们都不忍心下手。”

王中鼎赶到化妆间，发现韩东真的在哭，而且正如造型师所形容，哭得相当之悲惨。不仅眼泪哗哗往下流，还声嘶力竭地喊着“二大爷”，搞得旁人手足无措。

在北方很多地区，当“爷”字读轻声的时候指代父亲的兄长，二大爷也就是二伯。因为知道韩东是在二伯家长大的，所以王中鼎并没有意料中的吃惊。

“会不会是他小时候剪头发留下什么阴影了？”二雷猜测。

王中鼎还没来得及表态，就被韩东死死抱住，一口一个“二大爷”叫得好不煽情。

旁边几个人都为韩东捏了把汗，生怕“王二大爷”一拳头把他抽醒。结果王中鼎非但没有推开韩东，反倒是二雷上前欲将韩东拉开时，被王中鼎扬手阻止了。

过了很长一段时间，韩东才平静下来。

王中鼎慢慢将韩东的头摆回原位，内心挣扎片刻，最终还是做出让步：“算了，别剪了，简单修修型吧。”

怕韩东再整幺蛾子，王中鼎干脆留下来看着他。

这是王中鼎第一次“亲临现场”指导工作，让造型师倍感压力，同时应对两个难伺候的主儿，其艰辛程度可想而知。

“第二层头发再剪短一点三毫米。”

造型师脑门儿渗出汗珠，一点三毫米……究竟……是多长啊？

好不容易拿捏好尺度，又听王中鼎在一旁说：“掉了六根。”

“掉了六根？”造型师不明所以。

“你刚才没有攥牢，有六根头发掉了下去，掺进了第三层。”

六根……六根……造型师瞬间晕菜，是哪六根啊？

王中鼎实在看不下去了，就伸手要过造型师手里的梳子和剪刀。

“我来吧。”

造型师瞬间惊愣住，你来？这……你都能来？

“你们都回去休息吧。”王中鼎说。

造型师不太放心：“我们可以给您打下手。”

“不用了，你们站在这儿也挡光。”

造型师和助理只好离开，二雷也回去整理杂务，化妆间只剩下韩东和王中鼎两个人。

王中鼎重新给韩东梳理一头的卷毛，从发梢慢慢梳理到发根，耐心十足。他发现韩东的头发不太像汉族人种的自来卷，而是与高加索人种相似，卷大且饱满，蓬松有层次，但又有着鲜明的个人特色。譬如大多数自来卷都是发梢卷，韩东的则是发根卷，发梢柔顺，所以梳起来的小鬏鬏圆乎乎的很整齐。

如果不看韩东的脸，单看他的后脑勺还是很可爱的。

“二大爷。”韩东又叫。

王中鼎柔和的目光再度染上一层阴霾。

“二大爷。”韩东还叫。

王中鼎依旧不搭理他。

结果，韩东一连叫了十几声，一声比一声响亮。

“二大爷！二大爷！！二大爷！！！二大爷！！！！二……”

王中鼎冷声喝止：“再嚷嚷，信不信我把你头发剃了？”

韩东又改为小声嘟哝，就像和尚念经一样：“二大爷，二大爷……”

王中鼎终于知道韩东的二伯为什么把他过继给别人家了，就这种浑玩意儿，搁谁谁都得轰出门，多招人烦啊！

迟迟得不到回应，韩东终于念叨乏了，嘟哝声渐渐被鼾声所取代。

事实证明造型师多虑了，王中鼎不仅会剪发，而且动作很熟练，像是平日里经常做这件事。尤其他的手法很准，每一层上下差不了几根，长度就像尺子比着来的。虽然是卷发，但修剪后线条清晰流畅，层次感鲜明，扎起来恰好是一个圆弧卷儿，相当有艺术感。

韩东直挺挺的脖子疲软下来，脑袋很快垂了下去。

王中鼎看到韩东的后脖颈上有一层细密的汗毛，从两端向中间聚拢，特别像某种动物的鬃毛，手指在上面拂过，毛茸茸的，莫名地哼道：“猪鬃。”

不料，这句嘟哝竟被韩东听到了，还嘎嘎笑了两声。

王中鼎喝着水差点儿呛到：“说的就是你，你还跟着笑？”

韩东又不吭声了，好像刚才那几声就是撒夜症。

十几分钟后，王中鼎彻底完工，刚要给韩东清理发茬儿，就被他死死缠抱住。

“二大爷，给点儿钱吧。”

王中鼎差点儿一脚踹上去：我加班加点儿给你剪头发，还得倒贴你工钱？

韩东继续央求，语气特别可怜：“二大爷，给点儿钱吧。”

王中鼎没好气地回道：“一会儿再说。”

韩东依旧不撒手，没完没了地磨唧：“二大爷，给点儿钱吧，二大爷，给点儿钱吧。”

王中鼎浑身不自在，只好阴着脸掏出几百块钱，动作生硬地塞给了韩东。

韩东拿到钱后迅速起身，快步朝门口走去。

“你不清发茬儿了？一会儿脖子扎别找我。”王中鼎冷声警告。

韩东义无反顾地出了门。

王中鼎又回到办公室，因为还有一些事没处理完，加之预感韩东会回来，便延迟了一段时间。后来看了下表，将近四点，韩东不太可能回来了。于是整理了一下办公桌，又洗了个澡，全部收拾完之后，终于可以好好休息了。

结果，刚躺下没有三分钟，该死的门铃就响了。

王中鼎持着一张阴沉的面孔走到门口，血压瞬间飙了上来。

韩东讷讷地说：“脖子扎得慌。”

“……”

第二天早上韩东醒过来，感觉脖子和肩膀一带莫名的酸痛，尤其梳头的时候更强烈。好在今天的小辫出奇有型，以往总会有几根杂毛滋出来，今天异常规整，衬托得脸更加尖削立体，瞬间就把韩东治愈了。

吃早饭的时候，俞铭难得开口讲话。

“你的木床完工了吗？”

“排骨架已经切好了，今天做榫头。”

俞铭又说：“我看还剩了不少木头呢。”

“放心，浪费不了。我早就计划好了，做完床再做一个能泡澡的木桶，做完木桶还可以做个木盆，做完木盆还可以做个木碗，做完木碗还可以做双木筷子，做完木筷子还能做一盒牙签。就算削下来的下脚料，粘吧粘吧还能做个工艺品呢。”

俞铭虽然不善于表达，但是从眼神中可以看出，他对鬼才韩东还是蛮欣赏的。

“我还可以做几个手把件，到时候看谁顺眼就送谁。”韩东发现俞铭在瞧着他，马上笑着补一句，“放心，少不了你的。”

俞铭没说什么，起身回房间拿了一盒罐头过来。

韩东定睛一看，这不是我在王中鼎那儿吃过的罐头吗？一直对这个味道念念不忘，但是跑了好几个超市都没买到。

“你从哪儿买的？”韩东赶紧打听。

“不是买的，朋友送的。”

“那你问问朋友，他是从哪儿买的？”

俞铭沉默了好久才开口：“这是军用罐头，不外卖。”

王中鼎吃特供品韩东倒不意外，但俞铭口中的朋友就让韩东很意外了。因为俞铭的家世他是了解的，加上俞铭这么不善交际，怎么会认识那种朋友？其实再往深了想，俞铭进这家公司都有些说不通，而且进来之后每天过着颐养天年的日子……

“你不会让人包养了吧？”韩东突然开口问。

俞铭的眼神里未见一丝波澜，依旧冷淡淡的口吻：“你才让人包养了。”

韩东想想也对，哪个被包养的人天天把自己闷在屋里？

韩东实在禁不住诱惑，就把筷子伸进人家的罐头里，夹一块回锅肉放入口中，果然还是那个味道，嚼着嚼着竟有种莫名的情绪涌上心头。

“我昨天晚上梦见我二大爷了。”韩东说。

俞铭向来是个好的倾听者，因为他从不会开口打断别人的话。

“那一年我八岁，我二大爷家又添了一个小闺女，家里已经俩孩子了，就打算把我过继给别人家。我到现在都记得清清楚楚，那天晚上我都睡觉了，还被我二大爷叫醒了，他说要给我理发，干干净净地送到别人家。当时我哭着求我二大爷，结果他还是铁了心要把我送走。后来我抱着二大爷的腿求他给我点儿钱，你知道他给了我多少吗？他摸了半天衣兜，才掏出来五块钱，我那个心啊……”

俞铭指着韩东从衣兜掏出来的钱说：“那不是五百吗？”

“我就是打个比方，后来我拿着那五块钱一个劲地跑，我二大爷就在后面追，我……”韩东又瞧了瞧手上的五张红票，才发现不对劲，“这钱是哪儿来的？”

俞铭用眼神回复他：你都不知道，我怎么会知道？

韩东正纳闷着，二雷的电话就打过来了。

“你的新衣服已经准备好了，有时间过来取一下。”

“好，我知道了。”

挂断电话，韩东问俞铭：“后天有个签约仪式，你参不参加？”

“我那天有事。”俞铭说。

韩东想不通：“你能有什么事啊？一天到晚大门不出二门不迈的，整天憋在房间里有意思吗？既然你是混这行的，就得有勇气把自己推销出去。你说你本来就没什么特色，再不趁着这种公开活动露露脸，怎么指望别人挖掘你啊？”

俞铭不为所动，继续吃着花卷。

“你不会没收到邀请吧？你要是没有被邀请，我去和王中鼎说一声，让他给你批张条。”

“不用。”俞铭说。

韩东竟然也会被别人逼急：“你到底有没有签给焦姐啊？”

俞铭点点头。

“那她怎么不管你？”

俞铭不痛不痒地说：“大概是忙吧。”

“她忙？忙谁？忙张星湖啊？你瞧瞧人家，再瞧瞧你。张星湖比你强在哪儿？不就是嘴甜会来事吗？你要有他一半的情商，何至于混到现在这份上？”

“我情商再低，也有现成的床。”

韩东一下被戳到脊梁骨，瞬间拍案而起，道：“信不信我把你的罐头全吃了？”

一番闹腾的早餐过后，韩东去了二雷那儿。

“就这一身，穿上试试。”

韩东本以为王中鼎会给他准备一身正装，穿起来很有男人味的那种，结果接到手的却是一身潮服，无论是原汁原味的复古风格，还是颠覆性的款型设计，都深得韩东的喜欢。尤其是那精准的贴合度，实在让人难以抗拒。

“你还别说……王中鼎的眼光真不错。”韩东不得不承认。

二雷这个脑残粉立刻开口：“那当然，王总很有品位的。”

韩东对着镜子一照，随性洒脱、英气逼人，张扬中不失大气，高调中不失分寸。当即戳戳镜子问二雷：“有没有帅得让你很不爽？有没有想揍他的冲动？”

“我不想揍他，我想揍你。”二雷说。

韩东厚着脸皮哈哈大笑，再把目光转向镜子，看到胸前的服装标志，顿时觉得新鲜：“麦当劳什么时候也做衣服了？”

“那是EVISU（日本的一个高端潮流品牌）。”

“……好吧。”

过了一会儿，二雷又朝韩东问：“发型还满意吗？”

发型？韩东不明所以地摸摸头发，和以前有区别吗？

“这是王总亲自给你剪的。”二雷说。

至于什么时候剪的，那还用问吗？肯定是昨天晚上……韩东怒火中烧，天杀的！竟然趁着睡觉的时候偷袭我！

来不及收拾换下来的衣服，韩东就迈着愤慨的大步奔向王中鼎的办公室。

结果，王中鼎连门都不给他开。

只要一想起韩东，王中鼎的脑子里就会冒出无数根交叉错乱的小短毛！昨天晚上他用海绵给韩东清理脖子上的发茬儿，发现还有一些残留在上面。本来不想管了，但是强迫症作祟，必须处理干净心里才踏实。这些发茬儿又和脖子上的“猪鬃”混杂在一起，不仅要准确地分辨出来，还得用镊子一根一根往外择。择到最后再看那些小汗毛，再也没有毛茸茸的感觉了，只想一刀给他剃了！

韩东一连按了五遍门铃，才听到门锁开启的声音。

因为有保镖立在门口，韩东不敢太放肆，想把一身的狂霸气焰留到里面再发作。结果气势汹汹地走进去，看到王中鼎晦暗的面色、乌黑的眼眶，莫名其妙就萎了。当时连姿势都摆好了，两手插兜一腿颠着，下巴扬着嘴歪着，总不能再收回去吧？于是就着这个姿势一个劲地憋，憋了半天才憋出一句：“那个……新衣服换上了。”

王中鼎头也不抬地“嗯”了一声。

韩东腹诽：这是你挑的衣服，你倒是看一眼啊！

想是这么想，可韩东再开口又是一脸谄笑：“瞧两眼呗，提个意见。”

“你觉得好就行了。”王中鼎依旧没抬头。

韩东心里又骂开了，你是不是不敢瞧我啊？是不是怕一瞧就把控不住扑过来啊？如果是这样的话，那我原谅你了！

“我这个头发是你剪的？”韩东终于拿出点儿质问的气势。

王中鼎语气还是那么漠然：“是我剪的，怎么了？”

“没事，挺好的，下回还找你剪。”

说完韩东又是一脸便秘的表情。我今天这张嘴怎么回事？是不是出门没充电啊？

“还有事吗？”王中鼎俨然一副轰人的口吻。

韩东绞尽脑汁想了半天，终于从衣兜里掏出五百块钱：“这钱是你给我的？”

“是你要的。”王中鼎直说。

韩东又觍着脸问：“我要你就给啊？”

王中鼎的忍耐力已经快到极限了。

“是不是听见我叫二大爷了？”

“没想到你也这么爱占便宜啊？哈哈哈……”

“既然这样，那这钱我就不还你了，就当改口费了。”

终于，王中鼎发出慑人的一吼：“出去！”

韩东从头皮到脚心都被震麻了，当时二话没说转身就走了，所有的横话都留在回去的路上：竟然敢跟我耍小性子？给你脸了吧？你等着！

回到宿舍，韩东的一身火气差点儿把整个房间的木头点着了。

俞铭正准备去吃午饭，突然听到隔壁传来铛铛铛的震响，感觉像是劈东西的声音。走过去一瞧，果然有人在劈木头，而且和干活的状态不一样，明显是发泄性的。

“你怎么了？”俞铭问。

韩东恨恨地说："心里不爽！"

"心里不爽你劈木头干吗？"

"我也不知道咋回事，只要我心里一不爽，就特想劈这堆木头！"

俞铭什么也没说，转身朝外走。

"站住！"韩东厉喝一声。

俞铭转过头，目光依旧冷淡淡的："干吗？"

"你怎么不问问我为什么不爽？"

"我为什么要问？"

韩东心里的火苗噌噌噌往上冒："你简直跟那个王中鼎一个德行！"

"王中鼎？王总？他怎么了？"俞铭想不明白。

韩东恨恨地往地上啐了口唾沫，用纯报复的口吻说："怎么了？他那个家伙瞧上我了，知道不？他臭不要脸！就我这身衣服，看见了吗？我越说不要不要，他越要送给我！我踹他两脚，他都抱着我不撒手，你说说这人有多贱？"

俞铭半天才开口："我觉得那不是贱。"

"是什么？是痴情？是专一？扯淡吧！"

"不。"俞铭说，"是智商有问题。"

韩东神色一顿，眉毛很快挑了起来："你的意思是瞧上我的智商都有问题呗？"

俞铭再度否定了他："不，我是说你的智商有问题。"

韩东："……"

两个人还没吵吵起来，门口就响起一阵脚步声，跟着就是熟悉的一嗓子。

"东子，东子在这儿吗？"

韩东放下手中的工具走了出来，看到李尚正在俞铭的房间门口探头探脑，便轻咳了一声："嘿，这儿呢！"

李尚偏头看到韩东，先是一个热情的拥抱，然后佯怒地朝韩东的胸口砸了两拳："你来这儿了也不跟我打声招呼！"

韩东嘿嘿一笑："我不是看你忙嘛。"

"一边儿去！少跟我说这种客套话，来这儿多长时间了？"李尚又递给韩东一根烟。

韩东边抽边琢磨："记不太清了，有一个月了吧。"

"还是这么没心没肺！"李尚调侃一句。

韩东满不在意地笑笑："本来就是瞎混，记那么清楚干吗？"

"怎么能是瞎混呢？好歹也在北影厂门口蹲了五年，熬到这份上多不容易啊！你这一来，也算了了我一个心结，不然干什么都惦记着你。"李尚说得真像那么回事似的。

韩东笑了笑，没说什么。

"对了，你签约了吗？"李尚终于问起。

韩东再怎么吊儿郎当，大事上还是懂分寸的。

"没签啊，怎么了？"

李尚一脸热心："正好我认识一个经纪人，关系还不错，他现在手里就带了两个，如果你想跟他，我可以帮你联系联系。"

韩东腹诽：我要是跟了他，还不让你黑死啊？

"我不想签了，跟卖身契似的，有什么好的？我现在有戏直接跟剧组签，没戏就是个自由身。"韩东说。

李尚点点头："这样也不错。"

正说着，俞铭从韩东的房间走了出来。

李尚见到俞铭，眼中闪过一丝讶然之色。在俞铭进入房间之后，李尚还盯着他看个没完没了。

"怎么了？"韩东问。

李尚这才回过神来："没怎么，我一会儿还有事，就不陪你待着了。"

"行，改天聊。"韩东挥挥手。

出门前，李尚又往俞铭房间瞟了一眼，自顾自嘟哝道："奇怪，俞铭怎么会住在这儿？"

回到车上，李尚朝助理说："帮我查一查，除了韩东和俞铭两个人，还有谁住在这儿，他们签约的经纪人都是谁。"

第二天，韩东足不出户，一直在房间里敲敲打打。

傍晚，俞铭过去探视了一眼，发现木床的大样已经制作完成，就差上漆涂料了。韩东忙活了一整天，累得像条死狗一样，还软着两条腿要出去买漆料。

“你干吗这么赶？睡在沙发上不也一样吗？”

韩东摆摆手：“你不懂。”说完就匆匆出门了。

结果不到十分钟，韩东又两手空空地回来了，脸色有些差劲。

“怎么没买？”俞铭问。

韩东说：“对面那家连锁店太黑了，一升的木蜡油跟我要三百块。后来我一问，你猜怎么着？那家连锁店有咱公司的股份，合着我被坑的那些钱都让姓王的赚了。爷去批发市场行不行？”

“那你怎么又回来了？”

“拿公交卡。”

“从咱这儿到批发市场那么近，打车也没多少钱吧？”

韩东那股吊气儿又爬上眉梢：“记住了，爷是不会多搭一分钱的。”

俞铭：“……”

结果，两个小时后韩东再回来时，依旧两手空空。

“怎么又没买？”

“赶上下班高峰期了，路过好几辆公交车都没挤上去，等我坐到那儿，店铺都关门了。”

“……”

隔日，一场主题为“从伊而中”的签约仪式在北京某家会所举行。

中鼎公司的高层领导悉数到场，名导大腕云集，伊璐的圈中好友也过来捧场，大厅内部星光熠熠，红毯上百花争艳。

李尚一袭华服高调亮相，风头直逼旁边的一姐方芸。尤其是那条修身的亮色紧身裤，将令人艳羡的大长腿展现得淋漓尽致，一时间赚足眼球。

方芸找到自己的位置就座，李尚则被梁景拉到王中鼎和何导演身边。

何导演是国内数一数二的名导，也是中鼎投资的年度大片的导演预定人选，一向以挖掘新人出名。他和梁景已经有过三次合作，两人交情不浅。

何导演笑着和梁景调侃道：“这就是你的那个‘新宠’吧？”

梁景先是看了王中鼎一眼，然后说：“何导，您这话就说错了，他不是我的‘新宠’，应该是王总的‘新宠’。王总才是真正的伯乐，我只是个跑腿儿的。”

“哈哈哈……对对对，应该是王总的，王总的。”何导演一边笑着一边打量着李尚，眼中满是欣赏之意，“小伙子确实不错，有精气神儿，不怯场！”

王中鼎已经很长时间没见李尚了，见他精神面貌好了很多，心里还是挺高兴的。

“最近拍戏怎么样？还顺利吗？”王中鼎问。

李尚点头：“挺顺利的，剧组的人都很照顾我。”

对于李尚在剧组遭导演辱骂的事情，王中鼎略有耳闻。现在李尚闭口不谈，可能是不擅计较，也可能是怕王中鼎质疑他的能力，总之，风度可嘉。这要是换了韩东，不在梦游的时候把导演掐死就是万幸了！

一想到韩东，王中鼎的目光沿着大红地毯一直转到门口，都没发现韩东的影子。

这小子又跑哪儿去了？

韩东本来就磨唧，遇上今天这种重要的场合，更得好好捯饬一番了。他不舍得花钱打车，就只能等公交了，这么一来在路上又耗费了不少时间。

等韩东到会所门口的时候，所有人都已经入场了。

即便这样，韩东依旧东瞧瞧、西看看，逮谁和谁聊两句。好不容易坐到指定楼层，结果电梯门打开，一个小美女哭着走进来，他又跟着人家坐了下去。

“他就……就当着……那么多人的面……骂……骂我……也是他让我穿得好……好一点……的……啊……”

小美女哭哭啼啼地诉苦，韩东听了半天总算听明白了。

这美女是公司的N线苦逼小艺人，混了三四年才混个温饱。目前进了一个剧组，依旧饰演配角，而这次参加签约仪式也是跟组来的。为了不显得过于寒酸，她不惜借钱置办了两万块钱的行头。结果因为穿得比同行的主角花俏，就被副导演指着鼻子骂滚蛋。两万块直接打了水漂，连红毯的一角都没踩上。

其实这种事在圈内司空见惯，换一般人谁会管？可韩东是京城第一硬汉，德艺双馨的大师，怎能容忍女人在自己面前哭呢？

二话不说，直接从衣兜里掏出木雕的小玫瑰，本来打算送给今天活动的女主角——伊璐女神的。结果手一贱就塞给了小美女，还不忘在人家软嫩的手背上狠抚一把，一副偶像剧男主角上身的口吻："笨蛋，就知道哭。"

小美女问："对了，你叫什么？"

韩东没有回答，只是伸出食指晃悠了两下：你不必知道我是谁。

小美女走出会所，才发现那朵木雕玫瑰上写着韩东的电话号码……

等韩东抵达大厅门口时，签约仪式已经开始了。

"还走什么红毯？没看见红毯都撤了吗？"门口的保安一脸的不耐烦。

韩东也没好气："那你总得让我进去吧？"

"进去可以，从旁边的小门进，别吵到主席台的领导！"

于是，韩东就以这样窝囊的方式潜了进去。

虽然不声不响的，但在座的还是有两位发现了他。

王中鼎自然不用多说，韩东刚一进门，就差点儿被他的目光削下一层肉。可李尚就神了，目光虽然一直盯着台上，却瞬间捕捉到了韩东的身影。

奇怪……他怎么来了？李尚想不通，不是只有签约的艺人才有资格参加吗？

"下面我们有请王总上台讲话。"

随着一阵掌声，王中鼎走到台上，将礼仪小姐托盘上的礼品盒送到伊璐手里："我代表中鼎影视公司的全体成员对你的加入表示欢迎。"

礼仪小姐帮伊璐打开礼盒，里面是一块闪亮亮的腕表，王中鼎喜欢收藏手表人人皆知，但将爱表送人还是第一次。

"谢谢，谢谢……"

主持人让伊璐讲话的时候，伊璐激动得都有些哽咽了："不好意思，我有点儿……"

方芸在台下冷哼一声，脸色差到了极点。李尚把手伸了过去，任由方芸将自己的指缝掐出血，愣是一声不吭。

同样冷哼一声的还有韩东。

一块表就至于激动成这样？亏我还把你当女神。他那办公室几千块表，说不定以后都是我的，即便如此我也得考虑考虑再哭啊！

签约仪式过后，王中鼎阴着一张脸往外走，冯俊紧随其后，忍不住吐槽："这个韩东简直无可救药了！本来我对李尚无感，自从有了他，我越来越觉得李尚一表人才了。"

"别说了，想起他我就脑袋疼。"王中鼎语气冷硬。

冯俊识相地闭嘴。

两个人走到会所门口，看到很多艺人都在对面等车，这时不知从哪儿冒出来一个衣衫褴褛的老乞丐，端着一个破碗在每个艺人面前走过，磕头作揖，好不可怜。但是没有一个人理他，要么低头玩手机，要么假装看别处，要么被助理迅速挡开，怕蹭脏衣服……

就在这时，路过的韩东竟从兜里掏出十几块钱，偷偷塞给了老乞丐。

很多明星在镜头前愿意捐出几百万，但未必愿意在镜头后施舍几块钱。

可谁也没料到，韩东这么一个吃自助吃到吐都不肯走的人，竟然会主动掏出钱来，而且还是唯一一个掏钱的。

这一幕对于王中鼎内心的震撼，丝毫不亚于看到自己的黑白照片。

韩东不仅献出了钞票，还献出了满满的关心，毫不忌讳老乞丐身上的泥污，直接凑到他耳边说："咱也是干过这行的，知道你不容易……"

老乞丐先是一愣，而后攥着韩东的手感慨不已："真没想到在这儿还能碰上同行……"

冯俊忍不住嘟哝一句："看不出来啊！竟然还有这份善心。"

会所的管理员在旁边插口道："他确实心眼儿好，刚才有个小姑娘被轰出来，没有一个人管，只有他安慰了几句。"

难不成他迟到是因为这个？冯俊把目光投向王中鼎，王中鼎脸色也变了变。

"我觉得他就是起了色心，想占小姑娘的便宜。"二雷又真相了。

结果管理员再次给他否了："一开始我也这么想的，可后来我听见小姑娘问他叫什么，他什么都没说就走了。现在这种人真不多了，尤其在你们这个圈子，且捧且珍惜吧。”

韩东和“老同事”聊完过往的心酸，刚要往公交站走，就听到一声鸣笛。扭头一看，正好是王中鼎常坐的那辆车。

“上车。”王中鼎说。

韩东假装没听见。

王中鼎直接下车，一把将韩东拽到车上。

这一幕恰好被刚出会所门口的梁景看到，当即变了脸……

车子行进在路上，韩东掏出一个功能强大的山寨机，旁若无人地玩着游戏。这手机简直是按照他的脾气设计的，那龟速让一旁观战的王中鼎都看不下去了。

“拿来。”王中鼎说。

韩东一脸提防的表情：“干吗？”想偷看我艳照啊？

王中鼎不作任何解释，一把将韩东的手机抢了过来，销毁掉里面的数据以及两张卡，然后打开车窗，准确地抛到对面行驶的垃圾车上。

韩东吃亏就吃亏在反应速度上，等他想拦的时候，手机已经飞出去了。

“干吗把我手机扔了？”

王中鼎不痛不痒地说：“公司会给你配备新手机、新号码。”

“那你也没必要扔啊，你发我新的，我可以把旧的卖了啊！”

“我怕你把新的卖了。”

韩东无奈地搓了一把脸，好吧，算你了解我……

过了一会儿，王中鼎又掏出钱包，从里面抽出十几张红票递到韩东面前：“这是本月额外发你的补助，拿好了。”

韩东问：“这算公司发的还是你个人给的？”

冯俊替王中鼎回答了这个问题：“公司对待新人一视同仁，没有人可以享受特殊待遇，以后这种问题不要再问了。”

“既然这样，那你能不能再给我点儿罐头？”韩东蹬鼻子上脸。

王中鼎一时没反应过来：“什么罐头？”

“就那天在你办公室吃的那个罐头，我觉得特好吃。”

韩东这一席话出来，前面驾驶位和副驾驶位的两个人同时一愣，在办公室吃的？王总什么时候也允许别人在他办公室吃东西了？

“罐头不行。”王中鼎直截了当地拒绝。

韩东不死心：“为啥不行？”

“因为你打不开。”

不知道是不是因为第六根手指被截断，韩东每次拽易拉环都把握不好力度，十次有九次会把拉环拽断，但他死不承认：“你怎么知道我打不开？”

废话，老子熬夜给你撬了二十多罐……王中鼎僵着脸没说。

“停车。”韩东突然开口。

二雷没有减速，先问：“你想干什么？”

“你别管了，先停车。”韩东挺着急。

王中鼎扬扬下巴，示意二雷把车停靠在路边。

韩东下车之后迅速跑进一家商店，买了一罐八宝粥回来，然后将所有内力集中于食指，心中默念：一定要成功，一定要成功，一定要成功……

啪的一声！

易拉罐顺利打开了。

韩东那个美啊，那个乐啊，嘴角都咧到耳叉子了，然后一句话不说，直接把易拉盖放到王总裁眼前晃啊晃，你给不给吧？

果然，王中鼎用一副被残障儿童打败的口吻说：“二雷，看看我那儿还有没有存货，有的话给他送几罐过去。”

韩东蠢计得逞，美滋滋地吃着八宝粥，还不忘往旁边瞟一眼，本想看王中鼎无可奈何的窝囊样儿，结果竟把自己看得心慌意乱。

……怎么突然觉得他有点儿亲切了呢？

还有，我怎么会这么高兴？他答应给我罐头，我不是应该因为他的纵容而感到困扰吗？不是应该只有在他踹我骂我的时候才高兴吗？

完了，完了……韩东心中警钟大作，又开始疯狂地给自己洗脑：你有多久没作了？这样下去可不行啊，你得把作死当成终生事业来做啊……

签约仪式一结束，李尚就陪着方芸去了她的私宅，位于黄金地段国贸

CBD（中央商务区），几百平方米的大房子，里面装修尽显奢华。

结果方芸进去之后就开始乱砸，十几万一套的茶具说摔就摔了，眼皮都不眨一下。

看到方芸又杀气腾腾地奔着鱼缸而去，李尚急忙上前阻拦，却被方芸疯了般地连抽几个大嘴巴："滚蛋！听见没？我再说一遍，滚蛋！"

李尚还是死死抱着方芸，目光一如既往的坚定，但是这种坚定无关乎感情，只是理智上的清醒。

"她凭什么一回来就享受这种待遇？我在公司待了这么久，王总给过我什么？"

李尚好脾气地安慰道："送手表只是个形式，没有多大意义。你想想，王总不是还当众允诺过只要是公司出品的电影，就一定会给你合适的角色吗？"

"那是因为伊璐走了！如果伊璐不走，这些角色根本轮不到我！我现在所得的一切，全是靠我自己打拼出来的！她呢？除了会在王总面前装还会干什么？"

"捷径走得了一时，走不了一世。"

这句话又撞到枪口上，方芸一巴掌甩过去："你还不是跟那个贱人一个德行！吃我的，穿我的，用我的，到头来再踩着我上位！"

李尚咧了咧肿胀的嘴角，语气稳稳地："你不是我的捷径，你是我的女神，是我从小爱到大的人。"

"少假惺惺了，你去照照镜子，看看自己脸上除了'欲望'俩字还有什么？"说罢又是啪的一声脆响。

李尚依旧面不改色："我是有欲望，但只对你。"

方芸又闹腾了一阵，终于软倒在李尚的怀里，哭得不能自抑。

"我不甘心啊……"

李尚又何尝不是？

从方芸那里出来没多久，李尚就被梁景叫到了工作室。

"这个人你见过吧？"梁景把韩东的照片以及资料甩到李尚面前。

李尚只是随便扫了一眼："见过。"

梁景没想到李尚如此淡定，不过这是好事。既然韩东的存在已经是不争的事实，那么梁景要做的就是接受这个事实，同时也让李尚去接受。从李尚目前的状态来看，他不仅从容接受，而且做好了打长期战的准备。

“你有什么想法？”梁景问。

李尚说：“走他的路，让他无路可走。”

“哈哈哈……我果然没看错人。”

韩东出门前嚷嚷着要去批发市场，回来后又是两手空空。

“怎么又没买？”俞铭问。

韩东一副倒霉样儿：“批发市场那一片要拆迁，今天全关门了。”

“那你打算怎么办？”

“网购。”

“那岂不是还要等两天才能到货？”

韩东也发愁：“那有什么办法？我不能一天到晚往外跑吧？也该干点儿实事了，老这么不务正业，把前一阶段攒下的老本都吃光了。”

“您还有老本呢？”

俞铭哪知道韩东所谓的“老本”就是和王中鼎结下的梁子。

昨天晚上韩东想了很多，这段时间确实有点儿消极应战。反抗王中鼎是个漫长的过程，在这期间不能有一丝懈怠，必须要“严守阵地”，以防王中鼎趁机“钻空子”。

“你说，一个人怎么降低自己的魅力？”韩东突然问起。

“降低魅力？”俞铭不解，“这不是很简单吗？随便干点坏事就行了。”

韩东摇摇手指，口气狂妄：“No,no,no！那是对别人而言，对我来说一点儿都不简单。”

俞铭想想也对：“你确实没有降低的余地了。”

“你什么意思？”韩东怒目圆瞪。

俞铭再一次不厚道地展露笑颜。

“我发现你这小子不仅毒舌，还蔫坏……”韩东恨恨地瞧着他，“别扯那些没用的，赶紧帮我想想，怎么让一个对我感兴趣的人讨厌我？”

俞铭说：“我觉得你可以换一种思维。”

“换一种？”韩东不明白。

俞铭解释道：“如果一个人对你感兴趣，有可能喜欢的是你的缺点。”

“为什么？”

因为你根本没有优点……当然俞铭不能这么说，只能委婉表达：“猜测而已。”

韩东仔细想了想，貌似有这种可能性啊……我这段时间的卖丑表演确实收效甚微，难道真是我的方针出了问题？

“说说你的优点吧。”俞铭真的想不出来，于是道，“算了，你还是说说你的缺点吧。”

“你这不是存心难为人吗？”韩东苦思冥想后终于开口，“我的缺点嘛……那就是长得太帅了。”

俞铭本想说一句别开玩笑了，结果吃惊地发现韩东是认真的。

“我知道了，就是这张脸惹的祸！”韩东一副茅塞顿开的表情，“我告诉你，我就是这种人。假如一个女的长得特别漂亮，她就是当我面吃屎，我也依然爱她。”

俞铭：“那你想怎么样？难不成还毁容？”

“用不着，哥还有一项绝技没告诉你——烂脸王！我可以不间断地摆出十个扭曲的鬼脸，保证吓死你！”韩东说着就摆了一个。

俞铭果然蹿到一米开外。

“滚，离我远点儿。”

“哈哈哈……”

傍晚，韩东去二雷那儿取罐头的时候故意探话：“这个罐头是从哪儿买的？为什么我跑了好几家超市，都没发现这个牌子的？”

“特供品，不外卖。”二雷直说。

韩东又问：“那王中鼎是哪儿来的？”

“他小叔送过来的。”

小叔……韩东突然想起，王中鼎的小叔不就是王海志吗？中鼎集团的董事长！今天的签约仪式上还见到他了，难道俞铭不在公开场合露面是因为他和董事长有一腿？

天雷滚滚！那岂不是要压在我头上了？

回去之后，韩东又像在车上那样，把全部内力集中于食指，心中默念：一定要成功、一定要成功、一定要成功……

啪的一声！

拉环断了。

韩东又换了一盒罐头，再拉还是同样的结果，他不信这个邪，屡败屡战，屡战屡败，直到把所有拉环全拽下来，终于死心了。

手捧着一堆光秃秃的罐头盒，韩东突然有种似曾相识的感觉，仔细回忆，貌似以前在床底下也发现过一批没有易拉环的罐头，当时还想过：谁这么手贱把易拉环都拽断了？闹了半天是自己干的！可韩东又想不起来当初是怎么把那些罐头吃掉的……

算了，别想了，明天白天砸开再吃吧。

韩东躺在外面的沙发上，做着睡前的热身——烂脸操。

心里默默地数着：一、二、三、四……每数一个数字就迅速转换一个畸形的鬼脸，每个表情都令人发指，而且衔接的速度越来越快，一开始做完十个表情还要半分钟，后来十秒钟就可以全部完成。

终于在剧烈的体力消耗过后，韩东沉沉地睡了过去。

晚上一点多，王中鼎从外面探班回来，照例回办公室休息。

二雷不放心地朝王中鼎问："用不用我站岗？万一韩东又梦游打扰你怎么办？"

王中鼎说："你不是在我办公室那一层加派了两个保安值夜班吗？"

"我是怕万一有特殊情况，你知道这小子喜欢耍花招。"

"他再怎么耍花招，也不可能赤手空拳对付两个人吧？"

二雷还想说什么，却被王中鼎伸手阻止了："行了，你早点回去休息吧，有事我会打电话叫你的。"

二雷点点头。

王中鼎回到办公室没一会儿，韩东果然又晃悠到了这里，但是这次韩东没有坐电梯直达到这层，而是在下面一层提前下，接着又去爬楼梯。

楼梯口的灯是声控的，韩东的脚步非常轻，走到最上面一级台阶灯也没亮。然后他就一直站在那儿没动，似乎在等着什么。

没一会儿，值班的保安就溜到了这里，感觉楼梯口有人，手电的光一打过去，就照到一张扭曲的鬼脸。而且鬼脸还一直在变换，那复杂的花样，那令人发指的视觉效果，根本不是人类可以企及的。

“啊——”

保安当时就顺着墙面出溜到地上，脸色惨白，站都站不起来。

隐约听到一声叫唤，另一个值班的保安也朝这儿赶来，怕惊扰到王中鼎，他没敢走得太快。所以等他摸索到楼梯口的时候，灯又灭了，他又把手电举起来照向韩东的脸，然后刚才的悲剧再次上演。

当门被推开时，王中鼎不得不认命。

有些人就是为了烦你而生的。

韩东又把食品袋撑开，从二雷那儿拿走的罐头，又一个不差全都兜回来了。

也许是习惯了，这次王中鼎问都没问韩东一句，就把袋里所有的罐头打开了，然后在办公桌上一字排开，说：“吃吧，吃完了赶紧走人！”

结果韩东突然开口说：“我不是来找你开罐头的。”

王中鼎看着韩东。

“我只是想告诉你，中午的那瓶八宝粥只是偶然，其实我根本打不开易拉罐。”韩东果然把自己出卖了。

王中鼎：“……”

“罐头盒上写着开盖后二十四小时内饮用完毕，这么多罐头我一天之内肯定吃不完，所以请你把它们合上好吗？”

王中鼎的表情没比外面两个保安强多少：“如果你不想让我一脚踹醒你，就给我拎着这些罐头走人！”

“我不会这么走的，就算为了这些罐头。”韩东突然伸出胳膊护住了这些罐头，“这么拎回去肯定会洒的，我不舍得把你送的罐头弄洒。”

听听，多么暖心的一句话！

王中鼎当时心里想的是：你听这个神经病胡扯什么？

结果他做的却是相反的一套——起身去厨房拿了一个保鲜盒，把罐头里面的肉和酱汁全都倒进去。

结果韩东又拿起一个罐头盒，舌头伸到里面去舔残留的酱汁。

“你送我的罐头我不舍得浪费一滴。”

果然……

王中鼎只好硬着头皮把所有罐头盒上的酱汁都刮干净，然后才把保鲜盒递给韩东，这个过程又耽误了十几分钟。

结果韩东还不走，兴冲冲地朝王中鼎说：“我送你一个礼物。”

说罢，韩东就拿出他的看家本事——烂脸王的表演。

当一个人的负面情绪极端到一定程度，用任何表情都无法诠释的时候，也许他只能笑了，王中鼎就是这种情况。他真的特别想去韩东父母的墓碑前膜拜一番，诚心问一句：这种妖怪你们是怎么造出来的？

韩东将变脸表演得出神入化的时候，王中鼎终于想明白韩东是怎么躲过那两个保安的盯守了，当即起身朝外走去。

结果，韩东从后面一把将他抱住。

“别走，我害怕！！”

王中鼎咬着牙说：“这里还有比你更吓人的吗？”

韩东还是死死搂着王中鼎不放，王中鼎动作强硬地将韩东甩开，却在出门的前一刻听到了韩东的惨叫声。

这种惨叫声一听就不是装的，王中鼎本以为韩东被摔醒之后真的疯癫了，结果发现不是。韩东根本就没有醒，也没摔倒，而是他抽筋了。

是的，他的脸在高强度的体力消耗后，终于光荣地抽筋了。

韩东依旧保持嘴歪眼斜的模样，怎么都无法让肌肉恢复原位，疼得眼泪都出来了，让人看着异常揪心。

王中鼎只好先给韩东应急，至于怎么应急，只能摸索着来了。毛巾热敷不管用，仪器按摩不管用，王中鼎试着把大手覆盖在韩东的脸颊上，温柔地揉搓着。直到手心的热度传递到脸颊深处，僵化的肌肉才慢慢放松下来，五官也回归原位。

韩东这回彻底老实了，抱着保鲜盒往外走，王中鼎跟在他的旁边。

两个保安也缓过来了，正在卫生间洗脸，王中鼎走过去的时候往里面扫了一眼，见他们没有大碍，也就没开口打招呼，而是把韩东送上电梯后直接回了办公室。

结果睡了不到半个小时，门铃又响了。

王中鼎开门前的一刹那已经想好了，如果门口站着的人是韩东，他绝对一拳将他闷倒在地，绝不手软。

结果站在门口的是两个值班的保安,洗过脸后依旧可见眼眶部位的红肿。

“王总，我们本来不想打扰您的休息，可有些话我们不得不说，咱办公大楼闹鬼啊，真的，我和大强两个人都看到了……”

王中鼎的脸阴到了极点：“这事明天再说。”

“王总，我知道您是无神论者，可有些事您不得不信啊……”

“出去！”

第二天一早，韩东去冰箱里取罐头，结果没看见罐头盒，倒是看到一个大的保鲜盒，里面装着满满的罐头肉。

他去俞铭的房间取落在那里的小锤子，满目柔情地朝俞铭说：“越来越体贴了啊，怪不得董事长会看上你。”

俞铭抛个冷眼过去，一大清早就抽风。

王中鼎和鲁导演一起上了电梯，鲁导演擅长拍摄悬疑恐怖题材的电影，算是在大陆新生代导演里面不可多得的鬼才。

“拍摄进展怎么样了？”王中鼎打听一句。

鲁导演表情不乐观：“现在观众看鬼片都讲究视觉效果，说实话，这三个原定的鬼演员都不太理想，我自己看着都没有冲击力。”

王中鼎突然想到什么，但没直接开口说。

“王总啊，如果咱经纪公司有什么合适的演员，你帮我留心着。”

王中鼎点点头：“好，没问题。”

饱餐一顿过后，韩东去了办公楼，别人见到王中鼎都是面带笑容地打招呼，恨不得把最甜美的一面送给总经理，结果韩东却趁着王中鼎不注意送了个倒胃口的鬼脸。没得到预期的反响，他还变本加厉地多送了几个。

结果，王中鼎自始至终都没表现出任何的恐惧或是不适，反而随着韩东表演时间的增长，眼中的笑意越来越浓。

小爷我是来吓唬你的，不是来逗你笑的！

于是韩东又加强了扭曲程度，结果悲剧了。

又抽筋了！

疼得嗷嗷叫唤，什么方法都不管用，差点儿用脑袋撞墙。

王中鼎好像一早就知道韩东会遭到此报应，直接把手伸过去给韩东揉脸，没几下就把韩东的抽筋治好了，但是手一直没放下来。

两个人突然看对眼了。

韩东愣住的那一刻在想：为什么这个场景这么熟悉？好像在哪儿发生过？

王中鼎却在那一刻开口朝他说："我这里有个很适合你的角色。"

听王中鼎说明角色后，韩东整个人都不淡定了："凭什么人家一出道就演风流阔少，我却演鬼啊？"

王中鼎很严肃地说："演员的价值不是依角色而定的。"

韩东知道王中鼎这人吃软不吃硬，忙送上一脸谄笑，跟在他的身后解释道："我不是说演鬼多么低下，我的意思是这个角色未必适合我。"

"怎么不适合你？你不是一天到晚装神弄鬼吗？"王中鼎哼一声。

韩东心中对王中鼎高冷态度不齿，面上却依旧点头哈腰："王总你误会我了，我不是装神弄鬼，我刚才是脸抽筋了。你也看到了，万一哪天在片场遇到这种事，耽误人家拍摄进程多不好，对吧？"

不料王中鼎却说："你抽筋的样子特别有感染力和爆发力，如果你真能发挥出来，我愿意让整个医疗团队在片场为你保驾护航。"

"你不是还打算让我出演年度大片男一号吗？你想想，万一我这鬼演得太深入人心，观众看到新角色一秒出戏怎么办？"

王中鼎一边开办公室的门一边回道："你放心，我看过剧本了，这个鬼的角色是特效妆容，如果真人不亮相，观众是看不出你本来模样的，不会对下部戏造成任何影响。"

“还是不露脸的角色？”韩东欲哭无泪。

王中鼎一脸正色地说：“我让你演这个角色，不是为了给你增加曝光率，也不是为了捧红你，而是为了锻炼你。”

韩东的目光却追着保洁阿姨的垃圾桶去了，看到十几个空罐头盒，突然意识到什么，语气中透着一丝不确定：“昨天那些罐头盒……是你帮我开的？”

王中鼎完全回避这个问题，继续说着没说完的话。

“虽然我是你的经纪人，但是我尊重你的意愿，接不接随你。”

韩东依旧沉浸在自己的世界里，我为什么会梦游来找他开罐头？难道是我之前做过类似的举动？韩东突然想起王中鼎第一次招待自己的时候，拿出来的就是那个罐头，还有昨天他突然脱口而出的那句“你打不开易拉罐”……

“考虑好了吗？”王中鼎问。

韩东终于点头：“我演。”

也许当一个人缺点过多的时候，人们就会习惯性地去放大他的优点。就像在王中鼎眼中一无是处的韩东，他的那些槽点已经让王中鼎麻木了，而真正烙印在心中的却是那微不足道的优点。譬如援助老乞丐，安慰小姑娘；又或者是明知李尚的“老底儿”却从不戳穿；哪怕只是现在一个顺从的点头，都会让王中鼎莫名的心软。

就在王中鼎刚对韩东升腾出几分好感的时候，韩东却在一个劲地给自己洗脑：我答应演这个角色不是被他的默默付出而感动，只是不想欠他人情而已。

“以后别坐公交了，公司会给你配车的。”

“你怎么不早说？”韩东一副追悔莫及的表情，“早知道我就不在网上买漆料了，到现在店主还没发货。”

王中鼎瞬间起疑：“你买漆料干什么？”

“呃……就是给工艺品上色。”

本来韩东还担心这种借口难以敷衍王中鼎，结果王中鼎居然默认了：“你房间里的那支笛子我看到了，做得不错。”

韩东纳闷：“你怎么会看到？你什么时候去过我房间？”

王中鼎手指敲敲办公桌，思忖片刻后说道：“你应该先去剧组转转，顺便把剧本拿过来好好研究一下。”

“我会去的，但是你也要告……”

“这是导演的名片。”王中鼎直接甩给韩东。

韩东还想再问，可惜实力悬殊，他的语速连王中鼎脚步都赶不上，完整的一句话还没说完，王中鼎就已经上电梯了。

回到宿舍之后，韩东赶紧把那些未用到的木条整理好抱到俞铭的房间：“先在你这儿存放几天，我怕王中鼎又搞突袭。”

“王总会来这儿？”俞铭十分怀疑。

“废话，他已经来过了！”韩东又把一堆树皮放到俞铭的阳台上晾晒，还叮嘱道，“假如哪天晚上我敲你的房门，让你把木头交出来，你一定不要承认。就算我再怎么出卖自己，你也要坚持你这里没有！”

俞铭扯了扯嘴角：“你没这么精神分裂吧？”

“你别管了，总之听我的就对了，拜托了！”

“那你的床和木桶怎么办？还不是会让他看到？”

“床和木桶很快就做完了，等他看到成品，就算有意见也不能拿我怎么样。只是这些木材，我好不容易才打磨好，万一被没收了挺可惜的。”

俞铭想不通：“他干吗要没收？你自己动手做家具，不是还为公司省了钱吗？”

“关键是……”韩东挺不好意思开口，“他已经让人送了一套充气家具过来。”

“然后呢？”

“然后……让我给卖了呗。”

俞铭不知道说什么好了。

韩东又一副霸道的口吻为自己辩解:“我不想睡充气的,就想用实木的！”

“你可以和公司提出要求啊，反正你走了这些家具还可以继续用，公司应该不会拒绝你的申请吧？”

“不会拒绝？不知道拒绝多少次了！”想起这事韩东就牙痒痒，“你说王中鼎的脑子是不是进屎了？干吗非要让我用充气的？要是为了省钱吧，他买的这些也不便宜啊，而且转手人家还不承认，最后就卖了几个钉子钱。”

俞铭不知道是王中鼎脑子进屎了，还是韩东的脑子进屎了。

“算了算了，不说这个了，说点儿高兴的。”韩东眨眨眼，“我可能要接戏了。”

“真的？”俞铭挺意外。

韩东点点头：“而且还是个挑大梁的角色。”

“对了。”俞铭突然想起来一件事，“我看到你的朋友上杂志封面了。”

“我的朋友？”韩东没反应过来。

俞铭说：“李天帮。”

李尚……韩东瞬间来了兴致：“在哪儿呢？给我看看。”

俞铭把新一期的时尚杂志《引领者》递给韩东，这份杂志在国内发行量极大，尤其在时尚类的杂志中几乎位居榜首，基本只接纳一线影视演员。像李尚这种出道还不到两个月的明星，能有这种待遇的屈指可数。

杂志封面上的李尚气场十足，尤其是那两条大长腿，原本就夺人眼球，再加上特效和精修，简直打造出了钻石级美腿的水准。不仅是封面，内页也有一组大片，各种高调的宣传语，什么“天生的大牌”“长腿男神们给跪了”“娱乐圈的贵族新宠”……一系列以宣传“腿”为中心的头衔。

张星湖正巧回来，看到俞铭和韩东在看杂志，也顺便八卦一句。

“这张封面是临时更换的，本来定的是伊璐，不知道什么原因就撤换成了李天帮。而且李天帮这组大片是昨天赶拍的，以往从没出现过十二个小时内急换封面的情况，据说当时都进印厂了，还有人高价购回重印。”

至于李尚为什么这么赶，韩东心里再清楚不过了。

“而且他又接拍了一部电视剧，里面一堆男模陪衬他，全是一码的大长腿，估计演的又是上流社会的富家子弟。据说一开始这部片子投资成本并不高，结果李尚带资入组，瞬间变成了大制作。”

俞铭似乎对这个话题不感兴趣，又朝韩东问：“对了，你还没说你要演什么。”

“你也要演戏了？什么角色？”张星湖也凑了过来。

两个人眼巴巴地盯着韩东，那眼神仿佛在说：人家演名流，那你演什么？

“演鬼。”韩东说。

张星湖当时就喷了，俞铭似乎想到了韩东被选中演鬼的原因，也跟着笑了。

“笑屁啊？演鬼怎么了？一般人还演不了呢！”韩东一脸吊样儿。

张星湖忙赔笑：“没没没……我只是觉得挺适合你的。”

后来又聊起片酬的事，张星湖问韩东：“你是什么价码？”

韩东自己也不清楚，于是又给王中鼎打了个电话。

“我片酬多少啊？”

“这要和剧组那边谈完才知道。”

“那你给我估估。”

“最多一万。”

韩东还挺知足，回来就告诉张星湖：“一万。”

“才一万？我演个男三号还有三万呢。”

韩东自欺欺人地说：“你演男三号三万，我演男一号一万，这不就对了吗？”

张星湖不再挤对韩东，乐呵呵地默认：“不过你刚接戏，这个价位也不低了。你不应该问剧组，剧组那边肯定会给你压到最低。你应该问经纪人，经纪人一般都会说个理想数字。比如焦姐最开始和我说的是五万，结果去那边谈完之后就变成三万了。”

韩东望天：我问的就是经纪人……

张星湖进了房间之后，韩东继续在俞铭的屋子收拾自己的木条。

俞铭盯着韩东看了好久，突然开口说：“他不如你。”

“谁不如我？”韩东不明白。

俞铭说：“李尚。”

“你怎么知道他叫李尚？”

“那天你们聊天的时候我偶然间听到的。”

韩东龇牙坏笑："原来你小子也偷听墙根儿。"

"我睡觉很浅，基本一有动静就会醒，所以经常听到你说梦话。"

"你还听到我说梦话？我都说过什么？"

俞铭想了想，说："有一天晚上我听到你说'姓王的，你别过来'，喊了好几声，语气特别焦急，我当时还以为你在练台词。"

韩东顿时汗颜。

"你还说过'李尚，你这个孙子'！"

这句话韩东倒没觉得尴尬，还冷哼道："他就是孙子。"

"那他现在发展这么好，你不会心里不平衡吗？"

"我为什么要不平衡？"韩东全然一副无所谓的表情，"人各有志，我这人就不喜欢一步登天。"

俞铭挺难理解的："为什么？"

"你看啊，每个演员都要经过群演、群特、跟组、特约、角色、配角、主角、明星这么一个过程。在我当群演的这五年来，哪怕有一句台词都会很有成就感。结果一下从群演跳到配角，中间跃了多少级？我损失了多少快感？现在从配角到明星就只剩下两级了，我要是再不悠着点儿，直接就到高潮，还有什么意思？"

俞铭不认同："也许到了顶点可以有连续不断的高潮呢？"

"想都别想，人不会因为同一个原因高兴第二次的。"

俞铭想想也挺有道理。

韩东又说："但凡想一步登天的人，都是因为不确定自己能不能登天，所以才会逮着机会就狠狠往上爬。我就不一样了，我一早就知道自己会登天，何不好好享受这一步步攀爬的过程呢？"

"我也希望像你这样，慢慢地享受一点点收获的感觉。"俞铭说。

韩东拍拍他的肩膀："这有什么难的？那电影里面有三只鬼，到时候我吓走一只，你过来演不就完了吗？"

"是个好主意。"俞铭说。

韩东原本是开玩笑，没想到俞铭竟然点头了，当即露出喜出望外的表情："哟，您不在屋闷着了？终于打算出去见见人了？"

被韩东这么一挤对，俞铭的脸又冷了下来。

“我就是开个玩笑而已，瞧你这小皮脸劲儿的。只要我能说得上话，就一定会举荐你，放心吧，哥们儿绝不诳你。”

回到自己房间后，韩东仔细查阅了鲁导演的资料，又看了他拍的片子，其中一部还蛮喜欢的，这一看就看到半夜。

关上电脑，韩东没有立刻睡觉，而是闭着眼睛敲了敲俞铭房间的门。

好长一段时间，俞铭才拖着困倦的身躯走过来开门。

“干吗？”

韩东呆愣愣地问：“我的木头是不是放在你的房间了？”

俞铭一看韩东的状态，真以为他在梦游，便回道：“没有啊，我这儿哪有你的木头？”

韩东挺满意，为了进一步试探俞铭，又说：“没在你这儿？不可能，我得进去看看。”

“说了没在就是没在，你走吧，我要睡觉了……”俞铭一脸认真。

韩东猛地睁开眼大笑：“哈哈哈……我是来考验你的！”

“滚！”砰的一声，房门在韩东面前关上了。

第七章 误会

“你帮我看看，我屁股上的鞋印怎么洗不掉呢？”

“那不是鞋印，是肿的凸痕。”

第二天一早，天还没亮，韩东就被一通电话吵醒了。

“韩哥，该起床了，半个小时后我到楼下接你。”是个甜美的女声。

韩东立刻清醒了：“你是？”

“我是你的助理啊，今天正式上任，如果有不足的地方，希望韩哥多多包容。”

“当然，当然……”

一听这声音就是个大美妞，能不包容吗？韩东瞬间来了精神，鲤鱼打挺般从床上跃起，洗漱完毕后兴冲冲地下了楼。

结果，站在单元门口的人竟是沈初花。

“你怎么来了？”韩东还不死心地环顾四周。

沈初花甜甜的声音再次传来：“刚才不是给你打过电话了吗？”

韩东当时的表情就像吃了屎一样。

“我对你已经仁至义尽了，求求你放我一条生路好吗？”

沈初花异常坚强地朝韩东说：“韩哥，很多相面的都说我勤劳务实、精明能干。听说你也会看相，我觉得你应该先看看我再决定。”

韩东强忍着不适扫了沈初花一眼，一咬牙一跺脚：“行了，走吧！”

韩东到那儿之前，冯俊先和鲁导演打了声招呼，把韩东的基本情况给他讲了讲，又说：“王总的意思是希望他不仅能在这儿锻炼演技，还能把身上的毛病改改。”

鲁导演拍着冯俊的肩膀说：“放心吧，这部片子很正面，不会渗透任何鬼神思想。”

冯俊连连点头："对，希望你也能让他建立这种意识。"

"行，那他什么时间到？"

冯俊看了看表："应该快了，那我就不打扰你们拍摄了。"

"好好，有空咱喝两杯。"

冯俊上车前还朝鲁导演说了一句："劳你费心了。"

"冯经理这是哪儿的话？我还得感谢你们给我送来一位好演员呢。"

冯俊一走，鲁导演立刻变了脸，心想冯俊这么三番五次的嘱咐，送来的肯定不是什么好货色。

韩东到达片场的时候剧组还没开工，鲁导演恰好去了卫生间，接待韩东的是位资深道具师。两个人简单地聊了几句，见鲁导演还没回来，道具师就领着韩东去了他的工作室。

韩东刚一进去，就有种血腥之气迎面扑来。陈列架上摆放着"头颅""断臂""残尸"等一系列硅胶假体。当有些镜头不适合真人演的时候，就要用这些假体来代替。

"好玩。"韩东拿起一个美女的脑袋摆弄起来。

"好玩？这东西也很瘆人呢，到了晚上我自己一个人进来都犯怵。"

韩东忍不住唏嘘："这一屋的东西得花多大工夫啊？"

"那能怎么办？现在的观众都重口味。"

正说着，外面传来一声甜美的呼唤："韩哥，鲁导演来了。"

道具师骨头都酥了，拍着韩东的肩膀说："好福气啊，哥们儿。"

韩东笑得那叫一个难受。

因为事先看过鲁导演的访谈，加上韩东自身的本事，他知道鲁导演是个不拘小节、大大咧咧的人，太过拘谨反而会造成距离感，于是毫不见外地上去给了鲁导演一个拥抱。

"鲁导演，我特崇拜你。"

本来鲁导演已经做好了迎接恶棍的心理准备，结果看到韩东的时候竟觉得挺有眼缘，也挺对自己脾气的。

"我听说你看人很准！"鲁导演调侃道。

韩东毫无顾忌，爽快承认。

鲁导演哈哈大笑："那你会作法吗？"

"这个嘛，我可以试试。"韩东说。

鲁导演立刻收起笑容，将韩东拽到一旁小声说道："我没跟你开玩笑。"

韩东说："我也没开玩笑。"

鲁导演这回放心了，叹口气后说道："拍恐怖片的门道咱们心里都清楚，这种片'阴气太重'，剧组开拍之前都会做场法事，要么去烧烧香，要么请个活佛加持。可王总的情况你也了解，我不敢啊，之前没做，现在心里就一直不踏实，感觉我命都短了。"

"你就放心吧，这事包在我身上，至于王中鼎嘛……"韩东飙出爷们儿气概，"甭惯他那臭毛病！"

鲁导演好像找到知音，瞬间成了话痨："现在的这种审核制度，我们作为创作人，本来就很憋屈了。有时候我就想，先拍出来吧，大不了最后我自己看。结果赶上王总这样的投资人，我连拍都不敢拍了。"

"王中鼎他就是死脑筋，假正经！"

两个人聊着聊着就回了片场。

因为韩东是新来的，又不熟悉剧本，鲁导演没有让他直接上手，而是在一旁观摩学习。

拍摄其中一组镜头的时候，有个女演员因为控制不住眨眼被反复 NG。拍摄鬼片的时候眨眼是大忌，因为一旦演员眨眼，观众的紧张感就会消失。

"导演，你这要求太苛刻了，这么长的时间完全是挑战心里极限，常人根本没法办到。"女演员抱怨。

鲁导演顿时火大："如果有人能办到呢？"

"如果您能在现场找到这么一个人，我立刻向所有工作人员道歉！"

"这可是你说的……"鲁导演目光环视四周，最终落在韩东身上，"那就让他来试试，他可是新来的，没有经过任何训练，如果他都能做到，就证明是你的个人能力问题。"

说完，一个眼神示意韩东过来。

韩东按照导演的吩咐坐在椅子上，目视前方不眨眼，只要能保持两分钟以上，而且表情自然就达到要求了。

两分钟？女演员冷哼一声：你要是坚持一分钟不流眼泪我就佩服你。

“韩哥，加油！韩哥，你是最棒的！”沈初花蹦跶着小短腿激情呐喊。

韩东露出网络小胖斜眼瞅人的经典表情。

愣神是每个慢性子的拿手本事，更是韩东休闲娱乐的最佳伴侣。相对于其他绝技，这简直就是小菜一碟，别说眨眼了，眼珠子都不带转一下的。

一开始工作人员都抱着看热闹的心态，也没对韩东抱多大的期望，随着时间的延长，他们才暗暗为韩东捏了把汗，生怕他中途掉链子。

韩东不负众望，稳定发挥，坚持到最后一秒。

“导演，到时间了。”有人提醒。

女演员的脸色瞬间变得十分难看。

韩东并没有立刻眨眼，而是继续目视前方，眼睛没有一丝焦距。

鲁导演暗示工作人员安静下来，让韩东再坚持一段时间，给其他人做做榜样，也让女演员输得心服口服，彻底没话说。

不知过了多久，女演员终于发出不耐烦的询问声：“导演，到底还道不道歉了？”

鲁导演正在打盹，听到这话猛地清醒过来，问：“多久了？”

场务说：“半个小时了。”

鲁导演一惊：“他还没眨眼？”

别说眨眼了，动都没动一下，工作人员都怀疑韩东的眼球是硅胶假体。还有人特意探查了一番，看看是不是在眼皮上画的，想想都觉得可笑。

鲁导演这才用引以为傲的口吻朝韩东说：“行啦，可以眨眼了。”

韩东依然坚持不懈，目光执着。

“别硬撑着了，给她留点面子吧。”鲁导演小声朝韩东说。

韩东充耳不闻。

鲁导演这才察觉到不对劲，伸手在韩东眼前晃了晃，一点儿反应都没有。再捅捅他，还是没有反应。最后把耳朵凑到韩东嘴边一听，才发现韩东睡着了。

韩东刚从片场回来，就有人给王中鼎汇报了情况。

除了说鲁导演对韩东印象不错之外，还提到韩东在片场睡着的事。本以为王中鼎会黑脸，没想到他只是轻描淡写地哼了一声。三更半夜到处“溜达”，白天能不困吗？

“王总，万小姐来了。”

王中鼎点头：“让她进来吧。”

“你这个工作狂，忘了今天是什么日子了？”万里晴刚一进办公室就说。

王中鼎看了眼日历，没发现什么特殊。

万里晴提醒道：“今天是你的生日。”

“不是明天吗？”

“对于别人是明天，对于你来说就是今天，你哪一天的凌晨不是在办公室度过的？”

韩东回公司的时候，正巧看到万里晴往停车场走，不知道在和谁讲电话，脸色异常难看，看样子是在吐槽。

于是，韩东偷偷跟了过去。

“我真的服了王中鼎了，简直是个儿子奴，眼睛里除了儿子没别人了。”

“别人都可以伤，就他儿子伤不起，别人想怎么凶就怎么凶，对他儿子各种好脾气。”

“要不是因为明天是他生日，刚才我就翻脸了。”

原来明天是他生日啊……韩东想。

“不是亲生的又怎么样？还不是当成命一样宝贝着。我觉得如果西西现在说一句不要后妈，王中鼎他连婚都不打算结了！”

又一个惊天大料轰炸了韩东的脑子，不是亲生的？原来不是亲生的！

不知道为什么，韩东听到这个消息竟然咧了咧嘴角。

“我夸张？如果你看到他刚才那个表情，就知道我有没有夸张了……”

万里晴正说着，突然一张熟悉的面孔跳入视野中。

韩东笑眯眯地打招呼：“嫂子，好久不见。”

万里晴心里暗呼倒霉，怎么又碰到这个话痨了？想躲躲不开，想骂人又抹不开面子，最后只能客套地笑笑，加快脚步朝自己的车走去。

结果，韩东又跟上去了。

“嫂子，你别生王哥的气。男人爱孩子不是坏事，说明他重感情，有责任感。只是因为孩子太小，他才会难以权衡，等孩子大一点儿，有些问题就自然化解了。你千万不要对王哥丧失信心啊，千万要稳住你们的感情啊，这是我最后的精神支柱了……”

万里晴想快点儿上车，可韩东偏偏走在她前面，左蹿右跳的怎么都绕不开。最后忍无可忍，终于将憋了好久的话喷出来。

“到底关你什么事啊？你能不能别瞎操心了？”

砰的一声，车门在韩东面前关上了。

看着逐渐远去的汽车，韩东一副恨铁不成钢的表情，哎……太没斗志了。

进了办公大楼，韩东发现王中鼎也在楼道里讲电话，但不是和万里晴讲。

“中午有没有吃饭？都吃什么了？米饭吃了几勺？菠菜吃了几根？味道这么样？嗯……嗯……爸爸今天一定会回家的，忙得再晚都会回家住……”

韩东听完之后比万里晴还火大，没想到王中鼎也会这么温柔地说话，也能笑得那么美……

晚上，某栋公寓又传来叮叮当当的声响。

俞铭到门口探一眼，发现韩东正举着小锤在一块木头上敲敲打打，像是在做工艺品。于是就没多问，不声不响地回了自己的房间。

结果，这股敲打声一直持续到半夜。

俞铭终于持着一张不堪其扰的面孔去找韩东：“我说，你还不睡啊？”

“马上，马上就完工了。”

“做什么呢？”

韩东笑得异常温柔：“做一把木梳子送我女朋友。”

“女朋友？”俞铭好奇，“哪来的女朋友？”

“在片场认识的。”

“什么时候在一起的？”

“明天。”韩东说。

俞铭：“……明天？”

“对，等我把这把梳子送给她，她就跟我在一起了。”韩东志在必得。

俞铭只能木着脸回道：“加油。”

没一会儿，一把做工精良的小梳子就落成了，韩东把梳子小心翼翼地包好，放到一个礼品盒里。感觉已经困得不行了，一头扎在沙发上就睡着了。

临近两点，王中鼎才处理完手头的事情，就在他开车往门口走的时候，突然一道熟悉的身影闪进他的视线。

韩东正从公寓的方向走过来，步速比以往快很多，像是迫不及待要干什么，而且很明显是奔着办公楼去的。

想到对儿子的承诺，再想到韩东那纠缠不清的属性，王中鼎纵有一丝担忧，也只能一脚油门继续往前开。

结果出门左拐的时候，王中鼎脑中突然闪过韩东被撞的画面，又一脚刹住了。

眼看着电梯门要关上，韩东闭着眼睛冲了过去，可惜晚了一步，数字已经变成了“2”，韩东只能再等电梯下来。

等韩东到了办公室门口，王中鼎的气息已经均匀了，如往常一样端坐在办公桌前，盯着一份已经审阅完的文件。

吱——门开了，一个脑袋探进来。

“生日快乐。”

王中鼎身形一凛，俨然没想到韩东此行的目的是送祝福。虽然方式有点儿特殊，但打动人的诚意绝对足够。

这次没等韩东走过来，王中鼎直接走了过去，接过了韩东送上来的礼物。

“礼物小，情意深，礼物代表我的心。”

王中鼎笑了：“你确定真代表你的心？不要晚上送过来，早上又反悔了。”

“绝对不会。”韩东捶着胸口以表真心。

王中鼎拍了拍韩东的脑袋：“回去吧。”

韩东听话地跟着王中鼎一起上了电梯。

第二天一早，韩东从沙发上醒过来就起身回了房间，想欣赏欣赏昨天晚上的“杰作”，结果翻了半天都没翻到那把小木梳。

奇怪……我昨天明明就放这儿了，怎么不见了？

韩东又跑到俞铭的房间去找，俞铭讨厌别人乱翻自己的东西，尤其是韩东，每次翻完都像灾难现场，于是按住韩东的胳膊问：“你找什么？”

“我问你，我昨天晚上是不是真的做了一把木梳？”

突然，韩东扫到不远处的那支短笛，想到王中鼎说的那句话，心里仿佛明白了什么。猛地一跺脚，肯定是他，肯定是他又来偷袭了，防不胜防啊！

想到这儿，韩东二话不说，顶着贵宾犬的头型就朝办公楼走去。

王中鼎已经到了办公室，里面礼物堆积如山，几乎都没来得及拆开。唯独韩东送来的礼物盒，他刚到这儿就打开了。

竟然是一把木梳，而且是纯手工的……男人送男人梳子，王中鼎多少有些意外。正要看看这是什么木头做的，门铃就响了。

王中鼎通过可视通话屏，看到韩东那张杀气腾腾的脸以及独有的爱因斯坦造型，一大早的好心情都给破坏了。说韩东是人格分裂再恰当不过了，白天各种“狂踿倔犟浑”，到了晚上就变得“傻愣呆萌蠢”。

“你是不是又偷偷……”

韩东刚问到一半，就看到王中鼎手里的木梳，立刻摆出“好啊你”的讨伐姿态。

“王中鼎你真行，连一把木梳子都偷，你还能再‘爷们儿’点儿吗？”

果然，王中鼎担心的事情还是发生了。

“你说这是我偷的？”王中鼎语气不善。

“不然呢？难道还是我亲自送上门的？”韩东笑得异常讽刺，“你说你干了就干了，怎么总是不敢承认呢？怎么总是喜欢赖到别人头上呢？这样自欺欺人有意义吗？”

房间内的火药味儿越来越浓。

“我真希望你永远不要醒。”王中鼎突然冒出一句。

韩东龇牙瞪眼：“永远不醒？你还想偷个没完没了是吧？”

王中鼎眉宇间戾气越来越浓，转眼间就有种要爆棚的趋势。

韩东眼见形势不对，立马调整语气。

“好吧，我知道你不是故意的，都怪我放在那么显眼的地方，让你误以为这是我送你的生日礼物。虽然今天是你的生日，但我还是不得不说。东西即便拿在你的手上，不是出自我的真心，你也……啊！”

韩东突然感觉下身一凉，裤子竟让人扒了！还没来得及自作多情地吼一声“你敢乱来”，王中鼎的鞋底就招呼上去了。

这一脚结实的，就像盖戳似的，韩东当时就猴蹿到门外龇牙咧嘴。

“踹得对！”韩东自己提着裤子叫好，“我确实该踹！我做出这么伤你心的事，你踹我一脚是应该的。但我还是要说，梳子还我吧，不是你的就别再勉强。”

木梳瞬间从王中鼎手中飙了出去，不偏不倚砸在韩东的屁股上，又让韩东狠狠地疼了一把。不仅屁股疼还心疼，梳子明明要回来了，那种憋屈感却挥之不去，一直带到片场。

韩东本来已经计划好亲自送人，加上百试不爽的泡妞绝杀技，追上一个女龙套是十拿九稳的事情。结果到最后竟然没那个心情了，送梳子的事也不了了之。

后来韩东洗澡的时候，发现屁股上的鞋印怎么洗都洗不掉，于是就这么光着去了俞铭的房间，当时俞铭还在和别人视频对话，裸男的突然闯入吓了俞铭一跳。

“你这是干吗？”

韩东背朝着俞铭：“你帮我看看，我屁股上的鞋印怎么洗不掉呢？”

俞铭汗颜：“那不是鞋印，是肿的凸痕。”

韩东暗暗磨牙，王中鼎你真下得去脚！

“那是谁给你挠的？”俞铭又问。

韩东诧异：“挠的？什么挠的？”

“就偏左边的那一片，不是有很多红色的道道吗？就像指甲挠出来的。”

韩东瞟了一眼才发现，脸颊瞬间飞起两团火烧云。怪不得用梳子甩我，原来是想制造这种效果，太变态了！

俞铭本来想无视韩东，但目光总是不由自主地瞟过去。没办法，赤裸的韩东太有存在感了。两条天王级美腿往那儿一戳，无论摆什么姿势都是顶级诱惑。而且他的臀型相当完美，很少有男人的臀部可以长得这么挺立饱满。

别说王中鼎了，就连俞铭都想试试手感。

韩东持着一副与性格极度违和的高大上身材回了卧室，洗完澡躺到床上，被臀部的痛楚逼得翻过身来，又过上了乌龟的日子。

想想以前被踹一脚多爽啊，当时韩东还特意发了条微博，内容是“幸福的一脚”，配图就是屁股上的伤。要是现在发，内容还是“幸福的一脚”，配图却成了“臣妾做不到啊”。

怎么就高兴不起来了呢？韩东临睡前还摆弄着那把梳子。

结果，白天各种强势的精神分裂症患者酷东东，晚上又杀回了王中鼎办公室，各种脱裤子哭诉伤情，送回梳子求原谅。

“为什么踹我？你怎么可以踹我？看看这个大鞋底子印儿，你于心何忍啊？”

“我真心想把这把梳子送给你，我是真心的啊！”

“收下吧，这次我保证不会要回去了，收下好不好？”

“……”

王中鼎直接把这个“浑玩意儿”提了出去，交给了门口的保镖，并下了一道戒严令：“记住，以后无论何时，都不要再让这个人踏入我办公室二十米内的范围！”

“中鼎，我冤枉啊，我对你的真心天地可鉴……”

第二天早上，韩东感觉嗓子很不舒服，像是在深山里喊了几千遍救命后的那种感觉。

“导演还没给你剧本？”俞铭偶然问起。

韩东说：“早就给了。”

俞铭被韩东的破锣嗓子震到了，忙问：“你嗓子怎么哑了？”

“我也不知道，睡一觉醒过来就这样了。”

俞铭说：“你昨天晚上貌似出去了，因为我半夜听到了开门声。张星湖昨晚一直没回来，我猜应该是你开的门。”

出去了？出去干吗了？韩东语气有些不确定：“没准是去练声了，剧本里有一段鬼哭狼嚎的镜头。我大概就是去练那个，才把嗓子弄成这样的。”

说到剧本，俞铭才想起自己刚才要问的。

“怎么没见你背台词啊？”

韩东纳闷：“台词还用背吗？扫一眼就差不多记住了。”

“你的台词那么少？”

“不是少，是逻辑性很强，基本上熟悉了剧本内容，台词就顺下来了。”

俞铭以为韩东又在吹，就把剧本拿过来考了几组镜头，结果韩东真的一字不落地对出来了。而且俞铭很确定他不是偷偷背的，因为韩东几乎所有的私人时间都在鼓捣那些木头，剧本碰都没碰过。

日子不徐不疾地进行着，韩东已经正式进组参与到拍摄中去了。

李尚也趁势追击，一周内接拍了二十几本杂志，成为当仁不让的超级新人。关于他将参演年度大片男一号的谣言也甚嚣尘上，借着媒体对这部片子选角方面的好奇心，梁景方面频频放料出来，却又在正式采访的时候予以否认，炒作得风生水起。

鲁导演和韩东关系越来越好，几乎到了无话不谈的地步，有天鲁导演偶然间说起临时加角色的事，韩东立刻兴冲冲地说：“我宿舍有个哥们儿正闲着，可以让他来试试。”

“叫什么？”鲁导演问。

韩东瞬间脱口而出：“叫俞铭。”

鲁导演的脸色变了变，用含糊的口吻说：“再看看吧。”

韩东看出鲁导演对俞铭不怎么感冒，赶紧将俞铭的各种优点吧啦吧啦一通说：“您别看他没什么名气，其实职业素养相当高。跳舞出身，特别能吃苦……”

经过韩东几天的软磨硬泡，鲁导演终于同意俞铭来试戏。

周末，韩东陪着俞铭逛商场，由于公司对艺人的服装品牌有一定要求，所以两个人只能锁定在几个高档商场。

俞铭相中了一款手工编织的开衫毛衣，看到标价一万四，顿时失去尝试的心情。

“太贵了，还是算了。”

韩东刚要说话，突然听到熟悉的一声招呼：“东子，你也在这儿逛啊？”

韩东回过头，看到李尚和方芸正挽着手朝这家店走来。两个人都戴着黑超，裹着围巾，武装得相当严实。

“我陪朋友逛。”韩东又把目光转回俞铭身上，“怎么样？要不要试一试？”

俞铭一副对价格接受无能的表情，很快把衣服放了回去。

“方姐，你都好久没来了。”一直冷淡的服务员见到方芸后突然就热情了起来。

方芸露出特别大牌的笑容，随即用手指了指：“把你们今年上市的所有新款 XL 码都打包送到我家里，谢谢。”

因为这是男装品牌店，方芸口中的“所有新款 XL 码”自然是买给李尚的。

“我衣服够多了，买回去也穿不了。”李尚说。

“浪费在你身上，值。”

方芸说完就朝韩东和俞铭笑着挥手：“你们继续选，我们去那边逛逛。”

李尚走了之后，韩东安慰俞铭：“别往心里去，现在买不起一件衣服又怎么了？你早晚有踩他的一天。”

俞铭倒显得无所谓：“没事，咱继续逛吧。”

挑挑选选几个小时，俞铭总算找到一套款式和价格都比较心仪的衣服，结果付款的时候却被告知他的银行卡不能在这里用。

“为什么？”俞铭不解。

收款员微笑着朝俞铭解释：“因为您的账户事先在这里登记过，我们的系统不能划走您卡内的钱，但是您可以将商品取走。”

“什么意思？”俞铭还是不懂。

旁边的咨询员插口道：“就是这儿的东西您可以任意挑，而且不用出一分钱。”

在别人眼中可望而不可即的待遇，在俞铭眼中却是一潭死水，没有起任何波澜。

“那我可以用别人的卡刷吗？”俞铭问。

收款员点头：“当然，这个我们阻止不了。”

俞铭刚一走，旁边几个闲着的收款员就凑过来一起八卦。

“他是怎么想的？居然不肯白拿？要是换成我早就把这儿扫荡了！”

“从他账户被锁的那天我就一直在等，今天终于见到活的了，敢不敢再普通点儿？”

“他背后的财主到底是谁啊？系统上查不出来吗？”

“查不到，背景太深了，听说好几家大商场都把他账户给锁了。”

“我的天，果然是真爱啊！”

俞铭又回到原处找韩东问：“你银行卡上还有多少钱？”

“我也不知道，应该有几千吧。怎么了？钱不够了？”

“我的卡出了点儿问题，先借你的刷一下，回去就还你。”俞铭说。

韩东穷大方地挥挥手：“什么还不还的，先拿去用吧。”

俞铭用了韩东的银行卡才把钱付上。

晚上，韩东刚要睡觉，突然收到一条短信：

您尾号2××6卡13日21：56××银行收入100000.00元，余额100027.23元。

韩东一个零一个零地数着，最后猛地坐了起来。

十万！咋这么多？

光着脚丫子潜到俞铭房间门口问："铭儿啊，你给我打钱了吗？"

俞铭已经睡着了，迷迷糊糊地回道："今天没时间去银行，明天再打给你。"

"这样啊……没事，不急。"

韩东又回到客厅的沙发上，琢磨这笔钱的来源。在他所认识的人中，能出手这么豪气的只能是王中鼎了，可他为什么要打钱呢？

他惦记我了，一定是惦记我了……韩东眉宇间透着自己都察觉不到的嘚瑟。

这几天韩东一直忙着在剧组拍摄，白天几乎和王中鼎无交集，晚上回来倒头便睡，两个人已经很久没见面了。王中鼎虽然是韩东的经纪人，但大多时候不会露面，有事就吩咐其他人去代办，基本采取放养政策。

这天，韩东起了个大早，距离上午那场戏开拍还有一个多小时，他又开始在办公大楼下面闲逛。

公司财务部的美女会计从这里经过："韩大仙儿，怎么感觉好久没见你了？"

"是吗？我才出去七八天，你就恍若隔世了？"韩痞子眯着眼睛笑。

"主要是你以前晃悠得太勤了，你一走公司清静好多。"

正说着，韩东看到一辆豪华座驾从门口驶来，车上坐着的那位就是韩东自以为惦记他惦记到无从发泄，抹不开面子又开不了口，最后只能偷偷给他打十万块钱的傲娇金主。

王中鼎是下车后才看到韩东的，不知道是不是因为韩东的存在感真的太强了，王中鼎竟也有种很久没见到韩东的感觉。

破天荒地，韩东在大白天朝王中鼎笑了一下。

怎么形容这个笑容呢？有点儿酷，有点儿痞，有点儿小邪恶，全部特点集中起来就是一个字——骚。

王中鼎神色一滞，明显被"电"到了，但是这种电不是爱情的火花，而是长期被“毒害”后形成的警觉机制。

立刻朝二雷说：“你去看看他有没有醒。”

“这要怎么看？”

王中鼎想了想，说：“你就问问他，这几天有没有想我。”

二雷虎躯一震，有种自己在做梦的感觉，王中鼎怎么会说这样的话？而且这句话的验证效果从何而来？他睡着的时候你们做过什么……

“还不快去？”王中鼎不满二雷的迟钝。

二雷只好硬着头皮朝韩东走过去，说实话，这个问题连他都有些难以启齿。

“王总让我问你，有没有想他？”

韩东皱眉：“你说啥？”

“你有没有想王总？”二雷挺不自在地重复了一遍。

韩东立刻摆明立场：“十万块钱给你笑一个就不错了，还想让我惦记着你？也把爷想得太好糊弄了！”说罢转身走人。

二雷回去之后复述了一遍韩东的话。

王中鼎纳闷：“什么十万块钱？”

“我也不清楚，感觉几天没接触，又听不懂他说话了。”二雷说。

王中鼎也有这种感觉，韩东这人如果天天接触还好，只要一段时间不接触，感觉他的脑细胞就衍生出很多莫名其妙的东西，再理解起来就会吃力很多。

“对了，红豆杉的事情有没有进展？”王中鼎再度问起。

二雷语气迟疑地说：“有是有，但是……”

“有你怎么不早说？”王中鼎视线一紧。

二雷欲言又止：“这个进展不太理想。”

“有进展就比没进展好，快说。”

迫于压力，二雷不得不开口：“进展就是……剩下的那根木桩又短了一截。”

王中鼎：“……”

韩东回到宿舍的时候，俞铭刚起床没多久。

“你怎么这么早就起了？”俞铭纳闷。

韩东假模假式地做了个扩胸的动作：“晨练，晨练。”

俞铭见韩东眉眼间皆是笑意，忍不住问：“你怎么这么高兴？”

废话，谁的卡里平白无故多了十万块钱不高兴啊？

“这不是因为你今天要去试戏吗？哥替你高兴啊！”韩东挑挑眉。

俞铭没说什么，继续洗漱。

韩东在房间里哼着小调，前两天给木床和木桶上了漆，今天差不多干了，看样子晚上就可以先用木桶泡澡，再躺到木床上睡觉，过上原生态的小资生活了。

临走前，韩东把暂时没用到的木头桩子抱到俞铭房间。

“这个你也给我收着。”

俞铭纳闷：“怎么又多了一块？我记得你都用了。”

“哦，这个是我新砍下来的。”

“干吗又砍？”

韩东一本正经地说：“昨天树灵给我托梦，说它想要个全尸，我就把剩下那截也锯了，留着哪天做个洗脚盆。”

俞铭：“……”

去剧组的路上，韩东时不时偷着乐，后来发现俞铭在看他，就指着车窗外说：“你看那些栏杆，多好玩。”

俞铭完全不知所云：“栏杆有什么好玩的？”

“一溜溜的那么齐，哈哈哈……”

俞铭：“……”

过了一会儿，俞铭突然想起还钱的事，朝韩东说：“回来我就把钱打给你。”

“不用了。”

“不用了？为什么不用了？”

“李尚当初就是穿着我送的裤子脱颖而出，你穿我的衣服也能交好运。”

俞铭扫了韩东一眼，想说什么没说出来。

到了片场，韩东迫不及待地将俞铭介绍给了鲁导演。

“鲁导，这就是我跟你说的俞铭。”

原本韩东担心俞铭的拘谨会给鲁导演造成不好的印象，结果俞铭挺放松，鲁导演反倒有些不自在。

“好，剧本看了吗？”鲁导演问俞铭。

俞铭说：“只是简单地扫了一遍。”

韩东还暗暗掐了俞铭一下，明明背了那么久，干吗要谦虚啊？鲁导演可不吃这一套。

不料，习惯了在片场大呼小叫、有脾气就发的鲁导演这次竟然表现得异常随和：“没关系，你有很多时间熟悉剧本。”

说完，马上吩咐工作人员到位，准备让俞铭试拍一个镜头。

这部影片是典型的中国式恐怖片，前面是一连串的灵异事件，结尾揭发这些“鬼”都是主角臆想出来的，很老套的模式。好在故事悬念够多，环环相扣，可看性还是很高的。尤其在特效和妆容上花了不少功夫，很多画面颇有视觉冲击力。

俞铭试演的这个角色虽然是临时加的，但在影片里是个关键性人物，台词并不多，主要通过神态和肢体来表现，这恰恰是俞铭的弱项。

“各单位准备，《撕裂》第五场003号镜头，action！”鲁导演拿着扩音喇叭喊了一声。

随着场记牌“啪”的一声响，俞铭从一面墙后面探出头来。

只见他环视四周，像是在寻觅什么，这个过程持续了很长一段时间。突然一只“鬼”从天而降，俞铭瞬间发出惊呼声：“啊……”

韩东也在心里“啊”了一声，当时就觉得糟了。别说鲁导演那刁钻的眼光了，就是韩东看这个镜头都觉得不尽如人意。

首先俞铭饰演的这个人物胆子很小，和俞铭本人那种淡定的气质相差太远。姑且不说中间持续的那段时间俞铭没有任何表情变化，就说最后见到“鬼”的那一刻，他表现出来的也不是恐惧，更像是惊讶。

“卡！”

果然，鲁导演的面色很阴沉。

韩东赶忙替俞铭解释：“鲁导，他可能有点儿紧张了，要不再试一个镜头？”

“不用了。”相比失望，鲁导演语气中更多的是无奈。

韩东给鲁导演递了一根烟，让他平缓了一下情绪，接着又说：“鲁导演，其实我在宿舍和他对过这段戏，当时他表现挺好的，要不要给他一个机会……”

鲁导演沉思片刻，淡淡回道：“我这没问题，就看他了。”

“也就是您同意他演这个角色了呗？”

鲁导演还是那套话：“他没问题就定了。”

韩东立马蹿到俞铭身边把这个消息告诉了他。

“你得谢谢我，要没我送你的这身衣服，就凭这面瘫脸谁会要你？”

俞铭冷哼一声，不过看样子还是挺高兴的。

没一会儿，其余演员也陆陆续续到场，俞铭简单地和他们认识了一下。

因为今天拍摄任务大，一直熬到晚上十二点多才完工，明早五六点钟又接着拍，所以剧组安排大部分演员和工作人员在就近的酒店入住。而韩东还是和往常一样，无论多晚都会被接回公司住。

路上，俞铭朝昏昏欲睡的韩东问：“你为什么不能和他们一起住酒店？”

旁边的沈初花说：“这是王总要求的。”

韩东半眯半睁着眼睛笑着说：“正好回去试试我的新木桶和新床。”

俞铭没再说什么。

回到宿舍，韩东就迫不及待地把木桶放上热水，整个人坐了进去。木头散发着淡淡的自然清香，热水滋润着疲乏的身体，音乐熏陶着不羁的灵魂。再点上一支烟，伸出一条腿，脚尖点着木桶沿……怎一个销魂了得！

太爽了！

韩东脖子昂起，喉结滚动，烟雾自锁骨向下弥漫，整片胸口都熏红了。

忙了一整天，困意袭上来挡都挡不住，韩东还没洗完澡就睡着了。

起初垂着脑袋，窝在木桶里一动不动，没一会儿脖子又挺起来了。拿过搁在一旁的手机，关掉音乐，给某人打了个电话，在这期间一直合着眼。

王中鼎正巧刚忙完，看到韩东的电话想都没想就接了。

“我想你了。”韩东说。

王中鼎头疼。

“我想你了，我想你了，我想你了……”韩东又开始念经。

王中鼎本来可以挂掉电话，因为以韩东那个磨唧的本事，不说个几千遍绝不会停。但是一向喜欢快刀斩乱麻的王中鼎，竟然没有把电话挂掉，而是揣着它上了电梯，出了办公楼，走向停车场……那句话始终萦绕在耳边。

心理医生说了，梦境是人潜意识的表达。

韩东今天发挥失常，王中鼎还没走到停车场，那句“我想你了”就停了。而且不是正常停顿，而是自我打断式，后面还接了一声“嗯”。

韩东赶紧把手机从水里捞出来，可惜已经死机了。

不管了，快点儿泡澡，泡完澡睡我的新木床，新木床……

原本韩东是这么打算的，木桶就放在床的旁边，床上放着浴巾。即便他泡澡的时候睡着了，等到水一凉，他自己也会爬上床。

结果他万万没有想到，木桶漏水了……

而梦游劳模韩东同志，从木桶里爬出来之后并没有上床，而是去卫生间再次将桶蓄满水，当作从没有泡过一样，躺进去又是一脸享受。

于是，水顺着地板悄无声息地爬到门口，又悄无声息地爬满了所有房间……

等王中鼎从电梯下来的时候，水已经流到外面了。

想到自己曾见过的浴缸内的自杀溺水事故，再想到韩东那离经叛道的梦游水平，王中鼎心里竟生出只有对亲人所处危险时才会出现的恐慌感。

因为早就配有这套房子的钥匙，王中鼎顺利打开房门，迅速朝韩东的房间走去。

一进门，一股木头的味道扑面而来。

新打造的豪华木床，木头小方桌，木头笔筒、木桶盆碗、木头筷子、木头牙签……以及装着韩东的那个大木桶。

王中鼎走过去的时候，木桶里的水都没了，就剩下赤裸的韩东。

韩东还保持睡觉前的姿势，一条腿蜷着，一条腿微微一抬就伸出桶外，那令人啧啧称奇的长度和弧度，全都在明目张胆地转移王中鼎的注意力。

可惜，红豆杉死得太惨了！

你说你要是做一样东西也就罢了，你还把人家细心呵护的心肝宝贝“五马分尸”，肢解成这副模样来取悦你。

王中鼎摸着木桶上红豆杉苍老的年轮，感觉自己的心都被绞碎了。

韩东还把王中鼎胳膊按住，火热的脸蛋枕了上去。

让热气熏了两个多小时，好不容易逮到凉的了。韩东一个劲地腻歪着，蹭着，就像一只赖皮的卷毛狗。

王中鼎薅住他的头发，强行将他的脸扬起来，质问道:“木头哪儿来的？”

“从你园子里砍的。”韩东说。

王中鼎感觉自己的心都在滴血：“谁允许你那么做的？！”

“你不给我换家具，我只能自己做。”韩东还一副委屈样儿。

王中鼎火大：“我不是又给你买了一批充气家具吗？”

“让我给卖了。”韩东也毫不犹豫地把自己给卖了。

王中鼎的脸色已经不能用“差”字来形容了，应该用“恶劣”。

“除了这些还有吗？”质问韩东。

韩东说：“还剩了一些木材，在俞铭的房间留着备用。”

王中鼎觉得深夜打扰别人休息不太好，毕竟俞铭是无辜的，但韩东热心肠，一听说王中鼎要看，二话不说就从木桶里站起来，光着身子往俞铭房间走。

“你给我回来，先把衣服穿上。”王中鼎黑着脸命令。

韩东摆摆手：“不用，我经常在宿舍光着。”

“你不怕人家看，人家未必不怕看到你。”

王中鼎说着就把韩东拽了过来，让韩东自己穿裤子他还不穿，最后王中鼎只能亲手给他穿。

穿好之后，韩东兴冲冲地去了俞铭的房间。

其实王中鼎本该拦着韩东的，但太想知道红豆杉是怎么死的，就由着韩东去了。

俞铭早就醒了，或者说根本没睡着，但因为没开灯，他并不知道漏水的情况。

打开门之后，韩东又像前几天试验的那样朝俞铭问：“我放在你房间的那些木条呢？让他瞧瞧。”

看到韩东身后的王中鼎，俞铭明显愣了一下，但因为韩东黑过王中鼎无数次，所以现在的状态很明显是在梦游。

“什么木条？”俞铭装傻。

其实俞铭什么演技王中鼎再清楚不过了，从韩东问他的那一刻起，王中鼎就确定他房间有木条了。之所以没有拆穿，纯粹是想看自己亲手带的两个艺人飙戏。

“跟我装是不是？我自己亲手放的我还不知道？快点儿拿出来，别等我亲自去翻啊！”

俞铭一副爱答不理的表情：“你要没事我睡觉了。”

韩东又露出恶作剧的笑容：“哈哈哈……其实我没梦游，我是跟你闹着玩的。”

结果，这一计很快让俞铭识破了。

“我不是跟你闹着玩的，我真的要睡觉了，麻烦请你让开。”

韩东不死心，继续在作死的道路上英勇前进。

“我知道，咱俩事先商量好了，无论我怎么跟你要，你都不能给我，对不对？我都把这个秘密说出来了，你还有什么不信的？来来来，把门让开，王哥不是外人，让王哥瞧瞧我那些木条……”

此时此刻，俞铭特想朝韩东吼一声：你这么活着累不累啊？

结果，他还没吼，韩东倒先吼起来了：“让开，我再说一遍，让开听见没？”

俞铭真够意思，都到这份上了还替韩东硬扛着。

“出去！滚出去！”俞铭也吼。

韩东还来劲了，嘴不好使直接上手："你给我让开，我今天非要把木条拿出来！小瘪三儿，你嘴损蔫坏，你不是东西，小爷我楔死你！"

俞铭的拳头也挥了过去："少跟我胡扯，有多远滚多远！"

"你骂谁呢？你骂谁呢？我抽死你信不信？"

"你抽，你抽，你抽一个试试！"

眼看着狗爪子就奔着人家脸上去了，王中鼎不能再袖手旁观，一股大力将韩东拉过来，憎恶的目光看着他们两个。

"行了，我早看出来了。"

说完，王中鼎径直地走进俞铭的房间，把箱子里、柜子里、床底下所有的木条、木棍、树皮、树杈全都搬了出来。

韩东折腾够了又窝回沙发上睡觉，睡得可香了。

俞铭朝王中鼎说："我可以把树的钱赔给你，不要把他的这些家具搬走。"

"我可以不追究他一分钱，但这些家具我必须搬走。"

俞铭不解："为什么？"

王中鼎不作任何解释。

第二天早上，俞铭是在惨叫声中醒过来的。

"啊啊啊……为什么？为什么一下回到了解放前？我的爱床啊！"接着又是一阵砰砰的敲门声，"俞铭你给我出来！知道你小子就靠不住！给个套你就钻……"

红豆杉被盗的案子虽然告破，但考虑到"犯罪嫌疑人"的拍摄任务，王中鼎采取了冷处理的方式。所有家具全部没收，收缴进自己的仓库妥善保管。至于韩东，暂且臊着他，等拍摄任务结束再处置。

夏弘威听说这件事，整整笑了三个多小时，把王中鼎的脸都笑成黑锅底了。

"你还别说……这些家具做得真不错，看看这个床头雕的，一点儿不比我从意大利请来的工匠手艺差。"夏弘威忍不住夸赞。

这也是王中鼎发现韩东砍了红豆杉却没有大发雷霆的原因。

夏弘威又说："不如这样，反正你看到这堆东西也堵心，干脆卖给我吧。"

“不卖。”毫无商量的余地。

“我可以再帮你寻一棵红豆杉，保证树龄、品种、形态都优于你这棵。”

还是那俩字：“不卖。”

韩东毫无自省意识，什么红豆杉、绿豆杉的，他就知道那些家具是他一点点打磨、拼接、上色……熬了无数个夜晚才做出来的，结果还没睡过一次就让人搬走了！

为了讨个说法，韩东一有空就去王中鼎那边闹。结果每次都被七八个人架出来，连王中鼎一面都见不着，更甭说那些心心念念的家具了。

韩东对王中鼎怀恨在心，这两天一直想着报复。

“我决定跟他来个鱼死网破！”

俞铭相信韩东这条鱼必死无疑，但王中鼎这张网会不会破就另说了。

“我决定把他儿子曝光！”韩东语气决断。

俞铭吃惊：“王总有儿子？”

韩东缺德地歪曲事实：“是，私生子！”

“你怎么知道的？”俞铭难以置信。

“那天他过生日和儿子通了电话，一口一个爸爸的。哎……当时要是录音了，现在扔给一家媒体就是爆炸性新闻！”

俞铭反倒觉得没那么容易：“你就算把录音给他们，他们也未必敢报，说不定最后这段录音还会被送回王总手里。”

“当然不能给咱公司的合作媒体，要给就给死对头！我就不信娱乐圈里没有王中鼎的敌人，没有想暗中整他的！”

俞铭说：“就是几件家具而已，至于闹得那么大吗？”

“我就是咽不下这口气！”

“你可以换个别的方式，这么做肯定会彻底伤了他，以后你就别想在这个圈子混了。”

韩东一副混不吝的表情：“我就想彻底伤了他！”

只要狠下心来，两个人的关系就没有转机的可能性了。韩东也就彻底除了这个心病，再也不用费尽心思招他讨厌了。

俞铭看韩东心意已决，只能默默地祝他好运。

其后的两天，韩东试图跟踪王中鼎的车，但也仅限于知道他家的地址，其余什么都做不了。因为门口的守卫太森严，别说进去了，就是站在外围的任何一个角度都别想拍到他家的一角。

后来韩东改变策略，开始在睡觉前不停地进行心理暗示，以求梦游的时候可以发挥神力攻入王中鼎家。这样即便被逮着了，也可以用神志不清醒来逃脱罪责。

经过三天的努力，韩东终于顺利地潜入王中鼎的别墅。

王中鼎还没回来，家里只有保姆和孩子。

一旦进入到别墅里，安保就相对宽松多了。没有人查岗，只有几个摄像头清晰地记录着房间里发生的一切。

保姆房间就在孩子房间旁边，韩东潜过去的时候她还没睡，絮絮叨叨地和谁聊着。

“是啊，已经三天了，一直高烧不退，找了好多医生来看也不见好。下午都烧得迷迷瞪瞪的了，结果去医院一照片子，还是什么毛病都没查出来，真愁人啊。”

“你说王总？王总马上就回来了，他忙，我一直没敢给他打电话。”

“嗯嗯，我知道了。”

韩东心里一紧，王中鼎要回来了？那我得抓紧时间行动了……

可孩子还在高烧中，这个时候偷拍人家有点儿不道德吧？

算了，先拍完再说……

韩东迅速潜入孩子的房间，悄无声息地踱步到小床前。刚要掏出照相机，就听到孩子呢喃了一声：“爸爸……”

韩东憎恨自己的优柔寡断，他叫的又不是你，你难受什么？再说了，谁家孩子不发个烧感个冒的？瞎矫情什么？

想到这儿，韩东又把手伸进衣兜。

结果相机还没掏出来，孩子又开始说胡话了。

“热……吃冰棍……热……来一根……”

韩东脑子一热，手就从衣兜伸出来摸上了孩子的脉搏，结果发现不是正常的发烧，而是虚热。

韩东将孩子侧躺的身子扳正，顺便看了看长相，说不上来丑，但也绝对不能算好看，总之和预想中的可爱无敌相差甚远。至于王中鼎怎么就心甘情愿地将他收养，还待他如亲儿，韩东就不清楚了。

韩东找准穴位，从孩子的头顶开始往下按摩，手劲很大，但孩子没有哭闹也没有醒过来，反而比刚才睡得更踏实了。

过了一段时间，孩子再也不乱动了，呼吸也通畅了，韩东才停下来。

他擦擦额头的汗，再次抓过孩子的小手，突然感觉哪里不对。大手指扒拉着小手指，来来回回数了两遍，都是六个。

那一瞬间，韩东突然醒了。

这是他第一次在梦游中醒过来，一个如充气城堡似的房间在韩东面前赫然亮起。韩东不知想到了什么，顷刻间泪流满面。

保姆又和别人念叨起王中鼎当初收养孩子的事情。

“王总本来是代表公司参加慈善活动，到福利院探望孩子，没想过要自己收养。可那天婴儿房里所有孩子都睡着，就西西一个人醒着。王总摸了摸他的小手，他就攥着王总的一根手指头不放，只要一掰开就会哭，王总当时二话没说就把他抱回来了。”

听到这些，韩东哭得更狠了，好像一下回到了叶成林走的那天晚上，压抑了太久的情绪瞬间释放出来，如滔滔洪水般汹涌不止。

别墅内又恢复平静，好像什么都没发生过一样。

王中鼎带着医生匆匆赶回来，结果发现孩子的烧已经退了。

保姆又惊又喜：“刚才我给他量体温的时候还三十八度九呢，这么一会儿的工夫竟然就退烧了？”

“我说过这个药见效慢的，不过只要烧退了就好。”医生说。

王中鼎用手抚了下孩子的脸颊，发现不仅烧退了，气色也比之前好了很多。自打从海南接过来，孩子就一直“水土不服”，反复发高烧，无论怎么治疗都去不了病根，希望这一次真的可以结束折磨。

天还没亮，俞铭就被隔壁的一段“深情弹唱”吵醒了——

我跪着向天祈祷，给我勇气面对一切好不好？我却懦弱地让你转身走掉，错过你一切已不再重要！放手去爱不要逃，爱不是想要得到就能得到，谁赢谁输已经不再重要，能痛痛快快一场就好……

俞铭去门口看了一眼，禁不住被眼前的场景震到了。

韩东腰上挎着一把不知从哪儿寻来的破吉他，光脚赤膊，披头散发，眼珠赤红，声音嘶哑，身体跟着节奏疯狂摇摆，一边唱一边激情痛哭，看得俞铭直想往他脚边扔两块钱。

“嘿，我说，你又抽什么疯呢？”俞铭走了过去。

“别拦着我！”韩东一把将俞铭推开，又重重地拨下琴弦，“让我一次——爱个够！给你我所有……”

过了好长一段时间，韩东才把吉他放下，盘腿坐在床上，一副丢了魂儿的表情。

“到底怎么了？”俞铭问。

韩东说：“我昨天晚上去了王中鼎家。”

俞铭心里一紧：“你真去了？”

韩东点点头。

“然后呢？”俞铭问。

韩东沉默了半晌，突然笑中带泪、深情款款地说：“我以前误会他了。”

俞铭原本就面瘫的一张脸，听到这话彻底瘫了。

“你……你说什么？”

韩东一副敢作敢为的表情：“王中鼎原来不是个坏人，他简直就是人帅心善的活菩萨。”

“你怎么了这是？”俞铭用手探探韩东的脑门。

韩东一把将他的手打了下去："糊涂的是以前的我，现在我清醒得很。"

俞铭知道韩东三天一小抽，五天一大抽，可再抽也没抽到这个份上啊！

"你能告诉我为什么吗？"俞铭问。

韩东欲语泪先流："那个儿子不是他亲生的，是他收养的。而且我才知道，那个孩子也是六根手指头。"

俞铭知道韩东曾经是六指，但他不知道这事和王中鼎有什么联系。

"你知道我小时候被多少人嫌弃吗？你知道我是怎么被亲戚踢来踢去的吗？以至于我到现在都觉得，把六指孩子留下来的父母是世界上最伟大的！可是王中鼎，就是那个王中鼎，他竟然主动收养了这样一个孩子！主动去收养你知道吗？"

俞铭能理解韩东的那种心情，但也没必要因为王中鼎帮了别人就把自己感动到这种地步吧？

"而且那个孩子也有梦游症，王中鼎就把他房间里的家具都弄成充气的，怕他磕着碰着，我到今天才知道他为啥不让我用其他家具……"韩东说着说着又号了起来，"他如此待我，我怎么能无动于衷？怎么忍心再捉弄他？"

韩东说了这么多掏心掏肺的话，俞铭感触颇多，但更深的是疑惑。

"那个孩子……该不会也是你爸妈扔的吧？"

韩东哭声戛然而止，赤红的眼珠中闪着难以置信的失望。

"你还是个人吗？你还有没有点人情味儿？"

俞铭面上没反驳什么，心里却哼了一声，也不知道谁一直嚷嚷着偷拍人家？结果就因为多长了一个手指头，你就开始满口仁义道德了。

"去去去，我和你这种冷血动物没有共同语言……"韩东又把俞铭推出门外，自己继续在房间里深情弹唱——

我确定我就是那一只披着羊皮的狼，而你是我的猎物，是我嘴里的羔羊……我有多爱你，就有多少柔情，我相信这柔情定能感动天地！

第八章 奸计

“我就是觉得自己以前挺浑蛋的，辜负了你的一片好心。”
“算你还有点儿良心。”

俞铭刚回到房间就接到剧组电话，考虑到这段时间大家黑白颠倒，所以导演决定临时放假一天，调整好状态再开工。

难得逮着一个休息日，俞铭赶紧趁机补觉，结果隔壁这位活祖宗哭了半天，出去逛了半天，深夜苦读英语，第二天一早就活力四射地来敲门了。

“铭儿，铭儿，该起床了！”

俞铭看了一下表，刚六点半好吧？翻个身要继续睡，又被震天响的敲门声吵醒了。

“俞铭，你怎么回事啊？叫你几遍了还不起？你这属于精神懈怠的表现，你这样对得起王总对你的辛苦栽培吗？”

这些话都是俞铭平时想对韩东说的，结果今天反过来了。

俞铭打开门，看到韩东禁不住一愣，上面晴空蓝衬衫，下面修身英伦长裤，足上一双系带的时尚皮质鞋，好一个雕塑身材、松柏身姿、时髦发型、干练气质。不知道的还以为他要去 T 台走秀，其实只是去演鬼而已。

“你干吗穿成这样？今天有活动吗？”俞铭不解。

“为什么非要有活动呢？”韩东耸耸肩表示不解，“服装是道具，是穿着者的袖珍舞台，是为体现人物隐秘的内心世界所服务的，Do you understand（你能理解吗）？”

俞铭冷眼以对。

“快点儿，快点儿……”韩东又催。

俞铭纳闷了：“咱的戏不是要天黑才开拍吗？这么早过去干吗？”

“咱们是拍恐怖片的，光是特效妆就要化几个小时，所以需要充分的准备工作，请抓紧时间，好吗？”

俞铭一脸无语地去了卫生间。

因为起得过早，司机还没有过来接，两个人就溜达到办公楼下面去等。

韩东的眼睛时不时上瞟，嘴角含着一丝暧昧的笑容，春风化雨般滋润人心。后来王中鼎踱步到窗前，他更是搔首弄姿，朝着人家挤眉弄眼。

王中鼎自始至终都是双眉紧拧，后来干脆给冯俊打了个电话：“我看那浑小子有点儿不正常，派人盯紧点儿。”

到了摄影棚，韩东热心地帮工作人员布景，搬仪器抬架子，擦设备扫垃圾，事后还给大家伙端茶倒水，那叫一个殷勤。

直到化妆师来了之后，韩东才停止忙活。

人物特效妆容是恐怖电影中最难的部分，一个很简单的抓伤就要半个小时。从外围的瘀青化到最中心的溃败血肉，光上色程序就走了几十道。

韩东对特效妆容特别感兴趣，平常没事就自己化一化。看到化妆师在镜子里涂涂抹抹，韩东也有些按捺不住了。

“我觉得这个地方应该用这个颜色好一些，还有这个边缘，建议加深一点儿。对了，我昨天自己设计了一个伤疤造型，要不我演示给你看一看？”

化妆师看到距离开拍时间还早，就由着韩东鼓捣了。

韩东让化妆师坐下，他在化妆师脸上演示。开始只是简要地画出一个轮廓，后来上了第 道色。由丁效果不明显，化妆师又让他上了第二道，感觉有点儿意思了，示意他继续往下化。等上到第三层，化妆师眼睛就亮了，接着来，接着来……

三个小时后，俞铭从另一个化妆间过来找韩东。

“好了没？我的天……”

俞铭都情不自禁发出惊呼声，果然早来是有一定道理的，今天这妆容比平时精细逼真太多，已经看不出韩东本来的面目了。

“怎么样？”韩东问。

俞铭突然一愣，谁在说话？听着是韩东的声音，可坐着的这位明明没张嘴。

“嘿，问你呢？怎么样啊？”

俞铭把目光投向斜上方，才发现站着的这位才是韩东，当时差点儿吐出血来。

敢情您一大早把我叫起来就是为了来这儿给化妆师化啊？！

不过，韩东的面部特效还是赶在拍摄前顺利化完。

而且经过他这么一番演示，这一次的妆容感觉比前几次好了很多，连带着韩东整个人的状态都变好了。

“一号摄影机准备就绪！”

“二号机组准备就绪！”

“三号机组已经就位！”

“清场工作已经完成！”

“……”

随着准备工作到位的声音通过对讲机传入鲁导演的耳朵中，鲁导演抬手示意副导演可以开工了。

副导演拿着扩音喇叭大声宣布：“各单位注意，各机组注意，《撕裂》第七场，开机！”

于是，所有摄像机的镜头全对准了马路中央。

出场的是韩东和男主角之一，扮演的分别是“车祸鬼”和曾经的肇事者。

“车祸鬼”叫何春华，车祸发生于二十世纪九十年代初，那会儿流行骑一种前面带横梁的自行车，很多大人会把孩子放在横梁上载着。

影片中的何春华就是被母亲这样载着的时候，被一辆卡车削掉了头皮，脑袋赫然垂下的一瞬间，后脑勺盖住了大半张脸……

肇事者自那就留下心理阴影，再也不敢开车，改为骑自行车。

但是即便这样，他依旧摆脱不了车祸阴影，每次骑着骑着车子前面总会多出一条横梁，而坐在上面的就是长大后的何春华，也就是韩东扮演的这个角色。

正在拍的这个镜头，就是肇事者臆想中的车祸扭曲版再现。

随着镜头慢慢拉近，自行车的横梁上出现一个人。他的后脑勺看起来有些怪异，里面似乎藏匿着不安分的血浆，正在强烈地抽动着……

突然间，镜头旋转一百八十度，一张丑陋无比的脸出现在镜头前：秃头、鬼眼、断鼻、坏牙……在场观演的人员都有种晴天霹雳的感觉，忍不住捂嘴后撤两步。

惊悚的一幕出现了，只见韩东转了转脖子，两个手指插入硅胶假皮中，狠狠一撕，灌满血浆的导管顷刻间爆裂，整个“头皮”被掀了下来。

在这个过程中，韩东的脸慢慢扭曲，慢慢扭曲，起初只是狰狞，到后来所有五官都如电击般痉挛抽动……

导演目不转睛地盯着监视器，血压瞬间飙升，有种头晕目眩的感觉。

接着，韩东的脑袋猛地垂了下来，由于重力的作用后脑勺慢慢坠到前面，盖住了眉毛，盖住了眼睛，盖住了鼻子……无论盖住哪个部位，都可以感觉到里面的器官在持续不断地剧烈抽搐，就像回到镜头一开始的画面——那个不安分的后脑勺。

这时观影的人便有种恍然顿悟、汗毛竖起的恐惧感。

原来何春华最初不是面朝前坐的，而是面朝后，只是后脑勺遮盖住了整张脸……

鲁导演如入忘我之境，拖了很久才喊“咔”。

所有在场人员都在同一时间发出如释重负的粗喘声，尤其是和韩东对戏的肇事者，当时两只腿都软了，是被助理搀到座位上的。幸亏这个男演员年龄大演出经验丰富，换作一般的新演员，中途就瘫坐在地了。

鲁导演看了一遍回放之后拍案叫绝。

“视觉盛宴，这绝对是视觉盛宴，哈哈哈……韩东你真不是一般人！”鲁导演第一次这么夸赞一个演员。

有人觉得恐怖片单靠道具、场景和音效就能制造出恐怖效果，其实并非如此。恐怖片对演员的演技要求更高，拍这种类型的电影需要全神贯注，要把全身的感官都撑开，就连呼吸的节奏都是要功夫的。

韩东演技好是入组以来大家有目共睹的，但是今天这状态真是逆天了。

戴着十几斤重的硅胶假体，一场戏下来大汗淋漓，整个人从头湿到脚。

还不能立刻去洗澡换衣服，因为一会儿还有他的镜头。

韩东让沈初花倒了一杯茶给刚才对戏的前辈压压惊，自己拿毛巾简单地处理了一下脑袋周边的血浆和血水，又迅速进了化妆间。

前辈喝完茶缓得差不多了，才和旁边的助理感慨道：“我到今天才明白，为什么那么多演员不爱接这种片，真折寿啊！”

由于韩东表现得过于出彩，导致其他演员的镜头频遭鲁导演嫌弃，各种 NG，各种挑剔。原计划五个小时的拍摄任务硬是拖了十二个小时，从天黑一直拍到天亮，拍得整个片场哈欠连天，休息间隙个个东倒西歪。

韩东和俞铭回到公司的时候已经临近中午了。

俞铭在车上睡了几个来回，每次醒来都看到韩东坐得端端正正，双目炯炯有神，一副打了鸡血的亢奋模样。

“喂，你不困吗？”俞铭问。

韩东扬唇一笑：“我困，但是我必须强迫自己精神起来。”

“为什么？”

“因为我要让自己的作息与王中鼎同步，这样，我才有更多机会去接近他。”

“你抽风还没好？”俞铭吐槽。

韩东顿时不乐意听了，叼着个小烟卷斜眼瞄着俞铭：“你怎么说话呢？你是不是嫉妒我啊？是不是嫉妒我傍了个大金主啊？”

俞铭向来不与韩东争论，因为毫无意义，只管面无表情就够了。

韩东又朝俞铭说：“对了，我今天不能陪你吃午饭了。”

你好像也没陪我吃过午饭吧？俞铭腹诽：咱俩不是向来各吃各的吗？

韩东一副刻意强调的口吻：“我得和王中鼎一起吃，就他那张嘴，哼……矫情着呢，一般人伺候不了。”

俞铭对于韩东的自主 YY 毫不感兴趣，他只是想问：“你和王总提前打过招呼吗？”

“没啊，干吗要打招呼？”

俞铭想起那天晚上王中鼎“查房”时的严肃面孔，深深地为韩东的处境感到担忧。

“你没和他打过招呼，就要和他一起吃饭，不觉得很唐突吗？”

韩东难以理解俞铭的想法：“怎么会是唐突呢？他可是对我百般照顾呢，可惜我以前以为他是个黑心的，如今看着顺眼了，得好好报答人家。他看到他的一片好心终于有了回报，应该只会惊喜吧。”

俞铭点点头：“好吧，惊喜，惊喜。”

韩东虽然嘴上挺有自信的，但心里还是有些顾虑。由于前段时间闹得太狠，尤其是红豆杉的事情，让他现在连靠近王中鼎办公室的权利都没有。

正发愁着，突然看到季涛拿着文件夹站在电梯口。

“嘿，季涛！”韩东热情地打招呼。

季涛看到韩东瞬间露出笑意：“好久不见了，最近怎么样？”

“还不错，你呢？”

“我还行，就是有点儿累。”

韩东拍拍季涛的肩膀，一副语重心长的口吻：“累是正常的，毕竟你才上任没多久，肯定会遇到不少问题。不过公司相信你，艺人相信你，你一定能克服的。”

季涛越听越别扭，总觉得韩东站位角度有问题。照理说他是领导韩东是艺人，再不济也应该是朋友口吻，怎么听着却是一股“老板娘味儿”呢？

“对了，你这是要去干吗？”韩东开口打断季涛的沉思。

季涛说：“给王总送一份文件。”

韩东终于逮到突围的机会，忙热心地说：“我正好要去他办公室，我帮你带过去吧。”

季涛一想韩东是王中鼎签的艺人，便放心地交给他了。

韩东没有直接去找王中鼎，而是先去餐厅买了几样他爱吃的菜，美滋滋地提了上去。

有了文件在手，韩东很容易混进了王中鼎的办公室。

王中鼎外出未回，韩东自顾自去了厨房，把餐盒里的饭菜腾出来装盘，逐一在桌上摆好。了解到王中鼎爱干净的习性，他还装模作样地系了一条围裙，高难度地摆拍了一张冷峻酷帅的侧身照，出来完全是偷拍的效果。

然后发到自己的女号微博上，配上一段精分的解说来炒作：“这年头帅哥都去照顾男人了，让我等剩女情何以堪？”

全部收拾好之后，见王中鼎还没回来，韩东就四处晃悠打发时间。

这一屋子的手表啊，说不定以后就是我的了，还没好好欣赏过呢。想着想着，韩东就开始胡乱摆弄，摸摸这个抠抠那个。

最后发现一个盒子，里面竟是手表造型的巧克力。一共二十四块，每块都显示不同的整点，代表着时时刻刻的挂念。

正好饿了，先尝一块垫垫底。

嗯——醇香浓滑，入口即化……

韩东本想一口气吃几块，结果他发现每块味道都不一样。于是一块咬一半，再把如狗啃过的另一半码回去，留给王中鼎吃。

王中鼎的车此时还在回公司的路上。

冯俊朝他说：“你让我定做的手表巧克力已经做好了，暂时放你办公室了。你看看是亲自给她送过去还是派人送？”

“我今天可能没时间。”王中鼎说。

“巧克力容易化，还是趁早送过去好。”冯俊说着就给特派员打了电话，“王总办公室有一盒巧克力，你马上把它送到万小姐家里。”

“好的，我明白。”

挂断电话，冯俊朝王中鼎说：“我看过那盒巧克力了，做工很精美，我想任何一个女孩看到这份诚意都应该消气了。”

王中鼎点点头。

没一会儿，特派员就到王中鼎的办公室取走了巧克力。

韩东听到门响以为王中鼎回来了，结果从卫生间出来后没看到一个人。

又过了十几分钟，王中鼎还没回来。韩东见菜有些凉了，就放到微波炉里热一热。

正忙活着，门终于响了。

韩东在厨房里试探性地问候一声："回来了？"

谁在说话？王中鼎面露疑惑。

韩东系着围裙从厨房走了出来，一副"老夫老妻"的口吻说："怎么忙到现在才回来？"

王中鼎当时就愣住了，好半天才开口问："你怎么来了？"

"我看你忙得顾不上吃饭，就把饭给你送过来了。"韩东依旧一副理所当然的表情。

王中鼎记得自己明明是掐着点儿过的，怎么有种失忆很多年、错过很多事的感觉？

"快吃饭吧，不然又凉了。"韩东又转身往厨房走。

王中鼎喝令一声："你给我站住！"

韩东停下脚步，一脸不解地看着王中鼎："你怎么了？"

王中鼎走到韩东身边，试探性地问："你想我了没？"

韩东当时就笑了，笑得那叫一个坏。行啊王中鼎，平时瞧着挺稳重的，结果我这刚给一点儿温柔就把持不住了？

"想，能不想吗？"肉麻的口吻。

答案是那个答案，可口吻却不是那个口吻，王中鼎无法做出判定，又仔细打量起韩东的眼睛，看得很专注。韩东也深情凝望着他，同样很专注。两个人目光交流了好久，韩东终于缓缓地闭上了眼睛。

果然是梦游。王中鼎想。

结果，下一秒钟，韩东给了他一个大大的熊抱。

王中鼎身形一凛，当时就感觉一股血柱"噌"的一下蹿上头顶，整个头皮都烧起来了。

他一把将韩东推开，大手狠狠地扼住韩东的两腮，表情强硬，目光冷厉，语气相当不淡定："你竟敢抱我？"

韩东还一脸委屈地说着混账话："你先问我想不想你，然后又那样看着我，不就是想让我抱你吗？"

王中鼎竟然被韩东堵得没话说，从小到大从没碰上过这种事。你说发火吧？一个大老爷们儿不至于。不发火吧？又让这么个浑玩意儿给抱了！

“赶紧吃饭吧！”韩东一副以主人自居的口吻，“都是你爱吃的，来来来。”

对于韩东这种匪夷所思的态度，王中鼎当前能想到的唯一一种可能性就是红豆杉。

“那些家具我是不会还你的，你整幺蛾子也没用。”

不料，王中鼎冷硬的提醒却让韩东刚压下去的感动再度翻涌上来，连说话都带着男人特有的柔情：“我再也不用那些家具了，以后只用充气的，只用充气的好不好？”

王中鼎怎么吃得下去！

“你爱吃这个，多吃点儿。”韩东频频给王中鼎夹菜。

王中鼎发现韩东给他夹的菜确实都是他爱吃的，而且也是餐厅单炒的。所有他不吃的作料都避开了，所有喜欢的都加进去了，用量恰到好处。王中鼎让那么多人带过饭菜，没有一个人带回来的饭菜如此合口味。

于是，他对韩东的态度缓和了一些。

“你到底是怎么想的？”王中鼎认真地问。

韩东也认真地答：“我就是觉得自己以前挺浑蛋的，辜负了你的一片好心。”

虽然话说得有点儿过，但好在王中鼎看出了韩东的诚意，冷哼道：“算你还有点儿良心。”

吃过午饭，韩东坐在外面的沙发上歇着。曾经大言不惭地说要适应王中鼎作息时间的某货，不到两分钟就睡着了。

王中鼎去一趟卫生间的工夫，回来就见韩东歪在了沙发上。直到这一刻，王中鼎才最终确认韩东刚才是醒着的。

若是换了别人，这会儿早让王中鼎踢出去了。但考虑到韩东拍的是恐怖片，夜戏比较多，就没动用武力驱赶他出去，而是试图开口唤醒他。

“我这办公室是给你睡觉的吗？一直有人进进出出的，看到你这样像话吗？起来！回你宿舍睡去！”

韩东一动也不动。

王中鼎用脚轻踢了韩东的屁股一下："快点儿，再不起来我找人进来绑你了。"

韩东磨唧了好久才爬起来，但走的时候却是合着眼的，明显不是醒着的状态。

"嗯，我回去睡，回去睡……"

王中鼎当时一个黑脸又把韩东拽住了。

没办法，晚上梦游还好，大白天四处游荡，姑且不说影响多不好，吓着人就麻烦了。

无奈之下，王中鼎只好把韩东拉进里屋睡，然后门一关，自己出来继续工作。

没一会儿，里屋的门又响了，韩东合着眼蹑手蹑脚地走了出来。在办公桌旁坐下，一句话不说，就那么干巴巴地待着，一副我陪着你的体贴笑容。

王中鼎回应他的眼神却是：我用得着你陪？滚回屋睡你的觉去！

韩东还是不走，戳在那儿一动不动。

一直没听到韩东出声，王中鼎也就无视他了，自己干自己的事。

结果正全神贯注地盯着电脑屏幕，突然感觉胳膊上麻麻的。扭头一瞧，韩东竟然在他的胳膊上画画。

"我给你化一个特效伤疤。"韩东说。

王中鼎冷硬着脸抽回胳膊，继续把目光转回电脑屏幕上。

没一会儿，韩东又把他胳膊揽了过去。

这次韩东把王中鼎的手狠狠夹在腋窝下，以防王中鼎再度将手撤走，然后继续用热手在冷胳膊上蹭来蹭去，笔尖偶尔轻戳，偶尔滑动，酥酥麻麻，有种特别腻歪人的感觉。

"换一条胳膊。"王中鼎退了一步，"我这只手还要操控鼠标。"

韩东不撤手，画的就是你动的这条胳膊，为的就是让你看着我！

时间仿佛静止了。

不知道过了多久，韩东终于一头扎进王中鼎的臂弯，怎么抬都抬不起来了。也许是真的累了，连着两三天没有合眼，连梦游的力气都没有了。

其实这个时候，王中鼎完全可以让外面的保镖把韩东扛回宿舍，但是又怕韩东睡着睡着又“不远万里”奔赴这里，为了省事还是将就着把他留下了。

韩东这次睡着就没再醒过来，办公室难得地清静下来。

突然一阵门铃响起。

“王总，这是万小姐让我交给您的。”

王中鼎看到被打回的巧克力盒，心里有几分不解。万里晴不是小心眼的人，怎么会因为这么一点儿小事不领自己的人情？

“行了，我知道了，你放这儿吧。”

派送员走了之后，王中鼎把巧克力盒打开，看到里面的“惨象”不由得愣住。

说是狗啃的一点儿都不夸张，如果是为了制造浪漫，起码咬得齐整点儿啊，这东缺一块西少一块的，有几个人能“消受”得起？

韩东傍晚才醒过来，径直地走到外面，正巧看到那盒巧克力。

“吃吧，都是给你留的。”韩东笑眯眯的。

果然……没猜错……王中鼎浑身上下的肌肉都绷紧了。

“谁让你吃的？”王中鼎质问。

韩东照旧一脸不正经的笑：“吃你点儿东西怎么了？多大的人了还护食？再说了，我又没全吃，不是给你留了吗？”挑挑眉暗示王中鼎再往盒子里看看。

再看？再看王中鼎都想把韩东那些狗牙一颗颗掰下来。

气氛正在僵持着，冯俊突然推门而入。

“万里晴怎么给我打电话说她……”冯俊突然发现还有其他人，一个停顿过后又把问话的对象转向韩东，“你怎么在这儿？”

韩东还没说话，冯俊又发现了什么，顿时大步走了进来，看着盒子里的巧克力一副难以置信的表情。

“这是谁干的？”语气明显针对韩东。

韩东一副敢作敢当的表情："我干的，怎么了？"

"怎么了？你知不知道这是王总送给万小姐的礼物？"

韩东听到这话才顿住，礼……礼物啊？

冯俊还想再说什么，王中鼎挥挥手示意他先出去。

办公室就剩下王中鼎和韩东两个人。

韩东毫无愧疚之意，还觍着脸质问王中鼎："为什么送她礼物？"

王中鼎硬生生地回道："我送谁礼物跟你有什么关系？"

跟我有什么关系？韩东摆出一副本应该出现在王中鼎脸上的忍无可忍的表情："你是不是在追她？是不是已经接受她了？是不是已经决定让她当你女朋友了？"

在王中鼎看来，韩东的这种行为就像一个人被歹徒用枪指着脑袋，他不想尽办法求歹徒饶他一命，却反反复复地逼问歹徒中午吃了什么，这不是找死是什么？

王中鼎刚要发飙，却被韩东一声质问逼退了。

"你不是瞧上我了吗？"

王中鼎就像被人敲了一闷棍，当时就蒙了。

"我瞧上你？"

韩东一副理所当然的表情，难道不是吗？

王中鼎反过来质问韩东："谁说我瞧上你了？"

这回轮到韩东蒙了。

"你……你没瞧上我啊？"

王中鼎一副"废话"的表情："我为什么要瞧上你？我喜欢什么你缺什么，我不喜欢什么你自带什么，你倒是给我个瞧上你的理由啊？"

晴天霹雳！

韩东难以接受："那你干吗千方百计把我留下？干吗逼着我用充气家具？干吗给我开罐头？干吗给我十万块钱？"

王中鼎几乎想都没想就开口说道："我把你留下是因为爱才，让你用充气用品是为了保证旗下艺人的安全，开罐头是想尽快把你打发走，至于十万块钱，我根本不知道那码事。”

韩东当时就有种被欺骗了感情的感觉，你早说啊！早说我就不用一天到晚瞎着急了。

“你就从来没觉得我有一点点好吗？一点点儿都没有吗？”韩东一副我就不信这个邪的口气。

王中鼎一副你不信也得信的口吻：“没有！”

“行，王中鼎，你行，你等着……”韩东猛地摔门而出，我不让你对我刮目相看，我韩爷这么多年就白混了！

果然不出俞铭所料，韩东深情款款地离开，又凶神恶煞地回来了。

他打开冰箱门，拿出两罐啤酒咕咚咕咚一通灌，然后扔掉啤酒瓶走回屋。俞铭本来不想管韩东的闲事，结果看到他又把吉他抱起来了，赶忙过去一通关心。

“你没事吧？”

韩东特爷们儿地回了句“没事”，接着又拨动琴弦唱了起来——

最爱你的人是我，你怎么舍得我难过？在我最需要你的时候，没有说一句话就走……

俞铭按住韩东的手，明知故问：“到底怎么了？”

韩东的脸骤然转阴，好像别人欠了他几百万块钱似的：“你说怎么了？还不是王中鼎那个孙子。太虚伪了，一看到我上钩，态度立马就变了。”

“怎么变了？”

韩东冷笑一声，自恋地道：“今天我问他是不是瞧上我，你猜他说什么？他说从来没有！你听听这话多可笑？”

俞铭没有一丁点儿表情的变化：“有什么可笑的？”

韩东僵愣住。

“他本来就不喜欢你。”俞铭又补了一刀。

韩东当即火了，劈头盖脸一顿质问："你怎么知道他不喜欢我？难道我很招人嫌吗？"

俞铭一边咬着黄瓜，一边用菜市场问价的口吻说："全公司的人都知道啊，王总最不喜欢的人就是你，难道你不知道吗？"

韩东攥着吉他的手又紧了紧，不要，不要冲动，不要用吉他砸他……韩东拼命自我暗示：他一个冷血动物，他懂什么？他只是在一厢情愿地揣测别人的想法……

"就算用脚趾头想想也知道啊，王总喜欢什么你缺什么，王总不喜欢什么你自带什么，他怎么可能喜欢你？"俞铭直接把王中鼎的话换个人称复述出来了。

韩东牙都龇到嘴外面了："你够了！"

"我只是客观陈述而已。"

砰！房间里传来吉他遁地的巨响。

"你有完没完了？平时让你说你不说，现在不想让你说你倒臭贫起来了！显摆你脑子好使？显摆你嘴皮子利索？我告诉你，他有钱了不起啊，我有大把的妹子喜欢我，他算个什么玩意儿，不就是有几个臭钱吗？"

俞铭特别好奇，到底是什么样的逆境才能磨砺出如此乐观的心态？

"他不喜欢我，那是因为我演技太好，故意恶心他，是我那些颠覆性的表演征服了他，你明白了吗？"

俞铭依旧不给面子："你什么时候颠覆了？你明明是本色出演的。"

韩东把吉他都举起来了，结果没有气势磅礴地砸到俞铭身上，反而挎到了自己腰间，一脸的决绝："是你逼我唱一宿的。"

果然这招管用，俞铭立马改口了。

"现在你们两个还能做朋友、做同事，这不是两全其美吗？"

"美什么！"韩东全然一副不讲理的混账样儿，"他可以对我有意思，就算对我死缠烂打我都能接受，毕竟我玉树临风盛世美颜。但是我无法接受我做出这么大牺牲后，他竟然只是在看我笑话，把我当成什么了？我韩爷是你想要就能要的吗？"

谁要你了……俞铭腹诽：明明是你自己在要你自己！

韩东摔门而出后，王中鼎也想了很多。

他不记得自己什么时候给过韩东这种心理暗示……

难道真是那些特殊待遇让韩东误解了？

王中鼎突然想起了什么，他打开最底层的抽屉，拿出从韩东的租处带回来的照片。

一张是韩东的，一张是自己的封面图，两个人的照片上都画着奇奇怪怪的符号。当时王中鼎还想过找人破解，后来就把这件事给忘了。

“二雷，你进来一下。”

二雷进去之后，王中鼎将这两张照片交给了他。

“你去找人查一查，看看有没有人能看懂上面的符号。”

二雷盯着照片瞧了半天，有种无从下手的感觉。这中文不是中文，英文不是英文，阿拉伯数字不是阿拉伯数字的，我找谁去看啊？

第二天一大早，俞铭还坐在床上抓头发的时候，韩东又英姿飒爽地出门了。

昨天晚上韩东熬夜写了一个剧本，演出场地就在办公楼一层大厅，拍摄器材就是大厅内的摄像头，至于参演人员……看情况。

随着王中鼎和二雷两个人走进大厅，主演韩东出场了。

只见他一袭蟒蛇皮夹克，黑色紧身牛仔裤，卷曲的刘海斜搭在黑超上……看起来飞扬跋扈，冷峻不羁。

从大厅走到电梯口这短短的几步路，不知多少双眼睛打量着韩东。韩东忍住东聊一句、西扯一句的冲动，目不斜视地往前走，步伐刚硬稳健。

韩东的魅力还是毋庸置疑的，刚登场就有人主动过来搭戏。

一个大胸美女盯了韩东好久，终于鼓起勇气走了过去。韩东却始终低头盯着手机上的“全球股市”，看都不看她一眼。大胸美女一副感兴趣的模样凑上前去同看，胸部恰好蹭到韩东的手臂。韩东咬着牙闪避开，结果这妞儿再次蹭了上去。

反复几个来回后，韩东忍无可忍，单手将大胸美女推开，冷冷开口：“请你自重。”

王中鼎和二雷恰好从这走过，目睹了刚才发生的所有经过，二雷还纳闷地嘟哝了一句：“韩东今天怎么改邪归正了？连美女都不当一回事……”

王中鼎却在斜了韩东一眼之后幽幽地说：“雇来的吧？”

二雷：“……”

两个人刚走到里侧的电梯口，就发现电梯出了故障。无奈之下，只好重返大厅去坐另外几部员工电梯。

韩东的身边已经围了不少女人，乘电梯期间，他不知多少次想：这么多美女围着我，直接搂回去够我爽多少天了？我还有什么不知足的？干吗还为了一个面瘫苦苦端着？

可当韩东看到王中鼎再度折返的时候，心里就俩字——值了！

众位美女还在韩东周围热聊着，韩东始终一副爱答不理的表情。直到王中鼎的目光扫向这里，韩东终于竖竖衣领，清清嗓子，嘴角勾起一抹若有若无的笑容，俨然一副“世间有多少百媚千红，我却独爱你这一种”的痴情浪子范儿。

王中鼎的嘴唇也捎带上一丝笑意，随着与韩东距离的拉近越发浓厚。

韩东笑着从众位美女中走出去。

“张制片，你好你好，没想到你这么早就到了，我还说派车去接你呢。”

“哎，用不着，咱俩谁跟谁啊？”

韩东上扬的嘴角嗖地一下弹了回来，扭头看向热情拥抱的两个人，脸黑得都快找不到五官了。

结果更悲催的还在后面，韩东刚出片场就让后勤部门的管理员叫去问话了。

“那电梯真不是我弄坏的。”韩东苦苦解释。

管理员说：“我们不是平白无故怀疑你，而是因为前几次的电梯事故你都有不可推卸的责任，所以我们的第一怀疑对象就是你。”

“你们不能因为我有前科就对我不公平看待啊！”韩东愤愤不平。

管理员表示无奈：“我想对你一视同仁，但王总让我重点查你，我敢不从吗？”

韩东：“……”

两天后，由中鼎集团主办，《引领者》杂志承办的“时尚盛典”隆重开幕，又是一场盛大的狂欢，自然免不了要走红毯。

像这种没有规定出场顺序的红毯仪式，艺人间的明争暗斗还是很明显的。很多明星明明到了却故意待在车上不出来，为的就是能压轴亮相。

但也不是任何人都拖得起，有些人牌小没这个胆儿，有些人牌大拉不下面子，最终这个席位就自然而然地落在了承办商封面男郎李天帮的手里。

李尚乘专属座驾保时捷现身红毯，刚一出场就惹来无数镜头的追捧，风头锐不可当。

相比第一次上红毯的怯弱，李尚现在已经游刃有余。反正是最后一个，干吗不好好利用这免费的宣传机会，在镜头前多逗留一阵？

看到李尚，冯俊自然而然想到了那个不省心的韩二货。

侧过头和王中鼎小声交流：“韩东怎么还没来？”

王中鼎冷哼一声：“就他那慢性子，现在出了公司大门就不错了。”

刚说完，红毯周围就沸腾起来了，呼声就像国际巨星亮相时引来的躁动。而此时李尚已经在红毯逗留很久了，没理由再掀起高潮。

王中鼎的目光朝红毯入口处扫去，目光霎时间定住，再也动弹不得。

两条直挺挺的大长腿阔步走上红毯，裤管束着军靴，一身利落剪裁的双排扣军事长外套，一如战士般行走在废墟中……

事实证明，韩东的动态才是真绝色。

他的五官并不符合大众审美，甚至有些扎眼。但他的脸型非常立体，这样的人天生就是为红毯而生的。感觉就像一众野模中突然混进一个国际超模，一群骡子中突然出现一匹骏马，这样的气场谁压得住？

两个人一前一后地走着，好像突然回到了北影厂门口的那次海选。戏头的目光曾在李尚身上停留片刻，但看到韩东之后就再也移不回去了。

甚至还有两个挨着的媒体记者交头接耳。

“这两个人怎么这么像啊？到底哪个才是李天帮啊？”

“你瞎啊？当然是后面那个，完爆前面的好吧？”

“对，我忘了，李天帮才是压轴的。”

李尚明显感觉到后方袭来一股强大的气场，但因为红毯还没走完，他不能随便回头，只能继续保持良好的姿态面对所有媒体。

而韩东就不同了，他如一道飓风穿梭在明暗交替的闪光灯之间。不逗留不摆拍，不取悦任何一个镜头，始终大步流星地前行着……

王中鼎却敏锐地发现，韩东的步伐和步速都是经过精心设计的。就像他的出场时间，明显是经过事先的观察和准备才能拿捏得如此恰到好处。

这小子终于把心眼儿用在正地方了。

韩东走到和李尚并肩的位置，来了个亲热的目光交流：放心吧，我不会跟你抢的，我一定会让你压轴的……

然后就毫不客气地超过李尚，潇洒地走向观众席。

“下面我来颁发本年度的新锐偶像奖……”颁奖嘉宾方芸笑盈盈地将目光对准李尚，一副引以为傲的口吻念出来，“李天帮。”

李尚说获奖感言的时候，不知是示威还是什么，目光总是有意无意地瞟向韩东。

韩东根本没拿正眼瞧他，眼珠一直歪在王中鼎身上，转都不转一下。

时尚盛典过后，很多艺人、名导以及媒介人士都转到楼下的宴会厅就餐，以便彼此交流感情，寻求合作的机会。

来找李尚合作的媒体、导演、广告商络绎不绝，一方面是因为李尚是近年来蹿升最快的新人，另一方面也是因为内地演员阴盛阳衰的局面。

放眼望去，整个宴会厅都是一姐、小花、影后，真正拿得出手的男艺人却寥寥无几。

中鼎集团尤其如此，在男艺人方面出现很大断层。但凡明星大腕几乎都自立门户，剩下一批就处在不上不下的尴尬位置。所以公司这两年才会下大力气捧男艺人，为的就是弥补这一空缺，打造出内地的国际男巨星。

从投资商这个层级的人来说，王中鼎自然是众多女星热攀的对象，无论大腕儿小腕儿，谁都得来王中鼎这亮个相，不然就像今天这趟白来了似的。

“王总，听说咱公司又要投资一部大片，不知道我有没有机会客串个小角色啊？”

“王总，我打算自己投资一部电影，自己当制作人，到时候你可要多多指点我！”

“王总，我怎么觉得你最近瘦了，是不是工作太累，熬夜熬的？你可要注意身体啊！”

“……”

韩东就站在王中鼎的对面，看似一副波澜不惊、喜怒不形于色的冷酷表情，其实心里早就唠叨开了：行了、行了，都退了吧，你们就是往他身边凑也没用，他手上的资源早晚是我的……

后来冯俊来救场，王中鼎才算偷得几分闲。

韩东一直在偷偷观察王中鼎，他发现王中鼎吃东西特有意思。虽然是自助，但王中鼎不会把所有东西都夹到盘子里大快朵颐。而是先夹一种，然后站在那儿不动，吃完了才去夹另一种。而且他每次吃的分量几乎差不多，咀嚼的次数也几乎相同。

于是韩东捅了捅沈初花，笑着问她：“你觉不觉得王中鼎特傻？”听似贬损的口吻却透着稀罕的意味。

沈初花看看韩东那满满一盘子乱糟糟的肉，以及狼吞虎咽满嘴油中还拿别人取乐的模样，再看看用刀叉有条不紊地切着盘中的菜肴，面无表情往嘴里递送的大金主，一脸抱歉地朝韩东说：“为啥我觉得傻的是你？”

韩东的脸立刻拉了下来：“因为我有个傻助理，所以傻上加傻了。”

沈初花毫不介意地哈哈大笑，露出一嘴参差不齐的牙齿。

后来韩东眼珠一转，开始在王中鼎的前面吃，专挑王中鼎爱吃的菜，而且还计算着分量。

当王中鼎吃到这道菜的时候，韩东已经吃过了，恰好剩下足够的分量给王中鼎。

于是，王中鼎很自然地把剩余的菜肴全部夹入自己的盘子中。

韩东就一直盯着他吃，直到他吃到最后一个丸子，韩东才在旁边眼巴巴地开口。

“我也想吃丸子啊。”

“咋没有了呢？”

“谁把丸子都夹走了啊？”

“……”

于是，两秒钟之后，那颗丸子从王中鼎的盘子落到了韩东的盘子里。

韩东奸计得逞，一口咬上去……真香，就是和刚才不是一个味儿！

韩东就像一只专门喜欢吃剩货的大狗，尾随了王中鼎一路。

直到吃完才觍着脸问：“你为什么不戳穿我，反而一直纵容我呢？”

“我为什么要戳穿你？”王中鼎反问。

韩东嘿嘿一笑：“你明明就知道我是故意的。”

“那你明明知道我会看穿，为什么还要这么干呢？”王中鼎冷冷还口。

韩东被堵得没话说，只好撇了撇嘴，心中暗道：心里不落忍就直说呗，非得拐弯抹角的……想着想着又偷瞄了王中鼎几眼，反复酝酿过后，再次支吾着开口。

“别硬撑着了……”

王中鼎没有听清：“你说什么？”

韩东立刻转过头用后脑勺对着王中鼎。

过了一会儿，王中鼎的思绪刚被拉回来，韩东又含糊不清地嘟哝了一声：“反正……最后你的都是我的……何必呢……”

王中鼎脸沉了下来：“你到底磨唧什么呢？”

韩东又颠着腿、挖着耳朵、瞄着别处，一副故意装傻状。

王中鼎干脆不问了，走到另一处和制片人聊电影的事情。

韩东正一个人自娱自乐着，就有个老外过来打招呼。

“Hi！ Nice to meet you！（嗨！很高兴见到你！）”

韩东这几天苦练口语，正想找个老外练练手，没想到有人主动送上门来。他忙热情地和人家握手，回道："Nice to meet you too！（我也很高兴见到你！）"

老外见韩东会说英语，便没再绕弯子，直言不讳地说："我刚才看了你的红毯秀，真的非常棒，我很欣赏你的气质。我现在是一家国际时尚杂志的主编，我想问一下，你有没有兴趣为我们杂志拍摄封面大片？"

韩东愣了片刻，见老外在等着他答复，便连声回道："Thank you, thank you……"

老外友善地笑笑，又问："那你是愿意还是不愿意呢？没关系，你可以直接答应或者拒绝我，不用担心我会不高兴。"

韩东依旧笑："Thank you, thank you……"

老外的表情有些尴尬："我想我可能不太明白你的意思。"

韩东刚想继续说"thank you"，就被沈初花推到了一旁。

这个一直遭到韩东嫌弃的沈初花同志，用极其标准的美式口语流利地和老外交谈，听得韩东一愣一愣的，终于感觉自己的傻助理不是一无是处了。

老外走了之后，沈初花把刚才谈话的具体内容告诉了韩东。

"那本杂志属于国际四大时尚媒体之一，比《引领者》还要高一个层级。高端时尚杂志代表这个社会精英人群的审美和价值取向，所以相应的品牌代言人也是顶级明星，必须拥有强大的号召力和巨大的商业价值……"

接着沈初花又把时尚杂志的分类、代表的文化圈、主流消费群体等专业知识一一讲述给韩东听，韩东听完之后只有一个感受。

"我发现你变好看了。"

沈初花羞赧一笑，露出参差不齐的坏牙："真的吗？"

韩东不动声色地移开目光："那个……咱还是说杂志的事吧。"

"时尚盛典"刚一结束，现场的活动照片就传送到了各大媒体的编辑手中，只要稍加挑选、修缮就可以刊登了。

梁景却因为一张照片大发雷霆。

原因就是各大门户网站的娱乐版头条都是“时尚盛典”，封面选图也是红毯秀的其中一张。然而原计划只有李尚一个人的照片，却无端端多了韩东在上面。这么一来，韩东就成了主角，李尚倒成了他的陪衬。

“让他们马上把这张照片撤换下来。”梁景吩咐小文去做这件事。

照片撤下来之后如何修缮成了一件头疼的事情。

因为但凡有李尚的图片，韩东几乎都在上面。即便李尚是近景，韩东是远景，也能明显感觉到韩东的气场比李尚强得多。

撤下来的这张更是如此，本来就是远景照，两个人的脸都看不清，身材又这么相似，李尚站在里面更没有存在感了。

“必须要把韩东P掉。”梁景有点儿气急败坏的感觉。

李尚却很淡定，定定地端详了片刻，说：“不用。”

“不用？你想被他比死啊？”

“你理解错了，我的意思是不用P掉他，P掉我。”

梁景听到这话脸色更难看了：“你是疯了吗？花这么大力气免费给他做宣传？”

李尚哼笑一声：“谁说我要给他做宣传？”

梁景看着李尚的表情，突然间意识到了什么，再获得李尚的眼神肯定过后，浑身上下的血液都沸腾了的感觉。

“真聪明。”梁景说。

片场休息的时候，俞铭拿着一张报纸来找韩东。

“你看看，这是故意的还是什么？”

韩东看到俞铭所指的新闻，第一反应就是意外，“时尚盛典”的宣传图怎么会是自己的照片？要刊登也应该刊登李尚的才对啊……结果再一瞧图片下面配的“李天帮”三个字，当即骂道：“我呸，白给他走了一圈红毯！”

连一贯漠然的俞铭此刻都有些愤愤不平：“要不要这么欺负人？”

不过，韩东深思熟虑过后，还是感叹道：“李尚还挺聪明。”

“这明明是恶心好吧？”俞铭嗤之以鼻。

“我不是说他盗我照片这件事，我是说他布的整个局。你看哈，他让报纸登了我的照片，下面标的是他的名字，等于借我做了一次宣传。然后他再去找报社，质问那边怎么标错了名字？社长肯定觉得不好意思，但又不想担这个责任，毕竟名誉更重要。所以，为了息事宁人，他们肯定会为李尚多搞几次宣传的。”

听韩东这么一说，俞铭更觉得李尚为人不齿了。

“想红也不用这么没下限吧？他本来已经有那么多宣传图了，干吗还盗用你的图片？本来已经名誉傍身了，干吗跟一个没混出名堂的小艺人争？何况你还是他哥们儿啊，他再怎么自私，也不能连哥们儿的余粮都抢吧？”

韩东倒是一脸乐观：“怕什么？我有一个大粮仓呢。”

“我就是咽不下这口气。”俞铭恨恨的。

韩东捏了俞铭的脸一下：“你今天替我咽不下这口气，明天替我咽不下那口气，你怎么就能咽得下你自己这口气？你怎么就不替自己着着急呢？”

俞铭不说话，但脸上写得清清楚楚：着急也没用，我根本没那个天分。

韩东安慰俞铭：“没事，不用替我操心，我还希望他欺负到我头上呢。你想啊，我的经纪人是谁？王中鼎啊！他惹了王中鼎，以后能有好果子吃吗？我们俩就像在打一场仗，他在明我在暗。等他哪天发现我的底牌了，也就算正式玩完了。”

俞铭想想也对。

韩东话锋一转，又美滋滋地说：“如果我能在这个时候忍辱负重，闭口不谈，王中鼎一定会对我高看几分。就算我不去找他，他也会主动来找我的。到时候我再故作一副受气包的样儿蜷缩在床上，哈哈哈……”

好吧……俞铭这才发现他白操心了，无论别人把韩东挤对到什么地步，这货都能在夹缝里求生存，而且长得枝繁叶茂的。

王中鼎看到这篇报道后脸色果然不好。

冯俊也哼一声：“梁景这小子花招真不少。”

“这不是梁景想出来的，他脑子里没这些道道。”王中鼎对梁景很了解。

“你的意思是李尚想的？”

王中鼎没说话就代表默认了。

冯俊主管艺人经纪这一块，但因为李尚签给了梁景，而梁景又和冯俊不对付，所以冯俊很少插手李尚的事，对李尚这个人也不太了解。只是凭感觉认为李尚有魄力、有定性、有拼劲儿，但从不知道李尚这么有心机。

“那韩东有没有来找你？”冯俊问。

王中鼎说：“没有。”

冯俊挺意外：“照韩东那个脾气，早应该闹起来了才对，这次居然这么沉得住气？”

王中鼎思忖片刻，说：“我去看看他吧。”

深夜从片场回来，俞铭已经困得不行了，韩东还在进进出出，乱鼓捣一气。

“你干吗呢？”俞铭问。

韩东将一个铜制风铃悬挂在窗外，用红笔在上面写了一个“鸾”字，又在窗内摆上粉色的香水花，花瓣写上自己和王中鼎的名字，再喝一杯粉红玫瑰花茶，回味其幽香之际，淡淡地吐出三个字：“招桃花。”

俞铭也回了他三个字：“神经病。”

“你信不信我这么一招，一会儿王中鼎准来这儿？”韩东胸有成竹。

俞铭嗤之以鼻：“你都嘟哝多少天了？他也没来。”

“我前几天只是说说，今天才正式行动好吧？”

俞铭懒得搭理他，自己爬上床睡觉。

韩东房间的门没有关，他说话俞铭可以听到。

“铭儿啊，你有对象没？”

俞铭沉默了好久才开口：“没有。”

“你是目前没有，还是一直没有？”韩东又问。

“一直没有。”

“你这种人活着有什么意思啊？要我是你，早就去死了。”

俞铭翻了个白眼。

韩东的声音又从隔壁传来：“你是不是翻了个白眼？”

俞铭一惊，他怎么知道？

“你是不是在想我怎么知道的？”韩东又开始神神道道。

俞铭死不开口承认。

“我告诉你，你耳朵好使，我耳朵比你的还好使。只要你在我十米范围内，我就能听到你心里的话。以前住我斜对门的哥们儿，只要他一动什么歪脑筋我就知道。”

“你就吹吧。”俞铭哼了一声。

韩东说：“我没骗你，只可惜后来他走得太远，他再干什么我就不知道了。”

俞铭没说话。

“铭儿啊，你可别学他啊。”

俞铭失眠了。

韩东倒好，把人家祸害得心绪难平，他自己倒打起呼噜来了。

不知过了多久，俞铭真的听到了门响。

王中鼎默不作声地走进韩东的房间。

韩东已经睡着了，十几度的气温愣是不盖被子，就那么蜷在床上让自己晾着。而且大屁股恰好撅向门口的方向，弧度相当之猛，有种欠抽的撩人感。

王中鼎忍住踹一脚的冲动，抖开被子甩到韩东身上。

电脑依旧开着，屏幕上显示的又是韩东近日来的心情感受。

君子矜而不争，群而不党。

意志坚如铁，度量大似海。

吃亏就是占便宜，不管你信不信，反正我是信了。

王中鼎虽然看出了做作和取悦的成分在里面，但眉目间还是溢出几丝笑意。

结果不知碰到了哪儿，账户突然自动退出了。等王中鼎再登录的时候，却登到了电脑自动保存的女号微博。

这年头帅哥都去照顾男人了，让我等剩女情何以堪?

王中鼎："……"

韩东在梦里感觉到王中鼎一步步朝自己的床边走来，目光中带着心疼、怜惜和满满当当的柔情，然后将自己的被子掀开，韩东禁不住扬了扬唇角，结果……

啪!

一片巴掌大的火苗子，烧得韩东赶紧将撅起的屁股藏了回去。

第二天俞铭还没起床，就听隔壁传来韩东的号叫声。

"我的花啊啊啊……"

俞铭走到韩东的房间，发现昨天晚上还开得争奇斗艳的一盆花，今天就剩下枝杈了。王中鼎把每个带着自己名字的花瓣都揪了下来，于是就……秃了。

"还有我的风铃，也让他给摘走了……"

俞铭憋着笑："没事，不就这点儿东西吗，再买呗！"

"不是钱的事，是他这种行为太可耻了。"

俞铭倒觉得没什么，说："你把人家名字到处乱写，人家不高兴当然收走了。"

"我不是说他拿我东西可耻，我是说他把写名字的物品都收走了，怎么就不脱了我的小裤衩？我内裤上也写了他名字啊！"

俞铭："……"

二雷这两天一闲下来就四处请专人看照片，找了很多位都表示难以理解。后来有个研究古代文学的教授看了一眼，感觉像是命理符号，但又不完全相同，似乎有一套自己的规律在里面，一时半会儿猜不透。

“我觉得你可以找画符的本人或者他那个圈子的人来看看。”

教授的暗示意味已经很明显了，就是直接让二雷去找江湖骗子。

第九章 解散

“你大晚上不睡觉跑这儿唱什么歌来？”

“我这不是刚完成创作，想找你分享一下吗？”

“咔！”

鲁导演再一次气急败坏地喊停。

整个片场都处在一片焦躁的氛围中，因为俞铭这场戏已经 NG 十多次了，每次回放鲁导演都有种想砸了监视器的冲动。

尽管这样，韩东依旧不见鲁导演朝俞铭发火，而是把气都出在其他工作人员身上，等心情缓和得差不多了，才过来找俞铭。

“你最大的问题就是演戏不走心，你表现出的恐惧都是吓出来的，不是由心底衍生出来的。作为戏中的受害人，你的表情要营造一种恐怖氛围。如果连你都不害怕，怎么去感染观众的情绪？”

俞铭点点头，神情依旧很冷淡。

再开拍时韩东和导演一起盯着监视器，情况比刚才好了一点儿，但是和鲁导演的要求还是相差甚远。

“算了算了，重新布景，先拍下个镜头吧。”

一直熬到夜里十一点，俞铭这个镜头也没过。熬得整个剧组的工作人员全都不行了，鲁导演也是身心疲惫，摆摆手直说今天不拍了，沉着一张脸就上了车。

俞铭一直默不作声地收拾东西，看不出情绪好坏。

韩东叹了口气，朝他说：“咱先别回公司了，找个地方散散心吧。”

“去哪儿？”俞铭问。

韩东说：“离这儿不远有一片坟地。”

俞铭肝儿颤：“马上就十二点了。”

“那我们得抓紧时间了，争取十二点之前到那儿。”

俞铭：“……”

夜里十二点，伸手不见五指的坟地，韩东和俞铭坐在两个坟头中间抽着烟。一股阴风扫来，俞铭忍不住打了个冷噤。

“感觉到一丝害怕了吗？”韩东问。

俞铭感觉到但是没那么强烈：“还行吧，也不是很可怕。”

听到这话，韩东一副豁出去的口吻：“那咱就抄墓碑。”

俞铭心里咯噔一下。

“不用抄碑文，只要抄名字就行。我从东往西抄，你从西往东抄，咱俩在中间碰头，抄得少的要在这儿待一宿。”

俞铭咽了口唾沫：“你确定吗？”

韩东二话不说，扔掉烟头直接奔着东边去了。

两个人在一起的时候不觉得有什么，等到俞铭一个人孤零零面对坟墓时恐惧感才真正从心底衍生出来。

“张华、刘云争、马志敏、章又蓉……”俞铭的手越来越哆嗦，移动的脚步越来越快。

终于到了中间位置，俞铭扫了一眼墓碑，嘟囔着下笔：“韩……东……韩东？”

俞铭瞬间一激灵，条件反射地将手电的强光打向逝者照片。

韩东那歪嘴的经典笑容出现在俞铭的视野里。

俞铭当时就把手电扔了，惊慌不已地呼喊：“韩东？韩东？你还在吗……”

回应他的只有两声乌鸦叫。

直到俞铭跑没影了，韩东才从不远处的柏树后面钻出来，一把撕下自己的照片哼道：“老子找个重名的容易吗？我就不信你这个镜头还过不了！”

然后又朝逝者三鞠躬：“未经您同意和您合了一张影，实在冒犯了……”

第二天，还是同样的镜头，鲁导演对着监视器一脸兴奋。

“好，好，太好了，就是这种感觉……”

“咔！”圆满收工。

鲁导演再和俞铭说话立刻换了一副口吻:“我就说嘛，拍过那么多大片，不可能连这么个小镜头都应付不了。”

韩东一愣，大片？谁拍过大片？扭头看向俞铭：“你拍过大片？”

俞铭二话不说提着东西就走。

“嘿，问你话呢。”韩东把手放在俞铭肩头。

只见俞铭猛地一哆嗦，飞起一脚踢在韩东脑门儿，头也不回地跑了。

韩东这才想起来，他似乎从来没搜过俞铭的资料。

他在网上搜索过李尚，搜索过张星湖，连自己都搜索过，就是没搜索过俞铭。大概觉得俞铭不可能有什么知名度，就算搜也搜不到什么。

结果当他真的试着去搜的时候，铺天盖地的信息让他彻底傻眼了。

三部投资过亿的大片男主角，光是去年一年就接了两部大制作。担任主角就算了，还让一线巨星给他当配角，简直不要太霸道！当初这些电影因为口碑欠佳等因素，导致韩东没有提起兴趣看，有的即便扫了一眼也对主角没有任何印象。

韩东一直以为自己不是老末，一直以为后面有人垫底。

亏他还一天到晚地替俞铭瞎操心，怕剧组的人觉得俞铭是因为他的关系才进的剧组，闹了半天，人家都以为他在巴结俞铭！

韩东突然有种有眼不识泰山的感觉。

他匆忙跑到俞铭的房间，把偷偷甩到人家盆里的臭袜子捡了出来。

俞铭碰巧看到，问：“怎么了？”

“哦，我昨天不小心把袜子落这儿了。”

俞铭一副无所谓的表情：“拿回去干吗？我就势帮你洗了呗，省得你一天到晚攒着，弄得宿舍臭烘烘的。”

“使不得，使不得。”韩东急忙摆手，“我现在就去洗，马上把它洗干净，绝对不会再攒着了！”他火速冲进卫生间。

俞铭斜睨着他的背影，搞什么啊？

后来，韩东又进一步搜索俞铭的信息，发现俞铭早在三年前就已经是八卦版块的热门话题人物。自打他出道以来，关于“后台”的讨论声就一直没断过。网友们众说纷纭，爆料者层出不穷，有说娱乐老总的，有说房地产商的，甚至有说亚洲女首富的……

无论哪一种说法，最后都被推翻了。

而真正掩藏在背后的大财主，似乎知情者都不敢透露。

导致现在俞铭的背景仍是一个谜！

看到这些，韩东突然有种至高无上的优越感，这种优越感比签约给王中鼎还要强烈。因为签约给王中鼎没法到处显摆，这个就不同了，他完全可以注册个小号发帖，啪啪啪打出一行字：你们八卦的大神就住老子隔壁！

然后韩东就在脑子里幻想着网友们蜂拥而至，无数双饥渴的眼睛望着自己的盛况。

请告诉我们俞铭身后的大财主到底是谁？

他到底是什么来头？

身家多少才敢豪掷千金只为博美人一笑？

结果韩东到头来发现自己什么都不知道。

虽然一早就看出俞铭有贵人相助，但这贵人究竟是谁，韩东光是靠看肯定看不出来。可是直接问又怕惹恼了俞铭，因为他太了解俞铭的脾气了，如果俞铭不想说这件事，他是打死都不会提一个字的。

但是不问韩东又心痒痒！

于是，韩东充当起了大侦探的角色。

平时没事人一样地和俞铭相处着，只要一逮着机会就旁敲侧击，只要有一点儿动静就趴到门口去偷看。明明就住在隔壁，他偏不当面交流，非要藏在被窝里偷看人家的八卦，而且还能联想得风生水起。

在又一次看爆料看得心潮澎湃后，韩东终于耐不住寂寞，佯装一副闲聊的语气试探性地开口。

“铭儿，你睡了吗？”

俞铭懒懒地回道：“没啊，怎么了？”

“为什么这么晚还没睡？”

“睡不着。”

他赶紧问：“你想什么呢？”

过了好一会儿，俞铭才用冷淡淡的口吻回道：“你不是耳朵特好使吗？你不是说十米之内就能听到我的心里话吗？干吗还问我？”

韩东：“……”

这两天二雷总是把刊登错照片的报纸递到王中鼎面前，而且每次都把李尚的那一页摆在最上面，似乎在暗示着什么。

“你怎么了？”王中鼎很诧异，“有什么问题吗？”

二雷说：“他们的娱乐版面已经连着三期都把李尚当头条了。”

“这不是好事吗？”

二雷想说什么没说出来。

王中鼎又开口说道：“我明白你的意思，你不就是想说李尚暗搞小动作吗？他也是咱们公司的艺人，他的利益也与公司直接相连，所以无论他用什么方式谋利，我身为老板都是无可厚非的。”

“我不是想让你去苛责李尚，我是觉得你应该为韩东做做思想工作。”二雷终于把憋在心底的话说出口。

“为韩东做思想工作？”王中鼎不解。

二雷说：“是啊，本来盗用的是他的照片，但是报社那边对他没有任何解释，反而是李尚一期一期上头条，他心里难免会有想法吧？”

王中鼎倒是想过这个问题，只是他很纳闷：“你怎么替韩东说话了？”

“可能是最近和他接触比较多的缘故。”

“你们什么时候接触过？”

二雷迟疑地开口：“他找过我几次，说他心理不平衡之类的，但又不敢冒昧地来打扰你，毕竟你工作这么忙，他不想给你添堵……”

韩东有这么懂事？

但王中鼎从不对二雷抱有怀疑之心，所以听到这话也只能长出一口气。

“你把他给我叫过来吧。”

路上，韩东发现二雷对他的态度好像比以前柔和了一些。在他看来，二雷就是王中鼎的一面镜子，时时刻刻反映着王中鼎的态度。如果二雷对他产生了一丝变化，那就证明自己这几天的“本色出演”有了些许成效。

“哎？你今天怎么态度这么好？”韩东明知故问。

二雷破天荒地笑了笑：“王总说我对你的态度太冷硬，其实我对谁都那样，不知道为什么王总只提了你。我觉得……其实王总心里挺关心你的，只是嘴上不说而已。”

韩东当时那股嘚瑟劲儿已经飘上了眉梢，却还硬装作一副受之有愧的表情：“别别别，别这么说，王总对谁都一视同仁，一视同仁，哈哈哈……”

和以往不同，现在的韩东再进王中鼎办公室时已经完全换了一副姿态，腿不颠了，头也不晃了，步伐稳健，表情严肃，进门先打招呼。

“王总，你找我？”

不知道是不是习惯了韩东的嘚瑟样儿，王中鼎总觉得他现在怪里怪气的，让人不习惯。

“关于报纸登错照片的事，我一直想找你谈谈。”

一说起这件事，韩东立刻头扬四十五度看天，强忍着不让泪水流下来，然后朝王中鼎挤出一个不能再勉强的笑容。

“其实我还好。”声音微微颤抖。

王中鼎一副极不自在的目光打量着韩东：“你真是这么想的？”

韩东突然俯视地板，一顿深呼吸，再抬起头时已经是一副偶像剧女主角受了委屈后不想让男主为难时的经典憨笑：“当然啦，我怎么会骗你呢？”

“那就好。”王中鼎说。

韩东的憨笑嗖地一下就收回来了。我……没看出来啊？我都表演得这么明显了，还没看出来啊？

“去忙自己的事吧。”王中鼎头也不抬地说。

韩东此时的错愕表情比刚才的所有表演都显得可怜。

张星湖参演的电视剧举办开播发布会，韩东和俞铭去现场给他助阵。

韩东能来是在张星湖意料之中的，但是俞铭能来就让张星湖很意外了，姑且不说牌大牌小，就说俞铭这种死宅的属性，能把他撬来真是不容易。

“我们俩给你准备了一个‘二人转’，他不来能行吗！”韩东调侃道。

张星湖更意外了：“你还要登台表演？”

“我为什么不能登台表演？”俞铭语气淡淡的。

“没没没，我这不是受宠若惊吗？”张星湖朝俞铭笑着笑着，又转身在韩东胸口砸了一拳，“怪不得穿这么帅，原来是想抢镜头啊！”

“那当然，怎么说也是咱宿舍出的第一部作品，肯定得把气氛调足了啊！放心吧，一会儿哥们儿绝对给你卖力吆喝！”

正聊着，不知道谁在门口说了一句：“刚接到通知，今天王总也会过来。”

听到这话，整个化妆间都沸腾了，这种沸腾不是源自公司对这部电视剧的重视，而是源自王中鼎这个人。

毫不夸张地说，话音刚落地那一瞬间，所有女人都开始补妆。

韩东一开始还偷瞄人家，这会儿瞧见人家补妆又开始嗤之以鼻：补什么补啊？再补也那个德行，他就算来了又怎么样？瞧你们一个个没见过世面的……

然后又拍拍张星湖的肩膀说：“我去更衣室换身衣服，你们先聊。”说完就急忙冲进了更衣室。

张星湖纳闷：“他不是穿得够帅了吗？”

俞铭回了一个特别内涵的眼神。

韩东去更衣室捯饬自己不假，但不是往帅了捯饬，而是往反方向捯饬。他脱了潮服，穿上一身工作服，而且这身工作服还是别人换下来的，上面都是污迹和汗水。

然后他就从后台转战到了前厅，和工作人员一起布置会场。

韩东刚搬起桌子的一条腿，王中鼎和二雷两个人就赶到了。

王中鼎忽然说道：“我记得这部电视剧的男二号是韩东的室友，对吧？”

“对，对，今天韩东也来了。”二雷忙提醒。

王中鼎哼了一声：“来这儿也是瞎凑份子，干不了什么实事。”

二雷突然将目光对准东南角，兴冲冲地说：“王总你快看。”

王中鼎顺着二雷指引的方向看过去，韩东正在那边“热火朝天”地干着活。与王中鼎想象中的高调造型完全相反，韩东穿得相当朴素，一点儿都不计较架子上抖落的灰尘，卖力地帮忙抬着，整个衣襟都已经被汗水打湿。

“看样子已经忙活很长时间了。”二雷又提醒。

王中鼎脸色变了变：“你去让他找个地方歇着吧。”

二雷过去将王中鼎的话重复了一遍。

韩东夸张地喘了几口粗气：“现在缺人手，等忙完这一阵再说。”

说完又特别大声地指着旁边挂彩灯的哥们儿说：“你能不能麻利点儿？就这么几个灯泡忙活多长时间了？去去去，你下来，我来安，真瞧不惯你这种磨磨唧唧的人！”

没一会儿又指着扫地的说：“你扫得太糙了吧？距离你脚丫子二点四厘米的地方有个直径零点七毫米的头皮屑你都没看见？干什么吃的！”

转身看到调话筒的小哥逗一个女孩，他又不能忍了：“你能不能正经点儿？这是什么地方啊？是给你耍流氓的吗？”

后来，一个杂工忍无可忍地问旁边的哥们儿：“那小子到底谁啊？”

“谁知道啊？屁事不干还瞎捣乱，没有他咱早完活儿了。”

发布会正式开始。

主创人员逐一上台做介绍，接着是媒体问答时间，然后就是互动交流。有剧组成员互相爆料，嘉宾粉丝送礼物，各种小节目轮番上演，气氛越发高涨。

韩东和俞铭合着表演了一段，韩东吹笛，俞铭跳舞。

与其说是事先准备好的，倒不如说是临场发挥的。因为韩东吹一段忘一段，音乐节奏不停地变幻着。好在俞铭舞蹈功底好，几乎什么音乐都能应付自如。后来韩东突然吹起了生日歌，俞铭这回没辙了，只能尴尬又窘迫地在台上拍手。

下面发出一阵哄笑声，但随着推出来的蛋糕，整个会场的气氛变得非常温馨。

今天是张星湖的生日，张星湖自己都忙忘了，看到蛋糕的那一刻差点儿哭出来。

王中鼎也在台下莫名感慨了一句："韩东这熊玩意儿不耍浑的时候，看着也挺顺眼的。"

二雷忙附和道："对，热心肠，而且重情义，别看没心没肺的，谁的生日他都记得。"

王中鼎现在想起那把梳子，才明白韩东为什么晚上送白天反悔，折腾了那么多次，其实……他还是想送的吧？

"他是哪天生日？"王中鼎随口问起。

二雷说："他的生日是瞎编的，因为他一生下来就扔给他二伯了，后来换了好几门亲戚才上了户口，早忘了是哪天生的了。"

王中鼎又望了一眼台上的韩东，没再说什么。

节目表演时间结束，剩下的就是演员和观众的互动了。

韩东切了一块蛋糕端到王中鼎面前，一副贴心痴汉样儿。

"吃吧。"

王中鼎接了过来，拿起叉子便吃。

"嘿，我说，你就算不说声谢谢，起码朝我笑一下吧？"韩东不满。

王中鼎扫了他一眼："我为什么要朝你笑？"

"这要是别人递给你的，你早就笑了！"

王中鼎哼一声："既然你心里明白，干吗还要我这么做？"

韩东撇了撇嘴，没说什么。

第二天，电视剧发布会就上了娱乐版头条。不是中鼎公司动用关系，也不是因为发布会的宣传力度大，仅仅是因为俞铭的一段舞蹈。

俞铭本身就是个话题人物，他的一举一动都受到媒体的关注。加上他素来低调，极少现身，所以突然的公开亮相自然引来各家媒体的争相报道。

冯俊笑着感叹道："俞铭这一趟真没白去，省了咱们不少宣传费。"

王中鼎没表露出任何喜悦，反倒有些忧虑。

结果到了下午，俞铭发布会跳舞的新闻就消失在了版面上，替换成了别的头条。

关于电视剧发布会的一系列宣传报道，也都是主创人员谈电视剧的话题，涉及俞铭的任何信息都不见了踪影。

晚上，王中鼎回到家的时候，孩子已经睡着了。他洗完澡又去孩子的房间看了一眼，结果小家伙不知道怎么又醒了，伸出小胳膊圈住了王中鼎的脖子。

“做梦了。”西西说。

王中鼎抱着西西坐在床上，问：“做什么梦了？”

“梦到爸爸一直在找的那个人。”

王中鼎饶有兴致地瞧着他：“什么人？”

“大长腿叔叔。”

王中鼎一早和西西说起过他想找这么个男主角，没想到孩子竟然记住了。而且西西完全继承了他的数字天分，把这些数据一个不落地背下来了。

“他完全符合。”西西一本正经地说。

王中鼎只是玩笑性地问：“那你还记得他长什么样吗？”

西西仔细想了想，说：“我只记得他梳了一个小辫子，就像兔子尾巴。”

听到孩子这么说，王中鼎松懈的神经瞬间紧了起来。

“你还梦到什么了？”

西西一五一十地说：“梦到我又发烧了，他就在我的脑门上按啊按，没一会儿我就不难受了。”

王中鼎把西西哄着之后就去找了保姆。

“这段时间你带西西出去过吗？”

保姆摇头：“我怕他再发烧，没敢让他出去。”

“那家里进过什么人吗？”

“没有，凡是来这儿的，都是提前和您打过招呼的。”

王中鼎还是不放心，又调来了别墅内的监控录像，找到西西发烧的那几天，一点一点地拖着看，终于看到一个熟悉的身影，攥着鼠标的手猛地顿住。

韩东闭着眼睛走进西西的房间，动作鬼鬼祟祟的，王中鼎的心顿时提了起来。接着他看到韩东来到西西的床头，手在衣服内兜反复掏了几次都没掏出什么。最后韩东愣了片刻，突然莫名其妙地将孩子的身体扳正了过来。

再后面，就是西西和王中鼎描述的那些。

摄像头不会说谎，王中鼎亲眼看到按摩的过程中西西的脸色越来越好，发烧的不适感越来越轻。短短几分钟的时间，孩子的病情迅速好转。

王中鼎突然发现自己多年来坚持的某种信念有种动摇的苗头。

接着，他又看到韩东攥着西西的小手不放，不知道在想些什么……

突然，韩东的眼睛睁开了。

王中鼎心头一紧。

韩东环视四周，再把脸转向屏幕时，已经泪流满面……

之后发生了一些什么，王中鼎已经记不清了，他的脑子里只剩下韩东痛哭流涕蹲坐在孩子房间门口的那个画面。

第二天一早，俞铭接了个电话就出去了，直到下午才回来。

韩东急忙追上去问："你干吗去了？现在才回来。"

俞铭的表情掺杂了一些疲倦："没干吗，出去和朋友见了个面。"

韩东好奇地追问："你还有朋友呢？男的女的？哪儿的人？干什么的？他找你有什么事……"

俞铭一字未回，直接将韩东推开，径直地走进自己的房间，懒懒地趴在了床上。

俞铭这一"趴"，韩东立刻起了贼心。

他没有直接问，而是拿自己的小本过去探话。

"我打算给中中写一首歌，现在歌词已经写了一半了，我念给你听听……"

俞铭直接一句：“别烦我。”

韩东偏不，偏要给俞铭念。

俞铭忍无可忍：“你有完没完？我累了，想睡会儿。”

韩东直勾勾地盯着他，目光中明显带着试探的意味：“我听鲁导演说，咱这部电影又有新的投资商加入，这事你知道吗？”

俞铭脊背一僵，很快便回道：“不清楚。”

“现在国产恐怖片这么不景气，拍一部赔一部，为什么还有人往里面砸钱呢？何况咱已经到了拍摄后期，又不缺资金，干吗无端端加大成本？”

“我哪知道？”俞铭语气有些生硬。

韩东意味不明地笑了笑：“好好休息吧，我不打扰你了，今天晚上还有拍摄任务呢。”

俞铭松了一口气。

回去后，韩东一直竖着耳朵听隔壁动静。

终于，俞铭的房间里传出了说话声。

“你是不是给我现在拍的影片注资了？”

“注资？你未经我同意擅自接片，还接了那么一个不起眼的角色，我没让制片人解散你们剧组就不错了！”

俞铭直接挂断电话，将手机扔到一旁，心里道：我干吗要多这个嘴？

韩东趁着俞铭下楼取快递的工夫，偷偷溜进他的房间。拿起手机找到通话记录，迅速把俞铭刚才联系的那个号码记了下来。

哼哼……大财主，你就等着现身吧！

结果，到剧组才知道，加大投资成本不假，但随着资金比例的改变，新加入的投资商成了大股，他要求整个剧组大换血。

从导演到工作人员再到演员全部撤掉，之前拍摄的所有镜头都作废！

听到这话，剧组所有人都惊呆了。

因为从开拍到现在，一直进展很顺利。通常而言，如果投资方和摄制组没有激烈冲突，是不可能中途撤换整个主创班底的。浪费资金不说，还会伤不少人。

副导演面色凝重地说：“投资商那边反应剧本改动过大，失去了故事原有的精彩度，而且编剧意见也很大，认为剧组不尊重他的劳动成果。”

“狗屁！”鲁导演情绪很激动，“我修改剧本之前都是和他商量过的，他当时应得好好的，怎么说翻脸就翻脸？明显是投资商找的说辞！”

韩东听到这些开口问道：“也就是说……咱们不能再继续往下拍了？”

“新的摄制组都已经组建好了，我们直接被撤换掉，还怎么往下拍？”

监制在一旁恨恨地用脚捻灭烟头：“梁景忒不是东西了！上次就是他暗中搞的鬼，好好的一个项目就作废了。”

“梁景？”韩东皱眉。

“对啊，就是梁景。投资商一加进来，他立刻成了该片的监制兼导演，新的主创班底就是他组建的！”

听到这话，韩东瞬间明白了。

“真咽不下这口气。”监制说。

副导演也说：“剧组百十号人忙活了两个多月，整天黑白颠倒，眼瞧着就要杀青了，谁能咽得下这口气？”

鲁导演一拍桌子，气势汹汹地说：“大不了我自己筹资拍一部，主创班底不动，我就不信拼不过他们！”

监制也这么想过，可问题是资金从哪儿来？中鼎公司上半年的排片已经满了，几乎每个制片人工作室都有自己的项目在运作，不能说投就能投的。

就在鲁导演愁眉不展之际，一个冷淡淡的声音突然响起。

“也许，我可以试试。”

所有人都把目光转向俞铭，眼中透着异样的神采。对啊！怎么忘了剧组里还有这样神一般的存在？

可韩东却是一脸担忧：“你行吗？如果有困难就别勉强自己。”

“我尽力而为吧。”俞铭说。

虽然资金有了眉目，可更大的问题还未解决，剧本从哪儿出？不能筹到钱之后说拍就拍吧？起码要有个现成的剧本吧？

这年头好的剧本本来就稀缺，尤其是恐怖题材的，找到一个心仪的剧本谈何容易？

如果请人现写，姑且不说质量，能在短时间内出成品就不错了。

鲁导演的眉宇间又罩上浓浓的颓丧之色。

不知过了多久，又一个声音响了起来。

“也许，我可以试试。”

所有人都寻觅声音的源头，当发现开口的人是韩东时，燃起的希望之火瞬间熄灭。

你？

初中都没毕业，你会写剧本？

“我可以提供想法，让别人执笔润色。”韩东说。

鲁导演和副导演交换了一个眼色，韩东文字功底不行，但悟性高、鬼点子多，说不定真的可以试一试。

“你确定你能构思出来吗？”鲁导演不放心地问。

韩东其实特别想说你们的剧本我早就看不上了，不过出于尊重还是低调开口：“我尽力而为，你们两手准备。”

就这样，剧组暂时解散，几个主创人员分头行动，大家各忙各的去了。

王中鼎为这件事也是糟心了一整天。

这部电影属于联合出品，除了中鼎影视之外，还有三家传媒公司参与投资。原本中鼎是占大股的，整个制作过程也是由公司控制，但现在有了新的投资商加入，中鼎相对丧失了主要的话语权，想夺回来势必要增加投入。

“我觉得没这个必要，这是我们经过风险评估后得到的最高额度，超过这个数，赔钱的可能性就大了。”冯俊直言不讳地说。

王中鼎整天和数字打交道，账算得自然比冯俊更清楚。

“我只是希望韩东有始有终，虽然他是去锻炼的，但中途被撤换这种事还是会挫伤一个演员的积极性。”

冯俊也是一脸难色：“让他们保留韩东的角色也不是不可能，但监制和导演既然换成了梁景，那主角肯定是李尚无疑。与其让他给李尚当配角，还不如另找一个讨喜的角色，这样他心里更平衡一些。”

王中鼎长吁了一口气：“这事再说吧，鲁导演那边联系了吗？”

“联系了。”

“怎么样？他还好吧？”

冯俊无奈地笑笑：“能好吗？现在整个剧组的情绪都非常大，我估计要很长一段时间才能缓过来了。”

王中鼎点点头：“行了，你去忙自己的事吧。”

冯俊走了之后，王中鼎在办公室抽着烟，二雷站在旁边双唇紧闭，面色凝重。

“如果换作你，你现在什么心情？”王中鼎试探性地问二雷。

二雷一本正经地说：“想死。”

王中鼎夹烟的手指一顿，疑惑的目光投向二雷。怎么也是当兵的出身，枪林弹雨都熬过来了，为了这么一点儿小事就想死？

“我只是站在韩东的立场上想的。”二雷解释道。

这一点王中鼎也有体会，在他看来，韩东是典型的外表强势内心脆弱。尤其在看了监控录像之后，韩东痛哭流涕的画面总在他脑海里挥之不去……

看来，真的需要好好安抚一下他了。

深夜一点多，王中鼎忙完工作打算回家，结果刚出办公大楼，就听到有人高喊一声：“王中鼎！”

王中鼎扬起头，发现韩东竟坐在二十六层的楼顶朝他挥手。

因为距离太远，王中鼎看不清韩东是睁着眼还是闭着眼。但是凭借经验，他判断韩东这个时候已经睡了，应该是在梦游。

想起剧组被撤换的事，想起二雷的论断，王中鼎心里咯噔一下。

“你站在那儿别动！”

他快步返回办公楼，乘电梯朝楼顶而来。

韩东龇牙一乐，在下边听就得了呗，还非得上来……他抱起吉他，幸福地打了个哈欠，好不容易熬到下班了，困死了！

接着，韩东就自我陶醉般地唱了起来。

“月老手中的红线，我们一人牵一半……”

从电梯下来，王中鼎又冲上爬梯，三步并作两步地攀了上去。

看到韩东坐在楼顶的边沿上摇晃着身体，王中鼎的心提到了嗓子眼儿。

他不敢大吼一声，怕韩东一激灵掉下去，只能悄无声息地朝韩东靠近……

韩东知道王中鼎在后面，为了更有气氛，他故意不回头，继续弹唱着。

“我跟你说这是缘分……啊……”

唱得正投入，突然被轮空甩到地上，摔得那叫一个结结实实。

王中鼎刚松一口气，就听韩东怒号道：“你要干吗？激动也不带这样的吧？差点儿把我大胯摔折了知道不？”

王中鼎这才察觉到不对劲。

“你不是梦游？”

“我为你熬到现在，你说我是梦游？”

王中鼎的脸青一阵白一阵。

韩东狼狈地爬起来，拍拍身上的土，没好气地嘟哝：“挺好的气氛，都让你给破坏了，歌也没唱完……”

王中鼎听到这话又不能忍了：“你大晚上不睡觉跑这儿唱什么歌来？”

“我这不是刚完成创作，想找你分享一下吗？”

“创作？”

“对啊，我亲自为你写的歌。”

王中鼎直接跳过了这个话题。

“撤换剧组的事情我已经听说了，如果你还想继续演那个角色，我可以……”

“不用了！”韩东打断王中鼎，“我们重新筹资拍新的！”

王中鼎神色一滞：“重新立项？剧本呢？”

“我写啊！”韩东拍着胸脯说。

王中鼎愣住了：“你写？”

“对啊，我写。”韩东依旧自信满满。

王中鼎先问：“你以前写过剧本吗？”

“干吗非要以前写过才能写？没有第一部作品哪来的第二部？何况我以前还没写过歌呢，现在不是照样写出来了吗？”

说到这儿，韩东又拽着王中鼎兴冲冲地说：“来来来，先听听我为你写的歌，听完你就知道我的创作水平了。”

王中鼎直接拒绝：“你不用唱了，我知道你什么水平。”

“不要这么快下定论，听完再说。”韩东打了一个自信又炫酷的手势。

王中鼎勉为其难地留了下来。

璀璨的星空，静谧的楼顶，对望的目光，指尖流淌出美妙的音符……

月老手中的红线，我们一人牵一半，我对你说这是缘分，你却说那是扯淡……

王中鼎：“……”

韩东丝毫没意识到王中鼎抽筋的面孔，继续投入地唱着：

白天逃离，夜晚背叛，口是心非啊请你有多远滚多远……

王中鼎：“……”

终于到了副歌部分，韩东猛地一点头，满满的热情喷薄而出——

I love you……

王中鼎直接将韩东拉起来：“走吧，赶紧回去睡觉，什么都别说了，明天我就带你去新剧组试镜……”

“不行！”韩东死都不走，“你先听我唱完了，还有一段呢。”

“听你唱完我就跳下去了。”王中鼎态度相当强硬。

韩东抱住王中鼎的一条胳膊死皮赖脸地磨：“你不要较真歌词里面的某个字眼儿，你主要听意境，意境知道吗？再听听我的编曲好不好？如果你听完编曲还是这个态度，那我就彻底死心了……”

王中鼎看到韩东这副渴望被肯定的神情，心里不落忍，就无可奈何停了下来。

韩东清了清嗓子，再度强调：“主要听编曲啊！”

很快，音乐又响了起来，韩东闭着眼睛一脸享受地哼唱起来。

结果不到半分钟又让王中鼎给拉起来了，这回连吉他都一并抢走了。

“为什么啊？你能给我个理由吗？”韩东愤愤不平。

王中鼎比他还气愤，道：“理由？唱的两次连调都不一样，你还有脸要理由？”

韩东还想狡辩，王中鼎不容分说地将他扛了起来，强行押上了电梯。

电梯缓缓下行，韩东突然变得特别老实。

王中鼎微微侧头：“怎么不闹腾了？”

“我困了，好不容易有地方趴着，为啥要闹？万一你把我放下来怎么办？”韩东贼笑。

王中鼎虽然脸色不好，但还是没有把韩东放下来。

直到出了电梯，韩东才开口说道：“我咽不下这口气。”

王中鼎箍着韩东的胳膊明显一僵。

韩东从他的身上利索地蹿跳下来，定定地看着王中鼎，目光中的玩闹之意尽数褪去，只剩下满满的执着和认真。

“我要写出更好的剧本，和他一决高下。”

“不要拿自己的演艺事业来赌气。”

“我只求你给我三天时间，这三天不要强行给我做安排。等三天后我把剧本拿到你面前，你就知道我是不是赌气了。”

说完这话，韩东头也不回地走了。

第二天，天还没亮，俞铭的电话就响了。韩东比他的耳朵还灵，俞铭还没接起电话来，他就趴到门口去偷听了。

“今天上午？我看看吧，有时间我再给你短信。”

听到脚步声，韩东又迅速钻了回去。

俞铭洗漱的时候，听到韩东在隔壁叫他。

“铭儿啊，过来帮我一个忙。”

俞铭放下漱口杯走了过去：“干什么？”

“我不会套这个。”韩东把刚拆下来的被罩递到俞铭手上。

俞铭一脸鄙夷，笨死你！连个被罩都不会套。

韩东趁机潜到俞铭的房间看了一眼手机通讯录，发现刚才的通话号码就是自己偷偷记的那一个。

这时，恰好有条信息发了过来，韩东迅速打开，扫了一眼上面的地址。

“韩东……”俞铭在隔壁叫了一声，“套好了。”

韩东急忙将手机放下，没事人一样地回到自己房间。

“谢谢啊。”

吃过早饭，俞铭不声不响地出了门。

大概过了二十分钟左右，韩东也跟了出去。

同样的地址，两个人一前一后到达。

俞铭就在一家酒店门口和一个人聊着。那个人戴着墨镜，韩东看不清他长什么样，只知道是个男人。

交谈过程中，这个男人一直试图对俞铭动手动脚，都让俞铭躲过去了。

“你是借钱还是要钱，说清楚了。”夏弘威凝神注视着俞铭。

俞铭用很明确的口吻说：“借钱。”

夏弘威当时就笑了：“你自己演电影都赔钱，还想投资拍电影？”

“你借不借吧？”俞铭直问。

夏弘威说：“我不借你钱，我只给你钱。你要就要，不要就算了。”

俞铭冷冷的目光逼视着夏弘威。

夏弘威却当成挑逗，凑到他耳边说：“如果你从我这儿借不走钱，我敢保证，你从谁那儿都借不走一分钱。”

俞铭绷着脸不说话，想躲却没躲开，夏弘威的手扣在他的肩膀上，以一种不容违抗的力度将他的身体强行扭转到直对着酒店门口的方向，架着他一步一步走了进去。

韩东的心揪得紧紧的，总觉得俞铭这处境没有外面传的那么好过，便偷偷跟了进去。

但夏弘威订的是豪华套房，四五个房间，卧室在最里面，隔音效果又那么好，显然什么都打探不到。

本以为要等到两人出来才能一窥财主真容，结果有个服务生推着清洁车走了过来。

韩东心生一计，忙把服务生拽进卫生间。

费了好大工夫，韩东才说服服务生把他的工作服脱下来借自己一用，然后他推着清洁车，假装成服务生进了豪华套房。

韩东擦着擦着就擦到卧室门口，门是虚掩的，他轻轻推开一条小缝，眼睛瞄到里面的场景，禁不住震呆了。

俞铭直接被绑了起来。

据韩东观察，俞铭的表情一副不情不愿。韩东想不通，俞铭为什么要牺牲自己？他有野心吗？他很想红吗？起码韩东没看出来。既然不是这样，他为什么要这么做？

“啊……”

随着一声痛呼，韩东的血压猛地蹿了上来，瞬间不能忍了。

撸袖子攥拳头，心中大喝一声：铭儿！哥来救你了！

结果，一只脚还没迈进去，韩东就石化了。

因为他看到了夏弘威的脸！

那张似曾相识、帅得他瞳孔爆裂的脸！

韩东当时就两腿发软，出溜到了地上。

为什么……为什么又是他……为什么会是我恩人他哥哥……

铭儿啊，我对不住你！

韩东撒丫子就跑了。

傍晚，二雷抱着一个大盒子来到宿舍。

“什么东西？”韩东纳闷。

二雷说：“自己打开看看。”

韩东打开之后惊呆了，蓝底铺着天鹅绒的盒子里躺着一把纯手工吉他。美国顶级云杉面板单板，印度玫瑰木指板和琴码，整个音桶都镶嵌着澳洲进口的鲍鱼贝壳……

“王总送你的。”二雷说。

韩东瞬间就被治愈了。

“不要对任何人说。”二雷特意叮嘱。

韩东挥挥手：“你放心吧，这点儿规矩我还是懂的。”

二雷走了之后，韩东就一直抱着那把吉他不撒手，一弹就弹了几个小时，早把写剧本的事忘到脑袋后面了。

俞铭沉着脸回来，听到隔壁有“噪声”，刚进门就要转身出去。

韩东急忙撂下吉他，冲出来拽住了他。

“铭儿……你要干吗去？”

俞铭语气冷淡淡的：“找个清静的地方。”

韩东今天态度出奇的好，马上应道：“我不弹了，我不弹了……”

俞铭没再说什么，沉默着回了房间。

韩东收到琴的好心情又因为俞铭的到来而罩了一层阴霾，他特别想直接问，但又怕伤了俞铭的自尊心。毕竟是个男人，谁都知道这种事有多不光彩。

不知过了多久，俞铭房间的门突然响了，韩东抬起头，看到俞铭站在门口，脸色看起来比刚才好了一些。

“我拉到资金了。”俞铭说。

不知道为什么，韩东一点儿高兴的感觉都没有。但为了让俞铭心里好受一些，他强装着兴奋赞道：“太牛了吧？你是怎么做到的？”

俞铭说：“跟别人借的。”

“那我好好写剧本，现在就写，绝对不让你这钱白借！”韩东说着就蹿到电脑前。

俞铭朝他的床走了过去，拿起吉他端详起来："这吉他是哪儿来的？"

韩东眉眼间遮掩不住的嘚瑟："王中鼎送我的。"

俞铭点点头："哦，不错。"

"对了，这事不能乱说，你不要告诉别人啊。"韩东特意叮嘱。

俞铭不知怎么的竟露出几分无奈和自嘲："我觉得我不配跟你做朋友。"

韩东当即心头一紧，怎么都觉得这话应该自己说才对。

"为什么这么说？"韩东问。

俞铭说："你有什么事都告诉我，从来不对我隐瞒什么。"

韩东瞬间冒虚汗，差点儿找个地缝钻进去。我刚跟踪了你一道，现在你说这话不是让我折寿吗？

"我一直觉得这个圈子没有人会对我坦诚相待，他们接触我都带有一定的目的性。只有你是用平常心看待我，只有你不猜忌、不八卦，明知道我的老底儿还肯帮我找角色。"

"你千万别这么说啊！"

韩东欲哭无泪，我一开始确实不知道你的老底儿，可等我知道了比谁都能八卦，论坛上扒你的新帖子十条有九条都是我发的。

俞铭发现韩东表情有些异样，便问："为什么不能这么说？"

韩东这货又厚脸皮地讪笑两声："这是哥们儿应该做的，你说这话不是见外了吗！"

"所以我觉得我不配做你朋友，和你认识这么久一句心里话都没跟你说过。"

"你还是别说了。"韩东急忙打住。

俞铭诧异："为什么？你不想知道吗？"

我想知道，可我怕梦游的时候给你发上去……

"如果你真的不想说，不用勉强自己，每个人都有保留秘密的权利，咱的感情不用靠这个来升华。"韩东说。

"可我今天就想找个人说说。"

韩东长出了一口气："好吧，你说，哥们儿听着，保证帮你保守秘密。"

然后，俞铭就把自己和夏弘威认识的经过告诉了韩东。

那会儿俞铭还在念大学，一次偶然的机会，他被学校安排参加赈灾义演。夏弘威的父亲是当地的一把手，夏弘威当时陪着父亲坐在台下看表演，一眼就看中了跳舞的俞铭。

"我到现在都不知道他为什么会看上我，那时我们跳的是集体舞，一起演出的有四十多人，我算里面最不起眼的。"俞铭说。

韩东也感慨："我更不知道你为什么看不上他。"

"我为什么要看上他？"俞铭似乎很不理解。

韩东原以为俞铭只是口是心非，后来才发现他说的是大实话。韩东突然觉得夏弘威好悲哀！

俞铭又说："在我看来，他连你都比不上。他的腿哪有你的长？身材比例哪有你的好？大腿小腿的弧度哪有你的美？"

韩东明白了，俞铭不是瞎，他是真正的眼光高啊！

夏弘威浑身上下就这么一处可挑剔的，而且还是相对于非人般的韩东而言，可俞铭偏偏就逮住这一处不放。

俞铭又说："而且我也不喜欢他的性格。"

"他什么性格？"这一点韩东也很关心。

"霸道，不讲理，凡是他认定的东西就一定要抢到手，凡是他厌恶的东西就一定要整到死。而且他这人睚眦必报，只要惹着他一丁点儿，他就会十倍奉还。"

韩东倒吸一口凉气："那他对家人呢？假如有人伤害到他家人，他会怎么做？"

"他这人特别护短，家族观念特别重。别说伤害到他家人，就是他家人受到牵连他都不能忍。就拿去年发生的一件事来说吧，他堂弟不是为了救个掉井的民工差点儿丧命吗？你猜他怎么说？他说如果让他逮着那个民工，一定绑起来丢到井下活活淹死！"

韩东拍拍俞铭的肩膀说："你先出去，让我一个人静一静。"

俞铭有些反应不及，感觉韩东的脸色突然就变差了。

“你怎么了？”俞铭问。

韩东勉强让自己的声音稳一点儿：“我来灵感了，现在写剧本正合适。”

俞铭走到门口的时候还不放心地回头看了韩东一眼。

“你没事吧？”

“我能有什么事？”韩东叼着烟一乐。

俞铭刚一出去，韩东便一头扎到床上，捶枕头痛哭。

我可咋办啊？？

第二天，王中鼎问二雷：“吉他送了吗？”

“送了。”二雷说，“他特别喜欢。”

王中鼎冷哼一声：“只要能转移他的注意力，别折腾什么不靠谱的剧本就行了。”

“他玩心很重，没那份定力。”

王中鼎又说：“但愿他不要到处宣扬，赶上哪个嫉妒心强的就麻烦了。”

“这个你放心，我特意叮嘱过了。”

刚说完，保洁阿姨就进门打扫了。这个保洁阿姨是个聋哑人，是冯俊继那位撒泼吵闹的保洁员后，特意给王中鼎挑选的。

保洁阿姨擦着擦着，突然间想起什么，从衣兜里掏出纸和笔，写了一张字条，笑盈盈地给王中鼎递了过去。

“王总，听说你送了韩东一把吉他。放心，我不会到处乱说的。”

王中鼎当时脸就阴了，一把将字条甩给二雷。二雷看过之后也是脑门儿冒汗，不让韩东去宣传部门真的太屈才了！

第十章 剧本

“那不是……怕你看上我吗……”

“你把我的眼珠子想得太没用了。”

李尚已经进了新组建的恐怖片剧组，这是第一次上妆，用的是自带的化妆团队。

化妆师一边化一边赞不绝口："为什么你化成鬼都这么帅？"

"是你没敢下手，没关系，你可以尽情化，怎么吓人怎么来。"

"我已经尽最大努力了，可化出来还是这么帅，我真的无能为力了。"

李尚只是笑笑，没说话。

化妆师又感慨道："真意外呢，没想到你会接这种角色。虽然剧本改了不少，但我还是觉得会毁坏你的形象呢。"

李尚倒是很淡然："我还是个新人，就应该多尝试一些角色锻炼锻炼自己。我不希望别人说我是靠什么出头的，我希望他们看到我真正的实力。"

化妆师朝李尚投去欣赏的目光："你是我见过的最沉得住气的新人，不像有一些人，出点儿小风头就不知道自己姓什么了。就拿那个韩东来说吧，王总送他一把吉他就到处嘚瑟，真没见过世面。"

李尚神色一僵："王总送他吉他？"

"是啊，一个劲地臭显摆。"

后来梁景来探班，也说起了这件事。

"他肯定是签约无疑了，但签给谁一直没透露，应该不是一般人。"梁景说。

李尚一脸慎重地说："我觉得他可能是签给冯俊了。"

小文嗤笑一声："签给二把手？也太夸张了吧？他凭什么啊？"

李尚没说什么。

韩东已经把自己关在房间整整两天了，自打俞铭说完夏弘威的事，韩东就房门紧闭，潜心创作，再也没出来过。

俞铭担心韩东的状况，忍不住过去敲门，结果敲了半天没人开。手一拧发现门没锁，便直接走了进去。

韩东端坐在电脑前，浑身上下冒着寒气，身下的充气沙发已经瘪下去了，可他依旧目不转睛地盯着电脑屏幕，手指机械地敲打着。

“韩东？”俞铭试探性地唤了一声。

韩东毫无反应。

“韩东？”俞铭又大声叫了一遍。

韩东突然整个人蹿跳到一米开外，浑身上下颤抖如筛，惊恐地叫嚷：“干吗吓我？”

俞铭也是一激灵，到底谁吓谁啊？

“你怎么了？”俞铭问。

韩东大喘着气：“我可能写得有点儿太投入了。”说完又打了无数个冷噤。

俞铭一脸愕然，这是写了什么，把你自己都吓成这样？

“嘘！”韩东突然竖起食指，一副神神秘秘的口吻，“马上就快写到你了，哥这次给你安排的角色绝对出彩，绝对能发挥出你的最大潜力。”

俞铭回去之后，韩东继续“奋笔疾书”。

吉他就放在手边，三番五次想摸，都咬牙忍住了。

随着情节的推进，韩东头顶笼罩的阴云越来越重，僵硬的肩膀抖得越发厉害，感觉眼前的字符都开始跳跃起来。迷迷糊糊中，他瞧见夏弘威狞笑的面孔出现在桌面上，凶恶的獠牙已经伸向了屏幕外。

“你竟然敢把我们家俞铭写死？我要把你绑起来丢到井里。”

韩东感觉沙发下面的地板赫然裂开一个大洞，他的身体不受控制地下坠，眼睛上方突然变成一个井口，夏弘威就趴在那里阴森森地笑。

“啊——”

韩东一声号叫后冲出了屋子。

其实刚才写的过程中，韩东就已经睡着了。

这两天西西被送到王中鼎的父母家里，王中鼎就一直住在办公室。

半夜睡得迷迷糊糊，听到一阵急匆匆的脚步声。王中鼎刚把台灯打开，韩东就神速破解了办公室房门的密码锁，接着他如遭追杀般地冲进卧室，衣服都没脱就钻进了被窝，一把抱住正欲起身的王中鼎。

王中鼎身体一僵，扭头看过去，韩东是闭着眼的。

平日如火炉子一般的韩东，这会儿已经化成为大雪糕，浑身上下冒着凉气。

王中鼎探了下韩东的脑门儿，冰凉凉的，没有任何发烧的迹象。

“救救我吧，夏弘威要杀我啊！”韩东惨叫。

夏弘威？夏弘威要杀你？王中鼎完全不知道韩东的这条逻辑是怎么衍生出来的。

“夏弘威什么要杀你？”

韩东脑袋使劲往王中鼎怀里扎，依旧自顾自地嚷嚷：“他要把我扔井里，要把我扔井里……救救我……”

王中鼎一脸嫌弃地用大手稳住韩东乱摆的脑袋，让他和自己的胸口微微拉开一点距离。

“他要把你扔井里？为什么扔井里？”

韩东一脸紧张地说：“我自己跳井了啊！俞铭让我写死了……”

前面跳井的桥段王中鼎没听明白，但是后面一句王中鼎听明白了，韩东这是写剧本写魔怔了，自己把自己吓唬成这样。

王中鼎耐着性子哄了两句：“不怕，都是假的。”

韩东还聒噪个没完：“这可不是假的啊！这都是真的！咱俩第一次见面我就跳井了……我……我……三十多米深的井啊，好家伙，井水冰凉刺骨！就在我命悬一线之际，突然杀出一个英雄，只见这英雄身长八尺，高鼻美目，说时迟那时快……”

王中鼎所有的耐心都化为冷眼。

“俞铭就像一条大虫子在我身上蠕动，哇呀呀呀……”韩东又错乱了。

王中鼎伸手从床柜的抽屉里拿出封条，直接把韩东的嘴堵住了。

这回我看你还怎么贫？给我老实睡觉！

结果，韩东这话是不说了，四肢又开始乱摆。尤其是那只臭脚丫子，一个劲地在王中鼎腿上乱蹭，就像一条蠕动的大毛毛虫，腻腻歪歪的，好不心烦。

王中鼎直接将韩东的脚丫子踹了回去。

结果没一会儿，韩东那不屈不挠的“大毛毛虫”又缓缓地爬了回来，再次搭到王中鼎的腿上。

如果屋顶上有一台摄像机，此时镜头里就会出现两道缠抱在一起的身躯。一个人身体僵硬，一动不动，脸上带着无尽的嫌恶和隐忍；另一个人则四处乱钻，到处乱蹭，眯着眼睛一脸的享受。

王中鼎终于怒斥出声：“我告诉你，我能接纳你就不错了，你要是再敢蹬鼻子上脸，就给我马上走人！”

韩东终于老实了，但是这种老实仅限于大幅度的折腾，还有一些小幅度的难以克服，譬如磨牙、打鼾、嘟嘟囔囔……譬如王中鼎刚合上眼，旁边的人就一个翻身，他刚有困意，一条大热腿缠上腰身又迅速撤离……

王中鼎好不容易才睡着，结果又被一阵酥痒感逼醒。

韩东的爪了不知什么时候伸到了王中鼎的睡衣里，王中鼎脑门儿青筋暴起，眉宇间充斥着浓浓的雄性气焰。

“你给我老实点儿！”几乎是牙缝里挤出来的冷硬字眼儿。

韩东还在梦游中，哪是能喊得醒的。

王中鼎突然暴起，一个凌厉的翻身狠狠将韩东压制在身下，两只手扼住韩东的手腕，凶悍地瞪视着他，一口雄浑之气扑上去。

“我让你老实点儿听见没？”

韩东老实了。

王中鼎僵愣了很久，才放开对韩东的束缚，翻回去接着睡。

结果，没一会儿又摸上来了。

王中鼎后槽牙都快磨碎了，当时心里就一个念头：你要是不给我拿出一个说得过去的剧本，老子剐碎了你！

然后，绷着脸翻过身，直接攥着韩东的手睡。

夜，终于沉静下来。

第二天早上天还没亮，王中鼎就把二雷叫过来了。

“把他扛回去。”手指指里屋。

二雷朝王中鼎投去惊愕的目光，你竟然留人过夜了？

王中鼎一脸不快：“看什么？还不赶紧弄走？”

二雷急忙进里屋，一看到床上的人是韩东，扛着他就往门口走。

王中鼎突然又叫住了他。

“怎么了？”二雷问。

王中鼎开口说：“背着。”

二雷诧异：“扛着和背着有什么不一样吗？”

“让你背着就背着。”

王中鼎不容分说地将韩东抱下来，换了个姿势放上二雷的后背。

韩东走了没一会儿，夏弘威就来了。

“我要投资一部电影。”他开门见山地说。

王中鼎马上就意识到了是哪部电影，于是开口阻拦：“那部电影根本不靠谱，你还是别糟践钱了。”

夏弘威哪肯听王中鼎的劝告？永远一副“我就是来通知你”的语气。

“五千万投资，这是合同！”他直接把合同拍在王中鼎面前。

五千万投资虽然在如今的电影市场已经不算什么，但相对于恐怖片来说已经很冒险了。尤其剧组没有一线大腕，导演也是新生代的，票房号召力远远不够。要知道之前四家合资才投了三千万，现在夏弘威一人就要出五千万，简直就是作死！

王中鼎直接把合同推了回去：“你可以找别的公司制作发行，我是不会接的。”

“我就要在你们公司出！”夏弘威一字一句地说。

四目相撞，又激起一片硝烟战火。

“现在连剧本都没有。”王中鼎提醒。

夏弘威冷笑一声：“你知道吗？这部片子赔了，俞铭就任我摆布！”

此话一出，王中鼎再无开口拒绝的余地。

“合同先放这儿了，如果有问题再打给我，我有事先走了。”

下午，韩东拿着自己的首部作品喜气洋洋地进了王中鼎的办公室。

“请您不吝赐教。”

王中鼎拿起稿件，刚扫一眼脸就沉下来了。

“这就是你写的？”

“对啊。”韩东一副自我感觉良好的派头。

王中鼎猛地将稿件甩在办公桌上：“你语文是体育老师教的吗？”

“你咋知道的？我们小学所有科目都是一个老师教。”

王中鼎：“……”

“你别看格式，那都是浮云，到时候会有专门的编剧给我改的。你就看内容，看中心思想。”韩东又把稿件小心翼翼地推到了王中鼎面前。

王中鼎勉强相信他一次，又拿起稿件来读，结果读了不到一分钟就站起身，直接拖着韩东往门口走。

“干吗轰我走啊？”韩东不明所以。

为什么轰你？王中鼎已经不想说了。不分段、一逗到底也就算了，通篇错别字、逻辑混乱、言语不清……你是来搞笑的吗？

韩东不死心：“你再看看嘛，我费了好大工夫写的。”

“马上把他带回宿舍。”王中鼎对门口的保镖说。

保镖直接把韩东押走了。

王中鼎仍旧一副头疼的表情，那份乱糟糟的稿件老在眼前晃，干什么都没有心情，一赌气又拿了起来，硬着头皮往下读。

韩东做事磨磨唧唧，写东西也是磨磨唧唧，一个剧情概述扯了三大篇。

王中鼎反复拿起放下，放下拿起，不知多少次之后，就再也放不下了。

突然有种说不出来的感觉。

他马上翻回去，又重读了一遍，这次通顺了不少，剧情也慢慢条理清楚了。

王中鼎一开始以为韩东写出来的东西必然是侧重场景而非剧情的，然而事实完全相反。这篇故事不是支离破碎的惊悚片段，也不是妖魔鬼怪各显神通的奇葩剧情，而是一部原汁原味、构思奇妙的悬疑惊悚剧。

最让王中鼎意料不到的是这部剧应用了“德罗斯特效应”，也就是递归的一种视觉形式，是指一张图片的某个部分与整张图片相同，如此产生无限循环。

就像我们常说的那个故事：从前有座山，山里有座庙，庙里有个老和尚给小和尚讲故事，讲的是什么呢？讲的是从前有座山，山里有座庙，庙里有个老和尚给小和尚讲故事，讲的是什么呢？讲的是从前有座山，山里有座庙……

而且深入读下来才发现，通篇逻辑清晰、布局严密，一环扣一环，悬念直接铺设到结尾，突然一个大转折，让人毛骨悚然。

里面不仅涉及德罗斯特效应，还涉及催眠术、清明梦等一系列灵异与现实交叠的片段，擦边球打得相当老到，完全避开了审核禁令。

特别是为俞铭量身打造的这个角色，简直合适得令人发指。

俞铭在剧中演绎的是一名身亡的舞蹈学院学生，也是主人公遭受梦魇折磨的一只压床鬼。这只鬼最大的特点就是柔韧性相当好，他会用极其扭曲的姿势在主人公的身体上蠕动爬行。你完全可以想象到那骤然旋转的腰身、拧成错乱的肌肉、咔咔作响的关节在你的眼前痉挛舞动，你歇斯底里，他却面无表情的恐怖景象。

中鼎影视为俞铭打造了这么多部大片，从未想过还能有这样一个角色。

一个小时后，韩东又被押送回了王中鼎的办公室。

王中鼎的办公桌旁边有个辅助办公区，平时忙的时候冯俊会到这里协助办公。稳妥妥的二把手席位，今天韩东获此殊荣。

“看我干什么？我让你修改稿件！”王中鼎一声严厉的指示。

韩东按照“王老师”的要求把内容简化，然后分段，再加上标点，感觉没什么可修改的了，举手示意：“我修改好了。”

王中鼎只是简单地扫了一眼，就开始连珠炮似的训斥。

“我刚才怎么跟你说的格式？说话对象改变时要另起一行，这怎么还扎堆？”

“还有这句，你自己读读，这是人话吗？能读得通顺吗？”

“这么大个错别字在这儿摆着，你看不见？”

“重新修！”

韩东埋头吭哧吭哧地修了半天，最后抬起头，试探性地问王老师：“这回行了吧？”

王老师刚看了两眼，又一巴掌抽上韩东的后脑勺：“这个地方应该加什么标点？是书名号吗？你再好好想想。”

韩东干笑一声：“错了错了，应该是引申号。”

“哪来的引申号？那是双引号！”

“对对对，双引号，我记错了。”

当强迫症遇上二糊蛋，当精英遇上文盲，怎能不糟心？

王中鼎逐字逐句地批改过后，认为没问题了，脸色才稍微缓和一些。

“过来，我教你怎么把故事改成剧本。”王中鼎招手。

韩东把凳子搬到王中鼎身边坐下，凑过去看着电脑屏幕，一副认真好学的模样。

“你已经拍过电影了，也看到过剧本了，知道剧本和故事的区别在哪里。除了有情节之外，还要有场景、动作表情说明、对白……”

王中鼎正说着，突然有只狗爪子摸上了他操控鼠标的手。

“你手真光溜。”韩东勾唇坏笑。

王中鼎厉声训斥：“拿下去！”

韩东迅速撤手，又一副认真倾听状。

结果王中鼎讲了没一阵，突然又说：“把手拿上来。”

韩东虽然不明所以，但还是乖乖把手伸了上去。

王中鼎问：“你的手怎么这么糙？”

他昨天晚上抓韩东的手的时候就感觉到了，这货的手不是一般的粗糙，他身体各个部位，包括脸都挺细滑的，唯独这两只爪子，简直就像砂纸一样。

“我是农民的儿子，这是一双下过工地、干过农活儿的手！是我们这一双双勤劳智慧的双手缔造起了京城的高楼大厦，才能让你们这些精英白领在里面滋润！”

王中鼎斜睨着他，幽幽地说：“才下工地一天就掉到了井里，也配说自己是民工？”

韩东讪笑：“你咋知道的？”

王中鼎看韩东傻愣的模样，忍不住哼笑一声：“你昨天晚上自己说的。”

“我自己说的？我昨天晚上什么时候跟你见过面？”韩东一副不认账的表情。

王中鼎直接把目光转向电脑屏幕：“我们继续吧。”

“不行！”韩东立刻打断，“必须把这事说清楚了，我到底什么时候跟你说的？都跟你说了什么？”

王中鼎只能耐着性子把韩东说的那些胡话全部复述出来。

韩东一听就蒙了：“我……我提夏弘威了？”

“你不是提他了，你是一直把他挂在嘴边。”

韩东急忙问：“你没告诉夏弘威吧？”

“还没来得及告诉。”王中鼎说。

韩东差点儿扑通一下跪到地上：“千万别啊，他会弄死我的！求求你了……”

王中鼎不为所动。

“你要是告密，我就把你抖落出来，反正咱俩是拴在一根绳上的蚂蚱。”

王中鼎纳闷：“跟我有什么关系？”

“怎么没关系？我是看见你才跳下去的。”

王中鼎更想不明白了：“你看见我跳井干吗？”

“我怕你看见我。”韩东对手指。

王中鼎又问：“为什么怕我看见你？”

韩东捂脸贱笑：“那不是……怕你看上我吗……”

王中鼎：“你把我的眼珠子想得太没用了。”

韩东毫无羞耻之心，还乐吟吟地朝王中鼎挑挑眉。

王中鼎一脸戒备：“你干什么？我告诉你，别又扯那些没用的！”

果然，韩东捅了王中鼎的腰眼儿一下，嘀咕道：“咱俩以后真是……”

王中鼎打断他的话：“再贫，信不信我抽你？”

韩东立刻把脸扭到别处，肩膀继续抖个没完。

王中鼎不理他，把脸扭向电脑屏幕，一边亲自修改着剧本格式，一边耐心地为他讲解要点。

韩东的下巴探着探着就探到了王中鼎的肩膀上。

王中鼎斜眼瞪着他，韩东又一副二赖子的表情。

“脖子老这么伸着太累，垫一会儿，就垫一小会儿……”

不知道为什么，王中鼎竟纵容了韩东这种行为。

交流过程中，韩东突然问：“能不能给我加一段床戏？”

“不能！”王中鼎直截了当地拒绝。

韩东失落之余又有点儿小窃喜，故意问：“为什么不能给我加呀？”

“因为你在床上毫无美感。”

韩东：“好吧。”

剧本全部修改完毕，在署名的时候，王中鼎征求了一下韩东的意见。

韩东说：“就写咱公司的文学部吧。”

“为什么不写你的名？”王中鼎挺意外的。

韩东说：“你写咱公司的文学部，等于还了鲁导演一个人情。”

王中鼎完全没料到韩东会考虑这么多，现在再看他那副吊儿郎当的表情，突然又觉得挺招人稀罕的了。

“是不是觉得我特招人稀罕？”韩东臭美。

王中鼎似怒未怒地轰他：“出去，我得忙自己的事了。”

韩东拿着打印好的剧本往外走。

王中鼎突然又叫住了他：“先等会儿。”

韩东不解地回头，突然一个东西砸了过来，伸手一接是个小圆瓶。

“回去褪褪你那爪子，恐怖片镜头非常看重肢体的外形，你这大糙爪子一上镜，观众肯定会出戏的。”

韩东点头：“我知道了，一定保养得像你那么光溜。”

“去去去，赶紧走吧。”

韩东刚一走，王中鼎就给夏弘威打了个电话。

“剧本已经搞定了，明天我就找人送去审查立项。不过投资金额有些变动，完全用不了五千万，两千万就足够了。”

“两千万？”夏弘威接受无能，“你没开玩笑吧？现在两千万还能拍电影？”

“如果剧本好，两千万也能拍出两亿的票房。如果剧本不好，两亿的投资也未必能收回两千万。”王中鼎说。

“两千万太少，很容易就赚回来了。”夏投资商口气狂妄，“五千万一分不会少出，大不了那三千万全给俞铭当片酬！”

王中鼎淡然一笑：“你就是给他一亿片酬，这部影片也赔不了。

夏弘威纳闷，上午还死乞白赖要拦着，这会儿又跟我玩志在必得这一套！搞什么？

“咔！”

梁景一声令下，李尚终于从威亚上放了下来。

他的腿经历了那么大的手术，尽管已经康复，但仍大不如前。才吊了一个多小时，落地的时候就有些站不稳了。

“怎么样？还好吧？”梁景问。

李尚摆摆手：“没事。”

“演技进步非常大。”梁景拍着李尚的肩膀赞许道，“未来中国内地的电影就靠你了。”

李尚的脸色顿时好了很多。

休息间隙，两个人又聊起了鲁导演接拍新电影的事。

“据说是原班人马，剧本新赶出来的。”小文说。

李尚好奇：“是王总投资的吗？”

“王总会当那个冤大头吗？这么不靠谱的生意，也就俞铭的那个大财主敢接。”

说到俞铭背后的大财主，小文忍不住嗤笑：“如果是他投资，那这部戏准赔！他就是跟钱有仇，哈哈哈……”

“投了多少？”李尚问。

梁景淡淡回道：“听说是两千万。”

“这么少？”李尚挺意外，“那个财主不是一出手就上亿吗？”

“他又不是傻子，说白了这部戏就是为了哄俞铭一个高兴，顺便给鲁导演找回面子。”

这些天鲁导演一直在四处寻觅好剧本，自己也试着写了写，压根儿没对韩东抱多大的期待值。结果让他意想不到的是，韩东居然在一周内就把剧本初稿送上来了。

“这么快？”鲁导演为剧本质量感到深深地担忧。

韩东嘿嘿一笑：“你先看看再说呗。”

鲁导演看完剧本内容，浑身上下的血都热了，两个眼球都被烧红了。

“这……这是你写的？”

韩东一派官腔：“我就提供一个思路，是我们公司文学部集体创作的结晶。”

鲁导演唏嘘不已：“前几天我还因为撤换剧组的事和公司那边闹意见，现在想想太不应该了。你先把剧本拿去给副导和场记看看，我给王总打个电话。”

说完，鲁导演就匆匆拿起电话去了外面。

韩东和沈初花谈杂志封面拍摄的事。

沈初花说："封面人物换了。"

"换了？换成谁了？"韩东诧异。

沈初花说："换成方芸了。"

韩东心里暗骂：这两个人，一天到晚除了抢食不干别的了。

"那杂志主编叫什么？就那天和你聊天的那个外国佬，说话怎么这么不靠谱？"

沈初花说："全称是尼古拉斯·斯贝西，平时大家都叫他尼克。"

韩东摆摆手："算了算了，我也懒得跟一个女人争。"

不料，沈初花突然开口表态。

"我一定要把这个名额抢回来！"

"你？你靠什么抢？"韩东一脸鄙夷。

沈初花异常淡定地说："方芸靠什么抢，我就靠什么抢，方芸见了尼克先生四次才搞定，就证明尼克先生本意是不想给她的，只是迫于人情。既然这样，我也可以和尼克先生建立人情，让尼克先生把封面还给你。"

韩东觉得沈初花简直在痴人说梦，姑且不说一个当红明星和一个不知名小艺人的助理这种悬殊的地位，就说最直观的外貌差，人家尼克先生瞎啊？

"尼克先生不给方芸封面，方芸可以直接和他说：只要你把封面还给我，我就愿意陪你睡一觉。你行吗？"韩东言辞犀利。

"我怎么不行？我也可以和他说：你要是不把封面还回来，我就和你睡觉！"

韩东先是一愣，接着捧腹大笑："哈哈哈……确实你的更有威慑力！"

沈初花不气不恼，依旧一脸认真地说："那我就去办这件事了。"

"嘿，你还真去啊？"韩东喊了一声。

沈初花头也不回地走了。

韩东本想叫住她，结果看到鲁导演回来了，只好先作罢。

"剧本上面已经过审了。"鲁导演脸上掩饰不住的兴奋之色。

韩东咧嘴一乐：“还挺快的。”

鲁导演收起脸上的笑容，略显迟疑地开口：“我想和你商量一件事。”

“什么事？你说吧。”

“刚才我和投资商那边沟通了一下，他表示选角完全听从剧组的意见。我和张副导是这么考虑的，咱这个剧组虽然是原班人马，但是因为剧本的改变，肯定会有人员上的变动。之前马斌是男一号，我也应允他如果有新剧本，还让他当主角，所以你看……”

韩东立刻爽快地道：“本来就应该是马斌前辈当主角啊，我们设定剧本的时候就已经考虑到了。我和俞铭都是配角，我们俩就是演鬼的。”

鲁导演笑着攥住韩东的手：“只要你和俞铭没意见，我这里就好协调了。真是太谢谢你了，不知道说什么好了。以后有机会再合作，一定会让你演我的男主角！”

“哈哈哈……我可记住了。”

这边的剧组刚筹备，李尚那边潮水般的宣传战就已经打响了。

梁景毕竟是王牌监制，又导演了那么多部作品，深谙影片运营之道。这部影片的营销策略完全采用好莱坞模式，发行、宣传、推广、拍摄是同步进行的。占用覆盖人群最大的电视平台进行强势霸道的宣传推广，对象除了观众之外还有影院。

今天拍摄任务结束后，李尚突然和梁景提起了改剧本的事情。

自打梁景接手，这部电影的剧本已经大修过一次。原本是三只鬼，为了加重李尚的戏份，就压缩成了两只，但随之而来的就是剧情精彩度的下降，为此梁景也深感遗憾。

“我觉得可以额外加一个情节，让我男扮女装演个女鬼，这样就等于多了一只鬼。如果到影片结尾再揭露真相，还可以增加影片的刺激性。”

梁景沉思片刻，眼睛微微亮了起来。

“你这个建议确实不错。”

李尚又说：“而且那部大片也有男扮女装的戏份，这部正好可以当作预热。”

经李尚这么一暗示，梁景恍然大悟，当即一拍巴掌。

“你小子越来越上道了，加，必须要加！”

韩东正在剧组学习分镜头脚本的设计，就接到了王中鼎召回的电话。

“到我办公室来领你的稿酬。”

韩东回到公司的时候，王中鼎也恰好从车里走出来。韩东紧紧跟随其后，然后趁着王中鼎不注意，猛地蹿跳到他的背上。

王中鼎还没发飙，韩东就先声夺人。

“谁推我一把？缺不缺德，太不要脸了！”

二雷扶额，大哥你能不能找个像样点儿的借口？你见谁被推一下能蹿起来？

韩东又假模假式地训斥二雷：“你咋不管管？这明摆着是借我偷袭王总啊！”

二雷腹诽：方圆二百里就你一个人，我管谁？管王总啊？

就在王中鼎转过身的一刹那，韩东又扑上去一个熊抱，然后在王中鼎做出反应前迅速撤离，还一脸控诉的表情指着二雷。

“就他，他不仅不管，他还推我！”

出乎所有人意料的是，王中鼎居然没翻脸，仅仅是面无表情而已。

到了办公室，王中鼎直接甩给韩东五万。

“先预付一半的稿酬，剩下的一半等开机之后再给。”

韩东惊了：“这么多？”

王中鼎没解释，而是问韩东：“吃了吗？”

“没啊，怎么了？”

王中鼎突然开口说：“那就一起下去吧。”

“啊？”韩东有点儿受宠若惊。

王中鼎没再说第二遍，直接拎着钱包出了门，韩东反应过来之后乐颠颠地跟在后面。

两个人就在楼下的餐厅就餐，韩东点了一大桌子的菜，正要大快朵颐，就听王中鼎在对面问："你洗手了吗？"

"洗了。"韩东头也不抬地说。

王中鼎一把将他的手拽了过来，结果一看，洗什么啊，还有一大块黑在上面。

"这是什么？"斥问韩东。

韩东大言不惭地说："胎记。"

王中鼎强行把着韩东的手伸到他的脸上，狠狠这么一抹，"胎记"就转移了。

"洗去！"不容违抗的口吻。

韩东灰溜溜地去了卫生间。

等回来的时候刚要动筷，王中鼎又问："抹护手霜了吗？"

"我早上抹了。"

"洗一次手就得抹一次，不然你的手什么时候能恢复成人样儿？"

韩东嫌麻烦就说："没带。"

"我要是从你衣兜里翻出来怎么办？"

韩东贱笑："翻出来你给我抹呗。"

王中鼎哪会惯他这个毛病？就一个字的铁命令："抹！"

韩东只好把小瓶子拿出来，磨磨唧唧地在手上一通乱蹭，还眉眼含笑地瞧着王中鼎，故意问："为啥这么关心我的手？"

王中鼎淡淡地说道："反胃。"

韩东立刻回敬了一个烂脸王的表情。

"行了，快吃吧！"王中鼎催促。

吃饭的时候两个人的违和感更强了，王中鼎那边慢条斯理地吃着，韩东这边搅和得像猪食一样，还从里面拣出一块烂肉夹到王中鼎碗里，说："甲鱼肉，你最爱吃的。"

王中鼎居然吃下去了，连他自己都没想到。

气氛正温馨，李尚不知从哪儿冒出来了，看到韩东和王中鼎不由得一愣。

韩东朝他扬了扬手，就是示意性地打个招呼，没想到李尚朝这边走过来了。

“东子，王总，你们也在这儿吃啊？真巧。”

韩东客气了一句：“坐下来一起吃吧。”

李尚一听这话，马上坐到王中鼎的旁边，端起碗就开始吃。

韩东腹诽：你倒是不见外！

后来，李尚一边吃一边和王中鼎聊电影的事，完全把韩东视若空气。

韩东就在对面观察李尚吃饭，他发现李尚吃相都变了。以前吃东西和他一样狼吞虎咽的，现在倒和王中鼎一个调调了。

“梁监制居然没和我商量，就给我加了一个男扮女装的戏份。”李尚一脸苦逼。

王中鼎说：“多尝试不同类型的表演也不错。我不是说过么？新片计划里的男主角就有一段男扮女装当卧底的戏份。”

李尚一副意外的表情：“是吗？我都不记得了，那看来我真得好好演了。”

“有男扮女装的戏份？”

李尚的惊讶是装出来的，韩东的惊讶却是真的。

王中鼎斜睨了他一眼：“怎么？你能演？”

“我哪能演那种角色？外形所困，完全娘不起来。”韩东的眼神比李尚还虚伪。

王中鼎也承认：“你这张脸扮成女人确实没法看。”

韩东听到这话毫无被埋没的憋屈感，反而有种侥幸逃过一劫的感觉。

李尚就不一样了，李尚听到这话就等于听到了希望。本来他就是因为男扮女的戏份被王中鼎拒绝了，所以生怕韩东在这一条上优于自己。既然王中鼎已经把意思表达得这么清楚，李尚就等于吃了一颗定心丸。

原本很难得接近王中鼎的一个机会，李尚本想“乘胜追击”，多拉拢拉拢感情，结果却被方芸的一个电话打断了。

“十五分钟之内不赶过来，后果自负！”

李尚的脸色变了变，可转过身再面对王中鼎时，又挂上惯有的笑容。

“王总、东子，你们慢慢吃着，我剧组有点儿事先走了。”

“刚吃这么一点儿就走啊？”韩东假惺惺地挽留。

李尚点头：“有时间再聚吧。”

说完，李尚闪电般撤离。

韩东独自面对王中鼎，又忍不住提起大片选角的事。

“我不想当那个男主角了。”韩东说。

王中鼎直直地看着他，问：“为什么？”

韩东说：“我不想演男扮女装的角色，我觉得会毁坏我的形象。”

王中鼎想不通，男扮女装有演鬼毁人吗？你连烂脸王都能演，床戏、吻戏都不拒，怎么会被一个“男扮女装”困住？

以为韩东是误会了，王中鼎便撂下筷子朝他解释道：“我所谓的男扮女并不是你想象中的那种出洋相，而是为了特殊任务而勇于牺牲自我的英雄形象，是值得尊重的，是惊艳而非滑稽的，完全不用担心自己形象受损。”

韩东怕的就是这个惊艳，万一让王中鼎瞧出他表现起女人来驾轻就熟，再怀疑自己平时有这个癖好就麻烦了。

“刚才你不是也说了吗？我扮起女人来肯定不好看，那你还不把这个桥段删了。”韩东小声发牢骚。

王中鼎不为所动：“演员要适应角色，而不是让角色去适应你。不好看可以让化妆师弥补，你那点儿自信都哪儿去了？”

韩东腹诽：老子就是因为太自信才不能演，真要演了，你们都得以为老子是变性过来的！

“反正我就是不想演。”

王中鼎的脸沉了下来：“你不想演自然有人替代你，孰轻孰重你自己掂量掂量。”

韩东撇撇嘴，没再说什么。

李尚迟到了三分钟，就让方芸高跟鞋狠狠踹了三脚。

“你怎么了？”李尚依旧一脸好脾气。

方芸恨恨地说：“还不都是因为你！本来我已经不指望靠杂志封面博人气了，现在还要为了你和一个毛头小子争。争过来也就算了，结果竟让他那个丑助理挖了墙脚。”

说到韩东，李尚的表情立刻紧张起来。

“到底怎么回事？你慢慢说。”

方芸依旧难平心中怒气。

“本来尼克先生已经答应我了，合同都快签了，结果他今天又跟我说恐怕要等两天。后来我问他的助理才知道，就韩东身边那个叫什么花的丑女人，这些天频繁和尼克先生会面。尼克先生还说什么找到了难得的知己，竟然为了她拒绝我的邀约。你说外国佬是不是眼光都有问题啊？”

李尚看了看方芸旁边的老外助理，并问了他的意见。助理表示老外的眼光没问题，沈初花的丑已经跨越了国界的障碍。

那就只能说明，这女人真的有两把刷子。

“他只是说过两天，没说别的吗？”李尚问。

方芸摇头：“虽然没说，但那意思已经表现得很明显了，不过就是找借口拖着呗。”

“如果他没有明确表示有人替代你，就证明事情还有转机。”

“可我实在拉不下那个脸了！”方芸气恼。

李尚拍拍方芸的后背，用意味颇深的口吻安慰道：“那就算了吧，你也尽力了，那本杂志至今就上过一位中国女星，你就算上不去也没人会说什么。”

而那个唯一上过的，就是三年前风头正盛的伊璐。

“那我还真就不能算了。”方芸瞬间换了一张脸，“这封面我上定了。”

于是，方芸再次厚着脸皮上门找尼克先生，而且这次在门外一等就是一个多小时，里面正是沈初花在教尼克先生下围棋。

一局终于结束，休息间隙，尼克先生才把方芸请进来。

“对不起，玩得太投入怠慢你了。”

方芸艳唇勾起，手指在尼克下巴的胡茬儿上画着圈。

“尼克先生这是哪儿的话？等你我还是等得起的。”

旁边的沈初花直接粗着嗓子说：“尼克先生，我先走了。”

“别走。”方芸叫住她，“一起听听吧，说不定以后就不用辛辛苦苦地来了。”

尼克也摆摆手让沈初花留下来。

于是，方芸就当着沈初花的面，亮出一系列示威般的优厚条件，加起来几乎等于买了一期的中国销量。尼克毕竟是个商人，情谊再重也重不过利润。

听到这话，几乎不假思索地答应了方芸的要求。

“沈小姐，我只能说抱歉了，希望这不要影响我们的友谊。”尼克先生一脸惭愧。

出乎方芸意料的是，沈初花没有丝毫争抢的意思，也没有任何责怪之意，而且还大大方方地给了尼克先生一个拥抱。

“没关系，我想我们还会有机会再合作的。不过尼克先生难得来中国一次，我想让韩东拍组大片送给你带回去留作纪念好吗？”

尼克先生没想到沈初花不仅没有责怪自己反而还赠送照片，当即表示求之不得：“我愿意为韩东先生提供最好的摄影棚和摄像师，以后若是有机会，一定还会邀请他担任我们的封面模特。”

方芸心中冷哼一声：不行就不行了，还苟延残喘干什么？

“尼克先生，您看这合同……”方芸直接把笔递了上去。

尼克先生只好接了。

双方一落笔，就是板上钉钉的事了。

至于剩下的韩东拍不拍大片，尼克带不带回去留念，方芸都不关心了。

因为尼克先生后天的飞机，明天方芸还要拍摄，所以韩东只能放下手中所有事，赶在今天把这个悲壮的任务完成。

摄影棚内，两个外籍摄影师静候着韩东换完服装走出来。

帘子一拉开，两个摄影师都呆了。

一袭黑纱透视装，百万明清紫檀家具作陪，韩东盘腿而坐，目视镜头悠然一笑，或邪魅或阳刚的气韵将东方男人含蓄性感的美展现得淋漓尽致。

以往刁钻苛刻的摄像师，此时此刻手中的快门像失控了一样，各种角度疯狂连拍，根本停不下来。

接下来是全裸醉卧浴缸的写真，慵懒的身姿、不羁的眼神，仅用一片叶子遮蔽在腿间，便放肆大胆地叉开，极致完美的腿斜搭在浴缸边缘，香艳指数直接爆表。

摄像师手里的镜头都快被撩出火星子了。

后来又拍了一系列风格，性感的、邪气的、冷艳的、MAN的……只有你想不到的，没有他驾驭不了的。十几分钟一套的拍摄速度简直创了新纪录，让摄像师直呼韩东是用身体演绎男人之美的绝顶高手。

第二天一早，方芸还在被窝里就接到了尼克助理的电话。

“方芸小姐，实在对不起，这期的封面我们还是决定用韩东的照片。”

方芸听到这话时瞬间清醒，突然冒出的一嗓子也把旁边的李尚震醒了。

“为什么？我们是签过合同的呀！”

“尼克先生说了，违约金他会如数奉上，希望以后有机会再合作。”

“喂！喂？喂……”

方芸直接把手机砸到地上摔个粉碎。

李尚的眼中瞬间染上阴沉沉的一层霾。

这边韩东和沈初花已经开始和尼克商量选哪张大片上封面的事宜。

“我认为这种事应该询问一下经纪人的意见比较好。”尼克说。

沈初花也这么认为：“应该让王总来挑，他非常有眼光。”

只有韩东否决道：“不行，就他那个古板思想，十套有九套都得让他毙了！”

尼克先生说：“可是我们签约是要和经纪人接洽的。”

韩东虽然有异议，但是规矩摆在这儿，他也只能认命，不管选哪一张，上了总比不上好。

中鼎集团大厦的六楼会议室正在召开业绩报告会。

参会的人员主要是集团内的各大股东，位居正中的自然是董事长王海志。坐在他旁边的是董事长秘书兼副总裁王钊，也是王海志的小儿子。他平时主管广告和游戏这两个领域，所以除了开会之外很少露面。

主持会议的是执行总裁兼总经理王中鼎，冯俊在一旁协助。

在会议开始之前，冯俊还是先强调会议纪律。虽然是娱乐公司，但在王中鼎的数字高压下，会场纪律可谓相当严明。

“禁止使用PPT，禁止写文件，一件事必须要在三分钟之内阐述清楚，一个问题必须要在三秒钟之内作答。”

说完，冯俊朝王中鼎点头，示意会议可以开始了。

王中鼎简要地做了一段开场白，然后由各个部门公布业绩。每个发言人的表情都非常严肃，语速相当快，而且清晰流利，可见会前下了多大工夫。

最后轮到王中鼎做总结报告。

距离前面的人发言结束还有三秒钟的时候，王中鼎熟练地点开邮箱，戳击第一封邮件。结果就在他下手的前一秒，突然一封新邮件降临，导致他手一快就点错了。

这封邮件就是尼克先生发过来的写真大片，打头阵的是所有人一致看好的“全裸醉卧浴缸”套系。

王中鼎整整愣了十几秒。

十几秒是什么概念？对于普通人而言一个愣神就过去了，对于王中鼎来说，简直就是精神上的大洗劫，没有点儿家破人亡的消息绝不会出现这种状况。

冯俊在一旁小声问道：“怎么了？”

王中鼎这才回过神来，目光转向众位股东及公司高层，沉睿的嗓音开口说道：“非常抱歉，刚才电脑出了一些故障，现在由我为大家公布上一个季度的业绩增长情况。首先我们回顾去年这一季度的业绩，去年……”

王中鼎再去点的时候，又一封邮件发了过来，这次是黑纱透视套系。

参会的人员全都跟着王中鼎呆愣住，这是什么情况？难道是磕巴了？

你王中鼎竟然也会磕巴？

王中鼎开会前扫了一眼数据，基本已经记下来了，为了心静他直接将电脑合上。结果合上后情况仍没有好转，满脑子的数据库都让韩东的“艳照”给霸占了。幸好王中鼎还保留着领导者的基本素养，即便心里已经严重失态，还是凭借着强大的嘴上功夫撑住了全场。

发言结束的一瞬间，王中鼎有种如释重负的感觉。

“你这次发言超时了，超了十六秒。”冯俊小声提示。

尽管时间不多，还是让王中鼎异常不自在。

王海志也发现了王中鼎的异样，会议结束后紧张地询问侄子：“家里没什么事吧？大哥大嫂身体还好吧？”

王中鼎：“都挺好的，您放心吧。”

王海志虽然不参与公司的运营管理，但还是时不时打听两句。

“你们的新片说筹备筹备的，怎么到现在还没个准信儿？”

王中鼎解释道：“导演组还在接洽中，没有落实下来。”

“难道不是何导演吗？”王海志有些诧异。

“不是，我们打算启用好莱坞一线导演。”

王海志笑着拍了拍王中鼎的肩膀：“那我就拭目以待了。”

两个人一边往外走一边闲话家常，王海志突然聊到了伊璐。

“想方设法让她持股。”

王中鼎神色一变，目光投向王海志骤然沉下来的面孔。

“只有这样，才能把她牢牢拴在这儿！”

不出韩东意料，王中鼎果然对他的香艳大片各种鞭挞。

“绝对不能用！这叫什么啊？你自己看看，这种东西能往上登吗？”

韩东纳闷：“怎么就不能登了？咱公司拍大尺度写真的又不是只有我一个，人家都能登，为啥我就不能登？”

“人家拍的那是什么？你拍的这是什么？人家那是艺术美，你这是要流氓！”

韩东气不忿："明明是同样的风格，连摆拍的姿势都差不多，怎么人家的就是艺术，我这个就成耍流氓了？"

"姿势是一样，可呈现出的效果完全不一样。人家那两条腿叉开的时候展现出来的就是一种肌肉美，一种力量美。你呢？你两条腿叉开的时候是什么德行？下流、淫荡、挑逗、低俗不堪，传递出来的都是负面的东西！"

韩东当即还口道："是我的照片负面还是你的心态负面啊？"

王中鼎的脸骤然变色："你说什么？你把刚才的话再说一遍！"

韩东一脸不服气的表情，小声嘟哝道："谁耍流氓谁知道。"

这话算撞在枪口上了，看到王中鼎危险的面孔逼近，韩东情急之下转身逃窜。

不料前方有一座半人高的洋钟，顶端是尖的。若是别人肯定会撞到裤裆，韩东危险的部位却在大腿根儿，想刹闸刹不住了。眼瞧着就要撞上去，突然被王中鼎一把拽了回来。

韩东一阵大喘气，扭头看向王中鼎，竟也是一副惊魂未定的表情。

王中鼎看到韩东盯着他，脸骤然转阴，一把将他甩在旁边沙发上。

"跑什么跑？撞坏了钟表，你赔得起吗？"

韩东也不说话，精锐的目光一个劲地打量着王中鼎，里面透着一股贼劲儿。

王中鼎又回到办公位，点了一支烟，抽着抽着脸色缓和了一些。

"你想上封面可以，但具体上哪一张必须由我来定。"

韩东心中不平："那咱也得协商协商不？"

王中鼎态度非常强硬："我不想和你协商！"

"你也太不近人情了吧？"

"我如果真的不近人情，你这些照片一张都不能留。就算是穿着衣服的也没有一点儿正经样儿，没给你全部删除已经很仁慈了！"

于是，韩东直接沦为空气，还是那种遭到各种白眼的空气。

不知过了多久，王中鼎才和韩东说："我已经把选中的图片给尼克发过去了，这件事到此为止。"

“等会儿！”韩东急忙打断，“是哪一张啊？你倒是给我看看啊！”

王中鼎直接说：“你不用看了，已经删了。”

“你怎么没给我留个底儿？尼克先生就给了我这么一张光盘！”

“不光是这张光盘，尼克那里的原片也要全部销毁，如果私自存留就终止一切合作。”

韩东急了：“你干吗这么绝啊？”

“这种照片流传出去对你没有好处。”王中鼎语气尖锐。

可韩东到现在都不明白，他这些照片怎么就见不得人了？

韩东走了之后，王中鼎的目光就一直停留在电脑屏幕上。

二雷提前打过招呼，便直接推门而入。

不料刚一进去，就感觉到王中鼎骤然一僵，接着如刀锋般凌厉的目光就杀了过来，逼得二雷都是一激灵。

“王总，你……你怎么了？”

王中鼎迅速合上笔记本，脸色才恢复正常。

“没怎么了，把东西给我吧。”

二雷揣着几分好奇的心态走上前，将东西递过去的一瞬间，眼神只在王中鼎的脸上停留了半秒，就让王中鼎敏锐的神经察觉出来了。

“看什么呢？”王中鼎质问道。

二雷忙摇头：“没，没……”

说完就转身出门了。

晚上，王中鼎难得不用加班，十点多就上床休息了，结果翻来覆去睡不着，中途起来抽了好几支烟，淡漠的神情里多了几分烦躁。

临近十二点，王中鼎又端起平板电脑，一张一张翻看着照片。

突然站起身，在门口踱了几步，眼睛直直地看着韩东险些撞上的那座洋钟。不知道想起了什么，披了件衣服就出去了。

“二雷，帮我安排专机，我现在要去香港。”

二雷睡得迷迷糊糊的，出什么事了？大半夜的往香港跑……

王中鼎撂下电话就去了韩东的宿舍，韩东早就睡得七仰八叉了。王中鼎也没给韩东套上衣服，直接裹着一条毯子就将他抱了出去。

香港是座不夜城，抵达的时候已经凌晨三点多了，街上依旧很热闹。

王中鼎被接送到一家酒店，有个专业拍卖行的估价师已经在那儿等候了许久。

看到酣睡的韩东，估价师有些顾虑。

“我一会儿碰到他，会不会把他吵醒？”

“这个点不会醒了。”王中鼎语气很笃定。

于是，估价师拿过一系列专业的工具来为韩东量身。

在国外，身体保险已经不是什么稀奇事了，很多名人都为自己身上的某个器官投保，少则几百万多则几千万，甚至上亿的都有。

国内虽然没有这种险种，但依旧有不少明星为某个部位专程上险。譬如伊璐，当年为一头长发投保六千万，在圈内就引起不小的轰动。

王中鼎此次来的目的就是给韩东的下半身投保，主要就是臀部和双腿两项。

估价师接过不少这样的客户，也见过不少傲人的部位，但看到韩东的腿还是被惊艳了一把。估价期间不停地和王中鼎眼神交流，暗示他这次可能要破费了。

最后估价师给的保守额度是双腿三亿，臀部一点二亿，而且都是美金！

按照保险公司的理赔条款，如果达到四点二亿的额度，每年光是需要缴纳的保费就已经上千万了。

本以为王中鼎会再三考虑，没想到他直接开口说：“三点五亿。”

“三点五亿？你是要双项减额还是单项增额？”估价师不明白。

王中鼎说：“单项增额。”

“也就是说你要给他的腿多加五千万的保额？”

“是臀部。”王中鼎纠正。

估价师惊了：“臀部？你要给他的臀部增加到三点五亿？那双腿呢？”

“十亿。”

估价师当时就被镇住了，好莱坞顶级巨星也没飙到这个价位啊！

二雷默默地算了一下，十三点五亿美金就相当于上百亿的人民币，韩东一夜之间就从王中鼎口中的“熊玩意儿”变成了“大熊猫”。

而这一切，韩东完全不知情。

王中鼎特意叮嘱二雷：“这事不要和任何一个人说，尤其不能让韩东知道。”

“为什么？”二雷不明白。

王中鼎说：“他的腿和屁股一旦出状况，他就成了受益人，我怕他梦游的时候把自己的下半身锯了。”

二雷扶额，真是一语惊醒梦中人。

千寻文化
Qianxun-Culture
—图书·影视—

锋芒

柴鸡蛋 著

下

廣東旅游出版社
GUANGDONG TRAVEL & TOURISM PRESS
悦读书·悦旅行·悦享人生
中国·广州

图书在版编目（CIP）数据

锋芒．下 / 柴鸡蛋著．— 广州：广东旅游出版社，2021.6

ISBN 978-7-5570-2491-8

Ⅰ．①锋… Ⅱ．①柴… Ⅲ．①长篇小说－中国－当代 Ⅳ．① I247.5

中国版本图书馆 CIP 数据核字 (2021) 第 102070 号

总 策 划：调 调
出版监制：唐 昕 杨芝波
责任编辑：周思思
特约编辑：林水兽
封面设计：白砚川（@ 白砚川）

锋芒．下

Feng Man Xia

广东旅游出版社出版发行
（广东省广州市荔湾区沙面北街 71 号首、二层 邮编：510130 ）
联系电话：020-87347732
长沙鸿发印务实业有限公司
（地址：湖南省长沙市长沙县黄花工业园 3 号）
710 毫米 ×1000 毫米 16 开 19 印张 272 千字
2021 年 6 月第 1 版第 1 次印刷
定价：88.00 元（全二册）

目录

C o n t e n t s

目录

Contents

第一章 进组

“我不爱吃带味儿的东西。”

“这个没味儿，都处理干净了，你闻闻。”

韩东拿到杂志的那一刻才知道自己哪张照片上了封面。

果然是所有套系中最保守的一张。

这张照片是在蒸汽浴室拍摄的，韩东身着黑色紧身皮裤，大汗淋漓地靠坐在墙壁边缘。一桶热水兜头浇下，粉白蒸汽飘浮弥漫，皮裤上砸起狂野的水花。

光与影，明与暗，层次与质感，诠释了一种不食人间烟火般的性感。

尽管在那一堆照片中很不起眼，但毫不妨碍它成为时尚界人士眼中的艺术珍品。

俞铭拿到杂志的那一刻，又在心底狠狠地鄙视了夏弘威一番。

回到宿舍，韩东正盘腿坐在床上抠脚。

俞铭一秒出戏！

“我说，你能不能别总干这些跌份儿的事？”

韩东不明所以地抬起头：“怎么了？”

俞铭没回答，直接把以韩东照片为封面的杂志甩在电脑桌上。

“恭喜，杂志卖脱销了，这还是我从公司的宣传架上偷来的。”

韩东又开始臭嘚瑟：“这么一张破玩意儿就卖脱销了？时尚圈的人眼光也不怎么高嘛。”

俞铭一副看不惯又替他高兴的表情：“你这组照片在网上也引起不小的轰动呢，我看门户网站的图片版块都给你贴到头条了。”

韩东一听这话立刻上网查看：“我的天，我的微博竟然在一天内涨了几万粉！之前我花了两年时间才涨了几千粉，而且都是我一个个死皮赖脸地求来的。”

俞铭存心刺激他：“人家李尚的粉早就破百万了。”

“嘁，关注我的都是一些什么人？都是混迹在时尚圈的，都是高端人士！受众群就是一个金字塔，越在顶端的人越少。你再看看关注他的那批人，全是一群脑残粉，整天‘欧巴，我好爱你哦’‘又熬夜了，好心疼’这种毫无营养的评论。”

“你再看看我下面的评论，你瞧瞧这条，‘角色本身就是时尚的一部分’，再看看这条，‘你的造型让我想到了摩洛哥、印度和中世纪电影的设计灵感’，你再看这条，‘求大……大尺度’……”

韩东瞬间变脸爆：“这是谁发的？看我不骂死你！”

俞铭急忙拦着他：“你现在是公众人物了，不能乱回。”

韩东手一哆嗦，扭过头幽幽地说：“已经发了。”

“你发什么了？”

“我……我就说‘信不信老子一屁股坐死你’，也还好吧？”

俞铭嘴角抽搐：“好什么啊！赶紧删了吧！”

韩东的手刚要点过去，结果发现有人在他之前删除了。

“我的妈呀……谁这么快？”

话音刚落，王中鼎的电话就打过来了，语气阴沉沉的：“别再让我看到那种话，否则直接销了你的账户！”

说完都不给韩东任何回复机会，就直接挂断电话。

“谁啊？”俞铭问。

“你说谁啊？王中鼎啊！”

“他反应怎么这么快？不会一直派人监控着你吧？”俞铭怀疑。

韩东没好气：“以前他从来不管我，自打我拍完封面，处处受他约束！我这边出一丁点儿状况，他那边马上就知道，防我就跟防贼似的！”

俞铭撇撇嘴：“说明他在乎你了呗。”

说到这，韩东突然想起来一件事。

“嘿，你看我这张封面什么感觉？”

俞铭语气淡淡的：“挺好的啊！”

“够不够性感？”

“凑合吧。”

韩东一拍大腿：“对啊，像你这么性冷淡的人都能看出我这张照片性感，他怎么完全看不出来呢？你说他是不是性无能啊？”

“不是吧？”俞铭难以接受。

“我知道刚才那条评论他为什么那么快发现，而且还言辞激烈了，因为那条评论就是他发的。他就是肾衰竭不行了，才通过这种方式获得一种心理上的满足。”

俞铭哼笑道：“是他想求，还是你想发啊？”

“你怎么说话呢？哥就是再没羞没臊，基本的底线还是有的！再说了，他想看我就一定要发给他吗？我就吊着他，我就存心让他着急，我就……嘿！你怎么走了？”

“洗脚去！”

晚上，俞铭睡得迷迷糊糊的，被隔壁的声音吵醒了。

俞铭捶墙：“我说，你能不能收敛点儿？”

“马上，马上就好了……”

俞铭烦躁地将脑袋扎进床单，脸碰巧贴上那本杂志，看到韩东冷艳的封面照，俞铭内心咆哮：这真是一个人吗？

发泄完，韩东沉沉地睡着了。

结果没一会儿，他又从床上起身了，把灯打开，把手机拿过来，拍了艳照给王中鼎发了过去。

王中鼎正在回家的路上，收到讯息通知，打开一看，差点儿撞上护栏！

第二天，韩东没事人一样地进了王中鼎的办公室。

“明天我就要进组了！”韩东说。

王中鼎毫无反应，而是用一种复杂的目光打量着韩东。

韩东手插裤兜，斜眼往上瞄，故作冷酷的口吻：“干吗这么看我？”

“你脑子里还有点儿别的吗？”王中鼎突然问。

韩东一副不明所以的表情：“我脑子里？别的？什么别的？”

王中鼎本来打算亮出照片质问韩东，结果手机都掏出来了，却一直攥着没动静。换作以前，韩东这种耍流氓的行为都够他死十次的了，但是这一次，王中鼎居然默许了。

“明天我就要进组了。”韩东又强调一次。

王中鼎依旧沉着脸：“那就好好准备吧。”

“我的意思是明天我就要吃盒饭了，今天再一起吃一顿吧。”

结果，王中鼎刚站起身，韩东又把他按住了。

“你不用下去，你在这儿等着就行，我下去买，我去买。”说着火速出门上了电梯。

过了一会儿，韩东提着几个饭盒走了进来。

王中鼎闻到一股异味：“什么东西？”

“吃了就知道！”韩东挑挑眉。

等王中鼎一把饭盒打开，禁不住愣了，猪腰子、羊腰子、牛腰子……

“你买这些干什么？”王中鼎问。

韩东怕直说伤了王中鼎的自尊，就把问题揽到自己的身上：“我最近有点儿肾虚，想好好补一补，你也就势补点儿呗？”

你还补？王中鼎简直无语了，再补你还要发什么过来？

“吃啊！你看我都吃了，香着呢！”韩东一脸陶醉地诱惑着王中鼎。

王中鼎毫无兴趣：“我不爱吃带味儿的东西。”

“这个没味儿，都处理干净了，你闻闻。”韩东夹了一片递到王中鼎鼻子旁。

王中鼎闪避开，却遭到韩东的一番嘲笑。

“哈哈哈……瞧把你吓得！”

王中鼎默不作声地看着韩东傻乐。

“嗯嗯，今儿这腰子确实炒得不错。吃啊！你要不吃，我可都吃了。”

到最后，韩东还真的都吃了。

下午，韩东浑身骚气缭绕，看人的眼神都带电了。

俞铭正在房间里收拾东西，韩东用勾魂摄魄的脚步扭搭进去，斜歪歪地倚靠在门框上，炽热的眸子注视着俞铭，幽幽地说："我怎么感觉有一股热流涌向小腹呢？"

俞铭头也不抬地说："拉去！"

果然，韩东大步冲进了卫生间。

这一通排泄持续了半个小时，等韩东从马桶上站起来的时候，感觉自己更"仙"了。

新电影正式定名为《偷影》，傍晚举办了一场颇为简单的开机仪式。除了主创人员露面之外，几乎没有任何嘉宾助阵。王中鼎人在外省，俞铭有别的安排，主角年龄大话题少……最后媒体的焦点竟然都对准了韩东。

韩东就像天生的演员，只要一面对镜头，就会把平日的自己剥离得一干二净。在镜头定在他脸上的一刹那，永远给的是最佳角度，最酷帅的表情，最强劲的气场。

"下面，我们请韩东来介绍一下自己的角色。"

韩东原本准备了很多高深的话来解读自己那个简单得不能再简单的角色，但当主持人的话筒递过来的时候，韩东又感觉一股热流涌向小腹，而且是急性发作，一瞬间清空了韩东脑子里所有浮夸的辞藻。

于是，韩东只回了一个字："鬼。"

说完直接把话筒传了回去，完全不给主持人再问的机会。

主持人只好笑着打圆场："看来我们的韩东先生不仅在封面上酷，现实生活中也这么酷，现在我们来采访一下鲁导演……"

韩东在镜头前没有表现出任何窘态，沈初花却一眼瞧出了韩东的不适，像煞有介事地走上台去，附耳对韩东说了些什么，韩东就佯装一副有事的样子暂时离席。

结果，不知道是不是韩东下台的几步走得太拉风，竟有几家媒体追了上去。

“韩东，请问你接下来有什么安排吗？”

韩东腹诽：安排？我能有什么安排？先把这泡屎拉了再说！

“韩东，你身上这么厚重的时尚气息，是怎么说服自己去演鬼的呢？”

韩东腹诽：那你是怎么说服自己去看别人拉屎的呢？

“韩东，你这么特立独行，是故意装出来的还是本人性格就这样呢？”

韩东腹诽：你自己吃二斤腰子就知道我是不是装的了！

“……”

面对记者的穷追不舍，韩东始终冷着脸不发一言。沈初花就在一旁替他解围，不停地朝记者说：“对不起，韩东不方便回答。”

眼瞧着前面一拐弯就是卫生间了，如果让摄影机拍到韩东进去的镜头，刚才的一切都暴露了。于是沈初花直接横在镜头前面，嫣然一笑，露出参差不齐的牙齿。

“各位有什么问题可以问我。”

于是，记者全都闪退了。

韩东刚一坐上马桶，就恢复原有的尿样儿，头埋在膝盖处呜呜咽咽：“哎哟……疼死我了……我咋这么倒霉……”

冯俊接到媒体发过来的视频就给王中鼎看了。

“我特意让记者多给他几个镜头，还别说……这小子平时看着吊儿郎当的，在镜头前还真有股大牌范儿。”

王中鼎莫名哼笑一声：“他那是憋的。”

“憋的？”

“嗯，内急。”

冯俊纳闷：“你是怎么看出来的？”

王中鼎没有正面回答，只是用笃定的口吻继续说：“他离开镜头后肯定坐到马桶上去了，不信你就问问看。”

冯俊看着王中鼎眉目含笑的表情，真的很难想象，王中鼎竟然会对这么一件无聊的事情侃侃而谈。而且更让他想不通的是，王中鼎和韩东什么时候变得这么亲密了？

“你来找我不会就为了这个视频吧？”王中鼎问。

冯俊犹豫了片刻说道：“也不全是，我还想跟你说说万里晴的事。万里晴明天就出国了，这次走大概要待上几个月，所以……”

“我明白了。”王中鼎打断冯俊的话，直接问，“什么时候的飞机？”

“明天一早。”

王中鼎看了下表，现在已经八点多了，于是说道：“我手头还有一些急事，大概两个小时内能处理完，处理完我就去找她。”

“别太辛苦了，有事随时叫我。”

冯俊刚要走，王中鼎又叫住了他。

“韩东明天进组，多派几个人盯着他。”

冯俊不明白地问：“有这个必要吗？我看他最近表现不错啊。”

“那只是表面现象。”王中鼎一脸正色，“他那么傻，随时都可能发生意外。”

他还傻？没他那么精的了好吧！

不光是冯俊，但凡明眼人都能瞧得出来，韩东的傻多半是装的。其实比谁心眼儿都多，鬼主意一套一套的。

可王中鼎固执己见：“他就是傻。”

冯俊认命：“好吧，我会找人盯着他的。”

冯俊走了没一会儿，韩东就过来敲门了。

王中鼎看视频里的韩东和看韩东本人完全不是一个表情。看到韩东本人，那张脸自然而然就沉了下来。

“你过来干吗？”

韩东斜歪歪地倚靠在墙上，一点正经样儿都没有。

“找你玩会儿。”

王中鼎立刻怒斥回去：“谁有空跟你玩儿啊？我这忙着呢。”

“这么晚了还在工作啊？”韩东一副无奈又失落的表情，“那好吧，你忙你的，忙完了早点儿休息。”

韩东突然的体谅竟让王中鼎有些不落忍，于是破天荒地多废了几句话。

“明天就进剧组了？”

韩东点点头：“所以现在过来就是想多陪你一会儿。”

“我用得着你陪吗？你把自己管好了比什么都强！”

韩东不吭声了。

“到了剧组老实点儿，别招人硌硬。”

韩东依旧不吱声。

王中鼎停顿了片刻才开口：“行了，走吧。”

走？想得美！

韩东在门即将关上的一刹那，突然飙出一股蛮劲儿，在王中鼎毫无防备的情况下猛地破门而入，抱着一座古钟就不撒手了。

“你来啊！你来啊！你来我就跟它同归于尽！”韩东一脸威胁的表情。

王中鼎当时那张脸黑的啊，瞪着韩东都快把他吞进去了。

“既然你一开始就没打算走，干吗不直接闯进来？”

韩东贱兮兮地笑：“我要是直接闯进来，刚才那堆话就听不着了。”

意料中的暴力事件并没有发生。

王中鼎的体内已经产生“韩东免疫系统”，当他被韩东气到一定份上，系统就会自动运行，将满心的怒火化为彻头彻尾的无视。

“行，你就这么抱着吧，最好抱一宿。”王中鼎冷着脸干自己的事。

韩东也不说话，就那么一动不动地瞧着王中鼎忙活。

时间一分一秒过去，王中鼎手里的工作忙得差不多了，打算收拾收拾去找万里晴。依旧不看韩东，也不和他说话，径直地绕过他去了卫生间。

韩东却在这时飞快地往王中鼎的水杯里倒了一些透明的粉末。

这是韩东从老中医那里求来的秘方，可以起到催眠作用，而且对身体没有太大副作用。

倒完之后，韩东又火速跑回原地抱着古钟，一副没事人的样子。

王中鼎生活规律非常严明，如果他想喝水，而手又长时间触碰桌上用品时，肯定会先去卫生间洗洗手，然后再回来端起杯子。

果不其然，王中鼎回来之后就喝了几口水，然后将目光对准电脑屏幕，做着离开前的清理工作。

没一会儿，王中鼎就感觉到浓浓的困意袭来，怎么都排解不了。不到十分钟的工夫，他就睡着了。

韩东的胳膊从古钟上撤下来，慢悠悠地晃悠到王中鼎身边。手在他的肩膀上试着拍了几下，感觉王中鼎已经睡得很沉了，才搀着他往里屋拖。

韩东将王中鼎抬到床上，脱掉他的衣服和鞋，盖上被子，终于松了一口气。

我只能帮你到这儿了。

善待你的肾吧，早睡早起，身体健康！

韩东刚要转身出门，突然又想起了什么，嘴角慢慢浮起一层邪笑。

他掀起王中鼎的衣服，摆了几个姿势并用王中鼎的手机拍照留存后也发了一份给自己手机，全部搞定之后，又给王中鼎盖好被子，才蹑手蹑脚地走了出去。

万里晴迟迟等不到王中鼎，心中怨气满满，但又不想这么不告而别，思前想后，还是决定来公司找王中鼎，当面问问王中鼎到底是怎么想的。

万里晴从电梯里出来的时候，韩东刚要进去，两个人打了个照面。

万里晴心中烦闷：怎么又碰到他了？

韩东先是一愣，而后展露笑颜，如往常一样和万里晴寒暄。

“哟，嫂子来了！”

万里晴这次长记性了，连搭理都没搭理韩东一下。

结果韩东又挡在万里晴前面，笑问：“嫂子这是干吗去啊？”

万里晴屏足了气，幽幽地回道：“找你王哥去。”

韩东脸色霎时一变，合着这是默认了两个人的关系呗？

“别！嫂子，你听我说，你现在这副状态，对于你们两个人的关系缓和没有丝毫的好处，有可能会加重你们之间的误会。”

“抱歉，我们之间没有误会。”

万里晴这话本来就是摆脱韩东的说辞，不料却激起了韩东的斗争欲。

“没有误会啊？”韩东爽朗地大笑，好像比万里晴还兴奋这个说法，“我就说嘛，王哥就是小题大做，还说什么受够了之类的，哪有那么严重？嫂子这么贤惠，这么宽容大度，王哥怎么能不想结婚呢？”

万里晴的眼神瞬间变了变：“受够了？”

“什么受够了？没有啊！”韩东一副替王中鼎掩饰的口吻，“我刚才有说这三个字吗？哎……不是，嫂子，你听我说，我王哥怎么可能说出这种话呢？他就是再怎么看重孩子，再怎么觉得你小心眼儿，觉得和你在一起没激情，他也不能说出这种话啊！”

原本万里晴是不会把韩东的话当回事的，但是女人少不了敏感，尤其在习惯了韩东对王中鼎的吹捧之后，突然冒出的一两句“诋毁”，会让她忍不住怀疑其真实性。

“他还跟你说了什么？”万里晴问。

韩东刻意挤出一个连地沟油老板都觉得假的笑容，明晃晃的敷衍口吻：“没……没什么啊！他就说你人特好，说如果他结婚的话，你肯定是不二人选。如果他不结婚……他怎么能不结婚呢？不会不会，没有的事，别听人家瞎说……”

万里晴虽然走心了，但绝不是几句谣言就能糊弄的。

“既然这样，那就请你让开吧。”万里晴礼貌地请示。

韩东也没继续拦着她，而是笑脸相迎：“那好那好，王哥等你好几天了，我这就给他打个电话，让他起来给你开门。”

“起来？”万里晴疑惑。

韩东点点头，不假思索地说：“他今天睡得有点儿早，我怕直接按门铃吵到他，先给他打个电话。”

王中鼎一般睡觉都会把手机调成振动，但刚才韩东照相的时候给调成静音了。

“哎呀，睡得有点儿死啊……”韩东嘟哝着。

万里晴不信王中鼎会在这种日子睡觉，更不信他会在这种时候睡觉，于是亲自给王中鼎打了一个电话，结果和韩东一样。

韩东走到门口，假模假式地朝她问："要不要我帮你开门？"

本以为万里晴会掉头走人，结果人家居然真的点头了。

对，就是要看看你有没有这个本事！

你不是一天到晚叫王哥吗？你不是总一副知情人士的嘴脸吗？今天我就要看看，你和他的关系到底亲密到了什么程度，你说的话究竟有多少可信度！

韩东心里暗呼一声糟了，他根本不知道房门密码。

于是先朝万里晴笑笑，然后闭着眼睛瞎摸一气。原本都想好了打不开门的借口和说辞，结果竟然瞎猫撞上死耗子给破解了，连他自己都瞠目结舌。

好像冥冥中有神助，脑子突然就冒出一连串熟悉的字符。

"那个……打开了，你进去吧。"韩东笑得更热情了。

万里晴当时的脸色就已经非常不好看，再进去看到王中鼎果真闷头大睡的时候，脸色就更差劲了，一赌气连声招呼都没打，就直接上电梯离去。

韩东望着她的背影，幽幽地叹了一口气。

第二天一早，冯俊接到万里晴已经登机的消息，本想问问王中鼎昨晚的情况，结果打王中鼎的手机没人接，发他的讯息也没人回。最后竟发现王中鼎的车还停在车库里，从昨晚到现在一直未动过。

看到这儿，冯俊才隐隐觉察到不对劲。

他赶紧给二雷打了个电话，让二雷火速赶到公司。

二雷到了之后，王中鼎办公室的门才被打开。

冯俊和二雷两个人一起冲向里屋，看到王中鼎躺在床上，脑子里完全没有王中鼎可能在睡觉的这一想法，直接就冲上去"抢救"了。

遭到剧烈的摇晃，王中鼎才终于醒过来。

"怎么了？"

王中鼎第一次用困倦的口吻说话，以往无论熬到多晚，再见到他时依旧维持着百分之百的精气神儿。

冯俊迟疑不定的口吻说："你怎么……睡到现在？"

睡到现在？王中鼎似乎才意识到自己坐在床上，眯着眼睛看向房间里随处可见的表盘，每个表盘都在赤裸裸地向他提示着时间，想逃避都逃避不开。

万里晴就这么走了。

这些天李尚在剧组拍戏吃尽了苦头。

为了赶在暑期上映抢占最佳档期，整个剧组都在赶工，几乎是没日没夜地拍。而在这期间，李尚还要尝试挑战性非常大的女装，为了尽快适应，他把所有的休息时间都用在学习女人的仪态仪表上面，甚至采用穿高跟鞋的方式让自己进入角色。

在长期得不到充足休息、又让高跟鞋虐待的情况下，李尚的腿又出现了浮肿现象。

别说跑了，就连正常的走路都很困难。

加之压力太大，李尚这几天的情绪非常糟糕，以往从没和谁红过脸，这段时间也频频朝助理发火。

继又一个通宵收工之后，李尚几乎瘫在了椅子上。

梁景过来询问他的情况："怎么样？还好吧？"

"我没事。"李尚摆摆手。

梁景刚要命令场工收拾道具，就听李尚请求道："让我再看一眼刚才的镜头回放。"

于是，梁景又命令小文把监视器重新打开。

看过之后，李尚的脸上浮现一丝失望之色。

"不行，不行，感觉太差了，能不能重拍一次？"

以往都是梁景不停 NG，演员叫苦连天，现在换成李尚频频挑剔，连身为经纪人的梁景都有些吃不消了。

"还好吧？我觉得可以过了。"梁景说。

李尚完全不能接受："这根本不是我想要的感觉，你看这里，拖回去，对，就是这个表情，过渡得太不自然了。"

于是，都已经撤退的几十号人马，又因为李尚的强迫症，全部拖着疲倦的身躯返回，又把这个镜头重走了数遍，直到李尚点头才终于得以解脱。

李尚自己的身体也严重透支，躺在车上就睡着了。

不知过了多久，他突然被一个巴掌抽醒。

“睡什么睡？就知道睡，我的基金会形象大使让伊璐那个贱人给抢走了，你竟然还能睡得着……”

又是熟悉的吐槽声、抱怨声、谩骂声，萦绕在李尚的耳旁，就像虫子爬到了身上，一开始是一两只，越聚越多，越聚越多，终于在又一个巴掌的催化下轰然爆发。

“你够了！”李尚突然一声怒吼。

方芸听到这话更火大了，扬手又要朝李尚的脸上抽去，结果被李尚狠狠扼住手腕。

“放手，我让你放手！”方芸赤红着眼睛威胁，“李尚，我再说一次，你要是不放手，我现在就把你的那些丑事抖落出来！”

这话李尚不知道听了多少次，终于在重重折磨下……失效了。

“去吧，去抖落吧，只要你离我远点儿！”李尚说。

方芸不可置信地看着李尚：“你说什么？”

李尚一字一句地说：“我让你滚！”

“李尚，你记住你今天的话，我会让你悔得肠子都青了！”

说完这话，方芸持着一张阴冷的面孔下了车。

李尚的头重重地砸在车座上，感觉千斤巨石从头顶上压下来，憋得他喘不过气来。车又开始缓慢行驶，李尚甚至不知道车开向哪里，前面是什么方向……

迷迷糊糊中，李尚被司机拉到一个活动场地，这里正在举行电影首映发布会，是公司下面的一个工作室投资拍摄的小成本电影。

发布会现场气氛热闹，后台却有一位记者蹲在地上嘤嘤哭泣。

李尚习惯性地视而不见，结果刚要走，就听到一个熟悉的声音。

“你怎么了？”伊璐柔声询问。

记者也没抬头看是谁，就哭噎着说了事情经过。

原来是她提前约好了要采访这部戏的女主角，结果对方中途变卦，连个解释都没有，还要大牌骂人，说这么没名气的报纸她根本不屑于上，导致记者没法回去交差。

其实，那个主角顶多算个三线演员，上那份报纸绰绰有余了。

“你拍我吧。”伊璐突然说。

不光记者一愣，连隐藏在拐角处的李尚都愣住了。

伊璐又说：“我现在正好有时间。”

记者抬起头，瞬间露出难以置信的表情，眼前的人是最近风头正盛的大牌女星，怎么可能无端端让自己拍?

“快点儿吧，拍完了早点儿回去交差。”

记者欣喜若狂地跟着伊璐走了。

李尚心里有种说不清道不明的滋味，滞留了好长一段时间才准备离开。等他上车的时候，伊璐恰好也在前面上了一辆车。

虽然看不清接伊璐的人是谁，但是车牌号李尚认识。

竟然是董事长的车……李尚的拳头微微攥了起来。

晚上，王中鼎的化验结果出来了。

“不是什么迷药，就是普通的催眠类药物，纯中药配方，安全可靠。”二雷尽可能地为韩东减轻罪名。

王中鼎幽幽地看着他，这药是你们家制药厂出的吗？广告打得这么响……

“韩东回来没？”王中鼎厉声质问。

二雷说：“今天剧组就是简单地碰面交流，聊剧本说角色，下午就回来了。”

“把他给我叫过来！”

十分钟过后，韩东推门而入。

王中鼎直接把化验单甩到他面前：“你给我解释解释。”

韩东觍着脸笑：“那点儿心意……都被你看穿了。”

“你还笑？”王中鼎龇牙狞目，“你知不知道，就因为这杯水，我连万里晴登机前的最后一面都没见上！”

又是万里晴……韩东的脸也沉了下来。

“万里晴重要还是你的肾重要？”

“我的肾？”

“对啊，就是你的肾，你都肾虚成这样了，还送什么机？要不是因为你是我经纪人，我才懒得管你呢！”

这话放在平时也就算了，可王中鼎正在气头上，韩东还一口一个“肾虚”，他怎能不发飙？

“韩东我告诉你，你要是再敢无理取闹、撒泼耍浑，马上给我卷铺盖走人！”

我无理取闹？我想尽方法让你早点睡觉是撒泼耍浑？

“好，那我也告诉你，我要是再上赶着对你好，我就不姓韩！”

说完，他迈着大步夺门而出，脸上尽是霸道之色。

俞铭听到砰的一声响，脑袋探到门口，看到韩东气势汹汹地走了进来。

“怎么了？”俞铭问。

韩东黑着脸甩一句：“少理我！”

嘁……谁爱搭理你啊？俞铭又把头缩了回去，自己干自己的事。

过了一会儿，隔壁突然响起重重的乐声，俞铭禁不住叹了一口气，又来了……

如果说不是老天让缘分把我捉弄，想到你我就不会那么心痛。就把你忘了吧，应该把你忘了，这是对冲动最好的惩罚，啊……啊……啊……

韩东唱得一把鼻涕一把泪的，俞铭就在隔壁若无其事地吃驴打滚。

终于，韩东赤红着眼睛踹开了门。

“你也太冷血了吧？我都这样了，你也不问问！”

俞铭冷幽幽地抛过去一句："不是你让我别理你的吗？"

韩东狠狠地点头点头再点头："行，俞铭你行，你就这个德行吧！噎死你个笨东西！"

说完，又咣当一声把门撞上了。

"神经病。"俞铭全然不当回事。

韩东又从箱子里翻出那条绳子，来来回回地摸，泪水涟涟。现在要是叶成林在，肯定钻被窝哄我来了。好不容易有个对我好的，还找不着了！

哀号了半天，结果不到三分钟，韩东就睡着了。

反倒是王中鼎，工作干不下去，觉睡不着，翻来覆去折腾了半宿。

终于，手机传来振动声。

不知道为什么，当王中鼎拿起手机的时候，脑子里最先想到的就是韩东梦游时发来的求和消息。结果消息确实是韩东发来的，也是梦游的时候发的，却不是求和的。

而是让王中鼎看后如遭雷劈的一条信息。

上面赤裸裸地贴着王中鼎睡着时候的照片！

第二天一早，韩东英姿勃发地站在俞铭的房间门口，手插裤兜，表情冷漠，一副你不先搭理我我就不搭理你的跩样儿。

俞铭压根儿没把他当回事，用特别随便的口吻说："走吧。"

韩东还以为自己多大面子，臭嘚瑟了半天，结果刚一出单元门口，就看到接自己的车旁站着王中鼎冷峻的身形。

韩东的小心脏猛地哆嗦了一下，但很快就稳住了。

"你过来，我有事跟你说。"王中鼎开口。

韩东冷冷一笑："抱歉，我没有时间。"

王中鼎根本不容他反抗，直接拽着他的衣领拖到没人的地方。

"这是什么？"

韩东先是一惊，很快便收起心虚的表情，露出不屑的笑容。

"不是吧？就拍了你睡觉的样子而已。"

王中鼎沉着脸怒斥：“谁让你拍的？”

王中鼎那张脸都快黑得没人样了。

韩东哼笑一声，从容淡定地转过身，道：“你有什么证据说是我拍的？”

王中鼎直接把手机通讯录打开，亮到韩东的面前。

“这不是你的号码吗？”

韩东面不改色心不跳，又从衣兜里掏出自己的手机，还是那张照片，也亮出了一个邮件收发记录。

“这可是先从你的手机上发过来的。”

王中鼎僵愣住，好半天才怒声开口。

“我那个时候在睡觉，怎么可能给你发邮件？”

韩东学着王中鼎的口吻回赠一句：“可我那个时候也在睡觉，怎么可能给你发信息？”

王中鼎万万没有想到，证据都摆在眼前了，韩东竟然也能为自己开脱。

事实证明，韩东的本事远远不止这些。

他又一把夺过王中鼎的手机，翻出自己的照片，反过来质问王中鼎。

“那这又是怎么回事？”

王中鼎身形一凛。

“你不会也想说这是我拍的吧？”韩东故意问。

王中鼎每天晚上睡觉前都会清理信息和邮件，所以手机里只保留了韩东昨晚发来的记录。韩东虽然没有删记录的习惯，但在梦游的时候总是那么自觉地善后。于是，他把两部手机一起举到王中鼎的面前。

“那你的证据呢？嗯？”

王中鼎足足瞪了韩东三分钟之久，都没说出一个字来。

韩东戳戳王中鼎的小腹，笑眯眯地说：“下次偷拍我的照片记得上密码，包括那些写真大片，千万要藏好了，那可都是绝版的。”

说完，一把推开面色僵硬的王中鼎，走过去搂住俞铭的肩膀。

“铭儿啊，咱们走！”

王中鼎看着韩东嘚瑟的背影，真不是一个“咬牙切齿”就能形容的心情。

韩东上车的前一刻还冷峻不羁的，下一秒就搂着俞铭发癫狂乐。

“快帮我回头看看，他那张脸是不是都拉到地上了？”

俞铭斜瞄着他：“你至于吗？”

韩东捏着俞铭的脸说：“以前我特别不理解你老这么端着有什么意思，现在我明白了，那是真爽啊，哇哈哈……”

俞铭嗤笑一声，没说话。

王中鼎在韩东这受的气还没消完，公司那边又出大事了。

艺人爆出惊天丑闻！

但这个艺人不是李尚，而是方芸。

王中鼎回到公司的时候，事情已经闹得一发不可收拾了，各大媒体都在争相报道：“女星方芸陷入权色交易门，与外籍主编进出酒店遭曝光。”

消息一经报道，中鼎股价暴跌近百分之六。

公司高层不得不召开紧急会议商量应对措施，方芸的公关团队也迅速行动起来。

然而事态发展的恶劣程度远远超过了他们的预料，这件事还没压下去，又一条致命的丑闻浮出水面：方芸私宅遭偷拍，两男一女共处一室……

而且爆出的照片全部清晰裸露，真实无 PS 痕迹，想掩盖都掩盖不了。

一般而言，大牌女星爆出这样的丑闻绝不是“不小心”三个字能概括的，要么就是不得不挨整，要么就是惹了不该惹的人。

王中鼎的邮箱里还有很多未公布的艳照和视频，源源不断地从海外发过来。信息发送方没有任何威胁和暗示，仅仅是想恶心王中鼎一把而已。

“方小姐，你不能进。”

“你们让开！”

“方小姐，请你冷静点儿。”

“我要见王总，让开！让开！”

王中鼎冷漠的声音从办公室里面传了出去：“让她进来。”

两秒之后，门被推开。

方芸刚进去就扑通一声跪到了地上，昔日的骄傲自负全没了，剩下的只有哭花的妆容和狼狈的面孔。

“王总，救救我……”

王中鼎背对着她默然而立，身形冷峻如山。

方芸又抱住王中鼎的大腿苦苦哀求：“王总，求求你，只有你能帮我了……”

王中鼎依旧无动于衷。

方芸绝望中将衣服一件件脱下来，全身赤裸地面对着王中鼎，又将王中鼎的手拉起来，一脸的卑贱可怜。

王中鼎直接将手撤了回来，眼中未见一丝波澜。

“你让我恶心。”

平淡的口吻，却像一把刀子削上了方芸的脸。

不得不说，发邮件的人很有头脑。真正将方芸置之死地的不是大众的舆论，而是当权者一个轻蔑的眼神。

“出去吧。”王中鼎说。

方芸如丢了魂般瘫坐在地上。

最后还是二雷进来将方芸拉了出去，并且将她的衣服一并带了出去。

没一会儿，冯俊推门而入，表情看起来有些凝重。

“这件事是金峰娱乐那边捅出去的，我怀疑是伊璐‘跳槽’让他们心生怨恨，所以才用这种方式报……”

“你不用掩饰了。”王中鼎打断冯俊，“我知道是谁在背后指使的。”

冯俊无奈地点点头，事实摆在眼前，明眼人都能瞧得出来。新闻报道里面说方芸为争抢机会不惜陪睡，而涉及的另一位女主角明显暗示伊璐。

“那咱们还管不管？”冯俊问。

王中鼎沉默了半晌才开口：“既然是公司旗下的艺人，咱们就有义务负责到底，起码要把面上功夫做足了。”

刚说完，董事局那边的电话就打过来了。

王海志的声音带着十足的杀伤力。

“这件事绝对不要管，至于这个艺人……就让她自生自灭吧。”

方芸一个人躲在空荡荡的大房子里，外面都是蹲点儿的记者。

她用来威胁李尚的那些“罪证”全部遭到洗劫，连个头发丝儿都没剩，而她自己的那些“隐私”也被挖得干干净净。

难以想象，这件事就是一夜之间发生的。

更难以想象的是，李尚从两个月前就开始行动了。

曾经方芸从睡梦中醒过来，看到李尚毫无戒备的睡脸，还幻想过他对自己有一丝丝真心……

不是第一次体会到这个圈子的冷漠，却是第一次有了绝望的感觉。

方芸拿出家中常备的安眠药，一次性将药瓶清空。

然后，全部揉进嘴里，大口大口地往下咽着。

没一会儿，方芸沉沉地睡了过去。

没有意料中的痛苦，反而感觉很轻松。

终于解脱了……

不知过了多久，方芸迷迷糊糊听到有人在唤自己，声音很熟悉。

“方芸，方芸，怎么了？你能听到我说话吗？”

方芸费力地将眼皮撑开一条小缝，隐约看到李尚的那张脸。

“你来干什么？”方芸虚弱的语气中透着烦躁。

“我带你去医院。”

李尚直接将方芸抱起来往外面冲，刚一出门，就让层层记者围住了。

“方芸怎么了？”

李尚着急地往外挤：“不好意思，人命关天，请大家让一让。”

“人命关天？是突发疾病还是自杀？”记者又问。

李尚没有解释，在众多镜头的追踪下将方芸抱上自己的车，急匆匆朝医院赶去。

急救室的门口被记者围堵得水泄不通。

没一会儿，方芸就被推了出来，在记者的簇拥中转到了 VIP 病房。

“请问医生，方芸是服毒自杀吗？”

“她现在情况怎么样？会不会留下后遗症？”

医生非常负责任地告诉记者：“病人虽然称自己一次性服用了三十五片安眠药，但是我们检测出来的只有五片的剂量。所以她现在只是用药过量导致的头晕，休息一段时间就好了。”

此话一出，众人哗然，纷纷议论方芸的动机。

“什么？才五片的剂量？那干吗谎称吃了三十五片？”

“是想用假自杀来博取同情吗？”

“幸好亲自赶到现场，不然真相又被蒙蔽了。”

“……”

李尚刚从病房里走出来，就被记者团团围住。

“李天帮，请问你为什么会出现在方芸的公寓？”

李尚大方承认：“是去看她。”

“这种时候还保持联系，不会担心自己受到牵连吗？”

李尚笑笑：“无论何时，我只记得她帮助过我。”

记者还追问个没完：“李天帮，可以聊聊最近拍的新戏吗？”

“你在微博上说会在新戏中给大家一个惊喜，可以稍微透露一下吗？”

李尚始终避而不答，终于被记者追到无处可躲了，才表明立场：“我来这里是看方姐的，不是来做个人宣传的。如果记者朋友们想了解的话，可以来我们的剧组探班，我们随时恭候大家的光临。谢谢，麻烦请让一下……”

以上的所有画面，都在当天上了新闻头条。

标题就是——

先有方芸假自杀，后有李天帮真情意。

下面的评论更是精彩，几乎一边倒地在骂方芸捧李尚。

一直以为李天帮是那种事不关己高高挂起的人，没想到还有如此真性情的一面。

原本不待见李天帮，现在对他路人转粉了。

这么多的评论里，只有零星的几条质疑李尚的初衷。

那么凑巧在方芸的公寓？不会是故意借方芸炒作吧？

很快，这条评论下面就出现了无数条跟帖。

麻烦请你看完视频再来点评，记者想给李天帮宣传都让他拒绝了好吗？

真可笑，李公子还用得着借那个婊子炒作吗？

自己心态扭曲，就认为所有人都跟你一样扭曲。

……

一夜之间，李尚粉丝量暴增。

隔日，韩东看到李尚被采访的视频，禁不住感叹道：“这小子越来越能耐了。”

俞铭不痛不痒地扫了一眼，问：“方芸还能翻身吗？”

韩东撇嘴：“没戏了。”

连着爆出两条性丑闻，再加上这么一条“假自杀”，这个女人的星路就算走到头了。

“来来来，饭到了，大家都来领盒饭。”

韩东拍拍屁股站起身，走过去瞄了一眼，忍不住发牢骚：“又是这几个菜啊？”

副导演恰好在旁边，听到这话忍不住说道：“剧组经费这么紧张，能有肉吃就不错了，别挑三拣四了，快吃吧。”

韩东都吃上了还不死心地嘟哝：“我想吃烧烤。”

俞铭斜了他一眼：“剧组这么多人，得需要多大工夫才能烤完啊？”

“我就是说说而已，又没指望真吃。你瞧瞧这个肉，又柴又塞牙。”

刚吐槽完，就让沈初花抢到了自己的饭盒里。

“你不吃我吃，我不挑。”

韩东龇牙：“你瞧你那大肚子，还吃！”

“哈哈哈……胖点儿不是正好挡镜头吗？”沈初花龇着大板牙傻乐。

韩东一看见她笑，更没有胃口了。

下午拍摄途中，鲁导演和韩东商量修改剧本的事。

“这个催眠术和清明梦是不是可以删去一种？我看基本意思差不多，会不会让观众有种剧情重复的感觉？”

韩东很认真地给鲁导演解释：“催眠术和清明梦是完全不同的两种精神状态，被催眠的人是没有主观意识的，完全被他人驾驭。清明梦恰好相反，他是由梦者主动操控梦境，完全是自由的。”

鲁导演反复思量后，还是心存顾虑。

“如果两项并用的话，剧情有点儿过于复杂。别说观众了，我自己往深了想都有点儿绕不出来。”

“我觉得你有点儿低估观众的智商了。”韩东说。

鲁导演回道：“这不仅仅是智商的问题，还涉及影片的市场定位。烧脑大片固然好，但是如果太烧脑了，就会让观众望而生怯。归根到底，影片是拿来放松娱乐的。”

这里面的所有情节都是韩东废寝忘食整出来的，哪个被删都觉得肉疼。

鲁导演又说：“这么复杂的套路，没有三个小时根本叙述不清。”

韩东沉思了片刻说道：“我对影片的商业价值判断完全是零经验，你觉得怎么有把握怎么来吧，我尊重你的看法。”

鲁导演对韩东的善解人意倍感欣慰，笑着说：“我会和王总好好商量一下的。”

“凭啥和他商量？”韩东毫无征兆地吼出声。

鲁导演吓了一跳。怎么了这是？怎么说翻脸就翻脸了？

韩东又补上一句：“瞧得起他似的。”

鲁导演想不通，我有什么资格瞧不起他？貌似你更没啥资格吧？

“不用和他商量！”韩东再次强调。

鲁导演敷衍地挥挥手：“行，不和他商量，你安心准备下一场戏吧。”

韩东走了之后，鲁导演就给王中鼎打电话了。

“王总啊，我跟你商量个事，我想把剧本的某个地方变动一下……”

听鲁导演说完自己的意见，王中鼎才开口。

“你问过韩东的意见了吗？”

“问了，他说完全遵从你的意见。”

王中鼎说：“好，我会尽快给你答复的。”

撂下电话，王中鼎深吸了一口气。

最近发生了这么多事，艺人丑闻，股票跌停，上层意见不合……公司氛围相当紧张。每个走进办公室的人都是面色凝重，一脸谨慎，不敢多说一句话。

这种时候，王中鼎突然想起那个磨磨唧唧的声音。

貌似，很久没有听到了。

剧组收工之前，不知谁喊了一声。

“今天吃烧烤！”

整个片场传来一片欢呼声。

“去哪儿吃？下馆子还是自己烤？”韩东迫不及待地问。

“都不用，一会儿王总来探班，专门带人来这儿给咱烤！”

听到这话，俞铭朝着韩东的方向使劲咳了两声。

韩东心里美得大牙都快掉了，脸上还装得厉害极了，不为所动的表情。

“咳什么咳？”

俞铭说：“王总可从没无缘无故地探过班，除非剧组条件非常恶劣。”

“咱剧组条件还不够恶劣吗？经费那么少，一天到晚那几个破菜，想遮阳连把伞都没有，想休息连把凳子都没有……”

俞铭但笑不语。

沈初花破天荒地从小香包里掏出粉饼，一个劲地在那儿抹。

韩东调侃她：“我说，你别抹了行吗？是我演鬼又不是你演鬼。”

沈初花差点儿把整个粉饼扣在韩东脸上。

没一会儿，不远处就传来车鸣声，几辆运输车并排停下，每辆车下来三四个人，帮着搬运食材、物品、零食、饮料……

二雷拿着扩音喇叭说道：“这辆车里面的零食水果、遮阳伞、折叠凳人手一份，都是王总的一番心意，请大家快点儿过来领。”

话音一落，所有人都兴奋地冲过去领东西，就韩东一个人不为所动。

俞铭戳戳他，故意问：“用不用我帮你领了？”

“不用，我不要！”

俞铭便没再说什么，自顾自去了运输车前拿自己的东西。

韩东嘴上说着不用，眼睛却偷瞄着人家领回来的东西，一个劲地腹诽：乐什么乐啊？还不是沾了我的光……

俞铭回来之后，韩东看着他手里的一份物品，心里这叫一个气：“你也太实在了！我说不让你领，你就不领了？你就不能自己要两份啊？”

俞铭说：“我本来是想拿两份的，可我去那儿领的时候就剩一份了。”

“就……就一份了？”韩东莫名紧张。

“对啊，不信你去车里看，已经空了。”

韩东嘴上说着不在乎，眼睛还是四处偷瞄，看看谁多领了一份，结果发现谁手里都是一份，唯独他两手空空。

“估计算错人数了吧。”俞铭说。

然后，韩东看到王中鼎从车上下来，手里拎了两个与众不同的大袋子，当即手插裤兜，脚趾点地，眼球里染上风情十足的冷漠。

结果王中鼎直奔着烧烤架去了，两个大袋子也跟着一起去了。

“这是佐料，我放这儿了。”

“王总，你怎么亲自拎了？我们去就行了。”

“顺手的事。”

韩东那张脸嗖地冷下来了。

过了一会儿，鲁导演宣布提前收工，大家一起参与到烧烤的乐趣中。王中鼎就趁着这个机会和鲁导演聊修改剧本的事情，顺便关心下剧组的拍摄进度。

“我考虑了一下，那个镜头还是拍出来吧，哪怕后期剪辑掉，我个人还是希望看到完整版，额外的投入由公司承担。”王中鼎说。

鲁导演点点头：“好的，那就听你的。”

“最近公司发生了不少事情，我一直没腾出时间来问你，最近拍摄辛苦吗？”

“还行，演员都挺配合的，大家也都熟悉了，剧组关系也挺融洽。”

正说着，王中鼎突然扫到不远处韩东和一个女演员打闹的情景。

因为这是一片野地，韩东不知从哪儿揪来一朵野花，偷偷别在了女演员的耳朵上。

女演员那副表情明明就已经知道了，还假装不知道，故意让韩东看着她取笑。

王中鼎的脸突然沉了下来，莫名冒出一句：“太融洽了也未必是好事。”

王中鼎语气的降温速度让鲁导演始料不及。

王中鼎又板着脸说：“拍摄重要，剧组的纪律更重要，方芸的事情就是一个警醒，不要利用工作时间发展乱七八糟的关系。”

鲁导演不明白，怎么扯着扯着扯到方芸那儿去了？

王中鼎见鲁导演还没听懂他话中“深意”，便直说道：“你们剧组某些手脚不老实的演员，最好给我盯紧点儿。”

“手脚不老实？谁啊？”鲁导演忍不住问。

王中鼎没回答，径直转身离开了。

鲁导演腹诽：王总的脾气怎么变得跟韩东有点儿像了？说着说着突然一个大转折，没等你想明白他就一声不吭地走了……

“韩东，给你烤点儿什么？”烧烤师傅问。

“羊腰子、羊宝、羊鞭。”韩东嗓门痛快地回答。

烧烤师傅直乐：“瞧你挑的这点儿东西……”

听到“腰子”两个字，王中鼎的脸色又变了变，直接拽过二雷来问。

“怎么把这些也带过来了？”

二雷尴尬地笑笑：“不是我带过来的，是羊带过来……那东西长在羊身上，我总不能让它撂窝里吧？”

王中鼎这才想起来，这些羊都是从养殖场拉过去现宰现杀的。

“那你就去和烧烤师傅说说，让他别烤了。”

二雷刚要走过去，结果发现那些东西已经转手了，韩东自己在那里烤，牢牢把着根本不撒手。

“王总，你看……”二雷显得很为难。

王中鼎扬扬下巴，示意二雷去忙自己的事。

接着，王中鼎亲自朝韩东的烤架走过去。

韩东假装没看到他，自顾自拿着一串半生不熟的羊腰往嘴里塞。

王中鼎的脸色更难看了，要知道半生不熟的腰子最要命，其威力可以媲美两斤巴豆。

“谁让你吃的？”

果然，训斥声到了耳边。

韩东瞬间俞铭上身，冷淡淡地回道：“我吃东西还需要向谁请示吗？”

王中鼎的手直接朝剩下的一串羊腰子伸来：“我是说谁让你吃这些东西的？”

“我爱吃。”韩东说着就把羊腰往嘴里塞。

结果，王中鼎二话不说，直接抢过来扔地上了。

韩东心里的小贱人又开始蹦跶，面上却依然冷硬着面孔，放下那些没烤完的东西，隐忍地朝另一个烤架走去。

这么一来，王中鼎心里反倒不是滋味了。

此时，配戏的俞铭上场了。

“他本来就不爱吃腰子。”还是那副没有情绪起伏的声音。

王中鼎看向俞铭，不知道他此话何意。

俞铭勉为其难地开口：“他是为了诱导你吃，才逼着自己吃那么多的。

那天他吃完就上吐下泻，还说什么只要能让你吃一口也值了。”

本来俞铭是不想说这话才勉为其难的，结果却让王中鼎误以为是韩东不想让他说，取得了适得其反的好效果。

王中鼎没有说话，自己拿出一些生肉串来烤。

那边的几个女演员就扎堆议论王中鼎。

“快看，王总也在烤呢。”

“是自己烤着吃还是给别人烤啊？”

“要不……咱派一个人过去要两串，看看王总给不给。谁去？何瑜，你去，你不总称自己是万人迷吗？考验你的时刻到了。”

“我可不敢去，我还是负责拍照吧。”

“……”

此时此刻的场景像极了总裁文的桥段，一群优质的脑残女用惊讶的目光看着总裁异于往常的举动，并脑补他是为自己而破例。唯一的区别就是那个站在旁边若无其事、神经大条的小白其实比谁都有心眼儿：别臭不要脸了！这明摆着就是给我烤的！

果然不出韩东所料，总裁把烤串递到了他面前。

韩东好像感觉到了无数双炽热又艳羡的目光朝他抛射过来，瞬间摆出一副让人牙痒痒的表情，冷言道：“干吗？”

王中鼎没说话，脸上的意思已经很明显了。

但是韩东怕周围的人看不懂，依旧没接过去，埋头继续烤自己手中的菜。

王中鼎终于被迫开口：“怎么？嫌我烤得不好吗？”

韩东哼笑一声：“没有，是吃不起。”

王中鼎的脸色瞬间变得非常难看。

就在此时，俞铭又硬着头皮登场，肉串举到韩东嘴边：“吃这个。”

韩东想都没想就一口咬了上去，边吃还边和俞铭眼神互动。

王中鼎头上阴云笼罩，手里的肉串固执地举着，口中发出强硬的单字：“吃！”

韩东依旧忙着和俞铭“秀亲密”，根本不搭理王中鼎这茬儿。

王中鼎的脸色已经相当不好看了，碍于颜面才没有大动肝火。但他的手已经伸出去了，就没有撤回的道理。

“我让你吃！”

换作一般人，就是不想吃也吓得张嘴了，更何况也没有不想吃的。

韩东心中暗道：你再大点儿声，再大点儿声，让他们全听到，让全世界都听到。

结果王中鼎真的这么做了，而且配之以强有力的“喂食”动作，其威慑力差点掀了片场的一块地皮。

然而韩东并没有收到预期的艳羡目光，反而都是满满的同情。

还是刚才那群女演员，都在小声议论。

“好可怜。”

“我听说王总特别不待见他。”

“是啊，刚才我还听俞铭说什么韩东吃腰子会上吐下泻的事，没想到王总真的会逼他吃。”

“天哪，太恐怖了，幸好我刚才没去要，不然就撞枪口上了。”

“……”

美美地吃上一顿烧烤，大家伙都心满意足地提着自己的东西回去了，只有韩东两手空空。他还不死心地朝王中鼎的车上望着，暗道：有东西赶紧拿出来，一会儿人都走光了，我还跟谁显摆啊？

结果人还没走光，车就先走了。

回到宿舍，俞铭故意问韩东：“你说王总少买了谁的那一份？”

韩东佯装着一副无所谓的表情：“少买谁的那份都算我的，反正我也不想要。”说完他又忍不住往袋子里瞄，“都有啥？”

“你又不想要干吗问？”

韩东又把头缩了回去，悻悻地回了房间。

第二章 绳子

“你看我的这个背影，有没有一种倔强得让人心疼的感觉？”

“有种想踹你的冲动。”

凌晨一点多，王中鼎还注视着一份报表，好长时间都无法集中精神。不知道是不是最近压力过大的原因，他的工作效率明显下降，有时候明明可以不用熬夜，却也如强迫症一般地拖延到那个时间，否则就不能安睡。

不知过了多久，楼道里终于响起沙沙的脚步声。

往日一听到就皱眉的声音，现在却化解了他眉间的死结，压抑在心头多日的阴云突然就消散了，整颗心都明朗起来。

很快，门被推开。

韩东闭着眼走到王中鼎的办公桌旁，讷讷地问：“我那份呢？”

王中鼎明知故问：“你想要吗？”

“想要。”

“想要你就伸手。”

韩东把手伸出来，王中鼎往他手里塞了一片防治拉肚子的药，又递过去一杯水。

“先吃了。”

韩东顺从地吃了下去。

王中鼎这才批准似的，伸手给韩东指指：“就在门口的架子上，自己去拿吧。”

果然是提前准备好的，而且明显优于其他人的物品。足足两大袋零食，装得满满当当的，还有一些生活必需品，也全是高档货，光是一个口罩就上千元。

这样明目张胆的偏心眼儿，对于张口闭口就一视同仁的王总而言，也就只有这种夜间行动的“怪物”才能享受到了。

韩东慢悠悠地磨蹭到那儿,提第一下没提起来,提第二下还是没提起来。像是受到地球引力的诅咒，整条胳膊都在夸张地往下坠，伴随着吃力到扭曲的面部表情。

“提不动啊。”

王中鼎嗤笑一声，演得跟真的似的。

于是过去帮他提起来，扬扬下巴：“走吧，我给你拎着。”

不知多少次穿行在这条路上，却是第一次有人陪着。

韩东走着走着突然停住了，王中鼎也随着他的脚步一顿：“怎么了？”

韩东拍拍王中鼎的肩膀：“别给自己太大压力。”

王中鼎先是一愣，还没体会到舒坦的感觉，就再遭压力傍身。韩东蹿到了他的背上，两条大长腿缠住他的腰身，再加上手里拎的几十斤的东西，还真是负担不小。

身上重了，心却轻松了。

韩东还缺德地颠了两下屁股,试图给王中鼎加压。王中鼎竟没吼他下来，只是淡淡地哼了声“韩瞎子”。

“叫我如来。”韩东一本正经地说。

王中鼎没理他，继续往前走。

韩东突然将脸颊贴在王中鼎的脖颈上，悠悠地说：“今儿这烤肉串，真香。”

王中鼎还是没说话。

“尤其是羊屁股肉，更香。”

王中鼎突然开口：“有你的屁股香吗？”

“啊？”韩东没听懂。

别说他了，连王中鼎都感觉莫名其妙，怎么无端端冒出这么一句？

进屋之后，王中鼎帮韩东收拾东西，等收拾得差不多了，再往旁边一瞅，眼珠子都快烧起来了。韩东这厮也不知道避嫌，进屋就脱衣服，脱光了也就算了，还弯腰捡东西，而且捡的还是钢镚儿……

王中鼎眼睛瞬间移位，接着关门走人，速度之快史无前例。

第二天一早，韩东醒过来就看到了门口的袋子，又跑到俞铭的房间看了看，发现俞铭的东西都在，而且和自己的大同小异。

完了……韩东想，是不是我昨晚觍着脸上门要来的？

“你昨天晚上有没有听到脚步声？”韩东问俞铭。

俞铭点头：“听到了。”

“是进来的还是出去的？”

韩东每次出门都像做贼般蹑手蹑脚，俞铭大多数时间都听不到，但王中鼎的脚步声他听得清清楚楚。

“是进门的。”俞铭很确定。

韩东还不放心地问：“那是一个人的脚步声还是两个人的？”

“我只听到一个人走路的声音。”

韩东这下放心了，既然自己没出去，那肯定就是王中鼎主动送过来的。这个男人果然闷骚啊，白天不表态，大晚上偷偷上门送温暖。

韩东赶紧翻袋子，看看王中鼎都给自己送了什么好东西。结果翻着翻着，突然发现一个问题：这些东西貌似都缺点儿什么。

酸奶没吸管，罐头没拉环，组装伞缺螺丝，太阳镜缺镜片……

还有一盒牙签粗细的小木棍，两头都没有尖，看不出来是干什么用的。

搞什么啊？韩东抓狂中……

突然，俞铭推门而入，问：“这些东西你怎么处置？打算自己用吗？”

“当然不用了！”韩东一脸霸气。

“那你要给他送回去？”

“干吗那么上纲上线？好像我有多把他当回事似的，就让它们自己烂了吧。”

俞铭相当怀疑：“你不会偷吃吗？”

“你过来自己看看，我把吸管，拉环，螺丝……凡是能拆的都拆了，多有决心啊！”

韩东这话倒是给自己提醒了，会不会是昨天晚上梦游起来看到这堆东西，为了让自己坚持原则、严守自律而偷偷拆掉的？

韩东差点儿抽自己一个大嘴巴，谁让你自作聪明的？

俞铭出去之后，韩东开始翻箱倒柜地找。以他对自己的了解，他应该不会把事做得这么绝，肯定只是藏在某个地方了。

“你在找什么？”俞铭突然又出现了。

韩东急忙掩饰：“没……没什么。”

俞铭提醒道：“我觉得你应该随身携带摄像头，这样就不用第二天早上瞎猜了。”

韩东恍然大悟。

对啊！我怎么没想到呢？

这样我还可以看到王中鼎真实的态度，不会遗漏任何一个幸福的瞬间。

于是，韩东迅速去买了两个摄像头，一个别在衣服上，一个安置在自己的房间里。

晚上，韩东满怀期待地睡着了。

第二天一早，他把监控设备打开，还原了昨天晚上的所有场景。

结果等了半天都没看到有谁进门，倒看到自己起身下床了。

这……我怎么会主动起来？

正想着，韩东看到自己朝门口走去，在两个袋子旁边愣了片刻。

我一定是要把这些东西给王中鼎送回去，一定的……韩东想，只是王中鼎又提了回来，所以它们现在还在门口。

结果，镜头里的韩东什么都没拿，就那么空着两只手出去了。

接着韩东就看到镜头一阵摇晃，是自己在走路。这条路如此熟悉，分明是奔着王中鼎的办公室去的。

我真去找他了？我去找他作甚？韩东无比紧张。

果然，画面切到了王中鼎的办公室。

韩东屏气凝神地注视着屏幕，他看到自己直接推门而入。王中鼎非但没生气，还对自己笑了，笑得那么温柔，和白天判若两人。

韩东恼了，我睁眼的时候你不对我笑，合眼了你笑给谁看呢？

然后，韩东又看到自己老老实实坐在办公桌旁。王中鼎完全没有任何嫌恶的样子，反而乐在其中。

办公室的环境好温馨，韩东自己都被萌化了，如果不是看到下面一幕的话。

“你给我的东西都是残缺不全的。”

王中鼎明知故问：“都缺什么？”

“酸奶没有吸管，罐头没有拉环，组装伞缺螺丝，太阳镜缺镜片……”

只见王中鼎拿出一个袋子来，里面都是缺损的东西。

韩东瞬间一愣，原来是还有一个袋子没有提回来，怪不得……

结果，王中鼎并没有把这个袋子交给韩东，而是从里面拿出一根吸管。

是的，韩东没有看错，只有一根吸管。

“其他的呢？”韩东听到自己在问。

王中鼎说：“其他的明天再来拿。”

看到这儿，韩东的面部肌肉全部坏死了。

结果让他崩溃的远不止此，他居然看到自己顺从地拿着一根吸管走了，等回到宿舍真的老老实实地喝了一瓶奶……

再想起那盒小木棍，韩东猛然间明白是什么了，那是几百根没有棉花的棉签啊！

崩溃捂脸，不带这么坑人的……

韩东并没有把这件事挑明。

他堕落地享受着王中鼎“爱的敲诈”——白天继续装高冷，装无动于衷，晚上就别着摄像头去王中鼎那里各种甜蜜，第二天早上再打开监控录像，回味着幸福的点点滴滴。

某天俞铭去韩东的房间拿东西，看到韩东眼圈泛红地注视着电脑。

“看什么呢？”俞铭好奇。

韩东哽咽着说：“纪录片。”

“什么纪录片这么虐心？”

俞铭还以为会是国家沦陷、大屠杀、民族英雄之类的沉重话题，哪想到竟然在屏幕上看到了韩东的脸。

韩东还恬不知耻地指着显示器问："有没有很感动？"

俞铭："……"

"你看我的这个背影，有没有一种倔强得让人心疼的感觉？"

俞铭淡淡回道："有种想踹你的冲动。"

韩东眼角的泪花嗖的一下收了回去，犬牙龇了出来："你让我说你什么好？你这人怎么一点儿情调都没有呢？"

俞铭也不反驳，直问："你不怕梦游的时候把摄像头的事捅出去吗？"

"我梦游中是有思考能力的，不会什么都往外说。何况都已经这么多天了，要说早就说了，何至于等到现在？"

刚说完，自己的声音就从电脑里传出来。

"其实我每天早上都看咱俩的录像。"

韩东虎躯一震。

王中鼎正在问："什么时候录的？"

"每天晚上都录，第二天早上自己看，看得可带劲了。

韩东："……"

接着，王中鼎的脸在镜头中放大，眼睛直直地看着屏幕外的韩东。

"既然这样，那你就来办公室找我吧。"

韩东猛地一哆嗦。

俞铭拍了拍他的肩膀："好自为之吧。"

韩东拆了摄像头，再也没去找过王中鼎。

王中鼎"享受"了几天的清静后，终于走出办公室，去了韩东的宿舍。

韩东已经睡着了，丝毫没有意识到王中鼎的到来。

王中鼎在注视着韩东的时候，突然发现枕头旁边露出一截绳子。

他将这条绳子拽出来，仔细看了一眼，想起初次与韩东见面时，韩东自己绑自己的神经行为，还有再次造访韩东的租处时无意中从绳子里看到的那张字条。

内容他记得清清楚楚。

“我最爱的东子。”

笔迹他也记得清清楚楚，是个男人的。

那张字条，至今还锁在他办公室的抽屉里。

王中鼎脸色突然变了，从柔和变得冷硬。他将绳子一点一点蜷进手心，狠狠捏攥住，就这样默不作声地带走了。

每天早上，韩东醒来后，被子和枕头都在地上。

今天也是如此。

韩东去地上捡枕头的时候，突然发现床上少了一样东西。

哎？我的绳子呢？

韩东四处乱翻，翻了半天都没有找到。

他跑去问俞铭：“你看到我的绳子了吗？”

“是说你枕头下面的那条吗？”

韩东点头：“对，就是那条。”

“你不是昨天晚上还摆弄来的吗？”俞铭提醒。

“对啊，怎么一宿的工夫就……”

说到这儿，韩东仿佛意识到了什么，随便披件衣服就出门了。

王中鼎刚到办公室没多久，韩东就急匆匆地冲了进来。

“我的绳子呢？”

听到这话，王中鼎突然有种不舒服的感觉，语气又恢复了以往的冷硬。

“什么绳子？”

韩东气喘吁吁地说：“就是我放在枕头下面的绳子啊！一个晚上就不见了，除了你还有谁去我的宿舍？”

“你怎么就知道是我过去拿的，而不是你主动送过来的呢？”

韩东用斩钉截铁的口吻说：“我再怎么糊涂，也绝不可能把那条绳子送到你这儿。”

“你就这么肯定？”王中鼎心里没来由的升起一股闷气。

韩东眼神中的坚定还是未变。

“我就是这么肯定。”

王中鼎的脸突然冷了下来，整个房间的温度都跟着下降。

“没在我这儿。”冷硬的四个字。

韩东不信：“不可能，肯定在你这儿，快点儿，还给我！”

“二雷。”王中鼎直接下命令，“让他出去。”

韩东急了：“凭啥让我出去？你先把绳子还……唔……”

二雷一边捂着韩东的嘴一边往外拖：“有话咱出去说，先别打扰王总。”

咣当一声，门关上了。

王中鼎一天的状态都很糟糕。

这种糟糕与前几天的糟糕不同，前几天的糟糕仅仅是情绪层面的，这种糟糕已经扩散到精神深处。无论走到哪里都如影随形，无论用什么方式都排遣不了。

晚上，王中鼎又失眠了。

就在他想找个方法让自己尽快入睡的时候，又听到了脚步声。

门打开之后，韩东一把抱住王中鼎。

“求求你了，把那条绳子还我吧，别的我都能给你，就那条绳子不行啊……”

王中鼎动作生硬地将他甩开，直接说：“我是不可能给你的！”

韩东没像王中鼎预料中的大吵大闹，撒泼耍浑，而是继续苦苦哀求，字字肺腑，一把鼻涕一把泪，看着好不可怜。

这个过程不知持续了多久，王中鼎终于忍无可忍地将绳子甩出门外。

“滚！”

韩东急忙出去捡。

门在他身后砰的一声关上了！

第二天早上，韩东起来看到那条绳子，才算松了一口气。

但很快心又揪了起来。

他试着给王中鼎打电话，结果被拒接了。

因为赶着去剧组，韩东只能先把个人私事放下，急匆匆地上了车。

结果到了片场，妆都已经化好了，却因为场地的问题和另一个剧组产生了争执。

这个剧组正是李尚的剧组。

事情是这样的：李尚的剧组包下了这个影视基地 A30 号摄影棚四月到六月的拍摄专场。原则上不允许其他剧组在这段时间内使用该场地，但因为剧本的改变，李尚的剧组挪到了新的影视城。

既然闲置也是闲置，韩东的剧组就和这儿的管理员协商，暂时借用这个摄影棚一段时间，费用会照原价付给李尚的剧组。

原本已经协商好了，钱都付了，那边的制片人又反悔了。带着一群人来这边闹事，非说韩东的剧组占用他们的场地。

“你们剧组是有多寒酸啊？连拍摄场地都偷？”

“我们宁可空着不用，也不能让你们占便宜！”

“就是，脸皮真够厚的！”

“……”

鲁导演本来脾气就直，稍微一激就容易撕破脸。

于是，这场争执从口水战渐渐演变成了武斗，双方工作人员拳脚相加。

李尚一直试图劝阻，但那边的制片人态度强硬，始终不肯低头。

他只好无奈地朝韩东说：“我们制片人就那个德行，得理不饶人，你别往心里去。”

“你们制片人的错，干吗给我赔不是？”

“我不是怕这事影响咱哥们儿感情吗？”

韩东哼笑一声，没说什么。

最终的争执结果就是韩东剧组的协议无效，所有人员包括道具全部撤出摄影棚。

隔日，这件事情就上报了。

虽然阐述的是客观事实，但一直含沙射影地抨击韩东的剧组。

导致新闻报道后，评论一边倒地偏向李尚的剧组，甚至迁怒到了演员身上——

这个剧组太恶心了吧？拍不起就别拍！

同样是鬼，这边高大上，那边丑爆了有没有？难道妆容也跟剧组的素质挂钩吗？

果然对比出真知，李天帮的造型也太帅了吧？

终于，这件事捅到了投资人耳朵里。

俞铭当晚就接到了夏弘威的电话，光是听声音就能感觉到他满身的戾气："为什么不告诉我？"

俞铭还是淡淡的口吻："你不是知道了吗？"

"我是问你，当时为什么不告诉我？"

韩东是第二天才去找王中鼎的。

结果刚到门口，就以"王总正在与人商谈，不宜打扰"为由被拒之门外。

韩东就一直在外面等，等了一个多小时也不见有人出来。后来电视剧部的经理进去找王中鼎签字，韩东才发觉不对劲。

"里面的人走了吗？"韩东问。

经理一脸莫名其妙："什么人？"

"就是和王中鼎商谈的人啊！"

"什么商谈？里面就王总一个人啊。"

韩东愣住，好半天才反应过来，等他想按门铃的时候，王中鼎已经把门打开了。看都没看他一眼，就冷着脸上了电梯。

韩东想跟上去，却被王中鼎的两个保镖强行拦截在外。

他只好坐另一台电梯下去，看到王中鼎已经到了东出口，急忙追过去。

"我不是跟你闲扯，我是想说剧组拍摄场地的事。"

王中鼎用相当冷漠的口吻回道:“这些事有制片人在管,你操什么心?”

“我不是操心,我是心里不平衡,他们凭什么……”

“心里不平衡就找能让你平衡的人说去。”王中鼎直接打断韩东上了车,并吩咐司机,“去中西项目施工基地。”

韩东忙插一嘴:“还有那条绳子,我已经找到了,昨天跟你那么……”

又是没说完,王中鼎就把车窗摇上了。

汽车直接扬长而去,甩了韩东一脸土。

“至于那么小心眼儿吗?摆一张臭脸给谁看呢?要不是为了剧组的事,爷才懒得找你呢!”吐槽完,韩东没好气地走了。

到了剧组,情况还是没能解决。

鲁导演叹道:“咱们从开拍到现在一直租借这个摄影棚,场景都是固定的。如果现在换,之前拍摄的所有镜头都作废了。”

假如真的连续“作废”两次,姑且不说资金浪费,团队的凝聚力和信心就会大打折扣,整个剧组的元气都会大伤。

“难道不能和管理员再商量商量吗?哪怕多出一点儿钱。”韩东说。

鲁导演摇摇头:“他是明摆着收钱替人办事,现在再想拉拢已晚了。”

韩东心有不甘:“其实这事很容易解决,只要王中鼎能出个面。”

鲁导演压根儿没指望:“公司的制片人工作室都是独立的,每个工作室自主运营电影项目。如果不出现损害公司利益的大事,高层是不会插手管的。说实话,王总能操心剧本的事,还来探班,我就很知足了。”

韩东愤愤不平地道:“就算身为老总不应插手,看在情分上也应该帮帮忙吧?”

情分?鲁导演觉得韩东这话简直幼稚:“王总和咱们当中谁有情分?”

难不成还是你?你让王总强塞肉串的画面至今还警醒着剧组的人员。

韩东不说话了,他以为王中鼎只是嘴上强硬,没想到这次是铁了心不管。

“看来,我只能舍掉这张老脸去那边的剧组求个情了,搬咱是真搬不起。”鲁导演叹了口气。

韩东拦住鲁导演:“还是我去吧。”这件事八成是由我而起的,韩东想。

“你去？人家会买你的面子吗？”鲁导演完全没把韩东放在眼里。

事实上韩东也没想到李尚会这么瞧得起他，三番五次、大费周章地和他过不去。

“鲁导，你就相信我一次。”韩东眼神坚毅。

鲁导演虽然没抱太大希望，但还是扬扬手随韩东去了。这小子歪门邪道这么多，说不定真能作法驱了这帮小人。

韩东是硬着头皮走出去的，求李尚对他而言，简直就是耻辱！

但是没办法，事情是由他而起的。大丈夫能屈能伸，为了剧组的利益，低个头也没什么丢人的。

没一会儿，鲁导演的电话就响了。是影视基地的管理员打来的，说那个摄影棚可以继续使用了，还说了一堆抱歉之类的话，态度和之前判若两人。

鲁导演惊诧，韩东这小子也太邪乎了吧？这才出门几分钟啊？

李尚正在商务会所和梁景喝茶聊天，话题就是围绕这次场地之争。

“你说，韩东会不会为了剧组的事来找咱们求情？”梁景问李尚。

李尚点点头：“会的。”

“我怎么觉得他不会轻易向人低头呢？说实话，听说了他刚来公司的那些混账事，我都替自己后怕。幸亏我当初签的不是他，不然现在乌纱帽都保不住了。”

李尚倒是一副自信的口吻：“你不了解他，他这个人面上吊儿郎当，其实骨子里相当有韧性，耗得起，也豁得出去。”

这也是造成李尚危机感的罪魁祸首。

梁景用颇显玩味的口吻说道：“是吗？那我还真期待看到他向你低头示弱的模样。”

李尚没说什么，又开始打探起王中鼎的态度：“对于此事，王总什么意见？”

“到目前为止，他还没有提过这件事。”

看来王中鼎对韩东也就那么回事……李尚想。也许那天两个人共进午餐就是个巧合而已，是我太高估韩东的魅力了。

梁景看了看表，笑道："不早了，我们走吧，别让人家韩东求个情还得等。"

"瞧你这话说的。"李尚跟着一笑。

结果到那儿之后，没迎来韩东，反倒迎来二十几个黑衣特卫，通通高大魁梧，肌肉缠身，面孔肃杀，在阶梯顶端一字排开，纹丝不动，其阵势真不是一般人敢迈腿的。

李尚看到周围聚了不少人，都是自己剧组的，便过去打探情况："怎么回事？"

"他们说有人把整个影视城租下来了，不允许任何人进入。"

梁景惊诧："整个影视城？怎么可能？"

里面光是大型摄影棚就有六个，涉及古代、现代、战争等各种场景，哪个剧组会一次性占全了？

于是，梁景直接上前亮出文件。

"我们是签过合同的，07号摄影棚4月到5月底的拍摄专场，白纸黑字写得清清楚楚，你们自己看看。"

特卫队长端详了一眼，然后当着梁景的面，不声不响地将合同撕了。

众人大哗。

有几个想要冲上去干仗，结果被有经验的前辈们拽住了。

对方一看就不是简单的来头。

"这是赔偿协议，同意就按手印，不同意就打官司。"特卫队长说。

梁景僵立着一动不动。

周围有人嚷嚷起来了："凭什么听他的？咱先来的，要提要求也应该我们提啊！"

"就是，甭跟他们废话，直接报警。"

李尚示意众人安静，他上前一步协商道："能不能先让我们把设备搬出来？"

刚说完，就见有十几个壮汉从楼里走出来，手里拿着的正是他们的器材和道具。

通常几个人才能抬起来的重型摄影机，拎在手里就跟玩似的。

哗啦啦，直接往地上一扔。

自己捡吧！

瞧见这阵势，刚才要干仗的几位全萎了。

梁景的脸色相当难看，但在不清楚对方底细前，他只能忍气吞声，先联系车辆将这些器材和道具拉走。

李尚的助理在一旁打探："难道咱们要回之前的摄影棚拍吗？那边设施好差。"

"你想去都未必回得去。"李尚说。

"什么意思？"

"整个影视城都包下来了，还差那么一个摄影棚吗？"

助理不吭声了。

就在这边的剧组还在守着一堆器材苦苦等着援助车辆的时候，那边十几辆豪华座驾排成一条线从不远处开过来。

打头阵的车公然拉起《偷影》剧组的横幅，鲁导演正眉开眼笑地和司机聊着什么。

看到这边的"凄凉场景"，鲁导演将车窗摇开，爽快地和梁景打招呼。

"梁导，你们也在啊？哈哈哈……"

梁景怒不还口，旁边骂声连连。

"就他们也配？"

"不就仗着俞铭那个小白脸吗？"

"嘚瑟什么啊？有本事拍出好电影来！"

"……"

至此，两个阵营的梁子算真正结下了。

回去之后，剧组举办了一场庆祝酒会。

席间，所有人都兴高采烈，大呼痛快解气，除了俞铭。尽管他一个劲地强调与自己无关，仍有不识趣的人来道谢，弄得他很不自在。

酒会中途，俞铭就悄然撤席了。

在距离酒店不远处的一辆房车里，有个男人始终冷冷注视着俞铭。

终于，俞铭朝那辆车走了过去。

距离车门还有两米远的时候，夏弘威突然一跃而出，粗鲁地将他拖进车内。

车门紧闭，与外界完全隔离。

不出所料，俞铭上车后就收到一番怒吼。

“你手机是摆设吗？被人欺负成那样都不吱一声？”

俞铭不说话，等着夏弘威发泄完赶紧下车。

夏弘威又把俞铭按在车座上一顿威胁。

俞铭拼命反抗，瞪着夏弘威的眼珠里带着满满的恨意。

“在别人那儿作践自己？来我这儿装矜贵了？人家欺负你，你一声不吭；我对你好，你一句感谢都没有，你说你是不是欠揍？”

俞铭咬牙点头：“是，那你就揍吧！”

韩东喝着喝着，突然发现俞铭不见了，忙跑出去找。

刚出酒店门口，就看到俞铭从一个晦暗的角落里走了出来，脸色有些差劲。

“怎么了？”韩东问。

俞铭摇摇头：“我先回宿舍了。”

“别介啊，鲁导演还要跟你喝两杯呢。”

“我真的喝不下去了，你们喝吧。”俞铭说着就拦了一辆车。

韩东见俞铭脸色有些不对劲，便让司机等一会儿。他回酒店把自己的包拿出来，就和俞铭一起上了车。

回到宿舍，韩东听说了俞铭的事，安慰他道：“你就知足吧，人家好歹肯替你出头，我这儿上赶着求半天，王中鼎根本不理我。”

“你怎么就知道王总没参与？”俞铭问。

韩东哼笑一声：“明摆着嘛，以他的脾气，如果知道夏弘威要这么干，肯定会拦着夏弘威，而不是帮着他。”

俞铭却替王中鼎说话。

“我觉得王总属于不声张型的，即便有措施也未必让你看出来。夏弘威做什么事都那样，完全不考虑别人的感受。”

“要不咱俩真换了得了？”韩东再度眼馋。

俞铭冷淡淡地说：“你要感兴趣就去找他呀，他资源不比王中鼎差。”

韩东急忙表态：“我可不能背叛王中鼎。”

“为什么？”

韩东留了个贼心眼儿，没有把实情告诉俞铭。

“两个大男人能有什么？”韩东说。

俞铭突然想起来什么：“王总为什么突然对你冷淡了？”

“还不是因为那根绳子。”

“绳子？”俞铭不明白。

韩东解释道:“我的绳子之前不是丢了吗？我以为是他偷偷给我拿走的，就去找他要。那天我的态度有点儿不好，他就跟我翻脸了。后来我又找到那条绳子，再去跟他解释，他就不理我了。”

“就因为这么一点儿小事？”俞铭难以相信。

韩东点点头：“对啊，就这么一点儿小事，你说这人多傲娇？！”

俞铭思忖片刻，说道：“我觉得不止这个原因，肯定还有别的。”

“别的？”韩东毫无觉悟。

“你想，之前你干了那么多过分的事，王总也没用这副态度对你啊。所以说，肯定另有原因，是你自己没觉察出来。”

韩东一脸固执：“他就是在这根绳子之后态度大变的，不是因为这个还是因为什么？”

“难道这根绳子没有其他的寓意吗？”俞铭故意问。

寓意……韩东用含糊的口吻说:“有寓意也是对我的，不是对他的啊！”

“就是因为对你的，他才会在乎。也许是你梦游的时候说漏嘴，他听到之后生气了，才会有现在这种态度。”

韩东还是不太理解："这绳子是我哥们儿送我的，他也犯不上生气啊！"

"你觉得是哥们儿，他可不这么觉得。就像万里晴是王总的普通朋友，你同样会想歪一样。"俞铭不小心爆了个料。

"万里晴是王中鼎的普通朋友？你怎么知道的？"韩东惊诧。

俞铭轻描淡写地说："夏弘威提过。"

韩东掐死俞铭的心都有了。

"那你怎么不早说啊？"

"你又没问我。"

韩东狠狠咽下一口气："好吧，我们继续说绳子。"

俞铭还是那个观点："我觉得王总就是生气了，他应该是挺在乎你的。"

"你怎么肯定他在乎我？"

俞铭不小心又爆了个料："我看过他偷偷来看你啊。"

听到这话，韩东眼珠子差点儿瞪爆炸。

"啥？他偷偷来看我？"

俞铭点点头。

"啥时候的事？"

"貌似是一个多月前吧，那天晚上我听到动静，就到你房间门口看了一眼，正好看到他在你房间里看你睡觉。"

韩东像是和俞铭交换了灵魂一样，瞬间变成了面瘫。

"你怎么了？"俞铭还问。

韩东足足憋了十几秒才爆发出来。

"你那嘴也太严实了吧？都一个多月了！一个多月了！你没去情报局工作简直太屈才了！"

"你也没问我啊。"俞铭还是那套话。

韩东眼泪差点儿飙出来："是不是哪天我被人下了毒，你也要等我喝完，自己觉察到不对劲问起你的时候，你才会告诉我啊？"

俞铭居然很认真地思考并告诉韩东："那倒不至于。"

韩东："……"

俞铭又说："王总不是也没告诉你吗？"

韩东情绪恢复之后再想想，心里也挺高兴的，起码确认王中鼎还是挺看重他的。

韩东美不滋地摆弄着那条绳子，朝俞铭挤眉弄眼："要不……我试试？"

俞铭给了两个字的忠告："小心。"

于是，第二天上午，赶上没有戏需要拍，韩东就去办公楼那边晃荡了。

一直到中午，王中鼎才从外面回来。

车上除了二雷、冯俊之外，还有从分公司过来的马经理。下车之后，他和王中鼎有说有笑地朝餐厅走去。

韩东不动声色地跟了上去。

王中鼎刚要动筷，就看到一个熟悉的身影从门口走了进来。

韩东看都没看他一眼，直接去快餐窗口点了一份饺子。坐在距离他不远的位置，旁若无人地吃了起来。

王中鼎发现韩东没拿筷子的那只手攥着一股绳子。

"王总，你怎么不吃？"马经理提醒。

王中鼎这才把目光转了回来。

过了一会儿，不知谁朝韩东问了一句："你吃东西怎么还拿着一条绳子啊？"

韩东说："我这条绳子之前丢过，现在得随身携带才能放心。"

"什么绳子这么宝贝？"

"不知道了吧？这条绳子对我来说，那可是意义非凡啊。"

韩东说话间又把绳子拴到腰上，还时不时低头看看，好像生怕别人拽走似的。

"王总，你怎么了？"马经理再度询问。

王中鼎迟了很久才冷硬地回了俩字。

"没事。"

居然没反应？

韩东又开始自顾自嘟哝起来："你说你走就走吧，干吗还留一条绳子折磨我？你这是牢牢实实地把我的心绑住了。"

餐厅的人很多，而且还响着音乐声，所以没人能听清韩东在说什么。

但王中鼎就能从杂乱的声音里择出韩东的话，一字一句地纳入耳中。

马经理也听到怪声，忍不住往旁边扫一眼，看到腰绑绳子、念念有词的韩东，试探性地朝王中鼎问："这人……也是咱们公司的吗？"

王中鼎那张脸早已黑得不像样，他极度不想承认这货是他亲手带的，而且还在他下半身花了几千万的保险。

韩东又幽幽地冒出一句："唉，不怕贼偷，就怕贼惦记啊。"

突然，马经理感觉对面发生异响，等他抬起头的时候，王中鼎依旧面无表情地吃着。眼前的餐盘非常整齐，好像什么都没发生一样。

可韩东就不同了，他是吃着吃着眼前突然出现一个不明飞行物，正好投中他的大脑门儿，砸得他一激灵。

这可不是一般的花生仁儿和肉丸子，而是一个小酒杯。虽然口径很小，但仍然在韩东的脑门儿烙下一圈红印。

可见投掷者的怒气!

韩东丝毫没有遭偷袭的恼怒感，反而一边把玩着手里的杯子一边用眼睛偷瞄着王中鼎，眉眼间皆是笑意，看来我猜得不错嘛。

"你先吃着，我去趟卫生间。"王中鼎说。

马经理点点头："好的。"

韩东的饺子都吃完了，也没见王中鼎回来，于是他也跟着去了卫生间。

结果进去之后，发现一个人也没有。

韩东四处张望，在不远处的通风口看到了王中鼎威立窗前的冷峻身影。从王中鼎的动作可以看出他在抽烟，那种极度闷骚却又透着男人味儿的举止神态，让韩东心里痒痒的。

不知过了多久，王中鼎的情绪终于平缓下来，踱步朝卫生间走去。

结果到了门口就撞上韩东那张玩世不恭的脸。

王中鼎的脚步瞬间一顿，像是被人抓到把柄似的，眼角闪过一抹不淡定。

虽然他快速地收了起来，继续沉着脸前行，但还是难敌韩东两道精锐的目光。

“王总，你是不是生气了啊？”韩东似笑非笑地问。

王中鼎眼神定住，骤然绷起的胸肌将西服撑起一个性感的弧度。

“我为什么要生气？”王中鼎问。

韩东抖了抖手里的绳子，脸上的笑容透着十足的坏劲儿。

王中鼎冷言道：“我只是纳闷他为什么要送你绳子？难道是觉得项链配不上你的脖子，只有绳子才能拴得住你吗？”

“你懂什么？他是害怕我梦游到处乱跑，才给我留下一条绳子的！”

王中鼎再度冷嘲道：“实际上呢？你就没再乱跑了吗？”

“那是我个人的问题，与他的心意无关，他的出发点是……”

王中鼎突然打断韩东说道：“他如果真的害怕，就不会走了。”

韩东蓦然一愣。

“他如果真的有心，就应该一辈子守在你身边，在你起身的第一时间将你按回去，直到有一天你彻底瘫床不起！”

这话如果在别的男人口中说出来会让人觉得矫情、虚伪，但王中鼎就可以将它说得掷地有声，韩东那一瞬间差点儿泪奔。

你既然明白还不赶紧的？我叶哥就是为了给你腾地方才走的！

王中鼎看到韩东那副表情，以为他是因为自己的话受挫了，当即粗鲁地将韩东推到一旁，自顾自洗完手离开了。

韩东刚回到宿舍，就接到夏弘威的电话，扬言要请他去家里喝茶。

“铭儿，快救救我！”

结果俞铭非但没安抚韩东的情绪，反而撂了句狠话。

“你要是帮他，咱俩这朋友就没得做了。”

韩东暗道：他要只是找我帮忙也就好了，就怕不是啊……

将近一个小时才到夏弘威极尽奢华的私宅，游泳池、网球场，还有那明晃晃的直升机停机坪，瞬间亮瞎了韩东的眼睛。

夏弘威仰躺在天台的摇椅上晒太阳，听到脚步声，眼睛眯缝着朝旁边斜了一眼，语气中透着一股阴郁之气。

“来了？”

韩东心虚地笑笑：“来了。”

夏弘威哼道：“坐吧。”

听到这话，韩东稍稍放下心来，看这态度，应该不是为了他堂弟的事……

“你就是把大王红豆杉砍了，给自己做床的那位？”夏弘威突然问。

韩东尴尬地点点头：“嗯……是我。”

夏弘威哈哈大笑，终于坐起身，将韩东从头到脚打量一番，最后把视线定在他的腿上。

“真是够长的。”

被夏弘威这种顶级帅哥夸赞，韩东当即有种飘飘然的感觉。

“这么长有什么用？我看俞铭那样刚刚好。”夏弘威又补一句。

韩东：“……”

夏弘威又问：“你和俞铭关系很不错？”

“还可以吧。”韩东说。

“他什么都跟你说吗？”

韩东腹诽：他要什么都跟我说，我就不至于和王中鼎搞成现在这样了。

“偶尔会说。”韩东回答得相对保守。

夏弘威点头：“他还是很懂分寸的。”

韩东本以为夏弘威会对俞铭的古怪脾气怨声载道，没想到他还挺能理解，看来也没俞铭说的那么不讲理嘛。

夏弘威点了一支烟，冷峻的眉宇间染上一抹柔色。

“昨天我骂了他两句，虽然是为了他好，但语气有点儿冲，怕他记恨我。”

韩东忙替俞铭说好话：“他没记恨你，他心里挺感谢你的。”

夏弘威毫不质疑这句话的真实性，直接点头：“他确实不是小心眼儿的人。”

韩东突然发现，他和夏弘威聊的这短短几句，夏弘威貌似一直在夸俞铭。先是夸他的腿长刚刚好，又夸他有分寸，接着又说他有气度……

“那个，我想问你一句，你是不是觉得俞铭特别优秀？”韩东很好奇。

“我觉得任何人和他一起出现在镜头前，都是对他本人的侮辱。”

夏弘威狂妄又从容的口吻深深地震撼了韩东。

韩东突然发现，原来还有一种自恋不是恋自己，而是恋自己的眼光。

其实他特别想说：你们俩唯一般配的地方就是眼光，一个把对方看得一无是处，一个把对方看得毫无瑕疵，眼光都那么不准。

“所以我今天找你来的目的很简单，我需要一个人做我的眼线，帮我盯着他、管着他，有情况及时向我反应。”夏弘威说。

韩东愕然，我……来管他？你确定吗？

“怎么？有问题吗？”夏弘威问。

韩东想了想，这就等同于卧底，要是让俞铭知道了，绝对少不了一番冷战。可如果不答应的话，日后让夏弘威知道自己曾祸害他堂弟的事，就一点儿回旋余地都没有了。

前思后想，韩东给了个折中的答复。

“我考虑一下。”

夏弘威还算仁慈，点点头同意了。

韩东松了一口气，先这么拖着吧，也许过两天他明白自己的意思，就另找他人了。

结果起身刚要走，又被夏弘威拉住了。

“考虑好了再走。”夏弘威说。

韩东身体一僵，很快便转过身朝夏弘威露出憨厚实在的笑容，尽可能地博取信任。

“我考虑的时间比较长。”

夏弘威完全不吃那一套，直接把着韩东的手腕说：“你考虑多久，这儿养你多久。”

“那多不好意思。”韩东边笑边擦冷汗。

夏弘威还是那副态度，我不是找你商量的，我是直接找你点头的。

气氛紧张之时，夏弘威的手机突然响了，总算给了韩东松口气的机会。

“你要过来啊？好啊，我这儿没什么事，嗯嗯……用不用我派人过去接你？好，那你开车注意着点儿。”

韩东听夏弘威的口吻，貌似对方和他很亲密的样子，急忙趁机说道：“既然你家里要来客人，那我就不打扰了，咱改天再聊。”

夏弘威淡淡回道：“不是客人，就是我堂弟而已，就势可以介绍给你认识认识。”

韩东说话都带颤音了：“你堂弟？”

“对，夏耀。”

韩东立刻化作一副痛快的表情：“我考虑好了。”

“这么快？”夏弘威禁不住怀疑。

韩东十分确定：“我帮你。”

夏弘威审视了韩东片刻，见他不像是骗人的，才露出满意的笑容。

“我喜欢痛快人。”

韩东擦汗，我不痛快点儿行吗？再拖一会儿，你弟都杀进门了。

“那要没事的话，我先走了。”韩东一脸匆忙地转身，“我还要赶着拍戏呢。”

“先等下，有东西给俞铭捎过去。”

说着，夏弘威便把韩东带到了二楼的储藏室，几个货架上摆放了各种各样的食品。怪不得俞铭可以几天不出屋，原来每天的供应都是源源不断的。

“把这些都装上车。”

韩东呆住了，都装上车？那得花费多长时间啊？

“那个，我挑几样吧，都拿过去他也吃不完。”韩东说。

夏弘威点点头：“随你。”

韩东快速将自己爱吃的东西挑出来，装袋打包快速装车，前后不足三分钟。

等车一启动，韩东终于松了一口气。

汽车平稳地行驶在路上，韩东仰靠在后车座上闭目休息。突然，车在中途停了下来，韩东的心又提了起来。

“你去干吗？”

韩东听到司机在问，紧绷的神经松懈下来，没事，只是碰上熟人了。

“去我哥那儿。”

听到这话，韩东心里又是一激灵。

“我哥没出去吧？”

“没，一直在家呢。”

“那你这是去送谁？”

“送他的一个朋友。”

韩东猛地睁开眼，旁边车上就是他恩人，开车的是恩人的好兄弟。而且就在那一刻，恩人的视线朝他扫过来了。

韩东急忙卧倒。

“那我就过去了。”恩人的声音。

司机边启动车子边说：“好，你去吧。”

两辆车交错驶开，韩东终于坐起身来。

好险……

晚上王中鼎回到家，西西还没睡觉，正坐在他的床上玩。

“怎么这么晚了还没睡？”王中鼎把他抱到腿上。

“爸爸，我为什么不能去你的公司玩？”

王中鼎有些无奈：“爸爸不想让你的生活受到打扰。”

“可是我一个人在家很没意思。”西西嘟起小嘴。

王中鼎反复思量过后，才说：“那我请几个小朋友来家里陪你玩。”

“我不想和他们玩。”

“为什么？”

西西一脸傲然，“他们只有五个手指头。”

王中鼎马上说：“不要瞧不起人家。”

“我只是实事求是。”

王中鼎不想再继续这个话题，而是用手顺了顺西西的头发，柔声地说：“该理发了。”

“我不剪，我要等长了扎个小辫子，就像给我治病的那个叔叔一样。”

王中鼎很纳闷，西西只见过韩东一面，而且还是在梦里，怎么一直对他念念不忘？

“你怎么还记着他？”

西西一本正经地说：“吃水不忘挖井人，我们要时刻记得感恩。”

话说得倒是让王中鼎很欣慰，就是这个挖井人有点儿让他闹心。

“把你病治好的人是医生，不是他。”王中鼎试图扭转西西的思想观念。

不料，西西却用小手捂住王中鼎的嘴，神神秘秘地说：“不是医生，就是他。”

王中鼎突然有种韩东的既视感，感觉眼前的孩子就是韩东的缩小版。小卷毛、深眼窝、梦游……一想到韩东现在的混账样儿，王中鼎就对西西的未来产生了浓浓的担忧。

“告诉你，不许再说无凭无据的话，否则我就揍你屁股。”

西西蔫了，趴在王中鼎的怀里一声不吭。

王中鼎又心软了，手抚着他的头发说：“以后我早点回家，多陪陪你。”

当初韩东剧组面临的问题，现在转移到了李尚的剧组。

李尚剧组的进度要比韩东剧组快多了，如果现在临时更换片场，之前拍摄的很多镜头都不能再用了，损失更大。而且剧组内部产生很大的分歧，有几个演员直接罢工不干了。

其中就包括另一只鬼的饰演者，因为长期受李尚压制，本来就心怀不满，遇上这种事更是想都没想就离组了。

梁景这两天愁眉不展。

李尚劝他：“也许这对我们来说是一个契机。”

“契机？”梁景哼笑一声，“你从哪儿看出这是一个契机的？”

李尚不紧不慢地说：“那天两个剧组发生争执的时候，我从他们的妆容上面隐约猜到了他们的题材和思路，我觉得可以借鉴一下。”

“什么意思？”梁景微敛双目。

“你想啊，咱们去片场的时候，他们搭的布景里面有床，三个机位全部对准床，而且还播了一段‘机器卡带’的音效，貌似是为了让演员快点儿进入状态。从这些细节来分析，他们应该演的是鬼压床的片段。”

梁景不以为意：“这又怎么样？鬼压床的片段在很多影片都出现过，没什么可稀奇的。”

“但我听公司的员工说，韩东曾趁着王总不在的时候给他们讲过很多灵异邪术，其中就包括鬼压床这个话题。所以我觉得，那边的剧本应该有韩东的参与。”

“有他参与又怎么了？他初中都没毕业，满脑子都是一些歪理邪说，能提供什么有价值的思路？”

“可他们说韩东当初讲得特别有深度。”

听到这儿，梁景的脸色变了变。

李尚又把一张小碟扔给梁景：“我找人把韩东当初讲课的所有视频都调过来了，不如我们看一看，说不定能有意外的收获。”

“我们还需要借鉴他的歪门邪道？你也太瞧得起他了！”

“不看怎么知道？”李尚倒是很虚心。

于是，梁景耐着性子陪李尚看了一段，起初还嗤之以鼻，后面越来越投入，结束时竟有种意犹未尽的感觉。

“没了吗？”他问李尚。

李尚摊手：“后来王总就回来了。”

看到这里，梁景不得不承认，韩东确实有两把刷子。

明明很难理解的东西，经他的嘴阐述出来就变得非常生动有趣，而且他说话非常有条理,逻辑思维相当强,这些优点都可以利用到剧本写作里面。

李尚又说：“我们看他讲过的几个大的话题，通常都是引悬念，吊胃口，讲实例，剧情反转，最后回归到现实，我觉得他的这种思维模式很可能运用到影片里面。”

梁景也开始深入思考起来：“而且他说的很多故事都扯到‘死循环’，我觉得他应该对德罗斯特效应很感兴趣。”

“也就是说，他拍的电影很可能是鬼压床题材，然后悬疑推理贯穿其中，最后来个剧情大反转，结尾就是个死循环。”李尚得出定论。

梁景觉得这个剧本无论是立意还是套路，都比他们在拍的略胜一筹。最主要的是拍摄难度和耗费资金明显少了很多。

“你的意思是把这个套路拿给编剧，让他按照这个框架改写故事？”

李尚点头：“对，与其低声下气地求他们归还摄影棚，还不如借鉴他们这个又省钱又吸引人的方案，最后再抢占先机。”

梁景阴了这么多天的脸终于放晴了。

捏着李尚的脸说：“这样还可以把剧本的第一作者改成你，万一到时剧本大火，你可就是名副其实的李大才子了。”

为了避免发生上次的状况，也为了节省开支，李尚的剧组将电影的内景拍摄直接选在了梁景的家中，腾出整整一层的空间用作拍摄。

筹拍只用了三天，搭建布景只用了两天，一周后所有演职人员全部到位。

两周之后王中鼎过去探班，片场里面呼噜连天，地上横七竖八地躺着工作人员，梁景也是顶着两个黑眼圈出来迎接王中鼎。

“王总，让你见笑了。”梁景一边说一边打哈欠。

王中鼎忍不住问：“你们这是多久没休息了？”

梁景已经记不清时间了，扭头问小文：“咱连拍了几天？”

小文一副苦不堪言的表情说：“七八天了。”

“对，七八天连轴转。那些演员还好，拍完自己的镜头就可以休息了。我们摄制组的这些人一熬就是十几个小时，各个大肿脸。”

王中鼎对于梁景的这种敬业精神还是很欣赏的。

“李尚呢？”王中鼎又问。

梁景无奈地笑笑：“他的很多镜头都是在床上拍的，拍完根本不下床，直接就在上面补一觉。有时候拍着拍着就睡着了，我估摸这会儿又睡上了。”

王中鼎之前看过剧本，印象中没有什么床上的戏份，于是便问：“你们改剧本了？”

“几乎是推翻了重写，你知道我们被强制占用片场的事情，如果重拍之前的镜头，不仅演员们抵触，资金耗费也很大。”

王中鼎点点头，又问：“新剧本怎么样？把握大吗？”

“我拿来给你看看吧。”梁景突然来了神。

王中鼎也挺期待的，因为他对之前的剧本本来就不太满意。

没一会儿，梁景就把剧本拿来了。

王中鼎坐在沙发上，一边喝着咖啡一边赏读新剧本。翻到第三页的时候，咖啡就在喉咙口转了个圈才咽下去，接着往后翻，眼中的情绪越来越微妙。

最后，梁景竟然破天荒地看到王中鼎笑了。

不知道多久没在王中鼎的脸上看到这么积极的表情了。

“怎么样？”梁景迫不及待地问。

王中鼎点头：“很不错。”

梁景像打了鸡血般，信心满满地说：“我们已经想好了，要在二十天之内全部拍摄完毕，加上后期不超过两个月，争取抢占8月的暑期档。”

不料，王中鼎却说：“你们还可以更快。”

梁景本以为他已经够亢奋了，没想到王中鼎比他还亢奋。

“更快？”

王中鼎点头：“7月上映。”

梁景掐指一算，现在已经5月中旬，赶在7月上映的话，制作周期只有一个多月的时间了，也就是各个环节的时间都要大幅度压缩，真是不小的挑战。不过王中鼎既然开口了，就证明他对这部影片非常有信心，梁景打算狠狠拼一把。

“剧本是李尚写的？”王中鼎突然开口问。

梁景看到王中鼎正翻到剧本首页，忙点头赞道：“是的，他提供了主要思路，所以把他的名字加到了第一个。”

王中鼎没有丝毫异议，反而点点头表示肯定。

“我当初没有看错人。”

这句话给了梁景十足的马力，王中鼎刚一出门，他就立刻对着喇叭喊一声："各单位都注意了，马上打起精神，我们准备拍摄下一场。"

王中鼎一边走一边朝二雷说："明天给剧组送点儿补品过来。"

"好的。"二雷为王中鼎打开车门。

冯俊就在车上，刚才和王中鼎一起出去商谈，因为实在不想看到梁景那副嘴脸，就一直待在上面没下来。

王中鼎把拿来的剧本甩给了冯俊。

冯俊只看到一半就笑着摇摇头："果然不出你的所料。"

王中鼎情不自禁地感慨道："这十几亿的保险，还真是值！"

"保险？"冯俊一脸莫名，"什么保险？"

"没什么。"

前面的二雷急忙开口转移冯俊的注意力："王总，我们去哪儿？"

"再去《偷影》剧组看一看。"

王中鼎从李尚的剧组转战到韩东的剧组，简直就是从战场转战到了菜市场。

也不知道是不是韩东来了的缘故，整个剧组的节奏都跟着他慢了下来。王中鼎下车的时候，眼前就是一片群魔乱舞的景象，其中闹得最欢的就是韩东。

因为韩东设计的奇葩剧情，导致剧中所有的男人都有跳舞的戏份。一到休息时间，这些老爷们儿就开始狂扭一气。

一开始俞铭还会指导几下，这两天干脆冷眼旁观了。

韩东一直在做高抬腿的动作，而且还穿着宽松的大裤衩，每次扬起的一瞬间小裤裤都会亮个相。原本没人在意，毕竟待在这个圈子里，每天和走光打交道，早就对这一幕免疫了。况且扬腿的一瞬间那么短，谁会无聊地捕捉露裤的那个画面？

可偏偏有个人，却一眼逮着了。

"王总来了！"不知谁说了一句。

鲁导演急忙给小方桌对面的摄影师使眼色，赶紧把牌收起来啊！跟着他火速起身，假模假式地对着扩音喇叭喊一声："各演员注意了，培训到此结束。”

所有人在看到王中鼎之后都行动起来，剧组乱作一团。

王中鼎的目光始终聚焦在一个人身上，可那个人偏偏不紧不慢的，还在那自以为酷帅地高抬腿，每抬一次王中鼎的脸就绿一层。

“王总，你来了。”鲁导演好像才发现王中鼎似的。

王中鼎勉强收了收脸上的戾气，还算平和地应了一声。

“进展得怎么样了？”

韩东那股自我感觉良好的劲儿不知怎么传染到了鲁导演身上，让他想都不想就说了一句：“相当快。”

王中鼎将审视的目光投过去：“有多快？”

“已经拍摄近三分之二，还有一个月就可以杀青了。”

鲁导演也不是盲目乐观，因为照着他的预估，梁景那边能开机就不错了。他就算再怎么磨唧，也会赶在梁景之前上映。

不料，王中鼎竟然也说：“确实有点儿快了。”

鲁导演不好意思地笑笑：“王总，没法再慢了，演员热情实在太高，整个剧组的工作效率大幅度提升。”

王中鼎饶有兴致地打听：“今天拍了几场了？”

鲁导演被问得一愣，旁边的场记小声提醒：“从昨天到今天，刚过了一个镜头，第二个NG了十六次都没过……”

鲁导演脸色变了变，见王中鼎还在等着他的答案，便尴尬地笑笑，略显底气不足地说：“过了一个了，第二个镜头有难度，可能……”

“够了。”王中鼎突然打断鲁导演，“今天可以到此结束了。”

鲁导演一惊，貌似刚开工吧。

“把韩东叫到休息室，我有话跟他说。”

说完这话，王中鼎先进去了。

好长一段时间后，韩东才磨磨唧唧地走进去。

“干吗？”韩东还是那副爱答不理的样儿。

王中鼎则还是那副看不惯的眼神：“你能不能注意一下自己的仪表？”

“我又怎么了？”韩东丝毫看不出自己的问题。

王中鼎脸沉着，眉头皱着，好像全天下没这么让他堵心的人了。

“你说你怎么了？衣冠不整！”

韩东把自己上上下下打量了一番，T恤和短裤都是剧组发的，大家都穿这个，怎么就我衣冠不整了？

王中鼎则说：“人家都穿七分裤，怎么就你穿短裤？”

“我这也是七分的好吗？”韩东咆哮一声。

王中鼎脸色变了变，他忘了韩东这两条螳螂腿了。

“那你怎么不穿修身一点儿的？”王中鼎继续较真。

韩东咬牙：“这统一发的衣服全是按照尺码来的，尺码越大越宽松，我要是穿修身的不是更短了吗？”

王中鼎已经很久没有试穿衣服了，他的衣服都是量体裁定的。

听韩东这么一说，他的语气稍微缓和了一些，但态度还是那么强硬。

“以后改穿长裤！”

韩东简直要疯了：“今天最高温三十二度，你让我穿长裤？”

“不穿长裤也行，换一条紧点儿的内裤。”王中鼎终于说出心中所想。

韩东愣住：“啊？”

王中鼎不等他反应过来，就沉着脸离开了。

韩东眼前正好有一面镜子，他试着做了个高抬腿的动作，确实看到内裤的一角。但问题是……要看出内裤的松紧，那得需要什么眼神啊？

王中鼎从剧组离开之后又赶去了电影协会，出来的时候天已经黑了，保姆突然给他打了个电话。

“王总，孩子总吵着要找你，我实在不想让他哭闹，就把他带到你公司这边了。你放心，我不会让他下车的，我们就在公司东边的停车场等你。”

王中鼎起码要一个小时才能回去，实在不想让儿子就在公司外面眼巴巴地等着，于是便说：“稍等，我找人把你们接进去。”

撂下电话后，王中鼎思前想后，发现这个人竟然只能是韩东。

于是，他给韩东传了条简讯过去。

韩东正巧就在公司附近的超市买东西，看到王中鼎的简讯，忍不住哼了一声。

“这会儿想起我来了……”

俞铭问：“怎么了？”

“哦，没怎么，你先回去吧，我这还有点儿事。”韩东说。

俞铭什么也没问，提着两个人的东西就走了。

韩东按照王中鼎的提示，走到一辆私家车前，敲了敲车窗，保姆将车门打开，朝韩东笑了笑：“麻烦你了，那我就不进去了。”

韩东刚要把西西从车上抱下来，西西就打掉他的手。

“我可以自己跳！”

两条小胳膊晃了好几下，嘴里念念叨叨像是在算着什么，接着两条小腿一蹬，小身子从车中灵巧地弹出，稳稳落地，拍拍巴掌甚有成就感。

韩东在旁边嗤笑一声，西西瞪了他一眼，抿着小嘴一脸严肃。

韩东诧异，上次瞧见这孩子的时候不是这样的，怎么感觉脾气一下就变了？

是的，西西前些日子还挺欢实的，就因为王中鼎发现他与韩东有某些神似，一有时间就给儿子洗脑，生怕儿子朝着韩东的方向发展。而且每次洗脑的时候，都拿小辫子叔叔当反面教材，久而久之，小辫子叔叔就从西西眼中的大神变成了神棍。

而西西，也从王中鼎眼中的“小韩东”变成了韩东现在所见到的“小王中鼎”。

从入口到电梯的这一路，有好几个人朝韩东问：“你儿子啊？”

不能怪人家乱说，西西确实和韩东有某种相似感。譬如王中鼎早就发现的小卷毛、深眼窝，譬如时不时舔舔嘴角的小长舌头……假如他们再知道西西梦游和六指，韩东就是跳进黄河也洗不清了。

继三个人发出同样的疑问后，西西终于忍无可忍怒呛了回去。

“你才是他儿子呢！”

嘿！韩东龇牙瞪眼，什么意思？老子还没嫌弃你呢，你倒先挑剔起我来了！

上了电梯，韩东刚要按数字键，却被西西眼明手快地先按了，恰好是王中鼎办公室所在的楼层。

韩东摸摸他的小脑瓜，打趣着说："不错嘛，还知道你爸爸的办公室在哪儿。"

西西又学着王中鼎的样子板起面孔。

"注意你的言行，在公司不能提爸爸两个字，要说王先生。"

韩东又乐了，果然是王中鼎的儿子啊，瞧这小样儿厉害的……不过西西的装腔作势俨然没有起到他爸的作用，因为背在身后的六个小手指和翘在脑门上的两撮小卷毛无情地出卖了他，感觉就像带着韩东的气质在演绎着王中鼎，莫名的喜感。

进了王中鼎的办公室，西西先冲了进去，快速抢占沙发。等韩东坐过去的时候，他立刻用小手把韩东往下扒拉。

"干吗不让我坐？沙发这么大。"韩东问。

西西绷着小脸说："保持距离。"

韩东一听西西这个口吻，就知道他已经认识自己了，于是明知故问："为什么要和我保持距离？"

"我不想让王先生误会。"

韩东戏谑道："误会什么？误会我才是你亲生父亲吗？"

西西的小胸脯剧烈地起伏："如果让我爸爸听到这话，你就惨了。"

"请叫王先生。"韩东不怀好意地提醒。

西西顿时脸颊泛红，小嘴蠕动了好久才不情愿地说："算你厉害。"

韩东哈哈大笑，这孩子太逗了，忍不住想亲一口，结果西西的防狼本事相当强，韩东还未近身就让他小手推开了。

韩东冷哼一声，你爹都防不住我，你还想跟我斗……

于是，韩东从衣兜里掏出一把糖，在西西期待的眼神下把糖送到自己的嘴里。

西西的小脸迅速瘪了下来，小嘴一直紧紧抿着，那明明想吃却又忍着不说的闷骚样儿和王中鼎如出一辙。

韩东故意把舌头伸出来在嘴唇上舔了一圈，幽幽地说：“连嘴巴上都是甜的。”

西西也伸出舌头在小嘴上舔了一圈，大声说道：“我的嘴巴上也是甜甜的！”

韩东心中暗道：孩子，叔叔小瞧你了，你画饼充饥、望梅止渴的本事绝对强于你爹！

韩东又拿起一块糖，就在西西认为是给他的时候，韩东又送到了自己嘴里，还异常欠抽地说：“反正你的嘴能自动分泌出甜味，叔叔就不让你了。”

西西的舌头又伸出来在嘴唇上偷偷扫了一圈，小脸明显透着失望。

眼瞧着韩东吃了一颗又一颗，西西终于忍不住开口提醒：“每天的糖分摄入量不宜超过十克。”

“你说的那是儿童摄入量，我是成年人了。”

西西又说：“成人的摄入量每公斤零点五克，你最多七十公斤，应该不超过三十五克，你吃那么多块肯定超了。”

韩东故意把手放在耳朵旁，假装一副没听清的样子。

“你说什么？摄入量是多少？”

西西又大声重复了一遍。

“五斤？那我没超啊。”韩东继续装糊涂。

西西一副崩溃的表情，“是每公斤零点五克，不是五斤啦！”

韩东趁机挪过去，把耳朵凑到西西嘴旁。

“你再说一遍！”

西西卖力地朝韩东耳朵里面喊，这时，王中鼎回来了。

“那个，你们父子聊，我先走了。”韩东急忙撤退。

房间就剩下父子二人。

王中鼎发现垃圾桶里面的糖纸，质问的目光投向西西。

“这些糖都是你吃的吗？”

西西摇头：“我一颗都没有吃，全是小辫子叔叔吃的。”

“你真的一颗没吃？”王中鼎再度质问。

西西明显比平时有底气：“没有。”

晚上，韩东仅着一条内裤在两米宽的床上练劈叉，还未完全压到底，两只脚就已经伸出床外了。

俞铭恰好走到门口，看到这一幕，忍不住停下了脚步。

王中鼎说得没错。

同一个姿势，别人做起来就很普通，韩东做起来就别样的销魂。

俞铭突然想看韩东拍落水的那个镜头了，在那个镜头中，韩东从百米高空急速坠下，身体在水面砸得四分五裂。

如果别人拍这个镜头会异常恶心，但是换韩东来拍，那流散的四肢一定相当惊艳。

正想着，突然看到韩东把手伸到了两腿中央，非常不雅地扯了扯内裤的边缘，春光乍泄的场景瞬间将他的美好思绪打断。

刚要转身回自己的房间，就听到韩东在身后喊了一声。

“铭儿，你过来。”

俞铭又恢复了冷淡淡的表情：“干吗？”

“跟你说一件好玩的事。”韩东笑眯眯地说。

“什么事？”

韩东把俞铭的手拽到自己的内裤上，说：“你拉一下。”

“你有毛病啊？”

俞铭刚要撤回手，就被韩东攥住了。

“你就帮我试试松紧。”韩东说。

俞铭随便拉起又弹回，说：“挺有弹性的。”

“对吧？明明很紧，非要跟我找茬儿，你说他是不是想送我内裤啊？”

俞铭连事情的前因后果都不知道，怎么可能知道王中鼎的想法？

“应该是吧。”俞铭敷衍一句。

韩东一听这话，顿时目露邪光。

“以他那个脾气，当面送肯定拉不下脸来。我猜他会趁着我睡觉的时候偷偷送过来，你信不信？”

韩东之前做过很多这样的猜测，通常都是准的，所以俞铭不得不信。

于是，韩东起身将散落各处的内裤捡起来，包括身上这条，一起扔进垃圾桶。

为了避免梦游的时候捡回去，他还特意往里面啐了几口唾沫。

“他要看到我是光着的，就不得不亲手给我穿上内裤了。”

俞铭简直服了韩大爷了。

韩东可不管那个，直接把自己晾在床上，一条腿平伸，一条腿屈起，两腿劈分开一个大角度，屁股高调地撅起，能暴露的都暴露出来，生怕人家以为他穿了内裤。

此时此刻，王中鼎正在给西西讲睡前故事，西西的小手紧紧攥着王中鼎的胳膊，听着睡前故事，没一会儿就睡着了。

王中鼎手抚着他的小卷毛，摸着摸着，小卷变成了大卷，连带着脑袋都变大了，上面突然多出来一个小鬏鬏。

王中鼎不由得愣住。

然后，趴着的身躯慢慢坐了起来。

王中鼎看到了韩东似笑非笑的面孔，两条大长腿分骑在自己的腰身上。

他想用手去推，但是根本抬不起来。

王中鼎知道自己这是“鬼压床”了，更确切地说应该是“睡眠瘫痪”。

意识已经清醒，身体却还在沉睡中。

王中鼎挣扎了一阵，终于清醒过来。

趴在他身上的还是那个小小的身躯，就因为胸口有压迫物，才会有刚才的幻象。

于是王中鼎试图将西西抱开，但是刚一搬动他就醒了，委屈地呜咽了两声。王中鼎舍不得他害怕，就由着他继续趴着了。

没一会儿，熟悉的场景再现。

韩东开始在他身上摇摆……

王中鼎又逼着自己醒过来，这次不得不吵醒孩子，改为侧身搂抱。

结果，入睡之后，孩子的姿势和韩东睡觉的姿势神吻合。

第三章 撕裂

“你是我的助理还是他的助理？”

“八卦王总只是我的业余爱好而已。”

韩东一夜无梦。

昨天晚上怎么睡的，今天早上就怎么起的。

可怜了俞铭，几乎一宿没睡，听到隔壁有动静就冲了进去，指着韩东的鼻子怒吼："你不是说他昨天晚上会来吗？人呢？"

韩东迷迷瞪瞪地瞧着他："你怎么比我还激动？"

"废话，就因为你说他昨天晚上会来，导致我整整一宿都在等门口的动静！嘚瑟啊！怎么不嘚瑟了？还把内裤扔了，我看你今天穿什么！"

韩东脸上挂不住，拼命给自己找面子。

"他就算不给我送内裤，肯定也会有别的办法。"

俞铭点点头，按照韩东的思路道："对，他会把所有看到你走光的人的眼珠子都挖下来，你满意了吧？"

韩东："……"

俞铭骂够之后回到自己的房间。

韩东又趴在他的门口央求道："借条内裤穿。"

"没有新的。"俞铭语气冷硬。

韩东说："穿过的也成。"

俞铭不搭理他，闷头收拾自己的东西。

韩东哼笑道："你还怕我怀孕啊？"

"滚，不借！"

于是，韩东继续采取耍流氓的方式，你不借我就光着在你面前晃。

最后俞铭忍无可忍，终于将一条新内裤甩在韩东的脸上。

去剧组的路上，韩东还朝俞铭戏谑道：“你的小裤裤太紧了。”

俞铭反讽道：“那不是正合王总心意吗？你可以当成他送给你的，反正你骗着骗着自己也就相信了。”

韩东暗暗龇牙，俞小铭儿，你等着！

进了剧组，鲁导演正招呼着大家领东西。

“夏天就快到了，王总体谅大家拍戏辛苦，专门定制了一批衣服。刚才我试了一下，又舒服又凉快，可以在休息的时候穿。”

因为片场嘈杂，韩东没听清鲁导演在说什么，就拽过一个人打听。

“这是干什么呢？”

“哦，王总又给咱送了一批衣服。”

韩东的腰板瞬间挺了起来，故意戳戳俞铭：“我说什么来着？他一定会想别的办法！不过集体送内裤……这金手指开得有点儿大了吧？”

俞铭斜了他一眼：“放心，没人会觉得是奔着你来的。”

韩东美滋滋地伸伸舌头，我自己明白就够了。

两个人去领的时候，鲁导演从另外的地方拿出一份递给韩东。

“这是你的。”

韩东异常欠抽地耸耸肩，说：“老享受这种特殊待遇，我都觉得愧对大家了。”

俞铭理都没理他，自顾自去了更衣室。

拆开包装之后，俞铭拿过去给韩东看。

“嘿，不是内裤，是短裤。”

韩东先是一愣，而后猛地一拍大腿。

“太聪明了！”

俞铭不理解：“怎么就聪明了？”

韩东兴冲冲地说：“送你们短裤，送我内裤，不是比集体送内裤聪明多了吗？”

俞铭想说：我压根儿也没觉得王总会集体送内裤。

韩东把自己的包装袋打开，脸上的笑容凝滞，怎么也是短裤？本以为是用来掩人耳目的，结果再往下翻，还是一条短裤。

不对啊，既然一样，干吗要单独发给我？

等韩东抖落开，瞬间明白了。

人家是敞口的，他的是缩口的……

转眼到了5月底，韩东剧组的拍摄也进入尾声。

剩下的几个镜头多是夜戏，而且集中在韩东和俞铭两个人身上，所以两个人又过上了黑白颠倒的日子。

今天是俞铭的镜头，虽然没有韩东的参与，韩东还是陪着一起去了。

晚上十一点多，车才从公司出发，韩东透过车窗朝办公楼瞟了一眼，忍不住嘟哝道："王中鼎这段时间好像没怎么熬夜。"

俞铭随口回道："应该是工作没那么忙了吧？"

"怎么会？暑期那么多电影上档，又要开会又要宣传，应该比平时更忙才对啊！"

韩东刚说完，一直打哈欠的沈初花突然精神起来了。

"对，王总这段时间确实很忙。今天上午十点二十八分参加了一个开幕礼，开幕礼一结束就坐飞机去了杭州，出席一个导协活动。下午五点十一分才回来，又马不停蹄地……"

"嘿！嘿！"韩东打断沈初花，"你是我的助理还是他的助理？"

沈初花羞赧一笑："八卦王总只是我的业余爱好而已。"

"那请不要不务正业好吗？我不求你把我日程记得这么清楚，我只希望下次我让你买两个肉包的时候，你别给我买成两斤！"

沈初花撇嘴："不是我不想给你做事，而是你没什么可让我做的。通告你一个没有，私事你又不乐意我帮你做！"

韩东相当没面子："什么叫通告一个没有啊？这不是因为我有拍摄任务吗？"

"可人家李天帮拍摄期间就到处跑宣传！连张星湖都隔三岔五在电视上露个面。"

司机都替韩东着急："照理说，你拍完封面之后应该有很多广告商和平面媒体联系你啊，怎么会那么消停？"

其实韩东也想不通，当时拍完之后尼克先生还提过再合作的事，后来就没有音信了。至于什么广告商、平面媒体，无论大的小的，似乎都没人找过他。

"一般情况下，这样的联系电话会打到谁那儿？"韩东问。

其他人异口同声地说："当然是经纪人了。"

韩东试着给王中鼎打了个电话，结果又是自动转接语音留言，已经出现过好几次这样的情况了。

邪门了，他到底在忙什么？

结果到了剧组，韩东无意间听到鲁导演在讲电话。

"好的，王总你放心吧，剩下的几天我一定会牢牢把关的。"

鲁导演刚挂断，韩东的质问声就飙过来了。

"为什么王中鼎接你的电话，却不接我的？"

话音刚落，所有人都朝他投去不解的目光：竟然连这都要问？不是明摆着的事吗？

鲁导演拍拍韩东的肩膀，安慰道："王总不喜欢你只是暂时的，你想啊，他送来的物品已经有你一份了。虽然是缩腿的，但证明离一视同仁已经不远了。你再加把劲，在不久的将来，王总应该就会接你的电话了。"

韩东："……"

过了一会儿，俞铭化好妆，工作人员准备就绪，这个镜头就开始拍了。

和俞铭对戏的人是男主角马斌。

马斌躺在床上，双眉紧锁，很明显遭受着梦魇的折磨。

在"鬼压床"的现有调查里，很多人都看到过"不干净的东西"。这个"东西"未必是真的，大多时候是内心的意识投射形成的实相，也就是越怕看到什么就越会看到什么。

而男主角刚进入睡眠的时候，就已经感觉到自己被"压"了。

各种恐怖的意念开始钻入他的脑海，房间里的任何东西都可能被扭曲成恐怖现场。

譬如男主角面前的床单，在眼中赫然裂开一个大洞，洞口只有网球拍大小。

普通人是不可能从这个洞钻出来的，但是俞铭可以。

除了自身的优势之外，也要归功于俞铭这些天的艰苦训练。

因为柔韧性可以制造一种扭曲的效果，同样也会展现视觉美。想要达到彻头彻尾的恐怖，必须要在姿势和速度上下一番功夫，所以这个镜头才会放到最后来拍。

不要说躺在床上的男主角害怕，整个片场的人都害怕。

只见一个头顶徐徐上升，散乱的假发在床上铺散开来。

接着，一张惨白的脸出现在镜头中！

与之同时出现的还有强扭到脖子后面的手臂，顺势带出了半个肩膀，然后便是沾满血迹的上半身，钻出的时候两条胳膊一直在反关节舞动。

如果有扭曲恐怖症的人看到这个画面，绝对会吐个天昏地暗。

就在所有人都感觉强烈不适的时候，韩东竟然在旁边喝血。

恐怖片里是少不了鲜血的，现在鲜血的制造成分主要是蜂蜜和色素，有时候还会加一些香料。所以韩东经常让道具师多整两碗，不光抗疲劳还能治便秘。

俞铭已经爬上床，悬在马斌身上。突然腰身一百八十度大旋转，原本背朝着马斌的上半身瞬间拧了过来，下半身却维持原样。

所有人都捂住嘴巴，大气都不敢出。

唯独韩东躲在暗处偷偷录着。

突然，寂静的房间发出惨烈的惊吼声。

“啊——”

谁都听得出来，这一声吼是发自内心的恐惧。

“咔！”

随着灯光的亮起，所有工作人员都在那一刻鼓掌。

“辛苦了，辛苦了。”鲁导演过去将俞铭扶下床，“太棒了，完全出乎我的意料。”

韩东急忙将偷录下来的片段发给夏弘威，然后才把手机揣进兜朝俞铭走了过去。

张星湖从另一个片场赶来探班，看到一个满嘴血的人搂着一个脸色惨白的人走了出来，顿时吓得一激灵：“你们俩可真是……”

韩东笑：“你们也刚收工？”

“是啊。”张星湖搓搓胳膊，“你们这阴气真重，我刚进来就起了一身的鸡皮疙瘩。”

“有吗？”韩东没感觉出来。

结果旁边一个女演员也说：“怎么没有？我都连着好几天鬼压床了。尤其和你对戏，得做好几天噩梦。”

恐怖片剧组向来对灵异事件讳莫如深，《驱魔人》之所以成为恐怖片之王，除了剧情和特效，还有一个重要原因，就是拍摄过程中多名工作人员和演员离奇死亡，导演也患上了精神分裂症。虽然没有证据表明与拍摄有因果联系，但拍恐怖片伤身是必然的。

气氛正严肃，突然一个推门声响起，所有人都将视线转向门口。

王中鼎冷峻的面孔出现在众人面前。

韩东走上前质问他：“嘿，你是不是把我的通告都推了？”

王中鼎没有否认。

韩东问：“为什么？”

“保持你的神秘感。”

说完，王中鼎转身就走了。

韩东冷哼一声，是保持我的神秘感还是你的神秘感啊？

收工之后，韩东先回了宿舍。他一直睡到下午，俞铭才拖着疲软的脚步回来。

“嘿，玩得可高兴啊？”韩东故意问。

俞铭的脸上分明写着：少招惹我。

可韩东还是不怀好意地潜了进去，费了好大劲才套出俞铭口中的话。

“我觉得剧组里面有奸细。”俞铭突然说。

韩东惊愣住：“你怎么知道的？夏弘威和你聊昨晚的镜头了？”

“没有。”

韩东纳闷了：“他提都没提，你怎么知道有人告密？”

“他没提是没提……”俞铭欲言又止，“算了，我睡觉了。”

晚上进了组，大家正在讨论儿童节要不要放假的时候，突然一个爆炸性的消息传了过来——李尚的剧组杀青了。

反应最大的莫过于鲁导演：“怎么可能？从换片场到现在连一个月都不到！而且剧本里那么多费时费力的大场面，怎么会这么快拍完？”

韩东淡淡回道：“他们把剧本改了。”

“你怎么知道的？”鲁导演纳闷。

韩东说：“我猜的。”

旁边的人立刻接口道：“新剧本更需要花时间去准备，这么快就拍完，肯定是粗制滥造，剧情不知道有多水！”

又有人说：“肯定是想抢在我们前面上映，都是恐怖片，都是暑期档，肯定先上映优势大啊！”

“也未必，主要是看团队的实力吧。”

“若论团队实力，咱貌似还不如他们吧？”

鲁导演打断了众人的议论：“大家不要慌，我们还按照自己的进度走。只要质量过硬，观众绝对会买账的。”

副导演也说：“我对咱的剧情相当有信心，我敢说这种题材在国内是史无前例的。”

大家都在议论着，只有俞铭一直沉默。

监制朝俞铭问：“你有什么看法？”

俞铭就说了一句话：“我相信韩东。”

韩东呆愣住，再往俞铭那儿看的时候，他又是一副冷淡淡的表情，好像刚才那振奋人心的话不是他说的一样。

鲁导演哈哈大笑："对，我相信咱们这个团队！越是这种时候越要稳，往前冲是没有好下场的。所以我决定，儿童节放一天假。"

众人欢呼，接着又恢复常态，如往日一样展开一天的拍摄工作。

凌晨三点多收工，俞铭已经困得不行了，刚想补一觉，就让韩东给摇晃醒了。

"铭儿，真没想到你这么挺哥们儿。说真的，当时我听到你那句话，眼泪差点儿掉下来……"

俞铭一脸烦躁地推搡着韩东："去去去，你能不能别那么贫？"

"铭儿，你是不是在心底特别崇拜我，只是嘴上不说？"韩东还没完没了的。

"我当时就说个场面话而已。"俞铭的脑袋又倒在车座上。

结果没一会儿，那如唐僧般磨唧的声音又响起来了："其实在你的心里，我就像一座山吧？只要有我在，你就会特别有安全感。"

"滚——"

俞铭直接堵上耳朵。

韩东那永不知道适可而止的浑蛋脸，成为俞铭闭上眼睛前的最后一个画面。等他再把眼睛睁开，已经是半个小时之后的事情了。韩东还是那个坐姿，只是脸上的笑容褪去了，突然沉静下来的面孔让俞铭有些不适应。

"想什么呢？"俞铭问。

韩东说："我在想，如果我的父母看到我上电视，会不会后悔当初扔了我？"

"你爸妈不是死了吗？"

"没死。"

俞铭皱眉："你到底哪句是实话？"

"是我希望他们被我克死了，但实际上，他们还活着。"

俞铭沉默了。

“我怕我一火，他们会来找我要钱。”

俞铭汗颜：“他们没那么厚脸皮吧？”

韩东叹了口气：“我对我们家的基因特别有信心。”

俞铭：“……”

第二天儿童节，李尚的剧组举行了杀青庆功会。很多媒体来助阵，王中鼎也参加了，韩东在当天晚上看了转播。

主持人是 ×× 电视台名嘴，也是梁景圈中好友。在他的带动下，活动现场的气氛特别热闹。剧组成员讲述了拍摄过程中遇到的各种事，其中也提到了片场更换的事情。

“关于此事，孰是孰非我已经不想多说，我们凭作品说话！”梁景慷慨陈词。

下面掌声一片。

主持人又说：“梁导，你来预估一下票房吧。”

“两个亿。”梁景说。

虽然这个数字对于现如今的电影市场已经不算什么，但在恐怖片领域绝对是史无前例。要知道内地票房最高的恐怖片还未过亿，通常达到几千万，投资商就能笑掉大牙了。

主持人又把目光投到李尚身上：“李天帮，听闻这次剧本的创作有你的参与？”

李尚谦虚地笑了笑：“集体创作的结晶。”

“之前你在微博上提到这部电影会给大家带来一个意外惊喜，请问在剧本改动过后，这个惊喜还保留吗？”

李尚点头：“肯定保留。”

接着，主持人又问了李尚最后一个问题。

“未来你最希望和谁合作？”

这个问题看似简单，其实并没有那么好回答。因为下面都是前辈，冷落谁似乎都不妥。但如果都说的话，又显得太过圆滑。

李尚为难地笑了笑：“只能选一个吗？”

“对，只能选一个。”

“真的要说实话吗？”

“当然了，我们请你回答就是要听真话，听假话还不如自己编。”

“想和王总。”李尚语出惊人。

这个回答瞬间博得满堂彩。

要知道，从没人敢在公众场合调侃王中鼎，李尚是第一个。

“我觉得王总是我们公司最帅的，这绝对是良心话，大家说是不是？”

“是什么是！”韩东恨恨地骂。

庆功仪式进行到尾声，这部电影的首部宣传片终于公开亮相。

韩东定定地看着屏幕上打出的各种熟悉的宣传标语，表情有些复杂。

第二天到了剧组，大家都在议论这件事。想必所有人都看了宣传片，而且感觉到了浓浓的抄袭意味。

韩东刚把东西放下，就被鲁导演叫了过去。

“剧本是不是泄露了？”

韩东摇头：“应该没有，只是题材相仿。”

“那也像得太离谱了吧？”鲁导演显然没了昨天的淡定。

韩东面不改色：“咱剧本是独一无二的。”

话已经说到这份上，鲁导演也不好再怀疑什么，强打起精神朝扩音喇叭喊道：“准备下一场的拍摄。”

尽管大家都在尽职尽责地完成自己的本职工作，但每个人脸上写的不再是“坚持”二字，而是赤裸裸的“死扛”。

收工的时候，韩东听到旁边有人议论。

“题材史无前例？这不就有人赶在咱们前面了吗！”

“说实话，我一开始就没想过咱们能跟人家较量，我的愿望就是不要赔了。”

“哎……看来这个愿望都悬了。”

俞铭没事人一样地问韩东：“晚上吃什么？”

韩东一把圈住俞铭的肩膀，故意问：“你真不担心自己会搭进去？”

俞铭还是那句话："你到底吃什么？"

韩东哈哈大笑："不愧是我哥们儿！"

两周后，李尚直接把票送上门。

"这么快？不是说7月份上映吗？"韩东挺意外。

李尚笑道："原计划是7月份，但是王总建议把档期提前。现在高考刚结束，正好可以拿恐怖片来释放压力。"

韩东点点头："不错。"

"后天零点首映，别忘了啊！"

韩东爽快答应："放心，忘不了。"

李尚走后，俞铭问韩东："你真要去啊？"

"废话，免费的电影干吗不看？"

隔日夜里十一点多，韩东和俞铭如约步入影院。

电影开始之前，韩东看了一下排片表，发现这段时间扎堆上映的电影真不少，但《撕裂》的排片率仍然高居榜首。

现如今，电影的营销技术总和也比不上"排片率"一个数字。尤其是首日的高排片率，已经成为片方的有力宣传手段之一。

《撕裂》首周的排片率高达百分之四十六，意味着哪怕口碑再差，票房也会很有保障。

检票过后，韩东和俞铭溜溜达达地走进VIP影厅，表面看起来云淡风轻，其实谁心里都憋着一口气。

灯光熄灭，影片正式开始了。

片头是一个颇有意境的画面，一个人站在两面平行相对的镜子之间，镜子里出现很多个无限空间，就像一道走廊，走廊里面有千千万万个自己。

此画面暗示了德罗斯特效应，也是该影片的宣传卖点之一。

凡是影片和各种定理、效应扯到一起，就瞬间高大上了。如果最后还能有空间留给观众解析，好像就一下跃升为高智商电影了，国内电影在这个领域还是空白。

李尚在电影里面饰演的角色叫唐镜，是个微电影爱好者，擅长拍摄恐怖题材，而且喜欢自己做一些恐怖道具。

地铁上，唐镜正在看手机视频，突然有个美女探过头来。

“你在看什么？”

唐镜把手机举到她的面前：“我自导自演的恐怖微电影，要一起看吗？”

美女还未做出回应，周围的人就惊恐着散开了。

唐镜心中诧异，后来看向手机屏幕才发现，原来此刻的镜头正是他用带血的头发勒自己脖子的情景。

没想到美女竟然不怕，而且还凑过来和他一起看。

两个人就这样认识了。

美女看到唐镜的包是开着的，忙提醒他：“地铁上人多手杂，你最好把包拉上。”

结果拉上没一会儿，包又莫名其妙地打开了。

镜头聚焦到包内，里面放的是唐镜自己制作的恐怖道具，一顶带血的头发。

两个人在同一站下车，唐镜临走前问：“你叫什么？”

美女说：“我叫章小宁。”

“可以把你的手机号告诉我吗？”唐镜斗胆要求。

美女笑着点头，直接拿过唐镜的手机，将自己的号码输入了进去。

结果，美女走了之后，唐镜发现自己的包又开了。

看到这儿，韩东扭头朝俞铭问：“那女演员叫什么啊？”

“貌似叫曾芮。”俞铭说。

韩东暗道：长得还不错，就是胸有点儿小了。

影片继续。

唐镜和一个视频网站的管理员约好见面，希望自己的微电影可以被他看中，在网络上发行传播。

见面之后，唐镜发现网站管理员是个秃顶大胡子，脾气非常古怪。唐镜让他看自己拍的影片，他非但不看，还把唐镜的手机摔了。

两个人发生争执，唐镜一把拽掉了他的胡子！

影厅里面发出嗤嗤的笑声，这是恐怖片吗？这明明是搞笑片啊！

笑容很快僵止，因为镜头中的管理员不见了，唐镜手里只剩下一把带血的胡子。

唐镜吓得扔掉胡子，匆忙跑回租处。

其后的几天，诡异事件接连发生。先是唐镜发现自己扔掉的血胡子又出现在了家中，后是他每天晚上都会遭受鬼压床的折磨。

当然，在这期间也发生了一件令唐镜欣慰的事情。

原以为手机摔坏，他和章小宁的缘分就这样断了，没想到章小宁也搬进这栋楼，而且租的房间就在他的隔壁。

一个 204，一个 205，两个门牌号的高清特写，像是在暗示着什么。

短暂的幸福过后，又是漫长的梦魇折磨。

鬼压床的惊悚场景应该是本片的最大看点。

荧幕中，唐镜睡着睡着，胸口就凹陷下去一块，睁开眼发现是管理员的人头。他的胡子盘根错节地缠缚住唐镜的脖子，秃顶处炸裂开来，中央出现一个大洞。从洞口往里看，没有脑浆和任何组织，完全是空的，整个脑袋就像一个坛子。

“啊——”

有的观众忍不住发出惊呼声。

韩东和俞铭屁表情都没有，这种画面对他们而言简直是小儿科。

唐镜向章小宁诉说了自己的鬼压床困扰，章小宁让他去找精神科大夫看看，唐镜听从了她的建议。

精神科大夫也很古怪，他的一只手总是插在衣兜里。

唐镜治疗过后并没有任何好转，而且鬼压床梦境改变，血胡子变成了一只手，那只手有六根手指。额外多出的那根手指耷拉着，像是马上就要断了的感觉。

韩东幽幽地叹了一口气，连身体缺陷都给我盗走，服了。

隔日，唐镜又去找精神科大夫，诉说了自己在梦中看到六指的场景。

结果，大夫突然将手从衣兜里抽出来，表情狰狞无比。

“你说的是这只手吗？”

唐镜吓了一跳，观众也吓了一跳。

精神科大夫的第六根手指突然断裂，掉在了桌子上，随后他也不见了，只留下一截断指，与网站管理员失踪的方式如出一辙。

此时此刻，韩东和俞铭两个人才提起一丝兴致。

唐镜的鬼压床越来越严重，每天晚上都恐惧万分。他试着给章小宁打电话，但是始终提示正在通话中。

某天夜里，他去隔壁敲门，但是一直没人开，而他自己的房门也莫名其妙锁上了。

唐镜又惊又怕间尿意袭来，厕所在一楼，他却怎么都找不到楼梯口……

李尚将憋尿的表情演绎得淋漓尽致。

此时此刻，很多观众都猜测章小宁是鬼。

果不其然，第二天唐镜竟然在章小宁的房间醒过来。

而且在章小宁的床上发现了一截断指和一把带血的头发，还有一张五年前的报纸。

报纸刊登了一场车祸，车祸的受害人正是章小宁。

当时章小宁被汽车拖行了三十多米，整个头皮连同头发都和脑袋分离了，头顶破开一个大洞，脑浆全部流空，只剩下一个空壳般的脑袋。

除了头发外，车祸现场还留下一截断指。

唐镜不寒而栗，他突然想起自己与章小宁认识的经过。

镜头开始回放。

在地铁上，唐镜的包被一只手拉开，拿出了那顶带血的头发。镜头慢慢抬升，章小宁正将那顶头发戴在自己没有头皮的脑袋上。

从地铁分开之后，章小宁的魂魄一直尾随着唐镜，她将带血的头发安在下巴上，就成了秃顶大胡子的网站管理员。

唐镜丢掉的“血胡子”，也是章小宁捡回去的，与此同时她也搬到了唐镜的隔壁。

还有那个精神科大夫，也是章小宁的魂魄演变的，那只始终插在兜里的手恰好是车祸致残的……

看到这里，似乎一切都已经真相大白了。

但是国产影片的审核制度是不允许有鬼神存在的。

况且演到现在，影片才进行二分之一。

其中还有几个疑点，譬如唐镜的包并非只开了一次，而是反复开合。若是章小宁的魂魄真借用了这顶假发，为何它又出现在包里？譬如车祸现场残留一根断指，但没有任何信息提示过章小宁是六指。譬如两个门牌号，到底寓意着什么？

韩东的胃口终于被吊了起来。

唐镜继续遭受鬼压床的折磨，而且其后的鬼压床场景颇为惊艳。是章小宁骑坐在唐镜的身上与他在梦中缠绵，这段戏长达四分钟。

韩东眼珠子都红了。

唐镜决定搬出这里，就在他收拾东西的时候，突然在抽屉里发现了两张门牌号，他瞬间瘫坐在地。

“怎么回事？”观众纷纷不解。

韩东突然看明白了，一股寒意从脊柱悄然往上爬。

其实，房间只有一个，住户只有一人。

当唐镜把204的门牌号摘下来换成205时，这个房间就变成章小宁的。所以那天夜里，他才会敲不开“隔壁”的房门，又打不开“自己”的房门。在他的固有印象中，章小宁的房间右侧才是楼梯口，所以当他悬挂上自己的门牌号之后，就再也找不到楼梯口了。

唐镜又颤抖着手，将报纸翻到第二页。

还是那个车祸现场，他抱着女友章小宁痛哭不止。旁边的那根手指，不是章小宁的，而是他为救女友被撕扯断的。因为他是六根手指，所以医治过后与正常人无异。

镜头又开始回放，还是在地铁上，唐镜旁边空无一人。

所以他将手机举起来自言自语时，周围人才会散开。

而他的包反复开合的原因并非是章小宁魂魄所为，而是他每次与章小宁对话时，都会先将假发戴到自己头上，扮演成女友的样子。

李尚所谓的惊喜，也就是此刻的女装亮相，用一种惊悚与惊艳并存的方式呈现在大荧幕上，整个影厅都沸腾了。

而后的网站管理员，还有精神科大夫，也是唐镜一人分饰两角，自己与自己对话。章小宁的号码之所以总在通话中，是因为唐镜一直拨的都是自己的号码。

也就是整部电影，自始至终只有唐镜一个人。

他在遭受女友车祸变故后患了失忆症和精神分裂症。

本以为这个大反转已经是最后的高潮，没想到后面还有惊喜。

唐镜突然发现房间里面安置了摄像头，他把监控录像调出来，看到了鬼压床的全部过程，原来一直是他用恐怖道具在自我虐待。

知道事实真相的唐镜并没有一蹶不振，他决定把这些录像制作成微电影，给视频网站管理员送过去，希望可以在网上发行传播。

于是，他又上了地铁。

他的周围已经换了一群人，但他手机里依旧播放着“自导自演”的恐怖微电影。当他看到自己用带血的头发勒自己脖子的时候，熟悉的声音又在耳旁响起。

“你在看什么？”

原以为一切都结束了，原来仅仅是个开始。

片尾曲响起，影厅一下热闹起来。

从观众的表情可以看出，他们对这部电影相当满意，往外走的时候还在探讨着各种各样的伏笔、剧情、悬念……

只有韩东和俞铭默不作声地往外走。

直到嘈杂声渐行渐远，只剩下两道孤零零的身影。

突然，一阵发泄般的怒吼声响起。

“弱爆了有没有？”

“就这种剧情也敢和咱们比？”

“白紧张这么多天，果然太瞧得起他们了！”

俞铭突然收起笑容，冷哼道：“你不是说你不紧张吗？你不是对自己特有信心吗？那你激动个啥？”

韩东也斜眼瞄着他：“你不是说相信我吗？那你又激动个啥？”

两个人对视一阵后，终于发出肆无忌惮的爽笑声。

“哈哈哈……”

第二天晚上进组，所有人都活过来了。

鲁导演那沧桑的面容，终于又焕发了以往的青春。

剧组里展开了一场热烈的吐槽运动，吐槽对象就是《撕裂》。

韩东直接指出本片最大的一个硬伤。

“剧情是死循环不假，但完全不是德罗斯特效应。德罗斯特效应是什么？是图片的某一部分与整张图片相同，应用到电影里面，应该是电影的某一部分与整部电影相同，才能称得上德罗斯特效应！”

“他选择的‘某一部分’内容明显是手机视频，但是手机视频呈现的内容并不是整部电影，只是他自己房间内的监控录像而已，你们明白我的意思吗？”

知韩东，莫若沈初花。

“我明白你的意思，你是说只有当他看的手机视频与他演的整部电影内容相同时，才能称得上德罗斯特效应。”

“对！但这是不可能发生的。因为地铁上的乘客一直在变化，不变的只是他个人的行为而已。”

又有人说："他们的编剧一定是疏漏了，假如没有地铁上的那些乘客，该部影片从头至尾都是唐镜一个人在重复相同的行为，这个定理就成立了。"

"就算这样也不成立。"韩东说，"一个人不可能做出两个相同的动作。况且德罗斯特效应是无限循环的，而主角的寿命是有限的。"

鲁导演终于替韩东说出他最想表达的一句话。

"说白了，这个效应在现实生活中是不成立的，只要立足现实就注定是个悖论。但人家非要这样标榜，我们能怎么办？"

除此之外，韩东又指出另一个大漏洞。

"鬼压床是指意识清醒而身体不能动，但监控录像里呈现出来的却是唐镜在自勒脖子！这是鬼压床吗？这明明是犯病啊！"

此话一出，众人爆笑。

又一个演员说："我当时一直在想，血胡子是自勒，六指是自掐，那和章小宁的床戏是什么？"

"哈哈哈……"

热讨声中，副导演一语道破天机。

"合着他们就只抄了几个关键词。"

"而且内容还没按照关键词来写。"韩东无奈摊手。

又是一阵哄笑声。

说白了，这部电影就是打着新题材的旗号，上演着国内恐怖片的老套路，想玩高端又玩不起来，最后搞得不伦不类。

鲁导演拍拍韩东的肩膀："行了行了，得饶人处且饶人，你以为谁都像你那么聪明？"

此话虽有调侃之意，但却说出剧组所有人的心声。谁能让人家盗走题材和套路，还能保证剧本毫无相似点？绝对只有韩大仙儿啊！

正欢实着，前方突然传来票房消息。

"《撕裂》票房大爆，首日高达3500万元。不仅创造了恐怖片首日票房纪录，而且也创造了华语非3D电影的首日票房纪录。"

剧组一片哗然。

"就这种满是槽点的电影竟然也能卖得这么好？"

"观众都怎么想的？"

"该不会是刷出来的吧？梁景什么都干得出来！"

"……"

鲁导演挥手示意大家安静下来。

"我们看电影是用审视的目光，观众看电影完全出自放松的目的。对他们来说，只要看着过瘾，看着刺激就够了。"

韩东也不觉得意外："这部电影除了宣传词有误，其余地方都挺好。悬念够多，环环相扣，节奏把握得很好，整场看下来不会太累，也不会太乏味，应该算是一部挺不错的商业片了，尤其在国产恐怖片领域。"

鲁导演对韩东的话给予了高度肯定。

"没错，他们的票房成功对我们来说不是坏事，而是一种鼓励！如果他们都能卖座，我们还用担心吗？大家说对不对？"

一片欢呼声回应。

"对，我们的剧情完爆他们！"

"如果现在上映，肯定把他们秒成渣！"

鲁导演拿起扩音喇叭高声说道："虽然再有两场戏就杀青了，但我们绝不能掉以轻心，要把精益求精的原则贯穿始终！"

最后再来一句振奋人心的口号。

"让我们以饱满的热情迎接票房大爆的那一天吧！"

哗啦啦一片掌声。

《撕裂》捷报频传，三天票房过亿，以这势头，两亿根本不是问题。

作为投资人之一的王中鼎，自然是心情愉悦。

二雷现在明白为什么王中鼎看到李尚的剧本后，会感慨给韩东上的保险值了，韩东这是一个人成就了两部电影啊！

就连不轻易夸人的冯俊都说："能编能演，还有一副好皮囊的演员真不多见了。"

“他岂止是能编能演啊？他还会制作道具，会化妆，有时候还跟着剧务干杂活，剧组里一大半的差事他都能干。”

绝对是经济适用演员！

二雷就差再说一句：以后公司有韩东和王中鼎两个人就够了。

冯俊斜了二雷一眼，这货以前十天都不吭一声，现在怎么这么多话？

王中鼎朝二雷问：“他们剧组的进度怎么样了？”

二雷说：“就剩一场戏没拍了。”

“哪场戏？”

“就是韩东落水的那场戏。”

王中鼎想起来了，剧本里确实有这么一场戏：戏中韩东从高空坠落，身体在水面上砸得四分五裂。拍摄难度非常大，危险性也很高。

最主要的一点，韩东需要全裸出镜。

“什么时候开拍？”王中鼎问。

二雷说：“明天晚上。”

王中鼎又朝冯俊问：“我明天晚上有什么安排？”

冯俊查了一下，说：“和同方影业张董事长的饭局。”

王中鼎淡淡回道：“看来那边是去不了了。”

冯俊点点头表示赞同：“探班随时可以，还是以商谈为重。”

“我是说饭局去不成了。”王中鼎说。

冯俊愣住：“啊？”

“你替我去。”

冯俊还想说什么，结果王中鼎眼皮一垂，这事就这么定了。

第四章 拼命

“今天这种镜头也能称得上享受？你告诉我你享受在哪儿？”

“我觉得自己很厉害。”

第二天傍晚，在去剧组的路上，韩东一直心不在焉。平时属他话多，今天一声不吭，眼皮耷拉着，看起来很没精神。

“怎么了？”俞铭问。

韩东伸了个懒腰：“没怎么，就是有点儿困。”

“对了，你不是一直想知道王总这段时间忙什么吗？我问过夏弘威了，他说王总不是不熬夜，只是把工作带到家里去做。”

带到家里？韩东忍不住想：难道是西西那个小鬼又有异变了？

到了剧组，鲁导演给韩东讲戏。

“我们原本不想让你入水，想让你拍到水面以上就够了，水面以下用硅胶假体。但是后来和副导演商量了一下，觉得不用你本人的身体太可惜了。硅胶假体再仿真，入水之后呈现出的状态也和肉体不同。”

韩东很爽快地点头：“我会游泳，拍水下没问题。”

“如果中途觉得承受不住，可以随时喊停，不要硬扛。”

鲁导演并非危言耸听，因为真人想要拍出残缺的效果，就要把不需要的部位涂绿。

譬如想拍断裂的大腿，就要把除了大腿以外的所有部位都涂绿，再通过电脑后期将绿色的部位除掉，只剩下一条大腿。

如果拍四分五裂的画面，则需要韩东把每个部位的镜头都拍出来。

除了烦琐的化妆过程，韩东还需要一次次入水。而且不是普通的入水，而是平躺着砸向水面。即便身上吊着威亚，也需要一定的入水高度和速度，才能达到应有的效果，这样势必会对韩东的后背造成一定的冲击。

“放心吧，我这身子骨没问题。”韩东说。

鲁导演点点头：“你先去找教练，让他给你指导指导。”

“嗯，知道了。”

虽然这场戏是裸戏，但是在拍摄现场肯定不能这么光着，至少要穿一条泳裤。

韩东从更衣室走出来的一刹那，在场所有人的眼珠都转不动了。

尤其他还和沈初花走在一起，那华丽丽的大腿根儿直逼沈初花的胳肢窝，说夸张一点，韩东踮起脚就能骑到沈初花的肩膀上。

“原来你身材这么棒！”摄影师感叹。

韩东诧异：“我拍的杂志封面你没看到吗？”

“看到了，根本就没认出来。”

韩东：“……”

王中鼎还没走进拍摄场馆，就听到韩东那标志性的狂野笑声。

“别别别……哈哈哈……不行了……痒死我了……”

正常人一听就知道这是被挠痒痒了，但王中鼎不知想到哪儿去了，脸色突然就沉了下来，不由得加快了脚步。

结果进去之后，依然只闻其声不见其人。

王中鼎朝鲁导演问：“人呢？”

鲁导演愣住：“你指的是谁？”

王中鼎好像才意识到自己是来探大家班，而不是来探一个人的班的。

“笑的那位。”二雷替王中鼎回答。

“你说韩东啊？就在化妆间里面。”

王中鼎走进化妆间，看到韩东正被按在床上涂色。

因为最先拍摄的镜头是脑袋，所以脖子以下的位置要全部涂绿。结果，这货一身的痒痒肉，从涂脖子开始就一路狂笑，导致现在连肩膀都没涂完。

“你能不能别颤了？”化妆师都无奈了。

韩东依旧笑个不停：“那你能不能让我自己来？”

化妆师面对着这么绝艳的身材怎么舍得放手？于是一副负责任的态度说：“你涂不均匀。”

结果，一个比他更负责任的声音在门口响起。

“我涂得均匀。”

韩东和化妆师齐齐愣住。

王中鼎径直地走了进来，朝化妆师伸手：“我来吧。”

化妆师一副替韩东开脱的表情：“王总，他不是故意不配合的，他只是怕痒而已。”

“我知道，你拿来吧。”王中鼎的语气更冷硬了。

化妆师替韩东担心，韩东却替自己臭美：总裁大人好霸道啊！占有欲好强啊！

“王总，我们……”

化妆师的话还没说完，就被王中鼎抢走了手中的刷子。

“你们出去吧。”

两个化妆师只好悻悻地走了出去。

鲁导演就在门口，瞧见她俩出来，忍不住开口打听：“里面到底什么情况？”

“不知道韩东又怎么招惹王总了，王总偏要自己给他涂色。”

鲁导演再度为韩东的人缘揪心，果然天妒英才啊！

化妆师一脸忧色地问：“王总会不会直接往他身上泼啊？”

鲁导演擦汗：“应该不至于，王总还……还蛮节约的。”

里面，王中鼎朝韩东命令道：“趴过来。”

“前面还没涂完。”韩东提醒。

“让你趴你就趴。”

于是，韩东翻了个身，翘臀朝上。

王中鼎打算先涂韩东的后背，因为后背相对而言没那么敏感，等韩东慢慢适应了之后，再涂其他部位。

结果，当刷子触上韩东的后背，这货又像泥鳅一样扭搭起来了。

“不行，不行……哎哟，哎哟……哈哈哈哈……哈哈哈……”

王中鼎简直服了，人贱就算了，还长了一身贱肉。

“老实待着！”沉声命令。

韩东哪待得住？扭腰摆臀，翻腾打滚，到最后王中鼎没往他身上涂多少，倒溅了自己一身绿。

王中鼎不得不想个治他的办法。

“如果你再乱动，我就不给你涂了。”

这招果然奏效。

为了不失去这个亲密接触的机会，韩东即便痒也忍着一动不动。不过忍着忍着，貌似也没那么痒了，还能喘口气和王中鼎聊聊。

“你为啥要亲自给我涂？”

即便韩东脑瓜朝下，王中鼎也能想象到他那明知故问的臭美神态。

“懒得听你叫唤。”

韩东又问：“那你今天为啥来呢？”

“恰好有空而已。”

“那我平时穿衣服拍戏的时候，你怎么就没空呢？”

王中鼎面瘫脸：“你贫够了吗？”

韩东不吱声。

“贫够了翻过来。”王中鼎命令。

韩东说：“腿还没涂呢。”

“先涂上半身，后涂下半身。”

韩东听话地翻了过来，眼睛肆无忌惮地盯着王中鼎看，像是要把他那层刚正严肃的表皮揭开，瞧瞧内里究竟有多闷骚。

王中鼎让他盯着盯着，终于忍不住回了一眼。

“看什么呢？”

韩东笑着说：“没看什么。”

王中鼎继续往下涂，涂到胸口的时候，韩东特别欠抽地提醒：“我胸口可敏感了，你小心着点儿。”

王中鼎毫无反应。

涂到那儿的时候,韩东故意煽情地哼了一声。结果遭到王中鼎虎眸怒瞪,再也不敢吭声了。

上半身涂完，王中鼎命令韩东站起来。

“不涂下半身了？”韩东问。

王中鼎说：“涂，站着涂。”

“为啥要站着涂？”

“方便。”

于是，韩东两只手支墙而立。

王中鼎则坐在韩东的身边，像刷墙一样在他下半身涂抹，这样就不容易浮想联翩了。

结果，他这边克制着，韩东却自己往火坑里面跳。

原本韩东直着站着就行了，他偏要九十度大躬身，摆出后背式。

王中鼎忍无可忍：“你把屁股翘那么高干什么？”

韩东一副体贴的表情：“给你当靠垫啊，你可以把脑袋枕在上面刷。”

王中鼎有没有枕的想法不知道，但他肯定有抽的想法。

涂完腿之后，王中鼎将刷子放下。

韩东意犹未尽：“这就完了？屁股呢？”

“不是说了屁股不用涂吗？你的泳裤就是绿色的。”

可韩东一脸认真地说：“万一拍摄的时候泳裤歪了，里面的肉露出来了呢？不用全涂，你把边缘填补填补就行。”

说着，韩东就把泳裤的后半部分全部塞入屁股缝：“来吧。”

王中鼎的脸当时就和涂料一个色,已经不知道用什么词来形容韩东了。

终于搞定这两坨肥肉，进行到最后一步。

“把手伸出来。”

韩东乖乖把自己的爪子送上。

王中鼎嘟哝道：“终于有点儿人样了。”

“天天都抹护手霜。”韩东特意强调。

王中鼎没搭理他，直接拽过一只手。

当涂到小拇指边缘处凸起的疤痕时，王中鼎的动作停顿了一下。

“什么时候做的手术？”问韩东。

韩东已经没印象了，应该是很小的时候。

“有别扭的感觉吗？”

“已经习惯了。”

王中鼎没再问什么，继续手里的动作。

化妆间里温馨满满，化妆间外忧心忡忡。

“不知道今天这场戏还能不能拍了。”鲁导演满脸愁色。

化妆师看表：“刚二十多分钟，估计涂完早着呢。”

“如果光涂还好，要是一边涂一边打，那就更慢了。”

正说着，化妆间的门突然打开了，韩东活蹦乱跳地走了出来。

“完事了，开始吧。”

鲁导演急忙过去询问：“还好吧？”

韩东反问：“咱这组镜头需要换几次妆？”

“恐怕要十几次。”

韩东狠狠地握了握鲁导演的手：“这个拍摄方法太好了！”

威亚吊起前，专门的保护人员进行最后的检查。排除一切危险因素后，朝技术人员比画了一个手势。

很快，韩东被吊到距离水面五米的高空。全身都被绑缚着，只有脑袋可以自由转动。

全部准备就绪后，鲁导演一声令下：“放！”

一瞬间，所有人都屏住了呼吸。

王中鼎面上没什么表示，手背却爆出几条青筋。

韩东的身体急速坠落，啪的一声砸在水面上。

心脏差点儿从喉咙口震出来！

虽然身上有防护，但韩东仍然被拍得生疼。而没有任何防护的脑袋，就像被人狠抽了一耳光，整个后脑勺都是麻的。

“咔！”

随着鲁导演一声令下，潜伏在周围的五个救生员以包抄之势朝韩东游了过去，不到两秒钟就将他托出水面。

制片主任纳闷地朝剧务问：“咱没雇这么多救生员吧？”

“好像是没这么多。”

“快查查，这雇一个人的费用也不低呢！哪用得着这么多人？不是存心浪费钱吗？”

剧务查好了之后告诉制片主任：“就雇了两个，你看。”

制片主任纳闷，那另外的三个是哪来的？

“没准是义务帮忙的。”

“一天两百都嫌少，还有人义务帮忙？”

“……”

因为是第一次吊威亚，也是第一次拍水中戏，韩东经验不足，整个人都是蒙的。

剧本是他自己写的，他很清楚此刻要达到什么标准。所以没用鲁导演提醒，就快速调整状态，准备第二次拍摄。

一个在剧组实习的女学生殷勤地给王中鼎搬来一把椅子。

“王总，你坐。”

王中鼎摆摆手，示意自己不需要。

很快又将目光转到泳池中央。

“放！”

一声令下，韩东的身体再度坠降。

按照剧本要求，这个情景是在梦中发生的，所以整个落水的状态都是非常放松的。但是韩东从开始坠落到触水，面部肌肉始终处于僵硬的状态。

短暂的休息过后，韩东又被吊了起来。

有了前两次的经验，韩东这次可以控制自己的面部表情了，但是眼神依旧很僵硬。

“不行，还是没有放开。”鲁导演叹了一口气，“重来！”

韩东一次又一次地落水，后背隐隐作痛，脑袋嗡嗡作响，就是找不到状态，他感觉自己神游物外，根本无法集中精神。

又一次NG过后，鲁导演急了，拿起扩音喇叭大声指责韩东。

“你现在最大的问题，就是神经和肌肉无法达到协同性，你的大脑发出指令后，肌肉跟不上大脑的反应速度。之所以出现这种状况，是因为拍摄环境的改变……”

鲁导演正急赤白脸地说着，旁边一直盯着监视器的人突然开口打断了他的话。

“他是害怕。”

鲁导演扭头看向王中鼎，一副难以理解的表情。他连你都不害怕，还会怕水？

王中鼎没解释，但脸上清清楚楚地写着：你可以不相信我，但你必须要为我这次开口买账！

果然，鲁导演拿起扩音喇叭尝试了一下。

“东子啊，别害怕。”

结果，就这么三个字，竟然真让韩东的状态陡然转好。

鲁导演不可置信地看着监视器的回放，还把副导演拽过来一起看。

韩东在入水的那一刻，有个微妙的表情过渡。因为剧中他的脑袋一接触水面就炸裂了，所以在短短一瞬间，韩东的面孔从心理上的放松转到生理上的狰狞。如此细致入微的演技，让二位导演赞不绝口。

一个镜头拍完，韩东终于被放了下来。

后背和屁股有种火辣辣的灼烧感，因为事先涂了绿色，现在又掺杂了红色，导致整个背部的皮肤比前面深了许多。

鲁导演进化妆间询问韩东的状况：“怎么样？还要不要继续拍？”

“这不是才拍了一个镜头吗？”

鲁导演大松一口气的感觉：“我是怕你吃不消。”

“早着呢。”韩东很爷们儿地甩甩头。

下一个镜头拍腿，需要把其中一条腿的颜色洗掉，同时把脑袋染上绿色。

化妆师刚要给韩东的脸上色，王中鼎又把她的刷子拿走了。

王总竟然还没走？

这探班时间也太长了吧？

王中鼎并没有用刷子往韩东脸上抹涂料，而是直接给他套上一个绿色的头罩。

化妆师更纳闷了，问另一个：“哪来的道具？我怎么事先没看到？”

“我也不知道，也许是临时做的。”

那也太合适了吧？套上去严丝合缝的，连鼻子眼儿的窟窿都一样大。

因为这次需要拍摄水下画面，所以韩东戴上了呼吸机。

为了让画面更有冲击力，高度增加到了六米，而且韩东身上的防护都拆了。

“放！”

韩东绝美的身段落入水中，一圈的水浪铺展开来，俯拍的画面非常壮观。

但韩东除了疼什么都感觉不到。

没有了防护，感觉火辣辣的刺痛直接往骨头缝里钻。纵然戴了呼吸器，依旧被巨大的冲击力逼得喘不过气。

按照剧情，他的腿此刻已经和身体分离，需要一个徐徐降落的过程。

也就是他的身体要配合腿继续往下沉，而且还要保持轻盈且漂浮着的感觉。

但是韩东的身体已经失控了，直接就扎到了水底。

王中鼎的脸瞬间变色。

幸好几个救生员迅速将韩东拉了上来。

鲁导演也是倒吸一口凉气，朝旁边的助理问：“韩东有没有保险？”

助理摇头："貌似没有。"

"怎么会没有？当时不是所有演员一起上的吗？"

"据说是王总不让给他上，怕他贪便宜骗保险，故意制造片场事故。"

鲁导演无奈地叹了一口气："这小子也挺可怜的。"

韩东摘下呼吸器，鼻血瞬间流了出来。工作人员吓了一跳，正要和鲁导演反应情况，就被韩东拦住了。

"没事，我经常流鼻血，堵上就行。"

短暂的休息过后，韩东又被吊了起来。

这次入水之后，韩东的腿终于舒展开了，下沉的节奏也把握得相当好。两个导演都挺满意，其他人也觉得很完美。只有王中鼎看出了细微的不足之处，但考虑到拍摄难度，他并没有开口指出。

就在鲁导演决定将这条过了的时候，韩东突然举手示意再拍一次。

王中鼎有些惊讶，但也没有干涉。

然而，韩东不止重拍了一次，而是一次又一次。吊起落下，入水浮出……就连王中鼎都已经挑不出问题了，韩东依旧要求重拍。

王中鼎突然觉得今天的韩东特别拼。

这种拼已经不是表演欲望可以形容的了，简直达到了一种疯癫的状态。

又一次看监视器回放，王中鼎发现韩东除了那条腿是自由舒展的，其余部位都很僵硬地拧在一起。

于是，他决定扬手打断。

结果，韩东突然在对面朝他竖起一根食指。

再给最后一次机会！

王中鼎还是默许了。

"放！"

强大的力道拍上后脑勺，韩东整个人都晕眩了。感觉身体特别轻盈，完全是自然而然地徐徐下落。镜头中仅存的那条腿在水中翻转了好几个角度，真的如入梦境。

鲁导演忍不住惊呼："太酷了，特效都达不到这种地步！"

结果，韩东一直没浮起来。

所有人都没想到王中鼎会跳下水，更没想到他是去打捞韩东的。

五个救生员都不及王中鼎一个人的速度，等他们围上去的时候，王中鼎已经托抱着韩东朝岸边游去了。

上岸之后，一群医护人员围了上来。

韩东昏迷不醒，整个背部都是黑紫色的。

医护人员给韩东做了简单的处理，说："还得去医院进一步诊疗。"

就在工作人员不确定用哪辆车送的时候，王中鼎突然将韩东抱上了自己的车。

"我来吧。"

二雷在前面开车，王中鼎让韩东趴在自己的腿上，以免他胡乱翻身碰到背部的伤。

路上，韩东突然开口："干啥呢？"

王中鼎知道他迷迷瞪瞪没完全清醒，就用手在他后脑勺上顺了两下，让他继续睡。

过了一会儿，韩东又想翻身。

王中鼎一把将他按住。

"还没涂完……"韩东嘟哝。

王中鼎为了让他好好趴着，就顺着说了一句："对，还没涂完。"

结果，韩东慢悠悠地将手伸到后面。

"你要干什么？"王中鼎问。

韩东没有回答，而是用肿胀的手指异常费力地捏住内裤的边缘，缓缓地、缓缓地往中间拉，最后塞进屁股缝。

王中鼎："……你行了！"

都到什么份上了？还不忘要流氓。

到了医院，韩东做了一个全身检查，确定没有大碍后，王中鼎才真正松了一口气。

但是韩东还发着烧，处于半昏迷状态。

这里离公司比较远，让韩东一个人在这儿住院，王中鼎不放心。于是他决定将韩东送回宿舍，找个医生看护他。

到了公司之后，王中鼎让二雷先开车回家了，他一个人送韩东回宿舍。

车开到公寓门口，王中鼎把韩东背了进去。

就在电梯徐徐上升的时候，韩东突然冒出一句梦话："我的镜头被删了。"

王中鼎身形一凛："什么镜头？"

"今天拍的镜头。"

若是放在以前，王中鼎听到韩东这句神神道道的话肯定不会当回事，但是想到韩东那天在片场算票房的时候那一抹异常的情绪，想到今天韩东疯癫的拍戏状态，王中鼎的心突然像被什么扯了一下。

"你自己算出来的？"王中鼎问。

韩东"嗯"了一声。

电梯门打开，王中鼎走出去，发现宿舍的门是锁着的。

"铭儿不在。"韩东又说。

王中鼎犹豫了片刻，还是伸手掏钥匙。

"我把铭儿穿过的一条内裤给夏客寄过去了，夏客就把铭儿接走了。"

王中鼎姑且不评论韩东的这种所作所为，只问他："你怎么知道他本名叫夏客？"

"算出来的。"韩东鬼扯道。

至此，王中鼎依旧没有完全相信韩东有这种异能，仅仅觉得他是掌握了某种心理暗示的方法，直到韩东说了下面一番话。

"铭儿老盼着看我拍今天这场戏，我怕他看了之后期待值太高，最后没有公映出来，他会失望。"

王中鼎拧钥匙的手一顿。

"既然你知道会被剪，为什么还要拍？"

韩东半昏迷的时候都不忘耍贫："既然你知道饭会变成屎，为什么还要吃？”

王中鼎气结：“吃饭是维持生存所需，而且吃饭是一种享受。”

“拍戏也是一种享受。”

“今天这种镜头也能称得上享受？你告诉我你享受在哪儿？”

“我觉得自己很厉害。”

王中鼎不知道哪来的一股气，一脚将门踹开，直接把韩东扔到卧室的床上。

“你不是厉害吗？那你别吃药了，也别看医生了，自疗吧！”

结果转身刚要出去，韩东又开口了：“只要能给你赚钱就行了。”

王中鼎心里有种说不出来的滋味。

其实从他犹豫的那一刻起，就注定了他怎么把韩东背进来，就怎么把韩东背出去。

回家的路上，王中鼎才和韩东说：“我把你带到公司，不是为了让你给我赚钱。”

身处娱乐圈，看尽明星浮浮沉沉，一代新人换旧人，单纯的大红大紫早已激不起王中鼎心中的一丝波澜。他不仅仅要韩东成名，他还要韩东无可取代。他的娱乐王国里不缺巨星，缺的是一代传奇。

只可惜，这些话韩东都没有听到。

王中鼎将韩东带到了自己家里。

他从来不会带圈内人回家，韩东是第一个。

因为韩东还在发烧，王中鼎把他安置在了自己的房间，感觉他睡得很熟了，王中鼎才推开房门走了出去。

王中鼎几乎一宿没睡，隔段时间就去房间看看韩东的状况，测量他的体温。

最后一次试表是五点多，烧终于退了。

西西以前一觉睡到大天亮，自打韩东说要当他爸爸之后，他经常睡着睡着就跑出房间，去王中鼎的床上腻歪一阵。

今天也是如此，不到六点，西西就从床上爬起来，眯着眼睛朝王中鼎的房间走去。

因为还在梦游状态，所以西西根本没看床上的人是谁，就枕着他的胳膊睡了起来。

王中鼎洗漱完毕后坐在沙发上，喝早茶，看全球股市，计划一天的行程。

忙了一宿，终于可以享受短暂的安逸。

结果，房间突然传来哭叫声。

“爸爸……爸爸……爸爸……”

王中鼎大步朝房间走去，保姆也急忙出来问：“怎么了？”

“我去看看。”

王中鼎说着就推开房门，西西惊恐万分地朝门口跑来。王中鼎蹲下身，接住扑过来的儿子，一把将他抱了起来。

“是不是吓着了？”王中鼎柔声问。

西西点头：“小辫子叔叔的尸体跑到咱们家来了。”

王中鼎看到一身绿还未来得及处理的韩东，无奈地朝西西解释：“他是活的。”

“那他为什么来咱们家？”

“他受伤了，我把他救回来的。”

“你那么讨厌他，为什么还要救他？”

“毕竟是一条人命。”

“对，电视里说过，救人一命胜造七级浮屠。”

王中鼎点点头，把西西交到保姆手中：“带他去刷牙吧。”

西西走了之后，王中鼎才过去查看“尸体”的状况。

说实话，王中鼎都不好意思承认韩东是“活的”。刚才孩子哭闹得那么大声，他居然沉睡如猪。

“嘿，醒醒了。”王中鼎叫韩东。

韩东没有丝毫反应。

“先把身上洗洗，涂上药再接着睡。”

韩东还是毫无反应。

王中鼎把韩东的被子掀开，映入眼帘的就是大片大片的黑紫色。

看他这样，就算醒了也未必能自己清理，于是王中鼎打算趁着上班前的这段时间，给韩东简单擦洗一下。

西西吃过早饭，被司机送去了学校。

王中鼎抱着韩东往浴室走的时候，韩东有意识，但还是没有醒。王中鼎猜他是这段时间疲劳过度，神经高度紧张，才会一松懈下来就昏睡不醒。

浴缸里面放满了水，王中鼎刚把韩东放进去，韩东就心急火燎地蹿了出来，说什么都不肯泡在里面。

王中鼎突然明白过来。

他没再强逼韩东进浴缸，而是临时找来一张小床，床上铺着浴巾，让韩东直接趴了上去。然后王中鼎用喷头给他冲洗，就像在化妆间涂色一样。

韩东渐渐放松下来。

王中鼎拿出专门的清洗剂，倒在手上，朝韩东的身上涂抹开去。

随着涂料的渐渐褪去，背部的黑紫色变成了红紫色，终于看着没那么揪心了。

皮肤恢复光泽后，那种滑腻感也开始在指尖流窜。

王中鼎原本可以脱掉韩东的泳裤，直接将他屁股上的涂料擦干净，这样更符合他一贯磊落的行事风格。

然而，他却选择了和韩东相同的方式。

粗硬的手指卷起韩东泳裤的边缘，缓缓地将布料收拢在掌心，最后塞入屁股缝之中，DIY 成一条丁字裤。

王中鼎将清洗剂倒在手上，朝韩东肿胀的臀瓣上涂抹。结果抹着抹着，韩东的泳裤湿了，那几套湿身诱惑的照片又跳入王中鼎的脑海。

突然，一阵敲门声响起。

“爸爸。”西西的声音。

王中鼎不由得一愣，孩子不是送到学校了吗？怎么又回来了？

“爸爸，你在里面吗？”西西再次试探性地问，语气听起来更可怜了。

“你怎么回来了？”

司机一脸歉意地在旁边解释："我送到半路他就不愿意了，非要回来，我打你的电话又没人接。"

其实手机就在外面，但王中鼎如此强悍的听力刚才竟没有听到。

"行，我知道了。"

司机走了之后，王中鼎看着西西，问："你为什么要回来？"

"我怕你和小辫子叔叔商量把我送走的事情。"西西很委屈。

换作平时，王中鼎哪允许儿子用这种借口逃学啊？但是今天，他一反常态，没责备还好脾气地安慰了几句。

"没有的事，无论什么会变，我是你爸爸这件事是永远都不会变的。"

西西似乎放心了些，又问："那小辫子叔叔是好人吗？"

若是放在以前，王中鼎想都不想就说：绝对不是好人啊！

但是现在只能给个模糊的答案："凡事都有两面性，我们不能单纯地定义一个人是好是坏。"

西西似乎懂了，又问："那你什么时候让他走呢？"

"帮人要帮到底，起码要等他的伤养好。"

"加油！"西西举着小拳头。

王中鼎点点头："对，加油。"

西西似乎已经完全抛开了负面情绪，又奔着自己的小书包去了。

王中鼎问："现在可以回学校了吧？"

不料西西只是从书包里掏出画笔，全部摆在写字桌上，说："不，我要陪着爸爸。"

"你陪着我干什么呀？"王中鼎皱眉。

西西说："我不愿意让爸爸一个人受苦，如果我走了，家里就剩下你和小辫子叔叔。你那么讨厌小辫子叔叔，我才不让你们独处呢。"

王中鼎终于说道："我不讨厌他。"

不料，西西露出与当初王中鼎教育他时如出一辙的表情，连说话的语气都一样——

"爸爸，你让他骗了，他特别狡猾。"

王中鼎知道一时半会儿又解释不清了，于是拍了拍西西的脑袋说：“我不留在家里，我要去公司，这回你总要去学校了吧？”

“那我就更不能走了，家里只剩下他一个人哪成？我要看着他！他特别爱吃糖，万一他把咱家的糖都骗走怎么办？”

王中鼎深吸一口气，说：“咱家的一块墙皮就能买一屋的糖，他有必要偷那东西吗？”

因为公司有急事，实在耽搁不起，王中鼎就吩咐保姆照顾好西西，自己急匆匆地出门了。

韩东醒来已经临近中午了，头昏沉沉的，背部剧痛，伸个懒腰就能要人命。

又趴了十几分钟，直到韩东看到床单上巨大的数字，才意识到这不是自己的宿舍。

四处张望，将近一百平方米的主卧，四壁都是绚丽的钟表装饰，眼前的床头是镶有珍珠和磨光宝石的银制塔形台钟……如此土豪，除了王总裁还能有谁？

这么快就登堂入室了？

韩东趴在床上偷着乐了一会儿。

手机就放在枕边，韩东拿过来看了一眼，发现都是俞铭和鲁导演打来的未接电话。

“喂？铭儿啊。”

俞铭赶忙问：“你现在在哪儿？”

韩东发出得意的笑声，刚要开口，俞铭就打断了。

“你不用说了。”

韩东明知故问：“你知道了？”

俞铭语气淡然：“你没事就行了。”

韩东“嗯”了一声。

按照俞铭的脾气，这会儿早就该挂电话了，不料他又多问了一句。

“那你的戏还拍吗？”

韩东听出了俞铭语气中浓浓的渴望和错过的遗憾，心里突然觉得挺对不住他的，但还是不得不说：“我的伤估计一时半会儿好不了，应该不会再接着拍了。”

俞铭好长时间才回道：“嗯，我知道了。”

挂了他的电话，韩东又很快给鲁导演打了过去。

鲁导演的声音听起来很急切：“东子，情况怎么样啊？”

“没事，就是轻微擦伤。”

鲁导演说：“刚才王总给我打过电话来，说剩下的镜头不让拍了，让我们直接后期。所以等你回剧组，咱就可以杀青了。”

“别啊！都拍了一半干吗不拍了？那我这点儿罪不是白受了吗？”

“放心，你拍的那些镜头原样保留，只要补上后面几个没拍的镜头就行了。咱的进度不能再慢了，要是恢复好了再拍，得等到什么时候啊？”

韩东一脸急切：“用不着，两三天的事。”

鲁导演陷入一段长时间的沉默，而后无奈地说：“这是王总下的命令，他是制片方老总，我只是打工的，我做不了主。”

“那如果我搞定他了呢？你还让我继续拍吗？”

“条件允许的情况下可以考虑。”

“那行，你等我的消息吧。”

韩东刚挂掉电话，就看到门口站着一个人。本以为是王中鼎，结果感觉型号不对，一看才发现是“小王中鼎”。

“你吵到我画画了。”西西说。

韩东无语望天。

西西瞪了韩东一眼，又扬着小脑袋走了。

韩东想起身下床，结果第一下没起来，第二下拽着巨大的表针才费力地爬起来。因为脚也是肿的，所以只能扶着墙慢慢走。

即便这样，他还是凭着顽强的毅力将上下三层都转了一遭。上次来得匆忙，只顾着看了西西一个人的房间，这次得好好估算一下王中鼎的身家财产。

如果一、二楼还算把钟表和数字的理念融入装修风格的话，那么三楼就是直接把装修融入了钟表和数字里面，这简直就是个美不胜收的艺术宫殿啊！

韩东都已经开始幻想日后的生活了。

想得正美，西西的一声呼唤终于将他拉回现实。

“韩东！”

韩东黑脸：“怎么直接叫我名字？太没大没小了，以后要改口叫爸爸知道吗？”

韩东的话顿时戳到西西的炸点，当即掀桌道：“你再这么说，休怪我对你不客气！”

韩东笑了：“那你对我不客气一个，我瞧瞧你有多大本事。”

不料，西西直接拿出录音笔，按下“播放”。

一家之主的声音响了起来：“无论什么会变，我是你爸爸这件事是永远都不会变的。”

“听到没有？”西西威慑道。

韩东扑哧一乐：“这能证明什么？”

“证明我爸爸是不可能把我转交给你的！”

韩东愣住：“你搞错了吧？我的意思是我们俩都当你爸。”

“那也不行，我的爸爸是唯一的，我只有一个爸爸！”

韩东咽了口唾沫：“你管王中鼎叫妈我也没意见，就怕你叫了这么多年不好改口了。”

不料，刚一说完，就听“嘀”的一声。

“我已经把你的话录下来了，你自己和我爸爸解释吧。”

韩东暗暗咬牙：“你够阴险的啊。”

“彼此彼此。”小脸透着一股不卑不亢。

既然彼此彼此，那好办，韩东直接把西西抱起来，挠他的胳肢窝。

西西瞬间二爹上身，一边打滚一边咯咯咯地笑，小腿欢实地蹬踹着，毫无形象可言。

韩东本以为他就此把西西拿下了，不料停手之后，西西上扬的嘴角像弹簧般缩了回来，迅速恢复板正严肃的姿态。

而且又抢了韩东的台词："没大没小。"

然后就背着小手走出房间。

韩东偷偷跟了出去，西西刚一出门就咯咯笑了起来，好像是刚才不过瘾又补上一段。后来坐在小书桌上画画的时候，小板牙都龇着，一个人乐不可支。

韩东不禁感慨：王中鼎，你还到处挖什么人才？你儿子就是活生生的影帝啊！

《撕裂》上映一周票房过两亿，提前完成了预定的目标，于是剧组决定再举办一场庆功宴，乘胜追击，让票房再创佳绩。

梁景也因为这部电影打了一场翻身仗，在公司摇摇欲坠的地位总算稳住了。

当然，最大的赢家要数李尚。

一部热卖电影打头阵之后，李尚还有两部电视剧要在暑期上映。再加上一些综艺节目、时装发布会等频繁亮相，这个暑假简直成了李尚的专场。

筹备庆功宴的时候，梁景和李尚谈论着日后的计划。

"过几天公司开会商讨年度大片的策划方案，这次是正式提上日程了！你现在人气正旺，9月份还有个电影节，咱这部电影如果拿奖，你这个男一号就有戏了。"

李尚却说："鲁导演的电影还没上映呢。"

梁景已经完全不把他当回事了："同一时期热卖两部同类型电影的可能性太小了，更何况是剧情套路都一样的电影。"

小文插了一句："他们那边彻底慌了，韩东拍戏的时候都受伤了。"

听到这话，李尚的脸色变了变。

"受伤了？"

"对，据说是因为太拼了。"

李尚没说什么。

梁景又说："他们的失败是注定的了，你把眼光放高点儿，别老盯着韩东不放。我可告诉你，这部大片公司独资，王总统揽大权，你能不能晋升一线，就看王总的意思了，所以你现在最主要的任务就是拿下王总。"

傍晚，中鼎公司的贵宾室迎来了一位远道而来的客人，好莱坞当红导演卡恩先生。

卡恩是好莱坞导演中最年轻的一位，今年不过三十六岁。也正因为年轻有为，造就了他张狂不羁的性格，表面上有着西方人共有的热情和健谈，骨子里却很难与人建立信任。

这次为了与卡恩合作，公司也是花费了好大的力气。

初次见面，王中鼎送上一只隐形腕表。戴上之后会感觉表针就是在手臂上画的，深得卡恩的喜欢。

不过卡恩依旧表示，没有合适的演员他是不会同意执导的。

"主角我已经有了初步的人选，你可以先看一下。"

王中鼎说完，冯俊就将韩东的写真大片递到卡恩的手中。

卡恩是西方人，审美自然与东方人有着差异，亚洲男演员他是普遍不看好的，所以拿到手的时候根本没抱多大的期待。

结果扫了一眼后，卡恩的眼球瞬间亮起精锐的光芒。

"他是中国的男艺人？"

王中鼎颇为自豪地说："土生土长的中国人。"

"你们是不是搞错了？我觉得他应该是混血，他身上肯定有两种血统。"

王中鼎没有继续和他探讨这个话题，直接问："你觉得这个演员如何？"

"完全出乎我的意料，我非常满意。"卡恩盯着韩东的写真看得入神。

王中鼎示意冯俊去拿合同。

卡恩的手抚上照片，毫不掩饰自己的欣赏之情："这是我见过的最性感的身材。"

王中鼎的表情发生了一些变化。

冯俊将合同递给卡恩，卡恩并没有接过，还在对着照片抒发感情：“这样的腿真令我心动。”

王中鼎原本注视着合同，听到这话瞬间撩起眼皮，冷厉的视线就这样瞟了过去。

冯俊在旁边轻咳一声，暗示王中鼎要淡定。文化差异，文化差异而已。

卡恩根本没发现王中鼎的异常，还继续和他幽默：“难道你不这么觉得吗？”

王中鼎面色如铁。

冯俊急忙将合同推到卡恩面前：“卡恩导演，您先看看我们的合同吧。”

卡恩这才把注意力转移到正事上，王中鼎的脸色也终于缓和了一些。

整个洽谈过程非常顺利，卡恩表示很愿意合作，这份合同历时半年终于签成了。

临别前，卡恩朝王中鼎问：“你们还有东东先生其他的照片吗？”

“东东？”王中鼎似乎对这个称呼颇有微词。

卡恩点头：“对，你们中国人不是喜欢用叠词来表达亲密吗？就是东东。”

“没有。”王中鼎特别生硬地回答。

卡恩一脸遗憾：“那好吧，我只能等拍戏的时候再深入了解了。”

卡恩走后，冯俊发现王中鼎并没有意料中的喜悦，反而一个劲地盯着卡恩坐过的位置看。

“怎么了？”冯俊问。

“刚才你给他的那张照片呢？”

冯俊随便翻了翻，轻描淡写地说：“应该是让卡恩导演拿走了吧。”

本来导演留着演员的资料是无可厚非的，可王中鼎怎么想怎么觉得不痛快。

冯俊发现王中鼎情绪异常，以为他是较真卡恩的言辞，便说些开玩笑的话缓和气氛。

“这卡恩导演也真是的，一点儿正形都没有，居然对韩东那小子有想法，他是心里有多扭曲啊！”

王中鼎背朝着冯俊喝水，每一口都咽得十分艰难。

庆功宴上，几乎所有人都到齐了，只有王中鼎没有来。

梁景看了看表，朝李尚说："你给王总打个电话，问问他怎么还没到。"

李尚拨了王中鼎的电话。

"王总，你现在到哪儿了？我去接你。"

王中鼎语气漠然："我今天不去了，家里有点事。你代我向剧组表示祝贺，祝你们的票房继续大卖。"

"好，谢谢王总。"

接着，李尚就上台传了王中鼎的口谕。

"今天王总家里有事，所以没法来现场了，我代他向大家表示祝贺。"

在公司内部，演员和高层的关系一直是个敏感的话题。李尚从公开调侃王中鼎到代为发声，丝毫不惧流言蜚语，很明显是给在场人士一种发展前景上的暗示。

果然，刚一下台就来了几个巴结的。

庆功宴散了之后，李尚喝得醉醺醺的。梁景本来已经在酒店给李尚订好了房间，结果李尚却自己偷偷打车去了公司。

俞铭刚要锁门出去，就看到李尚提着大包小包的东西从电梯里走出来。

"东子呢？"

俞铭冷冷回道："他不在。"

结果，李尚还是提着东西走了进去。

俞铭不想让他进韩东的房间，直说："你把东西放在这儿就行了。"

李尚依旧朝里走，一边走一边朝俞铭问："东子的伤怎么样？"

"没大事。"俞铭说。

李尚试着推了下韩东的房门，居然真的推开了。前两次来都没进屋看，这次突然想进来瞧一瞧。

看到房间内的布置，李尚愣住了，感觉好像回到了韩东的租处。虽然距离现在只有半年的时间，却感觉恍若隔世。

“他怎么还买这种破家具？”李尚语气中透着浓浓的醉意，“他……他怎么就上不了台面呢？”

如果这话是针对俞铭的，俞铭一定会充耳不闻，但换作韩东，他却怎么都淡定不了。

“以前我们俩关系可好了，我去参加复选，他还送我裤子，那条裤子我到今天还留着。”

“他这人有才华是有才华，但不懂为人处世。有时候我特想帮他，可一和人家提他，人家就摇头，说王总限制他的曝光次数。”

“你知道吗？他在北影厂门口蹲了五年，多有耐性！可他毁也毁在这个耐性上，活得太随遇而安了，太惯着自己了。”

“……”

李尚磨磨唧唧地贫了好久，俞铭只回了他一句话：“韩东缺点再多，可他比你自信。”

说完这话，俞铭就上了电梯，独留李尚一个人愣怔在门口。

王中鼎到家的时候，韩东正穿着他的T恤趴在床上。

虽然王中鼎比韩东高了几厘米，但上下身的比例没有那么逆天，所以他穿着合身的衣服，到了韩东身上就有些长，恰好盖住屁股，独留两条光溜溜的大长腿。

韩东看起来毫无察觉，其实余光一直往门口扫。

王中鼎忍无可忍地开口：“你是不是把我衣服改了？”

韩东觍着脸笑：“没啦，是我的上半身本来就短。”

“我是说你是不是把肥瘦改了？”

王中鼎穿着宽松的衣服，怎么到了韩东身上反而变成紧身的了？

韩东干笑两声：“就把腰身收了一点儿，应该不是很明显吧？”

这是王中鼎最喜欢的两件T恤之一，他的衣服虽然不多，但件件是精品。细心熨烫细心打理，穿了两年都没走形一毫米，愣让这货一剪子给毁了……

正气愤着，又扫到不远处一个“小道士”。

西西身上穿的也是王中鼎的T恤，而且正是他喜欢的另外一件。这一穿就直接到了脚底，简直像个道袍。

“你怎么穿爸爸的衣服？”王中鼎问西西。

西西哼道：“不能让他抢了风头。”

王中鼎当时那个心啊，都拧成一股麻绳了，韩东还在房间内大笑不止。

于是，韩东让王中鼎轰下床了。

王中鼎按照两个人的名字定方位，一个在他房间的东边，一个在西边。韩东暂住的房间就是给西西备用的，所以也是充气的。

夜深人静，王中鼎躺在床上毫无睡意。

脑子里想起早上没干完的事，想起卡恩看照片的眼神，想起冯俊的那句心里扭曲，想起自己被改了的衣服……

想了很多乱七八糟的事，看着没头绪，但是归结起来很简单——韩东。

王中鼎感觉自己的情绪已经朝着不可控的方向发展了。

突然，门响了。

王中鼎偏头看向门口，韩东正合着眼慢悠悠地往里走。

王中鼎的呼吸渐渐加重，直到韩东的身体着床，瞬间飙到最高值。

韩东趴到了王中鼎的身上，突然将眼睛睁开，弄得王中鼎一个措手不及。

“不好好睡觉，跑我房间来干什么？”

韩东依旧一副懒洋洋的模样，说：“我后背有伤，没法躺着。”

王中鼎说：“那你可以趴在自己的床上，干吗非要趴我身上？”

“床板没有你软和。”韩东懒洋洋地笑。

王中鼎瞪了他一阵，眼神渐渐没了硬度。原本僵在床上的胳膊也慢慢抬了起来，手掌放在韩东的小鬏鬏上。

突然，门又开了。

西西皱着小脸冲了进来，气嘟嘟地爬上床，使劲扒拉韩东没扒拉下去，最后直接趴到韩东的身上。

王中鼎：“都给我下去。”

第五章 女装

“我这个人特别感性，有时候一句诗就会让我流泪。”

“是《唐诗三百首》吗？”

第三天，韩东嚷嚷着要回剧组。

王中鼎当时就黑脸了："去什么去？刚好一点儿就瞎折腾。"

韩东就是看到好了一点才急着去的，不把自己弄惨点儿怎么继续赖在这儿？

"我必须得去，不然心里不踏实。"

王中鼎知道自己会妥协，因为他也是这样的人，什么事一旦做了，就必须要完成。

韩东眼巴巴地问："你和我一起去吗？"

王中鼎面色阴沉，一言不发。

事实上，他陪了韩东整整一个礼拜。

推开工作，放弃休息时间，仅仅是为了看韩东一次次重复的吊起和落水；为了给韩东涂色去色的过程中，配上几个揉抚和按摩的动作……

假如镜头真的被剪，起码让韩东回味这个过程的时候，觉得是值得的。

随着最后一个镜头的通过，韩东的剧组终于杀青。

杀青宴没有劳烦任何媒体，也没有邀请公司的高层领导，只是剧组百十号人坐在一起喝喝酒聊聊天，像个家庭聚会一样。

俞铭这些天一直被关在夏弘威那儿，好久未见韩东，自然有很多话聊。

"你一直住在王总家里？"俞铭问。

韩东点点头："基本拍完戏就去他那儿。"

俞铭眼神微微变了变，好半天才开口问："你们俩……什么情况？"

这个问题竟然把韩东当事人给问蒙了。

“什么什么情况？”

俞铭无语。

“不是，我想让你帮我分析一下。你看，他允许我住他家，允许我进他的房间，你说这是什么情况？”

韩东正琢磨着，鲁导演的话就响起来了。

“说实话，咱们能走到今天真的很不容易。中间经历的那些事就不提了，我在这儿主要感谢两个人，一个是俞铭，可能没有他就没有这部电影了，还有一个就是韩东，他让我满足了对演员的所有幻想。”

“下面，我们就请他们为大家说两句。”

俞铭想了好久都不知道该说些什么，他最怕的就是公开发言。

鲁导演忙提醒：“今天都是自己人，咱不来歌功颂德的那一套，就说自己最想说的，哪怕骂我这个导演都没事！”

俞铭淡淡说道：“这段日子很开心。”

大片拍了不少，剧组进了不少，可这是俞铭第一次享受拍戏的过程。

“没了？”鲁导演一惊。

俞铭点点头。

下面发出一阵笑声，倒不是笑俞铭的简略，而是笑鲁导演的大惊小怪。俞铭说这么多字已经很难得了，有的人在剧组待了两个多月，都没听他讲过一句话。

轮到韩东上台，大家的耳朵全做好打持久战的准备。

结果，韩东只说了一句话，这句话憋在心里已久。它的分量已经让韩东不敢说其他的，生怕这句话被埋没了。

“王总他真的不讨厌我。”

此话一出，下面哄堂大笑。

“韩大仙儿，你别逗了好不好？”

“你以为我们不知道，王总那天之所以第一个跳下去捞你，是因为你没保险，出了事他得担责任！”

“你要说你是女的，我们还可能相信你。”

“……”

韩东是被众人挤对得最狠的一位，也是分别时哭得最凶的一位。

即便这样，大家也觉得没什么。一个唱《小拜年》都能把自己感动哭的人，这种煽情的场合谁还能指望他淡定？

出了酒店，有的人专车接送，有的人自己开车，转眼间哄闹的人群就散开了。最后只剩下韩东和俞铭两个人，原本还有一辆公车，自打戏一拍完连这待遇都没有了。

“咱打辆车吧。”韩东说。

俞铭眼睛扫向没有路灯的暗处，那里果然停了一辆车。

韩东也发现了，直接挥手：“你去吧，我自己打车回去就行了。”

“那你路上小心点儿。”

说完这话，俞铭就走了。

韩东一个人在街上溜达着，背部的伤还没完全好，走路的姿势还有点儿别扭。但是这个路段不好拦车，所以要往前走走才行。

就在韩东快走到路口的时候，突然听到身后传来刺耳的车喇叭声。

刚想回头骂人，结果看到司机的脸，突然就张不开嘴了。

王中鼎把副驾驶的车门打开：“上来吧。”

韩东一下感觉自己从可怜人变成了万众眼红的对象。

王中鼎用余光扫到韩东的眼睛是肿的，但他没问原因。因为凭借以往经验，韩东一定会自己装可怜求安慰，根本用不着他开口。

结果，韩东今天一反常态，从上车开始就没说话，一整路都在沉默。

王中鼎的心突然揪了起来。

回到王中鼎的家，韩东才想起来问：“今天西西怎么这么消停？”

王中鼎说：“我告诉他今天你不来。”

韩东这才想起来问：“那你怎么把我带过来了？”

王中鼎没有正面回答他，而是开口问：“你今天为什么哭？”

“哭？我啥时候哭了？”韩东并非嘴硬，他是真的忘了。

王中鼎却因为韩东那几滴廉价的眼泪，闹心了整整一路。

韩东想起来了，说：“你说在杀青宴上啊？我看到人家都哭了，不好意思不哭。”

可王中鼎分明在酒店门口看到出来的人一个个都眉开眼笑的。

韩东又解释道：“我这个人特别感性，有时候一句诗就会让我流泪。”

“是《唐诗三百首》吗？”王中鼎问。

韩东干笑两声：“你咋知道的？”

王中鼎简直不想说他了，拢共就那么点儿学识，还老拿出来显摆。

“行了，睡觉吧。”

韩东不放心地问：“你睡醒之后不会翻脸不认人吧？”

“我认过你吗？”王中鼎说。

韩东一头的大卷毛都奓起来了：“你说啥？”

王中鼎故意翻过身背朝着他。

第二天一早，西西刚起床就迅速钻到韩东的房间去视察情况，看到床上是空的，心里松了口气。

吃过早饭，司机送西西去了学校。

韩东梦中惊醒，赤条条地朝门口冲去，恰好撞在刚进来的王中鼎身上。

王中鼎一把扶住他：“干吗呢？”

韩东盯着王中鼎的脸看了一会儿，露出没心没肺地笑。

“没事，下床活动活动。”

王中鼎开口要求：“我给你二十分钟的时间收拾，时间到了立刻出发去公司！”

说完就关门出去了。

结果，二十分钟后，王中鼎再度推开门，韩东还是光着的，而且像个木头人一样，戳在原地一动不动。

“你干吗呢？”王中鼎发飙了。

韩东猛地一激灵，我怎么愣了这么久？赶紧拿起衣物往身上套。

上了车，王中鼎和韩东一起坐在后面。

王中鼎坐车的时候一般都会闭目休息，偶尔会端着笔记本忙公司的事，很少像今天这样闲坐着，开了不到两公里，竟然用余光扫了韩东十余次。

韩东猜王中鼎也不会搭理他，就自己闷头玩手机，玩着玩着就困了，脑袋东倒西歪，转了好几个圈后，终于让王中鼎的手按在了自己的肩膀上。

本以为之前看韩东就是因为他摇头晃脑“博眼球”，结果等韩东老老实实靠好，王中鼎依旧斜睨着他。

到了公司，王中鼎和韩东说起新片筹备的事宜。

“你这段时间好好准备一下，估计下个月就要试镜了。”

韩东好像才想起来似的：“你是说那部年度大片？”

“对，就是我之前跟你说的那部。”

“现在都 7 月份了，还能赶在年底上映吗？”韩东质疑。

王中鼎说：“计划有了些变动，原本是打算用国内的导演班底，现在决定启用好莱坞团队，打造一部东方巨制，后期至少要一年，所以上映时间挪到明年。”

韩东瞬间热血沸腾：“那导演呢？导演也是好莱坞的吗？”

“对，好莱坞当红导演。”

韩东扒拉着手指细数好莱坞的名导，忍不住说道：“我超迷卡恩导演，要是有生之年能在他的戏里演个角色，我死都值了！”

王中鼎看韩东的眼神瞬间就变样了。

“不会真让我说中了吧？”韩东一副高兴得马上就要抽过去的表情。

王中鼎冷淡淡地说：“不是他。”

韩东的肩膀瞬间塌了下来，不过好在没敢抱这种奢望，所以也谈不上失望了。

倒是王中鼎，脸一阴就再也没有转晴。

影片的筹备会在下午召开，公司的高层领导全部出席，几个主要工作室的制片人也来参加会议，其中就包括梁景。

说到选角问题，高层领导一致推选李尚，其他的制片人虽然各有私心，但因为梁景那边形势一片大好，他们就算提出异议也显得很没底气。

“无论从哪个方面来考量，李天帮都是最合适的人选。以他现在的发展势头，等这部片上映的时候，他完全有了扛票房的能力。”

梁景说着又拿出一份数据表，让小文发给在场的每一个人。

“我想各位可能还记得，当初王总提出了一个几乎不可能达到的选角标准，但是现在我想告诉大家，李天帮的各项数据都符合他的要求。”

众人大哗。

不会吧？竟然这么巧？

虽然大家心里都抱着几分疑问，但没人敢往手术方面去想，因为身体整形比面部整形风险大多了，好端端的谁会去受那份罪？况且人不是泥做的，想怎么捏就怎么捏，就算要整也必须有超乎常人的身材配备。

梁景又把目光转向王中鼎，笑容中透着满满的恭维意味。

“王总之前说李天帮与角色气质不符，认为他无法驾驭女装这个部分。不知道王总看完李天帮在《撕裂》中的女装表演后，有没有对他改观一些？”

王中鼎坦诚地说：“他的表演确实超乎我的意料，很出色。”

听到这句话，几个制片人私下交流眼色，都觉得这个角色非李尚莫属了。

“冯经理，你也给点儿意见吧。”会议主持人开口。

冯俊很明确地说：“我还是支持韩东。”

此话一出，很多人都愣住了，谁是韩东？咱公司有这个人吗？

后来不知谁小声嘟哝了一声“韩大仙儿”，大家这才反应过来，会议室瞬间响起一阵哄笑声。似乎都觉得冯俊是在拿这话羞辱梁景，毕竟两人不和是大家心照不宣的事。

某位制片人忍不住开口：“冯经理，你不能因为他梳个小辫就觉得他能演女装啊！”

“就是，瞧瞧他那模样，装扮成女人能好看吗？”

“而且他的气质和角色本身差太远了，连李天帮驾驭起来都吃力，他能挑起这个大梁？”

“……”

冯俊不做任何解释，直接等王中鼎表态。

王中鼎已经愣了一分多钟，自打有人议论起韩东，他就一直在脑中虚构韩东的女装扮相。对于韩东的脸他确实没信心，做帅哥都吃力，还能指望他当美女吗？但是对于韩东那两条腿穿丝袜的场景，王中鼎是想了又想，想到所有人都把目光转向了他……

“王总？王总？”

王中鼎回过神来，在众人期待的目光下终于给出自己的答案：“再说。”

韩东一听说要穿女装，又表现出当初的态度，说什么都不肯演了。

“你演不演另说，我先看一下上妆效果。”王中鼎说。

韩东胡诌道：“不行，我阳刚之气太重，和任何女性用品都反冲。小时候我错穿了一条堂姐的袜子，都卧病在床一个多礼拜。”

王中鼎哪会听他胡扯，直接把衣服递过去：“下半身出镜率比较高，你先换下面的。”

韩东就像碰到烫手山芋，一把将衣服扔得老远。

“我告诉你啊……你要再这样……我可跟你急了……我……我……我死都不穿！”韩东说完就从门口蹿出去跑了。

王中鼎面露疑色，搞什么？

晚上，俞铭正在客厅看电视，突然听到门口传来动静。

扭头一看，竟然是韩东！

“你怎么回来住了？”俞铭问。

韩东说：“王中鼎出差了，要好几天才能回来。”

俞铭点了点头，没再多问。

韩东径直走进自己的房间，看到门口堆放的东西，忍不住问：“谁送来的？”

“李尚。”俞铭似乎很不愿意提起这个名字。

韩东愣住："李尚？他什么时候来的？"

"就你受伤的那几天，他过来看了你一次。"

韩东哼笑一声："算这小子还有点儿良心。"

俞铭很难理解韩东的态度："你怎么就知道他是善意的？说不定是来看你笑话的！"

韩东倒不这么想："他在事业方面给我下套另说，生活中肯定没有害我的心。"

俞铭依旧看不惯："你看到今天的新闻头条了吗？李尚即将出演年度大片的男一号，说得有鼻子有眼儿的。"

韩东愣住："他演？"

"对啊，你不是说王总让你演吗？"

韩东忙问："那条新闻在哪儿呢？"

"上网一搜就能搜到。"

韩东果然看到了，新闻上说李尚因为在《撕裂》中颠覆形象的反串镜头，让多位制片人一致看好，有望出演国内最高技术水平的谍战大片。

"那就让他来演呗，正好去了我一个心病。"韩东嘟哝。

俞铭纳闷："心病？什么心病？"

"没啥，你不在夏弘威那儿住着了？"韩东赶忙岔开话题。

俞铭又露出冷漠的表情："我为什么要去他那儿？"

"你前几天不是一直在他那儿吗？"

"那也是他逼我的，又不是我自愿的。"说到这里俞铭露出恨恨的表情，"我一定要把那个内贼抓出来！"

韩东迫不得已再度转移话题。

"你拿了多少片酬？"

俞铭说："我就拿了两万。"

"两万？"韩东难以置信，"你怎么可能只有两万？"

俞铭轻描淡写地说："我和你一样重的戏份，你拿两万，我为什么就不能拿两万？"

“咱俩的名气不一样大啊，再说了，投资人不是……”意识到自己又要扯到夏弘威，韩东急忙往回兜，“既然咱片酬都那么低，那制片成本又缩减了一大半啊！”

俞铭点头：“原计划投资五千万，貌似才花了八百万不到。”

“这么少？剩下的钱都哪儿去了？返还给夏弘威了？”

“没有，应该都在王总那儿压着，留作后期宣传的费用吧。”

韩东一副不认同的表情：“拍片用八百万，宣传费用四千二百万？再说了，要宣传早该着手准备了，怎么到现在一点儿动静都没有？”

俞铭也不理解王中鼎暗中打的什么牌。

“难不成是他私吞了？可他私吞这个钱干什么？”韩东瞎琢磨。

俞铭玩笑着说：“给你当聘礼吧？”

“滚一边去！要送聘礼也应该是老子送啊！”

“就你那点儿钱，撑死了也就是个倒插门的。”

“……”

睡觉前，韩东听到俞铭的手机不停地发出短信提示音，随口问了一句：“和谁聊天呢，聊得这么欢？”

没有任何回应。

韩东走进俞铭的房间，发现俞铭已经躺在床上了，手机还放在桌上，不时地发出振动声响。

“用不用我帮你拿过去？”

俞铭直说：“不用，你帮我关机就行了。”

“直接关机？你也不看看是谁给你发的吗？万一有正事呢。”

俞铭不耐烦地说：“没什么正事，你关上就行了。”

韩东瞬间来了几分兴致，自作主张地替俞铭把短信给看了。

“你的 ×× 账户成功转入 520 元。”

“你的 ×× 账户成功转入 999 元。”

“你的 ×× 账户成功转入 1314 元。”

“……”

韩东忙提醒俞铭：“你还说没有正事，转账还不算正事啊？”

听到这话，俞铭更烦了，整个人缩进被窝一声不吭。

韩东突然意识到什么：“这钱不会是夏弘威打给你的吧？”

夏弘威知道俞铭不爱出门爱网购，所以每次俞铭生气，他就直接往俞铭的网银支付账号上面打钱，直到俞铭搭理他为止。

“我的天，你真是身在福中不知福啊！”

俞铭忍不住开口：“你要花你转走好了。”

“别，无功不受禄，我这人占不了一点儿便宜。”

“算我求你了还不行吗？我看见那堆钱就烦！”

韩东感觉俞铭已经提前过上了自己幻想中的生活。

第二天，韩东闲来无事，又去市场上淘来了一块黄花梨木，自己在房间瞎鼓捣。

“哎？上次王总没有把红豆杉全拿走吗？”俞铭诧异。

“这是我又从木材店买来的，花了几千元呢，心疼死我了。早知道当初就偷藏一块了，害我下了这么大血本！”

“你到底要干什么啊？”俞铭问。

韩东头也不抬地说：“做手表。”

“送王总吗？”

俞铭不为韩东的心意吃惊，而是为韩东的大方吃惊，几千块钱对韩东而言简直等同于抽筋拔骨。

韩东说：“是啊，给他送礼。”

“你还用给他送礼？”俞铭道。

韩东幽幽地叹了一口气：“迫不得已啊，我不想放弃那个角色。”

“你是为了抢回那个角色才要讨好他的？”

“抢什么抢，这个角色本来就是我的！”

俞铭不解：“那你干吗还浪费这个钱？”

韩东一脸凄苦的表情：“我是想让王中鼎把那段男扮女装的戏删了。”

原来是这样……俞铭正想着，手机提示音又响起来了。

韩东比他还激动地冲过去："我看看这次打了多少。"

看完单笔数额后，韩东又往上翻了翻，想算算夏大少从昨晚到现在打了多少钱过来。结果翻着翻着，突然瞧见一条支出信息。

"还说不肯花他的钱，谁今天偷偷转出两千块钱了？"韩东朝俞铭戏谑道。

俞铭一脸莫名："谁转出了？我从昨晚到现在都没动过那个账户。"

韩东见俞铭不像是开玩笑的，自己想想也觉得不对劲，以俞铭这种性格，犯不上在乎这点儿蝇头小利。

"该不会是你的账户被人盗号了吧？"

韩东比俞铭还紧张，老子还没占一毛钱便宜呢，谁抢在我前面了？

俞铭说："你看看是几点钟转出的？"

韩东仔细看了一眼，半夜两点，谁这么晚还没睡？或者说……谁睡了之后又爬了起来，替自己了却了未达成的心愿？

俞铭直接把视线对准韩东。

"不可能，我为人这么正派，能干那种偷鸡摸狗的事吗？"韩东说这话的时候就有点儿底气不足。

俞铭倒说："你花也没关系，反正我也不用。"

韩东登陆自己的银行账户，看到里面没多一分钱，顿时大松一口气，还好挺住了！

王中鼎去瑞士赴表展，与他一同去的还有伊璐，伊璐是作为某品牌代言人去的。

当天，伊璐一袭V领蓝色连衣裙，挽着王中鼎的手臂亮相。

每年的表展王中鼎都会参加，随着收藏数量的增多，他越来越难买到新品。这个新不意味着款式，而是指在制作工序和技术上有所突破，目测这届表展又要空手而归。

伊璐则不同了，作为女性她只要入眼漂亮就够了。所以她一来就网罗最热款，相中七八枚，在王中鼎的眼中全是鸡肋，而且价格又高得离谱。

伊璐一口气刷掉三千多万。

她付款的时候，王中鼎朝不远处一个男人使了个眼色。那个男人闪到伊璐身后，快速将她的卡号和账户信息扫了下来。

“麻烦您把这块表拿出来给我看看。”

听到一个熟悉的声音，王中鼎忍不住朝旁边扫去，竟然看到了李尚的身影。

“你怎么来了？”王中鼎问。

李尚笑着回道：“我恰好没事，就过来转转。”

“那你怎么没提出申请？如果你想来，公司会考虑为你报销一部分路费的。”

李尚忙摆手：“不用，我就是来这打个酱油而已。”

正说着，工作人员将李尚相中的那款手表拿了出来。

“先生，这是您需要的。”

王中鼎瞄了一眼，发现李尚的眼光还不错。这是在整个展示厅数千种品牌中少见的几枚能够入王中鼎眼的。

最主要的是，这款手表很适合李尚。

有了伊璐的对比，李尚在王中鼎眼中的形象不知高了多少倍。

“你也喜欢收藏手表？”王中鼎问。

李尚说：“谈不上收藏，看到喜欢的就会买。不过我的手表高低贵贱都有，并不一定多值钱，主要还是个人喜好，基本买了就不舍得卖了。”

这种理念恰好和王中鼎相同，遇到知己，王中鼎便多聊了几句。聊天的过程中，他发现李尚的某些观点很有见地，看来这段时间下了不少功夫研究。

“先生，抱歉，你没有购买资格。”

很多顶级名表都会限人发货，一般只服务该品牌的 VIP 客户。

这种 VIP 服务也不是花钱就能办的，需要先购买该品牌的一些中低端产品，经历一段品位提升的过程，才允许你最终加入。

而且加入之后也并非想买就买，很多款式都需要长时间的排位。

这些款式并非很贵，譬如李尚相中的这款就只需要十几万美金，但内行人见了就知道这人属于什么样的身份和地位。

王中鼎是各大手表品牌的至尊客户，也是排位名单上的常客。

这款手表他恰好有购买资格。

但是对于爱表人士来说，资格让人是对手表的亵渎。所以王中鼎买下来之后，没有收李尚一分钱，只是作为礼物送给了他。

李尚深知其内的道理，所以没有矫情，大大方方收下了。

这一趟瑞士之旅，王中鼎最终还是扫兴而归。

“请问，俞铭在吗？”快递员敲了敲门。

俞铭急忙走了出来：“在。”

“这是你的快递。”

因为夏弘威时不时就寄过来一些东西，所以俞铭想都没想就签了。

韩东倒是比他还上心，急忙过来拆包裹：“我替你看看是什么好东西。”

拆开之后，韩东傻眼了，满满一箱子的女士用品——内衣内裤、服饰皮包、化妆品……几乎全齐了。一看价格，恰好是两千块钱，也就是俞铭账号上支出的数目。

韩东突然想到了一种可能性，忍不住头皮发麻。

俞铭看到韩东脸色不对劲，才问：“是什么啊？”

“没……没啥。”韩东一脸尴尬。

俞铭走过来看了一眼，脸上瞬间露出不能忍的表情。

韩东感觉一道霹雷就快从头顶上砸下来了。

“肯定是夏弘威，一定是夏弘威那个变态！”

韩东突然间又绝处逢生了，忙摆出一副同不能忍的表情：“赶紧把这些东西退了，这叫什么事啊？这不是侮辱你吗？”

俞铭没说什么，一脚将箱子盖合上。

韩东急忙溜回自己的房间，打开电脑找到常逛的购物网站，果然看到登录账号变成了俞铭的。俞铭在他电脑上买过东西，还保存了账号和密码，设置了自动支付……

韩东欲哭无泪，差点儿把自己的手剁了。

最让他不能忍的，他还看到了自己和店主的聊天记录。

“能不能便宜点儿？”

“两千一百一十八块是最低价了。”

“两千块，凑个整数，无论出现什么问题都不会找你退货。”

“那好吧。”

韩东呆愣了几秒钟之后，火速冲到俞铭的房间，用更悲愤的口吻说：“反正花的是他的钱，退什么退？直接给扔了！”

王中鼎回国是二雷过来接机的，远远地看到车门打开，只有二雷一道身影从车内闪出，王中鼎的眼神不经意间黯淡了几分。

回到公司，冯俊把这几天的工作详情一一汇报给王中鼎。

《撕裂》上映将近三周，受到随后而来的进口大片冲击，后期票房下滑比较明显，不过相比较同档期的国产片已经遥遥领先了。

影片热度下降，李尚的人气却有增无减，尤其是王中鼎走的这几天，关于他演男一号的传言甚嚣尘上。而冯俊受王中鼎的指示，一直采取纵容的态度。反正没有花一分宣传费，在不损害公司利益的情况下，愿意炒就让它炒呗。

相比之下，王中鼎更关心另一部影片的进展。

“后期完成到什么地步了？”

冯俊说：“六个小时的粗剪版已经精剪成一百五十分钟了，目前正在忙着特效录入。”

王中鼎点点头：“我们也该着手宣传的事宜了。”

“嗯，我已经和各大院线打过招呼了，他们都很愿意与我们合作。现在就期待着送审那一关了，希望能‘四肢健全’。”

一想到送审，王中鼎的心就莫名沉重下来。

冯俊走后，王中鼎开始处理几天积压下来的工作。

原本这种时候是无暇他顾的，但是今天王中鼎就是静不下心来，脑海里频繁闪出某个二货粗莽地撞开门，左摇右摆地晃悠进来，猴蹿到自己身上并放声大笑的景象。

然而，今天门口异常地安静，安静得让王中鼎莫名烦躁。

韩东这几天没日没夜地做表，已经近乎魔怔了，有时候俞铭睡着睡着就听到隔壁传来韩东的报点儿声。

后来还是俞铭提起："嘿，你怎么还不去找他？"

"找谁？"韩东愣怔怔地问。

俞铭无语："你不是说王总今天出差回来吗？"

对哦！韩东才想起来，急忙收拾桌上的东西，朝俞铭说："这些零件先放你那屋吧，我怕晚上进贼。"

俞铭点点头："行，你自己拿过去吧。"

结果，韩东找地方放手表零件的时候，突然发现那些女士用品还在箱子里。

"我说，你怎么还没扔啊？"韩东着急地问。

俞铭淡淡回道："我这几天都没出门。"

"去去去，赶紧扔了去，老留着它干吗？不是给自己添堵吗？"

俞铭纳闷："我怎么觉得你比我还堵心？"

韩东佯装一副问心无愧的口吻："我这不是为你着想吗？万一哪天有人过来串门，看到这些东西，到时候你怎么解释啊？"

俞铭说："那你帮我扔好了。"

韩东本来想伸手，但又马上缩了回去。这事绝对不能他来干，只要是他亲手扔的，就有捡回来的风险。

"我急着出门，你自己扔吧，一定要在我回来之前把这些东西全部处理干净！"

说完这话，韩东就拿着包走人了。

知道王中鼎这会儿还在办公室，韩东便直奔他的家里，想制造一种早就盼其归来的假象，给他一个惊喜。

结果，王中鼎按捺不住，还是去了韩东的宿舍。

他到的时候韩东已经不在了，俞铭正抱着一个箱子往外走。

箱子没有盖紧，丝袜在缝隙中若隐若现。原本王中鼎是不会注意到这些的，但是近来处于“特殊时期”，对某些事情尤其敏感。

“你这里是什么？”王中鼎果然开口了。

俞铭知道遮遮掩掩反而容易引起误会，便直接摆明态度。

“王总，可以麻烦你一件事情吗？”

王中鼎点头：“说吧。”

“帮我把这个箱子还给夏弘威，并告诉他，请他别再拿这些东西来恶心我了。”

说完，俞铭就回了自己的房间。

王中鼎把箱子抱到车上，打开看了一眼，禁不住一愣，这简直就是百宝箱啊！凡是他幻想过的，这里应有尽有，连样式都八九不离十。

而且最主要的，这些衣服的尺码都是照着韩东来的，这一点让他百思不得其解。

“师傅，劳驾您开快点儿。”韩东在路上一直催。

出租车司机说：“没法快了，再快就超速了。”

王中鼎的车开得比出租车司机还快，他不知道韩东要给他惊喜，只是想尽快赶回去，免得韩东进门的时候遇到麻烦。

最终，在这场车速与心情的较量中，还是王中鼎完胜了。

韩东是十分钟之后赶到的，从停车区到别墅入口的三道门都为他敞着。韩东直接飞奔进来，就像一股狂野不羁的风，吹得王中鼎身上的血都热了。

他朝西西说：“爸爸给你准备了一份礼物。”

“在哪儿？”西西兴奋地挥着小拳头。

“在爸爸的房间，你自己去找。”

刚把孩子支开，韩东就推门而入。

“你都回来了啊？”

王中鼎还没说话，西西又从他的房间冒出头来。

“爸爸，我没有找到礼物。”

韩东瞬间推开王中鼎朝他的房间跑去，说：“有礼物，在哪儿呢？我帮你找！”

发现礼物是奶酪和巧克力，西西如获至宝，韩东一脸贪心样儿。

“怎么没带一块手表回来？”

王中鼎说：“没有适合你的手表。”

韩东听到这话就乐了：“你还真有过这种打算啊？”

王中鼎还没回答，西西就在旁边一脸优越感地说：“爸爸只会送你手表，但他会送我奶酪和巧克力！”

西西从小见得最多的就是钟表，按照物以稀为贵的原则，他认为手表是最不值钱的，而王中鼎限制他的东西才是宝贝。

韩东一脸担忧地提醒王中鼎：“我说句话你别不爱听，我觉得你儿子很可能会拿手表和别人换糖吃，你最好防着点儿。”

王中鼎没说话，将带回来的干奶酪从中间切开，用明火烤化奶酪的横断面，再用刀刮下来，配上煮熟的小土豆递给韩东。

韩东咬下一口，赞道：“真香。”

王中鼎连自己都没有察觉到，他此时此刻的表情有多满足。

晚上，王中鼎先去西西的房间哄他睡觉。

“爸爸，今天小辫子叔叔会留在咱家吗？”

“不会，他是来和爸爸谈公事的，谈完就走。”

“那我就放心了。”

说完这话，西西果断睡着。

韩东确实准备要走，他得尽快将手表做出来，去了这块心病。所以看到王中鼎出来，直接就跟他摆手。

“我走了啊。”

王中鼎以为韩东又玩欲擒故纵的把戏，所以面无表情地看着他往外走。

结果，等韩东的脚真的迈出门外，王中鼎的脸突然变色，两大步跨过去，一把将韩东拽了进来，说：“这么晚了，还回去干吗？”

韩东一上床就沉沉地睡了过去，他这几天鼓捣手表，精力已经严重透支了。

王中鼎想起车上的箱子，取上来之后，从里面挑出一条丝袜，盯着韩东看了一阵，终于决定下手。

结果，就在他的手碰到韩东脚趾的一刹那，韩东突然以屁股为圆心，整个人在床上转了一大圈，用机械般的口吻说道：“现在时刻，十二点——整！”

王中鼎当时那张脸就像被几十斤重的钟给砸了。

第二天一早，王中鼎朝韩东说：“我帮你联系了几位老师和教练，今天带你去见见他们，你最好穿得正式一点儿。”

“什么老师？”韩东不解。

王中鼎说：“有动作教练、口语老师、形体仪态老师，为你的新片角色做准备。”

韩东本来又想强调自己不学女人仪态的事情，但后来想想还是算了，等手表完工了再提吧，到时候还有底气一些。

王中鼎把韩东领到衣帽间，让他自己挑喜欢的衣服。

韩东怕衣服不合适，每拿起一件衣服都会先看看尺码，不料王中鼎却说：“不用看了，这些衣服你都能穿。”

韩东瞬间愣住，再看王中鼎的时候，他已经出去了。

王中鼎又从三楼取下来一块手表，这块手表是当代表坛大师级人物历时四年打造而成，可以说是无价之宝。他原本是想留给西西的，结果后来听到韩东抱怨自己没给他带回来表，就决定把这块表送给他了。

结果韩东居然没看上，还指着另一块手表说：“我想要那个。”

那块手表到处都可以买到，王中鼎自然觉得配不上韩东，但也没明说，只是婉转地表示：“那块表不适合你。”

“怎么不适合？这块表多爷们儿啊！”韩东说着就给自己戴上了。

王中鼎只好点头：“那你都拿着吧，这个就算搭你的了。”

培训课结束，韩东回到公司，恰好看到李尚的车停在大楼下面。

车上光是随行人员就有十个，司机、助理、企宣、化妆师、发型师、摄影师、服装师外加三个保镖。如果外出活动还会增派人手，排场堪比一线巨星。

助理将李尚搀扶下车，跟着一起下来的还有三个保镖。

韩东走过去打招呼：“嘿，干吗呢？”

“找王总谈点儿事。”

李尚身边的随行人员个个虎视眈眈地盯着韩东，好像韩东随时会顺走他们主子的财物一样。

“你身上的伤怎么样了？”李尚问。

韩东说：“早就没事了。”

“那天我去你宿舍，看到你还用那些充气家具，怎么回事？是经济紧张还是什么？要是经济紧张随时向我开口。”

韩东轻描淡写地说：“习惯了而已，和钱不钱的没关系。”

李尚点点头：“那就好。”

两个人又聊了一段时间，在这期间，李尚好几次扬起手臂看表，韩东便问：“你是不是着急？着急先进去找他吧。”

“不急，他在国际会议中心参加品牌发布会，至少要半个小时之后才能回。”

韩东腹诽：那你没事老看什么表？故意跟我显摆吗？那我倒想瞧瞧了！

于是，韩东主动开口说：“你这手表挺不错，哪儿买的？”

李尚在别人面前都说这表是王中鼎送的，但是在韩东面前却说是在瑞士买的。

“多少钱啊？”

李尚谦虚地笑笑：“没多少钱，七十多万而已。”

“滚你的！七十多万还说‘而已’？都可以抵一辆车了好吧？”韩东

唏嘘，怪不得跟我这儿显摆。

李尚又朝韩东说："你不是也戴了一块吗？"

韩东现在无比后悔自己没拿王中鼎之前送的那块，反而选了一块不起眼的运动款。相比人家那18K玫瑰金的表壳，自己的不锈钢简直low爆了。

"把你的也给我看看呗。"李尚故意说。

韩东更谦虚："别，我这地摊货，实在拿不出手。"

"手表的档次和价格没有关系，只要适合自己就好。"李尚安慰韩东。

韩东明知道李尚是为了找优越感，还是把手臂伸了过去。

李尚一开始确实是有这种心态，但是看着看着，态度就发生了惊天的逆转。

"这表是哪儿来的？"李尚问。

韩东打肿了脸充胖子："我自己买的。"

"不可能。"李尚的语气果断到不给韩东任何辩驳的机会。

于是，韩东憋了一肚子气回到宿舍。

"几十万块的表了不起啊！你当初不给房租的事怎么不提了？"

"竟然一口咬定这表不是我买的！就算真不是我买的，老子也出得起这几千块钱好吧？"

俞铭问："那你怎么不挑个好一点儿的表戴出来？"

"我不是怕梦游的时候给卖了吗？就选了一块最普通的，谁知道今天会碰到他啊？！"

俞铭说："把你的表给我看看。"

韩东把手伸过来，俞铭看清之后一巴掌给抽回去了。

"到底是谁炫富啊？"

韩东被这话说愣了："什么意思？"

"这是爱彼皇家橡树系列的其中一款，具体的报价你可以上网查查。"

韩东查了之后，果然惊呆了。

"八……八十多万，岂不是比他那个还贵十多万？哎哟我的天，你扶着我点儿。"

俞铭幽幽地道："你少数了一个零。"

"啥？"

"你少数了一个零。"

韩东当时差点儿没抽过去，八百多万……这是什么概念？李尚那块能抵一辆车，他这块都能抵一套房了！

俞铭问："你现在是不是觉得自己更能装？"

"别跟我说话，让我冷静冷静。"

俞铭哼道："瞧你那点儿出息。"

韩东呆呆地看着天花板，两眼空洞。

"我的人生毫无意义了，太有钱了，一点儿奋斗的激情都没有了。"

俞铭："……"

过了一会儿，韩东又说："我本来以为自己做的手表能为王中鼎的藏品领域做出不朽的贡献，现在才发现是去拖后腿的！"

俞铭说："其实黄花梨木手表也是很值钱的，尤其是纯手工制作，通常都能卖出高价。而且这种手表冬天不冷手，夏天不畏汗，与皮肤的亲和度更高。最主要的是我觉得这种手表端庄大气，代表中国的文化内涵，丝毫不输那些世界名表。"

被俞铭这么一激励，韩东果断熬夜赶工。

王中鼎一连几天都没逮着韩东的影子，白天韩东培训，他也有自己的事情做，晚上他闲下来了，韩东那边还在忙活。

谁都看得出来，王总这几天心情不太好。

实在忍不下去，王中鼎就给培训老师打了一个电话询问情况。

"他这几天总是睡觉，叫都叫不醒。即便叫醒了也不睁眼，报个点儿继续睡。"

王中鼎终于找到台阶下了，故作一副恼怒的口吻："我明天过去看看！"

结果，他刚撂了电话，培训班老师就把这事告诉了冯俊。

冯俊气结："你怎么能在这种时候提韩东呢？不是火上浇油吗？！"

“啊？那怎么办？王总还说明天要来视察呢，万一韩东表现不好呢？”

“还表现什么啊？直接让他别来了！”

韩东就利用这宝贵的一天假期把手表赶工完成，兴冲冲地去了王中鼎的家。

“你来干什么？”王中鼎脸沉着。

韩东故作神秘：“给你送惊喜来了。”

“什么惊喜？”

“这个，打开看看。”

王中鼎的眼神有一抹不易察觉的黯淡，不过很快随着盒子的打开重新豁亮起来。

手表是用海南黄花梨木鬼脸制成，鬼脸是指木头的纹路，整块手表只有一根螺丝不是木头材质，其余一百五十六个零件全部手工制成。

技艺算不上精湛，但心意绝对厚重。

王中鼎整个人都呆住了，好半天才难以置信地开口：“这是你做的？”

“对啊。”韩东指了指表壳背面的大师签名，“Cool east east（酷东东）。”

王中鼎首次不吝惜自己的感动和赞赏之意，笑着朝韩东说：“你还真能耐。”

韩东暗暗嘚瑟：不能耐能骗过你吗？

晚上，韩东觉得时机差不多了，于是他终于开口。

“我想求你一件事。”

“什么事？”

“我想演男主角，但是我不想演男扮女装的戏份，能不能把这段删了？”

很长一段时间的沉默……

韩东的心提到了嗓子眼儿。

王中鼎说：“我可以考虑，但是你必须要给我一个理由。”

韩东仿佛极不愿意开口：“其实我一开始说的那些理由都是骗你的，真正的原因是我扮成女人太丑了。我曾经尝试过一次，看了之后到现在还有阴影。”

“也许只是你的化妆技术不行。”

韩东摇头：“什么化妆技术都没用，已经丑到一定的极限了。”

“哪怕只是下半身的镜头也不行吗？”王中鼎还不死心。

韩东脑袋钻进被窝，呜咽着说：“求求你了，别挖苦我了。”

王中鼎最终还是叹了一口气：“既然你不愿意，那就算了。”

韩东用尽他全部的演技才压住自己脸上的侥幸和窃喜。

很快，韩东满足地睡去。

王中鼎却毫无困意，只身一人来到阳台上抽烟。不知不觉半个小时过去，王中鼎终于将最后一个烟头捻灭，转身回到卧室。

结果，韩东居然不见了。

王中鼎急忙跑出去找。

结果，楼上楼下三层，十几个房间全没发现韩东的身影。

王中鼎问门口值班的警卫，警卫表示没发现有人出来。证明韩东还在别墅里面，说不定藏哪儿了。

王中鼎首先想到衣帽间，因为里面空间大柜子多，可藏身的地方也多。

结果进去之后没发现韩东，倒发现这里被人翻找过，很多衣服的摆放位置都变了，而且王中鼎发现之前他锁在柜子里的那些女士用品不见了。

难道是怕自己反悔，才在梦游的时候将这些东西偷偷扔了？

但前提是他怎么知道家里有？

王中鼎正纳闷着，突然听到外面传来嗒嗒嗒的声响，像是高跟鞋踩地的声音。

这么晚了怎么会有女人出入？

怀着几分好奇，王中鼎走了出去。

原来韩东之前一直在保姆的化妆间，因为保姆的房间王中鼎是不进去的，所以他才没有发现韩东。而现在王中鼎循声出门，恰好看到一抹靓丽的背影，瞬间呆愣住了。

那一刻，王中鼎根本没敢往韩东身上想。

即便这位“美女”有着超模般惊艳的身材，独一无二的绝美双腿，甚至穿着王中鼎熟悉的衣服……但因为“她”浑身上下散发出来的风骚媚劲儿，让王中鼎的“电子眼”瞬间失灵，宁可相信这是女鬼也不相信这是男人。

韩东迈着冷艳的步伐进了王中鼎的卧室。

王中鼎默不作声地跟了过去，推门而入，房间空无一人。

就在王中鼎以为刚才看到的一切是幻觉的时候，突然一个熟悉的声音响起——

“姓王的。”

王中鼎扭过头，发现卫生间门口倚着一个人。当“她”把脸转过来的一瞬间，有种叫作“性别”的理念在王中鼎心中彻底坍塌了。

如果韩东把此时此刻王中鼎的表情拍下来，足够他嘚瑟一辈子。

除了身体数据，王中鼎根本看不出任何韩东的痕迹。如果韩东不开口，王中鼎差点以为自己对“她”动心了。

“为什么骗我说你女装特别丑？”

韩大美人笑道：“因为怕你发现我演绎女人应付自如，而怀疑我有异装癖或者变态的嗜好，从而对我产生厌恶心理。”

平时描眉画眼的娘炮王中鼎当然厌恶，但平时不露痕迹，化起妆来却可以惊艳众人的纯爷们儿他不仅不厌恶，还非常非常喜欢。

“那你为什么又扮女装给我看？”王中鼎再问。

韩大美人用手摩挲着王中鼎的胡茬儿，幽幽地说：“因为我知道你想看。”

王中鼎攥住韩东不老实的手，果然诚实的韩大美人深得他的欢心。

这个过程不知道持续了多久，直到天已经蒙蒙亮了，王中鼎才回归现实。

结果，韩东却在那一刻攥住了王中鼎的手。

“我还有一件事没有告诉你。”

王中鼎满目柔情地看着他，等着最后的甜蜜收尾。

“其实，我站街拉过客。”

王中鼎脸上的笑意慢慢地冷却。

“你确实该恢复原样了。”

韩东醒来之后，先是被满屋地追着打，而后又收到一个更悲惨的消息，女装戏份不仅不会删，而且还会增加。

一家商务会所的包厢内，李尚正给伊璐调着咖啡。

“韩东手上的那块表就是王中鼎送的。”伊璐很肯定。

李尚搅拌的动作顿了一下，没说话。

“他们俩是什么情况我不知道，但我可以明确地告诉你，王总这个人对于精确的人或物都有着变态的痴恋。如果不是因为韩东的性格和性别问题，他瞧上韩东都是有可能的。”

李尚把咖啡端给她：“喝吧。”

伊璐尝了一口，甜度刚刚好。

“我早就跟你说过，王中鼎的好感不是取悦来的，而是自发的。你偏偏不信，害得我为了提升你的形象还把自己伪装成暴发户。”

李尚点点头：“我明白，我会收手的。”

“这就对了，对谁抱幻想都不要对王中鼎抱幻想，与其在他身上浪费时间，还不如握住你现有的力量。”

李尚问伊璐：“你觉得我还有翻盘的可能性吗？”

“如果电影一败涂地，他连个出头的机会都没有，就算你不抗议，公司的高层董事也不会放任不管的。王中鼎不只在给自己赚钱，也在给这群人赚钱，他不会那么糊涂的。”

李尚深吸了一口气：“看来我只能祈祷他的电影惨败了。”

“祝你好运。”

李尚点点头，刚要转身往外走，伊璐又叫住了他。

“趁早把梁景踹了，你跟着他走不远的。”

李尚没说什么，推门走了出去。

第六章 偷影

“谁又帅又有才？”

“你帅，你帅，你有才。”

转眼到了7月底，电影的后期已经完成，就差拿去送审了。

冯俊把样片交给王中鼎："你看看吧，我刚扫了一眼，还不错。"

王中鼎心中莫名一紧："先放这儿，我还有一个会要开。"说着就习惯性地看向自己的黄花梨木腕表。

冯俊打趣地说："既然都不准，你看它干吗？"

"现在是准的。"王中鼎说。

冯俊问："你修好了？"

"没有，它每天慢两个小时，今天恰好是第七天，又恢复正常点儿了。"

冯俊扑哧一乐："你干吗不换一块呢？"

王中鼎不解释，他就喜欢这块慢性子表，戴着它就像把韩东那货挂在手腕上。

结果，他没嫌弃韩东的表，韩东倒嫌弃起他的表了，风风火火地走进办公室，摘下来直接扔到王中鼎面前。

"还给你，我不要了。"

王中鼎不解："为什么？"

"为什么？自打我戴上这块表，就没睡过一宿踏实觉，整天担心自己梦游把它卖了。你赶紧拿走吧，别再让我闹心了。"

王中鼎呵斥他："瞧你那点儿出息。"

"我就这点儿出息。"韩东破罐子破摔。

二雷在一旁打趣地说："要是哪天你上一份器官险，出了事赔偿个几亿，你是不是真会在梦游的时候把腿锯了？"

韩东很自信地告诉他："如果是几亿，我梦游的时候肯定会锯。"

"那如果是几十亿呢？"二雷又问。

韩东说："那我现在就锯了。"

王中鼎那张脸"好看"得不忍直视。

"王总，该开会了。"冯俊提醒。

王中鼎刚要出去，韩东一把拽住他，问："电影什么时候送审？"

"后天。"王中鼎说。

韩东点点头。

路上，冯俊不解地问王中鼎："不是明天吗？"

"是明天。"

"那你怎么告诉他是后天？"

王中鼎没说什么。

第二天下午，审片地点定在 ×× 影视基地，中鼎影视集团和电影局的相关领导纷纷现身。除此之外，剧组的主创人员和几个演员也到了现场，唯独不见韩东的踪影。

"韩东怎么没来？"鲁导演问俞铭。

俞铭说："他最近一直在培训，应该是抽不开身吧。"

鲁导演本来还想再问，结果冯俊一招手把他叫了过去。

王中鼎吩咐公司的员工给领导端茶倒水，好生伺候着。

今天不想让韩东来，一是怕结果不好刺激他，二是不想让韩东看到自己为个审核低声下气的模样。

有个经常和王中鼎打交道的电影局领导朝他说："小王啊，你用不着这么紧张。剧本我都看了，基本问题不大。"

王中鼎客气回道："谢谢您的理解。"

"来来来，咱们都坐到这边，还有没有人没到？没有的话咱就开始了。"

正说着，突然从后门闪进来一道身影。因为动作很快，几乎没有人注意到他，唯独王中鼎在那一瞬间变了脸色。

韩东坐到俞铭身边，一个劲地喘粗气。

“幸亏我动作快，不然就赶不上了。”

俞铭诧异：“你不是不来吗？”

“谁说我不来？”

“王总啊。”

说起这事韩东就来气：“王中鼎真不是东西！竟然告诉我是明天！”

“是你听错了吧？”俞铭怎么都不相信王中鼎会说错日子。

韩东哼道：“他就是成心的！”

“嘘，别说话了，开始了。”

韩东见还有一段预告，便把目光转到王中鼎身上，恰好看到王中鼎和旁边的领导交头接耳。

过了一会儿，样片正式开始播放。

韩东将注意力转回来，满心期待地看着从影生涯的第一部作品。

影片开头，一片漫无边际的黑暗，长达十几秒的时间，突然一个声音响了起来。

“就在那边边边边边……”

一句话还没说完，声音就卡带了。乍一听像是音效出了问题，仔细听就能察觉到细微的音调起伏。那种感觉就像大脑过电，整个头皮都是麻的。

这个声音就是韩东录的。

没有经历过鬼压床的人听到无非觉得不舒服，胸口发紧；如果经历过鬼压床的人，会瞬间汗毛竖起，恐惧顿生。

接着，房间的灯亮起，马斌饰演的主角赵斌出现在镜头内。他面色苍白，满头大汗，眼睛直勾勾地盯着某个方向，一眨不眨。

这个过程持续了几秒钟。

突然，镜头转到天花板，一道白影吸附在上面，身形像是一个人的后背。在赵斌惊恐的目光中，直挺挺地砸了下来。

“啊——”

尸体开裂的声音和赵斌的惊吼声重叠，接着，镜头切换到两个布满恐惧的眼珠。随着镜头的拉远，整张浮满虚汗的面孔出现在镜头内，还是主角赵斌。

原来，之前他开灯的动作还是在梦中，并没有真正醒过来。

赵斌大口大口喘着粗气，脸上的肌肉刚松弛下来，突然再度扭曲，整个脑袋都因为极度惊恐而抖动着。

其后就是俞铭那个经典的“钻床”镜头。

他在影片中的角色叫曾铭。

床板赫然出现一个大洞，当曾铭以极其扭曲的姿势爬出来时，那些“身经百战”的领导都不淡定了。有的清清嗓子释放紧张，有的干脆错开眼珠不看了。

曾铭爬上赵斌的身体，开始疯狂地扭动。不时地发出关节错位和肌肉撕裂的声响，鲜血源源不断地从衣服里面渗出来……

突然，曾铭的腰身来了个一百八十度大旋转，上半身和下半身完全拧成两个方向。

别说第一次看片的领导，就是看过无数次回放的鲁导演，再看这个镜头依然心有余悸。

很明显，有些领导坐不住了，开始交头接耳，小声议论。

韩东拍拍俞铭的腿以示安慰：“放心，你这个镜头会过审的。”

俞铭还是淡淡的语气：“我倒无所谓，别影响整部电影就好了。”

两个人又把目光转向屏幕。

镜头再度被赵斌的面孔占据。

还是那个房间，还是那张床，只不过床上的洞没了，房间景象与现实无异。

这次赵斌是真的醒过来了，整个鬼压床过程终于结束。

《偷影》两个大字出现在大荧幕上。

有些观影的人感觉自己已经被吓了很久，结果到头来才发现刚演了个片头而已。

随着字幕的弹出，摄制组的名单和演员的名单相继出现在大荧幕上。

韩东当群演的时候，最大的愿望就是荧幕上弹出自己的名字。如今虽然傍上了老总，依然难以抗拒这种进步带来的满足感。

恰好有位领导拍了王中鼎一下，王中鼎扭头和他谈话的时候，眼睛不由自主地朝韩东扫去。那货正美滋滋地盯着大屏幕，一看就是在对自己的名字沾沾自喜。

王中鼎心里对他各种嫌弃，眼中却跟着染上一层笑意。

结果韩东的目光突然就扫了过来，狠狠瞪了王中鼎一眼。

王中鼎用眼神回击：瞪我是吧？

韩东压根不搭理他，兴冲冲地瞧着自己的荧屏首秀。

王中鼎看到韩东这么容易满足的蠢样儿，心里稍稍放轻松了一些。

影片继续。

赵斌遭到鬼压床之后，开始四处寻求治疗。在经过各种正规医疗都无法解决他的难题后，他终于找到了一位灵师。

这位灵师就是韩东扮演的角色，在剧中叫“马东”。

马东一袭白大褂，依旧扎着小辫，貌似与平时的韩东没有什么区别。但是他一出镜，就给人一种阴森森的气场。这种感觉不是靠恐怖的音效渲染的，也不是靠狰狞的表情缔造的，完全是入戏后自然而然散发出来的。

赵斌向马东诉说了自己的痛苦。

“二十多年前我有个好朋友出车祸死了，他跳舞跳得特别好，所以每天晚上，他都会趴在我的身上跳舞。”

马东告诉他：“你看到的不是鬼，是你潜意识的幻象。”

“那我要怎么除掉这些幻象呢？”

“你为什么要除掉它，而不是利用它呢？”马东问。

赵斌不解：“利用？怎么利用？”

“你听说过清明梦吗？”

赵斌摇头。

马东简要地解释：“就是做梦时知梦，并能控制梦境。”

赵斌感到特别不可思议：“这怎么可能？”

“怎么不可能？你所谓的鬼压床，不就是身体处在现实，而意识还在梦中吗？”

赵斌想想似乎真的如此，每次他遭到鬼压床，房间里的景象都和平日无异，但是能看到平日看不到的幻象。

“所以，你比常人拥有更大的优势。只要你能有效地利用，不仅可以摆脱恐怖的幻象，还可以创造自己喜欢的梦境。”

而后，马东向赵斌讲述了清明梦的训练方法。对于一般人而言，想操控自己的梦境，首先就要梦中知梦，也就是梦里清楚地判断出自己在做梦。

因为赵斌在鬼压床的时候意识是清醒的，所以他完全可以做到这一点。现在他最需要的是克服恐惧心理，化被动为主动。

“你记住，他只是你幻想出来的，没有任何杀伤力。只要你勇敢，就可以轻易摧毁他。如果你觉得自己能力不足，可以尝试着用房间内的任何东西来当救兵。”

晚上，赵斌入睡后不久，他面前的床板又裂开一个大洞。曾铭再度从洞里钻出来，爬到了他的身上。

赵斌尝试着用意念操控自己幻想中的手掐住曾铭反拧的腰身，企图将他的腰拧断。

曾铭没有想象中的那样不堪一击，反而继续压迫赵斌的心脏，企图让他窒息。

在激烈的对抗中，赵斌又发现天花板上悬浮的白影，他想起马东说过的那句话：“可以尝试用房间内的任何东西来当救兵。”

于是，赵斌用意念操控着白影砸了下来，曾铭的幻影瞬间魂飞魄散。

卧室终于恢复平静。

自那之后，赵斌再也没有梦到过曾铭。

他把这一情况告诉了马东。

马东说：“你现在是清明梦的初级阶段，只能利用现有的东西来改变梦境。等你训练到高级阶段，就可以创造自己想要的梦境。你可以穿墙越世，飞檐走壁，可以受万众青睐，拥美女入怀……可以体会到任何现实世界中体会不到的东西。”

赵斌说：“我现在已经没了鬼压床的体验，怎么知道自己在梦中呢？”

马东告诉他一个方法：白天反复按压胸口，暗示自己只有当胸口塌陷进去才是在梦中，反弹回来即是现实。

“当你知道自己在做梦后，可以试着找到一个通道，带你进入一个全新的世界。譬如你可以打开窗户跳下去，但这有一定的风险，一旦判断不准可能真的丧命。所以我建议你在房间里构造一口井，从井里穿过去。”

于是到了晚上，赵斌又迫不及待地开始尝试。

入梦后，他用手按压自己的胸口，看到塌陷进去，便从床上一跃而起。他在房间里找了找，终于在床底下发现一口井。

他按照马东的指示，钻进了这口井。

然而，当赵斌从这张床下的井口爬进去之后，又从另一张床下的井口爬了出来。

就在这时，恐怖的一幕出现了，赵斌变成了曾铭。

突然的逆转，打得众人一个措手不及。

曾铭又压上赵斌的身体，一次又一次地折磨他。电影好像又从头开始演了，只不过视角从赵斌变成了曾铭。

很快，赵斌与曾铭对抗的场面再度出现。

赵斌用手掐着曾铭的腰身，企图将其拧断。曾铭则继续压着赵斌的心脏，企图让他窒息，天花板上悬浮的白影也在那一刻砸了下来……

但是，这次魂飞魄散的人变成了赵斌。

而躺在床上的人却变成了曾铭。

镜头一闪。

曾铭猛地从床上坐了起来，大汗淋漓。

而站在他身边的，依旧是韩东扮演的灵师——马东。

马东幽幽地问：“解脱了吧？”

曾铭点点头：“如果没有这个梦，我到现在还不能接受现实。”

“我很好奇，你构建的梦境是什么样的？”马东问。

“在梦里你依然是灵师，但我却把自己变成了赵斌，因为我希望死的人是我而不是赵斌。然而一次又一次地被压，终于让我明白：在那场车祸中，赵斌已经被轧死了。”

曾铭的脸上出现浓浓的悲伤。

马东拍拍他的肩膀，安慰道：“过去的就让他过去吧。”

竟然是这样？

事先没读过剧本的人露出不可思议的表情。

此时此刻，电影才进行了三分之一。

观影厅内的气氛非常紧张，每个人都屏住呼吸静候着剧情的发展。

曾铭扫除了心理阴影，却留下一个更改不掉的习惯——掐自己的腰身。

这是马东教给他的验梦方法。

和赵斌的“压胸口”同理，如果曾铭把自己的腰身掐断，就证明是在梦里。如果安然无恙，就证明是在现实世界里。

即便每次都安然无恙，曾铭仍旧不由自主地把手伸向自己的腰。

某天晚上，曾铭和女朋友一起去公园散步。

公园门口有位大叔卖冰棍，女朋友便停下来挑了一根。买完之后，曾铭拉着女朋友的手一起进了公园。

走过很长的一段路，曾铭又产生“掐腰”的念头，就在他放开女友的手想实施这一举动时，突然发现手里又多了一样东西。

零钱！

他早已递给大叔的零钱！

曾铭猛地回过头，发现几百米远的门口，女友依然在那里挑冰棍。

突如其来的逆转，又让众人起了一身鸡皮疙瘩。

这时，马东出现在曾铭的视野里。

曾铭迫不及待地问：“这是怎么回事？难道我还在梦里？”

马东阴森森的面孔令人不寒而栗。

“你没在梦里，你已经死了。”

曾铭不敢置信地看着马东：“你什么意思？”

“你是和赵斌一起死的。”

曾铭摇摇头：“怎么可能？从我出车祸到上急救车再到出院，所有的一切我都记得那么清楚……”

“在你的梦里，赵斌不也是这样认为的吗？”

俞铭本色出演，此时此刻的面瘫脸不能更赞。

马东又说：“你是被两辆车挤死的。”

“你胡说！”曾铭颤抖不已。

“你和赵斌一起过马路，两个方向各开过来一辆车。其中一辆把赵斌轧死，又与另一辆发生摩擦，而你恰好站在中间。一开始你确实没有死，而且还看到了赵斌被轧死的惨状，但是你在扭动挣扎的时候一辆车开了起来，将你的上下半身反拧成两个方向，直接从腰的地方断开了。”

曾铭依旧不肯接受：“我为什么要相信你？”

“因为我就走在你的后面，因为我们三个是好朋友。”

曾铭身形剧震，但很快又提出疑问。

“既然是朋友，我为什么不认识你？”

马东笑得凄凄凉凉：“因为你在我的梦里。”

“我所发生的一切都是自己支配的，怎么会在你的梦里？”

“你再掐掐自己的腰。”

曾铭颤抖着双手伸向自己的腰，轻轻一拧，腰就这样断了。

“怎么会……刚才明明没有断……”

“我说了，你在我的梦里。我之前不想让它断，是因为我已经被迫接受失去赵斌的消息，不想再这样失去你。自始至终，你们都是我构建出来为自己疗伤的工具。”

这个大反转又一次让众人叹为观止。

然而，电影还没有结束。

曾铭呆愣了片刻后，又露出诡异的笑容。

这个笑容在马东的意料之外，也在所有观影人的意料之外。

“你笑什么？”马东问。

曾铭说：“你怎么就确定自己没在赵斌的梦里？”

“怎么可能？”

曾铭冷幽幽的眼神盯视着马东：“那你告诉我，为什么你梦里的赵斌已经四十岁了？为什么他说我死了二十多年，我却说他死了二十多天？”

马东僵愣住。

“既然你如此自信，那就从这座高架桥上跳下去。但是我要提醒你一句，你跳下去之后，醒来的就未必是你了。”

说着，公园真的变成了高架桥。

马东终于露出心虚的神色：“你怎么知道我的验梦方法？”

曾铭不解释，直接一句话。

“跳，还是不跳？”

所有人的心都在那一刻揪了起来，尤其是王中鼎。

最终，马东还是义无反顾地跳了下去。

就像拍摄过程中的韩东，眼神中带着一抹决然、一抹洒脱、一抹倔强，还有一抹沉浸在梦中最后一刻的享受。

触到水面的一瞬间，马东的身体四分五裂，鲜红的血液爆炸性地朝周围晕开，散落的肢体在血水中徐徐下沉……

美艳至极！血腥至极！

观影厅内陷入死一般的寂静。

突然，一声惊呼响起。

“张主任，张主任，你怎么了？”

王中鼎心里咯噔一下，扭头看去，那位姓张的领导瘫坐在椅子上，脸色灰白，浑身抽搐，像是突发心脏病的征兆。

“快，送到医院。”

众人七手八脚地把领导往外抬。

王中鼎却没有和其他人一起出去，而是第一时间冲到韩东身边，一把将其搂住，拍了拍他的后脑勺安抚道："没事。"

韩东反倒比王中鼎更镇定，还反过来安慰他。

"我没事，咱的电影也不会有事的。"

王中鼎第一次当着韩东的面露出心疼的表情。

韩东让王中鼎凶惯了，突然瞧见他温柔还有点儿不适应了。

"你别跟我耗了，赶紧跟着去医院吧，不然咱的电影真玩完了。"

听到这话，王中鼎才放心地走了出去。

刚才还坐满了人的观影厅，一瞬间就剩下两个人。

俞铭自始至终都没有离开自己的座位，现在仍旧呆愣愣地看着大荧幕。

"嘿，我说，你不会也犯病了吧？"韩东拍了他一下。

俞铭朝韩东露出憎恨的目光："拍的时候为什么不让我看？"

"谁……谁不让你看了？"韩东底气不足，"那不是你没空看吗？"

"少来了！你以为我不知道你怎么想的吗？"

韩东不吭声了。

俞铭这次好像真的生气了，看着韩东的眼神异于往常的冷漠。

"真没想到，你会出卖我。"

说完，起身朝外走。

韩东急忙将他拉住："铭儿，你听我说，我不是怕你期待值太高，最后会失望吗？"

"所以你就把我往夏弘威那儿推？一个失望，一个糟心，你觉得失望比糟心舒服多少吗？"

韩东欠抽地回了一句："能舒服一点儿是一点儿呗。"

听到这话，俞铭拎包走人没商量。

到最后，观影厅就剩下韩东一个人。

电影还在继续。

韩东一边抽着烟，一边默默地看着大屏幕。

镜头转到出事前，赵斌、曾铭和马东在练功房跳舞，旁边还有曾铭的女朋友，两个人眉来眼去，让赵斌和马东好不羡慕。

“唉，我怎么就没有女朋友呢？”马东感叹。

赵斌说：“谁让你一天到晚装神弄鬼的！”

“少来，你也没比我强到哪儿去！明明二十岁的人，愣长了一张四十岁的脸！”

“信不信我抽你？”

“哈哈哈……”

然而，欢乐和温馨总是短暂的。

一场突如其来的车祸让三个人从此阴阳相隔。

画面又切换到高架桥上。

赵斌和曾铭一前一后地过马路，马东在距离他们稍远的地方打电话。

赵斌突然回头朝曾铭说：“你女朋友在对面买冰棍呢，你还不快去替她付账？”

曾铭正往外掏零钱，惨剧就发生了。

赵斌被一辆车撞倒后轧了过去，曾铭惊慌中没有注意到对面也来了一辆车，结果就这样被两车挤在中间。

曾铭看到被压在车下的赵斌大口大口地倒着气，赵斌看到被挤得身体变形的曾铭痛苦地扭动挣扎。

“有人出车祸了！”

“什么人？”

“不清楚，貌似是两个学生。”

“……”

听到众人议论，马东心里一紧，忙拽住一个人问：“在哪儿？”

“就在那边。”

这时，有两个特写镜头。

一个是赵斌的眼珠朝马东的方向转了转，另一个是曾铭挣扎的动作停顿了片刻。

马东看到两个人的惨状，心急如焚地朝这边飞奔而来。

结果，挤压着曾铭的一辆车突然启动，瞬间将马东撞飞。

那一刻，赵斌和曾铭同时看到一身白衣飞舞在空中。

而马东下坠的一瞬间，恰好看到呆立在卖冰棍摊位上的曾铭女朋友。

镜头开始在三个人的脸上轮流转换。

此时此刻，赵斌还没有因为心脏受压窒息而死，曾铭上下反拧的腰身也还未断裂。

而砸向水面的马东，在身体四分五裂之前，镜头就戛然而止了。

接着，一个人醒了过来。

这个醒过来的人至关重要，因为三个人中必须有一个活的，不然就没有梦的存在了。

这个人是谁呢？

镜头渐渐拉远，醒过来的人是马东。

从他脸上的神情可以看出来，他既松了一口气，又透着浓浓的伤感。

接着，他的手机响了起来。

“马老师，有个人因为遭受车祸而留下心理阴影，想找你开解一下。”

马东淡淡回道：“让他进来吧。”

没一会儿，门打开了。

马东的眼神突然在那一刻定住。

接着，片尾曲响起。

韩东一个人走出了观影厅。

突发疾病的张主任经过抢救，终于醒了过来，转到了普通病房。

王中鼎就坐在他的床边，眼神中带着深深的歉意。

张主任倒是没有任何责怪的意思：“我之前就有点儿心律失常，虽然没发展到心肌梗，但也有潜在的可能性。”

“对不住您了。”王中鼎说。

张主任摆摆手：“你误解我的意思了，我没有怪你们这部电影。我反而觉得这部电影拍得非常好，非常让我震撼。”

王中鼎没有说什么。

“不过呢……”张主任话锋一转，“我这么一犯病，局里的几位领导都看着。就算我不计较，他们也会抓着不放的。不想把事情闹大，你们只能忍痛割爱，删掉那个镜头了。”

该来的还是来了……王中鼎脑中闪过韩东黑紫的后背，心如刀割。

“真的没有一点儿商量的余地吗？”

张主任叹了一口气：“虽然我犯病不能全怪到电影上，但毕竟是第一次犯，还是急性的，很难保证镜头不是诱因。假如影院有和我一样的潜在病人，到时候出了事怎么办？说到底，电影是服务大众的。你可以不苛求完美，但你必须要保证每个人的身心安全。”

“我明白。”王中鼎极度艰难地吐出这三个字。

“而且，那个演员其余部分的表演也非常出彩，剪掉这个镜头应该影响不大。”

在王中鼎的心里，韩东任何一个镜头的影响都是巨大的。

张主任突然又说：“可不可以把那个镜头剪下来送我一份？”

王中鼎疑惑不解。

张主任不好意思地笑笑：“那个镜头是我这些年见过的最有视觉冲击力的镜头，美得非常暴力，可以说是登峰造极！”

王中鼎突然有些怀疑：这老头犯病是被吓的还是被惊艳的？

于是，他一脸歉意地朝张主任说：“为了您的安全着想，这个要求我不能答应。”

张主任忙为自己辩解：“我不看，我只是留个纪念而已。”

“抱歉，我还是不放心。”王中鼎一副不予商量的表情。

张主任叹了口气：“那好吧，既然你不愿意，我也不强求了。不过剪镜头的这件事，我可不能向你妥协。”

现在，王中鼎已经可以接受镜头被删这一现实了。

“既然这样，我就不打扰您休息了。”王中鼎说。

没想到张主任又叫住了他：“你先别急着走，坐下，我还有话要说。”

王中鼎只好又坐回原位，等着张主任发令。

“你能给我讲讲电影后面演了什么吗？我看了一大半，就差一个结尾，心里被吊着实在难受啊。”

王中鼎笑了笑：“好吧。”

听完之后，张主任露出一副不可思议的表情：“原来是这样。”

王中鼎点点头。

“那最后他看见的到底是谁？原剧本中也没有写明吗？”

“没有。”

张主任一脸费解：“那岂不是没有公布最后活下来的人是谁了？”

王中鼎说：“这就是影片留下的悬念。”

因为从片尾来看，貌似谁活下来都可以解释得通。

假如进门的人是赵斌，那么就可以理解为活着的人是赵斌；假如进门的人是曾铭，那么就可以理解为活着的人是曾铭。

无论这两个人谁活着，这个梦境都是无限循环的。听起来好像没什么，但是细思极恐，因为这样的发展就让人寻不到梦的起始点和终结点了。

假如进门的是个陌生人，那么活着的人就是马东。之前发生的一切，都是他自己的一个梦而已。

王中鼎说：“判断是谁的梦境，最简单的方法就是看梦里发生的意象。假如他没经历过，就证明不是他的梦。”

张主任试着分析道：“梦里的意象包括：赵斌的鬼压床，曾铭的钻床，马东的白影，曾铭的女友，还有那句‘就在那边’……”

王中鼎点头：“差不多就这些了。”

张主任又纠结了：“首先，这三个人车祸的惨状他们彼此都看到了。至于曾铭女友买冰棍的画面，一开始只有赵斌和曾铭看到，后来马东坠桥的时候也看到了。最后是那句‘就在那边’，貌似听到的人只有马东吧？”

“不是，有个细节我没有跟你说。就是有人告诉马东这句话的时候，赵斌和曾铭都是有反应的，可以理解为他们都听到了。”

张主任一脸崩溃："那不就无解了吗？"

王中鼎没说什么。

"看来我还得再看一遍。"张主任感慨。

王中鼎说："您还是好好休息吧。"

看一遍就看没了一个镜头，要是再看一遍，还不把整个电影看没了？

韩东为了发泄心中不快，把电影原片给了西西看。原本是想吓唬吓唬他，结果西西整部电影看下来都非常淡定。

"怎么样？"韩东问。

西西同学说："Just so so。（不过如此。）"

哟呵，人不高，眼光还不低！

于是，韩东决定为难为难他。

"你说这部片子最后活下来的人是谁？"

西西想都不想就说："赵斌。"

韩东惊讶："你怎么看出来的？"

"很简单啊，你们两个在片里都有鬼的镜头，只有赵斌没有。一个坚信自己活着的人，怎么会在梦里创造出自己鬼的形象？"

韩东被西西强大的洞察力震撼了。

西西又说："如果我来编的话，我就不会让赵斌爬出来变成曾铭。"

"此话怎讲？"韩东不耻下问。

西西说："我会让赵斌爬出来还是赵斌，床上还是曾铭压着赵斌，然后赵斌再压到曾铭的身上。两个赵斌夹着一个曾铭组成'肉夹馍'，这样就还原了曾铭的出事现场。"

韩东当时就给跪了。

"你的存在对我是极大的威胁，我真怕我梦游的时候杀了你。"韩东朝西西说。

西西毫不担心："你杀不了我。"

"你怎么知道的？"

“因为在你杀了我之前，我已经把你杀了。”

韩东嗤之以鼻：“你怎么就知道你会先杀了我？”

“因为我比你动作快。”

韩东：“……”

王中鼎回来之后，看到的就是自己极度担心的某个人正追着一个六岁大的孩子满房间打闹的场景。

“爸爸。”西西先扑了上去。

韩东果然慢了一步。

王中鼎朝西西说：“爸爸有话要和叔叔说，你先自己玩一会儿。”

西西很听话地去了自己的房间。

王中鼎把韩东叫去了卧室。

“电影的事……”

韩东突然打断：“你不用说了，我知道了。”

吃过晚饭，韩东说：“今天我得回宿舍住。”

王中鼎明显不乐意：“为什么？”

“俞铭跟我闹误会了，我得好好跟他解释解释。”韩东说。

王中鼎冷哼道：“你惦记的人还真不少。要走赶紧走！”

韩东嘿嘿一笑，闪人了。

俞铭一个人在宿舍，反反复复看韩东的那个镜头。他突然想起某天在车上，韩东提到自己父母的事。

现在俞铭才知道韩东为什么要说那样一番话。

他并非真的担心自己火了之后父母会来要钱，他只是在自我安慰：就算镜头被删也没关系，少一个镜头就少一份父母认出他的可能性。

想到这儿，俞铭心里更难受了。

他难受的不是韩东把他往夏弘威那里推，而是自己本该陪在韩东身边的时候，韩东却把他往夏弘威那儿推。

听到门响，俞铭急忙关闭播放窗口，收起脸上的担忧，恢复惯有的冷漠。

韩东凑过去套近乎："我买了你最爱吃的水蜜桃罐头，要不要来一口？"

俞铭完全无视。

韩东又甩出江湖气："哥们儿之间有啥过不去的？走！出去喝两杯！"

俞铭依旧无视。

韩东又开始打苦情牌："铭儿啊，说真的，当初我把你往夏弘威手里送的时候，你知道我是什么心情吗？"

俞铭还是无视。

于是，韩东使出撒手锏。

回到房间抱起心爱的吉他，用沧桑又沙哑的嗓音唱了起来——

朋友哇朋友，你可曾想起了我？如果你正享受幸福，请你忘记我。朋友哇朋友，你可曾记起了我？如果……

"够了！"俞铭终于杀进门。

果然这招好使。

于是，两个人一骂泯恩仇！

《偷影》审核时将领导吓出病的消息在圈子里传得沸沸扬扬。

梁景自然少不了"喝倒彩"。

"公司高层本来就不待见韩东，现在估计封杀他的心都有了。"

李尚已经渐渐把梁景的话当耳旁风了。

小文在旁边插口道："这几天公司正在到处送票呢，听说还要花钱砸包场。"

"难道是想用病毒营销的方式？"梁景怀疑。

病毒营销就是口碑宣传，通过利用公众的积极性和人际网络，让营销信息像病毒一样传播和扩散。营销信息被快速复制，传向数以万计、数以百万计的受众。

小文说："一般情况不都是一个人只限一张吗？这样才有宣传空间。可他们一个人送两张，这样谁还帮他们宣传？大家都会把票相互转手了。"

李尚诧异："一个人两张？"

"对，而且还是不同场次的，想和朋友一起看都没办法。"

李尚也想不通，干吗要发那么多张呢？

梁景说："明显就是刷票房嘛，俞铭的财主那么有钱，动辄上亿的投资，花点儿小钱请大家看电影又算什么。"

李尚问小文："你收到票了吗？"

"好几个人给我，我都没要。"

结果，李尚的助理说："我领了一张，貌似在包里，我翻翻。"

翻出来之后，助理递给李尚。

"喏，还免费赠送一张海报。"

李尚一看，海报上的宣传语居然是梦幻版《撕裂》。

小文也看到了，当即吐槽道："咱还没下档呢，他们就厚着脸皮借东风。我真想发条微博——你们要是缺宣传费，我给！"

梁景挥手示意他住嘴："发什么发？这是王总的意思。"

小文不服气地哼了一声："我估计不打着咱们的旗号，这票白送都没人看。"

李尚完全不觉得王中鼎会蠢到这份上，但他也不明白王中鼎为什么要这么做。

总之，在电影上映之前，李尚并没有自己想象的那么淡定。

王中鼎只用了八百万的制作费，宣传费一毛没花，剩下的钱全用来送票了。

也因为一定的票房保证，院线方才同意首周给出百分之二十几的排片率。

即便如此，与当初《撕裂》上映首周高达百分之四十几的排片率，还是相去甚远。

而且，观众走进影院，几乎看不到一张《偷影》的宣传海报。

小文的话说得不无道理，如果不打着《撕裂》的旗号，有的人拿到票都未必去看。

首映这一天，公司旗下的影院VIP厅请的都是专业影评人、知名博主、论坛版主等一系列有着舆论引导作用的人。

大多数人都是看在中鼎影视的面子来的，也知道看完之后就算不满意，也不能批得太狠，起码给这小片一点儿生存空间。

李尚也跟着众人一起走进影院。

影片刚一开始，李尚就感觉到了画面的上乘。

相比他们那部速成品，这部拖拉了几个月的电影可谓是精工细作。无论是特效、美术还是灯光，都给人一种厚重的感觉。

当然，这只是卖相而已。

很多包装华丽的电影，内容空洞乏味，除了华丽的皮囊就没有别的可取之处了。

就像这部电影，片头毫无新意，不知道的真以为是《撕裂》的续集，只不过细节处理得更讲究一些，特效做得更恐怖一些。

俞铭的出场勉强算得上惊艳，但在李尚看来也不过是《撕裂》中各种鬼的升级版，唯一值得庆幸的就是，俞铭终于有了演技。

直到“马东”出镜，李尚的眼睛才微微亮了起来。

不得不承认，韩东天生就是焦点，刚一出镜就有股寒气从大荧幕呼啸而来。

他没有刻意彰显自己的角色，一切都看起来那么自然，举手投足间大气彰显，言谈举止间稳持有度。

李尚本来还担心韩东多年盼来的荧幕首秀会“用力过猛”，现在看来，人家要比自己想象的老道多了。

很快，马东为赵斌讲解起清明梦来。

很多观众这才提起兴致。

李尚没想到韩东会从梦境切入，不过想想韩东那特立独行的性格、新奇古怪的想法，也在情理之中了。

影片的前三分之一，李尚没有看到什么出彩之处，题材新颖也难逃“鬼压床”的套路，仅仅是换汤不换药而已。

如果没有他们的《撕裂》，这些剧情也许可圈可点，但很不幸的是，《撕裂》早已提前把风头抢光了。

三分之一处，剧情突然逆转，赵斌爬出来后变成曾铭，出乎所有人预料。

一直稳如泰山的李尚也有点儿不淡定了。

梦者互调，有点儿意思。

很多观众都是抱着随便看看的态度来的，毕竟票是免费的，不看白不看。他们对这部影片的评价标准也降到最低，只要不是白白浪费时间就好。

现在看来，这一趟果然值了。

影片渐入佳境。

观众从一开始的懒散状态开始变得紧张，所有人的眼珠都被大屏幕死死抓住，隐隐觉得还有什么事要发生。

曾铭回过头，女友还在公园门口。

所有人倒吸一口凉气，李尚的心底终于升起一丝不确定的恐慌。

三分之二处，马东说：“因为你在我的梦里。”

一个重磅炸弹打下来，李尚感觉自己整个头皮都麻了。

好像马东威慑的不是剧中的曾铭，而是屏幕外的李尚。

观影厅陷入一片死寂。

李尚似乎可以听到所有人心跳加速的声音，包括他自己。

剧情再度逆转。

原本一直处于下风的曾铭态度陡变，那一抹诡异的笑容让李尚喉结颤动。

你怎么就确定自己没在赵斌的梦里？

众人大哗。

所有人的脑袋都在高速运转，寻求赵斌活着的蛛丝马迹。这是个自己吓自己的过程，但凡想到某种可能性，都会瞬间汗毛竖起，冷汗直流。

心底衍生的恐惧，是最难以防御的。

李尚已经看出这个剧本的优越之处了。

节奏铺陈步步为营，清明梦境层层叠加，剧情转换出人意料，角色博弈扣人心弦，全片颇具工笔。

但是此刻，他仍怀着一线希望，希望能有个狗血的结尾，让这部片子落入俗套。

所以，在马东睁眼的那一刻，松了口气的不只是他自己，还有诚惶诚恐的李尚。

然而，影片还没有结束。

隐隐而来的不祥预感，在手机响起的那一刻飙到最高值。

马老师，有个人因为遭受车祸而留下心理阴影，想找你开解一下。

李尚心脏剧震。

盯着大荧幕的眼珠甚至不敢错开，因为进门的人关系到这部电影会成为一面旗帜还是终究留有一丝遗憾。

这丝遗憾，已经成了李尚的救命稻草。

然而，韩东是不会给他这个机会的。

片尾曲就这么响起了。

李尚的身体僵得像一块石头，不知不觉间已经手脚冰凉，肢体麻木。

整个观影厅炸开了锅。

“我的天哪！我看的是国产恐怖片吗？”

“啊啊啊……我为什么要把那张票送人？为什么？我还要再看一遍！”

“我也想看，可我好害怕，怎么办？”

“……”

李尚来之前把自己包得严严实实，生怕有人认出他。但是现实的情况是，所有人都在激动地议论电影，根本无暇他顾。

有些观众干脆不走了，直接等着下一轮检票入场。

李尚终于明白为什么一个人发两张票了。

大脑一片空白，两条腿机械性地朝外走。

明明是白天，却犹如在黑夜里行走。

他现在唯一的祈求就是这部电影被埋没，成为曲高和寡的小众作品。

然而，他低估了观影人的智商，也低估了他们对好作品的追捧热情。

当天从 VIP 包场厅出来，数十位专业影评人就在各大电影论坛同时打出十分。电影的低调和剧情的高调引发了影评界的一场地震，纵观昔日如骂场的国产恐怖片领域，竟然出现无一条差评的奇观。

然而，这仅仅是个开始。

随后，《偷影》的热度开始呈井喷式的增长，正如病毒转播，其速度和势头已经达到不可控的地步。

短短几天，与《偷影》有关的微博高达上百万条。几千名微博用户把自己的昵称改成了含《偷影》的相关词，而灵师高贵冷艳的那句“因为你在我的梦里”更是成为微博流行语。

网络上风起云涌，传统媒介一拥而上，影片宣传似乎刚刚起步。

海报一张接着一张发布出来，花絮和纪录片霸占各大视频网站头条，搜索量、点击量、下载量、评论数不断刷新纪录。

随着热度的增长，票房也是节节攀升。

上映前三天只有四千万元的票房，相比较《撕裂》的三天破亿有很大差距，而且这四千万票房有一半都是自己送出去的，真正买票观影的人少之又少。

结果后面票房就开始翻倍增长，破一亿用了五天时间，破两亿竟然只用了七天。

第二周，各大院线开始疯狂增加《偷影》的场次，有些中小影院的排片表几乎让《偷影》垄断了。即便这样仍然场场爆满，有些影院甚至出现了一票难求的景象。

这个暑期最大的憾事，就是曾经有一张珍贵的电影票放在我的面前，我没有珍惜，直到失去它才后悔莫及……

与此同时，《撕裂》默默下档。

很多人都说：看了《偷影》，发现《撕裂》都是浮云。

更有“缺德”的媒体，又把当初两个剧组争片场的新闻挖了出来，还把梁景发布会上高调宣称“靠电影说话”的言论截图，一时间舆论风向又转向韩东的剧组。

李尚那边彻底噤声了。

原本他们成功在前，又在暑期打头阵，《偷影》不该对其造成影响。但是因为两部电影类型相似，题材相似，连宣传词都近乎一样，水平却差了一大截。

什么“曲高和寡”，什么“被埋没”的痴心妄想已经化为泡影。

现在李尚唯一祈求的就是票房不要那么火爆，势头不要那么凶猛，热度不要那么空前……哪怕把差距缩减一点点，他的心里也会好受一些。

然而，那边依旧佳报频传。

“票房统计数据出来了。”小文说话都没底气了。

梁景故作镇定地问：“多少？”

小文说：“五亿多。”

“什么？”

“五亿多。”

两周五亿多……梁景彻底傻眼了。

李尚持续了一个月的风光不幸沦为韩东崛起的垫脚石。

中鼎影视公司的股价随着《偷影》票房的大热一路看涨，不到三周的时间，王中鼎的个人资产涨了十几亿。

夏弘威就更不用说了，他是这部影片的投资人，票房收入逾四成都归他所有，不仅把之前赔的所有钱都赚回来了，而且大有狂捞一笔的势头。

两个赢家“把酒言欢”的时候，夏弘威一直用敌对的目光逼视着王中鼎。

“你至于吗？”

王中鼎的脸都快被“幸灾乐祸”四个字给盘踞了，居然还从容淡定地问：“我怎么了？”

夏弘威用强硬的口吻警告道：“不要让他过度曝光。”

“放心，只要东东不参加的活动，他一般也不会参加。”王中鼎说。

夏弘威拧眉：“东东？”

王中鼎愣了下，好像自己都不明白为什么这个名字会从嘴里脱口而出。

“韩东。”他急忙纠正。

夏弘威眯起眼睛打量着王中鼎，幽幽地说：“刚才那声叫得够亲切的。”

“公司的人都那么叫，我也就顺嘴了。”王中鼎不咸不淡的语气。

公司的人在遥远的天边集体发声：王总，我们都叫他韩大仙儿好吧？

夏弘威又说：“那你怎么保证韩东不会过度曝光？”

“在他根基不稳的时候过度消费，会导致‘大菜’还没上，观众就饱了。”

每部热卖的电影都会捧红一两个角色。

马斌受年龄限制，话题有限，俞铭话题够但是个人特色不够鲜明。

唯独韩东，自影片上映以来一直是热议人物，偏偏王中鼎只让他接极少的通告，代言更是慎之又慎，导致他的粉丝都像是蓝翔出来的，每天到处挖掘。哪怕挖到一丁点儿动态，都会如获至宝般反复咀嚼，直到再也咂摸不出一丝味儿来。

聊着聊着，王中鼎的手机响了。

“王总，韩东又在和人拼酒。”

打电话的是王中鼎最近安排在韩东身边的保镖兼司机梁虎。

小梁同志凭借最爱打小报告这一优势，从数千名精英中脱颖而出，得到王中鼎的青睐和赏识。平时王中鼎抽不开身的时候，都是小梁陪护在韩东左右。

王中鼎脸色变了变：“你没拦着他吗？”

“我去拦他，他让一屋子的人来拦我。”

王中鼎：“你们在哪儿？”

“帝豪烧烤城。”

"行了，我知道了。"

挂断电话，王中鼎和夏弘威打了声招呼，就行色匆匆地离开了。

一般情况下王中鼎不会限制韩东的自由，但是喝酒就另当别论了。韩东酒品太差，轻则撸袖子挽裤腿儿，重则裸奔。

果然，王中鼎到的时候，韩东正光着膀子和别人划拳，嚷嚷得正欢，突然有只手按在了韩东的肩膀上。

"先别捣乱。"韩东又扒拉下去。

包厢内其他人也喝高了，就算没喝高也未必认识王中鼎。因为这些都是韩东以前的狐朋狗友，和圈子根本不沾边。

原本多年没联系了，结果韩东一火起来他们又上赶着来巴结。

换作别的艺人躲都躲不及，可韩东偏偏就爱招摇。恨不得一个个打电话通知，告诉人家自己住哪儿，让那些人赶紧来走后门。

韩东继续吆喝，肩膀差点儿让人拧碎了，这才扭头看到王中鼎。

呆滞片刻后又一把搂住王中鼎的脖子，朝那群哥们儿说："这就是我常和你们提的王总，你们有啥事找他。别看王总长得硬气，其实闷骚着呢，你们别……"

话还没说完，就让王中鼎拖出去了。

和喝醉的人没什么好说的，唯一教训他的方法就是回去之后继续和他划拳。

第二天，上周的票房统计又发到了王中鼎的电脑上。

七亿六千万。相当可观的数字。

说实话，王中鼎一开始都没想到会这么高。

冯俊说："暑期还有一周多就结束了，票房会慢慢回落，不过到八亿应该没问题。这样看来，两部票房的总和比我们预估的十亿还要高出两亿多。这个暑期，咱们公司的收获真是不小啊！"

王中鼎点头，喜悦溢于言表。

“韩东是大功臣。”冯俊强调。

王中鼎心里也这么想，嘴上却不肯承认。

冯俊提醒：“明天周六，开个庆功宴吧！这部电影从开拍到上映，公司方面还没有过什么表示呢。”

王中鼎想想也对，说：“你去安排吧。”

第二天，《偷影》的庆功仪式在公司大厦顶层的宴会厅举办。

相比剧组以往的低调，这次可谓是大张旗鼓。公司高层悉数到场，上百家媒体前来助阵，很多艺人也来沾光凑热闹。

韩东刚出场就引发一阵骚乱，如此难得的一次出镜，媒体给的热情度相当之高，几乎从他一上红毯开始，闪光灯就没停顿过。

走过红毯，韩东在主持人的指引下到宣传板上签字。

此时他背朝着众人，身上穿着王中鼎亲自为他搭配的衣服。尤其是那条瘦裤，把两团肉包裹得相当圆挺结实。

王中鼎的两道目光比镜头还执着，一直被牢牢吸在上面。

等韩东转过身，王中鼎的脸色又恢复正常，好像与看其他演员无异。

主持人也问了韩东那个当初问过李尚的问题。

“如果有机会的话，你最想和谁合作？”

韩东也提出和李尚一样的疑问。

“必须要说实话吗？”

“当然了。”主持人说。

台下的人满脸期待，尤其是某一位。

韩东先是看了王中鼎一眼，然后清清嗓子。

王中鼎都已经做好勉为其难上次镜头的准备了。

“卡恩导演！和卡恩导演合作是我这辈子最大的梦想。”

王中鼎脸上的温度陡转直下。

接着主持人就说：“今天公司为你准备了一份大礼，请你闭上眼睛，我们大家来一起倒计时，五，四，三，二，一……”

哗啦啦，在一片掌声和欢呼声中，卡恩真的出现在了现场。

韩东当时就傻眼了，不计形象地在台上惊呼：“Oh my god！（我的天哪！）我不会在做梦吧？”

卡恩直接拥抱上去：“你没有在做梦，我很欣赏你，年轻人。”

王中鼎脸上的温度彻底没了，扭头质问冯俊：“这环节谁设计出来的？”

“我设计的，这样既可以给这部电影助阵，也可以为下部电影预热。幸亏我提前问了韩东这个问题，不然都想不到这个惊喜。”

王中鼎的喉咙像是被什么异物堵住，咽不下去也吐不出来。

他又把冷硬的目光甩到台上。

卡恩梳着利落的英伦大背头，蓄着放荡不羁的胡茬儿，既有年轻人的狂野潇洒，又处处散发着成熟男人的魅力。

他和韩东站在一起，气场非常投合，好像不让这两个人做拍档就天理不容似的。

卡恩接受了媒体的采访，首度公开承认会和中鼎公司合作。

韩东在旁边一副欣喜若狂的表情，就差抱着卡恩的大腿求包养了。

王中鼎忍无可忍地朝旁边甩了一句：“以后别再搞这些无意义的桥段！”

无意义？冯俊蒙了，这么好的新闻点，你说无意义？

卡恩接受完采访，又回到韩东身边聊起了《偷影》，还对韩东的演技大加赞赏：“你身上有一股独特的气质，非常吸引人。我看到了被删减的部分，很替你惋惜。”

韩东受宠若惊，忙用蹩脚的英语回道：“这是国家的规定，我也没有办法。”

卡恩又说：“如果有机会来好莱坞发展，我一定会让你的魅力发挥到最大值。”

韩东整个人飘飘然，都已经有点儿找不着北了。

“这是我的名片，有时间多联系。本想和王总要一些你的资料，但王总似乎很吝啬。我不知道他是真的没有，还是有其他方面的考虑。说实话，我不太懂你们这里的规矩。”卡恩无奈地耸耸肩。

韩东说：“没事，回去我发你。”

卡恩这才心满意足地离开了现场。

回去的路上,韩东依旧沉浸在与偶像的邂逅中不能自拔。王中鼎刚上车,韩东就说:“我好喜欢你送我的这份大礼!”

王中鼎又恼了,老子的大礼还没送呢!

于是他语气生硬地回道:“与我无关。”

“少装了,我知道你拉不下脸承认。”韩东眯着眼坏笑。

“我说了不是我就不是我。”

韩东用贱兮兮的口吻说:“没想到我就跟你提了一下,你就帮我把这个愿望达成了。”

王中鼎心里愤懑着,却又难以抗拒韩东的各种腻歪,就这么由着他叨叨了一路。

“我要好好上培训课,好好练口语,一定要把这个角色拿下来!绝不辜负你的心意。”他拍拍王中鼎的大腿。

不辜负我的心意?王中鼎咬牙,以前没有卡恩的时候,你怎么就能辜负呢?

“哎,难以相信,你说,我是不是入戏太深,还没有从电影梦境中走出来?”

王中鼎说:“是,其实你已经死了。”

“怎么死的?”韩东问。

“在庆功宴上被我打死的!”

“……”

回到家,韩东还没完没了地磨叽,从客厅磨叽到厨房,从茶几磨叽到饭桌。

终于,王中鼎忍无可忍了。

“有完没完?你以为人家真待见你?不过是客气客气罢了,你还真当回事了。”

韩东不服:“他说得可认真了。”

“那是人家烦你了,想让你赶紧滚蛋!你又不是香饽饽,人家凭什么待见你？”

“我咋不是香饽饽？”

王中鼎还没说话，西西在一旁开口了：“饽饽是玉米面做的，你是肉做的。”

韩二货狂笑不止，又把那点儿严肃的气氛给整没了。

吃过饭之后，韩东坐在沙发上看电视，西西坐在旁边玩小机器人。韩东瞧了他几眼，突然想起来一件事：“你现在怎么不问你爸爸留不留我在这过夜了？”

西西说：“我不会同情你的。”

韩东不明白：“什么意思？”

“我经常听到爸爸恶狠狠地教训你，如果你没有干坏事，爸爸是不会那样对你的。所以，不要指望我劝爸爸放过你。”

韩东大窘，闹了半天你是这么想的。

于是，韩东在其后的时间里反复虐待西西的小机器人，玩命拉仇恨。终于，西西抱着小机器人去王中鼎那告状了。

“爸爸，不要让他走，替我好好教训他！”

王中鼎在西西小屁股上顺了两下：“没问题，baby。”

韩东耳朵特灵，西西刚一走，他就朝王中鼎说：“我刚才听见你管他叫 baby 了。”

“那又怎么样？”

韩东不正经地调侃他：“情不自禁的时候，你也可以那样叫我。”

就你这么欠揍，我还叫你 baby？我没叫你王八犊子就是好事！

韩东今天心情好，临睡前又加了一项运动——游泳。

王中鼎站在二楼的窗口，看到韩东在泳池里舒展着优美的四肢，臀部与腿部的曲线简直可以称得上人类“美学遗产”。心一动，他便用相机拍了下来。

接着，他也走到了室外。

韩东甩一把脸上的水，兴冲冲地朝王中鼎挥手：“下来游两圈呗。”

王中鼎没搭理他。

韩东只好自己继续游。

王中鼎一边品美酒一边赏美人，原本是人间极乐，假如没有其后那些煞风景的话。

“卡恩的一部电影里就有水下打斗的画面，超级惊艳。”

“我很喜欢他用独特的艺术构思和丰富的镜头技巧创造出的时空幻觉。”

“他真是又帅又有才。”

“……”

起初为了不破坏气氛，王中鼎还能忍一忍，后来听到那句“又帅又有才”，他终于忍不下去了。

韩东正游着，突然感觉有个不明生物刺了自己一下，忙浮出水面嗷嗷求救。

结果岸上没人了，“不明生物”从水下潜上来，一把扼住韩东的脖子。

“谁又帅又有才？”王中鼎狞脸质问。

韩东一瞧形势不对，急忙改口：“你帅，你帅，你有才。”

王中鼎把韩东扛进了卧室。

给韩东归置东西的时候，王中鼎无意间发现韩东的手机上有一封未读的邮件，发件人是卡恩。王中鼎看了下，卡恩发的是自己的一张帅照，上面还有个人签名。

别人也许看不出什么，但是王中鼎一眼就察觉出来了——这帅照的尺寸和大小与韩东的手机屏幕非常匹配。

王中鼎的脸色沉了沉，连声招呼都不打就把这封邮件删了。

第二天早上，韩东打开手机，首先映入眼帘的就是王中鼎的一张侧脸帅照。

哎？谁把我手机壁纸给换了？

难道是我自己瞎点的？

韩东压根儿没往王中鼎身上想，因为王中鼎根本不摆弄这种东西，他的手机桌面向来是出厂原样。

而且这张图片本来就存在韩东的手机里，韩东之前也想过拿它当桌面，但是尺寸不合，放上去有些扭曲，所以一直没用。

没想到这次再换上，尺寸突然合适了，而且图片也比以前更优质，感觉整个手机都高大上了。

于是韩东屁颠屁颠地跑到王中鼎面前问："我能把你的照片当手机壁纸不？"

王中鼎没说话。

韩东急忙把手机扬到王中鼎面前："你看你看，多帅！多精英范儿！撤掉太可惜了。"

王中鼎仿佛才被说动似的——

"随你。"

第七章 惊艳

“不要让韩东和任何人单独相处，尤其是卡恩导演。”

“我知道了，有任何情况我都会向您汇报的。”

第二天，卡恩导演要与中鼎影视公司合作的消息就上了新闻头条。至于卡恩为何出现在《偷影》庆功宴上，此举背后有何深意，引发了众媒体的猜测。

也就是之前韩东说想和卡恩导演合作，以及主持人说要送出大礼的一系列镜头都删了，只保留了最后卡恩宣布合作的镜头。

即便如此，庆功宴上发生的一切还是传到了李尚的耳朵里。

他这段时间推掉了很多通告，出镜率明显降低，整个人都处于一种放空状态。

直到这条新闻的出现。

在这之前，他一直以为何导演是总导演，因此私下跑动得特别频繁。现在才发现，梁景的消息来源一点儿都不可靠，换句话说，他的势力根本就没有深入到管理层内。

看来，这个人对于自己日后发展的作用越来越小，已经快没有实质性的用处了。

但是合约还有两年才满，而且李尚整形的一手资料都在梁景的手里。凭借梁景现如今的势力，把他再往上捧可能有难度，但是踹下神坛还是分分钟的事。

所以，李尚只能忍。

梁景又朝他说："你现在唯一能指望的就是高层领导打压韩东。"

李尚不明白，问："他们为什么要打压韩东？"

"因为韩东的镜头把电影局领导吓出病来，光是这一条罪，高层就足以封杀他。”

“那位领导不是没怪罪吗？”

“他就算心里怪罪也不可能当面说出来啊！怕就怕摊上这种不明不白的事。明枪易躲，暗箭难防，这种人没有超凡的本事，公司高层是不敢冒险捧他拉仇恨的。”

李尚没说什么。

“你看刚发的那条新闻还看不出高层的态度吗？卡恩明明是和韩东有互动的，假如实情爆料，肯定会引起很大轰动。但是最后他的所有镜头都删了，说明什么？”

“还有，电影都已经这么火了，你见过公司方面对他的表示吗？假如这部电影是咱们的，现在你早就红透大半个中国了！”

同样的问题拿到伊璐那里，得到的是截然相反的回答。

“王中鼎在下一盘很大的棋。”

李尚沉默不语。

伊璐又说：“不过梁景说得也没错，镜头出事确实给韩东造成一定的负面影响，高层对他的态度分歧还是挺大的。”

李尚突然将目光对准伊璐，里面的暗示意味再明显不过了。

伊璐却说：“你不要在我身上动心思了，我可以帮你，但我不会无缘无故害他。方芸的事是她惹我在先，韩东和我没有任何瓜葛，我还不至于丧心病狂到逮谁咬谁。”

李尚却说：“真没有任何瓜葛吗？”

伊璐脚步顿了一下，偏头看着李尚说：“奉劝你一句，做人不能太白眼狼。”

说完，伊璐就拿着包走了。

李尚不知愣了多久，终于把笔记本电脑端了起来。这里面有韩东被删减的镜头，他一直没敢看，不是害怕恐惧，而是害怕巨大的差距打击得他一蹶不振。

现在，他终于鼓起勇气看了。

看完之后，李尚很长时间呆坐在电脑前，感觉整个人生都灰暗了。

9月份，《偷影》以八亿的票房完美收官，同时售出二十一个国家的发行版权，光是版权收入就已经是成本N倍不止，同时获得国外电影节三项提名，国内电影节十二项提名，剧组已经做好拿奖拿到手软的准备了。

相比之下，《撕裂》虽然有四亿的票房，但海外版权只卖了四个国家，而且价格低出《偷影》很多。国外的电影节没有奖项提名，国内的电影节奖项提名也只有两个。

所以，在这场长达半年的较量中，《偷影》完胜。

9月初，两个剧组的成员相继亮相威尼斯电影节，为电影举办各种宣传活动。

韩东还是第一次出国，各种新鲜，各种不安分。王中鼎因为公司的事抽不开身，只能把心腹手下二雷派到韩东身边。

即便如此，王中鼎还是不放心，趁着有空便乘专机抵达这里。

此时正赶上《偷影》的记者会，伊璐恰好就在展厅附近。看到韩东的身侧停着一辆车，车窗半开半摇，里面的男人戴着墨镜，从远处看不清是谁。

后来记者会开始，韩东摆了摆手，那辆车就开走了。

于是，伊璐给王中鼎发了一条信息：我知道你在，Perfume咖啡厅，我等你。

十分钟后，两个人如约碰面。

“真没想到你会来。”伊璐说。

王中鼎说：“不放心，过来看看。”

伊璐盯着王中鼎看了一会儿，试探性地问：“你是……来看韩东的？”

王中鼎大方承认：“是。”

伊璐感慨：“真难以想象，你竟然对他这么上心？”

王中鼎笑了笑，没再说什么。

晚饭，韩东把王中鼎带到他最喜欢的一家餐厅。一开始王中鼎还不知道他为什么喜欢，等进去一看就明白了，入眼都是金发大胸妹，而且穿着比基尼招待客人。

“你老看人家干吗？”韩东还数落起王中鼎了，“我警告你，把心思放正点儿。”

王中鼎隐忍不发。

两个人面对面吃，韩东每次抬头看王中鼎，眼睛总是不由自主地往旁边偏，偏偏王中鼎还一个劲儿盯着他看。于是韩东这顿饭越吃越心虚，最后实在忍不住，贼眼珠子往旁边扫了一眼，果然挨踢了。

晚上，回到酒店，韩东问：“你要和我一起回去吗？”

“不和你一起回去，公司还有事，我明天就要往回赶。”

韩东没说什么。

王中鼎的心莫名软了，虽然语气还是那么硬。

“在这边听话，别老给工作人员惹麻烦。”

“谁惹麻烦了？我一直是帮忙的好不？”

王中鼎不说话，就那么一动不动地瞧着他。

韩东又问：“你明天真的走啊？”

王中鼎“嗯”了一声。

韩东仿佛下了极大决心似的：“那你给我掏掏耳朵，痒好几天了。”

王中鼎：“这事还让别人帮你干？”

“我自己掏不干净。”韩东直接把棉签塞到王中鼎手里。

王中鼎极不情愿地支起一条手臂，让韩东侧躺着，给他清理耳朵里的垃圾。

“别乱动，别乱动，没听见吗？”

“不行……痒……哈哈……”

王中鼎不知道费了多大劲才把韩东伺候好。说实话，这是他第一次替人家干这种活，西西都没有这种待遇。

后来王中鼎去洗手，韩东自顾自摆弄自己的手机，突然发现一封卡恩发来的邮件，大体意思就是需要韩东的一张照片建档。

韩冬一阵激动，急忙又打滚坐起身来，打开王中鼎随身携带的笔记本。

“写真，写真……”

韩东发现一个文件夹直接用自己的名字命名，点进去后都是图片，应该就是这些了……

因为王中鼎不允许韩东把写真外发，而这些图片都是列表形式显示的，于是他看都没看就迅速选了个“4”发了出去。

王中鼎从卫生间出来的时候，韩东恰好将邮件发送完毕并删除。

大功告成！

结果，不到五分钟韩东就收到了回复：“It greatly surprised me！（让我大吃一惊！）”

太令我震惊了……韩东费力地翻译出来，心里有些好奇，到底是哪一张把他惊艳成这样？见王中鼎还在收拾东西，韩东便偷偷打开扫了一眼。

结果，瞬间傻掉了。

他给卡恩发过去的，是自己的侧睡全裸照！他有种自戳双目的冲动。

可问题是，这张照片是哪儿来的？

带着种种疑问，韩东又打开了其他照片，结果这一看不要紧，里面几百张照片都是这种 style 的，韩东根本不知道王中鼎是在什么时候拍的！

完了完了，这种照片发到卡恩那儿还了得？

韩东正想着，突然发现旁边多了两道目光。

王中鼎不知什么时候过来的，和韩东一起注视着屏幕上的侧睡全裸图。

韩东脑袋轰地一下炸开了！

不过，他也从王中鼎的脸上发现了一丝不自在。

两个心虚的人对视，韩东先发制人，矛头指向王中鼎：“干吗偷拍我？”

王中鼎平生第一次耍赖：“谁偷拍你了？”

若是放在平时，韩东肯定会抓住机会好好臊一把王同志！

但是他今天非常善解人意，不仅没有咄咄逼人，还故作一副羞赧的表情说：“下次想拍什么姿势直接说，我配合你摆出来就是了。”

“以后你说这种话的时候，能不能不要用害臊的口吻？”

韩东明知故问："为什么？"

"你说为什么？"王中鼎手钳着韩东的下巴，"因为我看你这副德行就想把你丢出去！"

想到明天还有各种各样的活动，王中鼎只好侧过身让韩东倒回床上。

"别闹了，睡觉吧。"

韩东就这么把乱发照片的事糊弄过去了。

祸不单行，第二天，韩东居然又在影展放映厅碰到卡恩了。

当时那个尴尬呀，他都想挖个洞把自己埋起来。

卡恩倒是挺看得开，还主动过来和韩东打招呼。

"怎么样？在这里还习惯吗？"

韩东一副神游物外的表情："还好，还好。"

卡恩目光下移，肆无忌惮地在韩东的身上打量着，用坏坏的语气问："昨晚你发的那张照片，是想暗示我什么吗？"

韩东忙解释："不不不，是我发错了。"

"发错了？有那么巧吗？"卡恩玩味地笑了笑。

韩东平生第一次被人家调戏得手足无措，果然流氓耍多了会遭报应的。

卡恩很好奇："照片是谁拍的？"

韩东马上接口道："一个朋友恶作剧，恶作剧。"

卡恩再次幽默地调侃："Say thank you to him for me。（替我谢谢他。）"

韩东挤出一个比哭还难看的笑容："No problem。（没问题。）"

后来，两个人又费力地交流了一阵。韩东属于特别不怕丢人现眼的那种，口语越差劲越贫个没完，最后把卡恩的铁粉沈初花都逼到一边凉快去了。

"照片的事情千万不要告诉王中鼎。"韩东特意叮嘱。

卡恩不解："这事和王总有什么关系？"

韩东不知道该怎么表达，沈初花又不在身边，只好问小梁："你英语口语怎么样？"

"还凑合吧。"

“那你帮我告诉他，王总不允许艺人外传私照。”

小梁如实转告了卡恩，也如实转告了王中鼎。

王中鼎断章取义，不仅未动怒还不着边际地笑了笑。

竟然这么听话？

不过，他还是朝小梁命令道：“不要让韩东和任何人单独相处，尤其是卡恩导演。”

“我知道了，有任何情况我都会向您汇报的。”

三天之后，威尼斯电影节迎来了闭幕式颁奖盛典。

国内两部作品入围，一部是何导演今年的大作，另一部就是《偷影》。

前者是何导演阔别多年的诚意之作，是角逐最佳影片金狮奖的最大热门之一。《偷影》虽然入围了两项，但因为奖项本身不引人关注，所以主创人员无压力，选上是意外惊喜，选不上也没什么遗憾。

当念到最佳导演奖时，韩东猛地将头抬起。

卡恩在欢呼声中走上领奖台，派头十足地说着获奖感言，引来阵阵喝彩声。

然后，旁边突然毫无征兆地又爆发出一阵欢呼声。

“获奖了，获奖了。”沈初花兴冲冲地叫唤。

韩东完全在状况之外，还一个劲地问：“谁获奖了？谁获奖了？”

“咱们获奖了！”

世界级的大奖，对于一个刚从群演脱身的人来说，简直就是闹着玩的。

“咱们获奖了？”

沈初花点点头：“最佳原创剧本奖。”

韩东把目光转向领奖台，这才发现公司文学部的总编辑已经上台领奖了。

原本应该属于韩东的荣誉，现在被一群人占有了。

韩东却没有丝毫憋屈的感觉，反而激动得跟什么似的，哆嗦着手指把这个好消息第一时间告诉了王中鼎。

王中鼎心里莫名揪得慌，突然觉得自己很对不起韩东。

《偷影》满载而归，马上又要迎来国内电影节的各种奖项。

在这届电影节上，《偷影》入围了最佳男主角、最佳男配角、最佳导演、最佳化妆、最佳摄影等十二个奖项。

原本形势一片大好，结果剧组从威尼斯回来的第二天就出事了。

韩东被删减的镜头不知怎么被曝光到了网上，一夜之间转发量高达几十万次。最要命的是，韩东的微博被人黑了，竟然给这条新闻点了赞。

一石激起千层浪！

虽然公司尽快组建危机公关团队，协助相关部门屏蔽消息，但还是造成了不可逆转的恶劣影响。尤其对韩东个人，他的“点赞”行为无疑暗示对审核制度的不满。再加上众多网友的呼应，直接把吓病的张主任推到了风口浪尖。

“我们看了都好好的，怎么就他犯病了？”

“你可以不派一些有品位的，但起码要派个没毛病的吧？”

“住院的那位，你是嫉妒灵师的两条大长腿吗？”

“……”

诸如此类的评论在网上层出不穷，张主任本来没怪罪，结果闹了这么一出，让他彻底不淡定了。电影局和中鼎影视公司的关系瞬间紧张起来，新片的审核立项迟迟批不下来，公司的股票又开始一路狂跌。

高层领导焦头烂额，股东大会搞得像批斗会一样。

“我怀疑这就是某些艺人不顾及公司利益进行的自我炒作！”

“他不懂规矩也不是一天两天了。”

“无论如何我们得表个态，不然这事肯定没完没了。”

等所有人吐槽完毕，王中鼎才撩起眼皮，冷厉的目光在每个人脸上扫了一周：“这个人，我一定要查出来。”

散会之后，王海志叫住了王中鼎。

“我不管这个艺人是自己炒作还是被冤枉的，总之都不要再捧了。”

王中鼎回道：“我自有分寸。”

王海志虽然对王中鼎的态度略微不满，但考虑到他最近压力比较大，也就没有计较。

敏感时期，韩东的一切商业活动被取消，又过上了宅居的生活。

“嘿，你火了。”俞铭说。

韩东被剪的镜头受到热捧，成为生命力最顽强的“不良信息”。几乎屏蔽过后不久就有人继续上传转载，“义无反顾”地为韩东大面积宣传散播。

“我终于知道为什么有的明星自杀式炒作了，我现在每天连饭都不用吃，光是看各种求爱的私信就饱了。”韩东说。

他现在是失了官心得了民心，虽然是被人“恶捧”出来的，但是看到粉丝数量噌噌往上涨，虚荣心还是得到大大的满足。

俞铭感慨道：“只是可怜了王总，他现在肯定压力特别大。”

韩东的脸色变了变，自打这事发生之后，他们俩几乎是零交流。王中鼎为了服众，必然要暂时撇清和韩东的关系。所以这段时间他一直没来找过韩东，连电话都很少打。

除了王中鼎之外，公司其他人也对韩东避而远之，生怕这件事牵扯到自己。

韩东现在就像人际毒药，只要跟他一沾边，就意味着“众叛亲离”。

只有俞铭不嫌弃他，因为俞铭自己也是毒药。

两个毒药坐镇，这个宿舍还有谁敢来？

“对了，明天的颁奖典礼你参不参加？”俞铭问。

韩东一副理所当然的表情：“我为什么不参加？老子入围了好吗？”

“你就不怕没人跟你坐在一块？”俞铭调侃。

韩东哼笑一声：“怕什么？没人挨着更方便上台领奖！”

“你就知道你一定获奖？”

韩东自信满满：“最佳男配角肯定是我啊！就冲咱这演技，张弛有度，收放自如，这奖要是不给我……”

说着说着，韩东突然噎住了。

“不给你怎么了？”俞铭问。

韩东讪笑："我刚想起来，你也入围了哈？"

俞铭冷哼一声："算了，这回就让给你了。"

本来他也没指望拿到，虽然相比之前的电影，俞铭的演技是有了质的飞跃，但是相比韩东，两个人的差距还是很明显的。

所以，俞铭觉得入围的三个人中，他和另外一位都是凑数的，最终结果毫无悬念。

"那哥们儿就不客气了。"韩东还没拿奖就开始嘚瑟了。

第二天，两个人一起去参加颁奖典礼。

这几天国内的电影节举办得如火如荼，从开幕式到闭幕式一连七天。剧组其他成员都趁着这个机会亮相宣传，只有俞铭和韩东两个人到现在只露过一次面。

"我的天哪，他竟然敢露面？真以为自己能拿奖啊！"坐在李尚旁边的女演员说着风凉话讨李尚的欢心。

李尚一直面无表情，看不出情绪好坏。

《偷影》剧组全部安排在一个区位就座，韩东和俞铭走过去的时候，同组的一个演员赶紧起身将座位让开，尴尬地朝韩东解释："我以为你不来了呢。"

"没事，我坐哪儿都一样。"韩东又把他按了回去，自己坐在稍偏的位置。

随着主持人登场，颁奖的大幕拉开。

两家电视台、无数家网络平台同步直播，每个获奖人都会引来万众瞩目。

韩东没有其他入围者那种焦灼紧张的心情，他只是一直看着最前排的领导坐席，王中鼎的位置始终都是空的。

流程与其他颁奖仪式相同，都是先颁次要的奖项，后颁主要的。

《偷影》几乎包揽了所有的技术类奖项，什么最佳摄影奖、最佳化妆奖、最佳镜头奖等等。

一连拿了五个奖后，连颁奖嘉宾都忍不住调侃："我们今天这场颁奖礼简直成了《偷影》的表彰大会了。"

说完，又把暗示的目光投过来，大声宣读道："最佳导演——鲁镇元。"

剧组所在的区域再度爆发出热烈的掌声和欢呼声，鲁导演和众人拥抱过后，异常开心地朝领奖台走去。

通过这部电影，鲁导演成功跻身到一线导演行列，以后四处找投资商的处境再也不会有了，迎接他的将是源源不断的片约。

接下来颁发的是更重要的奖项——最佳影片奖。

《偷影》和《撕裂》同时入围，两个剧组中间就隔了一条道。虽然同是卖座的电影，但是这边欢呼声不断，那边却冷冷清清。

"最佳影片是——"颁奖嘉宾故意停顿了一下，直到现场气氛达到最紧张时，才大声公布出来，"《偷影》！"

一时间欢呼声再起，几个主创人员喜极而泣。虽然是意料之中的，但还是彼此感慨太不容易了，终于等来了这一天！

梁景的脸色一差再差，现在几乎没法看了。如果不是镜头频频往这里扫，梁景都想摔家伙走人了。

主持人再度走上颁奖台，这次要颁发的是最佳配角奖。

入围的有韩东、俞铭和另外一部电影的男配角，三个人的表情各有不同，但是摄影师只给了俞铭和另外一个入围者的镜头，根本没有扫到韩东这里。

"最佳男配角是——"

韩东的目光紧紧盯着宣读者的嘴唇。

"俞铭！"

听到这个名字，韩东瞬间松了一口气。

等俞铭从他身边走过的时候，韩东佯怒地在他屁股上扇了一巴掌："竟然让你小子给抢走了！"

"发表一下获奖感言吧。"主持人说。

俞铭的目光对着台下的韩东，淡淡地吐出两个字："谢谢。"

并非谢谢韩东把这个名誉让给他，而是谢谢韩东陪他过来领奖。

也许所有人都为韩东唏嘘，但是韩东觉得俞铭这个奖拿得实至名归。只有他知道，一个纯天然面瘫需要花费多大的功夫才能把角色演活，也只有他才知道，一个攥着各种特权的人需要多热爱的心态才能甘心去当配角。

所以，韩东又在一个不该哭的场合，哭得像个傻子一样，以至于身边的人个个安慰他：“没事，这回没拿着，下次再努力！”

俞铭下来后不久，就要颁发最佳男主角了。

入围的同样是李尚、马斌还有另外一部电影的男主角。

其实大家心里都有数，包括梁景，每次颁奖之前他都会暗中跑动。但是这一次，评委会全然一副拒人于千里之外的态度，所以梁景猜也猜得到是马斌了。

李尚的脸上也看不到丝毫期待之色。

“李天帮！”嘉宾清晰地念出。

所有人都惊呆了，尤其是梁景。

掌声直到李尚起身的那一刻才响起来，死气沉沉的剧组成员终于发出久违的欢呼声。总算保住一个奖，不至于太丢人了！

“怎么会是他？”连鲁导演都暗中皱眉。

马斌倒是很大度，他毕竟是前辈，虽然没有李尚风头正盛，但也是拿过不少奖项的，肯定不会跟一个晚辈计较。

李尚显然没料到，不然以他的性格肯定会准备好一份完美的获奖感言，不该像现在这样激动得语无伦次。

“想感谢很多人，最想感谢的就是梁景导演，没有他就没有我今天的荣誉，谢谢你对我的栽培，我……我真的……”

主持人忙给李尚打圆场：“看来今天李天帮太激动了，从最佳新人奖、最具潜力男演员奖，再到现在的最佳男主角，我们看到了他的成长，也看到了中国电影未来的希望，让我们再次为他鼓掌！”

颁奖典礼过后，众人纷纷走出宴会大厅。

相比其他获奖者，俞铭的脸上看不到丝毫兴奋之色。

夏弘威的车依旧停在一个隐蔽的角落，然而这次俞铭没有直接上车，而是和夏弘威说：“我今天要回宿舍。”

夏弘威一副不予商量的口吻："你的获奖庆功宴我已经安排好了。"

听到这话，俞铭露出抵触的表情。

"我不想庆祝，也没什么好庆祝的。"

夏弘威完全不考虑他的意见，直说："邀请函我已经发下去了，这会儿人都已经到齐了，你不想把人家晾在那儿吧？"

俞铭不相信："奖项才颁发，他们怎么会那么快？"

"奖项是才颁发，但不意味着评选结果刚出来。"

俞铭突然想到了什么，质疑的目光刺向夏弘威的脸："你是提前知道了评选结果，还是干涉了评选结果？"

"这有什么区别吗？"夏弘威口气淡淡的。

俞铭的心突然就凉了，突然连和夏弘威说话的欲望都没有了，转身就要走。

夏弘威一把拽住他，强硬地将他按在车门上，怒道："你最好把脑子放清醒点儿，这个奖就算不是你的，也不可能是他的！"

"是不是他的与我无关，我只是恶心你开这个口！"俞铭愤愤然。

夏弘威的目光再度阴沉下来，浓浓的戾气爬上眉梢。

"你刚才说什么？恶心？"

俞铭终于将压抑许久的情绪释放出来："对，恶心，我恶心你这副无所不能的架势！"

夏弘威的脸色简直难看到了极点。

"俞铭，你知道什么叫'当婊子还要立牌坊'吗？你既然恶心，干吗还处处利用我这副架势？"

俞铭反问："我有选择的余地吗？"

夏弘威突然笑了，笑得比《偷影》里的灵师还让人毛骨悚然。

"那我给你这个选择的余地，只要你可以理直气壮地说一句：我俞铭再也用不着你了，我立马放你自由！"

俞铭沉默了很久才开口："我，俞铭，从来就没有想用你。"

夏弘威从小长到大活得顺心顺遂，可以说，俞铭的这句话是他人生道路上的第一刀，而且挨得结结实实，没有半点儿还击之力。

“你记住你今天说过的话。”

甩下这几个字，夏弘威的车就飞出了俞铭的视野。

韩东倒是挺想得开，直接跟着剧组的人去夜店庆祝，狂欢了几个小时。回到宿舍的时候已经凌晨两点多了，却感觉有点儿饿了，于是他又去厨房煮了一大锅面。

吃着正香，就听到身后响起一个冷幽幽的声音。

“干吗这么晚了还煮面？”

韩东吓得一激灵，差点儿把嘴里的面吐出来。

“啊，你在宿舍啊？”

俞铭语气还是淡淡的：“一直都在。”

“我明明看到夏弘威的车了，你没跟他一起去庆祝？”

俞铭没回答，直接把目光投向锅里的面：“能给我点儿吃吗？”

韩东看着剩下的大半锅面，表情有点儿牵强。

“我怕这点儿面不够我吃，要不你再去煮点儿？”

“我就吃两口，尝尝味儿就得。”

韩东还是死死把着锅沿：“那什么……你那两口大概有多少根啊？”

“算了，不吃了。”俞铭没好气。

韩东急忙把锅推了过去：“跟你闹着玩呢，吃吧。”

俞铭这才把锅端过来，尝了一口，露出意外的表情：“味道还不错呢。”

“嗯，还剩一口。”韩东说。

俞铭：“……”

果然不是闹着玩的。

吃着吃着，韩东又问起来：“夏弘威有没有给你搞个盛大的庆祝仪式？”

“搞了。”俞铭承认。

韩东瞬间来了兴致：“说说怎么搞的？”

“我没去。”

韩东的筷子顿了一下，脸上透着不解："为什么没去？"

俞铭没有说原因，只是告诉韩东："我和他彻底断了，以后别在我面前提这个人了。"

"干吗要断啊？"韩东难以理解，"有这么捧你的金主难道不好吗？"

"可他这个人想从我身上得到我永远不会给的东西。"俞铭突然说。

韩东的筷子彻底停了下来。

过了一会儿，韩东把锅推到俞铭面前："要不要再吃一口？"

俞铭什么都没说，径直回了房间。

这几天，中鼎公司技术部门协同网警展开侦查，在对一千多个线索进行细致地排查之后，终于确定了犯罪嫌疑人。

一名科技公司的职员，与韩东并无瓜葛，明显是收钱替人办事。

王中鼎派二雷和另外几名心腹手下对这名职员进行了长达三天的审讯，终于把他背后的人揪了出来。

得到这个结果，冯俊并不意外。

他只是好奇："你会怎么处置？"

"我要让他一辈子都不得翻身！"王中鼎说。

冯俊试探性地问："还要继续查下去吗？"

"查，连根拔起！"

晚上，王中鼎回到家，西西朝他问："小辫子叔叔没有来吗？"

王中鼎反问："他为什么要来？"

"因为我听阿姨说，他给你公司惹麻烦了，你应该把他带回家里收拾才对。"西西一脸期盼的眼神。

王中鼎哑然失笑："快了。"

第二天，梁景因为涉嫌损害他人名誉和传播不良信息被警方带走。

消息刚一传出，整个公司都轰动了。

王中鼎召开全体员工大会，首度在公开场合为韩东发声。

“如果以后再有人在证据不足的情况下，恶意揣测、诋毁他人，直接做开除处理。”

冯俊在旁边补了一句：“通过这件事，我希望大家明白，王总对谁都是一视同仁的。即便你平时再怎么不受肯定，当你受到委屈时，公司也会为你主持正义。同理，你平时再怎么受到器重，一旦你做了危害公司利益的事，公司照样不留情面！”

王中鼎扭头看向冯俊，久久不发一言。

冯俊一副不明所以的眼神，我说错了吗？

王中鼎没解释，又把眼神转了回去，继续自己的讲话。

冯俊费解，怎么越来越看不懂他了？

散会之后，二雷好心过来提醒。

“以后你别当众说韩东不好了。”

冯俊不领情：“谁当众说了？我指名道姓了吗？再说了，就算我暗指韩东，也是在大家心知肚明的情况下，根本算不上误导！”

“我只是觉得王总听了会不高兴的。”

冯俊更不爽了:“他高不高兴我心里还没数吗？我跟了王总这么长时间，还不知道他什么脾气吗？倒是你，最近怎么这么多话？”

二雷语塞。

“该你管的你管，不该你管的别瞎掺和！”

“我不是想管，我只是……”

“是什么？”冯俊强势发问。

二雷又不知道该怎么说了。

“行了行了，该干吗干吗去吧，最近怎么搞的？一个个都这么浮躁，看来需要好好整顿一下了。”

说完，冯俊拉着一张脸走了。

梁景被逮捕，最受牵连的人肯定是李尚。不过李尚问心无愧，因为他全程无参与。

梁景大概觉得绊倒韩东是分分钟的事，所以在李尚毫不知情的状况下就下了黑手。

只是他没想到，王中鼎这次动真格的了。

继科技公司的职员后，李尚也被传到了“审讯室”，这次由王中鼎亲自来审。

“这件事情有你的参与吗？”王中鼎开门见山地问。

李尚一脸坦然：“没有。”

“给我一个可以信服的理由。”

李尚想都没想就说道：“与让韩东遭到打压相比，我更害怕那个镜头流出去。因为我知道，公司内部的问题再大，王总都可以摆平，但是镜头一旦流出去，带给人的震撼和惊艳就收不回来了。”

“你很聪明。”王中鼎说。

李尚勉强笑了笑：“谢谢王总的夸奖。”

“但是你没有说出真正的原因。”

李尚笑容一滞。

“我之所以说你聪明，是因为你知道我瞧上了韩东的潜力。”王中鼎直言不讳。

是的，从李尚进公司的那一天起，他就已经预见到王中鼎会迷上韩东。这副改造后的身体给自己带来的福利越多，他对这一猜测就越发深信不疑。

只不过他一直在自欺欺人，一直在用韩东性格与王中鼎不投合等理由给自己洗脑，其实他内心深处早就默认了，这也是造成他危机感深重的罪魁祸首。

“他的这一优势，是不可逆转的了。”王中鼎明明白白地告诉李尚。

李尚不发一言。

王中鼎接着又说：“但是我不希望你‘没有害他之心’是建立在聪明的基础上，因为他‘不予回击’也不仅仅是实力悬殊。”

说完，王中鼎便把当初从韩东出租屋的电脑上翻出来的照片甩到李尚面前。

李尚看到他与韩东两个人的合影，拍摄时间恰逢梁景海选。就是在那一天，韩东把机会让给他，从此他命运转轨。

时隔大半年，李尚已经快认不出自己了，韩东却依然是韩东。

但是，有些东西一经改变，就再也难以恢复原样，比如他这两条没法跑动的残腿。

“如果你足够聪明的话，应该知道我来找你的原因。”王中鼎终于开口。

“我愿意配合。”李尚说。

两天之后，李尚去了看守所。

梁景毕竟是个有头有脸的人物，在这儿的处境没有那么糟糕。这两天他积极接洽律师，把外面的动向了解得一清二楚。

“另谋他主？你有没有长脑子？我这点儿莫须有的罪名顶多关个十几天。等我出去了，想怎么治你就怎么治你！”

“你没机会出去了。”李尚说。

梁景双眉死拧：“你说什么？”

“我已经把你私吞制作经费的证据上报给王总了，你很快就会因为职务侵占罪被起诉。几千万的数额，你好好享受这五年以上的牢房生活吧。外面的世界瞬息万变，等你出来的时候，就不知道谁治谁了。”

听到这话，梁景整张面孔都扭曲了。

“我做的这一切都是为了你，你竟然这么对我？”

李尚冷冷一笑：“为了我？你以为我不知道，你千方百计要捧我，不过是想夺回新片监制的职位，继续从高额投资中榨取油水。”

“那又怎么样？经纪人和艺人本来就是互惠互利的关系！”

“对啊，所以我要利用你最后一分价值来为我自己谋取利益。”

梁景瞳孔欲裂，瞪着李尚说不出一句话来。

李尚最后甩下一句：“我这辈子，最恨的人就是你。”

如果不是因为你，我不会残害自己的身体。

如果不是因为残害了自己的身体，我不会那么输不起。

是你，葬送了我的后半生。

事情查清之后，王中鼎又亲自登门给张主任赔礼道歉，误会总算解除。新电影顺利过审，公司也恢复了正常运营。

但是在新片的选角上，相关领导依旧争议不下，甚至联合起来给王中鼎施压。

其中最大的阻力莫过于王海志。

作为董事长，王海志有决定一切事务的权力，虽然已经退居二线，但偶尔插上一脚，还是会对高层决议产生重大影响。

而且他与王中鼎视角不同，他是从宏观方面审视全局。在他看来，韩东虽然已经除掉“罪名”，但身上依旧带着负面标签，只要韩东再度出镜，电影局领导就要继续背负骂名。

与其招惹不快，还不如直接雪藏。反正韩东于他而言没有特殊意义，艺人这么多，捧哪个不是捧？

其他领导也大多偏袒李尚这边，除了有董事长那方面的考虑之外，更多是想趁着梁景失势拉拢李尚，将这棵大摇钱树纳入麾下。

于是，在新片商讨会上，相关领导又因为选角的问题争论起来。

“李天帮的成绩是大家有目共睹的，不到一年时间，最佳新人奖、最具潜力男演员奖、最佳男主角，一部卖座电影、两部高收视率电视剧……试问咱们公司还有哪个男演员比他更有发展前景？”

“韩东有过什么成绩？借着《偷影》的光勉强混出点儿人气，还没站稳脚跟，又闹出这么一档子事。”

“就是，咱不能因为梁景犯了事，就降低标准委曲求全吧？”

“……”

王中鼎挥挥手示意大家安静下来。

“这部电影投资数额大，筹备时间长，投入精力多，所以公司寄予厚望，任何一个环节都不能马虎。在选角的问题上，我同意大家的看法，不能委曲求全。”

冯俊用诧异的目光投向王中鼎。

王中鼎紧接着又说：“我向来一视同仁，所以这次选角公平竞争。两个人同时带妆试戏，到时候谁优谁劣，由诸位和导演一起裁定。”

散会之后，几个领导一边往外走一边议论纷纷。

“这还用得着比吗？李天帮的各方面素质都甩了韩东一大截。”

“王总就是走个形式，堵住个别人的嘴而已。”

“我倒觉得韩东的表演挺出彩的，尤其是那个被删的镜头。”

“那都是特效，搁谁都能达到那种效果，人家李天帮的女装表演才叫真功夫。”

“……”

王中鼎就像没听见一样，直接从这群人中间穿行而过，去了韩东的宿舍。

韩东刚起床没多久，以往都是一条内裤从白天晃荡到晚上，这两天居然讲文明了，穿戴整齐后才从房间里走出去。

闻到一股饭香，韩东偷偷潜到厨房门口，看到俞铭正在做三明治。干净清爽的小背心穿着，柔顺利索的小头发梳着，怎么看怎么觉得美好。

韩东叹了一口气，既生中何生铭儿啊！

俞铭将煎好的培根肉和鸡蛋装盘，转身去取吐司片。韩东急忙将探出去的脑袋缩了回来，做贼一样地溜回了自己的房间。

过了一会儿，俞铭也去了卧室。

韩东再度来到厨房，看到盘中的三明治一动未动，散发着诱人的香气。

到底吃还是不吃？

吃的话会不会让俞铭抱有不切实际的期待？不吃的话又太伤他的心了，最主要的是，韩东真的饿了。

犹豫不到三秒钟，韩东的贼爪子就伸了上去。

俞铭走回厨房，看到眼前的一幕，瞬间不淡定了：“你怎么把我的三明治吃了？”

韩东把最后一块吐司塞进嘴里，说："你不是给我做的吗？"

"谁说我是给你做的？"

韩东："……"

俞铭没好气地将他推到一旁："去去去，吃饱就别挡道了。"

韩东一脸的倒霉样儿，怎么每个人都嫌弃我呢？

正想着，另外一位嫌弃他的人也来了。

草草算起来，韩东和王中鼎已经有半个月没有接触了，突然这么一见面，韩东竟不知该说些什么好了。

"嗨。"

一个呆萌的招呼。

王中鼎面无表情："俞铭在吗？"

韩东心里一紧，话都说不利索了："你……你都知道了？"

"废话。"王中鼎沉着脸，"这么大个事我能不知道吗？"

韩东看王中鼎一脸的不善，心中不禁为俞铭担忧，急忙上前替俞铭开解。

"铭儿这人吧，他脑回路和别人有点儿不一样，想什么问题总喜欢想歪了，其实未必是他内心真实的想法，只不过……"

"我不想听你瞎扯。"王中鼎打断韩东，"你把俞铭给我叫来就行了。"

韩东推搡着王中鼎往外走："有话咱去车上说。"

"这是我和俞铭的事，跟你没关系。"王中鼎又把韩东推开。

韩东一听这话更不能放开王中鼎了，这时，俞铭的声音在旁边响起。

"是找我吗？"

韩东惊愣住，一副紧张的口吻朝俞铭劝道："你出来干吗？赶紧进去！"

俞铭直接无视他，问王中鼎："有事吗？"

王中鼎点头："我有话跟你说。"

"进来吧。"俞铭直接将王中鼎请进了自己的房间。

韩东也要进去，结果门砰的一声在他面前关上了。

他还紧张地趴在门上偷听。

"夏弘威已经把事情和我说了。"王中鼎说。

俞铭迟迟没有开口。

“身为他的朋友，我想我还是有必要替他说几句话。”

“你别说了，我不想听。”

“……”

韩东在门外萎了，闹了半天说的是这事啊？吓得我还以为……

好吧，虚惊一场。

王中鼎出来之后，韩东又恢复了那副吊儿郎当的模样。要是放在平时，王中鼎早就勒着他的脖子押到车上了。

但是今天他按捺住了，一本正经地朝韩东说：“明天新片试戏，你和李尚会有一场正面较量，好好准备一下。”

听到这话，韩东的眼神终于恢复正色。

“都较量一些什么？”

王中鼎说：“就是与新片角色有关的综合能力考察。”

韩东一听“考察”两个字就有些怵了，要知道他考试从来没及格过。若是只考演技也就算了，就怕插一些专业知识考核。

“提前透露一下呗。”韩东挑了挑眉。

王中鼎特别严正公平，当然前提是他对自己看上的人有着百分之百的信心。

“题不是我出的，你问我也没用。”

韩东不死心：“不是你出的？不可能吧？”

“怎么，你怕了？”

韩东立刻哼笑一声，胳膊肘搭在王中鼎肩膀上：“我就是逗你玩玩，别说提前准备了，即兴发挥都没问题。”

“那就好。”

二雷阔别数日，终于在王中鼎的脸上看到了一丝笑意。

“王总，你在笑什么？”

王中鼎不动声色地点了一根烟，开口时烟雾从嘴边徐徐漫出。

“没笑什么。”

晚上，王中鼎抱着西西坐在沙发上看电视。西西突然扭过头，朝王中鼎挥了挥小手。

“嗨。”

王中鼎瞬间想起早上收到的那个呆萌的招呼，突然有些错乱，情不自禁地在儿子脸上亲了一口。

西西又扭过头：“嗨。”

王中鼎毫不吝啬地继续亲，父子俩闹了好一阵才停下来。

“爸爸，我的头发有点儿长了。”

王中鼎态度突然转变：“不剪了，梳个小辫吧。”

西西有些困扰：“会不会很娘？”

“你觉得韩东娘吗？”王中鼎故意问。

西西特别认真地想了想，说：“有时候娘，有时候不娘。”

“什么时候娘？”

“就是被你收拾的时候，可娘可娘了。”

王中鼎莫名冒出一句：“他那不是娘，他那是浪。”

“爸爸，你理解错了吧？我说的‘娘’是女字旁的，你说的‘浪’是三点水旁的。”

王中鼎愣住，我怎么跟孩子说了这些？

“爸爸，你帮我扎一下好吗？”西西突然开口要求。

王中鼎接过梳子，手在西西的小卷毛上温柔地顺抚着。

“再往上移一点三毫米，左偏二点六毫米，对，就是这样，我可不想听小辫子叔叔说我模仿他。”西西像煞有介事地嘟哝着。

“放心，你们俩的完全不一样。”

韩东梳起来的马尾是圆乎乎的，发梢朝里面勾着，西西的恰好相反，他的发梢呈发射状向外卷起。

西西看到王中鼎用手机拍下来的效果图，忍不住捂着小嘴乐。

“爸爸，像不像喷泉？”

王中鼎仔细一瞧："还真有点儿像。"

"所以嘛，我这才叫浪呢！"

王中鼎："……"

临睡前，王中鼎接到韩东的电话。

"睡了吗？"

"没睡，怎么了？"

韩东嘿嘿一笑："我就是想从你嘴里套出题。给我透露一点吧，透露一点吧，我可不能输给那个孙子啊！"

王中鼎暗暗咬牙："瞧你那点儿出息！"

第二天，韩东又没事人一样地披上战袍，坐上战车，威风凛凛地去了战场。

李尚几乎是同一时间到的，两个人在排演厅外面打了个照面。

"准备得怎么样？"李尚问。

韩东故作谦虚："我就是来给你当炮灰的，哈哈哈……"

"别这么说，我才是炮灰。"

韩东心中暗道：明白就好。

两个人一齐走了进去。

排演厅里面坐满了人，中间的舞台都被围上了。公司电影部的高层领导悉数到齐，十几个工作室的制片人、监制、导演几乎都来观战，阵容堪比选秀节目决赛现场。

韩东忍不住倒吸一口凉气。

李尚虽然做了不少准备工作，但还是免不了会紧张。

王中鼎和卡恩坐在中间位置，两个人本来友好地交流着，结果韩东一出现，卡恩立刻给了他一个飞吻。等卡恩再把头转向王中鼎时，发现王中鼎的脸色突然就变了。

人员到齐之后，冯俊宣读竞争规则。

两个人要进行三方面的测试，最终两项优胜者胜出。

不出韩东所料，果然有英语口语的考核，而且还是第一项。

第二项是技能测试，因为主角是特工身份，所以需要各种各样的技能，比如破解密码、开箱窃取东西。

第三项就是男扮女装。

这三项里，韩东有两项是十拿九稳的。

其中一个是第三项，他自称反串第二就没人敢称第一。

另一个就是第一项，必输！

“我说下第一项的比赛规则，两个人分别与主考官交流，内容围绕这部新片展开。一方面是考查你们的口语能力，另一方面是考查你们对剧本的理解。”

李尚点点头：“明白。”

韩东自顾自沉思着，王中鼎貌似给过我剧本，让我放哪儿了呢？

“韩东？”冯俊沉着脸再叫一遍。

韩东终于回过神来，慌忙应道：“明白，明白了……”

于是，第一项考查正式开始。

最先出场的是李尚。

主考官谈论的话题是由卡恩和王中鼎共同商定的，比赛前一刻才交到他手上。卡恩和李尚第一次见面，不存在泄题的可能性。王中鼎连韩东都防着，李尚就更不在话下了。

话题引出之后，双方聊得非常顺畅。

李尚一看就是提前做了很多功课，不仅对主考官提出的每个问题都流利地应答，而且观点一针见血，半句啰唆的话都没有，整个交流过程都让主考官非常享受。

连卡恩都对李尚竖起大拇指。

李尚松了一口气。

轮到韩东上场，谈论的问题又换了一批。不过换不换都没什么区别，因为之前聊的那些他几乎都没听懂。

在场的所有人里面，看起来最淡定的就是王中鼎，实际上最紧张的也是他。

他紧张的原因并非怕韩东答不上来，而是怕韩东对答如流。

因为考题是他和卡恩一起出的，他很确定自己没有泄题，假如韩东超常发挥，那么难免会让人遐想。

韩东果然没有辜负王中鼎的期望。

这货的嘴几乎没停过，主考官一句他一句，而且说的都是风马牛不相及的话。最神奇的是，他听不懂主考官的话，主考官也听不懂他的话，两个人竟然还能交流十几分钟。

台下坐着的人可不能忍了，这简直是两首曲风不同的歌一起放的节奏。

沈初花好几次都想夺门而出，但是看到对面的几个帅哥，她还是强撑了下来。

唯独王中鼎乐在其中。

果然人生处处是考场啊！

这一局，李尚赢得毫无悬念。

一些领导又开始在下面窃窃私语。

“还有比下去的必要吗？我觉得结果显而易见。就算韩东下一项赢了，第三项也会输给李天帮。”

“就是，我觉得拿韩东和李天帮比，简直是对李天帮的侮辱。”

“我倒觉得韩大仙儿特别可怜，王总这么做是不是有点儿过分了？”

“……”

冯俊挥手示意大家安静下来。

“下面我们进行第二项考查——破解密码。”

韩东和李尚的面前放着两个保险箱。

为了防止作弊，密码是由技术人员现场设定的。两个人谁先破解出来谁赢，都破解不出来就算打平。

李尚明显比上一局轻松多了。

因为在他看来，这一项他必输无疑。为什么这么说？因为题目是王中鼎设定的，既然是他设定的，就证明这是韩东的强项。

输了这局对于李尚来说并非坏事，甚至韩东不赢，他也有放水的意思。

因为李尚希望可以进入第三局，可以在国际名导面前好好展示一把。卡恩是王中鼎重金聘请来的，他的意义远远高于角色。卡恩若是当众拍板，就算王中鼎也不能奈他何。

于是，冯俊喊开始后，韩东那边紧张又认真地研究推敲，李尚这边纯粹是在做戏。

不到三分钟的时间，韩东就破解开了。

但是现场没有一个人鼓掌，有的只是浓浓的质疑。

他们不质疑韩东作弊，毕竟王中鼎坐镇，技术人员都是现调的，这种可能性很小，他们质疑的是韩东用了歪门邪道。

有个没长脑子的居然当众说了出来：“韩大仙儿，你这是破解出来的还是算出来的？”

韩东都想骂人了，这个要是都能算出来，老子早就不在这儿待着了！

挑事儿的人意识到自己说错了话，脑袋都快扎进裤裆里了。其他人也都替他捏了一把汗，当着王总的面说这些迷信话，不是找死是什么？

现场气氛一下紧张起来。

李尚马上开口解围：“这局我输了。”

不料，王中鼎却扬手打断。

“刚才那个人说的有道理。”

众人哗然！

“为了排除作弊嫌疑，我们重新考察，这一次将两个人的眼睛蒙上，盲解。”

王中鼎下令，没人敢有异议。

于是，技术人员又把箱子取回重新设定。

李尚丝毫不担心韩东，既然王中鼎都这么要求了，那证明韩东确实有这个本事，而且韩东梦游的能力他是见识过的。

韩东擦了一把汗，累死人不偿命啊！

很快，第二轮考查开始。

李尚被蒙上眼睛之后和瞎子没有什么区别，刚才还能装模作样地尝试一番，现在能摸准锁的位置就不错了。

韩东恰恰相反，他的眼睛被蒙上之后，思维的灵敏度似乎比睁眼的时候还要强，加上他已经将密码锁的内部结构摸清，几乎不到两分钟的时间就破解开了。

“评审团”这才发出心服口服的惊叹声，没想到这众人口中的韩大仙儿真有两下子。

就在冯俊要宣布结果的时候，又一个不和谐的声音响了起来：“有些会小把戏的人，他们越是看不见，思维越是灵敏。”

说话的人是技术部的小职员，也是李尚的铁粉。

此话自然遭到众人非议。

“你真是站着说话不腰疼。”

“甭管是靠什么破解的，有这项技能就符合角色要求。”

“要不你提供一个完美的方案！”

这个小职员在二雷的“误导”下果真提出了一个“缺德”的方案——

“我们不该让他们猜密码，我们应该让他们设定密码，由技术人员来破解。哪个人设定的密码能让技术人员破解不开，就算他赢了。如果都可以破解开，那就算打平。”

所有人都觉得很离谱，没有经过专业的训练，怎么可能完成这项技术活儿?

连李尚都替韩东“着急”了，因为在他看来，韩东的眼力和脑力好，动手能力未必强。

于是李尚上前一步，拿过冯俊手里的话筒说：“这一局我自愿认输，那位帅哥你的好意我心领了，但我希望这是一场公平……”

“不用！”

韩东直接打断李尚，又抢过他手里的话筒：“你的好意我也心领了，但我要赢就赢个光明正大，所以，我比！”

所有人都觉得韩东是在作死。

给你个台阶你就下吧，还蹬鼻子上脸了！

那正好，你赶紧输赶紧走，我们也省得陪你在这耗了。

冯俊把询问的目光投向王中鼎。

王中鼎还没发话，卡恩倒在一旁开口了。

“我非常非常想见识韩东先生的这项技能，要知道破解密码是好莱坞大片中的常见桥段。每次拍摄这一情节，都要技术人员手把手教会演员动作要领。如果演员本身懂这个，那就再好不过了。”

听到卡恩这么说，韩东更要甩开膀子大干一场了。

于是，第三次考查开始。

韩东手拿着技术人员的工具，将保险箱的操作面板打开，开始鼓捣起来。

李尚在一旁脸都绿了。

假如韩东把这项不可能完成的任务完成，卡恩势必会对他刮目相看。李尚再想吸引卡恩的眼球，难度就更大了。

然而，韩东偏偏完成了。

三道密码改成四道，技术人员都傻眼了。

事实证明，人的任何一项付出都不是无意义的。好比人家在跑剧组的时候，韩东就闷在宿舍里瞎鼓捣，看着是浪费时间，可谁能想到，他就这么大放异彩了！

奔放的卡恩导演直接拍桌吹口哨，大呼道：“东东，你太棒了！”

旁边那位还没来得及自豪一下，脸色就由红转青了。

冯俊宣布：“第二项，韩东赢！”

第三项考查是上妆试戏。

具体表演片段：男主角男扮女装潜入敌人内部，与敌人周旋时，用聪明的技巧掩盖了自己的男人身份。

这就需要两个人男扮女装。

李尚就不用说了，他的女装造型大家已经有目共睹。

主要是韩东的扮相，大家实在想象无能。

两个人一起离开排演厅，去了化妆间。

李尚暗暗较劲，因为韩东第二项表演太出风头了，所以这一项他不仅要赢，而且还要把风头全都抢回来。

韩东则是无所谓，人家连站街拉客的活儿都干过了，还在乎这点儿小场面吗？

因为化妆需要一定的时间，所以里面的人闲聊了起来。

卡恩还在和王中鼎滔滔不绝地夸着韩东，生怕王中鼎的脸不够臭。

“我听说你不太喜欢东东，我真的想不通，东东那么优秀，你为什么不喜欢他？”

“你的想法太迂腐了，思想太古板了，我觉得你应该试着改变一下自己的观念。”

“在我眼里，东东就是美的化身、智慧的化身，他……”

卡恩说着说着，突然就噎住了，紧接着一嗓子喊出来：“Oh my god！（我的天哪！）”

众人随着他的惊呼声将视线转向门口……

进来的人恰好是上妆完毕的李尚。

李尚身着精美的刺绣花朵裙，丝绒与亮片泛出闪烁的光泽，头戴黑色礼帽，脸罩蕾丝面纱，营造出性感而神秘的气质。

尽管很多人都已经见识过李尚的女装造型，再次见到的时候依旧被惊艳到。

卡恩不停地朝王中鼎问：“这是东东吗？是东东吗？”

王中鼎没说话，李尚径直地走到卡恩面前，笑着自我介绍：“我是李天帮。”

卡恩兴奋地拽过李尚的手，在他的手背上亲吻了一下。

就在李尚出尽风头的时候，韩东还在距离排演厅十多米远的入口处苦苦哀求着。

“我就是韩东，我要说几遍你们才相信？”

“证明？这要怎么证明？我把妆卸了岂不白化了？”

“难道你们听不出我的声音吗？”

“……”

事情缘由是这样的，韩东化好妆之后，明艳动人地朝排演厅走去，原本自信满满，谁承想在入口处被拦住了。

“对不起小姐，里面的活动是保密的，所以您不能进去。”

韩东起初还是一副嘚瑟的姿态：“我不是去观赛的，我是去参赛的。”

“你去干什么的我们不管，我们只要你的身份凭证。”保安说。

韩东依旧保持优雅的微笑：“不好意思，我的身份凭证放在里面。而且，在这之前我已经登记过了，不信你们查。”

保安半信半疑地拿出登记册：“叫什么？”

“韩东。”

本以为保安会大吃一惊，不料人家只是鄙夷地笑了笑：“别扯了，韩东是男的。”

韩东立刻恢复男声：“我本来就是男的，是考查项目要求我们男扮女装的。”

保安对里面的赛事一概不知，他们只履行自己的职责，见到可疑人物一律拦下。没办法，想混进去偷新闻的记者太多了，而且各个花招百出，防不胜防。

人家李尚就聪明多了，自带化妆团队，跟进跟出毫无障碍。

韩东一个人没带，就这么单枪匹马地去了化妆间，结果出来的时候完全变了一个人。

于是，就有了上面的一幕。

里面的人等了好久都没见韩东进场，耐心渐渐被磨没了。

“怎么回事啊？”

“多长时间了还没到？”

“这是去涂粉还是去刷墙了？实在遮不住就别遮了。”

“……”

冯俊将询问的目光投向王中鼎，要不要让李尚先表演着？

王中鼎深知韩东的磨唧程度，便点点头同意了。

李尚正和卡恩聊得火热，听到通知只好恋恋不舍地挥挥手："我先去表演了。"

卡恩满脸期待："加油！"

李尚走上台的那一刻，感觉浑身上下的血都热了，好像比领奖还令人激动。

和他搭戏的人恰好是给韩东培训仪态的老师，这位老师是反串界的标杆人物，看到李尚仍忍不住夸赞："你是我见过的高个儿男生中扮相最好的了。"

李尚知道他指导过韩东，所以故意问："韩东扮相不好吗？"

"他？他要肯扮就好了！从我给他上课以来，他就没正经地配合过我一次，后来干脆来都不来了。"

听老师这么一说，李尚心里踏实了。

这个表演过程看似简单，实际上难度却不小，没有一句台词，全凭两个人的神态和动作交流，基本上是即兴发挥的。

只见李尚侧卧在床榻上，姿态妖娆。

老师将他的裙子掀开，露出精心打理过的美腿。当裙摆滑到腿根儿一带，李尚轻轻按住他的手，眼神妩媚动人。原本是掩盖男人身份的无奈之举，却让现场观众看出了半推半就、欲拒还迎的感觉。

卡恩朝王中鼎称赞道："这个演员真不简单，竟然可以把女人的神态举止模仿到如此细致入微的地步。"

王中鼎只是笑笑，不说话。

接着，老师的手开始抚摸李尚的腿，眼看着就要探入腿间的危险地带，李尚突然一个伶俐的翻转，很巧妙地躲了过去。这个过程毫无局促慌乱之感，反而像是恋人间的嬉闹，模样调皮又挑逗。

卡恩带头鼓掌。

"太棒了！"

连冯俊这么淡定的人都不得不提前喊"咔"。

“不能再演了，再演真出事了。”

一片笑声后，排演厅内掌声雷动。

此时此刻，韩东还是没个影儿。

沈初花瞧见人家主子这么出风头，顿时不淡定了，愤然起身朝外走。

韩东焦急中看到了自己的贵人，忙给保安指：“那是我助理，她可以证明。”

不料，沈初花根本没有出去，只是在门口朝外扫了一眼。看到不远处的韩大美人，她心中嗤之以鼻：不就腿长点儿，妆浓点儿，有什么了不起的？

韩东见沈初花没动静，便大声说道：“他们不认识我，你赶紧帮我证明一下。”

外面人多嘈杂，沈初花没听清他说什么，只是暗中得意：长得确实比我强点儿，但嗓音差了我一大截啊……

于是自我感觉良好地回了排演厅。

小梁问她：“看到韩东了吗？”

沈初花这才想起自己出去的目的：“要不我再去找找？”

小梁按住她的肩膀：“算了，还是我去吧。”

韩东正因为沈初花没认出他而急得冒火，就看到小梁出来了。

“小梁，小梁，我是韩东啊！”

小梁打量了韩东好一阵，然后和沈初花一样，没说一句话就进去了。

我……韩东简直想爆粗口，你们一个个的都瞎了吗？

不过，小梁进去之后没有直接坐下，而是先去王中鼎那里打了个小报告。

“王总，我怀疑韩东有作弊倾向。”

“作弊？”王中鼎不明所以。

小梁一本正经地说：“韩东雇了一个和他个头差不多的女人，就在入口处呢。我出去的时候那个女人正和保安争执不下，口口声声说她就是韩东。我没敢把她领进来，怕万一被人揭穿了，丢人就丢大发了。我觉得输了比赛不重要，重要的是不能输了尊严。”

王中鼎的脸当时就抽抽了。

不知道是不是因为看到小梁的告状和王中鼎异常的面色，现场的气氛更加焦躁了。

“韩东到底还来不来了？”

“是不是没胆儿上了？是的话就宣布弃权，别耽误大家时间了。”

“我看完全可以直接宣布结果了。”

“……”

卡恩也朝王中鼎问：“东东到底怎么了？”眼中还有仅存的一丝丝期待。

王中鼎只好朝小梁说：“你再出去一趟，把他领进来。”

“领？去哪儿领？”

王中鼎从牙缝里挤出几个字：“那个女人就是他。”

小梁：“……”

韩东实在没辙了，只好朝保安伸手。

“借我手机用用总可以吧？我给王总打个电话。”

保安说：“不好意思，公司为了防止我们录音，把我们的手机暂时没收了。”

韩东简直要崩溃，就在这时，突然一道熟悉的身影闪进他的视线。

不是小梁，是俞铭。

他怎么来了？

韩东有点儿慌了，他明明瞒着俞铭的，怕俞铭看到自己这副模样会陷得更深。

怎么办？

韩东纠结的方向已经反了，他现在不纠结俞铭能不能认出他来，而是纠结自己还要不要进去……

就在这时，俞铭的目光突然转了过来。

韩东急忙低头朝反方向逃窜。

“韩东！”小梁大喊一声。

两个人的脚步同时顿住了。

俞铭刚才还只是怀疑，因为他就是奔着韩东的“女装”而来的，而且韩东的身材他又那么熟悉。现在听到有人这么喊，他才敢相信。

韩东为了不显得那么尴尬，还是主动和俞铭打了声招呼。

“嗨，铭儿。”

听到韩东的声音，俞铭当时就一阵晕眩。

韩东和小梁先走了进去，俞铭呆愣愣地跟在后面。

“王总，韩东来了！”

小梁这一嗓子，把所有人的目光都吸引到门口。

韩大美人高腰小上衣搭配锥形西裤，性感奔放的朝天马尾，斜分波浪式刘海，艳丽的红唇，犀利的眼神……从门口到台上的这几步，整个排演厅鸦雀无声。

有些人还不由自主地往门口看，不是说韩东来了吗？人在哪儿呢？

为了避免出现刚才的误会，韩东直接摘下丝巾亮喉结，接着用原声自我介绍：“韩东，韩大仙儿是也。”

话音刚落，死寂的排演厅瞬间炸开锅了。

大家的表情已经不能用惊喜来形容了，简直就是惊恐。

连一贯冷脸的冯俊都破天荒地开了句玩笑：“大仙儿，我是在你的梦里吗？”

卡恩口中的“Oh my god！”直接换成了“Oh No！”

王中鼎反应超级迅速地将手掌抵在卡恩的胸口，将他要狂奔过去激吻韩东的举动扼杀在摇篮之中。

李尚整个人都垮掉了，腮红都遮不住灰白的面色。

而我们的淡定王、面瘫帝、第一大闷葫芦俞铭同志居然因为等不及当众发声了：“不是还有表演吗？”

冯俊仿佛才反应过来似的，忙说：“对，还要麻烦一下老师了。”

老师也是如梦初醒般地点点头：“应该的，应该的。”

表演正式开始。

韩东没有摆任何姿势，只是懒懒散散地躺在床上，就有一股夺目的妖艳感。

老师的手伸到韩东的腰带上，缓慢又磨人地解着，看起来不像是在试探韩东的应付能力，反倒像韩东在试探他的应付能力。

所有人的心都在那一刻揪起。

老师的目光矛盾又挣扎，既想赶紧脱掉又怕他露馅。韩东反倒是一副任你为所欲为的架势，脱吧，继续脱。

皮带终于解开，老师的手扒住韩东的裤腰，作势要往下扯。

韩东没有像李尚那样按住他的手，只是微微转了下身体。

裤子被拽下的那一刻，卡恩的眼珠子都红了。

假如李尚的表演还能让卡恩感觉到男人对女人神态举止的精细把握，那么韩东的表演已经让他感觉不到男人的气息了，眼前的这位就是彻头彻尾的女人。

老师的手滑到韩东的腿间，千钧一发之际，韩东没有翻身没有躲，反而起身跳到了老师的身上。

韩东两条腿夹着老师的腰身，眼神邪邪的，妖艳的笑容从嘴角荡开，那副模样仿佛在说：你摸啊，有本事你继续摸啊！

这个过程哪是在考查韩东的演技？纯粹是在考验评委们的演技。

每个人都用尽各种方法伪装，甚至暗中较劲，看看谁最能忍。

这里面，演技最惊人的当属王总了。

直到最后老师的手也没敢伸过去，而是投降般地给了冯俊一个暗示的眼神。

冯俊终于摆出“stop”的手势。

“好了好了，可以了……咔！”

很多人还没从震惊的状态中走出来，脸上的肌肉还是僵的。不知是谁带头鼓了两下掌，一开始是稀稀拉拉的，酝酿了好一阵，才如洪水泄堤般泛滥开来。

韩东礼貌地和老师握了握手。

老师感觉到韩大美人超乎寻常的手劲儿，才真正确信这是个男人，而且还是他一度不看好的浑小子。

而那位被他夸奖“扮相最好”的李大美人，现在已经完完全全想不起模样了，这是他职业生涯第一次看走眼，而且走得如此离谱。

“请两位演员上台，由老师和卡恩导演分别给出本项考查的评价。”

韩东走了上去，李尚却不见了踪影。

“李天帮呢？”冯俊把询问的目光对准李尚的随行人员。

刚才还一个劲地叫嚣李公子无可匹敌的十几个人，这会儿全蔫了。最后还是助理底气不足地回了一句：“李天帮去卸妆了，因为他的脸上妆会过敏。”

底下一片嘘声。

最后还是冯俊替他们解了围：“那我们就不等了，一会儿老师和导演点评的时候，你们替李天帮记录一下。”

老师先给李尚点评。

“李天帮的演技非常出色，对角色的把握很精准，和他演对手戏我感觉很愉悦。”说到韩东，老师言简意赅，“我觉得王总让我来指导韩东，简直太看得起我了！”

众人大笑，掌声连连。

接着轮到卡恩。

卡恩比老师还直白，老师好歹还给了李尚一番肯定，而卡恩就直接当众宣布：“这部电影的男主角就是东东！要换他就先换我！”

韩东当时就感觉一股电流击中了他的小心脏，正在陶醉之时，突然就扫到卡恩旁边的那张脸，赶忙恢复正色。

李尚进了卫生间，一盆凉水当头泼下，整张脸上的妆都花了，假发斜歪在耳朵旁，要多狼狈就有多狼狈。

这是他第一次在公开场合失态，以往无论遇到多大的困境，他都不会当众露怯，但是这一次，他彻底扛不住了。

他输掉的不仅仅是一场比赛，还是全部的发展前景。

在娱乐圈，最悲催的事莫过于两个同类型的艺人，其中一个不如另一个，处处遭打压，永无翻身之日。他以为自己占了先机，出尽了风头，就可以将韩东的发展道路封死，结果到头来，先走上死路的人是他。

李尚甚至可以想象到，这一场比赛过后，他如何从一个香饽饽变成众人避之不及的对象。

习惯了被人捧，还怎么去接受被人踩？

李尚疯了一般地撕扯身上的女装，正巧有个男人上厕所，一开始看到他的装扮还以为自己进错了，直到看清之后，脸上立刻露出嫌恶的表情。

"看什么看？滚！"李尚怒吼一声。

结果他今天碰到的这位不是善茬儿，听到这话一脚就踹上去了。

"你让谁滚呢？"

李尚猛地跌倒在水池旁，想站却站不起来，感觉自己的腿骨像是被劈开了，疼痛逼得他浑身抽搐。

这位仁兄丝毫没有放过他之意，又是结结实实的几脚踹上去，一边踹一边恶狠狠地怒骂："死变态，还敢跟我嚷嚷？也不看看自己几斤几两！"

李尚疼得满地打滚，大声呼救，直到保安来了，才勉强逃过一命。

排演厅的众位领导已经开始往外撤了，闪得最快的就是之前一直贬损韩东、没给自己留一点儿余地的那些人，其后的就是之前言之凿凿说韩东肯定会输的那些人。

还有一批当众唱反调的，被二雷拦了下来，一个一个发"小费"。他们的作用就是煽动情绪，促使众人对韩东的期待值不断降低，让最后的大逆转有更加震撼人心的效果。

"刚才真是麻烦你们了。"二雷说。

某君一副愧不敢当的表情："我们没帮上什么忙，王总本来是请我们来黑韩东的，结果到头来竟然让这小子逆袭了。"

二雷一脸宽容："没关系，你们尽力了，是韩东太厉害，王总也无可奈何。"

这几个平日素来看不上韩东的人，此刻都朝二雷说："好好劝劝王总吧，韩东这么优秀，王总不应该再对他有成见了。"

二雷故意叹了口气："王总的观念一时半会儿改不了，还需要你们多多开解啊。”

“放心吧，以后我们一定当着王总的面好好夸夸韩东。”

“嗯嗯，麻烦诸位了。”

这边还有两个人一直赖着不肯走，一个是卡恩，自打韩东下台就一直拽着他不撒手。另一个是俞铭，自打卡恩拽着韩东就一直企图分开两个人。

“东东我太欣赏你了，太喜欢你了，后天我要去马尔代夫采景，想邀请你同去，你的一切费用都包在我身上，怎么样？”

卡恩一兴奋语速就快，加上韩东听力又差，听到什么都一个劲地“OK”。

俞铭把韩东拉到一旁，没好气地说：“瞎 OK 什么啊？就你那三天不洗的臭脚丫子，还陪人家去马尔代夫？别到时候好不容易熬来一个主角，再因为几天相处泡汤了。”

韩东不明所以，什么马尔代夫？

一直冷眼旁观的王中鼎，听到那声“OK”就不淡定了，刚要开口却被卡恩抢了先。

“王总，我真的特别感谢你，感谢你让我认识了东东。”说着就拥抱了上去。

王中鼎的拳头刚攥起来，卡恩又开口了。

“王总，我特别欣赏你的为人，你从不把个人感情带到工作中。即使再怎么不喜欢东东，也会义无反顾地提点他，你很伟大，我替东东感谢你。”说着又抱了上去。

王中鼎吃了有生之年最狠的两个闷亏。

那两句“感谢”绝对是他听过的最毒辣的语言。

临别前，卡恩还一个劲地提醒韩东：“别忘了，马尔代夫，后天出发。”

韩东又一次稀里糊涂地“OK”了。

第八章 礼物

“我笑不笑与在哪儿没关系，只和面对的人有关系。”

“你看到我怎么就笑不起来了？嗯？哥们儿哪儿不喜感？嗯？”

回去的路上，王中鼎一直怒而不发。

韩东还是那副韩大美人的装扮，王中鼎每次想“发作”，一扭头气势又没了。

“我今天表现得怎么样？没给你丢人吧？”韩东乐悠悠地问。

王中鼎冷哼一声：“你怎么会给我丢人呢？表演得那么精彩，说蹿到人家身上就蹿到人家身上，把老师都弄得手足无措，谁有你风光？”

韩东越听越不对劲：“你什么意思？”

“没什么。”王中鼎不冷不热的。

可惜他的这副态度丝毫不起作用，韩东冷哼一声，一副“我不和你计较”的表情，就歪在他的肩膀上睡着了。

若是以前，王中鼎肯定想把这没心没肺的东西扔出车窗外。但是现在想都不敢想了，因为太抢手了，怕捡不回来了。

韩东卸下重担后，通常会大睡一场。

王中鼎深知他这一属性，直接把他的手机关掉了。

等韩东醒过来的时候，已经是第三天早上了。

睁开眼，周围一切都是陌生的。

“我天……这是跑哪儿来了？”

韩东从床上坐起身，用脚尖试探了一下房间内的玻璃地板，感觉一不小心就会踩进大海里。赤脚走到阳台上，眼前是一大片宝石绿的海水，荡漾在视野中，阵势相当壮观。

该不会是王中鼎故意玩我，趁我睡觉的时候把我打包到马尔代夫了吧？

正想着，一个陌生的声音在身后响起："先生，请您用早餐。"

韩东扭头看到服务生，忙问："这是不是马尔代夫？"

不料，服务生说："马尔代夫哪有这么漂亮的海水？"

"那咱在哪儿？"

"澳大利亚。"

韩东惊了："澳大利亚？"

"嗯，王总在这儿买下了一座小岛。"

"你别吓我，我这人特别容易抽过去。"韩东一本正经地说。

服务员忍不住笑了笑："我没吓您，原来的岛主因为经济原因要转让，王总便买了下来作为礼物送给您。"

"啥？送我的？"

假如韩东刚才还有夸大其词的成分，这会儿就是真的被吓着了。

服务员很认真地说："对，您现在就是这座岛的岛主。"

韩东猛地瘫坐在椅子上。

"这座岛是半开发状态，岛上有原始的海滩和丰富的植被，还有各色各样的海洋生物。您可以就地取材，建树屋，建酒窖，建庄园，任意规划和管理这片区域。"

对于一个喜欢鼓捣的人来说，有一片可以为所欲为的领地简直是终极梦想。

"你别说了。"韩东一副喘不过气的模样。

服务员继续说："私人岛屿有足够的隐蔽性，特别适合您这种身份的人来此度假。另外您还可以修建成度假胜地，自己不住的时候租给其他人来盈利。"

还能赚钱？

韩东两眼翻白，嘴角抽搐，一副不省人事的模样。

服务员真给吓着了，使劲摇晃韩东："先生？先生？"

韩东突然蹿跳起，发出欠揍的浪笑声。

服务员无奈："快享用您的早餐吧。"

韩东哪还吃得下去？整个人都处于一种不受控的状态，玩命地在岛上疯跑，内心的兴奋和激动已经难以用语言来形容了。天堂！这绝对是天堂啊！谁拦着我嘚瑟我杀了谁！

哈哈哈……

王中鼎离老远就看到一股黑旋风朝自己扫了过来，尽管他已经做好了迎接准备，但还是被巨大的冲力逼得后撤了两步。

韩东蹿跳到王中鼎的身上，王中鼎都快被韩东的热情烤熟了，好半天才把他稳定下来。

"为什么要送我这个小岛？"韩东问。

其实在《偷影》大卖后，王中鼎就想送韩东一个礼物作为奖励。王中鼎当时没想好送什么，后来听到韩东梦里嘟哝想去玩，又埋怨自己不陪他玩，才决定买下这么一块娱乐圣地送给他。

当然，卡恩也是催化剂，如果没有卡恩的刺激，王中鼎可能不会立刻下决心抛开工作好好陪韩东玩几天。

"你咋这么懂我？这么不惜一切代价只为了换我一个笑容？"

尽管韩东说的都是大实话，可王中鼎就想了：这话怎么也不该是你来说吧？

闹够了之后，韩东突然又蔫了，脑袋耷拉在王中鼎的肩膀上，故作一副病弱状："你这样会让我患得患失的。"

王中鼎把手伸到韩东的胸口上……狗屁！心跳还是那么慢吞吞的，一看就没走心。

韩东又开始发牢骚："你能不能别老绷着个脸，咱现在已经不在公司了，你不需要再给谁树立威信了，所以笑一个好吗？"

"我笑不笑与在哪儿没关系，只和面对的人有关系。"王中鼎说。

韩东立刻蹿到王中鼎面前，存心追着他问："你看到我怎么就笑不起来了？嗯？哥们儿哪儿不喜感？嗯？"

"行了，别闹了。"王中鼎故意移开目光。

韩东偏不，死皮赖脸地追着王中鼎，卖萌耍宝，逗趣搞怪，以强有力的幽默攻势步步相逼，终于将王中鼎的防线攻破。

“你可真是……”王中鼎终于赏了一个无奈的笑容。

“我真是什么？”韩东追问。

王中鼎把“可爱”换了一种说法：“真二。”

韩东不在乎，又嘚瑟地扭了两圈，被王中鼎一巴掌扫在屁股上。

“先去吃早饭吧，两天都没进食了。”

“两天了？”韩东惊讶。

王中鼎说：“废话，你也不看看咱们现在在哪儿，一晚上的工夫折腾得过来吗？”

韩东突然想到自己这么不声不响地离开，俞铭肯定会担心，于是朝王中鼎问：“我的手机帮我拿来了吗？”

“没有。”王中鼎的语气不知不觉间又硬了起来。

韩东说：“那把你的手机借我用用，我得打个电话。”

“不用。”王中鼎直说，“我已经给卡恩打过电话，告诉他你不去了。”

韩东蒙了：“卡恩？卡恩让我去哪儿？”

王中鼎这才意识到韩东根本没听懂卡恩的话。

“我是给铭儿打电话。”韩东说。

王中鼎这才把手机递给他。

韩东打开王中鼎的手机，映入眼帘的就是自己的大头照，竟然是他最二的一张照片，放在如此高端尊贵的手机屏幕上，显得极不协调。

“原来你喜欢真性情的我啊？”韩东果然又玩起了揭露王总的游戏。

王中鼎作势去抢：“你还用不用了？”

“用，用，用……”韩东急忙收回一脸的不正经。

没一会儿，韩东的声音再度响起。

“喂？铭儿，是不是还没起床啊？”

“我啊？我现在在一个海岛上，我名下的私人岛屿，嘿嘿……”

不知从什么时候开始，听到某人吹牛都成了一件令王中鼎愉悦的事。

中午，韩东换上一条泳裤，四仰八叉地躺在沙滩上晒太阳。想趁着度假的这几天，把皮肤晒成健康的小麦色。

正纵情享受着阳光的爱抚，韩东突然听到了一阵沙沙的声响。扭头一瞧，某个“小怪物”正从不远处的沙堆里往外爬。

这个“小怪物”也戴着小墨镜，穿着性感的小裤裤，翘着小肉腿在那儿晒太阳。

“你怎么来了？”韩东故意以主人的口吻自居。

不料，西西比他还理直气壮：“这是我的小岛，我怎么还不能来了？”

“你的？你有什么证据说是你的？”

西西用手指推了推小墨镜，一本正经地说：“这个小岛的形状就像我的屁股。”

韩东扑哧一声乐了，西西翻过身扣在沙堆上，小圆屁股傲娇地朝上挺着。

其实韩东一早就猜到西西会来，王中鼎出来这么多天，肯定不放心把孩子留在家。

他只是纳闷：“你怎么才出现？刚才你去哪儿了？”

“倒时差。”西西懒懒地说。

韩东哼笑一声：“咱这和北京就差了两个多小时，有必要倒吗？”

西西小脸上透着不屑，说话的语气跟王中鼎一模一样：“一个小时对你来说是一个小时，对我来说就是六十分钟，三千六百秒钟，不要把你的时间观念强加到我严谨的生活态度里面，好吗？”

韩东像揭穿他爸爸那样毫不留情地揭穿他：“你就直接承认自己一直睡懒觉不就得了？还扯什么倒时差。”

果然，脸上挂不住的西西使劲挥动四爪，刨了好大一个沙坑。

韩东又逗他：“你干吗要晒太阳？补钙啊？”

西西幽幽地说：“别那么俗好吗？我是想把皮肤晒成性感的古铜色。”

韩东望天，果然比我有出息。

晚上，玩了一天的西西很快便沉沉地睡了过去。

王中鼎和韩东在沙滩上散步，韩东走着走着突然一头扎在沙堆上不动弹了。

“起来！”

王中鼎用脚趾揉搓着韩东的屁股，呵斥道：“晚上吃了那么多，再起来溜达溜达。”

韩东像一只大蚕在沙滩上蠕动，那副懒样儿看起来相当腻歪人。

王中鼎见他不起来，便走到海水边，用脚轻轻一踢，水花就打到了韩东的脸上。

韩东属于极容易煽动的人，王中鼎只要稍微和他闹一下，他马上就能兴奋起来，与王中鼎在沙滩上纵情追打。

玩累了，韩东问：“咱要在这儿待几天？”

王中鼎说：“六天。”

“按照你的表来算成不成？”韩东眼巴巴地问。

按照韩东给王中鼎做的慢性子表，六天就变成了七天。

王中鼎冷哼一声：“你当着那么多人的面出洋相，我凭什么宽容一天？”

李尚醒来也是两天之后的事了。

没睁眼的时候就闻到浓浓的消毒水味儿，脑子里的记忆还停留在卫生间被打的那一幕，但打他的人已经完全想不起来了。

本以为环绕在床侧的只有医护人员和助理，没想到第一个看到的人竟然是伊璐。

“醒了？”伊璐先开口。

李尚很诧异：“你怎么在这儿？”

“来看看你，不行吗？”

李尚勉强笑了一下：“当然可以。”

伊璐晃了晃手里的检查报告，问：“你腿里植入过钢钉？”

李尚愣了片刻，还是点头承认了。

伊璐没再继续问，只是告诉他：“你骨折了，医生说你的腿比一般人要脆弱，你还是注意一点儿吧。”

李尚“嗯”了一声。

“你和梁景的经纪合同已经终止了，你打算继续留在公司还是另谋出路？”伊璐突然问起。

李尚叹了口气：“我肯定不想留在公司，但我又没有更好的去处。”

“我有一个。”伊璐突然开口。

李尚忙问：“哪里？”

“你听说过冯牧之吗？就是冯俊的堂姐。”

李尚点点头：“当然听说过，还见过几次面，很厉害的经纪人。问题是她要求那么苛刻，未必肯接手我。”

“这你不用担心，我当年就是冯姐一手带起来的，现在和她的关系特别好。”

听到这话，李尚黯淡的目光终于亮堂了一些。

“而且你去冯牧之的公司，同样可以受到咱们公司的优待，甚至比你留在这里享受的待遇更高。因为王总要给冯牧之面子，帮她捧手下的艺人。与其待在这儿被韩东压着，还不如去冯牧之那里当香饽饽。”

李尚不说话，看样子已经心动了。

伊璐又说：“你现在翅膀不够硬，不要轻易尝试冒险。公司花了这么大力气捧你，是不可能允许你单飞的。一旦你飞出王总的势力范围，就不会有好果子吃。”

李尚思忖了片刻，点点头。

“我听你的。”

伊璐笑了笑：“这才对嘛，男人就要拿得起放得下。”

李尚原本进院前满心绝望，现在听到伊璐这么一说又踌躇满志了。

“太谢谢你了，没有你我真不知道该怎么办。”

伊璐拍拍他：“这有什么啊？不就是输了一场比赛吗？除了那些势利眼的‘狗奴才’，还有谁看见了？观众看见了吗？你还是他们眼中的最佳男主角，韩东还是没混出名头的小演员。说到底，观众基础才是你真正的后台。”

刚说完，就有个护士进来给李尚检查换药，问他：“你是不是李天帮？”

李尚点点头。

“我超级喜欢你，可以请你签个名吗？”

李尚接过护士手里的笔，签了三个漂亮的大字。

接着，下午又有几个记者过来探视，顺便来了一段采访。

李尚闭口不谈比赛的事，全程精神状态良好，还把“挨打”说成了“训练的时候不小心摔伤”，成为新的劳模和励志哥，成功将自己炒上了头条。

相比之下，俞铭的状况就差多了。

夏弘威虽然不是圈子里的人，但是耳目众多，而且都看他的眼色行事，相当势利眼。俞铭得宠的时候他们都跟哈巴狗一样，等俞铭和夏弘威一闹掰，他们马上露出真正的嘴脸，对俞铭各种不齿。

俞铭本以为没有了夏弘威就会如愿以偿地获得自由，但事实远非他想象的那么美好。

落井下石的人太多了，他们恨不得排队来黑他。

有些人甚至不认识俞铭，就因为曾经嫉妒过，现在就持着一张得意的嘴脸对他恶意羞辱和谩骂。

网上的黑贴一条接着一条，俞铭甚至不用出门就能成为众人的焦点。

这些都不是主要的，主要的是俞铭找不到生活的重心了。

虽然每天依然待在宿舍，依然不出门，依然对媒体的关注不闻不问……可俞铭再也找不到那种淡然自若的潇洒感了，伴随而来的是各种空虚。

尤其韩东走了之后，俞铭简直就像没有灵魂的行尸走肉，一个人在各个房间里茫然地穿梭，走着走着就走到了韩东的房间门口。

探头往里瞧瞧，首先映入眼帘的就是那把吉他。

突然有点儿想念韩东的歌声了，哪怕是噪声，起码能搅和搅和情绪，不会让自己的心像一潭死水似的。

而且，俞铭失眠严重。

原本没有了韩东，宿舍里消停多了，可俞铭就是翻来覆去睡不着，房间里有一丁点儿动静，他的神经就会迅速绷起来。

又是一个不眠夜之后，俞铭顶着两个大黑眼圈痛苦地砸床。

韩二货，你快回来吧！

三天之后，韩东拖着玩累的身体上了飞机。

回到宿舍第一件事就是找俞铭，结果隔壁的房门是锁着的，韩东想给俞铭打电话，又发现手机没带回来。

于是，只能在宿舍干等着。

坐了那么久的飞机，加上劳累过度，韩东等着等着就趴在床上睡着了。

不知过了多久，熟悉的声音终于在耳旁响起。

“你还知道回来了？”

韩东瞬间惊醒，下床的时候动作过猛，浑身肌肉都疼。但与在王中鼎面前小题大做恰恰相反，韩东在俞铭面前连个眉毛都不皱，硬是用顽强的面部肌肉撑起一脸的不羁，迈着潇洒的大步走到俞铭面前。

“你刚才去干什么了？”他问俞铭。

俞铭说：“去跑剧组。”

“跑剧组？”韩东不明所以。

俞铭倒是一副理所当然的表情：“对，跑剧组投简历，不接戏我靠什么活着？”

韩东愣住：“你……你不至于吧？”

“不说我了，你呢？玩得怎么样？”

韩东又摆出那副虚伪的表情：“就那么回事吧。”

俞铭冷哼一声。

韩东神神秘秘地从衣兜里摸出一样东西，接着在俞铭眼前晃了晃。

“怎么样？想要吗？”

俞铭定睛一看，韩东手里拿的是一枚有奇特变彩效果的石头，外观圆润绚烂，非常漂亮个性。这种石头叫“澳宝”，也叫欧泊，是产自澳大利亚的宝石，东方人把它看作圣洁的象征。韩东觉得特别适合俞铭的气质，所以就偷偷装了回来。

俞铭特别喜欢，黯淡了几天的眼睛终于有了色彩。

不过他还是问：“你送给我，王总不会生气吗？”

韩东当即摆出一副唯我独尊的架势：“他敢生气？”

俞铭便把这块宝石装进了衣兜。

韩东脸色变了变：“你还要带出去啊？”

“对啊，我喜欢的东西一般都随身带着。”

韩东的语气略显不自在：“那个……你最好放在宿舍，这个石头太亮眼了，拿出去肯定会被人家偷的。”

俞铭想想也对，于是小心翼翼地收进了盒子里，韩东这才放下心来。

“你吃晚饭了吗？”俞铭问。

韩东明明没吃，却硬说自己吃了。

俞铭显得有些失望。

“我可以陪你一起出去吃。”韩东说。

俞铭摇摇头：“我不是想出去吃，我是想和你一起订外卖！他们家要五十元起送，我一个人吃不了那么多。”

韩东记得俞铭以前订餐经常七八十的，有时候几个菜挑挑拣拣就扔在一旁不吃了，怎么突然这么会算计了？

“算了，我煮点儿面吧。”俞铭转身进了厨房。

韩东看着俞铭的背影，总觉得哪里不对劲，他上网查看最近的新闻动态，才发现自己不在的这几天，俞铭身上竟然发生了这么多事。

“我的妈！谁这么嘴贱啊？”韩东对着电脑骂了起来。

俞铭从厨房探出头来，看着韩东问：“怎么了？”

韩东有些话都已经冲口而出了，但又强咽了回去。

“没事，你别煮面了，咱订外卖吧。”

俞铭纳闷：“你不是吃过了吗？”

“吃得太早，现在又饿了。”

“……”

吃过晚饭，韩东一个人在楼下徘徊了很久，最后还是拿起了公共电话，决定再心虚也要给俞铭讨回一个公道。

响了好一阵，夏弘威才接了起来。

“喂？”

听到夏弘威深沉的声音，韩东不由自主地紧张起来。

“那个……我是韩东。”

夏弘威冷淡淡地问：“找我什么事？”

韩东憋了半天才斗胆责问道：“我知道你们吵架了，但你也没必要鼓动手下对俞铭进行人身攻击吧？”

“谁鼓动了？”

“那为什么你们吵架之后，网上会有那么多对俞铭不利的负面信息？”

“以前也有，只是迫于压力不敢发，或者发了之后被我压下去了。你不能因为某人一直送你烧饼，突然有一天不送了，就责骂人家没良心吧？”

夏弘威这么一说，韩东彻底没有反驳之力了。

“是，我承认这件事责任不在你，可现在俞铭这么惨，你不能坐视不理吧？那些人之所以口无遮拦，说到底还是因为你的态度。”

夏弘威只关注一点：“他怎么惨了？”

听到这话，韩东顿时觉得转机来了，忙把俞铭的状况添油加醋地形容了一番。

“一天到晚为了生计四处奔波，还要忍受别人的冷嘲热讽，觉睡不好，饭吃不香，整个人瘦了一大圈。”

不料，夏弘威听过之后冷冷回道：“那是他活该。”

“可是，他……”

韩东的话还没说完，夏弘威就把电话挂断了。

韩东暗暗磨牙。

此时此刻他才意识到王中鼎有多好，虽然一天到晚拉着脸，却从没有真正和他动过气。

想到这儿，韩东给一直处于忙碌状态的王中鼎送去了慰问：“你真好。”

王中鼎一边翻文件一边问："我怎么好了？"

"说不出来，反正就是好。"

王中鼎顿了一下："我这儿忙着呢，没空跟你闲扯。"

电话挂断得挺利索，笑容却一直挂在嘴角，拖拖拉拉好一阵才淡去。

韩东上楼的步伐依旧沉甸甸的。

俞铭看到韩东回来，紧绷的面部神经不自觉地松弛下来。

"我还以为你去找王总了呢。"

"没，就是去楼下消消食而已。"韩东说。

俞铭"哦"了一声。

韩东故意问："怎么？怕我走啊？"

俞铭又是一副嫌恶的眼神："你这么闹腾，我还怕你走？我巴不得你天天别回来。"

韩东："……"

俞铭把韩东推出门外，脸上带着不易察觉的笑容。

韩东已经很多天没有摸吉他了，心里痒得很，想弹又怕俞铭会烦，所以只用手指勾了一下琴弦，就悻悻地缩回来了。

不料，俞铭听到琴音之后，居然在隔壁朝韩东说："想弹就弹吧。"

韩东露出王中鼎那副经典的隐忍表情："不想弹。"

"我想听。"俞铭突然说。

韩东瞬间打了个响指："你等着，今儿哥们儿好好让你 high 一把。"

一开始俞铭听到那久违的噪声，确实有种亲切感，但是随着韩东一曲接一曲，耳朵就遭不住了。以前好歹还唱两首抒情歌缓缓气氛，现在全变成了嘶吼式唱法。

王中鼎忙完这几天积压的活儿已经凌晨两点多了，本想直接在办公室睡下，可脑子里反反复复都是韩东那句"你真好"，最终还是抵挡不住心痒去了韩东的宿舍。

结果看到韩东那脏乱不堪的房间，他整个人都要窒息过去。韩东睡在床上打着呼噜，王中鼎看不下去，开始帮韩东收拾房间，一直到天亮，他才勉强打扫出样儿来。

俞铭已经起床了，两眼无神地看着王中鼎从韩东的房间里走出来。

王中鼎没有任何不自在，直接开口朝俞铭说："侯制片的工作室要推出一部都市励志剧，我看一个角色挺适合你，过两天去试戏。"

不料，俞铭非但不领情，而且回绝的语气很生硬："我不去！"

王中鼎有些不快："我是你的经纪人，为你安排工作是理所当然的。你不仅有义务让自己温饱，也有义务替我赚钱。"

"我不想履行这个义务，你不满意的话可以跟我解约。"

说完，俞铭砰的一声把门关上了。

王中鼎当时那张脸黑的，要不是考虑到俞铭现在的情况，他肯定不会就这么算了。除了俞铭顶撞他之外，最主要的是他不知道俞铭这种敌意从何而来！

此时此刻，王中鼎对韩东的所有不满都没有了。

他突然发现这二货如此可爱。

韩东出门的时候恰好看到俞铭提着包往外走。

"嘿，你干吗去？"韩东问。

俞铭爱答不理地说："跑剧组。"

"不是我说，你干吗把自己搞得那么惨啊？其实以你现在的……"

韩东的话还没说完，俞铭就敛着一身的寒气出门了。

俞铭走后没多久，韩东的手机就响了。

哎？我手机怎么回来了？

韩东只觉得纳闷，却没意识到房间比以前干净了，或者说他之前根本没感觉到脏。

打电话的人是李尚。

"有空吗？出来聊聊。"李尚问。

韩东想想今天刚回来，应该不会有什么安排，于是就答应了。

路上，小梁朝韩东说：“李天帮受伤了。”

韩东这些天一直与外界隔绝，对李尚的情况一无所知。

“受伤了？什么时候的事？”

“就你们比完赛第二天，说是培训的时候骨折的。可我听人家说，他近期根本没有培训，不知道是不是故意炒作。”

韩东摇摇头，李尚肯定不会冒险用“骨头”来炒作的，多半是真的受伤了，只是原因可能另有隐情。

二十分钟后，韩东抵达约定地点。

李尚已经在里面等他了，相比以往的大排场，这次他只带了一名保镖。而且在韩东进来之后，这名保镖也被请了出去。

包间里就剩下韩东和李尚两个人。

“你受伤了？”韩东问。

李尚无奈地笑了笑：“你知道的，我的骨头比一般人要脆。”

“你又没跟我说过，我怎么会知道？”韩东故意装傻。

李尚幽幽地说：“你不是大仙儿吗？”

“你还真信了？”

“一开始确实不信，就算你把裤子给了我，我也觉得是凑巧。直到比完赛，我才相信你曾说过的，你一定会火。”

韩东哼笑一声：“你跟我说话终于不再拐弯抹角了，你知道前几次见面我多想抽你吗？”

“我不拐弯抹角，说不定你更想抽我。”李尚皮笑肉不笑。

“我就纳闷了，我招你惹你了，你老跟我过不去？”

“因为我想拥有的东西，最后都归你了，而且你还没有我付出的多。”

韩东气不忿：“谁付出的多啊？老子在北影厂门口蹲了五年，你蹲几天哪？”

李尚说：“你不过搭进去五年，我搭进去的是后半辈子。”

韩东久久没有开口。

“不过我是自找的。”李尚承认。

韩东不想再说这个话题，直接问他：“你找我来什么事？”

“就是想告诉你，我要离开公司了。”

韩东怔住：“你要去哪儿？”

“冯牧之的经纪公司。”

韩东一副羡慕的表情：“那可是个大美女。”

李尚倒说：“岁数太大，没意思。”

“那伊璐呢？”

“伊璐跟我没有肉体关系。”

韩东冷哼一声：“我对你的脏事不感兴趣。”

“你对她没兴趣，说不定她对你有兴趣。”李尚话里有话。

韩东好像比他还门儿清：“我的事用不着你操心，你还是把你自己管好了吧。”

刚说完，服务员就端着茶点走了进来。

“啊——你是李天帮？”服务员看着李尚眼睛直放电。

韩东直接被晾在一旁。没办法，他虽然势头足，但曝光率和知名度远远不如李尚。

服务员走后，李尚继续回应韩东的话。

“放心，我肯定会过好的，而且会越来越好。”

“别用这种示威的语气，我还没穷到拿你的痛苦当快乐的资本。”

李尚哈哈大笑：“大仙儿就是大仙儿，活得真洒脱。不过我想告诉你，我看见叶成林了。”

韩东瞬间不淡定了：“你在哪儿看见的？”

“黄四儿，帮我把轮椅推进来。”李尚作势要闪人。

韩东急忙拦住：“别急着走呢，先告诉我，你在哪儿看见叶成林的？”

“钱我付了。”李尚说完就被推了出去。

韩东在后面一个劲地咬牙。

两天之后，韩东被通知去见组。

这部电影的摄制组阵容相当强大，光是导演就有六位，除了卡恩这个总导演之外，还有五个副导演。监制三名，总监制也是来自好莱坞，和卡恩导演有过多次合作。总制片人是王中鼎，他的手下还有数名制片……

所以韩东到达会议室的时候，感觉就像回到排演厅现场，各种熟悉的面孔。

当时对他不屑一顾的那些人，现在一个个全瞪着眼珠子瞧。

还有个老不正经的，看着韩东就问："今天怎么没穿女装来？"

韩东腼腆地笑了笑："之前穿只是为了工作需要，平时怎么能穿？"

"是吗？我以为你时不时就扮扮呢，不然怎么能把女人演得那么入木三分？"

"您过奖了，我这就是瞎猫碰上死耗子，恰好赶上状态好。"

大概是看韩东一脸认真，老不正经的自知没趣，也就没再继续调戏。

他刚走不到一分钟，韩东就一副奸诈的嘴脸蹦跶到王中鼎面前，说："刚才他问我今天怎么没穿女装来。"

王中鼎的脸果然阴了。

开会的时候，韩东偷偷给李尚发了一条信息：你到底在哪儿看见叶成林的？

没一会儿李尚就回复了：我已经把这条信息转发给王总了。

韩东猛地一抬头，看到王中鼎的脸色毫无异样，才大松一口气。

竟然吓我！

这时，卡恩又侧过头来朝韩东问："我前几天给你发的信息，你为什么一直没回？"

韩东愣住："你给我发信息了？没收到啊！"

"是不是你的手机出问题了？"

"不可能啊，别人的我都收到了。"

说完这话，韩东突然就明白怎么回事了。质疑的目光投向王中鼎，结果没换来解释，反倒换来一句冷硬的提醒——

"开会期间不要窃窃私语。"

韩东撇撇嘴，刚要把手机放下，就收到俞铭的一条信息。

“我接到戏了。”

韩东呆呆地看着自己发给李尚的信息，卡恩被删掉的信息，俞铭发过来的信息……突然擦了一把汗。

开完会之后，各个部门的负责人拿着自己的筹划书回去准备了。

卡恩和几位副导演开始考核见组的演员。

韩东就不需要了，他这次来只是为了和其他几位演员熟悉一下。

正如王中鼎所说，这次挑选的演员几乎都是新人。韩东算混得久的了，其他几个全是新面孔，有的刚出道，有的还在读书。

唯独没见女主角露面。

韩东纳闷，就问了旁边的一位副导演。

副导演说：“女主角从筹备一开始就敲定了，不需要走这些程序。”

我的天！谁这么强？

“你难道不知道吗？”副导演似乎很意外。

“不知道啊！快告诉我，到底是谁？”韩东一脸期待。

副导演却是不咸不淡的口吻：“伊璐。”

哗，一盆凉水从头顶浇了下来，浇得韩东一个透心凉。

干吗要是她啊？为什么不是新人啊？哪怕长成沈初花那样，起码让韩东新鲜新鲜啊！

“不是说全部使用新人吗？怎么她那么大年纪还……”

韩东正吐槽着，突然看见一道熟悉的身影。

“不好意思，我来晚了。”伊璐笑着走了进来。

导演们全是一副宽容的态度：“知道你忙，我们就不跟你卡时间了。”

伊璐和他们寒暄过后，径直朝韩东走来。

两个人虽然早就认识，但正式的交流还是第一次。

“希望老师多多指教。”韩东一脸谦虚。

伊璐温柔地笑了笑：“论出道时间，我是你的老师，可要是论演技，我还得向你学习呢。”

同样一番虚伪的话，从李尚嘴里说出来就如此假，从伊璐嘴里说出来就如此真诚，这就是段数的差距啊！

尽管韩东已经看出她绝非善类，但还是难以抵御内心对她的好感。尤其是那两句客气话，简直虚伪到了韩东的心坎里。

在这部电影里面，男主角和女主角的关系非常微妙。男主角前期男扮女装做卧底时，和女主角是情敌关系；后期变回真正的身份，又征服了女主角，成为情侣关系。

而拍摄顺序恰恰是相反的，情侣镜头拍摄在前情敌在后。

所以，卡恩朝韩东和伊璐说："你们这段时间要多多培养感情，等到了正式拍摄的时候，就可以快速进入状态了。"

韩东很敬业地表示："我没问题。"

伊璐是老演员了，这种事情不用卡恩张罗，她自己也明白。

卡恩很快又被几个副导演叫了过去，韩东是个自来熟的性格，伊璐脾气也随和，两个人很快聊到了一起。

两个人正说着，韩东突然听到王中鼎在叫他，于是乖乖地跑过去立正站好。

"我得出去一趟。"王中鼎说。

韩东问："去哪儿？"

"和一个朋友约好了三点钟见面。"

韩东纳闷，你不是经常和朋友、客户之类的见面吗？干吗要通知我？

王中鼎似乎也意识到自己这句话多余，还没等韩东想明白，他就面无表情地闪人了。

见组的几个演员也陆陆续续离开了，韩东见没什么事，就和伊璐一起朝外走。

"东东，等一下。"卡恩突然叫道。

韩东停下来，扭头看到卡恩拿着一个芦苇编织的东西朝自己走来。

"本来想带你一起去马尔代夫玩的，可惜你没有时间。这是我专门和那边的老师学习，亲手为你编织的芦苇裙，上面还有我的手绘签名。"

韩东受宠若惊地接下，伊璐在一旁抱怨："导演你太偏心了，都没有我的礼物。"

卡恩立刻送上一个热情的拥抱。

伊璐却一眼看出了这种热情背后的冷漠和敷衍，其实卡恩对谁都是如此，他可以和这里的任何一个人谈笑风生，正眼瞧的却只有韩东一个。

小梁感觉机会来了，忙朝沈初花问："卡恩导演给韩东送的是什么啊？"

沈初花知道小梁会去告状，便用一副嫌恶的眼神斜着他："你说你一个五大三粗的爷们儿，老嚼人家舌头根子有意思吗？"

小梁目光幽怨，感觉这几天没告状，王中鼎都有点儿冷落他了。

于是犹豫了一下，还是给王中鼎打了过去。

"王总，卡恩导演送了韩东一个芦苇垫子，是从马尔代夫带回来的。"

王中鼎脸一沉："你确定是垫子吗？"

小梁为了不辜负王总对他的信任，硬着头皮说："是！韩东就是这么说的。"

王中鼎的脸色好点儿有限，回完一句"我知道了"，就把手机甩到一旁。

一旁的冯俊提醒道："咱董事长刚又套现了七千九百九十八万。"

"我看到了。"王中鼎说。

这半年来王海志已经累计抛售七百零七万股，套现二点七亿，他的官方说明是要补充公司的流动资金，但王中鼎暗中查账却发现根本没达到这样的投放额度。

"把这笔钱的所有去向查明，一分钱都不能漏下。"王中鼎目光冷锐。

冯俊点点头："我知道了。"

韩东和伊璐告别之后，发现自己的包落在会议厅，便回去取包。等回来的时候，无意间看到刚才上车的伊璐又在不远处下车了。本以为是车出了故障，结果伊璐刚下车没一会儿，这辆车又安然无恙地开走了。

韩东心生疑惑，便在不远处偷偷瞄着。

没一会儿，又一辆车开了过来，韩东犀利的目光射向车内，一眼将正襟危坐在最后排的王海志认了出来。

“这不是董事长吗？”韩东暗暗嘟哝。

那辆车很快开出了韩东的视野。

路上，韩东忍不住打探：“咱董事长结婚了没？”

小梁被韩东的这个问题逗笑了：“董事长的儿子都已经当上咱公司的副总了，你说他结没结婚？”

“那他离婚了没？”韩东又问。

沈初花说：“哪能离啊？这个公司当初就是咱董事长和夫人一起建起来的，两个人可是模范夫妻，关系好着呢。”

韩东从没关注过这个老家伙，今天心血来潮，便搜出他的照片看了看。

结果一看不要紧，这个老男人和王中鼎简直是两个极端。

韩东一看王海志就发现他极度花心，整个中年时期都在温柔乡里度过，毫不夸张地说，这里所有的大牌女星都被他玩了一个遍。但之前仅仅是桃色交易，过了五十岁才开始陷入真正感情纠葛。

“咱董事长今年多大岁数了？”韩东又问。

小梁说：“五十一。”

韩东暗中惊讶，伊璐还真是不简单啊！

回到宿舍，韩东见俞铭已经回来了，便问：“你接的是什么角色？”

俞铭说：“就是很普通的一个角色。”

“配角？”韩东问。

俞铭摇摇头。

“连配角都算不上，那你接它干吗啊？”

俞铭说：“我凭自己的努力，接到什么算什么。”

“你要是真凭自己的人气和实力，就更不该接这种角色了。咱好歹也是演过那么多大片的，何必这么作践自己呢？”

“我有什么人气？丑闻吗？我有什么实力？内定的最佳男配角吗？”

韩东的脸色瞬间僵了。

过了好一阵，他才开口继续说：“铭儿，现在的形势对你十分不利，你不该在这种风口浪尖上抛头露面。听我的，你先宅一段时间，哥养活着你。就算达不到以前的生活水准，起码能保证饿不死你。”

俞铭不说话。

韩东又劝道：“你不是最喜欢宅着吗？现在正好是个机会啊，每天在宿舍睡睡觉，看看电影多爽啊！”

“我现在已经没法一个人安静地待着了。”

“没关系啊，只要我一有时……”

俞铭突然打断韩东：“我只问你一句话。”

韩东住口，示意俞铭问。

“假如是你，你会选择宅在宿舍吗？”

韩东彻底被问愣了。

答案很明显，他肯定不会宅在宿舍，不仅不会宅在宿舍，还会大张旗鼓地走出门，和那些企图祸害他的妖魔鬼怪们狂斗一番。

“这就是了。”俞铭转身进了宿舍。

就在这时，韩东突然收到卡恩发来的一条信息：如果你穿着这条芦苇裙拍一张照片，我想会更性感的。

韩东忙朝俞铭追了过去：“铭儿，我能拜托你一件事吗？”

俞铭以为韩东会说什么“你一定要照顾好自己”之类的话，不料韩东却拿出一条芦苇编织裙，讪笑着说：“这是卡恩导演送我的，我怕王总会多想，所以……”

“不管！”俞铭的脸瞬间冷了下来。

韩东觍着脸央求：“帮帮我呗，好铭儿了。”

俞铭实在受不了韩东那副赖样儿，只好一把拽了过来。

“坏了别赖我！”

韩东笑着捏了俞铭的脸一下：“我知道你不会做出那种跌份儿的事。”

俞铭把芦苇裙和韩东送他的澳宝石头锁在了一起。

晚上，俞铭无意间看到一条新闻，便朝韩东问：“新电影的女主角是伊璐？”

“你怎么知道的？”韩东好奇。

俞铭说：“今天的头条。”

韩东很诧异，不是说这部电影所有选角都是保密的吗？怎么会爆出这种消息？

“不是官方消息，只是记者八卦而已。”

韩东凑到电脑前：“我看看。”

“就是伊璐在自己的微博曝光了一张卡恩导演和她拥抱的照片，结果这条微博被转发了几十万次，还有一些明星也转发了，纷纷表达对伊璐的羡慕嫉妒恨。”

韩东吃惊：“卡恩导演在中国有这么高的知名度？”

“废话，你以为就你一个人识货啊？那条芦苇裙要不是卡恩导演送的，我早就给你剪了。”说到这儿，俞铭突然想起来什么，故意提醒，“卡恩导演不是送了你一条裙子吗？要不你也曝光到网上？”

其实韩东已经在脑子里想了半天了，越想越心酸。

这个世道多不公平啊！

第九章 赃物

“用不着这么防着他吧？”

“我是防着你！”

三天之后，俞铭正式进组。

以往俞铭拍戏从不与剧组其他成员同住，要么配备房车，要么自费住在附近的五星级酒店。现在没有这种待遇了，生活制片把他带到剧组下榻的宾馆，还把挑剩下的房间安排给了他。

“你进组晚，就这么一个房间了，将就将就吧。”生活制片说。

俞铭倒是无所谓：“就这吧，挺好的。”

生活制片走了之后，俞铭把行李物品拿进来，一样一样摆放好。

就在他摊开被子打算铺床的时候，突然发现被子上有一大片污迹，就像是吐在上面的，看着极度恶心。

俞铭去找老板反映情况，老板态度很冷淡。

“这些房间早就被你们剧组包下了，卫生也是有专人负责的。未经你们制片的许可，我们是不能随便进入你们房间的。”

听到这话，俞铭便给生活制片打了个电话。

不料，生活制片比老板态度还差。

“刚才问你行不行，你说挺好的，现在又嫌条件不好，你什么意思？”

俞铭回道：“我不是嫌条件不好，我只是在向您反映问……”

“不爱住别住！”生活制片冷硬地打断俞铭，“你不是有的是钱吗？自己订酒店去！”

俞铭什么都没说，直接把电话挂了。

助理已经被他辞退了，俞铭只能自己动手把被罩拆下来拿去洗。结果宾馆的洗衣房突然锁门了，问前台服务，说是洗涤设备出了故障。

无奈之下，俞铭只好自己动手洗。

这一折腾就折腾到半夜一点多，躺下不到两个小时，他就被电话叫醒了。

“五点钟开拍，赶紧去片场准备吧。”

俞铭急忙起床，收拾收拾下了楼，结果等了半个多钟头，都没发现剧组其他人下来。

有个保安晃悠到他身边，问：“你是跟他们一个组的吗？”

俞铭点点头。

“剧组的车已经开走了。”保安说。

俞铭纳闷：“什么时候开走的？”

“三点半。”

俞铭一看表，都已经快四点半了，剧组的车根本没有等他就开走了。

因为这里离片场不远，路段偏僻，出租车又少，所以俞铭没有打车，一路飞奔到了片场，到那儿之后整个人都快累瘫了。

结果，摄影棚的门是锁着的。

俞铭呆愣愣地看着空无一人的片场，任由一颗颗大汗珠子成串地往下滴答。

他明白，自己被耍了。

没有任何烦躁或是气恼的情绪，俞铭就那么若无其事地坐在外面背台词。等了两个多小时，摄制组的几个工作人员才陆陆续续赶到。

搭建布景的时候场务朝俞铭说：“来得那么早别干坐着啊，搭把手啊！”

俞铭放下台本就去帮忙，结果这一帮就是两个多小时，就连在剧组里最没地位的勤杂工都敢踩在他的头上对他指东道西。

上午十点，俞铭的镜头才正式开拍。

这是一部烂俗的古装戏，俞铭饰演一位不受宠的皇子，在剧里面受尽欺凌。

今天拍摄任务很简单，就是皇子遭到诬陷，与皇上辩解不通最后被软禁。

俞铭本以为自己会被导演刁难，没想到这个镜头拍摄得很顺利。

而且导演对俞铭赞不绝口：“你今天的状态很不错。”

俞铭终于松了一口气。

“所以我和制片人商量了一下，决定临时给你加一组镜头。”导演说。

这部电视剧的制片人、出品人和男主角都是一个人——孙穆。

孙穆前几年一直不温不火，近两年靠着后面的金主成功上位。

俞铭的黑贴十条有九条都是孙穆发的，两个人并无交集，孙穆连夏弘威是谁都不知道，就是单纯地看不惯俞铭那副嘚瑟样儿。一听说俞铭后台倒了，马上撺掇导演把他招进组。

这一切俞铭都不知情，听说要加镜头，二话不说就去补妆了。

加的镜头也是烂俗桥段，古装剧必备戏码——打板子。

俞铭屁股上垫了三层海绵，侍卫手里的棍子也是泡沫做的。基本上所有的音效都在后期添加，俞铭只要演出痛苦的表情就可以了。

随着导演的一声开始，俞铭被两个人按在了木凳上。

接着棍子就砸了下来，由于垫得太厚实，俞铭感觉不灵敏，导致惨叫的节奏和棍子砸下来的节奏完全不一致。

“咔！”导演果然喊停。

俞铭屁股上的垫子又被撤掉一层，感觉灵敏一些，但是表情依旧不到位。

这次不用导演喊NG，俞铭自己就主动叫停，朝场务说：“要不用真棍子吧？稍微有点儿痛感，我能更快进入状态。”

于是，泡沫棍子换成了真棍子。

导演特意吩咐那些扮演侍卫的演员：“要高抬轻落，听到没？”

两个侍卫答应得挺痛快，但是“行刑”的时候依旧没轻没重，有几下打得很重，有几下又很轻，导致俞铭的整段表演极不顺畅。

“咔！”

导演还算和气地朝俞铭说：“你的状态不稳定，时好时坏，自己控制一下。”

于是，俞铭扭头朝两个侍卫说：“你们使劲打吧，不用管我。”

两个侍卫仿佛就在等这句话，刚一开始就抡起棍子兴冲冲地抽打起来。

虽然垫着两层垫子，俞铭还是感觉到了强烈的钝痛，脸上的痛苦表情已经没有多少装的成分在里面了。

但是导演还是喊了NG：“你这不行啊，你这表情看着太不自然。”然后扭头问制片人，“你觉得呢？”

孙穆只是笑，不说话。

俞铭一看到他的笑，心里隐约明白了什么，但没有叫苦也没有为自己辩解，依旧按照导演的要求整理衣服重新来。

这次侍卫下手更狠，俞铭也演得相当卖力，但还是被NG了。

导演气急败坏的：“你脸上的表情能再生动一点儿吗？你现在给我的感觉就是可以忍住的那种疼，没有达到痛苦不堪的状态。”

整个片场的气氛都变得特别焦躁，俞铭已经听到了周围人的牢骚。

于是，他二话没说，又把屁股上的海绵垫子撤下一层。

这次再挨打，俞铭脑门儿上的青筋都暴起了，整张脸显得异常扭曲。如果不是真疼，恐怕这种状态也就只有他室友能演绎出来。

一棍子又一棍子，导演的表情一直很满意，结果临近最后几秒，眉毛突然又皱了起来。

“咔！”

所有人都不明白问题出在哪儿，导演也是沉默了半天才开口。

“脸上的妆有点儿花了，化妆师再给他补补。”

俞铭起身等着化妆师补妆，结果化妆师却说：“你坐下，太高了，我够不着。”

俞铭刚坐下去就倒吸了一口凉气，为了方便化妆师，他只能“虚坐”着，两条腿像扎马步一样，只有太累撑不住才把屁股贴上去。

结果，眼看着就要化完了，突然有个人一脚踹飞了他屁股底下的椅子。俞铭瞬间摔了一个大屁蹲儿，当时疼得头晕目眩的。

撤他椅子的人是孙穆的助理，口气异常狂妄。

“这是男主角的椅子，你有什么资格坐？”

孙穆轻咳一声，用不痛不痒的口吻朝助理呵斥道：“胡说什么呢？这儿的椅子、凳子又没有标记姓名，谁坐不一样啊？”

于是，孙穆又把椅子给俞铭搬了回去，一把将他按在上面。

“坐吧！”

换作一般人，这会儿早就被逼得号啕大哭了。

但是俞铭面若冰霜，一丁点儿的表情变化都没有，就那么淡定地坐在椅子上，甚至看都没有看孙穆一眼，完全将他的挑衅视为空气。

这个世界上，最牛的莫过于冷暴力。

孙穆当时就被逼急了，回去就给导演使了个眼色。

又一次强烈的痛楚，又一次 NG。

事后导演直接问：“屁股上还有垫子没？”

俞铭没有诉苦也没有哀求，直接当着所有人的面自己撤了下来，就剩下一条单裤。

这次的一棍子落下去，俞铭的惨叫声把侍卫的手都吓得一哆嗦。

孙穆却在旁边拍手叫好。

“不愧是最佳男配角，精彩！”

导演都有些不忍了，小声和孙穆交流，“我觉得可以了吧？”

孙穆反问：“可以了吗？”

于是，导演又硬着头皮喊了一声“咔”。

之前很多抱着看热闹心态的人，这会儿都有点儿看不下去了，纷纷劝俞铭先把这个镜头放下，等导演心情好了再拍，可俞铭偏偏不听。

一遍又一遍，孙穆一直等着俞铭嘴里喊出额外的台词。

然而俞铭自始至终都那么敬业，演的时候无论多么撕心裂肺，停下来立马恢复正常。

最后所有人都扛不住了，导演才迫于压力把这条给过了。

晚上，韩东正在宿舍收拾东西，突然看到俞铭走了进来。

“哎？你怎么回来住了？”

俞铭强忍着痛苦说：“剧组还没给我安排好房间。”

“用不用我陪你？”韩东放下手里的包。

俞铭还是那副冷淡淡的表情：“离我远点儿。”

韩东嘿嘿一笑：“那我走了，你可别后悔。”

俞铭直接把房间的门合上了。

别扭样儿……韩东乐呵呵地就走了。

俞铭听到关门声的那一刻就像听到了特赦令，两条腿完全没了支撑力，扑通一声趴在床上，缓了好一阵才慢慢将裤子褪下来。

大片大片的青紫，看着触目惊心。

即便在一个人的房间，俞铭也没有表现出任何的脆弱。柜子里常备着药膏，刚抹完没一会儿，俞铭又听到了开门声。

他迅速用被子将自己盖上，假装已经趴着睡着了。

但是这次进来的人不是韩东，而是夏弘威。

夏弘威只是听说俞铭拍戏的时候被刁难，屁股吃了一些苦头，至于这个苦头有多重，他并不了解。

他是抱着奚落的心态来的，但是看到俞铭趴着睡的样子，心疼就开始泛滥了。

俞铭听出了脚步声不是韩东的，但极力强忍着没有抬头。

夏弘威走到俞铭的床边坐下，想掀开俞铭的被子看看他的情况，却被俞铭一把攥住。

“出去。”硬生生的两个字。

夏弘威的心疼瞬间被怒意取代，到了嘴边的关心话也换了一种味道：“听说你的屁股让人打了？”

俞铭依旧倔强着脸不发一言。

夏弘威彻底被激恼了，直接往俞铭的伤处加了一巴掌。

“我就是来看你笑话的，顺便送你三个字：你活该。”

撂下这句狠话，夏弘威头也不回地走了。

门关上的那一刻，俞铭的脊背还在僵硬地挺着。不知过了多久，肩膀突然就塌了，眼泪猝不及防地掉了出来。

韩东已经走到公司门口，突然感觉胸口一闷，脚步又停住了。

小梁朝他招手大喊：“嘿，我在这儿呢！”

韩东恍若未闻，突然开始转身往回跑。

夏弘威走了，俞铭房间的门还是开着的。韩东走进去的时候，俞铭哭得正厉害。这是韩东第一次看到俞铭哭，当时觉得心都碎了。

“你怎么了？”韩东问。

俞铭瞬间收住了哭声，但是依旧没说话。

韩东突然意识到了什么，一把掀开了俞铭的被子。大片大片的青紫色闯入韩东的视线，他整个人都僵了。

俞铭紧紧拽住他的手央求道：“你别去惹事，我求求你了。”

韩东突然朝他一笑，从没笑得这么“善良”过。

“放心，我不会去的。”

第二天，俞铭还是准时到达片场。

屁股已经消肿了，走路姿势略显别扭，如果不仔细看的话很难察觉，表情依旧冷淡淡的，精神状态也与平时没什么差别。

唯一能让孙穆找到成就感的，就是俞铭的两只眼睛肿了，化妆的时候费了好大一番功夫才勉强遮住。

拜孙穆所赐，俞铭今天的镜头不是坐戏就是动作戏。

一天下来，俞铭的屁股又肿了，走路的姿势很不协调。

孙穆走在俞铭的后面，大声和旁边的人说笑，笑声异常刺耳。

俞铭走到公交车站牌前停下。

孙穆故意朝他问：“你干吗坐公交啊？”

“方便。”俞铭淡淡回道。

“辛苦一天了，坐公交多累！来来来，我载你一程……”说着就把俞铭往车上拖拽。

俞铭拼尽全力也挣脱不开，便冷声斥道：“用不着，松手！”

孙穆好像终于如愿以偿了似的，不仅没有因为“好心没好报”而心情不爽，反而乐呵呵地笑道：“那就算了。”

而这一切，恰好被不远处的夏弘威看到了。

自打俞铭从大门口走出来，他的眼睛就一直在俞铭的身上没离开过。直到公交车开过来，他看到俞铭费劲地上了车，旁边很多空座位，俞铭却只能靠着扶手站着，一双红肿的眼睛望着车窗外。

那一刻，夏弘威感觉自己的心被撕碎了。

巨大的疼痛感朝他袭来，他闭目仰靠在座位上，整个人都处于一种崩溃状态。

孙穆恰好过来提车，一眼就扫到这辆迈巴赫，更吸引他眼球的是车里坐着的这个人。孙穆当时眼睛都直了，拽着旁边的助理就问："这……这男的是谁啊？"

助理也看愣了，半天才回道："不清楚。"

这时，夏弘威突然睁开了眼睛，孙穆感觉心脏瞬间遭到电击，整个人都木了。

夏弘威隔着一道玻璃定定地瞧着他，把孙穆所有的气势都瞧没了。

直到上了车，孙穆的骨头还是酥的。

第二天，俞铭没有拍摄任务，在宿舍好好地养了一天。

韩东端茶倒水伺候着，各种逗贫耍宝，俞铭的心情终于好了很多。

中午，韩东在俞铭的饭里加了一些催眠类的药剂，俞铭很快便睡了过去。

韩东褪去嬉闹的表情，将事先准备好的东西塞进包内，持着一张阴恻恻的面孔出了门。

到达俞铭剧组拍摄的影视基地，用自己的身份凭证进了门。

接着，韩东潜入更衣室，迅速地给自己换衣上妆。不到半个小时，一个靓丽逼人的美少妇就从化妆间走了出去。

孙穆演得正带劲，突然摄影棚的门就被人踹开了。韩大美人径直地走到孙穆前面，二话不说，上来就是两个大嘴巴。

所有人都惊呆了。

保安还没动身，韩东就尖着嗓子骂了起来。

“你昨天是不是和姓甄的去鬼混了？”

孙穆想发飙却僵愣住了，他和某位姓甄的富商确实来往密切，但他每次都小心翼翼，秘密指数堪比领导人私访，这位怎么会知道？

“纳闷我怎么知道的是吧？我告诉你，我就是他老婆！在场的各位听好了，这部电视剧就是用我老公的钱投资的。你们这位大制片就是个吃软饭的！”

“你说什么呢？”孙穆终于急了。

“我说什么？去年3月份，富景花园的房产，谁给你出资百分之八十？去年9月份，澳门豪赌输了五千多万，谁给你擦的屁股？”

孙穆惊了，难道真是姓甄的老婆？可姓甄的明明说他老婆又丑又老，可如果这个人不是他老婆，“她”又怎么会知道这么多？

一开始所有人都朝孙穆投去难以置信的目光，等韩东一条条曝光，孙穆彻底被问愣后，那些目光分明有转为“不齿”的趋势。

孙穆急得语无伦次：“你这是诽谤……你……你……信不信我去告你？”

“我胡说？”韩大仙儿冷艳一笑，“你的左胸口是不是长了一颗痣？”

孙穆彻底蒙了，你咋都知道？

韩东咄咄逼人：“这都是我老公喝醉酒的时候和我说的！”

孙穆极力想辩驳，但是韩东一把撕开他的衣服，当众指着他左胸口的痣给所有人看。

“你们看看，我说的有错吗？”

此话一出，整个片场都乱了。

孙穆脸都紫了，企图上去薅扯韩东，却被韩东再抽两个巴掌。

然后韩东还一副被欺负的惨样儿：“你还跟女人动手，敢不敢再男人一点儿？”

孙穆简直快疯了，朝保镖嗷嗷叫唤：“还等什么呢？赶紧把这疯女人弄出去啊！”

韩东最后一秒变泼妇，各种臭鸡蛋、烂瓜啪啪往孙穆脸上砸，然后再把小包往肩上一挎，媚眼抛向企图伸手的保镖。

“我自己会走，你敢碰我，我就告你非礼。”

说完，韩大美人伴随着哒哒哒的高跟鞋声优雅地走了出去。

要知道孙穆最在乎自己的脸面，当他顶着一头的臭鸡蛋和烂瓜皮，接受着众人不同情反倒鄙夷的目光时，想死的心都有了。

因为这次突发事件，拍摄被迫中断。

孙穆哆嗦着手给甄富商打了个电话，才知道他的太太去了国外，这个女人根本就是假冒的。

“赶紧给我追！她肯定还没走出去呢！”

韩东确实没走出去，人家去了卫生间，把衣服一脱、脸一洗，又没事人一样地走了出来。

孙穆的保镖从他身边经过数次，终于停下来打量了他一番。

“你……你是不是那个马灵师啊？”

韩东热情地握手：“是我是我。”

“我超级喜欢你们那部电影，没事就拿出来看看，尤其喜欢你演的那段，太有感觉了，每次看都会吓出一身的鸡皮疙瘩。”

韩东哈哈大笑。

“能不能跟我合一张影啊？”

韩东痛快答应，一把勾住保镖的肩膀，与他来了个“硬汉与硬汉”的纯爷们儿合照。

接着，韩东又试探性地问：“刚才我看你急匆匆地跑东跑西，到底在干吗？”

“哎，找个女人。”

说到这儿，保镖似乎意识到什么，又朝韩东问：“你有没有看到一个美女从这儿过？个头和你差不多高，浓眉大眼，腿特长。”

韩东沉思片刻，问：“是不是梳着大卷头，提着一个黄色的包？”

保镖点头：“对对对，就是她，你在哪儿看到的？”

韩东像煞有介事地说：“刚才我从厕所门口出来，恰好看到她从这经过。因为那女的太漂亮，我就忍不住多看了两眼。”

“后来呢？你有没有看到她去了哪儿？”

韩东一副模棱两可的口吻：“我就看到她往西边走了，后来就没影了。”

保镖听到这话便往西边走，孙穆恰好就在那一片，看到他急问：“有没有找到？”

“刚才有个演员说看到那女的去了西边。”

孙穆说：“我把西边那一片都转了，没看见她啊……”

说着说着，突然想起来什么，这个影视基地西边有个小门，外面就是个垃圾场，一般人很少会从那儿出去，但不排除有人为了逃跑专门走那里。

“我知道了，她一定是从那边跑了。”

说着，孙穆就朝那个小门跑了过去，保镖紧随其后。为了安全起见，是保镖给孙穆开的门，结果打开之后，孙穆瞬间不淡定了。

面前的垃圾堆上有一身丢掉的女装，和韩大美人穿过的一模一样。

孙穆一激动就冲了进去，结果一脚踩进屎坑里。

“啊——”

因为俞铭是王中鼎签的艺人，中间又夹着一个夏弘威，所以王中鼎对他的一举一动格外关注，俞铭受欺负的事也传到他耳朵里了。

“不过孙穆遭报应了。”二雷说。

王中鼎视线一紧：“报应，什么报应？”

“据说是孙穆的金主老婆请了个美女大闹片场，彻底把孙穆的名声搞臭了。”

王中鼎起初还以为是韩东惹事，听到这话顿时放下心来。

“他没报警吗？”王中鼎问。

二雷说：“他哪敢报警啊！只能雇几个人偷偷给他查。”

“这种事怎么查？人都已经跑了。”

说起这事二雷更想乐：“那个女的从西门跑了之后留下一身衣服，孙穆想从这身衣服上查出指纹。结果你猜怎么着？那衣服上啥都没有。亏孙穆还蹚着屎踩着粪把那身衣服捡回来了，人家分明就准备了两身。”

王中鼎哼笑一声："这个女的还挺聪明。"

"听说当时大闹片场的时候更热闹。"二雷又说道。

王中鼎饶有兴致地打听："有监控录像吗？"

二雷一副不适应的表情，王总怎么也开始爱看热闹了？

"没有吗？"王中鼎又问了一句。

二雷点头："有肯定是有，不过得去那边调。"

他以为王中鼎会挥挥手，一脸正色地说"那就算了，我刚才也只是随口问问"，不料王中鼎却说："那就赶紧去调啊！"

二雷："……"

晚上九点多，二雷才从那边回来。

本以为王中鼎已经走了，结果发现王中鼎办公室的灯还亮着。照理说今天不应该加班啊，难不成就是为了等这个录像？

正想着，总经理办公室的门突然开了，王中鼎直接朝二雷伸手："录像拿来了吗？"

二雷噎住。

"到底拿没拿来？"王中鼎又问了一句。

二雷便将录像乖乖地送上了。

要问王中鼎为什么这么想看，就是因为韩东这段时间一直在陪俞铭，王中鼎的乐子太少了，才会用这种事打发寂寞。

王中鼎将光盘插进去，眼睛紧紧盯着屏幕，想看看这个女人是如何耍宝的。

二雷自觉地回避了。

韩大美人刚一出场，王中鼎就愣住了。后来越看越不对劲，越看越不对劲，终于在韩大美人指着孙穆的胸口质问的时候，脸上的淡定彻底崩了。

几分钟后，王中鼎终于朝外面开口。

"二雷，把韩东给我叫来。"

"那个……他已经来了。"有先见之明的二雷同志直接把韩东推入屋内。

算起来两个人已经有一个多星期没有独处了，加上视频的刺激，王中鼎看韩东的眼神颇有种要吃人的架势。

“给我解释解释吧。”王中鼎说。

韩东咧嘴一笑：“你不觉得这招特损特给力吗？哈哈哈……”

“一个爷们儿穿着女装四处嘚瑟，有什么给力的？”王中鼎强憋着。

韩东却凑上前，上半身趴在办公桌上，笑眯眯的眼睛里透着一股坏劲儿。

“可你的脸上分明写着赞赏！”

王中鼎就那么瞪着韩东，久久不发一言。

韩东龇着牙问：“真生气了？”

“那边面壁去。”王中鼎完全把韩东归类在西西那个等级。

韩东竟然破天荒地被镇住了，一声不响地走到墙角站立，身形笔直如棍。

王中鼎扶额，怎么这么听话呢？

过了一阵，韩东突然转过身来说：“我反省完了。”

王中鼎心里一紧，特别担心韩东会说出一大堆通情达理、知错就改的话来。

“我发现我太精了，我当时说在西边，没有明指，却把他直接引到西门的屎坑。这得需要多强的洞察力和把控力才能做得到？”

王中鼎紧接着便是一句：“我看你不用回宿舍了，就在这儿站一宿吧！”

韩东马上拒绝，毫无商量的余地——

“我必须得回宿舍。”

王中鼎这次是真恼了：“怎么就必须得回了？”

“铭儿现在这样，身边不能没有人。”

“你回不回宿舍对他来说有什么意义吗？”

一阵冷风在韩东心里刮过。

“别祸害人家了，好好在这儿反省吧！”

王中鼎已经暗示得如此明显了，韩东还是咬着牙拒绝了。

“我必须得回去，不然我不放心。”

说完，韩东头也不回地走了。

俞铭原本已经睡着了，结果韩东的电话又把他吵醒了。等韩东一走，他就彻底睡不着了，没来由的憋闷再度袭上胸口。

俞铭发现韩东现在就像他的氧气。

有他在，自己就可以维持基本的生存，没他在，自己就像死了一样。

所以，当俞铭听到房门再度响起的那一刻，心里有种难以言说的感动。

韩东连衣服都来不及换，就先去查看俞铭的情况。看到他安然无恙地躺在床上，心里松了口气，刚要走出去，俞铭就开口了。

“跟你说件事。”

韩东一愣：“你醒了啊？”

“嗯。”

“什么事？说吧。”

“我明天可能要回剧组了。”

韩东装模作样地掐算了一下，胡扯道：“明天不行，明天你不宜出门，易犯小人。”

俞铭完全不听信他那一套：“我不能让剧组百十号人等我一个。”

韩东犹豫了片刻，说：“你出门可以，必须要有我陪着。”

“你自己没事吗？”俞铭问。

韩东看了下手机：“暂时没人通知我有事。”

俞铭没说什么，算是同意了。

第二天，冯俊眉开眼笑地走进王中鼎的办公室，结果看到的却是一张阴沉沉的面孔。

“怎么了？”冯俊不记得公司有什么事能让王中鼎这么糟心。

王中鼎没回答，直接问：“什么事？”

冯俊说：“韩东在威尼斯电影节的红毯走秀环节被 Armani（阿玛尼）看中，对方有意请他做明年的中国区代言人，以及时装周的开场男模。”

听到这个消息，王中鼎的脸色终于缓和一些，不枉他这半年来的用心良苦啊！

韩东的衣帽间几乎都是阿玛尼品牌的衣服，他每次出席大型红毯秀，穿戴都是由王中鼎亲自搭配。这货还唏嘘人家一线巨星花十几万租各种高端品牌走秀，殊不知自己一套一套换下来都是高级定制款。

如此的钟情加上自身的超凡条件，终于打动了阿玛尼，决定选他当亚洲首位男代言。

“要不要打电话通知他这个好消息？”冯俊问。

王中鼎冷哼一声：“随你。”

冯俊都看不下去了，人家韩东做出这么大成绩，你好歹给点儿肯定啊！

韩东正在陪着俞铭去剧组的路上，就接到了冯俊的电话。

“下周有个时装品牌发布会，咱们公司要和国际知名品牌合作，马上来公司准备。”

不料，韩东却说：“不是下周才举办吗？这么早准备干什么？”

“只是让你过来一趟，咱先谈谈。”

“不好意思，我今天没有时间。”

说完，韩东直接把电话挂断了。

我……冯俊简直想骂人，不该淡定的时候瞎淡定，该淡定的时候你又瞎兴奋，怪不得王总不待见你！

王中鼎刚缓和的脸色又因为这么一通电话沉了下来，不用说，韩东肯定自作多情地陪着俞铭去剧组了。

“那还继续叫吗？”冯俊问。

王中鼎斥道：“甭搭理他！”

那边的俞铭也问韩东：“是不是公司找你有事啊？”

“没啥大事，什么时装发布会，什么合作之类的，估摸又是走秀。”

俞铭说：“你还是去看看吧，说不定还会请你做代言呢。”

“屁！上次有个服装品牌想让我做代言，王中鼎就给推了，他就见不得我红！”俞铭还要说，韩东直接打住，“今天说什么都会陪着你，别指望撵我走。”

韩东一方面是怕俞铭遭到刁难，另一方面是想看看孙穆被整之后的熊样儿。

十分钟后，两个人到了片场。

俞铭今天的戏份又很难拍，不仅整个过程都要跪着，还要被戏中另一位皇子虐待。

“别以为我不知道你都干了些什么。”俞铭恶狠狠地看着那位皇子。

皇子薅扯着俞铭的头发质问：“我都干了些什么？你说啊！”

俞铭闭着嘴不发一言。

韩东发现俞铭的演技比以前好多了，不禁为俞铭感到高兴。

结果，就在皇子的脚踢上俞铭的胸口，俞铭顺势倒地的一瞬间，导演NG了。

但是NG之后不是导演来指导，而是孙穆上前对皇子指手画脚。

“你这样根本不行，你要让观众看出力度来，要狠出轻落，我给你示范一下。”

说着就狠狠薅起俞铭的头发：“我干了什么？你说啊！”

从韩东的角度，可以清晰地看出孙穆不止攥着俞铭的假发，还扯到了他里面的头发。

俞铭用恶狠狠的眼神瞪着孙穆。

孙穆想从这目光中找到除了演戏之外的情绪，然而什么都没找到，巨大的怒气让他抬起一脚踹在俞铭胸口。

接着又一脸歉意地去扶俞铭：“不好意思，劲儿用大了。”

韩东的拳头狠狠攥起，又在俞铭警告的目光中不甘地松开。

第二次演，皇子也不知道是有意还是无意，比孙穆指导之前表演得更差了。

导演不停摇头叹气，孙穆几大步上前，狠狠薅住俞铭的头发对他一甩，接着又补上一脚。

“这都不会吗？”他大声怒斥皇子。

韩东的眼珠子都给逼红了。

王中鼎开会回来，恰好经过那个影视基地。

二雷忍不住提醒："王总，今天有俞铭的镜头，要不要去探个班？"

王中鼎还没说话，冯俊先开口了。

"有那个必要吗？又不是什么重要的戏份，而且那也不是咱们公司投资的。"

二雷点点头："好吧。"

结果刚说完，二雷就把车开了进去。

"哎？你怎么回事啊？"冯俊恼了。

二雷都已经开到俞铭那个摄影棚了，才猛地一脚刹车："哎哟，我怎么犯糊涂了？不好意思，王总，我马上开回去。"

"算了。"王中鼎故作一副无可奈何的表情，"去看看吧。"

冯俊恨恨瞪着二雷："你最近怎么回事啊？脑子让驴啃了？"

二雷一脸的不卑不亢。

孙穆第三次"示范"的时候，直接把俞铭踹得趴倒在地。

韩东再也忍不住了，飞起一脚就朝孙穆的后背踹了上去，孙穆一个趔趄跪倒在地。

片场又乱了。

保镖本来应该把韩东"请"出去，但韩东是他偶像，他的电脑壁纸还是两个人的纯爷们儿合照，他哪下得去手啊？

后来就演变为一群人拦着孙穆，孙穆对韩东破口大骂。

"你有什么资格打我啊？"

"出点儿小名就不知道自己是谁了！不也就是个配角吗？"

"以前俞铭金贵的时候，你这条狗能跟在后面吃几泡好屎。现在他都自身难保了，你还巴结什么啊！"

"别以为我不知道你在你们公司混得有多惨，王总有多不待见你。老子现在啐你一口唾沫，王总说不定都得转身来捧我！"

这一番话恰好被门口的三个人听到。

王中鼎面无表情地往里走，二雷紧跟其后。

冯俊隐隐间有种不祥的预感，进去之后发现果然有韩东参与，刚才声称没时间，现在又跑到这来闹事，心里忍不住为韩东默哀。

没想到，他默哀的对象发生了惊天的逆转。

王中鼎看都没看韩东一眼，大步走到孙穆身后，一巴掌抡向他的后脑勺。

孙穆直接被抽倒在地，脸搓了半米远，整张嘴全被血糊满了。

所有人都惊呆了，包括孙穆，包括冯俊，也包括二雷，甚至包括韩东。

王中鼎不等所有人反应过来，又一脚踹在正欲起身的孙穆身上，孙穆叫都叫不出来了。

片场陷入死一般的寂静。

直到孙穆发出撕心裂肺的嚎哭声，剧组的人才七手八脚地过去扶。

“再敢当着我的面说韩东不好，我让你彻底从公众视线内滚蛋！其他人也是一样！”撂下这句狠话，王中鼎掉头走人。

二雷又是紧随其后。

冯俊依旧有种不祥的预感，总觉得刚才那话像是对他说的。

俞铭也拎起包朝王中鼎的方向走，还推了愣着的韩东一把。

“不走还等什么呢？等着被人围攻吗？”

王中鼎来得太突然，把韩东刺激得都有点儿发蒙了。上车之后，他一直低头玩扣子，玩了大半路才拍着大腿朝旁边的王中鼎说：“你刚才简直太帅了！”

王中鼎斜了他一眼，怒道：“行了！你少惹点儿事比什么不强？”

韩东愤愤不平地说：“那孙子忒欠揍！”

“这个圈子欠揍、嘴贱的人一大把，有的人是专门为了给你下套才那么欠抽的，难道你也要为了争一口气乖乖上套吗？”

韩东哼道：“反正谁欺负我哥们儿，我就揍谁，大不了惹出事来……你再给我兜着呗！”

“能兜着的都不叫事，就怕来不及给你兜。就拿刚才的事来说，我要是不来，人家一帮人说揍就揍你一顿！”

韩东不吭声了。

回到公司，俞铭朝韩东说：“我这几天可能不在宿舍住了。”

韩东一脸紧张：“你要去哪儿？”

“我父母要来北京，我要陪他们住酒店。”

韩东挺兴奋：“你爸妈要来？什么时候？”

“晚上十一点的飞机。”

韩东忙问：“用不用我陪你去接机？”

“不用了，我已经订好酒店了，接完他们就直接去酒店住了。”

韩东只好点点头：“那你快去吧，替我向叔叔阿姨问个好，改天有空请他们吃顿饭。”

俞铭点点头，随便收拾收拾就出去了。

韩东终于偷得几日闲，直奔王中鼎的家。

打开门，看到两个孩子在房间里追逐打闹，一个是披头散发、举着十字架的西西，另一个是来路不明的熊孩子。

西西高举十字架对熊孩子厉声训斥：“你看看你，站没站相，坐没坐相，太讨人嫌了！”

熊孩子长得一脸硬气，却吊儿郎当没个正行。

“活得那么拘束多累啊，你看看哥，一天到晚什么都不想，多潇洒！”

“你那是没心没肺。”

“……”

韩东从他们身边经过，问：“玩过家家呢？”

西西又是一脸鄙视：“这是角色扮演好不好？”

“好，那你们接着演。”

结果，没一会儿两个人就起了分歧。

西西一个劲地说：“你刚才太威风了，应该低声下气一点儿才对。”

“凭什么我老是低声下气？”

“因为你演的是小辫子叔叔！”

韩东在旁边越听越不对劲，正纳闷着，西西就拽着熊孩子过来讨教了。

“你问他，他就是小辫子叔叔。”

熊孩子朝韩东问道：“叔叔，你是一直低声下气吗？”

“……”

韩东这才看明白，西西扮演的是耶稣，西方的神，寓意王中鼎，王男神；而熊孩子扮演的他自个儿。

抛开西西对韩东的无情剖析不说，这种抽象剧情还真是可圈可点。

孙穆胸部大面积挫伤，嘴唇撕裂，整张脸肿得像猪头一样。

就在他痛苦难忍的时候，助理告诉了他一个消息：“那个来咱这儿偷偷探班的大帅哥来看你了。”

刚说完，夏弘威就走了进来。

孙穆费力地说：“我的嘴不太方便。”

“你不用说话，我说就行了。”

孙穆紧张地等着，还没听就有点儿眩晕了。

夏弘威静静说道：“跟俞铭作对就是跟我作对。”

这句话的杀伤力丝毫不亚于王中鼎的那一巴掌，让孙穆直接从眩晕变为发蒙。

“你们拍的电视剧没有播出的可能性了，诸如此类的报应会一个接一个。”

孙穆彻底傻眼了。

夏弘威最后送他四个字：“这事没完。”

从医院出来，夏弘威又去了俞铭的宿舍。

俞铭的父母根本就没有来，这两天他一直睡在宿舍。为了保证正常的睡眠，他每天睡前都要吃安眠类药物。

夏弘威走到俞铭的床前，又一次掀开他的被子，俞铭因为吃了药毫无察觉，任由夏弘威检查着他的身体。

除了膝盖有点儿瘀青，其余部位都没发现伤处，夏弘威松了口气。

突然，他发现俞铭手里攥了一块石头。

他想把这块石头拿出来，结果却被俞铭攥得紧紧的，根本扯不开。

从俞铭对这块石头的宝贝程度，夏弘威看出一丝端倪。

他又使劲拽了一下，突然听到俞铭嘟哝了一句什么。

夏弘威把耳朵贴过去，问：“你说什么？”

俞铭又不说话了。

夏弘威又拽了一下，结果俞铭又嘟哝了一句，这回他听清了。

“韩东送的，别抢。”

夏弘威的脸当时就绿了。

隔日，万里晴回了国。

王中鼎亲自去接机，两个人在机场附近的咖啡厅小坐了一会儿。

相比出国之前，万里晴的精神状态不知好了多少，脸蛋比以前细腻红润，皮肤也比以前柔嫩白皙，看起来越发美丽动人。

万里晴发现，王中鼎也和以前不太一样了。

这种变化体现在方方面面，譬如头型。

以往王中鼎的头型通常都是利落的露额短发，衬托出成熟深邃的面部轮廓。现如今则是不清晰的短发线条，竖起的发顶时尚有型，衬托得五官相当有杀伤力。

再比如坐姿。

以往王中鼎坐在自己对面，虽然不能说一动不动，但举手投足间都透着规整和威严。现在则是微微仰靠，两腿自然而然地分开，隐隐透着一股洒脱和不羁。

这样的王中鼎，少了几分严厉，却多了几分男人味儿。

夏弘威忙完正事，持着一张阴寒的脸往王中鼎的公司赶，然后把昨天在俞铭房间发现澳宝的事情告诉了王中鼎。

王中鼎一听到“澳宝”那两个字，头皮就有种炸裂的感觉，无论韩东怀揣着什么心意，他起码没有让王中鼎知道。

“你确定是澳宝吗？”王中鼎问。

夏弘威说："昨晚光线暗，我没有看清，但凭感觉应该没有错。"

王中鼎立刻给韩东打电话，但韩东的手机落在宿舍，电话一直接不通。

于是，王中鼎去宿舍找韩东，夏弘威也跟着一起去了。

俞铭和韩东恰好去外面吃晚饭，宿舍一个人也没有。

夏弘威把俞铭房间的门打开，去床上翻找那块澳宝，结果发现不见了。

"应该是收起来了。"王中鼎说。

两个人又在房间里翻箱倒柜。

很快，夏弘威便在一个柜子里发现了。

"就是这块。"

王中鼎灰暗的面孔和五彩斑斓的石头形成鲜明的反差。

"这是什么？"夏弘威又从里面拿出一条芦苇裙。

王中鼎脸色一变："拿给我看看。"

夏弘威递给了他。

王中鼎起初以为是小梁说过的芦苇垫子，结果一抖落才发现，这是一条编成的裙子，而且裙子上面还有卡恩的签名。

"看来他收的好东西不少啊。"夏弘威的脸阴寒透顶。

王中鼎豁出那点儿面子，好心提醒道："那不是卡恩送俞铭的，而是卡恩送韩东，韩东让俞铭代为保管的。"

两个人正僵着，韩东的手机又在隔壁响了起来。

王中鼎拿起来一看，来电的是一个陌生名字，估摸又是韩东的那些狐朋狗友，所以就没接。但是他也没把手机放下，而是慢慢地在消息记录里面翻找着。

终于，他找到一条忘了删除的消息记录。

"如果你穿着这条芦苇裙拍一张照片，我想会更性感的。"

这条消息看着只是调侃，其实信息量很大。首先，这个"更"字就让王中鼎心中起疑，为什么是更性感？难道之前还看过性感的？

于是，王中鼎以韩东的名义给卡恩回了一条：为什么说我穿芦苇裙拍照会更性感？

没一会儿卡恩就回复了：因为上次你发给我的侧睡照太性感了，我觉得你穿这种原生态的裙子会更性感。

韩东吃着吃着，突然噎住了。

“怎么了？”俞铭问。

韩东费力地将嘴里的东西咽下去，一副紧张的口吻说：“我突然有种不祥的预感。”

“什么预感？”

韩东面露谨慎之色：“咱宿舍是个不祥之地，今晚不宜回去。”

俞铭紧绷的神经瞬间松懈下来，冷哼道：“你不想在宿舍住就直接说呗。”

“不是，我有预感，今晚咱宿舍要出事。”

俞铭直接付账起身：“那我先回去了，你慢慢吃，吃完爱去哪儿去哪儿。”

“等会儿我！”韩东最终还是妥协了，“我哪能把你一个人丢在不祥之地！”

说完撂下筷子就朝俞铭追了过去。

俞铭正要掏钥匙，突然听到吱的一声，韩东直接把门推开了。

“奇怪，我明明锁了。”俞铭小声嘟哝。

韩东嘘了一声：“我好像听到里面有动静，貌似是进贼了。”

“那怎么办？”俞铭问。

“没事，我拉着你。打得过咱就把人扣这儿，打不过咱就快点儿跑。”

于是，两个人蹑手蹑脚地往里走，那副鬼鬼祟祟的模样特别应景。

很快，两个人的脚步便僵住了。

眼前出现两道如雕像般的威武身躯，霸占了整个长沙发，而他们面前的茶几上摆放的，正是从房间里“偷出来”的“赃物”。

韩东和俞铭彻底傻眼了。

两个人的手还拉在一起，见过做贼心虚的，没见过比贼还心虚的。

韩东愣了几秒钟，攥着俞铭的手猛地收紧。

跑吧！再不跑连命都没了！

结果前一秒钟还拽着俞铭的手，下一秒钟旁边就空了。接着韩东就感觉一股强力袭上他的屁股,整个人不受控地朝沙发上飞去,重重的一个着陆。俞铭也是连撤了十几步，狠狠撞在一个人的胸口，当时就眼冒金星了。

谁也想不到，这一切都是一个人所为。

王中鼎已经很久没踢过他的屁股，起码没当着别人的面踢过，但这次实在是受不住了。

夏弘威暴躁吧？可他敛着一身狂霸之气打算出手时，俞铭已经朝他扑了个满怀。巨大的撞击力把夏弘威都逼退了两步，第一件事竟然不是薅住俞铭质问，而是下意识地抱住了他，不然两个人都要倒地了。

俞铭显然也惊到了，竟然没从夏弘威的怀里挣脱开。

这个屋子里，最跋扈的人都没轻举妄动，最淡定的人都大惊失色，可见王中鼎发了多大的火!

韩东还没来得及从沙发上爬起来，就被王中鼎拎起裤腰带粗鲁地往外拖拽，一起拎出去的还有茶几上的几样“赃物”。

自打进了王中鼎的办公室,韩东连句完整的话都没说出来,一直在用“嗷嗷”跟王中鼎交流。

“不赖我，不赖我……都是因为你拍的那些照片，我才会手误发给卡恩的……”

“你发错了情有可原，但你发错了没有及时讲明，而是将错就错，这你怎么解释？”

“我是心里太坦荡了，压根儿没把它当回事，所以才没解释。并不是你想的那样，我这种人这么专一，怎么可能犯那种原则性错误？”

王中鼎的脸色更差了：“你以为我不知道你以前干过的那点儿破事？”

韩东明显心虚，却还要装作一副理直气壮的样子。

“你把话说明白点儿，我干过什么破事啊？”

王中鼎一一道来。

“交过七十八个女朋友，北京五十九个，老家十二个，网聊七个。交往时间最长三个月，最短十一个小时，平均时间不到一个月。同时交往对象最多曾达到六个，三个异地恋，两个本地异区恋，一个本地本区恋……”

韩东惊了，你是什么时候调查的？

王中鼎一看韩东这副不打自招的模样更来气了，一把火就把芦苇裙给点了。

“别啊！”韩东急了，“那是我偶像的一番心意，你怎么能说烧就烧了呢？”

“没经过我允许的心意不叫心意，叫居心叵测！”说着又对韩东的屁股一番抽打。

韩东来劲了，不仅不求饶还朝王中鼎挑衅道：“我没错，我就不认错！有本事你打死我！”

结果可想而知。

王中鼎突然就横不起来了。

他想就这么放任不管，让韩东自食恶果，却狠不下心来。可他又不会哄人，或者说从来没哄过，所以各自僵持着。

韩东戏瘾一来挡都挡不住，肩膀微微抽动着，呼吸很憋闷的感觉，像是在强行忍着，眼泪却不受控地在眼角溢满并流出，再用手悄无声息地擦去，整个过程一点儿声音都没有。

要多可怜有多可怜。

王中鼎不自在地开口：“别装了。”

韩东岂能善罢甘休？眼泪强行收住却又在某刻猝不及防地滴落下来，彻底乱了王中鼎的判断神经。

“我刚才踢你踹你，你都没哭，现在哭什么？”

韩东依旧不吭声。

“嫌丢人？怪我没给你面子？”王中鼎问。

韩东哽咽着说：“不是。”

“那是什么？”

“我突然想起我二大爷来了，想起他以前总对我动手……”

王中鼎心中叹道：你二大爷最大的贡献不是收留了你，而是成了你一辈子的挡箭牌。

想是这么想，王中鼎还是拿纸巾在韩东眼睛上擦了一把，没说话。

韩东一尝到甜头就叼着不撒嘴了，眼泪越擦越多，越擦越多，颇有种你不说话我就把咱屋淹了的霸气。

王中鼎终于忍不住开口哄道：“行了，不就踹你两脚吗？想想以前你拍戏的时候，后背摔得青一块紫一块都没吭声。”

韩东抽噎着：“那……那能一样吗？”

“怎么不一样了？”王中鼎又给韩东擦了擦眼角。

韩东的贱泪继续往下流：“我要是踹你两脚，你心里能舒服吗？”

别说踹了，韩东就是捶王中鼎一下，王中鼎都得削死他！

于是，王中鼎被韩东忽悠得将心比心，扯了扯他的小鬏鬏，问：“屁股还疼吗？”

韩东又开始玩俞铭那一套，僵挺着后背一副“我不疼、我很坚强”的模样。

王中鼎还是掀开被子看了看。

结果发现韩东确实没什么可脆弱的，屁股上一丁点儿伤痕都没有。

韩东也偷瞄了一眼，当时就一阵心绞痛，咋一点儿事都没有呢？哪怕红一点儿也行啊！

王中鼎用温柔的口吻命令道：“我数到三，马上把眼泪收起来！”

果然，眼泪嗖地收住了。

“睡觉！”王中鼎再度下令。

其后的几天，王中鼎为了保证韩东的个人安全，一直把他关在家里。

韩东被收拾一顿后地位不降反升，以往忌口的膨化食品、油炸食品现在管够。

西西用酸溜溜的语气说：“爸爸是想害你。”

韩东非常配合地摆出一副痛苦状，异常艰难地吞咽，然后垮着脸朝西西说：“我知道，可是我没有办法啊！”

西西蠕动着小嘴提醒道："你可以给你的仇人吃。"

韩东装傻："仇人？我哪有仇人？"

"你内裤上的大窟窿是我剪的。"西西目光中满满的敌意。

韩东不怒反笑："是吗？你爸爸说好性感的，谢谢你了。"

西西又说："你念十遍老鼠。"

"老鼠，老鼠，老鼠，老鼠……"

念完之后，西西问："猫最怕什么？"

韩东想都不想就说："老鼠。"

"中计了中计了，你被我耍了！"西西故意拍巴掌拉仇恨。

不料，韩东先是一阵哈哈大笑，然后捏着西西的小脸说："你好聪明。"

西西的脸瞬间拉了下来。

过了一会儿，他又开始自言自语："某个人长得好奇怪，腿长身子短，屁股那么大，眼睛凹进去，一头大卷毛……"

韩东忍不住插口道："你是在说我还是在自嘲？"

"……"

西西见语言攻击不起作用，又在韩东的胳膊上狠掐了一下。

韩东玩闹般地回掐了一下。

西西明明不疼，但为了打击报复，还是一脸委屈地跑到王中鼎那里去告状："爸爸，小辫子叔叔掐我，你瞧！"

王中鼎随便扫了一眼，便回道："他不懂事，别和他一般见识。"

"可是我觉得当模范真的好累，偶尔也想休息休息。"西影帝一副不堪重负的模样。

王中鼎严肃地回道："思想意识是不能休息的，休息就意味着堕落。"

刚说完，门铃就响了。

王中鼎在门口的可视对讲屏上看到夏弘威的脸，神经不由得绷紧。

不用怀疑，夏弘威就是来找韩东的。

想当初他如此信任地将俞铭交到韩东的手里，让他替自己"保管"，没想到韩东保管着保管着就据为己有了。

这口气谁能咽得下？

“他和俞铭什么都没有。”王中鼎直接替韩东解释。

夏弘威说：“我知道，但我还是要见他。”

“你找他也没用，还是在自己身上找找问题吧。”

“我就是要见他。”夏弘威眼神如炬。

王中鼎面硬如钢。

于是，两个人又在门口撕扯起来了。

最后先妥协的人居然是夏弘威，他首次低下高傲的头颅，道出实言：“我是来向他讨教的，这回可以进了吧？”

王中鼎愣住：“讨教？”

夏弘威没好气地推开他：“靠边儿。”

韩东一看到夏弘威就㞞了：“你……你咋来了？”

夏弘威居然真的忍住了，没有朝韩东动手，而是脸阴着让韩东借一步说话。

“就在这儿说。”王中鼎语气决断。

见夏弘威又要翻脸，韩东急忙打圆场：“行行行……就在这儿说，出去太麻烦了，咱换个屋就行了。”

结果，王中鼎还是那套话——

“哪儿也别去，就在这儿说。”

韩东都有点儿过意不去了，朝王中鼎尴尬地笑了笑：“用不着这么防着他吧？”

“我是防着你！”

“嗯……”

自打经历了这场闹剧，王中鼎的防范意识就相当强。

最后选了个折中的办法，交谈还是在客厅进行，只不过所有人都回避，就剩下韩东和夏弘威两个人。

王中鼎就在外面的小花园里修修剪剪，看着一脸闲适，其实心吊得比谁都高。

西西则趁着所有人不注意，一个劲地偷吃韩东的垃圾食品。

一边吃一边自我安慰：模范有什么用？模范也是给他的堕落创造条件。我爸傻，我可不傻！

夏弘威本来是想向韩东讨教与俞铭的相处之道，想知道韩东哪些方面吸引俞铭，从而吸取经验，改正不足。

结果一开口话就变味儿了。

“你到底哪儿好啊？”

韩东谦虚地笑笑：“你可以问王中鼎啊。”

夏弘威：“……”

两秒钟之后，韩东抱着头求饶：“闹着玩的，闹着玩的。”

“别废话，说正经的。”夏弘威阴着脸。

若是一本正经地说，韩东还真想不出自己优于夏弘威之处。

夏弘威又问：“俞铭有没有和你说过这方面的？”

说过是说过，但俞铭说的是夏弘威除了比韩东有钱，其余什么都不如韩东，韩东哪敢提啊？提了小命就没有了。

“现在问。”夏弘威命令道。

韩东愣住：“现在问？”

“对，直接打电话问，开免提。”

韩东犹豫了片刻还是拿起手机，拨通了俞铭的电话。

“铭儿啊，你还好吧？”

俞铭的语调没有任何起伏：“凑合吧，怎么了？”

“没事，就是找你闲聊，嘿嘿……”

于是，两个人闲扯了好一阵，韩东感觉俞铭已经完全放下戒心，才切入正题：“我就想不通了，夏弘威到底哪儿不好啊？”

说到夏弘威，俞铭的语气明显冷了下来，这种转变让夏弘威心情异常不爽。

“哪都不好。”俞铭又补了一刀。

晚上，夏弘威就去宿舍找俞铭了。

俞铭听到敲门声就猜出是谁了，因为韩东从来不敲门，别人来之前都会提前告诉他。

不过俞铭还是把门打开了，依旧是冷淡淡的口吻："来找我干吗？"

夏弘威直接把俞铭的手拉过来，放了一块五彩斑斓的石头："我帮你拿回来了。"

俞铭很难相信这是夏弘威干出来的事，但他没有惊喜的感觉，反而因为夏弘威这种心平气和的态度有种说不出来的失落。

结果，当俞铭拿起来的时候，竟然发现澳宝上的色泽和花纹都不一样了。

很显然不是之前的那一块。

俞铭心里的失落感瞬间被扫得一干二净，破天荒地对着夏弘威送的东西两眼放光。

"这块石头有什么好的？"夏弘威不理解。

俞铭回道："色儿多。"就这么简单。

夏弘威一直以为俞铭喜欢素雅的，没想到他竟然喜欢花哨的。两个人沉默了很久，夏弘威突然用手弹了下俞铭的脑门儿。

"你睡觉吧，我走了。"夏弘威直接推门而出。

俞铭忍不住嘟哝一句："神经病。"

第十章 调包

“为啥多踢我一下？”

“谁让你把丸子掉到我下巴上。”

第二天早上，王中鼎终于允许韩东出来放放风，把他带去了公司。

韩东每次和男人走在一起的时候，都喜欢把胳膊搭在人家肩膀上，对王中鼎更是如此。而且生怕别人看不见似的，和谁打招呼都用超大分贝。光是这样还不够，还要把王中鼎的脸也扭向那个人的方向。

王中鼎终于忍无可忍："把你狗爪子拿下去！"

"都是爷们儿，勾肩搭背又怎么了？你还怕人家多想啊？"韩东还是一副嬉皮笑脸的模样。

"我让你拿下去！"王中鼎厉声呵斥。

韩东只好悻悻地把手缩了回去。

结果，没一会儿，王中鼎又把手臂伸过来，搭在韩东的肩膀上。

韩东愣住，这是什么意思？

王中鼎不想说自己是为了让韩东改掉伸手的臭毛病，只是斜了他一眼，说："你太矮。"

进了公司没多久，韩东就接到通知要去剧组。

因为知道卡恩不在，王中鼎便放心地挥了挥手："去吧。"

韩东不怀好意地提醒："卡恩让我和伊璐培养感情呢，你也知道她和你小叔……"他挑挑眉。

王中鼎没说什么："快去忙正事吧，别让人家等你。"

于是，韩东美滋滋地从王中鼎的办公室离开了。

伊璐是李尚送到剧组来的，她毫不避讳和李尚的亲密关系，还让李尚在临时片场和她聊了一会儿。

“韩东拿下了阿玛尼的代言。”伊璐说。

李尚点点头：“我知道了。”

伊璐又说：“他确实非常优秀，我和他只是接触了一次，就很喜欢他的性格。我为咱俩的革命友谊表示深深的担忧，我真怕哪天我背弃你追随他而去。”

李尚哈哈大笑，并不在意。

没一会儿，韩东也赶到了这儿。

“哟，能站起来走了？”韩东故意朝李尚调侃。

李尚没事人一样地笑了笑：“看你发展那么好，我着急啊！”

不知道是不是孙穆的缘故，韩东再看李尚居然觉得顺眼多了。

“不打扰你们了，我走了。”李尚说着便朝外面走去。

韩东问伊璐：“今天找咱们什么事啊？”

“哦，副导演们商量着要挑几处外景，打算带咱们两个一起去。”

“那岂不是要出差？”

伊璐点头：“对啊，而且出差的时间还不短呢，至少一个礼拜。不过没咱们多少事，咱们只是帮忙参考一下，就当旅游了。”

韩东大概了解：“什么时候出发？”

“一会儿就出发。”

“这么快？”韩东惊讶，“我还什么都没准备呢。”

“没事，公司都替咱们准备好了。实在不行，你还可以用我的，我的助理一般都会帮我准备两份。”

傍晚，韩东就跟着摄制组的其他几位成员一起出发了。

因为要节省开支，所以助理一类的随行人员能不带就不带。但小梁是必须要带的，王中鼎就是自己掏腰包，也要在韩东身边安置一个人。

韩东本以为自己没有准备，结果临行前还是收到沈初花送来的行李箱，里面各种旅行装备应有尽有，连衣服都是搭配好装袋摆放的。

“行啊，挫丫儿，考虑得还挺周到。”韩东嘿嘿一笑。

沈初花说："这可不是我准备的，这都是王总亲手为你准备的。"

韩东一想到王中鼎立在柜前对着几十套衣服皱眉沉思、反复拿不定主意的较真样儿，就觉得挺得意的。

"我也为你准备了一样东西。"

"什么？"

沈初花指了指里面的隔层，小声说："这里有女装和各种女士用品。"

韩东惊了："你这是要干吗？"

"万一上街不方便，可以用来乔装打扮啊！"

韩东扶额，好吧，你果然周到。

剧组踩点第一站，福建西北的泰宁。

晚上，剧组一行十几个人入住当地的一家大酒店。

因为旅途劳累，韩东躺在床上就睡着了。本来还想给王中鼎打电话，最后这项任务只能在梦里进行了。

伊璐就住在隔壁，本来想给韩东送点儿夜宵，结果敲了两下门没人开。意识到韩东可能睡了，她就默不作声地回了自己房间。

结果躺下没一会儿，就听到隔壁隐隐传来说话声。

没睡？

于是伊璐又端着夜宵过去敲门。

这次韩东把门给她打开了。

伊璐手里端着东西，也没注意看韩东是否睁着眼，就把夜宵送了进去。

韩东正在和王中鼎通电话。

伊璐在旁边不知情地笑了笑，明明困得眼睛都睁不开了，还说睡不着。

王中鼎知道韩东在说梦话，但还是问道："路上有没有照顾其他几位老同志？"

"照顾了，他们的箱子都是我帮忙拖的，而且我还出钱请他们喝水。"

"坐车的时候听英语了吗？"

"听了，自己还录了一盘呢，回去给你听。"

“……”

等韩东挂断电话，伊璐才朝他说：“我给你送了点儿夜宵过来。”

“哎哟，我正饿呢，太谢谢你了。”韩东说着便走了过来。

“这面是从旁边那条街买的，我以前来过这一次，恰好吃到那……”

说着说着，伊璐突然噎住了。

因为她看到韩东正合着眼把面条往嘴里送，那叫一个准确无误。

伊璐盯着韩东足足看了一分钟，都没看到韩东把眼睛睁开。她又用手在他眼前晃了晃，他还是没有反应。

伊璐这才发现，韩东哪是困得睁不开眼啊？他是压根儿就没睁眼！

“你……”伊璐欲言又止。

韩东莫名其妙地点了点头：“哦哦，我知道了，忘加佐料了。”

说着便把伊璐面前的佐料包拿过来，从开包到加入，整个过程一滴不漏。

伊璐都看傻眼了，听说过韩东神，但没想到这么神！怪不得能拍出那么好的电影，原来是本色出演啊！

第二天下起大雨，一直持续到中午都没有停。几位制片和副导就在大厅里闲聊，只有韩东一个人在酒店门口来回踱步。

要问韩东这种慢性子的人怎么会着急？很简单，这些人一天的吃住就上万，花的都是他们家的钱，根本耽误不得啊！

正想着怎么开口，伊璐就从二楼下来了。雨衣和雨鞋穿着，雨伞提着，一副“全副武装”要出门的架势。

果然，有比韩东更急的。

“咱们现在就出发吧，我看这雨一时半会儿是停不了了。”

伊璐一个女人都这么说了，剩下的几个老爷们儿哪好意思坐着？于是一行人浩浩荡荡地出发了。

虽然雨很大，但伊璐一直兴致勃勃地给大家引路，身上被淋湿也一声不吭，踩进泥坑只是哈哈大笑，丝毫不见女明星的架子和小女人的娇嗔。

尽管知道伊璐也在为“自家人”省钱，但韩东还是对她这种性格挺有好感的。

从福建的古朴村落出来，剧组又连夜转到了第二站——贵州。

刚听到这俩字，韩东的心里就咯噔一下。

尽管知道在这么大个省市碰到一个人的概率太小了，可韩东走在街上还是东张西望，各种心不在焉。

“哎？刚才郑监制说这片空地东西向多长？”韩东又问伊璐。

伊璐也记不太清了，问韩东：“怎么了？”

“没怎么，我再问问别人吧。”

伊璐看到韩东手里拿个小本子，一路上都在做各种标记，便好奇地问：“你在写什么？”

韩东笑了笑：“瞎写而已。”

“踩点”看着是件轻松的事，实际上很累，才三天的时间，就有几个老家伙扛不住了。

“不行，我今天一定要好好轻松轻松。”一个姓陈的导演说。

于是便有人提议：“咱去夜店吧？”

伊璐马上说：“我这几天太累了，没兴趣，你们好好玩吧。”

陈导演问韩东：“你去不去？”

韩东犹豫着没说话。

陈导演听说韩东特别能算计，便说：“怕什么？又不用你掏钱。”

一听这话，韩东立刻点头答应了。

除了伊璐和几个跑腿的，剩下七八个爷们儿全进了当地最火热的夜店。

其中管钱的侯制片对这里很熟悉，以前有部片子就在这儿取景，他已经成了这里的常客，进去之后直接砸钱包场。

“东子，你先挑，谁让你最小呢。”侯制片乐呵呵地说。

韩东眼睛都放光了，还强撑着摆摆手：“我就算了，你们玩吧。”

“瞧你这点儿出息，我们有家有口的都没露怯，你一个小伙子怕什么？”

韩东故作一副难敌盛情的模样：“行行行，就当陪你们了，哈哈哈……”

说是这么说，韩东挑的时候一点儿也不含糊，几乎把人往死里盯，终于在一个脑门儿上长了痣的美女脸上定住。

“就你了。”

进包厢之前，韩东还邪笑着往美女的耳朵里吐烟圈，进去之后立马变了一个人。

“我要侯制片在这消费的所有单据。”韩东开门见山地说。

美女一脸无措：“单据得找老板要啊。”

“如果我要的是他手里那本假账单，就没必要找你了。”

“那我更没有了，我就一个打工的，怎么可能接触到……”

“少给我装！”韩东脸沉沉的，“在这家夜店，只有你和财务总监有交情。”

美女的脸僵了僵，很快便点头承认了：“是，我确实能接触到假账，但不意味着我一定要这么做。”

韩东直接往她身上砸了三万块钱。

美女撇嘴：“你也太小气了吧？”

“你拿不拿这个钱，最后都会把账单给我。”韩东一副志在必得的口吻。

美女笑着把钱塞回韩东的手里：“你说对了，我确实想把账单给你，也不想要你的钱，但我有一个要求。”

“说！”

美女啪的一下撕开衬衫，红唇勾起：“马灵师，我们姐儿个都特别喜欢你。”

韩东猛地吸一口气，怪不得平时见不着粉丝，原来都扎堆在一个行业了。

“抱歉，你满足不了我。”韩东的笑容霸气侧漏。

美女嘟嘟嘴：“那就没办法了，你知道，我并不缺钱的。”

“张瑶，家住山西省平遥县，独生女，自幼品学兼优，三年前考入贵州大学，去年休学，家人一直不明情况。我说的没错吧？”

美女深吸了一口气。

“好吧，算你狠。”

韩东回到酒店，直接把假账单甩到小梁脸上，特爷们儿地说一句：“该到你表现的时候了。”

凌晨一点多，伊璐正要睡，突然又听到隔壁的房门响了。

奇怪……韩东不是和他们去夜店了吗？怎么自己回来了？

该不会是梦游吧？

想到这儿，伊璐急忙走了出去。果不其然，韩东大半夜把自己打扮得特别帅，闭着眼睛都难掩邪恶之色。

伊璐听说过梦游的人不能轻易叫醒，就随便戴上一顶帽子偷偷地跟在韩东后面。

韩东一路上脚步飞快，伊璐要小跑才能跟得上。

走了二十多分钟，韩东再次来到那家夜店门口，脚步又停下了。

伊璐突然意识到什么，急忙冲上去一把拦住韩东，劝道：“咱回去吧。”

韩东一动不动。

伊璐怕强拽韩东会把他吵醒，只好搂住他的一条胳膊，贴到他的耳边轻声私语：“听话，跟我回酒店。”

韩东似乎下了很大决心似的，终于转身和伊璐一起回了酒店。

结果，第二天绯闻就上报了。

韩东和伊璐在夜店门口“亲密”的场景被记者偷拍，包括伊璐搂着韩东的胳膊，伊璐贴到韩东耳边私语的画面。接着记者又跟踪到酒店门口，将两个人牵着手上台阶的画面也拍了下来，进行歪曲报道。

很快，这件事就被公司大当家的知道了。

王海志一看到照片脸就黑了，厉声将助理招进屋。

“他们在哪儿取点？”

“这两天貌似到了贵州。”

“马上给我安排到那儿的机票！”

王中鼎自然也是这条新闻的关注者。

但他与王海志的出发点不同，王海志关心的是伊璐与韩东的亲密照，而王中鼎关注的则是“夜店”。因为小梁之前给他打电话，告诉他韩东去夜店只是为了查假账单。但是韩东半夜梦游又去了那里，王中鼎就不能释怀了。

原本想冷落韩东几天，让他好好洗洗那个满是豆腐渣的脑子，结果一听说王海志秘密赶往那里，王中鼎立刻坐不住了。

“什么时候走的？”

冯俊说：“应该是今天晚上的飞机，具体几点我没有问。”

“帮我查一下今晚的航班信息。”王中鼎瞬间起身，“我得过去看看。”

“这么晚了还要去？”

王中鼎没回答，背影消失在电梯里。

此时此刻，韩东正在和失眠的伊璐促膝长谈。

半个小时后，韩东回到房间，连续给王中鼎打了几个电话都无法接通。不会生我的气了吧？这么一想，韩东翻来覆去睡不着。

伊璐也睡不着，又出去找酒店经理，要求换个房间。

“你那个房间怎么了？”经理问。

伊璐遮遮掩掩地说：“我不太喜欢阳面，你给我换到阴面吧。”

于是，经理便把伊璐安排到了韩东的斜对门儿。

韩东睡前一焦躁，睡后必起身。

自打发生昨晚的意外，小梁也警觉了，听到外面有动静就起身。

等小梁穿好衣服从门口出去，恰好看到韩东闭着眼睛打开了隔壁的房门，心里不由得一惊，韩东该不会是想……

正要冲进去，就看到韩东从隔壁房间出来了。

还好还好……小梁松了一口气。

结果没一会儿，他又听到了动静，这次再出去，看到韩东进了斜对门儿的房间。

因为小梁不知道伊璐换到了斜对门儿，所以没有上前阻拦，只是密切关注着事态变化。

不到一分钟，王海志就出现在小梁的视野里。

小梁惊讶，董事长怎么来了？

接着王海志便进了斜对门儿。

再接着，韩东是被王海志一脚踹到门外，硬生生摔醒的。醒来之后完全不明状况，后来看到王海志那张余怒未消的脸，再看到伊璐慌乱的眼神，顿时明白了什么。

再一看门牌号，韩东想掐死自己的心都有了。韩东懊恼着懊恼着，突然又觉得哪里不对劲。

扭头看看自己的房间，再看看这个房间。

顿时有种五雷轰顶的感觉。

完了，这次被黑惨了！

王海志拼命按捺住自己的脾气，因为这里住的都是公司内部的人，万一把事情闹大，对他也是不利的。于是他便让随行的四位保镖把韩东五花大绑押到了自己的车上，还把韩东的所有行李一并扔了上去，做出韩东是有急事临时走人的假象。

接着他便把盛怒的面孔转向伊璐，问："怎么回事？"

伊璐说："我也不清楚。他只是进错房间了。"

王海志对着伊璐始终发不出脾气来，于是便语气强硬地说："我看你也没必要在这儿待着了，明天一早我会派人来接你的！"

说完这话，王海志就顶着一张阴沉的面孔离开了。

王海志走了之后，小梁并没有立刻给王中鼎打电话，而是潜入韩东隔壁的房间各种翻找，终于在垃圾桶里发现一支微型录音笔。

王中鼎最终还是晚了一步。

他到的时候，王海志刚把韩东押走不久。

小梁把事情发生的所有经过告诉了王中鼎，王中鼎当时就黑脸了。但他并非因为韩东的所作所为，而是因为整件事情的蹊跷。

这个时候，喜欢邀功的小梁便把录音笔递了过去。

"这是我在那个房间发现的。"

王中鼎试着按了两下，录音笔一点声音都没有。他又撬开笔壳，看了下内部结构。凭借多年对付偷拍偷录的经验，他发现这支录音笔是改装过的，就像一枚定制炸弹，发挥其作用之后就报废了。

“拿回去，找专业人员破解。”

说完这话，王中鼎便匆匆离开了酒店。

王海志将韩东扣押在前不久才秘密购入的豪宅里，这套豪宅是伊璐名下的房产，但房产证上写的不是伊璐的名字，而是伊璐用的一个假身份证，所以除了王海志和伊璐之外，没人知道这套房子的存在。

韩东被关在一个储物室里，没有床，没有沙发，只有几个空荡荡的柜子，也没人给送水送饭，只有韩东之前自带的一个行李箱跟身。

这个时候，韩东更加明白伊璐为何处心积虑下了这么大一盘棋。

行李箱里面有充气床垫、充气枕头，还有一床毯子，睡觉完全不成问题，另外还有一些压缩食品，足够坚持几天的。

王海志知道王中鼎很欣赏韩东，为了防备王中鼎派人跟踪，他从不亲自去这套房子，也不亲手打韩东，一切都是电话搞定。

所以，查找无果的王中鼎只好亲自登门请小叔放人。

不料，王海志的态度很坚决：“我是不可能这么轻易放了他的！”

王中鼎耐着性子解释：“这事有误会，他当时不是醒着，是梦游状态。”

“你骗谁呢？我早就看过监控录像了，也问过医生了！梦游的人是会有一些习惯性的动作，但伊璐换房间是他不知道的！就算他潜入隔壁是习惯性的动作，但是后来跑到斜对门儿呢？也是梦游的人能办到的吗？”

“我觉得有人暗中引导，现场留下一支录音笔，虽然还没……”

王海志直接打断王中鼎：“你不用再替他说话了，我早就跟你说过，这个人根本不值得捧！人品恶劣，素质太差，把他留在公司都是个错误！”

“您不能这么说他！”王中鼎的态度突然变硬。

王海志瞬间黑脸：“你竟然为了一个贱骨头顶撞我？”

听到“贱骨头”三个字，王中鼎的眼珠骤然猩红，隐隐间透出六亲不认的凶意。

“我再说一遍，把你的嘴放干净点儿！”王中鼎厉声警告。

王海志彻底被惹毛了。

“我告诉你，这个公司是我创建起来的，我才是这个公司的当家人！我现在召开董事会，说废了你就废了你！”

闻着硝烟味儿越来越浓，冯俊急忙过来劝阻王中鼎：“为个艺人和家人闹翻脸多不值？走，咱先回去，先回去……”

王中鼎僵着不动，目光依旧如钉子般钉在王海志的脸上。

“顾全大局。”冯俊小声提醒。

王中鼎终于强压住一身的唳气，掉头走人。

回到办公室，王中鼎问冯俊：“资金动向查得怎么样了？”

“只查到一部分。”冯俊说。

王中鼎骇人的目光狠盯着眼前的报表，冷声提醒道：“重点查房产。”

“房产查过了，伊璐最近的一套房还是在半年前买的，那会儿董事长还没套现。”

“他肯定是用了假户口。”

冯俊发愁：“这样调查难度就更大了，绝对不是几天能搞定的。”

这也是让王中鼎非常头疼的。

他又忍不住问二雷：“韩东的行李箱都带了些什么？”

这个问题二雷已经回答好几遍了，王中鼎心里也很清楚，可就是管不住自己的嘴。

二雷叹了口气：“我们把他救出来的可能性太低了，现在唯一的希望就是他自己发挥神力溜出来。”

冯俊又朝二雷投去鄙夷的目光：“你以为董事长那边的保镖都是吃软饭的？”

一个甜美的声音突然在门口响起：“他自己能跑出来！”

三个人齐齐回头。

沈初花顶着一张与甜美声音完全违和的霸气面孔走了进来。

“我往他的行李箱里放了女士用品，而且提醒他必要的时候可以用来解决麻烦。”

冯俊和二雷都被深谋远虑的沈初花同志震蒙了。

连王中鼎都破天荒地笑了，拍拍沈初花的头赞赏道：“我真没看错人。”

沈初花幸福得差点晕厥过去。

王中鼎最不屑许愿那一套，更不相信心电感应，但今天夜里却反反复复默念：韩东，你一定要想到这一招儿……

韩东这两天确实没少挨打。

尤其每天深夜，门口两个保镖困得眼睛都睁不开了，韩东却在里面高调地打呼噜，简直不要太欠揍。

这两个保镖还算有点儿人性，知道明星得靠一副皮囊活着，所以每次都不直接往身上招呼，而是用席子把韩东裹起来，在外面各种蹬踹，让韩东求生不得，求死不能！

韩东在里面嚎虽嚎，等把席子一撤，该是多欠揍还是多欠揍。

“打吧，使劲儿打。”韩东说。

两个保镖死僵着脸，没见过这么嘴硬肉贱的明星！

“我已经算出了你们悲惨的下场，说实话，哥们儿心里挺不落忍的。你们能打多狠打多狠，以后我能心安理得一点儿。”

保镖冷笑：“我们都是实在人，有求必应，你现在收回那些话还来得及。”

最后，韩东连床都没爬上去，就在地上过了大半宿。

半夜，两个保镖一边打哈欠一边聊天。

“这货今天怎么没打呼噜？”

“是啊，我也觉得好消停。”

“不会真让咱俩打出毛病了吧？”

两个保镖迅速将门打开。

结果瞬间傻眼了。

人还是那个人，衣服还是那身衣服，但是脸完全变了。

一开始保镖也怀疑是韩东假扮的，但两张脸的相似度太低了。而且这胸是胸，屁股是屁股，美腿是美腿的……压根儿联想不到嘴贱的韩东身上。

其中一个保镖凑过去询问：“醒醒，醒醒，你是从哪儿来的？”

“大美女”毫无反应。

另一个保镖翻了翻韩东的行李箱，说：“之前放在这个箱子里的女装不见了。”

精神疲乏加上着急让两个保镖失去判断力，一致认为韩东被人调包了。于是他们冲出屋内，联合下面几位保镖一起找。

所有人都出去之后，韩东才从床上坐起身，拿起藏在被套里面的女装，换好之后大摇大摆地从房间走了出去。

两个保镖找着找着才想起一件事。

“他们调包为什么不找个男人呢？”

“废话，女人容易混进来呗！”

想到这儿，两个保镖似乎意识到了什么。

“也就是说那个女人是自己混进来帮韩东脱身的？她应该是知情的，糟了！”

两个保镖这才想起回屋看守，结果已经晚了，韩东早就趁着混乱之际逃出去了。

他们只好通知其他保镖：“别找韩东了，他指不定跑到哪儿去了。找那个女的，她一定没跑远！”

“长什么样啊？”其他保镖问。

“我也说不上来，反正很漂亮。对了，对了，她穿着韩东的衣服！”

有这条提示还不如没有，韩东走在街上，几个保镖屡次从他身边经过，都因为“穿着”把他划出了排查范围。

这个意外惊动了已经入睡的王海志。

伊璐看到王海志坐起身，忙问：“你干吗去？”

“韩东那小子跑了。”

“跑了？”

“嗯，让王中鼎给调包了。”

伊璐脸色变了变，没说话。

王海志突然用怀疑的目光打量着伊璐：“是不是你通风报信了？”

“我通风报信？”

“不然王中鼎怎么会知道那套房的位置？”

伊璐呆愣愣地看着王海志，一句话都没解释，静静地躺下了。

王海志看到她这副模样又心软了，抱上去各种软语劝哄。

“好了，你快去忙正事吧，别又说我是为了拖延时间让他逃跑，才故意勾搭你的。”

王海志恋恋不舍地走了。

司机问王海志：“开车还是打车？”

王海志一脸谨慎地说：“打车，万一是个圈套，那小子根本就没逃出去，咱们这样暴露行踪就中计了。”

“好的。”

结果，王海志万万没想到的是，就在酒店不远处，一辆不起眼的出租车已经在这一片徘徊了三天三夜。

终于，王海志将它拦下了。

车在路上平稳前行，到了距离豪宅还有两公里远的地方，王海志突然喊了一声：“停车！”

司机老老实实将车停下，表面上看起来很平静，其实心里异常紧张。

因为司机看到了外面行走的韩大美人。

王海志也是看到他才喊停的。

那天韩东和李尚的“主角大战”王海志并没有参加，也没见过韩东女装的样子，他突然叫司机停车，纯粹是被惊艳到的本能反应。

下车之后，王海志朝韩东走了过去，彬彬有礼地问：“小姐，可以给我一个你的联系方式吗？我是中鼎影视公……”

韩大美人完全不理会，自顾自打开车门，一头扎在后车座上。

“司机，开车！”

王海志透过车窗才看清韩大美人的正脸，虽然闭着眼但因为是躺着，所以毫无违和感。两条大长腿从裙底露出，直对着王海志炽热的双眸。

车已经走了很远，王海志才回过神来。

美是真美，可惜有缘无分。

到了豪宅，韩大美人的靓影还在王海志脑子里挥之不去，以至于他确定韩东真的逃走了，也没预想中的那样愤怒。

监控录像被调出来，韩东房间的监控出现了故障，但是外面一切正常，所以阴差阳错地印证了调包的事实。

几个保镖连头都抬不起来了。

王海志这才激动起来："这个女人是派来和韩东调包的？"

保镖点点头。

"简直荒唐！"

王海志心中暗道：这么漂亮的女人，居然会用来替换那个浑小子？

保镖惴惴不安地等着其后的暴风雨，不料王海志不仅没有发飙，眼中竟然隐隐含着几丝兴奋。

竟然是她？居然是她？

"给你们一个将功补过的机会，想方设法查到这个女人的信息。"

伊璐紧张得一直没睡，终于听到门响，抬起头看到王海志脸上带着异样的神采。

"韩东抓回来了？"伊璐问。

"没有，还是让那小子给跑了。"

伊璐诧异："那你怎么这么兴奋？"

"我兴奋吗？"王海志自己都没意识到。

伊璐柔声回道："逗你的，快休息吧。"

王中鼎近两日成宿成宿地在家门口溜达，今天终于接到司机的电话。

原本司机已经承诺会把韩东安然无恙送回去，王中鼎还是亲自驾车去接了。

十几分钟后，两辆车在半路会合。

"太险了，差点儿被董事长发现。"司机一副心有余悸的表情。

王中鼎倒是很平静："多亏你了。"

司机笑笑："应该多亏韩东了才对，要是没有他这一招，我蹲到明年也未必能蹲到董事长新房的地址。"

"你早点回去休息吧，这几天辛苦了。"

"嗯，王总也早点儿休息。"

司机离开的前一刻，王中鼎还是一副淡然自若的表情。等司机一走，王中鼎迅速钻进车内，开车将韩东带回了家。

卸妆、洗澡、检查身体……刚忙活到一半，韩东就醒了。

"这是回家了吗？"韩东一双大手把王中鼎的五官揉得各种扭曲。

刚才韩东没醒的时候，王中鼎是各种贴心各种温柔，等他一醒，王中鼎的包袱又端了起来。

"挨打没？"他没好气地问。

韩东必须不能隐忍，必须不能对那两位哥们儿客气。于是他把挨揍的情况添油加醋一通说，把裹席子暗打改成了明打，一脸求老总伸张正义的表情。

不料，王中鼎哼道："揍你也活该。"

韩东一副苦大仇深的表情："你看我都被打成什么样了？"说着便在身上翻翻找找，结果又是没一处伤疤。

"这俩保镖绝对是你徒弟，打人光疼不留痕！我跟你说当时绝对……"

王中鼎特别不想听这些，便直接打断："行了，赶紧睡觉吧。"

韩东很快又睡着了，睡着之后习惯性地朝王中鼎缠抱过来。

不知道是不是因为抱得太紧，王中鼎感觉韩东身体异乎寻常地热。

他给韩东测量了一下体温，确实有些发烧，但是影响不大。王中鼎没给韩东吃药，只是多加了一床毯子。

但是没一会儿，韩东就踢开了，王中鼎再次给他盖好，结果没一会儿，他又踢开了。

王中鼎干脆用被子将韩东裹上，结果这一裹不要紧，韩东瞬间号叫出声："给老子松开！"

王中鼎气结，伺候你还这么大脾气？于是又给他狠狠裹上。

这次韩东急了，一拳打在王中鼎胸口，怒道：“你敢碰爷一下试试！”

王中鼎不禁起了疑心，韩东浑虽浑，但绝对浑不到这个份上。他又试着给韩东裹了一下，而且裹得死死的。

韩东果然剧烈地挣扎起来，一边挣扎一边粗口不断。王中鼎听明白了，心里的滋味难以形容，比刚才韩东和他装可怜的时候要惨痛得多，他第一次有了自己如此无用的感觉。

隔日清晨，韩东醒过来就嚷嚷着要吃的。

王中鼎只给他一些流食。

韩东各种抗议，不过最后还是妥协了。

两天之后，王中鼎终于带韩东出去饱餐了一顿。

韩东平时吃饭就狼吞虎咽，饿了几天之后，简直就像饕餮吞食。

餐厅环境很优雅,气氛很宜人,所以韩东那忘情的吸溜声显得特别刺耳。王中鼎就是不转眼珠，都能感觉到四周投射过来的鄙夷视线。

“我说，你能不能注意一点儿？”

“你瞧瞧谁像你似的？”

“你不嫌丢人，我还嫌丢人呢！”

韩东还鄙视人家：“你不觉得男人吃饭斯文显得特别怪异吗？”

王中鼎不说话了，就那么瞧着韩东。

韩东发现气氛不对，立刻一脸赔笑：“没没没，我没说你……”

王中鼎还是沉着脸。

韩东夹起一个虾丸，讨好般地送到王中鼎的嘴边：“吃吧。”

只有王中鼎自己知道，他这种人当众张嘴需要豁出多少脸面。

结果丸子都送到嘴边了，韩东手里的筷子突然一哆嗦，丸子就那样在下巴上滚了一遭，最终贡献给了桌面。

“再来一个，再来一个。”

“够了！”

“……”

回到办公室，王中鼎问韩东："吃饱了吗？"

韩东一脸满足。

"那你往前走两步。"王中鼎说。

韩东不明所以地照做了。

"转过身去。"王中鼎又说。

韩东这会儿才意识到危险降临，可惜已经晚了。

"啊啊啊……你咋又踹我？"

"你说我为什么踹你？大晚上梦游往夜店跑，往人家房间里钻，是不是你干的事？"

"我那是被黑了！"

"你要是心无杂念，能被人利用吗？"

韩东各种挣扎求饶都没用，王中鼎丝毫不脚软。

"站直了！不许躲，躲一下踹十下！"

韩东嗷嗷叫唤："不躲疼啊！"

"不疼我踹你干吗？把手拿开了！"

"人家欺负我就算了，你还跟着起哄！"

"他们那算他们的，我踹算我的。"

"那你别老踢一块肉，换一块行不行啊？"

"懒得换。"

"啊啊啊……还有几下啊？"

"还有三下。"

韩东咬牙坚持到最后。

"嗷——"

"嗷——"

"嗷——"

本以为结束了，结果肌肉刚一放松，又发出更嘹亮的一声"嗷"，差点儿把玻璃震碎了。

"为啥多踢我一下？"韩东不能忍。

王中鼎淡淡回道："谁让你把丸子掉到我下巴上。"

"你也太小心眼儿了吧？"

韩东就像一条大癞皮狗在王中鼎身后汪汪汪，王中鼎嘴角隐隐含着一丝笑意。

用这种特殊的方式腻歪够了之后，韩东才问："我的事铭儿不知道吧？"

王中鼎说："没告诉他。"

"这就好，铭儿表面看着淡定，但是比谁都胆儿小，千万不能让……"

韩东说着说着突然意识到气氛不对，火速蹿到三米开外作揖。

"我能不能去找铭儿？"

王中鼎挥挥手："去吧。"

韩东走了没一会儿，冯俊就敲门进来了。

"房产已经查到了，确实是用假身份证买的，重重手续滴水不漏，真是煞费苦心。"

王中鼎脸又沉了下来："他有没有再追查韩东的下落？"

"没有，我想他心里应该很清楚，房产的把柄被咱握住了，他只能冷处理，毕竟你婶婶不是善茬儿。"

王中鼎点点头，没再继续往下问。

"不过……"冯俊话锋一转，"他倒是一直在打听那个美女。"

"美女？"王中鼎不明所以。

冯俊笑笑："就是韩东扮的那位。"

王中鼎狠狠吸了一口气，怎么就不能让我省省心呢？

正愁着，小梁又来了，而且带来了一个更糟心的消息——录音笔恢复不了。

"找了好几个专业技术人员都没鼓捣出来，估计是真废了。"

王中鼎伸手："给我吧。"

小梁只好无奈地递了过去。

晚上，王中鼎把这支录音笔带到家里，自己鼓捣了半天都没成功。后来他突然想到韩东，便将他传唤到了书房。

“帮我一个忙。”

“帮？我没听错吧？你竟然说帮？”

王中鼎没好气：“你帮不帮？”

“那得看你求不求了。”

王中鼎各种拉不下脸，但为了查明真相，只能硬生生地甩出两个字。

“求你。”

韩东各种嘚瑟，王中鼎在他屁股上轻踹了一脚，沉着脸出去了。

韩东鼓捣了大半个钟头才恢复了一小段，刚导入到电脑里，还没来得及听，就被西西拽走了。

“小辫子叔叔，我带你去看一样东西。”

“别总挂着小辫子三个字，你不是也有小辫子吗？”

“你也可以叫我叔叔。”

“……”

王中鼎来到书房，看到导入电脑的一小段音频，直接播放出来。

里面传出一个沉睿的男声。

“韩东最近怎么样？”

王中鼎还没往下听，就有一个人从门口闯了进来。

“我怎么听到叶哥的声音了？”

此话一出，王中鼎彻底僵住。

音频继续播放。

“当然想了，能不想吗？”

韩东也僵住了。

气氛瞬间冷了下来，一股钻心的寒意顺着两个人的脊柱往上爬。

卡恩的事，俞铭的事，逛夜店……一切的一切，王中鼎都是雷声大雨点小，踹一踹闹一闹就过去了。

但叶成林，他难以释怀。

“还用继续恢复吗？”韩东试着问。

王中鼎面无表情地“嗯”了一声。

韩东再度鼓捣起来，连他自己都不清楚如此执着是为了查明真相，还是为了进一步得到叶成林的消息。

二十分钟后，剩余的一段录音恢复完成。

王中鼎从容地播放，韩东从容地听着，两种从容交叉碰撞，酝酿出极不从容的气氛。

“我啊？一直在这边，挺好的。”

“首映那天专程坐车到城里看的，演得很不错，他是那块料。”

“不打算联系了。”

“不是一路人。”

听到前面两句，韩东还挺淡定的，听到后面两句，心里特别不是滋味。

音频是断断续续的，听着就像语音短信。其实是两个人的对话，只是另一个人的声音被剪掉了而已。

至于那位是谁，韩东心里很清楚。

“这是小梁从你隔壁翻到的一支录音笔，你应该是听到这个声音，才下意识往斜对门儿走的吧？”

王中鼎多希望韩东能狡辩，哪怕被自己一眼识破也好。

可惜韩东还是承认了。

“他在我的斜对门儿住了三年。”

王中鼎没有发火，他也没理由发火。韩东只去了夜店一次，梦游就惦记着往那跑。叶成林在他斜对门儿住了三年，他循声而去又能说明什么呢？

况且这段录音还印证了韩东对伊璐没有那种心思，等于为韩东洗白了。王中鼎不仅不该责备他，还应该对他表示安慰。

事实上，王中鼎也拿出了一个纯爷们儿应该有的态度。

“好了，错怪你了。”

听到这话，韩东大松了一口气。

“我还以为你得……”韩东说到半截就卡住了。

“我得什么？”王中鼎问。

韩东嘿嘿一笑：“没什么，没什么，你不是那种小心眼儿的人。”

其后的几天，韩东梦游更频繁了。

有时候韩东先睡着，王中鼎还在电话处理公务，韩东就过来敲门了。

王中鼎把门打开，韩东一副委屈的表情说："我都没和她睡。"

韩东已经不是第一次说这句话了。

好像每次王中鼎在这个房间打电话，韩东都会过来敲门，然后说上这么一句。

王中鼎觉得韩东潜意识里还是发现了自己态度的变化，但是他把这种变化归结为自己对他进伊璐房间的耿耿于怀。

这种理解误差让王中鼎越发压抑，干脆不再给韩东开门了。

一开始韩东使劲敲门，非要当着王中鼎的面说这句话。后来总没人来开，他只好在门外说完就走。

周末，韩东陪着俞铭去逛街。

"你明天有空吗？"俞铭问。

韩东刚要说有空，就发现俞铭在打电话，问的根本不是自己。

过了一会儿，俞铭又说："话剧彩排。"

那边不知道说了句什么，俞铭偷偷扫了韩东一眼。

"他现在特别忙，我不想麻烦他。"

韩东丝毫没意识到自己就是那个"他"，还没事人一样往前走。

挂断电话后，韩东问："谁啊？"

"就一个朋友。"俞铭赶忙转移话题，"你知道咱公司要组织一场选秀活动吗？"

"选什么？"韩东好奇。

"最佳美腿女神。"

韩东愣住，这是谁想的馊主意？

俞铭调侃道："你知道吗？当时我听到这个消息，第一反应就是你。"

"信不信我抽死你？"

"……"

两个人说笑着就回了宿舍。

俞铭问韩东："你最近和王总怎么样？"

"我们俩？挺好的啊！"

俞铭点点头，没再说什么。

韩东突然发现一个明显的变化。

"你现在打听我和王中鼎的事，怎么没那么咬牙切齿了？"

俞铭死不承认："我以前有咬牙切齿过吗？"

韩东但笑不语。

俞铭一脸不自在地闪人了。

晚上，韩东出门前和俞铭打了声招呼。

"我走了啊！"

俞铭头也不抬地"嗯"了一声。

韩东又开始找茬儿："你现在怎么不问我去不去王总那儿了？我记得你以前特别紧张这个问题。"

"你有完没完？"俞铭没好气。

韩东一脸不正经的笑，又用腻歪歪的口吻问："铭儿啊，无论我什么时候转身，你都会站在原地等我吧？"

"抱歉，我不缺导师。"

韩东："……"

深夜，王中鼎又在书房打电话，吩咐冯俊发送财务报表。

结果刚把手机撂下，韩东的脚步声就在门口响起来了。

王中鼎不明白，韩东为什么对他打电话这件事如此敏感？

这一次，韩东只是在门口愣了片刻，一句话没说就回了房间。

过了一会儿，王中鼎又听到外面传出异常的动静。

韩东莫名其妙开始收拾自己的东西，穿戴整齐后默默地离开了这里。

一切发生得太突然，以至于王中鼎反应过来后冲出家门，韩东早已不见了踪影。

后来俞铭给王中鼎打了电话，王中鼎才知道韩东回了宿舍。

韩东梦游的时候从宿舍跑去过无数地方，却是第一次从其他地方跑回宿舍。

王中鼎的心好像缺了一大块。

“你打算怎么办？”俞铭问韩东。

韩东脸拉得老长：“能怎么办？他都把我遣送回来了。”

“你怎么知道是他把你遣送回来而不是你自己跑回来的？”

韩东都不相信自己有这份骨气。

“从他听到那段录音开始就有这种心思了，以为我看不出来？嘴上说着错怪你了，其实心里指不定怎么硌硬我呢。”

“要我，我也硌硬你！”俞铭看到韩东那副丧眉搭眼的窝囊样儿，他心里忍不住想笑，“嘿，你还怕王总不要你啊？”

光看韩东的脸就知道答案了，能不怕吗？

失去了王中鼎等于失去了免费的司机、造型顾问、搓澡师，失去了几屋子的手表和道不尽的家产，最重要的是失去了吹牛的资本。

俞铭强忍着爆笑的冲动，去了自己的房间收拾东西准备出门。

韩东则着急地翻书包，终于找到了出差时带的小本子，上面记录的都是取景地的一些数据以及他对建筑场景给出的建议。

希望这个还能挽回一些什么……韩东暗暗祈祷。

“你看什么呢？”俞铭突然问。

韩东急忙掩饰：“没啥，写着玩的。”

俞铭一把将韩东手里的小本子拿了过来，一边翻一边戏谑道：“记得可真详细，不过这貌似是制片的工作吧？”

“王中鼎信不过那几个制片，非要我帮忙监督着。”韩东说着便伸手去抢。

俞铭攥着不给：“那你现在拿这个本子干吗？不会想求他看在这片苦心的份上原谅你一次吧？”

“谁求他啊？谁求啊？”韩东嚷嚷道，“爷是拿去还给他！没准他看到本子还得求我原谅他的小心眼呢。”

俞铭乐道：“对，说不定还会亲自上门接你回去。”

刚说完，王中鼎的车就到了楼下。

（第一套完）

上架建议：畅销·长篇小说

ISBN 978-7-5570-2491-8

9 787557 024918 >

定价：88.00元（全二册）